JN000527

南島叢書⑲

アマミゾの彼方から

鳥居 真知子

奄美(あまみ)では水平線のことをアマミゾと呼ぶ

序章

僕は、父さんが海で消えてから、言葉を失った。

二〇〇六年の奄美の夏は太陽が燃え、炎となった光線が白く透（す）き通っていた。

小学三年生だった僕は、父さんと母さんと三人で、神戸から父さんの奄美の実家に帰省（きせい）していた。ジューは漁師（りょうし）で、アンマとシマで暮（く）らしている。奄美では、ジューはおじいちゃんのことで、アンマはおばあちゃんのことだ。またシマとは、島ではなくて集落をいう。

ジューやアンマのシマ言葉は、とてもやわらかく、いつもフンワリと僕を包んでくれる。僕は、そんなジューやアンマのことが、大好きだった。

ジューは、弟の壮太（そうた）おじと一緒に、家のすぐ前にある浜から、東シナ海へと続く海に船を出していた。その海で、僕は毎日のように、泳ぎ方を父さんから教わっていたが、なかなか思うようには上達しなかった。

神戸に戻る前の日、父さんがゴムボートで、沖に出てみようと僕を誘（さそ）った。僕は胸（むね）を高鳴らせてボートに乗り込んだ。青、青、青の果てしなく続く海原（うなばら）に、僕達はこぎ出（い）でた。空からは、太陽がさんさんと、海の底まで降り注いでいた。

しかし、そこから僕の記憶は不確かになっていく。いや、急に青空が消え、どす黒い雲が空一面を覆い、波がうねりだし、たたきつけるような雨が、容赦なく僕の体を打ちのめしていたことは覚えている。ふと気が付くと、荒れ狂う海のボートに、一人取り残されていた。そこには父さんの姿はなかった。

「父さーん、父さーん……」

僕は泣き叫びながら、父さんを呼び続けた。しかしその声は、暴風雨と襲い来る波に打ち消された。恐怖と孤独に震えながら、意識がなくなっていった。

再び気がつくと、捜しにきたジューの漁船に助けられていた。掌に灰色の小さな巻貝を固く握りしめていた。この貝をいつ握ったかは、記憶がない。しかしそこには、父さんの姿はなかった。

僕は、毛布に包まれて、待機していた救急車に乗せられ、付きそいの母さんと共に、病院に運び込まれた。体が温められ、看護師さんが温かいスープを飲ませてくれた。

その後、色々と検査を受けたが、特に体に異常はなかった。しかし僕は、言葉がしゃべれなくなってしまっていた。

警察の人が病院に来て、父さんを捜すために詳しくたずねられた。僕は、話ができなかったので、紙に書いた。

(天気が良かったのに、急に真っ暗になって、すごい嵐になった。僕は怖くてうずくまっていたけど、ふと見ると父さんがいなかった。僕は、必死に父さんを呼んだ。怖くて怖くて、気を失ってしまったけれど、ジューに助けられた)

僕には、これ以上のことは、全く思い出せなかった。父さんは僕をボートに残して消えていたのだ。救助にきたジューや壮太おじも、それに母さんやアンマも、父さんを捜すために、警察などから色々と聞かれたが、手がかりは見つからなかった。

漁船や巡視船が出動し、ヘリコプターも飛び、海と空の両方から捜索が行われた。

奄美では、ウーニシという北風の突風が急に吹き、激しい豪雨のスコールによる天気の急変がある。しかし、今回はその規模も大きく時間も長く、今までに経験がないほどの嵐となった。

この暴風雨と高波に襲われながらも、ゴムボートが転覆もせず、その中で泳ぎもできない僕が助かったのは、奇跡的なことだと、警察の人をはじめシマ（集落）の人々が驚いていた。しかし、父さんの行方は依然として分からない。

「バタバタ、バタバタ」

ヘリコプターの爆音が、毎日続いた。

僕や母さんやジューやアンマやみんなが、父さんがどこかで発見されることを祈った。

あの時、ボートに乗っていたのは、父さんと僕だけだ。僕だけが知っているはずだ。でも記憶にあるのは、父さんは嵐になってすぐに、姿を消したことだけだ。

僕は、ただひたすら、父さんにそばにいてほしかった。あの時の、想像できないほどの、恐怖と心細さ、孤独感は、悲しみとなり、僕の心に深い傷跡を残した。それはやがて、一人置き去りにされたような寂しさとなり、僕の心を覆うようになっていった。

父さんは、行方不明のまま、捜索は打ち切られ、生存は絶望的となった。母さんをはじめ、ジューやアンマは、悲しみに打ちひしがれた。そして僕も、悲しみのあまり、心がだんだんと壊れていった。

父さんのことや、あの日の記憶は、真っ黒な暗闇の中に沈み、言葉と共に浮かび上がってくることはなかった。しかも、それらを思い出そうとすると、僕の体に変調が起こるようになった。息が苦しくなり、意識が遠のいていくのだ。

母さんは、そのような僕の状態を心配して、色々な病院に連れていった。どこの病院でも、心身の大きなダメージを受けたショックによるものと診断された。しかし、その治療の方法はなかった。ただ、その要因と考えられる、海での事故や父さんのことは、話題にしないようにとの注意はあったようだ。

　母さんは、僕にあの日のことも、父さんのことも聞かなくなった。しかも、母さんからも、父さんの話を一切しなくなった。僕の幼い頃の父さんの記憶は、次第に消えていった。母さんとの会話もできず、二人の生活は寂しいものだ。

　母さんは神戸生まれの神戸育ちだ。でも、母さんのお父さんやお母さん、つまり神戸のおじいちゃん、おばあちゃんは、僕が生まれる少し前に亡くなったそうだ。そのことについて、以前、母さんにたずねたことがあったが、はっきりとは話してくれなかった。海の事故の後は、僕もそれを聞く言葉と心を、失っていたのだ。ただ、僕は、奄美のジューやアンマに、会いたいなとよく思った。

　僕が発見された時、掌の中にあった不思議な小さな巻貝だけが僕に残された。僕は、その貝をいつも握っていた。母さんがその貝を入れる小さな袋を作り、長めのひもをつけてくれた。それからは、その貝の入った袋を、首から下げてお守りにした。

　僕は、母さんが仕事から帰るまでも、帰ってからも、ひたすら一人で絵を描き続けていた。母さんから渡された、父さんがよく使っていたという水彩画セットで。

三年、四年、五年の先生は、言葉がしゃべれない僕を、遠くから黙って眺めていた。友達もそうだった。友達もいなくなり、休み時間は、いつも一人で絵を描いていた。

しかし今年、六年になると、新しい担任の宮本先生は、そうではなかった。

「勇気を持つのだ。三年生までできたのだから、必ずしゃべれるはずだ」

先生は、毎日熱っぽく繰り返した。働いていた母さんも、何度も学校に呼ばれた。

僕は、よどんだ記憶の底の言葉を探し続けたが、それを見つけることはできない。

僕は、連休明けから、とうとう学校に行けなくなってしまった。

「孝太、無理して行かなくてもいいよ」

母さんは、仕事で疲れた顔の上に、疲れを重ねて言ってくれた。僕は、学校に行かなくても良いと思うと、ホッとした。その反面、寂しさが増してきた。

僕は、その晩、ジューやアンマの夢を、ありありと見た。

(ジューやアンマに会いに、奄美に行きたい)

と、翌朝、僕は紙に書いて、母さんにたのんだ。

父さんが行方不明になってからは、奄美に帰省していない。母さんは、僕が体調を崩すのではないかと、心配しているのだろう。

母さんは、ジューやアンマと、何度も電話で相談した後、僕にたずねた。

「母さんは、仕事があるから、一緒に行けないけれど、孝太一人で奄美に行ける？」

僕は、目を輝（かがや）かせて、首を勢いよく縦（たて）に振った。

三年ぶりの奄美だ。ジューやアンマと会えるのがうれしくて、僕の胸（むね）は、久しぶりにときめいた。

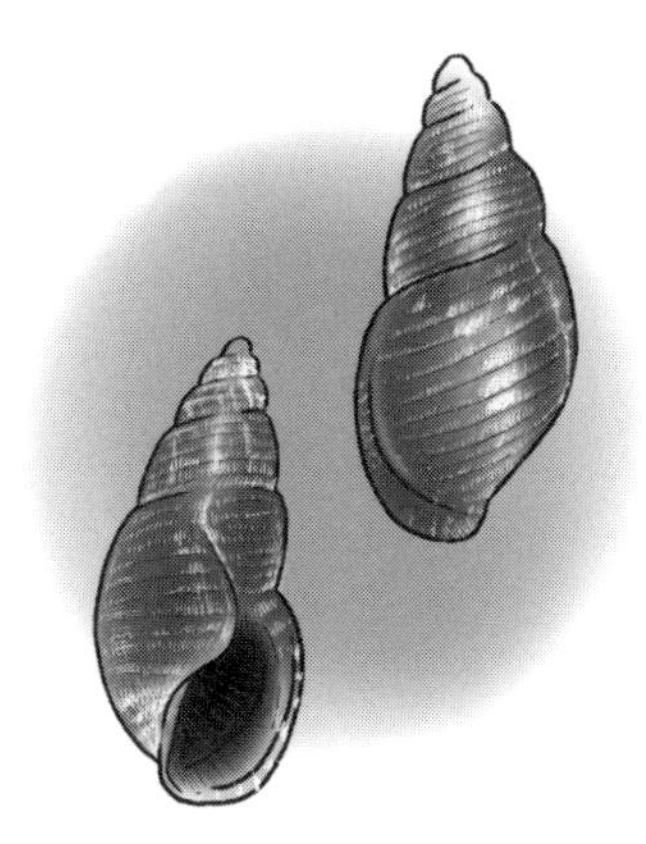

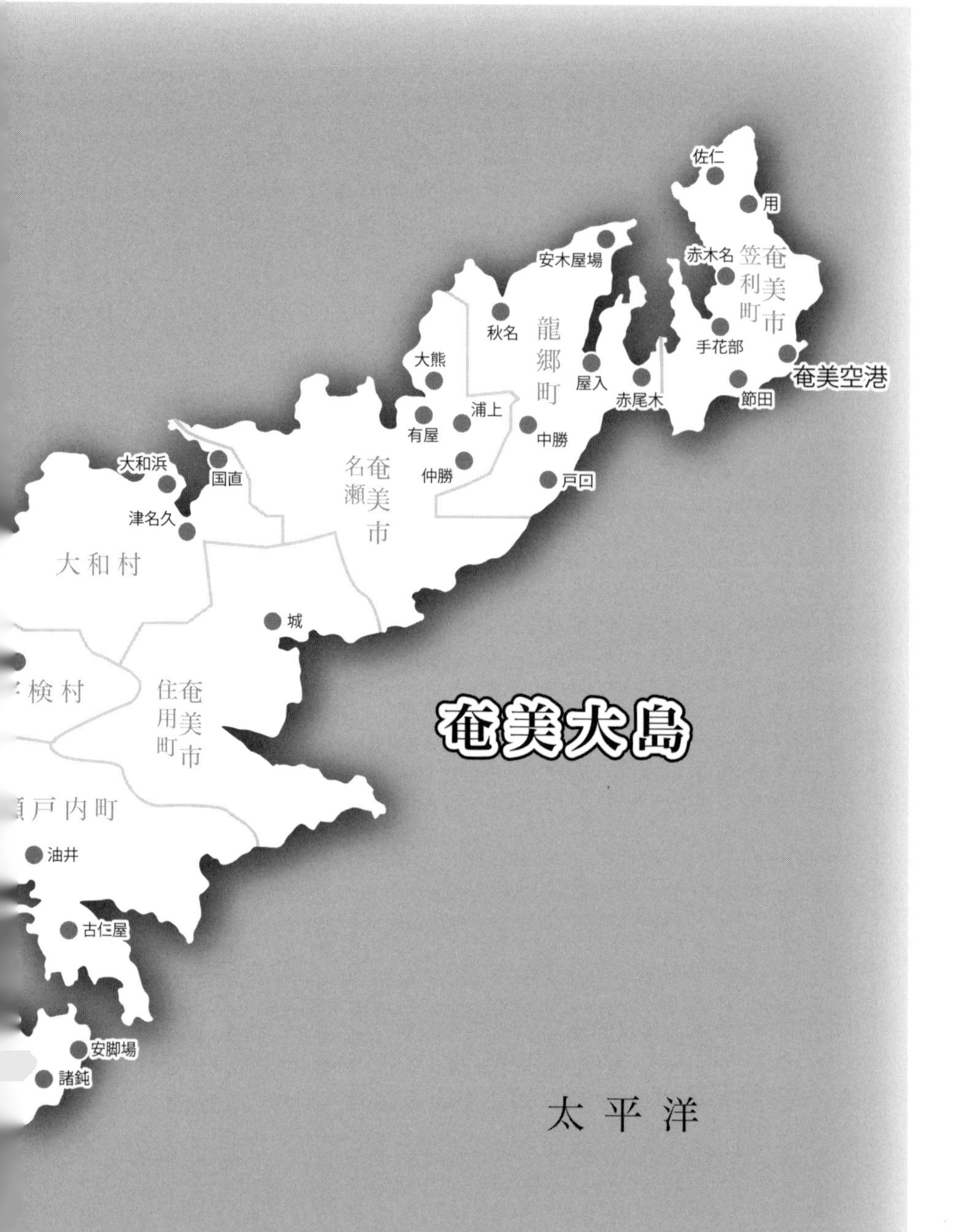

佐仁
用
安木屋場
赤木名
奄美市
笠利町
秋名
龍郷町
大熊
手花部
奄美空港
屋入
赤尾木
節田
浦上
有屋
中勝
大和浜
国直
奄美市
名瀬
仲勝
戸口
津名久
大和村
城
検村
奄美市
住用町
奄美大島
戸内町
油井
古仁屋
安脚場
諸鈍
太平洋
島

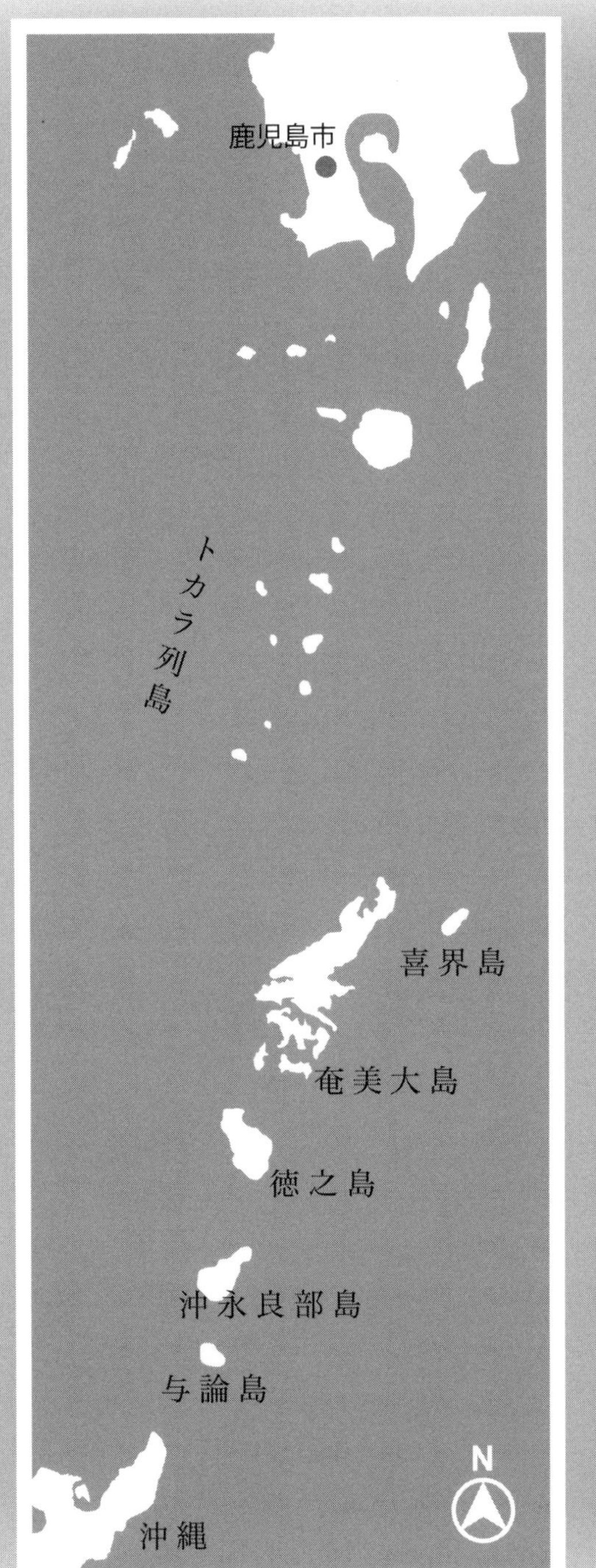
鹿児島市
トカラ列島
喜界島
奄美大島
徳之島
沖永良部島
与論島
沖縄
N

東シナ海
枝手久島
屋鈍
阿室
実久
加計呂麻島
西阿室
与路島

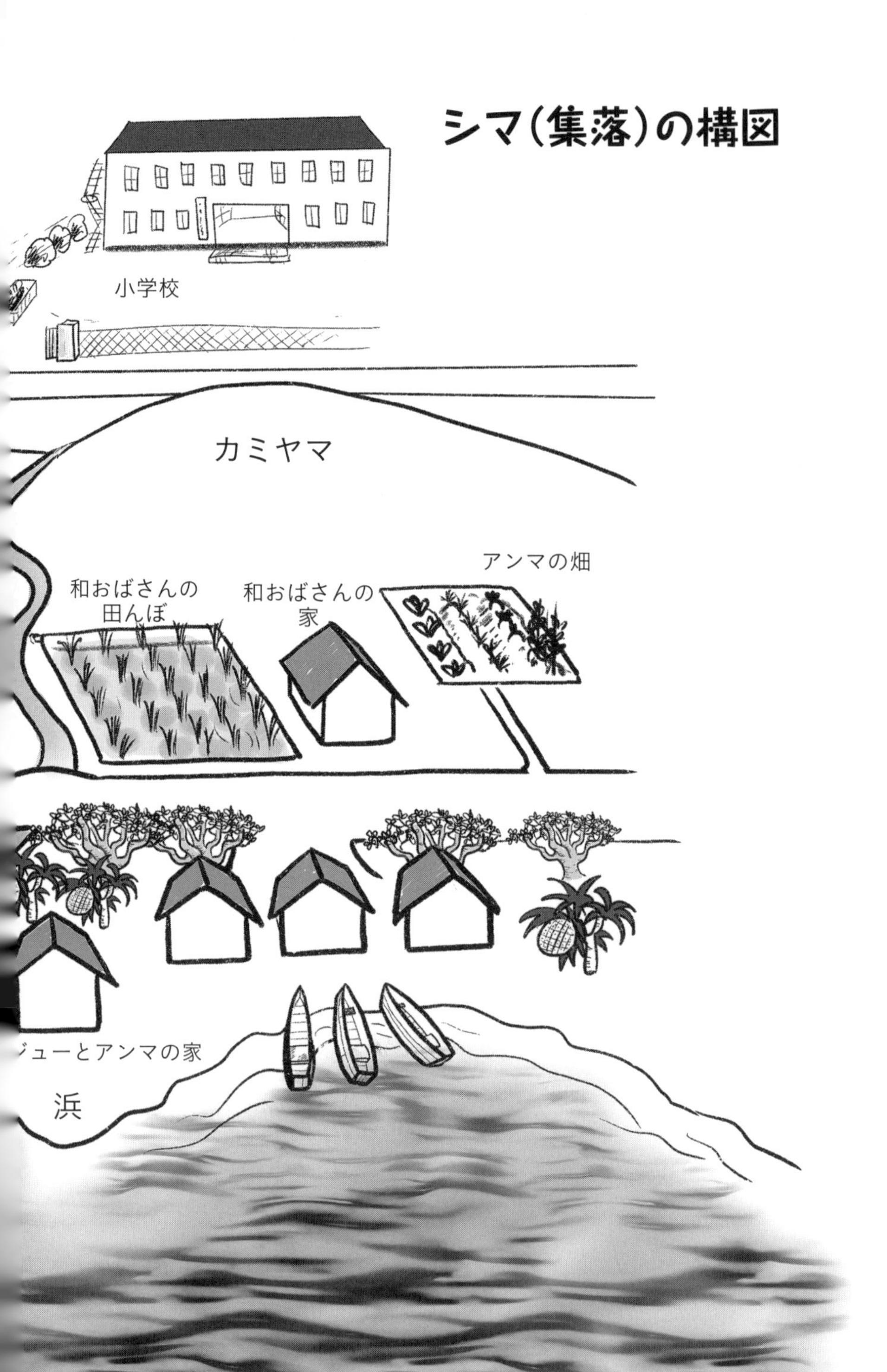
シマ(集落)の構図
小学校
カミヤマ
アンマの畑
和おばさんの田んぼ
和おばさんの家
ジューとアンマの家
浜

診療所
派出所
役場
バス停
ガジュマル
峠
アシャ
アゲミセ
ユタの千代おばの家
ノロの照おばの
住まい
ミヤ(広場)

主な登場人物

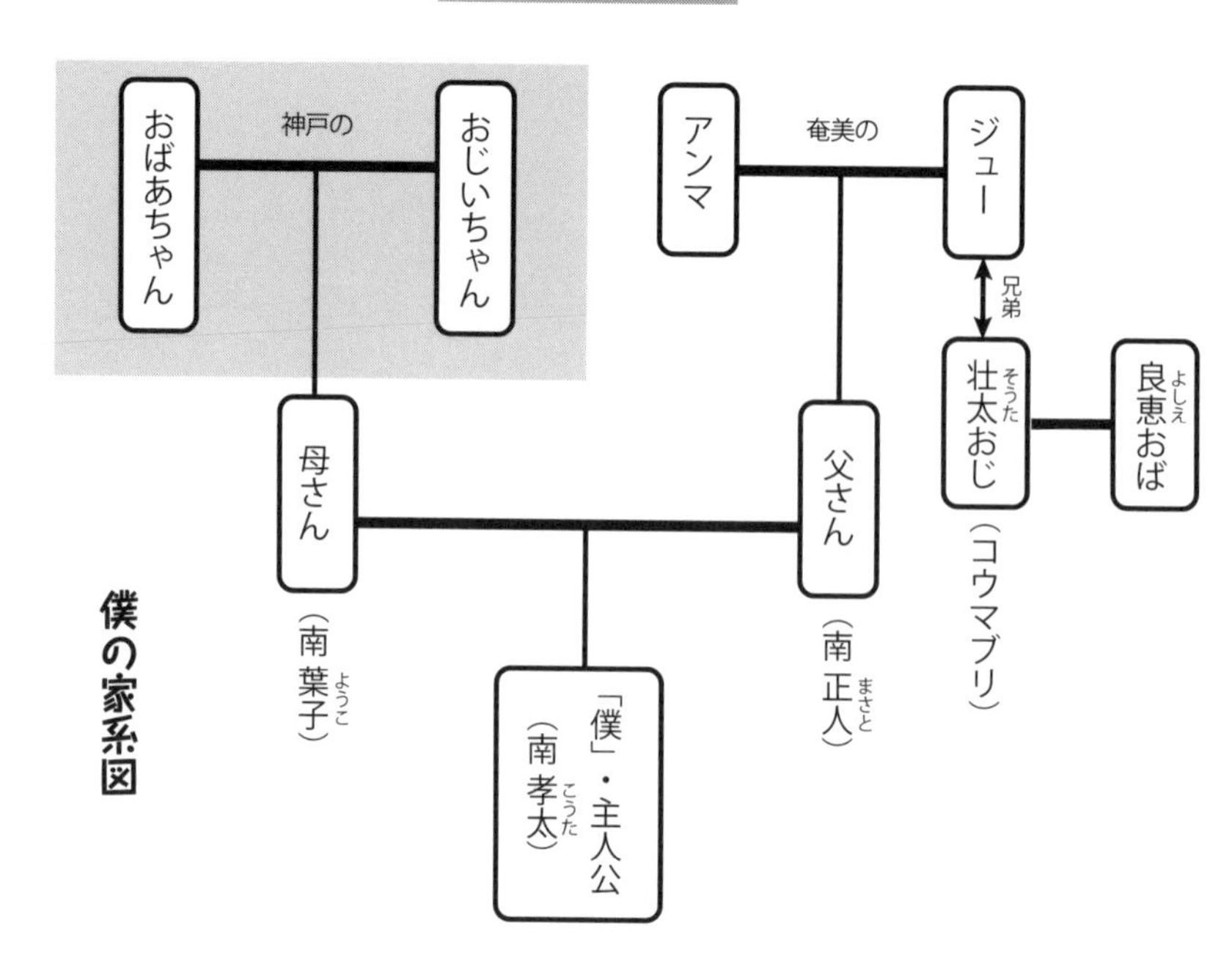

不思議な霊力を持つ人達

ノロの照おば
ネリヤの神様の祭り事を行う。

ユタの千代おば
家などの災いのお払いをする。心や体をいやす。

コウマブリの壮太おじ
人間の魂（マブリ）が見える。

和おばさん
夫を亡くした近所のおばさん。家が火事で焼ける。

シマの友達

一郎
シマの幼友達で、父は漁師。同じ浜に住んでいる。

浩
シマの幼友達。父は漁師で、同じ浜に住んでいる。ハブにかまれる。

ケンムン
シマに住んでいる可愛い妖怪。家族もいなくて寂しい。

物語の中に出てくる奄美の祭祀

行事名	作中のでき事	旧暦	新暦
アラホバナ ・稲の豊作の感謝と祈願をネリヤ神を迎えて行う。 ・２日前にミキ作りをする。	・アンマと和おばさんが、ミキ作りをする。 ・ノロの照おばが、アシャゲでネリヤの神様をお迎えして祭り事を行う。	6月の最初の庚(かのえ)の日	7月の最初の庚の日
七　夕 ・墓を清めて先祖に参る。 ・朝つゆで墨をすり、「七夕」と書き他の短冊と共に下げ、門口に高く掲げる。 ・ブンコーアライ（文庫洗い）といい、机や本箱などを海水で洗う。 ・衣類、文書類の虫干しをする。 ・タナバタアミ（七夕には雨が降る）	・サトイモのつゆで墨をすり、「七夕さま」と書き、他の短冊と共に高く掲げる。 ・ジューやアンマ達と墓を清めて参る。 ・一郎と浩がブンコーアライをする。 ・アンマが衣類の虫干しをする。 ・タナバタアミが降り出す。	7月7日	8月7日
盆 ・先祖の位牌を下して、その数のお膳を並べて屏風で囲む。 ・先祖は、料理のアシゲ（湯気や匂い）を食べる。	・「母さん」がシマに来て、アシゲに包まれながら、皆で先祖と同じ料理を食べる。	7月13日～15日	8月13日～15日
ミハチガツ………八月踊り			
アラセツ ・祖先の霊であるコソガナシを祭る。 ・龍郷（たつごう）町では、稲魂（いなだま）への祈願のショチョガマを行う。 ・龍郷町では、ノロが海辺の岩でネリヤ神を迎える平瀬マンカイを行う。	・一郎と八月踊りの焚火の薪を集める。 ・ノロの照おばが、海辺の岩に登り、ネリヤの神様と亡くなった人の霊魂を呼び寄せる。	8月の最初の丙(ひのえ)の日	9月の最初の丙の日
シバサシ ・家の四隅にすすきを挿す。 ・コソガナシのハギヤキ（足焼き）〈海を渡って来たコソガナシや海難事故に遭った人の霊の足をオキビなどで温める〉	・一郎、浩と桑木玉（くわきだま）で魔よけをする。 ・ムチモレヲゥドゥリ（モチもらい踊り）を踊りながらスルメやイカをもらう。 ・夜、ジューやアンマと七日間海を歩いて来た「父さん」の足を温めるため、オキビを足し続ける。	8月のアラセツから7日後の壬(みずのえ)の日	9月のアラセツから約7日後の壬の日
ドンガ ・昔は、この前日に洗骨をした。 ・ドンガは奄美で最も大事な祭りで、皆シマに帰り、墓参りをして亡くなった人と交流する。この日の夕方、先祖はシマを去る。	・前日の朝「父さん」が帰ってきた。 ・ドンガの日、「僕」は「父さん」と交流する。 ・「父さん」は夜、去っていった。	8月のシバサシの後の甲子(きのえね)の日	9月のシバサシから約２日後

目次

第四章　父さんと会って

第一章　奄美（あまみ）のシマに帰って

シマに帰って

「孝太、おかえり」

奄美空港には、母さんが連絡しておいてくれて、ジューが迎えに来てくれていた。伊丹の空港までは、母さんが付きそってくれて飛行機に乗せてくれた。伊丹と奄美の間の飛行機は、一日一便しかない。奄美は、鹿児島と沖縄のちょうど真ん中くらいにあり、奄美大島をはじめ大小の島々がある。

僕のリュックには、おみやげの神戸のお菓子と、スケッチブックや絵の具などの道具が入っている。僕は絵を描くことが好きだから、奄美でたくさん絵を描くことが楽しみだ。

ジューの軽トラックは、海の匂いがする。いつもは、たくさんの魚を荷台にのせて運んでいる。

「孝太、おかえり。大きうなったんねぇ」

家に着くと、アンマがニコニコ顔で迎えてくれた。

ジューとアンマの家は、浜に面した所にある。玄関を入ると、台所やはた織機のある土間がある。畳の部屋は三室あり、その一つが僕の部屋になった。窓からは海がよく見える。

夕食は、大好きな鶏飯を、アンマが作ってくれた。蒸して裂いた鶏のささみ、シイタケやパパイアの漬物の千切り、錦糸卵、紅しょうがとのりを白いご飯にのせ、その上から鶏がらのスープをかける奄美のごちそうだ。これを食べると、奄美に帰ってきたという実感がわいてくる。

夜は、ジューが黒糖焼酎を飲みながら、三味線とよく似たサンシンを弾き、シマ唄を歌う。アンマは、そのそばで、ジューが漁に使う網の穴を、黙々とつくろっている。サンシンとシマ唄は、低く悲しみを込めて僕の心に響く。

その歌詞の思いを、ジューは僕が幼い頃から何度も語っていた。

「奄美は、沖縄の昔の琉球王国に治められていた頃は、ナハン世といって、平和な幸せな時代だったんよ。しかし、江戸時代の薩摩藩の琉球侵略によって支配されてからは、黒糖作りの強制労働など、苦難が続いたねぇ」

その奄美のかつての不幸なでき事の上に、一人息子の父さんを失ったジューとアンマの悲しみが、重ねられているように思える。

僕には、奄美のもの悲しく、静かな夜が心地良い。

（帰ってきたんだ……）

僕は、このシマ（集落）の雰囲気にひたった。

「ルルルンルン、ルルルンルン」

と、電話が鳴った。

「ああ、孝太は無事に着いたから安心してねぇ」

アンマが、母さんからの電話にでて、僕に代わってくれた。

「孝太、ジューやアンマの言うことをよく聞いて、シマでゆっくり休みなさいね」

母さんの優しさに、僕はうなずいた。

床に着くと、果てしなく繰り返す波の音が、次第に僕を眠りに誘う。


朝は、アンマがソテツの実から作ったナリ味噌の汁の香りで、目が覚める。外の浜に出ると、サンゴが砕けて散りばめられた真っ白の砂浜が広がり、岩場には白いテッポウユリが浜風に吹かれていた。浜辺には、曲がった枝にとげのある細い葉が繁るアダンの木々が、緑色の固い実をつけている。後ろを振り返ると、海岸沿いの道に、真っ赤な花に覆われたデイゴの並木が連なっていた。

僕は、朝一番に、海の彼方のネリヤの神様に向かって、手を合わせた。ネリヤとは、ネリヤカナヤともいい、沖縄ではニライカナイと呼ばれているらしい。奄美と沖縄では、呼び方は異なるが、同じ意味で神様がおられる国のことだ。そこには、神様と共に、亡くなった人の魂もいるといわれている。ネリヤの国は、青く美しく、平和な国だそうだ。僕は、幼い頃から奄美に来て、何度もそのことを聞いてきたので、自然と信じるようになっていた。

「孝太、おはよう」

早朝から漁に出ていたジューと壮太おじが、戻ってきたところだった。船の中をのぞくと、釣り竿や網のそばで、シイラや、奄美ではエラブチと呼ばれる青くてきれいなブダイ、それにシュクと呼ばれている小魚が跳ね、タコがくねっていた。それにあのハリセンボンも獲れている。僕が木切れでつつくと、ハリセンボンは、ハリを出しプーッとふくれた。いつ見ても面白い。さっそく、獲れたての魚をスケッチした。どれも、幼い頃から見慣れている魚ばかりだ。

「孝太、ほら見てごらん」

ジューが指差した方を見ると、ウミガメがゆっくりと、海の方に向かって歩いていた。その足跡を逆にたどると、砂浜の穴の中に、たくさんのカメの卵があった。ここで卵を温めているのだな。

ジューが、シマ（集落）に魚を売りに行く前に朝食だ。獲れたてのハリセンボンのトゲのある皮をむき、ぶつ切りにした身や骨も入れた味噌汁と、シイラの塩焼きと、モズクの酢のものという海の新鮮なおかずが、丸いちゃぶ台に所狭しと並んでいる。

お腹いっぱい、朝ご飯を食べると、ジューの魚売りについて行く。軽トラックの荷台に、今朝獲れた魚やタコを、それぞれ木箱に入れ積んでいくのだ。

シマ（集落）は、三〇軒くらいの家々からなり、海と山に囲まれている。アゲミセという食料品や日用品、それに雑貨も売っている店が一軒だけある。何でも屋さんだ。

シマの人達は、海の魚介類や田んぼの米、畑の野菜など、ほとんどの食料品を自分達でまかない、自給自足に近い生活を送っている。

アンマも山の近くで、野菜を育てている。この後ろの山は、カミヤマ（神山）とかオボツヤマといって、ネリヤの神様がシマに来られた時に立ち寄られる山だ。

峠をこえると、役場、診療所、派出所と、それに小さな小学校がある。中学や高校は、役場の前から出るバスで、隣町まで通っている。

ジューと壮太おじは、週の半分は、その隣町の魚市場に魚を卸している。

「孝太、おかえり」

家の窓から、近所の和おばさんがニコニコ笑って顔を出した。

「大きうなったんねぇ」

「そうですよ、六年生になったんよぉ」

ジューは、うれしそうに応え、和おばさんもうなずく。

「ところで、今日は何かね」

「今日はね、新鮮なシュク（小魚）がたくさんとシイラ、エラブチ（ブダイ）、それにハリセンボンもあるでよ」

「じゃあ、シュクを塩漬けにしておこうかね」

「ああ、美味しいよぉ」

ジューは、まだ箱の中で跳ねているシュクをわしづかみにすると、三角の筒に折った新聞紙に何回か入れ、きれいなエラブチ一匹も新聞紙で包むと、

「おまけだよ」

と、おばさんに手渡した。

「アゲー（まあー）、ホホラシャッドー（うれしいですよ）、アリギャテ（ありがとう）」

和おばさんは、とても喜んで、奄美の言葉でお礼を言う。ジューも、

「カモンド、カモンド（かまいません、かまいません）」

と、応える。そのやりとりは、歌っているように僕の心に響いた。

ノロの照おば

「孝太、ノロの照おばの所に、あいさつに行こうね」

ミヤと呼ばれるシマ（集落）の中心にある広場の近くにやって来ると、ジューが、僕の方を見て言った。

シマは、ネリヤの神様に守られ、神様と共にある。その神様とシマの人々をつなぐのが、ノロの役割だそうだ。たとえば、ノロは、稲の豊作を神様にお願いしたり、ネリヤの国からやって来る神様と亡くなった人の魂を、お迎えしたりするお祭りを行うのである。今も、沖縄や奄美には、このノロが残っているという。

ノロの話は、幼い頃からジューから何度も聞いている。琉球王国が一番栄えていた時代には、王様をも助ける大きな力を持っていたそうだ。その琉球王国のノロから任命され、奄美にもノロがもたらされたという。薩摩藩に支配されてからは、ノロは代々受け継がれるようになったようだ。

ノロには、気品とかしこさと尊い心を備えた女性が選ばれ、シマの中心的存在だ。ノロの照おばも、シマの人々みんなから敬われている。僕も自然と、照おばのことを、偉い人だと思うようになっている。

ミヤには、アシャゲという、ノロが祭り事をする壁がない小屋がある。この屋根は、縦横の柱で支えられている。照おばは、その隣に住み、裏の畑で野菜を植えていた。

「孝太、おかえり」

照おばは、僕を見るとほほ笑んだ。でも、すぐにキリッとしたノロの顔に戻った。

「正人が、いなくなって、今年で三年かねぇ」

照おばは、ジューと僕の方を見て言った。

正人とは、父さんのことだ。

僕は、あの日のこと、父さんのことを考えると、いつものように、気持ちが落ち込み、鼻とのどが詰まって息苦しくなってくる。

「九月には、正人はネリヤから、帰って来るよ。三年経ったからね」

照おばは、確信に満ちた表情で言った。

（えっ……、父さんはネリヤの国にいるの？……）

と、僕が驚いて、父さんのことを強く思うと、息ができなくなり苦しく目の前が真っ暗になり、その場に崩れ落ちた。

「孝太……」

という、ジューの声がかすかに聞こえた。

気がつくと照おばの家で寝かされていた。そばで、照おばとジューが話しこんでいた。

「孝太のこんな状態が、わしは心配なんでね……」

「そうだね……。正人が帰って来るまでに、孝太も心や体を強くせんとね……。ユタの千代おばの所で診てもらっては？……」

ユタとコウマブリ

僕は、明くる日から、アンマに連れられて、ユタの千代おばの所に通うことになった。ユタとは、家やさまざまの災いのお払いをしたり、心の病をいやす霊力を持つ人のことだ。神様の祭り事を行うノロとは異なるが、沖縄や奄美では、昔からシマ（集落）の人達の心のより処になっている。

千代おばのお母さんは、千代おばが子供の時に、海でサザエを獲っていて、急に沖に流されたのか行方不明になった。それが原因か、千代おばは、カミサワリという原因不明の病気を長く患い、それが治った後に不思議な力が宿ったという。

「孝太、おかえり」

千代おばは、ニコニコ笑って僕を迎えてくれた。ふっくらとした体で、明るくて親しみやすく、威厳のある照おばとは、雰囲気がちがっている。

頭には白いハチマキを巻き、白い着物の上に、白い上っ張りをはおっていた。その白一色に、ハナビラ宝貝とサンゴのピンクの首飾りがきれいに浮き上がっていた。

「孝太のこと、よろしうお願いします」

アンマは、僕の頭を手で押さえおじぎをさせた。目の前には、大きな祭壇があり、その上部には、シデという白い紙の飾りが垂れ下がった縄が張られ、シイの葉や、ミキ（神酒）や、夏ミカン、モチ、それにおわんに入ったご飯などが、ぎっしり供えられていた。そこに、アンマが持ってきた黒糖焼酎と、黒糖も加えられた。

「孝太、固うならんでええよ。何も怖うないからねぇ」

千代おばは、祭壇に向かうと、まず三本の線香に火をつけ、焼酎と一緒に供えて拝んだ。続いて火をつけた七本の線香をご飯に立て、また拝んだ。ススキの長い葉を束ねて手に持つと、それを左右に振りながら、目をつむり、オモリ（唱え言葉）を唱える。その唱え声が次第に大きくなり、部屋中に響き渡っていくと、千代おばの体は、波のようにうねりだした。不思議な世界に入っていったようだ。


そこにいたのは、あのほがらかな千代おばではなかった。

「苦しい……。息が……、息が……」

と、千代おばの口から、うめくような声がもれ、その場にうずくまった。

（千代おば、大丈夫？）
僕は、思わず心の中で叫んでいた。
（孝太、苦しくて、寂しくて、悲しいね……）
（そう、僕は、苦しくて、寂しくて、悲しいんだ……）
（孝太のその気持ち、分かるよ。私も昔そうだったからねぇ）
（千代おばの母さんも、海でいなくなったんだね）
（そう……、苦しくて、寂しくて、悲しかったよぉ）
（僕は、どうしたらいいのかな……）
（無理しなくてもいいよ。だんだんでいいからね）
（千代おば、周りが青くなってきたよ）
（そうだろ、きれいな青の世界だろぉ）
（うん……、青くて透き通っている……）
（これからも、またこの世界に来ようかねぇ）
（僕は、この世界にまた来たいよ）

僕と千代（ちよ）おばは、心の中で語り合った。僕は、あの海での事故以来、はじめて、人と心で話すことができたのだ。すごくうれしかった。

気がつくと、あの明るい千代おばが、笑いながら目の前に座（すわ）っていた。不思議な時間は終わっていた。

「孝太（こうた）、しばらく週に一回ずつ通いね。そうすると、だんだん心も体も、元気になるからねぇ」

僕は、深くうなずいた。

「ええ子じゃ」

千代おばは、僕の頭をなでてくれた。その手のぬくもりが、冷えた心と体を温めてくれた。

僕とアンマは、千代おばに何度も頭を下げて、外に出た。

奄美（あまみ）の夏の明るい夕暮（ぐ）れ、家々のサンゴの垣根（かきね）の上には、濃（こ）いピンクのブーゲンビリアや真っ赤なハイビスカスが、はなやかに咲きほこっていた。

「クック、クック、クック」

マングローブの森からは、山バトの鳴き声が聞こえている。

「孝太、おかえり」

家に戻ると、壮太おじの大きい声がした。壮太おじはジューの弟で、同じ浜に住んでいて、奥さんの良恵おばと二人で暮らしている。

壮太おじはジューと同じく、真っ黒に日焼けして、しわが深い。壮太おじは体が大きく、小柄なジューより、ちょっと怖そうに見える。

じつは、壮太おじは、奄美ではコウマブリと呼ばれて、不思議な霊の力を持っている人物なのだ。信じられないことのようだが、このことは何度も聞いてきたし、僕の身内の人なので、あまり抵抗を感じない。

マブリとは人間の魂のことで、人間の心や体の源だ。その魂は、死んでも、シンマブリ（死後の魂）として残るといわれている。

奄美では、死後の魂は、神様がおられるネリヤの国に行くという。人間はネリヤの国から生まれて、死んだらまたネリヤの国に帰っていくそうだ。

コウマブリは、マブリや、死んだ直後のシンマブリが見える人のことをいう。僕の育った神戸でも、人が死んだ直後に、その魂の火の玉を見たという人もいるが、同じようなことかもしれない。

壮太おじは、中学生になった頃から、次第に人のマブリが見えるようになってきたという。ユ夕の千代おばも、このマブリ（魂）を見る力を持っている。
つまり、奄美には、三種類の不思議な力を、持った人達がいるのだ。一番は、神様とシマ（集落）の人々とをつなぐ祭り事を行うノロである。二番は、人々の相談にのったり、心をいやすことができるユタだ。そして三番目に、コウマブリだ。ただ、コウマブリは、マブリやシンマブリ（死後の魂）を、見ることができるだけだ。

僕は、幼い頃からこのような人々に囲まれてきたから、自然と受け入れられるが、神戸の友達が聞いたら、きっとビックリするだろうな。

「孝太、シマで、マブリを強うしていかんとなぁ」

と、壮太おじは、ジューと黒糖焼酎を飲み交わしながら、僕を見つめた。

黒糖焼酎は、奄美のサトウキビから作った焼酎で、シマの大人、特に男の人達は、みんな夜に飲むのを楽しみにしている。

僕は壮太おじの言葉が胸に残った。マブリは弱いとぼんやりとしていて、強いとはっきりと見えるらしい。壮太おじには、今の僕のマブリは、ぼんやりとしか映っていないのだろう。

シマの友達

「孝太、おかえり」

学校から帰った一郎と浩だ。二人はシマでの幼なじみで、一郎も浩もお父さんが、ジューと同じで、浜の漁師（りょうし）をしている。

「水鉄砲（みずてっぽう）を作ろうや」

一郎と浩は、僕が話ができなくても、以前と変わりなく遊んでくれる。シマの友達は特別だ。三人でキンゼヘェという竹の一種の林に行き、太さ三センチくらいのキンゼヘェを、四〇センチの長さに切る。その節（ふし）のところに、小さな穴をあける。もう一本は、少し細い一センチくらいのものを、六〇センチの長さに切る。その先に、布を三〜四センチ幅に巻く。それをはじめに切った筒の中に入れて、水鉄砲の完成だ。

「川に行こうかぁ」

浩の呼びかけで、一郎も僕も、自前の水鉄砲を握（にぎ）って走った。木々に囲まれた小川は、水の底の小石まではっきりと見え、メダカや沢ガニがいる。

僕達は、水鉄砲を水中につけて、筒の中のキンゼヘェを引き戻し、水をいっぱい入れると、相手に向けて押す。水が小さな穴から、勢いよくふき出し、相手の顔や腹（はら）にかけ合いっこをする。

一郎は、穴を少し横にあけてしまったので、水が斜めに飛び出してしまう。

「ヨガシバリ、ヨガシバリ（横小便、横小便）」

と、浩がはやし立てる。

「それーそれー」

一郎は、斜めから浩の横顔にかける。僕も浩の腹にかける。

「負けるもんか」

浩も、一郎や僕に水鉄砲を向けてかけ返す。僕達は、びしょぬれになって岸に上がった。

一郎が川原のアクチ（木たちばな）の実を、両手にいっぱいもいできた。紫色に熟した実は、甘みがあり美味しい。三人とも口の回りが紫色に染まった。


晩ご飯には、アンマが浩と一郎を呼んでくれた。二人とも、風呂に入りこざっぱりとしてやって来た。ジューと壮太おじが朝の漁で獲ったヒキ（スズメダイ）のから揚げ、トビンニャ（マキガイ）の塩ゆで、シブリ（トウガン）とブタ肉の汁物、それにニガウリの味噌いため……。すごいごちそうだ。アンマは、シマ（集落）料理が得意だ。

「アゲー（わあー）」

浩と一郎は、歓声を上げて喜んだ。ジューもアンマも、僕と遊んでくれる友達を、大切にしてくれているんだな。

「シマのケンムンの昔話をしようねぇ」

ご飯が終わると、ジューが黒糖焼酎を飲みながら、僕達に言った。みんな目を輝かせて、ジューの話に聞き入った。ケンムンというのは、奄美で言い伝えられているカッパのような可愛い妖怪をいう。奄美では、ケンムンと会ったという人がたくさんいるのだ。一郎のお父さんも、子供の頃、ケンムンを見たそうだ。

「昔、昔のこと、一人の男がイザリ（夜漁）に出かけた。浅瀬に誰かがいたので、近くに行くと、よくは見えなかったが、子供のようなものが泣いていた。『どうしたのか』とたずねると、『タコが、足にしがみついて離れなくて、歩けません』と答える。かわいそうに思った男は、タコの足を包丁で、一本一本切り取って、離してやった。それは喜んで『アリギャテ、アリギャテ（ありがとう、ありがとう）』と、叫びながら逃げて行った。後ろ姿を見ると、何とケンムンだったのだ。男は『ケンムンは魚を横取りするから、今晩はもう帰ろう』と、なにも獲らずに帰った。

『ドーン』、明け方音がしたので、男が起きて戸を開けると、目の前に、たくさんの魚や貝やエビが山のように積まれていた。男はそれらのごちそうを、シマ（集落）の人達に分けて一緒に食べた。

それからも、明け方には、いつも新鮮（しんせん）な海の幸が、家の前に置かれていたとさぁ」

僕も、ケンムン（妖怪（ようかい））に会ってみたいなと思った。浩や一郎も、きっとケンムンのことを思いながら、帰ったんだろうな。

シマの助け合い

「火事だー、火事だー」

夜中、叫び声に目を覚ますと、ジューとアンマが外に飛び出していた。

「和おばの家から、火が上がっておる！」

ジューとアンマは、台所の水がめから、いくつかのおけに手際よく水をくむ。

「孝太、水おけを持って、和おばの家に行くんじゃ」

僕は、両手に水おけを下げ、ジューの後について走った。アンマも続く。壮太おじや良恵おば、それに一郎や浩一家をはじめ、シマの家々から、水おけを持った人々が、和おばさんの家に集まる。みんな、おけの水を勢いよく、広がりはじめている火に向けて、次々とぶっかける。

ノロの照おばが、逃げ出た和おばさんを抱き抱えていた。

「ジャン、ジャン、ジャン、ジャン」

非常事態を告げる鐘が、シマ中に鳴り響く。シマの消防団も到着して、ホースで散水が始まり、やがて火は消えた。はじめの水おけによる消火活動が早かったおかげで、カヤ屋根は焼けたが、家の土台や柱は残った。

「和おばが無事で良かった」

照(てる)おばの言葉に、集まった人々はうなずいた。

和(かず)おばさんは夫が昨年亡くなり、子供もなく一人で住んでいた。毎晩、夫の位牌(いはい)にロウソクの火をともして拝んでいたが、昨晩はその火を消し忘れ、それが倒れて火事になったらしい。

和おばさんは、照おばの家に、しばらく身を寄せることになった。ユタの千代(ちよ)おばも、世話をしている。ジューは、朝獲(と)れた魚を和おばさんへと届け、シマ（集落）の人みんなも、野菜や米などを持ち寄り、見舞(みま)っている。

シマの人達は、時間を見つけては集まり、和おばさんの火事の後かたづけや、家の修理に励(はげ)んだ。シマの寄り合いで、和おばさんのカヤ屋根全部の葺(ふ)き替(か)えが決まった。屋根の葺き替えをウブシといい、元気な人ほとんどが手伝いを名乗り出た。

この仕事は、大人の男が中心だが、準備には、女も子供もみんなが手伝う。僕は、浩や一郎と一緒に、カヤ屋根の材料のススキやチガヤを、野原や川原、山に行き集めまくった。集めたカヤは、ヒモで結び背中に負い運んだ。

ウブシの日がやって来た。まず、若者達が屋根に登り、焼け残ったカヤを竹の棒(ぼう)で下に落とす。僕達やアンマ達は、それらを集めてひもでくくり並べる。屋根を覆(おお)っていたカヤの量はすごく多い。

「おれは、腰が痛うなってきたから、一休みねぇ」

と、一郎が腰をさすりながら、座りかけると、

「何、若いもんがぁ」

と、良恵おばが、かがんだ一郎の尻を思いっきりたたく。みんなどっと笑った。

屋根のカヤが全部落とされると、ジューをはじめ、下にいる男衆が、新しいカヤの束を竹で突っき刺し、屋根の上の若者達に渡す。受け取ると、隙間なくカヤを屋根にかぶせていく。とても根気のいる仕事だ。

早朝から始まったウブシは、夕日が山に沈む頃、やっと完成した。拍手と共に、みんなの晴れ晴れとした顔が、夕焼けに赤く照らしだされていた。新しいカヤの匂いが心地良い。

夜は、葺き替えられた屋根の下、家の中も修繕されて宴会だ。

「みなさん、ありがとう、ありがとう」

和おばさんが、本当にうれしそうに、シマの人達に礼を言う。

イセエビの味噌汁、エラブチ（ブダイ）の刺身、アカウルメのから揚げ、ハリセンボンのから揚げ、カツオのたたき……など、みんなが持ち寄ったごちそうが並ぶ。

「イセエビの味噌汁は、やっぱりうまいねぇ」

浩が美味しそうに飲む。僕はハリセンボンのから揚げが好きだ。

大人の男の人達は、黒糖焼酎を飲み交わしている。サンシンが鳴り、シマ唄が流れる。やがてそれは、にぎやかな六調という踊りに変わり、みんな立ち上がり、指笛を鳴らしながら夜がふけるまで踊り続ける。

シマ（集落）の助け合いはユイと呼ばれ、ボランティアのようなものだ。でも僕は、少しちがうようにも思う。シマは、一つの大きな家族みたいだ。

ノロの照おばは、神様とかかわる祭り事をして、人々を導く威厳のあるお父さん。それにユタの千代おばは、何でも相談にのってくれる優しいお母さん。そのお父さんやお母さんに守られながら、シマの家族は喜びは共に、悲しみはみんなで分け合っているのだ。

僕はそんなシマが好きだ。

第二章　不思議なシマの生活

芭蕉布の祈り

「孝太、起きるかぁ」

七月のはじめの早朝に、ジューに起こされた。今日は、ジューは漁を休んで、壮太おじと一緒に、糸芭蕉の木の切りだしに行くのだ。太陽が昇ると暑くなるので、朝早くに出発する。

芭蕉布は、さらっとした涼しげな布で、昔はシマ（集落）の夏の衣服は、みんなこれで作っていた。今は、てぬぐいやハンカチなどの小物を、芭蕉布で作って楽しんでいる。

大きく長い緑の葉がたわわになる糸芭蕉の茂みにやって来た。ジューと壮太おじは、持ってきた大きなナタを取り出し、根元から切り倒し、一メートルくらいの幹を取り出す。

外側の固いところを取り除くと、白い中の茎が見えてきた。さらに、ナタで切り込みをいれて、下に向かって引き裂く。それを中の方へと何周も繰りかえす。厚紙をくるくると巻いた感じで、次々と簡単にはがれる。

「キュウロロー、キュウロロー」

朝の澄み切った空気の中、アカショウビンが鳴いている。

僕は、ジューや壮太おじが引き裂いだ薄い芭蕉を、束にして結んでいく。切り取ったばかりの芭蕉は、真っ白でつやつやしていてきれいだ。一番真ん中の芯も、持って帰る。これは、細かく切って、ツナ缶とまぜると美味しい。

「アゲー（まあー）、たくさん糸芭蕉がとれたんねぇ」

家に戻ると、アンマと良恵おばが大鍋に湯を沸かしていた。そこに今取ってきた、芭蕉とガジュマルの灰をいれ、ぐつぐつと一時間ほど炊く。

炊き上がった芭蕉は、色が茶色くなった。それをよく水洗いした後、竹の棒でヌメリを除きながら、帯状の繊維を取り出していく。

これを竿にかけて、川の流れに一昼夜つけて、その後かわかす。

この繊維から、一本一本を離して糸にする。アンマが糸を取り出し、それを良恵おばがつなぎ、長い糸にしていく。とても根気のいる仕事だ。良恵おばは、紡いだ糸の束を、半分持って帰った。

僕とアンマは、糸巻きをする。僕が両手の親指と人さし指を伸ばしたところに八の字にかけ、巻いていく。これを、おだまきという。アンマは、静かに、おだまきの唄を繰り返し口ずさむ。

時はゆるやかに流れていく。

夜、アンマは土間で、紡いだ糸で芭蕉布を織っている。ジューや僕、それに浩や一郎のてぬぐいと、母さんへのスカーフだ。ピンと張った経糸に、横糸を上手に織り込んでいく細かい仕事だ。

「パタ、パタ、パタ、パタ」

という、はた織機の音が、ジューのサンシンや唄の合間に、手拍子のように入る。

僕は、芭蕉布を織るアンマの姿を写生した。

芭蕉布は、糸芭蕉の切り出しを除いて、アンマや良恵おばの、気の遠くなるような作業で、できあがる。

昔は、家族の女の人が手作りした布が、男の人が航海などの旅に出る時の大切なお守りだったという。特に家族の姉妹は兄弟を守る霊力を持っていて、『オナリ信仰』と呼ばれていたそうだ。

それを受け継ぎ、アンマや良恵おばも、漁に出るジューや壮太おじの安全を、心を込めて祈りながら、てぬぐいを毎年作っている。


朝起きると、白い芭蕉布の四枚のてぬぐいと、母さんへのスカーフがきれいにたたんで置かれていた。アンマが、毎晩遅くまでかかって織り上げてくれたものだ。

僕が朝ご飯を食べていると、ジューは壮太おじと、軽トラックに、たくさんの朝獲れた魚を積んでいた。隣町の魚市場に出かけるのだ。

「アゲー（わあー）、さすがアンマだねぇ」

一郎と浩がやって来て、織られた芭蕉布を見て驚いていた。

「草や花の染料（せんりょう）、用意したんよぉ」

一郎は、琉球（りゅうきゅう）アイの葉や茎（くき）を、三日前から水と石灰（せっかい）につけておき、その泥アイを持ってきた。浩は、ウコンの球根（きゅうこん）をすりおろした汁と紅（べに）の花をもみだした汁を、それぞれ灰汁につけて作ってきた。

「おれは、アイで青く染めるぞぉ」

と、一郎が言うと、浩も続いて言った。

「おれは、ウコンで黄色にするよね」

僕は、自分とジューのてぬぐいはアイで青く、それに母さんのスカーフは、紅の花で薄桃（うすもも）色に染めることにした。つけておく時間が長いと濃（こ）く、短いと淡（あわ）い色になる。三人とも、自分だけの色を目指（めざ）して、いそいそと染める。

僕とジューのてぬぐいは、鮮（あざ）やかな青色にでき上がった。僕の大好きな色だ。スカーフも、母さんの好きな優（やさ）しいピンク色に染まった。

家の前の物干（ほ）し竿（ざお）に、きれいに染められた青、黄、薄桃色の芭蕉布が、浜風にそよいでいた。

ケンムンの悲しみ

「今から、川にタナガ（川エビ）を獲りにいくんよ。孝太も行くね？」

一郎と浩が誘いにきた。僕も、網とバケツを持って二人に続く。

針葉樹のビロウの葉が生い茂り、緑色に染まった川で、ひざ下までつかって網を動かす。一郎が家から持ってきた米ぬかをまくと、タナガが一斉に集まってくる。それを網ですくう。面白いほどたくさん獲れる。小さなバケツがタナガで満杯になると、僕達は川原に上がった。

「黒糖食べるね？」

浩が割ってくれた黒糖を、岩の上に三人並んで座りほおばる。夕方に吹く風は、気持ちが良い。

僕は、持ってきた絵の道具で、川原を背景に、一郎と浩を写生しはじめた。

「兄ちゃんが、昨日の夜、お使いに行った帰りに、峠でケンムン（妖怪）らしいものを見たと、言ってたよぉ」

一郎の話に、浩が応える。

「アゲー（うわー）、おれ、ケンムン見たいなー」

「それなら、今晩、峠に行こう。孝太も行くね？」

一郎が声を低くして言い、僕もうなずいた。

夕食は、アンマがタナガをから揚げにしてくれた。カルシウムがいっぱいで、美味しい。

一郎と浩が迎えにやって来た。

「あんまり、遅くならんでね。ケンムンが出るでねぇ」

アンマの言葉に、一郎と浩は顔を見合わせてニヤニヤしている。

「ハブが出るといけないね。このハブ用心棒を持って行けよ」

ジューが、長い棒を僕に渡してくれた。

夜空には、散りばめられたダイヤのような星が、輝いている。

一郎が懐中電灯で照らしながら、先頭を歩いて行く。僕は、棒をつきながら、二人の後ろに続いた。だんだんと、胸がドキドキしてくる。一郎と浩の歩調も鈍くなってきている。

ガジュマルが繁る峠にやって来た。ガジュマルはくねくねとした枝が垂れ下がり、夜見ると気持ちが悪い木だ。

その時、辺りに、生臭い匂いが立ち込めてきた。一郎が、ガジュマルの根元を照らすと、そこには何かがいた。

「アゲー（うわー）、ケンムン」

一郎が叫んで逃げ出すと、驚いた浩もそれに続いた。僕も棒を放り出し、慌てて逃げようとしたが、足元をツタに取られ転んでしまった。

（孝太、ドーカ、ドーカ（どうか、どうか）、ニギインナア（逃げないで））
見ると、カッパの子供のようなものが、ひざを抱えてしゃがんでいた。
（どうして、僕の名前を知ってるの？）
（ワン（おれ）は、昔から知ってるよ）
（ワンには、チャン（父ちゃん）も、オッカン（母ちゃん）もいないんだ）
（えっ、母さんもいないの……）
（それに、友達もいないんだ。みんなワンを見て、逃げていくんだ）
（おまえは、魚をぬすんだり、驚かしたり悪さをするからね）
（それは、みんなにかまってもらいたいからなんだ。寂しいんだ）
（僕も寂しいんだよ）
（だから、ワンは、孝太のこと知ってるんだよ）
（じゃあ、僕らは友達だ）

「孝太、孝太」

ジューの呼び声に、僕は我に返った。ジューが倒れていた僕を、抱き起こしてくれていた。そこには、もうケンムン（妖怪）の姿はなかった。その代わりに、ガジュマルの大きな木の切り株が目に映った。

ジューは松明を手に持って、僕を捜しに来てくれたのだ。後ろには、心配そうな顔をした一郎と浩がついて来ていた。

僕は、ケンムンと話したことを、一郎や浩にも教えなかった。

高潮に襲われて

「今日の午後から、台風が沖縄、奄美方面に接近します」

朝のラジオで、昨日発生した台風が、こちらにやって来ると伝えている。

朝ご飯が終わると、ジューと一緒に浜に出た。ジューと壮太おじが、漁船を浜に上げ、太い木に縄でくくりつけた。

「孝太、台風来るね」

と、一郎が言って、僕に手を振った。僕も手を振り返した。浜に干していた網や釣竿も、家の中に入れた。海の波は、もううねりだし、雨も強くなって来ている。

ジューは、はしごに登って、ゆるんでいる屋根のカヤをヒモで固くしばる。僕は下で、はしごをしっかりと支えている。ジューは、雨戸も点検して、ガラスだけの窓には、木を打ちつけてふさいでいった。僕は、大工道具を手に、ジューの後について回った。

「よし、これで大丈夫じゃ。まあ今頃のは、豆台風じゃろなぁ」

ジューと僕は、大仕事を終えて家に入った。びしょぬれになった体をふいて、着替えた。

「ごくろうさんねぇ」

アンマがお昼に、熱々のシブリ（トウガン）と鶏肉の汁を作ってくれていた。冷えた体が、ポカポカと温まる。

ジューはサンシンを弾き、アンマは取り入れた網のつくろいをする。僕は、二人の姿を写生した。

夕食後になると、大雨と強風になってきた。

「こんな夜は、早う寝るのが一番じゃ。朝にはやんでるよ」

ジューの言葉に、三人は早く休むことにした。


「孝太、孝太」

夜中、ジューの叫び声に、隣の部屋で寝ていた僕は、目を覚ました。何と寝ていた布団は、畳ごと水の上に浮かんでいたのだ。慌てて立ち上がると、海の水がひざ上くらいまで浸水して来ていた。

僕は父さんとの事故以来、海が怖くてつかったことがなかった。どっと恐怖感が押し寄せてきた。

（ジュー、アンマー……）

声無く叫びながら、暗闇の中、水をかき分けジューとアンマの所まで、震えながらたどり着いた。強風と豪雨で家がきしみ、海水はどんどん増してくる。すでに腰のあたりだ。アンマは、僕をしっかりと抱きしめている。ジューが戸を開けようとするが、開かない。

ジューは、浮かんでいたちゃぶ台をたぐり寄せると、その上に僕を抱き上げ乗せた。海水は、すでにジューとアンマの首くらいまできていて、顔を出すだけで精一杯という状態だ。僕は、もう足がたたないだろう。その時、ちゃぶ台が傾き、海水の中に放り出された。

「孝太……」

ジューとアンマの叫び声が聞こえた。僕は水の底に沈んだ。鼻や口から水が一気に入り込み苦しい……。

（この苦しさ……、前にも、これと同じことがあった……。この恐怖を思い出すと気を失っていたんだ……）

と、思った瞬間、下から何かに強く押し上げられ、水の上に顔を出した。

「孝太」

ジューが、上がってきた僕を抱き上げ、アンマがそれを支えた。僕はジューにしがみつき、ジューも強く僕を抱きしめた。恐怖の中、不思議と意識はハッキリとしていた。ジューやアンマを、何とか助けなければと思っていたのだ。

その時、僕は首からさげているお守りの巻貝を、いつの間にか固く握(にぎ)っていることに気づいた。

(ネリヤの神様、僕達を助けてください)

とっさに巻貝を高く掲(かか)げて、祈り続けた。

やがて……、戸の隙間(すきま)から薄(うす)明かりが射(さ)し、海水が次第(しだい)にひきはじめた。

「大丈夫かー、大丈夫かー」

浜の外から、声がする。壮太(そうた)おじの声が大きい。

僕達は助かったのだ。

(ネリヤの神様、ありがとう……)

僕は、巻貝を握りしめた。


朝日が昇(のぼ)ると、海水はひいていった。

「こんなに早い時期に……、高潮(たかしお)が来るとはな……」

浜の人々は、集まって話していた。ジューの家が、一番海に近かったのだ。しかし木にくくりつけていた船は、大丈夫だった。シマ(集落)の人達も手伝いに来て、畳(たたみ)や水につかった家財道具を浜に広げて干(ほ)した。

「孝太が無事で良かった」

一郎と浩が、手伝いながら、声をかけてくれた。その日から三日間は、壮太おじの家で、僕やジューやアンマは泊まった。

シマ（集落）のユイ（助け合い）で、海水につかった家や家財道具も、かわかされて修理され、また元の生活が送れるようになった。

でも僕の心には、不思議な気持ちが残った。

（海水の底に落ちた時、押し上げてくれたあの力は、何だったのだろう。それにお守りの巻貝を握（にぎ）って祈ったから、ネリヤの神様が、助けてくれたんじゃないだろうか……。

僕は、海の水が怖（こわ）かったのに、ジューとアンマを救いたい一心で頑張（がんば）れたのだ……）

アラホバナのお祭り

ネリヤの神様を、お迎えする祭りがやってきた。

田んぼの稲がたわわに実ると、稲の豊作への感謝と祈願を込めたアラホバナのお祭りが行われる。今年は早くから来ているので、はじめて体験できるお祭りだ。このお祭りは、シマ全体で行う。

「シマのみなさん、今日は、アシャゲ(ノロが神祭りをする小屋)でのミキ(神酒)作りの日ですので、お米の奉納よろしくお願いします。また当番の方もよろしくお願いします」

朝の七時、シマのスピーカーより、区長さんの放送がある。アラホバナの準備は、祭りの前々日のミキ作りから始まる。

今年は、アンマや和おばさんが当番になり、ミキ作りをすることになった。シマの人々は、アシャゲにお米を一合ずつ持ち寄り、神棚を拝んでいく。

アシャゲの前庭で、ドラム缶の大きな鍋に湯を沸かし、砂糖を入れ、製粉した米の粉を少しずついれていく。僕は、浩や一郎と朝から見物に来ている。僕はミキ作りの様子を写生する。

七月の暑い盛り、アンマや和おばさんは、汗をタラタラ流しながら、竹の棒で鍋をかきまぜている。僕もアンマを手伝いたかったが、当番以外はしてはいけないのだ。鍋の中のおかゆが、次第に固いノリ状になってきた。

そのおかゆをさまして、そこに、サツマイモをすりおろしたナマガンというダンゴを入れる。これで発酵させるのだ。さらにかきまぜていくと、もうアンマや和おばさんは、汗をかかなくなってきた。かきまぜる抵抗がなくなってきたらしい。

トロトロのミキ（神酒）ができあがった。アンマや和おばさんは、満足そうにとても喜んでいた。僕もうれしくなった。

ミキが冷めたら、かめ二つに分けて、その上に芭蕉の葉を三枚ずつかぶせ、縄を三回まわして結ぶ。アンマや和おばさんは、そのかめを神棚に供えて一心に祈った。

この日からアラホバナのお祭りが始まるまでは、騒いだりせず、静かに家で過ごす。海や川にも入らないので、ジューも漁を休む。田んぼの新しい稲穂が無事産まれるように、人々は家にこもり、稲のマブリ（魂）を驚かさないようにするという。稲にもマブリがあるみたいだ。

アラホバナ祭りの日がやって来た。朝一番に、ノロの照おばが、アミゴというノロの手や足を清める小川に入って、手足を洗う。その後、和おばさんの田んぼから、しっかりとした稲穂を根がついたまま三本抜き、アシャゲ（ノロが神祭りをする小屋）に持って帰る。

僕がジューに連れられて、アシャゲに入ると、シマ（集落）のみんなが迎えてくれた。僕は、アシャゲの中に入るのははじめてだ。木の床に、座布団がぎっしりと敷き詰められている。でも壁がないので、狭苦しい感じはしない。

壮太おじと良恵おばも、先に来ていた。アンマは、当番で前の方に座っている。上の神棚からは、白い紙飾りが下がっている。

ノロの照おばが、頭に白いハチマキを巻き、シダで作った冠をかぶり、白装束の上に青い勾玉の首飾りをかけて、静かに現れた。照おばは、気高く、おごそかな雰囲気である。

まず、照おばが、抜いてきた稲穂を神棚に供えて祈る。その後、アンマや和おばさんが丹精込めて作ったミキを、黒いおわんに取り、そのおわんの周りを稲穂で三回なでて、イナダマノタハーブイ（稲魂の唱え事）を唱える。これで稲のマブリを、強く元気にするのだ。

照おばの透き通った声が、アシャゲの解き放たれた空間から、シマ中に響き渡っていく。

照おばが、クバオーギ（くばの葉で作った扇）をあおぎながら、神様をお迎えするウレオモリ（唱え言葉）を唱える。僕達もオモリの歌詞のコピーを見ながら、一緒に唱えるが、その意味は全く分からない。でも一生懸命に唱えないと、神様はネリヤの国から、やって来られない。

神様がお着きになると、照おばは鳳凰と太陽の絵柄の、一メートル近い大きな扇を広げ、その上に、琉球王国の首里王からの書状をのせて読み上げる。僕達は頭を下げて、それを聞く。その言葉の意味も分からない。僕はだんだん眠くなってきた。

終わりに近づいてきた。酒をついで、神様に願い事をする。当番のアンマが、照《てる》おばのさかずきに酒を注ぎ、ささやくように願い事をした。

「孝太《こうた》のマブリ（魂《たましい》）が強うなり、病気が治りますように……」

そのアンマの祈りの言葉に、僕は、ハッと目を覚《さ》ました。アンマは、いつもは何にも言わないけれど、僕のことを心配してくれているんだ……。きっとアンマは、僕の病気を治す願い事をするために、当番になり、暑い中も汗を流しながら、ミキ（神酒）を作ったりしてくれたんだろう……。

最後は照おばが、神様をお送りするノリガミノオモリ（唱え言葉）を唱える。その声は、高くて清らかだ。それは、また眠りを誘《さそ》う。

ウダモドロ　モドロ（さあ戻ろう　戻ろう）
ウタカエロ　カエロ（さあ帰ろう　帰ろう）
ヤンナー　ホーヒヤー（かけ声）
ヤンナー　ホーヒヤー
ネンネ　ネンヒロロン（はやし言葉）

ネンネ　ネンヒロロン……

その軽やかなはやし言葉に送られて、神様はネリヤの国へと帰って行かれる。目の前に、白いヒゲをはやし、何ともいえない優しい顔をして、着物を着た神様が、白い馬に乗って、海の上を渡って行かれる姿が浮かんできた。神様の首には、僕のお守りと同じような巻貝が、いくつも連なってかけられているように見えた。

これは夢か本当か分からないけれど、今日、はじめて神様の姿を見た。

（この間の高潮の時は、ありがとうございました）

僕は心の中で神様にお礼を言った。とても安らかな気持ちになった。

その晩、母さんから電話があった。僕は、母さんやジューやアンマを、早く安心させたいなと思った。

宝貝の『生』と『死』

「孝太（こうた）、勉強教えてぇ」

一郎と浩が、夏休みの算数の宿題を抱（かか）えてやって来た。もう夏休みに入っているらしい。シマ（集落）に来て、二か月あまり経っている。こちらの生活にも、すっかり慣（な）れてきた。

「ツルカメ算は、分からん」

一郎が頭を抱えている。

「おれも分からん」

浩も応（こた）える。僕は算数が得意だ。紙にカメの足四つと、ツルの足二本の絵を描いて、ていねいに説明を書くが、それでも二人は分からない。僕は、一郎の宿題をやることにした。浩は、それを横で写している。

「お昼にしようねぇ」

アンマの言葉に、待ってましたと言わんばかりに、いそいそと、ちゃぶ台の上に散らかしたノートや本をかたづける。台所からは、サツマイモを煮た甘い匂（にお）いが漂ってきている。扇風機（せんぷうき）が回る中、熱々のイモ煮を、汗をかきながらほおばった。

「スイカがよう冷えたよぉ」

ジューが、シマの井戸で冷やしたスイカの大玉を、ぶら下げて戻ってきた。

「アゲー（わあー）」

一郎と浩が歓声（かんせい）を上げた。ジューが、包丁（ほうちょう）でそのスイカを切り分けてくれた。僕達は、競い合うようにかぶりついた。

昼ご飯が終わると、一郎も浩も、もうちゃぶ台の上に勉強道具を出さなくなった。

「宝貝の勝負をしようかね」

と、一郎が言った。

「おー、勝負しようぜ」

と、浩が意気込んだ。僕もうなずいた。

アンマが、浜のアダンの木陰（こかげ）にゴザを敷（し）いてくれ、僕達はそれぞれ袋（ふくろ）に入った宝貝を持ち寄り、丸く座（すわ）った。

一個で二〇と数える宝貝は男貝と呼ばれ、一個で一〇と数える黄宝貝やハナビラ宝貝は、女貝とされた。

「今日は、それぞれ二百出すことにしよう」

という一郎の言葉に、みんな頭の中で計算をしだした。僕は、男貝を七個と女貝六個を出した。

一郎は、男貝五個と女貝一〇個。浩は男貝六個と女貝八個だ。

それぞれの出した貝をゴザの真ん中に、一斉にばらまく。貝が表（背の方）になっているのは『生』、裏向け（腹の方）になっているのは『死』となる。

ジャンケンをして、僕が一番になった。まず、上に投げる上げ玉という男貝を一つ決める。最初にそれを上に放る。その上げ玉が落ちてくる間に、表向きの『生』の男貝二個を右手ですくい、上げ玉も落ちる前に一緒に受けるのだ。素早く、『生』の男貝を見つけなくてはならない。僕は、はじめ二個の男貝をものにした。浩も一郎も、僕に続く。

だんだんと、ゴザの上の『生』の男貝が取られていくと、次は、女貝の『生』も取る。『生』の貝が残っているのに、裏向けの『死』の男貝や女貝をすくってしまうと、今まで取りためた貝を、全部出さなければならない。

ゴザに残っている『生』の貝より、『死』の貝の方が多くなっていくと、その中から『生』の貝を見極めるのは、難しくなっていく。僕は、よく最後の方で、『死』の貝をすくってしまい、負けることが多い。一郎や浩は、上手に『生』の貝を選ぶのに……。

夜、窓から差し込む月明かりの中、天井を眺めながら床に着いた。昼間の宝貝遊びのことを思い出していた。

　奄美では、こんなふうに子供の遊びにも、こだわりなく生と死が入っている。神戸での遊びにはないことだ。死が、シマ（集落）の人々の生活の中に自然と溶け込んでいて、とても神秘的な感じがする。

　このようなシマで暮らしていると、お守りの巻貝までが、何か不思議な力を持っているように思えてくるのだ。この間の高潮の時にも、この貝を握って、ネリヤの神様に祈ったら、僕達は助かった……。

　波の音が次第に遠ざかり、眠くなっていった。

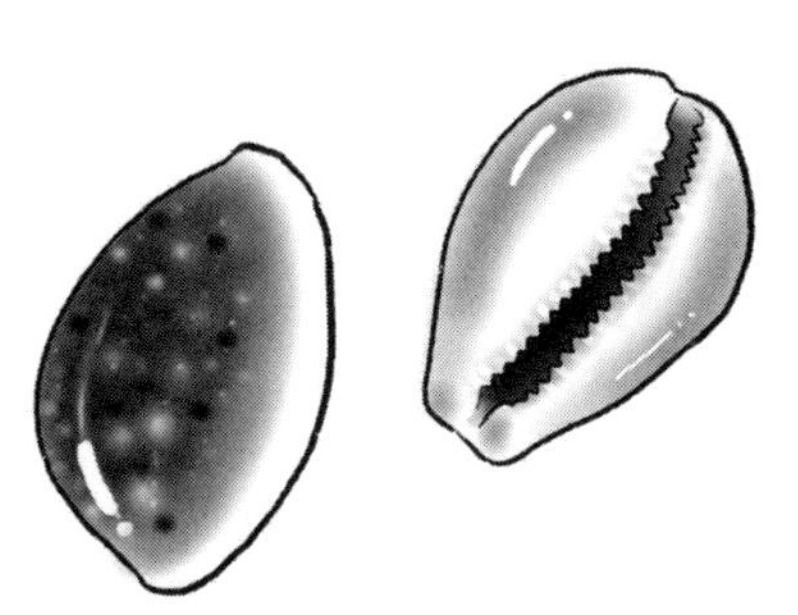

七夕さま

「孝太、起きるかぁ」

八月七日の朝五時に、僕はアンマに起こされた。お墓参りに行くのだ。壮太おじと良恵おばも一緒だ。

その前に、サトイモの葉の上にたまった朝つゆを集めて、それで墨をすり、白い短冊に『七夕さま』と書く。それと色のついた短冊を長い竹の先に飾り、家の門に高く掲げる。ご先祖様が見つけられやすいようにと願って、なるべく高く。

墓地は、シマ（集落）の一番端の、木々がうっそうとおい繁った場所にある。太陽が昇りはじめた早朝だが、墓地は薄暗い。ここは、真夏でも冷んやりとしている。

まず、みんなで、お墓の周りの草をていねいに抜く。その後、アンマと良恵おばが、ほうきではき、ジューと壮太おじが浜から取ってきたサンゴの砂をまく。

最後に、サンゴでできた墓に花と線香を供えて、みんなでご先祖様を拝む。僕が目を開けると、ジューとアンマや、壮太おじと良恵おばは、まだ一心に拝んでいた。

お墓参りが終わり、家で朝ご飯を食べていた時、

「今日は、ユタの千代おばの所に行く日だね。七夕で、ジューもアンマも忙しいから、一人で

行けるかねぇ」

と、アンマがたずねた。僕は、首を縦に振った。アンマはナリ（ソテツの実）の粉で作ったモチを、お供えにと持たせてくれた。

千代おばの家は、アゲミセ（何でも屋）の前の道を、真っすぐ行った所にある。

「アゲー（まあー）孝太、一人で来たんね？」

と、千代おばが迎えてくれた。僕は、週に一回通うのが、楽しみになってきている。千代おばとは、心の中で、何でも話せるようになってきたのだ。

千代おばは、ナリモチを祭壇に供え、いつものようにススキの葉を振り、オモリ（唱え言葉）を唱え、僕達の不思議な世界に入っていく。

（孝太、だんだんマブリ（魂）が強くなってきたんね……。マブリは、心や体の源で大切だからね）

（僕には、まだ強くなってきたかどうかは、分からないけど……）

（だんだん、分かるね。みんなと仲良くしてるねぇ）

（ジューやアンマ、それに一郎や浩やみんなと仲良くしてるよ）

（ええ子じゃ）

（それに僕は、ケンムン（妖怪）とも仲良しになったんだ）

（アゲー（まあー）、そうかね。私も子供の頃、ケンムンと仲良くなったんね）

（そうなんだ。ケンムンは一人ぼっちで寂しいんだよ）

（孝太は優しいね……。そういう子は、ネリヤの神様が守ってくださるんよぉ）

（……そうなんだ。……高潮に襲われた時、怖かったけど……。ネリヤの神様に一生懸命に祈ったら、僕もジューもアンマも助かったんだ……）

（アゲー……、ネリヤの神様に通じたんだね……）

（……それにね、……それにね、アラホバナ祭りの時には、神様の姿が浮かんできて、助けてもらったお礼を言ったんだ……）

（孝太すごいよ……。孝太のマブリ（魂）は強うなったんよぉ）

（また、周りが青くてきれいになってきたよ）

（そうだね、孝太の好きな青い世界だね）

（うん、僕はこの青が大好きだよ）

（また来ようねぇ）

千代おばの家を出ると、八月の太陽がさんさんと降り注ぎ、僕の心も明るく照らしだされた。

「孝太、手伝ってぇ」

浜で、一郎と浩が二人で机を、重そうに運んでいた。ブンコーアライ（文庫洗い）といって、七夕の日は、机や本箱などを海に運んで洗うのだ。僕も手伝って海の近くまで運んだ。僕は、海水には入らなかったけれど、二人が、タワシで机をきれいに洗うのを、砂浜に座って眺めながらスケッチをした。

「きれい、きれいになれ」

と、浩が机をこすると、

「きれいになれ、つるかめ算、分かるように」

と、一郎が応える。一郎と浩のやり取りは、いつも面白い。

「孝太、おかえり」

アンマがサンゴの石垣の上に、僕のシャツやジューやアンマの服を干している。七夕の日には、衣類を太陽にさらす。日の光が染み込み、洋服からやわらかい匂いがする。ジューは、シマ（集落）の人と、和おばさんの田んぼの稲刈りを手伝いに行っている。

でも、あんなに天気が良かったのに、夕方からは雨が降りだした。これはタナバタアミ（七夕雨）といって、七夕には不思議と雨が降りだすらしい。

僕が部屋の窓から外を眺めると、門に立てた七夕飾りが、ぐっしょりと雨にぬれている。ご先祖様は、この飾りを見つけられるのだろうか……。僕は、昼間の千代おばとの心の会話をうれしく思い出しながら、自然とご先祖様に手を合わせていた。

第三章　僕のマブリが強くなった

浩がハブに襲われた

夕ご飯が終わると、ジューは、黒糖焼酎を前に置いて、サンシンをみがいている。僕は、その様子を写生している。アンマは台所で洗いものをしている。

「孝太、姉ちゃんが遅くなったんで、迎えにいくんよ。一緒に行こうや」

懐中電灯を手に持った浩が、一郎と一緒に、僕を誘いにきた。浩の姉さんは、峠の向こうの役場で働いている。たまった仕事で遅くなったのだろう。シマ（集落）の夜は真っ暗になり、懐中電灯が無ければ歩けない。

僕はジューの顔を見た。前にケンムン（妖怪）と出会った時、ジューは心配して、松明を持って迎えに来てくれたのだ。

「孝太、気いつけていくんよ。ハブ用心棒持ってね」

と、うなずきながら棒を渡してくれた。僕を誘ってくれる友達を大事にして、行くなとは、言わないのだろう。

懐中電灯を持った浩が先頭に立ち、次に棒を持った僕、それに一郎も続いた。僕は、アンマが織ってくれて、自分で染めた青い芭蕉布のてぬぐいを、首にかけて出た。

「ミャオー、ミャオー、ミャオー」

峠に来ると、裏山から、ネコの声とそっくりな、フクロウのミャーティコホーの不気味な鳴き声が聞こえる。

「グワーオー、グワーオー」

オットンガエルの声も地の底から、沸き上がっている。この峠は、前にケンムンと出会った場所だ。その時、

「ギャー」

という叫び声と共に、先頭を歩いていた浩が懐中電灯を放り出し、倒れた。転がった懐中電灯に照らしだされたのは、浩のそばでうごめいている、頭が三角で一メートル以上もあるホンハブなのだ。僕は、とっさに、手に持っていたハブ用心棒を、何度もハブの頭に向かって振りおろした。打ちのめされたハブは、逃げて行った。

「アギー（うわー）、ハブアタリー（ハブに噛まれたー）」

と、一郎は緊迫した声で言い、人を呼びに走り去った。

「ううっ……、ううっ……」

浩が弱々しい声で、うめいている。

（どうしよう……）

と、僕はお守りの巻貝を握っていた。その時、背後で声がした。

（孝太、浩を助けるんだ）

振り返ると、あのケンムン（妖怪）だった。

（孝太、おまえの首のてぬぐいで、浩の足の傷口の上をしばれ。あまりきつくせんとな）

ケンムンは落ちた懐中電灯を拾い、照らしている。そこには、ハブの鋭いキバが食い込み、

血が出ている二つの傷口が浮かび上がった。

（孝太、おまえの口で、傷口から血と一緒に毒を吸って吐くんだ）

（えっ……、僕には……そんなことできない……）

（何言ってるんだ、浩が死んでしまうぞ。いいのか）

（そんなのイヤだ。もう僕は、誰も失いたくない）

そう思うと、無我夢中で、浩の足の傷口に唇を押し当てていた。

なま温かい血の匂いと共に、毒だろうか、強烈な苦味が口に広がった。僕はそれを吐きだし、

また血と毒をすする。何度もそれを繰り返し続けた。

「ひろしー、ひろしー、ひろしー」

浩のお父さんが松明を手に持って、浩の名を呼んでいる。後ろからジューが大八車をひき、一郎と彼のお父さんが、その大八車を押している。でも僕は、それに気づかずに、必死に浩の足の傷口から、ハブの毒を口で吸い取っていたのだ。


「孝太……」

ジューの声が聞こえ、我に返った。そこには、もうケンムンの姿はなかった。また、大きな木の切り株だけが目に映った。

みんなは、気を失っている浩を大八車に乗せ、峠の向こうの診療所に急いだ。僕は、苦味の残った口を、手でぬぐいながら後に続いた。

浩は、診療所で血清注射を打った。お医者さんが、

「その場でのすぐの処置が良かったねぇ。命は助かるよぉ」

と言った。浩のお父さんは、涙を浮かべながら僕の手を取った。

「孝太……、ありがとう。浩の命が助かった……」

浩は、救急車で町の病院に運ばれて行った。ジューは僕の肩をたたいた。そばにいた一郎と彼

のお父さんも、うなずいていた。

ケンムンのおかげで、浩を救うことができたのだ。

アダンの海辺

「孝太（こうた）、浩のお見舞（みま）いに行こうねぇ」

アンマが、ヒンジャ汁というヤギの肉とシブリ（トウガン）を煮た汁を、ポットに入れながら言った。一郎も誘（さそ）って、町の病院に行くことになった。

病室のドアを開けると、浩は、ベットの上で体を起こして、うれしそうに僕達を見た。元気になったようで安心した。

「浩、ヒンジャ汁持ってきたからね。体にいいからねぇ」

と、アンマがカップに汁を注いだ。

「ハゲー（うわー）、臭（くさ）い、臭い」

浩が、鼻をつまんでいる。アンマも一郎も大笑いし、僕も声無く笑った。一郎は浩に、マンガの本を渡した。

「ありがとう。でもおれは、早く家に帰って、また孝太や一郎と遊びたいねぇ」

僕も一郎もうなずいた。僕達が帰ろうとすると、後ろから浩の声が僕の心に響いた。

「孝太、おまえは、おれの命の恩人だぁ」


病院を出ると、アンマがニコニコ笑って言った。

「帰りに、田中一村の美術館に行こうかね」

アンマの言葉に、僕は手をたたいて喜んだ。前から行きたかった美術館だ。一郎もうれしそうだ。

高い吹き抜けの広い館内に足を踏み入れると、僕はびっくりした。たくさんの、南国奄美の自然の風景の絵に、囲まれたのだ。どれも一・五メートルを超える大作ばかりだ。

木々の色がすごい。ビロウ、ソテツ、パパイアなどの南国の木や葉の色に、灰色がかった緑が使われている。こんな色、どうやって出すのだろうか。

その中に咲く白いコンロンカや赤いキキョウランの花々、さらにツマベニチョウなどの蝶、ルリカケスやアカヒゲなどの鳥……。奄美の動植物が鮮やかに、図鑑の絵のように、非常に細かく描かれている。リズム感があり、ダイナミックな生命力を感じる。

絵画のそばには、田中一村の年譜が貼られていた。彼は若い時に両親や弟達を亡くし、五〇歳の時に一人で奄美にやって来たと書かれている。たった一人で、粗末な小屋で生活しながら絵を描き続け、六九歳で亡くなったそうだ。その寂しさが、僕の心に届いた。一村は、僕よりも、もっと孤独だったんじゃないかなと思った。

『枇榔の森』、『草花に蝶と蟻』など、どの絵も僕の心を動かすものばかりだ。その中で、僕が一番好きな絵を挙げるとしたら『アダンの海辺』だ。

作品の中では、明るい色のものだが、静かな感じがする。目の前に、実のなった大きなアダンの木が描かれ、背景は砂浜が海へと続き、遠くは空と海が交わっている。それは、奄美ではアマミゾと呼ばれる水平線だ。一村は、そのアマミゾを、金色に輝かせて描いている。海の彼方のネリヤの国があるといわれている所だ。一村は、そこに亡くなった家族がいると、思っていたのだろうか……。

美術館を出ると、隣に民俗博物館があった。奄美の古くからの人々の暮らしなどが、色々と展示されていた。その出口近くに、『森先生と奄美の生物』という、展示コーナーがあった。夏休みの特別企画のようだ。僕は、前に生物学者の森先生の記事を、奄美の新聞で読んだことがあった。

そのコーナーの一角には、多くの貝が並んでいた。僕はお守りの巻貝を取り出すと、一つひとつ見比べながら、同じ貝がないかを探(さが)した。しかし目をこらして見ていたが、見つからない。

「ちょっと、その貝を見せてくれないかね」

一人のおじさんが、突然(とつぜん)声をかけてきた。僕はビックリしたが、巻貝を手渡した。

そのおじさんは、大きな虫眼鏡(めがね)を出して、巻貝をひっくり返したりしながら、穴があくほど見つめていた。

「これはすごい。……この巻貝は、ニライカナイゴウナという、なかなか見つからない貝だよ」

僕は、驚(おどろ)いておじさんの顔を見た。

「海の彼方の神様の国を、沖縄(おきなわ)ではニライカナイ、奄美ではネリヤカナヤというが、名前の通りこの貝は、その神様の国の貝だと言い伝えられているのだよ。実際、この貝は、ニライカナイやネリヤの国があるといわれているアマミゾの辺(あた)りの、無人島の海岸でしか見つかっていない貴重(きちょう)な貝なのだよ」

おじさんの言葉に、僕はパッと目を輝かせた。

(やはり、この巻貝は、ネリヤの国の貝だったんだ……)

「ニライカナイゴウナは、とてもめずらしい貝だから、大切にしなさい」

僕は深くうなずいた。うれしくてたまらなかった。そのおじさんの胸には、『森』という名札が付けられていた。

（父さんは、この巻貝を、僕の掌に残してネリヤの国に行ったのかな……）

さっき観た田中一村の『アダンの海辺』の絵が、くっきりと目の前に浮かんできた。

ニライカナイゴウナ

今日は、ユタの千代おばの家に行く日だ。僕は、アンマから手渡されたお供えの夏みかんを、持って行った。

途中のアゲミセ（何でも屋）の前では、買い物にきたおばさん達が、大きな声で、おしゃべりに夢中になっていた。

「アゲー（まあー）、孝太、よう来たねぇ」

千代おばは、いつものようにニコニコ笑って、僕を迎えてくれた。

「孝太、えらかったんね。ハブに襲われた浩を助けたんだねぇ」

僕は、うつむいてうなずいた。

千代おばは、夏みかんを祭壇に供えると、オモリ（唱え言葉）を唱え、また僕達の世界が始まった。

（孝太、おまえのマブリ（魂）は、強うなったんよ。浩を助けたんね）

（……でも……、それは……、ケンムン（妖怪）がそばから教えてくれたんだ……）

（そうかい……。ケンムンも助けてくれたんだねぇ）

（そうなんだ……）

（でも、ハブの毒を口で吸うなんて、すごい勇気だよぉ）

（僕は、浩がいなくなってしまったらいやだったんだ……）

（そうだね……。孝太のマブリは、本当に強うなったね……）

（また、周りが青くてきれいになってきたよ）

（そう、きれいだろう……。この青の世界は神様と通じているんだよ……）

（えっ……、ネリヤの国の神様と……）

（そうだよ……。ネリヤの国は青く透き通り、それはそれは、美しい国なんだよ……。その
ネリヤと心が通い合うと、周りが青くなるんだよ……）

（大好きなこの青い世界は、青いネリヤの国と同じ色なんだね）

（そうだよ……。ネリヤの国は、青くて尊(とうと)い神様の国だよ……）

（僕は、そのネリヤの国の、ニライカナイゴウナという巻貝を持っているんだ……）

（孝太(こうた)は、ニライカナイゴウナを持っているのかい……）

（そうなんだ……。たぶん父さんが、その貝を、僕の掌(てのひら)に残していったんだと思うんだ……）

（孝太の父さんは、ネリヤの国に行ったんだろうねぇ）

（……僕も、そう思うんだ……。ノロの照(てる)おばも言ってたし……）

（孝太……、孝太はもう父さんのことを思っても、苦しくなくなったんね？）

（そうだ、今までは、父さんのことを思うと、息ができなくなっていたんだ）

（孝太、もう大丈夫だよぉ）

（えっ……、僕は、父さんのことを思っても大丈夫になったの？……）

（そう、大丈夫。父さんとの楽しかったことを、たくさん思い出してごらん）

（でも……、あの日から、父さんとのことが思い出せないんだ）

（だんだんで、いいからね……）

外に出ると、八月の灼熱(しゃくねつ)の日の光が、燃えていた。父さんは、この奄美(あまみ)の夏の真っ盛(さか)りに、海に消えたのだ。あの日、何が起こったのだろうか。僕は、ふと父さんのこと、あの日のことを考えている自分に驚いた。そこには、息苦しさはなかった。

（もう、父さんのことを思っても、苦しくないんだ）

僕は、力いっぱい走り、目をつむり、思いっきり空へと飛び上がった。まばゆい太陽の光の一部になった。

胸の高まりと共に家に戻ると、すぐに母さんに手紙を書いた。

　母さん元気ですか。今日は、すごくうれしいので手紙を書きます。

シマ（集落）では、ジューやアンマやみんな優しく親切です。浩と一郎は、大の仲良し友達です。

その浩が、この間、目の前でハブに襲われました。僕は、ケンムン（妖怪）に教えてもらいながら、何とか浩を助けることができました。

今日、いつも通っているユタの千代おばが、

「孝太のマブリ（魂）は、強くなった」

と、言ってくれました。

僕は、父さんのことを思っても、もう苦しくなったり、気を失ったりしなくなったように思えます。このことを、一番に母さんに知らせたいと思いました。

千代おばは、父さんとの楽しかったことを、いっぱい思い出してごらんと言いました。でも、父さんのことが、なかなか思い浮かびません。今度、母さんから、父さんのことを、たくさんたくさん聞きたいのです。

母さんは、毎日僕のために、一生けんめい働いてくれています。でも、もしこの夏、少しでも休みがとれたら、絶対シマ（集落）に来てください。シマでは、心が強くなります。僕は、シマでもっともっと心を強くしたいのです。

孝太より

紅の花で染めた薄桃色の芭蕉布のスカーフと、浜で働いているジューとアンマを写生した絵も、手紙と一緒に送った。

とても母さんに会いたいなと思った。

母さんがシマにやって来た

「葉子(ようこ)さん、おかえり」

八月一五日のお盆に、母さんが神戸からやって来た。

「孝太がお世話になっています」

「なんの、孝太はええ子じゃねぇ」

アンマが、僕の頭をなでてくれ、ジューもそばで目を細めている。

今日はお盆で、シマではブンモケという祖先の霊(れい)を迎える日だ。これは、薩摩藩(さつまはん)に支配されてから、奄美(あまみ)でも祀(まつ)るようになったそうだ。

お盆は、神戸でもある。お墓参りに行ったり、広場や校庭で盆踊(おど)りが催(もよお)される。地蔵(じぞう)盆といって、お地蔵さんにロウソクをたくさんともして、お菓子(かし)を供える行事もある。

奄美では、この霊との交流が、もっと広く深く生活とかかわっている。生きている人と死んだ人が、まるで一緒にいるような気がするのだ。

お盆もシマでは、各家々で心を込めて行われる。座敷(ざしき)には、位牌(いはい)の数だけお膳(ぜん)を並べる。ジューの祖父母と両親の四つのお膳が並んだ。壮太(そうた)おじや良恵(よしえ)おばも来ている。

お膳には、アンマが作った小豆(あずき)の入ったおかゆ、そうめんの汁ものやイモ煮、魚の塩焼きのごちそうが、湯気をたてている。ご先祖様は、アシゲ（料理の湯気や匂い）を、食べると伝えられている。

　これらのお膳は、びょうぶで囲われ、両脇には灯ろうがともされている。灯ろうの前には、シマバナナや夏ミカンなどの果物が置かれている。そのそばで、僕達は同じごちそうを食べる。

「このお魚、新鮮でとても美味しいですね」

　母さんが、大きな焼き魚を食べながら言った。

「良かったね。これはチヌといってね、黒ダイの仲間で、今朝の漁で獲れてね」

と、ジューがうれしそうに応えた。

「昔は、ブンモケには、精進料理だけだったけど、この頃は、魚や肉も、ご先祖様は食べられ、栄養満点でねぇ」

という、アンマの言葉に、みんな大笑いした。

　その晩、お膳の料理のアシゲに包まれながら、僕たちは、なごやかにご先祖様と共に、母さんを迎えた。


「葉子さん、おかえり」

ユタの千代おばが、母さんと僕を笑顔で迎えてくれた。

母さんが、神戸のお菓子を持って、千代おばの所にあいさつに行ったのだ。

「いつも孝太がお世話になりまして、ありがとうございます」

「孝太はええ子じゃねぇ」

母さんは、ほほ笑みながら僕の方を見た。

「孝太は、マブリ（魂）も強うなり……、心も体も元気になってきたんよぉ」

千代おばは、神戸のお菓子を祭壇に供えながら言った。

「……ありがとうございます……」

母さんは、心から礼を言った。

千代おばは、ススキの葉を振り、オモリ（唱え言葉）を唱えだした。千代おばは、いつもの不思議な世界に入ったようだ。しかしその口から発せられたのは、僕ではなく、母さんへの言葉だった。

「葉子さん……、今度は、葉子さんがマブリを強うせんとねぇ」

母さんは、驚いて顔を上げた。

「マブリ（魂）を強う持って……、葉子さん自身のこと……、正人のことを……、孝太に話してあげね」

母さんは、下を向いていた。

「孝太は、もうそれが聞けるからね……。それを聞いたら……、孝太のマブリは、もっと強うなるからね」

母さんは、僕の具合が良くなってうれしかったのか、今までのつらかったことを思い出したのかは分からないが、泣いていた。僕は、横からそっと母さんの手を握った。


「孝太、お母さんがかえって来て、いいねぇ」

退院した浩と、それに一郎だ。

「孝太のお母さん、きれいね」

一郎が、僕の耳のそばでささやいた。僕は顔がパッとほてった。

二人と別れて僕と母さんは、手をつないで浜に出た。黄色くなった実のアダンの木々が繁り、濃いピンクのグンバイヒルガオが咲きほこっている。

二人は海に向かって並んで座った。母さんの首に巻かれた芭蕉布のスカーフが、浜風にそよいでいる。その隙間から、同じ桃色のサンゴのネックレスが輝いていた。

「このスカーフ大事にしてるのよ。母さんは、芭蕉布が大好きよ。いつか時間ができたら、アンマに芭蕉布の作り方を、教えてもらいたいわ」

母さんは、笑みを浮かべながら、僕の風にふかれる髪(かみ)の毛をなぜた。

「……さて、孝太に何から話そうかしらね……」

僕は、ゴクンとつばを飲み込んだ。

「父さん……、そう、正人(まさと)とはじめて出会った時からね……」

僕は、海を眺(なが)めながら、田中一村(いっそん)の絵画『アダンの海辺』を思い出していた。一村はたった一人で、奄美(あまみ)の海を見つめていたのだろう。でも僕は今、母さんと一緒だ。海の向こうのアマミゾ(水平線)が、金色に輝き、空と交わっている。父さんは、きっとあそこにいるのだ。

母さんは、自分自身のことや、父さんとのことを語りだした。

父さんと母さんの出会い

私が、父さんとはじめて出会ったのは、大学三年生になった四月のことだったわ。

私は、地元神戸のK大学に通っていた。三年になり、作家島尾敏雄の研究をしていたT教授のゼミを選んだの。島尾敏雄について、簡単に説明するわね。

島尾敏雄は神戸で育った作家だ。第二次世界大戦の終わり頃に、一人乗りのベニヤ板で作られた船に爆弾をのせて、アメリカの軍艦に体当たりする隊長として、奄美の加計呂麻島に渡った。湾に隠れて、アメリカの船が来るのを待っていた。

その出撃を待つ間に、島の娘のミホと知り合い、二人は、死を目前とした恋に落ちる。一九四五年八月一三日の夕方に、とうとう出動命令が下り、島尾はミホに最後の別れを告げる。ミホも浜辺で島尾の出撃を見届けたら、短刀でのどをつき、海に身を投げる覚悟だった。しかし、最後の発進命令が下りないまま、一五日の終戦を迎えることになった。

一命を取りとめた二人は、終戦後、神戸で結婚し二人の子供が生まれる。作家を志していた島尾は、家族と共に上京する。

しかし、島尾の愛人問題で、ミホは心を病み、一家は奄美に移住する。ミホは、故郷で心をいやす。島尾も、奄美から多くの作品を発表していたが、一九八六年に、六九歳で心臓病で亡くなる。

私は、大学生になった時に、島尾敏雄の奄美での出撃をひかえた時期に書かれた『はまべのうた』という、メルヘン的な作品を読み、島尾文学に熱中するようになった。それで迷わず、T教授のゼミを取ることにしたのだ。

正人は、同じゼミだった。はじめての授業で、自己紹介が行われた。

「僕は、南正人です。島尾の第二の故郷であり、妻ミホさんの故郷の奄美の出身です。奄美のことなら、何でも僕に聞いてください」

一人の長身の男子学生が、日に焼けた黒い顔に真っ白い歯を見せながら、にこやかに笑っていた。それが正人だった。

正人は、島尾敏雄の『ヤポネシア論』に強く惹かれたのだ。島尾は日本列島を、ポリネシアやミクロネシアなどと同じように、太平洋に浮かぶ島々の集まりと考えた。島尾は日本のどの島も、同じく大切だと考えていた。正人は、その考え方に、心を動かされたのだ。

私と正人は、ゼミ委員に選ばれ、次第に親しくなっていった。

大学四年になり、卒論に向けての勉強が始まった。私は、特攻隊長だった島尾と、奄美の島の娘ミホとの、死を目前とした恋を描いた作品に、心が惹かれていた。

しかし、戦後の島尾とミホの、夫婦のすさまじい争いを描いた島尾の代表作の『死の棘』は、当時の私には受け入れられなかった。私は、卒論に全く手がつけられずに、思い悩んでいた。

「葉子、このミホさんの本、読んでごらん」

と、正人が、島尾ミホが書いた二冊の本を手渡してくれた。どちらも、奄美の風土や生活やお祭りを中心とした、ミホの思い出が描かれていた。

私は、それらの作品を通して、奄美の精神世界に惹かれていった。それは、正人の精神世界とも通じていた。南国の激しい情熱と優しさ、それに生と死が混在している世界だ。

私は、ミホの本の中から、奄美の大きなお祭りの、シバサシを取り上げた『柴挿祭り』という作品を選んだ。幼かったミホと、ご先祖様との魂の交流が、暖かく描かれていた。私は奄美の生と死が共にある世界を、この作品を通して読み取ることができた。

「島尾敏雄の文学を深く理解するには、妻ミホの奄美にかかわる作品は、重要な意味を持っているだろうね」

私の発表に、T先生は満足そうに言われた。

「正人、ありがとう」

ゼミ合宿が終わった後、私と正人は、卒論への手ごたえのあるそれぞれの発表を、ビールを飲みながら祝った。その日は、ちょうど私の誕生日だった。

「はい、これプレゼント」

正人が手渡してくれたケースを開けると、きれいな桃色のサンゴのネックレスが入っていた。正人が神戸でアルバイトをしたお金で、奄美に戻った時に買ってきてくれたのだ。私はうれしくて、それをすぐに首に着けた。

「葉子はサンゴのネックレスがよく似合うよ……。竜宮城のお姫様みたいだ……」

その頃になると、下宿していた正人は、私の家によく夕食を食べに来ていた。父や母も、いつも気持ちよく、正人を迎えてくれていた。私は、心満たされた幸せな日々を送っていた。

大学四年の正月が明けた一九九五年一月一七日の未明、私は二階の自分のベッドで、突然下からドーンと突き上げられるような衝撃で目を覚ました。その直後、激しい横揺れが、大波のように私を襲った。周りの本棚や洋服ダンスがバタバタと倒れ、私は波にのまれていた。

「ドドドー」

鈍い響きが耳に残った。ずいぶん長い時間が経ったようだった。激しい揺れは一時収まり、私は恐る恐る目を開けた。ドアは、倒れた家具で埋まっていた。

私は、近くの窓を開け下を見た。何と薄暗闇の中に浮かんだのは、間近に迫る地面だったのである。窓をまたいで外に出た私が見たものは、信じられない光景だった。一階が押しつぶされ、二階が一階になっていたのだ。

「お父さーん……、お母さーん……」

両親は一階で寝ていた。私は二人を呼び続けたが、不気味な静寂が漂っていた。

「お父さん……、お母さん……」

夜が次第に明けはじめた中、私は狂ったように、目の前の木やブロックを、かき分けていた。

「葉子……」

長い時間が過ぎ、背後で声がした。振り返ると正人だった。

「お父さんとお母さんが……」

私は、正人の胸で泣き崩れた。

強い余震が続く中、私と正人は、素手でがれきをひたすら取り除いたが、一階は跡形もなく崩れていた。三日後、やっと自衛隊が捜索にやって来た。父が、母に覆いかぶさるようにして、二人は亡くなっていた。阪神淡路大震災に襲われたのである。

私は、被害が少なかった正人のアパートに身を寄せた。

（お父さん、お母さん……、私も連れて行って……）

私は毎日、死を思って暮らしていた。私には兄弟もなく、遠くの親戚とも疎遠で、一人ぼっちになったのだ。正人は、そんな私のそばに寄り添い、死の淵にいる私を救い出してくれた。正人は両親の弔いなど、全てをしてくれた。

K大学も大きな被害を受けた。卒論は免除、卒業式も未定となった。正人は、生気を失っている私を連れて、奄美のシマ（集落）に帰った。

「葉子のお父さんやお母さんは、いつも葉子を見守ってくれているよ」

正人が繰り返し言う言葉が、温かく私の心に積もっていった。

シマでは、亡くなった父や母が、そばにいるように感じられた。生と死が混在するようなシマの雰囲気は、やわらかく私を包んでくれた。私は次第に、死から生へと、気持ちの方向を変えることができてきた。

私は、正人によって命を助けられたのだ。

正人はT先生の紹介で、神戸の私立中学の社会科の教師になった。正人は、奄美をはじめ日本の南の島々のことを、もっとみんなに教えたかったようだ。

同居していた私と正人（まさと）は、私の両親の一周忌（いっしゅうき）を終えた春に、婚姻（こんいん）届を出した。T先生やゼミの同窓（どうそう）生達は、お祝いの会を開いてくれた。

「僕は、葉子（ようこ）のことをずっと守り続けます」

正人は、みんなの前で誓（ちか）った。


浜辺の夕日が、西の海に沈みかけていた。僕は、母さんの話に夢中（むちゅう）になっていた。

「これ、父さんが残していた絵よ」

と、母さんは大きなバックから絵の束を取り出して、僕に渡した。

それは、父さんが僕の幼い頃からを、ずっと描き続けてくれた絵だった。母さんは、僕と父さんとのつながりが、これらの絵に詰まっていると思い、持って来てくれたのだ。

母さんは、夕日の赤く染まった空と海を眺（なが）めながら、話を続けた。

僕が生まれて

私と父さんが結婚して二年後に、孝太が生まれたのよ。父さんの喜びようはすごかったわ。

「ワークゥージャ（私の子だ）……。タカラムンド（宝物だ）……」

正人は、シマ（集落）の言葉を繰り返しながら、孝太をいつまでも抱いていた。

孝太は、正人と私のタカラムン（宝物）になり、孝太を中心に幸せがまた訪れた。

正人は、毎日学校から帰ると、一番に孝太を抱き上げてほおずりした。正人は、孝太の成長を、写真ではなく絵に描くようになった。

『孝太のつかまり立ち』『孝太がはじめて歩く』など、正人は、写真でその瞬間を撮るのではなく、その動作に到る孝太の心の動きを、絵を通して、表わしたかったようだ。正人の絵は、孝太が新しいことに触れていく様子を、優しいタッチで描きだしていた。

孝太が物心つくと、

「父たん、父たん」

と、正人と孝太との触れ合いが、いっそう活発になった。正人は子供に返ったように、孝太と遊んだ。正人も私と同じ一人っ子だったので、その分、孝太への愛情も深かったのだろう。

「大きな子供と、小さな子供ができたわ」
と、私はよく笑った。

奄美のシマ（集落）には、必ず正月と夏に帰った。私にまた新しい故郷ができた。年のはじめは、いつもシマでの正月で始まった。

大晦日には、門に、松と竹、それにユズリバやシイの木が立てられ、私達を迎えてくれた。

正月の夜明け前、アンマがシマの井戸に水をくみに行く。その水は若水といい、それで家族全員が顔を洗う。これをすると、若返るというのだ。またその水でご飯を炊き、お茶を沸かす。

床の間には若松を花びんに立て、塩とコンブと干し魚を大皿に盛った三宝と、若芽が出ているサトイモの株が、飾られている。ジューの弟の壮太おじと、奥さんの良恵おばも、やって来た。

ジューも正人も壮太おじも、羽織、はかまを、アンマや良恵おばや私、それに孝太も着物を着ると、正月儀式の『三献の祝い』が始まる。ジューを先頭に、歳の順番に座り、まずご先祖様にあいさつをする。一人ひとりの前に置かれたお膳から、最初はモチとシイタケ、コンブ、サトイモの入ったムチヌスィームン（モチの吸い物）を食べる。合間に黒糖焼酎を飲む。次は、刺身を食べる。最後はゥワンスィームン（ブタの吸い物）だ。体の芯からぽかぽかとしてくる。

「さあ、三献が終わったので、サンシンを弾こう」

ジューと壮太おじは、うれしそうにサンシンを取り出してくる。正月の祝い唄が始まるのだ。

ワカショーグヮツィ　ナルィバ（若正月になると）
ワカマツィヌ　タチュリ（若松が立ちます）
コホロカラ　スィガタ（心も姿も）
ワハク　ナリュリ（若くなります）

家族の声が、家中に響き渡る。正月がきたら、歳をとるのではなく若くなる。私は、シマ（集落）の力で、心が若く軽やかになってきたことを実感した。

夏のシマへの帰省は、八月か九月だった。正人は、奄美の最も大きなお祭りがある九月に帰省したかったようだが、正人や孝太の学校の都合に合わせていた。

私達は、シマで毎朝浜に立ち、海の彼方のネリヤの神様に、家族の健康と幸せを祈った。

しかし、その幸せは続かなかった。孝太が九歳の時、正人と孝太は、シマの海にゴムボートで出て嵐に遭い、孝太一人がボートで発見され、正人の行方は分からなく、絶望とされた。孝太は、発見された時、意識がなく、しかもショックで言葉まで失っていた。その時の真相は、全く分からないままだ。

私に残されたのは、一切の言葉を無くした息子だけだった……。

第四章　父さんと会って

父さんのマブリ

「孝太、シマ（集落）でゆっくりするといいよ。担任の宮本先生には、母さんから話しておくね」

母さんは、三日間シマで僕と過ごした後、仕事のため神戸に戻った。手元には、母さんが渡してくれた、父さんが描いた僕の幼い頃の絵が残された。父さんとの想い出の結晶だ。

父さんと母さんとの出会いの話で、奄美の父さんと神戸の母さんとが、僕の中で、しっかりとつながったように思えた。また、父さんが、とても可愛がってくれたことを聞き、それがすごくうれしかった。

しかし一方で、母さんの話に、大きなショックを受けた。僕は今まで、自分が苦しく、寂しく、悲しいことだけにもがいてきた。でも母さんは、もっともっとつらかったんだ。震災で両親を亡くし、そしてその後、支え続けてくれた父さんまでも失ったのだ。その上、話せなくなった僕を心配しながら、一生懸命働いてくれている。

僕は、母さんと話せるようになり、母さんの力になれるような子供になりたい。

九月になった。明日からは、奄美の最も大きく大切な三つのお祭りの、アラセツ（新節）、シバサシ（柴挿し）、ドンガ（洗骨）が始まる。九月は旧暦の八月で、この三つのお祭りを、ミハチガツ（三八月）と呼ぶ。これらのお祭りの夜には、ミヤ（広場）で八月踊りが行われる。

「孝太、壮太おじの所に、豚足を届けてくれるね」

アンマが、明日のごちそうにと、甘辛く豚足を煮た。僕は、うなずいて壮太おじの家に向かった。

「アゲー（まあー）、アンマの豚足、美味しいからねぇ」

良恵おばは、すごく喜んでいた。

「お昼に、孝太の好きなナベオテレ（うどんの煮汁を煮詰めたもの）食べるかね」

僕は、このナベオテレが大好きだ。うどんを勢いよく、すすっていると、

「孝太は、うまそうに食べるな」

と、壮太おじが大きな声で笑った。壮太おじは、明日のお祭りに向けて、サンシンを練習していた。

「孝太、おまえのマブリ（魂）は、強うなったなぁ」

壮太おじの言葉に、僕はビックリして顔を上げた。壮太おじは、人間のマブリが見える霊の力を持つ、コウマブリなのだ。

「孝太のマブリは、ずっとかすんでいたが、今は、はっきりと力強く映るね」

僕は、壮太おじの目を見つめた。

「孝太は、マブリ(魂)が強うなったから、父さんの話、つまり正人の話も聞けるよな」

壮太おじを直視したまま、僕はしっかりとうなずいた。


「わしは、今まで多くの人間のマブリを見てきたが、あの日の正人のマブリは特別だったなぁ……。

あの日、正人と孝太がゴムボートで沖に出たまま帰らないと聞き、ジューと一緒に漁船に乗り、捜しに行った。嵐がまだ収まらない中、小さなゴムボートを見つけるのは、難しかった。

ジューが漁船の舵を取り、豪雨の中、わしが目をこらして捜し続けた。

その時、少し離れた海の上に正人のマブリが見えた。そのマブリは、青くきれいに透き通っていた。生きているマブリとも、死んだマブリとも分からなんだよ。

正人は、黙って海の上を歩いて行く。ジューには何も見えてなんだ。わしは、ジューに方向を指示しながら、船で正人を追って行った。向こうの方に、黒いものが浮いていた。近くに行くと、それはゴムボートだった。そこには、孝太一人がうずくまっていたんだ。

わしが振り返ると、正人が寂しそうな笑みを浮かべながら、海の彼方へと去っていった。嵐はやみ、正人は空と海の交わるアマミゾ(水平線)へと、向かっていった。そこは、まばゆいほどきれいに輝いていた。

わしは、コウマブリとして、長年マブリを見てきたが、あの時ほどのきれいなマブリを、見たことはなかった。それは、あまりにも尊く、声も出なかった。

このことは、警察や捜索隊にも話さなんだ……。正人のマブリを見たのは、確かだが、それは、青く気高いマブリで、神様の青いネリヤの国へと、消えていった……。わしは、正人を捜しても、もう無駄だと悟ったんじゃ……。

孝太には、いつか話そうと思っていた……。孝太のマブリが、それを聞ける状態になったらとな……」


僕は、壮太おじの話を聞きながら、泣きそうになっていた。

父さんは青く美しい魂になって、あの青いネリヤの国に行ったんだ。でも、父さんには、ずっとずっと、僕や母さんのそばにいてほしかった……。

アラセツのお祭り

今日は、奄美の三つの大きな祭りの一つ目の、アラセツ（新節）というお祭りの日だ。

アラセツは、稲の豊作祈願と、ノロがネリヤの国から、神様と共に亡くなった人の魂を呼び寄せるお祭りなのだ。この日、ネリヤの国を出発して、七日間海の上を渡ってくる。

二つ目のシバサシ（柴挿し）というお祭りは、アラセツの日から、七日目に行われる。

母さんが大学の卒論でとりあげたお祭りだ。このシバサシの日の夜中に、ネリヤの国からやって来た神様や亡くなった人の魂が、シマ（集落）に到着する。

三番目は、ドンガ（洗骨）というお祭りで、シバサシの二日後にある。昔は、亡くなった人の墓を掘り起こして、骨を海の水できれいに洗っていたそうだ。その洗骨を通して、亡くなった人との交流を深める最も大事なお祭りとされている。その日の夜、亡くなった人の魂は、神様と共に、今度はネリヤの国に帰って行く。

今日のアラセツの朝一番に、アンマは海で体を洗い清める。その後、お膳にカシキ（赤飯）やサトイモの煮物、頭つきの魚、それにお酒をのせて床の間に供える。

朝ご飯を食べると、僕は、カシキを煮た汁で、家の中や外を清める手伝いをする。これで厄払いができるらしい。

「孝太、薪を集めに行こうや」

一郎が、誘いにきた。

アラセツの日からミヤ（広場）で、夜には八月踊りが始まる。その中央で大きな焚き火をする。その薪を集めてくるのは、僕達少年の仕事だ。

「孝太、ハブ用心棒、持って行けよ」

ジューは、昼間でも、山に行く時にはハブ用心棒を僕に渡す。浩は、ハブに襲われてからは、山には行かなくなった。

僕と一郎は、浩の分も、薪を取ってくることにした。

「クック、クック、クック」

山バトが鳴いている。僕と一郎は、ナタで木の枝を切り落とす。僕は慣れていないので難しい。ナタの刃が枝に食い込んで、抜けなくなったりする。一郎はうまい。バサッ、バサッと枝を切り落としていく。一郎は、浩の分も、それに僕にも、木の枝を気前よく分けてくれた。一郎は、しんどい思いをして集めたのに……。いいやつだ。

仕事が終わると、見晴らしの良い場所で、昼の握り飯を、二人でほおばった。ここからは、海が見渡せる。午後はノロの照おばが、その海の彼方のネリヤの国から、神様と亡くなった人の魂を呼ぶお祭りを行う。きっと、父さんも呼び寄せてもらえるはずだ……。

「孝太、浜に行こうね」

僕達が薪を背負って帰ってくると、ジューとアンマが待っていた。壮太おじと良恵おばも加わり、五人で黒糖焼酎やお重をさげて、浜の端にある岩場に向かった。

「孝太、薪ありがとうなぁ」

家族と一緒の浩が、僕に礼を言った。

（薪は、一郎のおかげなんだけどな……）

と、僕は思いながら片手を上げた。一郎一家も後に続いていた。


午後の三時頃に、ノロの照おばが、アミゴ（清める川）で手足や体を清めてから、浜にやって来た。照おばは、久留米絣に紫の帯をしめ、その上に白衣をはおって、凛としている。

満潮になると、照おばは、浜にある大きな岩の上に登った。照おばは、東の沖に向かって、手を合わせてネリヤの神様への詞を、一心に唱えはじめる。僕達も一緒に、手を合わせる。ネリヤの神様に、シマ（集落）へ来てくださいと、お願いするのだ。神様は亡くなった人も一緒に連れて来てくださる。僕は、どうか父さんも来られるように、一生懸命にお祈りをした。

ノロの照おばが祭り事を終えると、浜で宴会が繰り広げられる。みんな家族ごとにゴザに輪になって座り、サトイモや豚足の煮物、エビのてんぷらなど三つのお重に、ぎっしりと詰まったごちそうを食べる。大人の男の人達は、黒糖焼酎を飲み交わし、サンシンを弾き、唄を歌って楽しそうだ。

僕は、ネリヤの国から、神様と一緒に父さんも、今日から七日間、海の上を歩いてやって来るのだと思うと、胸がいっぱいになった。それで、目の前のごちそうを、ほとんど食べることができなかった。

僕は、みんなから離れて海辺に行き、彼方のアマミゾ（水平線）を眺めながら、胸がときめいていた。

シバサシのお祭り

アラセツ（新節）から七日目に、大きなお祭りの二つ目のシバサシ（柴挿し）というお祭りが来る。神様と共に父さん達が、ノロの照おばから招き呼ばれて、海の上を歩いて七日目の日だ。たぶん父さんは、今日の夜中くらいに着き、明日の朝には会えるはずだ。

本当に父さんと会えるのだろうか……。期待と不安で、胸がドキドキしている。

シバサシの日には、座敷に、ご先祖様の位牌を下ろし、サトウキビ三束と夏みかん三個を、お膳にのせて供え、そのそばに花びんに入れたススキを置く。さらに家の軒端にススキを挿す。

「孝太、桑木玉しようや」

一郎と浩が誘いにきた。桑の木の皮をはぎ、それを輪にして、首からぶらさげたり、手首や足首にまく。これは魔よけになるらしい。

「かしこい頭も、守らんとね」

一郎は、ふざけて頭にも、桑の皮をまいた。

「おれは、お腹が痛くならんようにね」

浩はシャツをまくり、お腹にまいた。僕は、声無く笑い転げた。

この日の楽しみは、ムチモレヲゥドゥリ（モチもらい踊り）だ。小太鼓のチジンとサンシンを打ち鳴らして、六調を踊りながら、シマ（集落）の家々を回り、スルメやモチをもらうのだ。かごを背負い、そこにもらったものを入れる。どれだけたくさんもらえるか、一郎や浩と競争だ。

「イユ　ヤルイ、イキャ　ヤルィ（魚をくれ、イカをくれ）」

と、言いながら回る。背中のかごがだんだん、重くなってきた。僕が一番になれるかなと思った。

いつの間にか、一郎や浩と離れて、峠に来ていた。

（孝太……）

ガジュマルの根元に、あのケンムン（妖怪）がひざを抱えて座っていた。僕はビックリしたが、ケンムンに言った。

（浩が、ハブにかまれた時助けてくれたね。ありがとう）

ケンムンは、ニコニコ笑って応えた。

（あの時は、孝太、頑張ったね）

（僕は、あの日から、マブリ（魂）が強くなってきたように思うんだ）

（そうだよ、孝太のマブリは本当に強くなったよぉ）

（おまえのおかげだよ……）

（孝太は、ワン（おれ）の友達だからな……）

（そうだよ、僕らは友達だ）

僕は、後ろのかごから、モチやイカをいくつか取って、ケンムンに渡した。

（アリギャテ、アリギャテ（ありがとう、ありがとう））

ケンムンは、うれしそうに言いながら、ガジュマルの茂みに消えていった。


そこには、やはり大きな木の切り株があった。父さんも母さんもいないケンムンに、僕は、もうすぐ父さんと会えるのだとは言えなかった。

家に戻ると、ジューとアンマが門で、しゃがんでいた。もみがらを置き、ウジクサを加え、その上にオキビ（木の燃えかけ）をのせて、くすぶらせていた。これで、冷たい海の上を、七日間歩いてきた父さんの足を温めるのだ。僕は、ジューとアンマと一緒に、火が消えないように、夜遅くまでオキビを、足し続けた。

今晩、父さんが海の彼方から、やって来るはずだ。僕は浜辺に立ち、月に照らされた海を見つめていた。浜には風が吹いていた。この南風は、ネリヤの国から、神様と共に亡くなった魂が来る時に吹く風だ。

ネリヤの国から

「孝太（こうた）、おはよう」

その朝は、あたり前のようにやって来た。

朝起きると、父さんが朝ご飯を食べていた。

「アンマの作る、ナリ（ソテツの実）の味噌汁（みそしる）は、うまいねぇ」

父さんは、うれしそうに味噌汁を飲んでいた。ジューもアンマも、おだやかにほほ笑みながら、父さんを見守っている。

「孝太も、冷めないうちに食べなぁ」

父さんの言葉に、僕はうなずいて父さんの横に座（すわ）った。父さんに会ったら、聞きたいこと、話したいことが、たくさんたくさんあった。でも、何も言えなかった。次から次へと、こみ上げてくる思いで胸（むね）がいっぱいになり、ご飯はのどを通らなかった。

とまどっている僕を、父さんがうながした。

「孝太、浜に綱（つな）引きに行こうか」

浜には、もうすでに、たくさんのシマ（集落）の人達が集まっていた。

「孝太、お父さんが、帰ってきたんだねぇ」

一郎と浩が、はずんだ声をかけてきた。

（やっぱり、父さんは帰ってきたんだ）

太さ一〇センチ、長さ五〇メートルぐらいの大縄が、浜辺に置かれていた。シマの人達が一緒に、家々からワラを集めて、何日もかかって作った大縄だ。それを男と女に分かれて引き合うのだ。

「ヨンヤー、ヨンヤー」

かけ声を上げて引く。僕は父さんのすぐ前にいた。父さんの匂いがプーンと鼻をつく。こんなことは、前にもあった。僕が小学一年生の時の運動会の親子綱引きだった。

今日は、僕達男組が勝った。綱は真ん中で半分に切られ、男と女、別々に川に流しに行った。

みんなが帰ると、浜は静かになった。アダンの実がオレンジ色に熟していた。僕と父さんは、浜辺に腰を下ろした。

（孝太、ただいま……）

（……父さん、おかえり……）

父さんが、僕を抱き寄せた。

（昨日の夜は、門の所にオキビ（木の燃えかけ）を、置いてくれてありがとう）

（うん、アンマが父さんの足を温めるって言ってたから……）

（ああ……、七日間、海の上を歩いてきたからね……）

海の彼方のアマミゾ（水平線）は、空と海が交わり、金色に輝いていた。僕は、そこを指差した。

（父さんは、あそこに住んでいるの？……）

（ああ……、あそこにいるよ……）

（……そこは、ネリヤの国なの？……）

（そうだ……。ネリヤの国だよ）

（ネリヤの国って、どんなところ？）

（青くて静かで平和な国だよ）

（そこで、誰と暮らしているの？）

（神様とだよ）

（父さんはネリヤの国に行ってしまったんだね……）

（人間はネリヤの国から生まれて、またネリヤの国に帰っていくんだよ）

（じゃあ、僕や母さんも、いつか父さんのいるネリヤの国に行けるの？）

（そうだな……、神様から与えられた尊いイヌチ（命）を大切に、最後の最後まで、頑張って生き続けることだな……）

（……父さんは……、そうだったの……）

父さんは応えなかった。二人の心の会話はそこで止まった。波の音だけが繰り返されていた。

（もっともっと、父さんに、生きていてほしかったんだ）

僕は、抱えた両足に顔を埋めて泣いた。


辺りが暗くなると、ミヤ（広場）で、八月踊りが始まった。チジン（小太鼓）とサンシンと共に、唄が流れる。

ハチガツヌセチヤ　ヨリモドリモドリ（またまた八月は戻ってきた）
カナガワガトシ　ヨリスシノキ（愛する人と私の年も過ぎていく、寂しいことだ）
セチトシバサシヤ　ナヌカヘダメリユリ（アラセチとシバサシは七日隔てている）
キモチャゲヌカナヤ　ナニヘダメリユリ（愛する人と私は何で隔たっているのか）

父さんと僕は、シマ（集落）の人達の輪の中に入り踊る。

「正人、おかえり」

ノロの照おばが声をかける。

「正人、おかえり」

ユタの千代おばも声をかけた。

僕は、父さんのすぐ後ろで踊った。単調な唄が、何度も繰り返される。その最後の一節『キモチャゲヌカナヤ　ナニヘダメリュリ（愛する人と私は何で隔たっているのか）』が、僕の心に残る。父さんとは、こんなに間近にいるのに、どうして『隔たり』を、感じるのだろうか。それは、父さんが、僕達を残して、あまりにも遠くに行ってしまったからなのかな……。

その夜、父さんと僕は床を並べて寝た。波の音を聞きながら、眠りに着いた。夜中、ふと目が覚めると、父さんは僕の手を握って寝ていた。

ドンガのお祭り

「孝太（こうた）、おはよう」

父さんと会って、二日目の朝だ。

今日は、九月の三つ目のドンガ（洗骨（せんこつ））という、シマにとって最も大事なお祭りだ。帰ってきたマブリ（魂（たましい））と、深く交流する日だ。

朝ご飯が終わると、父さんと僕とジューとアンマは、墓参りに行った。七夕（たなばた）の時のように、お墓をきれいにし、サンゴの砂をまく。アンマが作ったミキ（神酒）とカシキ（赤飯（せきはん））を供え、みんなで手を合わせる。

昔は、この墓参りの時に洗骨をした。洗骨というのは、死後三年、七年、一三年が経った墓を掘り起こし、その骨を海できれいに洗い、またお墓に収める習（なら）わしだったそうだ。骨を洗いながら、亡くなった人と語り合い、心を通わせ合っていたのだ。

今はもう洗骨は、行われていないが、その思いは、しっかりと受け継（つ）がれている。父さんも三年経って、帰ってきたのだ。僕は、父さんと心の底から話がしたい。

墓参りが終わり、僕と父さんは、またあのアダンの実がなる浜辺に出た。

（孝太……、頼みがあるんだ……。海で父さんの足を洗ってくれないか……）

（えっ……、父さんの足を洗うの？……）

（そうだ）

僕は、うなずいた。

二人は、浅瀬に入り、僕はかがんで、父さんの足を手で洗いはじめた。

（ああ……、気持ちがいいね……）

僕は、父さんの足の指一本一本まで洗った。その時、僕の手は、父さんの足の骨の輪かくをたどっていた。

（父さん、これは洗骨だね……）

（そうだ洗骨だ……父さんは、孝太にこれがして欲しかったんだ……）

洗骨をすると、心が自然と通じ合う。透き通った海の底には、真っ白い骨片のようなサンゴの残がいが散らばっている。その中で僕は、父さんの白い骨を思い浮かべながら、洗っている。その洗骨を通して、父さんへの懐かしさや思いが胸いっぱいにこみ上げてきて、たまらなくなった。

（父さん、教えて……。僕はあの日のことが知りたいんだ……）

（……孝太、あの日、一人になり、つらかったな……。でも父さんには、あれが精一杯だったんだ……。父さんは、精一杯のことをしたと思っている……）

（……父さん、話して……）

（そうだな……、そうなんだ。父さんは、これを話しに帰ってきたんだからな……。

あの日……、孝太とゴムボートに乗っていて、天気が急変して嵐になった……。海は、豪雨と荒れ狂う波に包まれた。ボートは木の葉のように波にのまれていた……。父さんは、孝太を抱き寄せながら、オールを何とかつかんでいた。その時、ひときわ大きな波が高い壁のようにそそり立ち、覆いかぶさってきた。二人はボートから海に投げ出された……。

いったん水中に沈んだ父さんは、浮かび上がり、海の底へと沈みかかっていた孝太を、必死で抱き上げた。大波のうねりの中、渾身の力をふりしぼり、気を失っている孝太を、何とかボートの中に押し入れた……。オールも流され、暴風雨の中、ボートは高波にもまれて、今にも転覆しそうだった……。孝太のいるボートを守らなければ……父さんは、それだけを思った。

海の中で、両手を広げてボートを抱き、支え続けた。

『父さん……、父さん……』

と、一時、意識を取り戻した孝太の叫び声が、かすかに聞こえた。次第に手の感覚がなくなり、だんだんと意識が遠のきはじめた。それでも、水の中に沈みながらも、手だけは上に上げ、ボートを支え続けた……。ずっとこのままで、ボートを守ろうと思った……。

『……神様……、ワークゥーヌイヌチ（私の子の命）を助けてください……』

消えゆく意識の中、この言葉だけを繰り返しながら、暗い闇の底に沈んでいった。

気がつくと、周りは青く透明な光に包まれて、父さんは、いつの間にか海の上を歩いていた。捜索に来ていた壮太おじに、孝太のいるボートを指さした。

ふと見ると、足元から銀色に輝く線が、彼方のアマミゾ（水平線）へと続いていたのだ。よく見ると、それは銀色の巻貝の連なりだった。父さんは無意識に、その巻貝の一つを拾い、ボートの中で、気を失っている孝太の手に握らせた。父さんは、その巻貝に導かれて、海の彼方のネリヤの国へと行ったんだ……。

母さんや、孝太と別れるほどつらいことはない。一番愛する家族だからだ。しかし、あの時は、孝太の命を救うことしか考えられなかった……。父さんは、最後の最後まで、あきらめないで、力を尽くして生き抜いたと思っているよ……）

「父さん……」

心と体の奥底に埋もれていた声が、僕の口からあふれ出た。長い間失っていた声だ。その声と共に、あの日の記憶がありありと甦ってきた。

「孝太……、声が出たな……。やっと出たな……、分かってくれたのだな」

「……分かったよ、父さん……。父さんは、僕のすぐそばで……、僕を助けてくれていたんだ……。最後の最後まで、一緒にいてくれてたんだ……。父さん……、どんなに苦しかっただろうね……。僕は、分かったよ……」

父さんの胸の中で、大声を出して、いつまでも泣きじゃくっていた。

ネリヤの国へ

「ただいま」

夕方、父さんと浜から帰った僕の大きな声に、ジューもアンマもビックリしていた。父さんとジューやアンマは、目を見合わせてうなずき合った。

アンマが、ご飯とサトイモを炊いた、ウムウバンを作ってくれていた。熱々のウムウバンをほおばると、やわらかなサトイモと共に、幸せが体の中に広がっていった。

「ウムウバン、おかわり」

僕の威勢の良い声が響き渡る。

日は暮れて、家からはオレンジ色の電球の灯がもれている。

「孝太、今夜も八月踊りに行こう」

「うん、ジューもアンマもね」

ミヤ（広場）は、もうたくさんのシマ（集落）の人々で埋まっていた。一郎や浩、壮太おじや良恵おば、和おばさん、ユタの千代おば、それにノロの照おば達が、チジン（小太鼓）とサンシンと唄に合わせて、輪になり踊っている。

「正人、孝太、ジューもアンマも早う入って」

照おばの手招きで、僕達も踊りの中に入る。父さんも、シマのみんなと共に、楽しそうに踊っている。僕はその中に、あのケンムン(妖怪)の姿を見たように思った。いや確かにケンムンも踊っていたのだ。ケンムンは僕に笑いかけ、僕も笑い返した。

最後は六調だ。テンポの良いサンシンの合間に指笛が入り、夜がふけるのも忘れて、にぎやかに踊り続ける。

八月踊りが終わると、静寂が闇を包む。ジューとアンマは、先に帰った。

「孝太……、父さんは、もうネリヤの国に戻らないといけない……」

「父さん、行かないで……」

僕は、父さんに抱きついた。父さんはそんな僕を抱きしめてくれた。

「……父さんも、ずっと孝太や母さんと一緒に暮らせたら、どんなに幸せかと思うよ……。でも孝太を救えたからいいんだ……」

「父さんは……、僕のために……」

「これは父さん自身が決めたことなんだ……。孝太は、ワーヌイヌチ（私の命）なんだ……。孝太のマブリ（魂）が強く生きていくことが、父さんのマブリの喜びなんだよ……」

「……父さんとは、もう会えないの？……」

「いや、七年には、また帰って来るよ」

「えっ、じゃあ四年後だね」

「そうだ。四年後にまた会おう」

「その後は……」

「一三年だ」

「三年、七年、一三年だね」

「そうだ。生者と死者とのマブリ（魂）の交流の年なのだ」

「その後は……」

「孝太も一人前の大人になっているだろうな……。死後一三年が過ぎると、ネリヤの国では、祖先の霊の中に加えられるんだ。そうすれば、もっと、孝太や母さんを見守る力が強くなるのだよ……」

「今も、ネリヤの国から、僕や母さんを見守ってくれてるんだね」

「そうだ、父さんは、今までも、そしてこれからもずっと、母さんや孝太を見守り続けるよ……。ただ、孝太に一つ頼みがあるんだ……」

「僕、父さんの頼み、何でも聞くよ」

「母さんのことだ……。父さんは、震災で両親を亡くした母さんを、守ると約束したんだ……。遠くからいつも見守っているけれど、そばにいてやれない……。孝太には父さんの代わりに、そばで母さんの力となってほしいんだ……。頼む」

「父さん、僕は父さんの代わりに、母さんのことを守り続ける。約束するよ」

「孝太……、ありがとう……」

父さんは、涙ぐみながら、僕を抱き寄せた。


アンマが、門の前で、ワラに松の小枝を小さく割って、火をおこしていた。

「正人……、この火で、手を温めて行くね……」

父さんは、うなずいて、しばらく火に手をかざすと、ゆっくりと立ち上がった。

「ジュー、アンマ、もう行くよぉ」

「ワークゥー（私の子）……」

アンマが、父さんを抱きしめた。ジューが僕を招き寄せ、四人は固く抱き合った。

父さんは、月の光が薄すらと射す海の上を、歩いて行った。

「父さーん！」

僕は、力の限り叫んだ。父さんは一度だけ振り返り、僕に優しくほほ笑みかけた。父さんは、海の上に銀色に連なる巻貝のニライカナイゴウナに導かれて、アマミゾ（水平線）の彼方に消えていった。

海辺では、アダンの木の実が、夜風に揺れていた。北風はオホーリ風といって、亡くなった人の魂を、ネリヤの国に送る風なのだ。

奄美にとっての大きな九月の三つのお祭り、ミハチガツが終わると、奄美の輝く夏も終わる。僕も、父さんとの二日間の不思議な出会いが終わった。シマ（集落）の人達は、日常に戻り、秋の先の冬に向けての支度をはじめる。

「母さん……」

九月の終わり、仕事が休みの日に、母さんが僕を迎えに奄美に来てくれた。母さんは、僕の声が出るようになったことを、涙を流して喜んでくれた。

僕は、父さんと会ったこと、あの嵐の中、父さんは力の限りをつくして僕を助けてくれたこと、すべてを母さんに話した。

「父さんは、私の命も、孝太の命も助けてくれたんだね……。父さんの心を大切に、しっかりと生きないとね」

「そうだよ。僕と母さんが元気に生きたら、きっと父さんはうれしいんだ」

僕と母さんは、ジューとアンマ、壮太(そうた)おじと良恵(よしえ)おば、そしてノロの照(てる)おばとユタの千代(ちよ)おばと和(かず)おばさん、友達の一郎や浩達みんなにお礼と別れを告げた。

帰りの飛行機の窓(まど)から奄美を眺(なが)めると、マングローブの原生林が生(お)い茂(しげ)り、サンゴ礁(しょう)の透(す)き通った青い海が広がっている。その海の彼方には、アマミゾ(水平線)が輝き続いている。

奄美は美しい神様の島だ。そこには、生と死が共にあり、人々の心の奥底にある魂が満ち足(た)りている。僕はそのシマで、四か月近くを過ごし、心も体もいやされたのだ。奄美は、僕の大切で自慢(じまん)の故郷(ふるさと)だ。

奄美での不思議な体験は、神戸の友達に話しても、きっと今は信じてもらえないだろう。でもいつかみんなにも、素晴らしい奄美の知られていない世界について、伝えたいと思っている。

父さんとの大切な出会いと、母さんを守るという約束を思い起こしながら、掌(てのひら)の中でお守りのニライカナイゴウナを握(にぎ)りしめた。

終章

「ただいま」

僕の力強い声に、担任の宮本先生の喜びようは、すごかった。

「南、話せるようになったんだな……。よく頑張ったな……」

先生は、僕の手を強く握って言った。

「孝太、良かったな、良かったな」

クラスの友達も集まってくれた。真っ黒に日焼けして、背も少し伸び、たくましくなった僕の姿に、みんなびっくりしていた。

先生や友達の歓迎が、うれしく素直に心に届いた。

僕は、奄美のシマ（集落）で描きためた絵を、全部先生に見せた。

「これは……。すごい」

先生は言葉をつまらせながら、驚いていた。

先生は、それらの絵を、校長先生に見せ、校長先生は教育委員会にも見せた。僕の奄美での絵は、神戸の市民会館で展示されることになった。

『奄美の人とその生活』という題の、僕の個展が開かれた。『サンシンを弾くジュー』『芭蕉布を織るアンマ』など、二〇点近い絵画が展示された。
それは、新聞でも大きく報道され、多くの人が訪れ、僕の絵を高く評価してくれた。それもうれしかったけれど、今まで知られていなかった奄美の日常生活が、一人でも多くの人達に、分かってもらえたことが僕の一番の喜びだ。日本の南の島々について伝えたかった父さんも、きっと喜んでいると思う。

展示された、一つひとつの絵を見ていると、僕のマブリ（魂）を強くしてくれたシマでの生活が、ありありと目の前に浮かんでくる。

中でも僕の魂を一番満たしてくれたのは、やはり亡くなった父さんと再会できたことだ。それを通して、父さんの僕への深い愛情を、胸に刻むことができたのだ。これらの絵画では、表わしきれないことだが……。いつか奄美の神秘の世界を、絵で表わせたらと思っている。

「息子さんの絵、素晴らしいね。先が楽しみだ。正人君も喜んでいるだろう」

観に来ていたK大の学長になったT先生が、ニコニコ笑って母さんに声をかけた。

母さんは、とてもうれしそうに言った。

「先生、ありがとうございます。孝太は、私と正人のタカラムン（宝物）です」

翌年の三月の小学校の卒業を控えて、『将来の夢』という題で文集にのせる作文を書いた。

将来の夢

六年二組　南孝太

僕は、将来は、奄美の祖父の後を継いで、シマ（集落）の漁師になりたいです。シマの友達の一郎や浩も、浜で漁師になると言っています。

奄美の海はとてもきれいで、たくさんの魚や海の幸であふれています。これから、祖父に漁の仕方などをいろいろ教えてもらい、立派な漁師になりたいです。

僕の一番の目標は、母を大切にして幸せにすることです。シマで祖父や祖母と一緒に、仲良く暮らしたいなと思います。母は、芭蕉布が大好きで、祖母に作り方を教えてほしいそうです。草木染めで、芭蕉布はきれいな色になります。母が祖母と一緒にシマで、美しい芭蕉布のハンカチやスカーフなどのお店を開くと、きっと楽しいのではと考えたりもしています。

それと、漁の合間には、シマで絵を描き続けたいです。奄美の絵画で有名な田中一村の絵を見て、とても感動しました。シマの風景が、鮮やかに、奥深く表わされていました。

ただ僕は、シマの風景だけではなく、シマの人を描きたいのです。神様や亡くなった人とのつながりの中で、昔からの伝統の行事や生活を大切に生きている人達です。

僕は、田中一村の『アダンの海辺』が大好きです。その絵の通り、シマの浜には、アダンが繁(しげ)り、海の彼方の水平線を見渡すと、そこは金色に輝(かがや)いています。奄美では、水平線のことをアマミゾと呼びます。

僕は、そのアマミゾを、毎日眺(なが)めながら漁ができたら、最高だと思います。

あとがき

私は三九歳の時に、幼い頃から私を可愛がってくれ、大好きだった兄を、病気で亡くしました。私は悲しみの底にありました。その中から、人間の生と死の問題を、文学研究を通して、追究しようという気持ちが芽生えました。

翌年、母校の大学院に入学して、福永武彦の作品について勉強をしました。修士論文に、彼の『ゴーギャンの世界』を取り上げました。

執筆が進むに連れて、ゴーギャンが求め続けたという、タヒチの死後の魂を信じる不思議な世界に、私自身も引き込まれていきました。

博士課程では、島尾敏雄の妻であるミホさんの作品を知り、日本の南の島奄美に、タヒチと通じるものがあることを見出しました。

それから六年間、私はミホさんに会いに、毎年奄美を訪れました。ミホさんの作品を理解するために、奄美の民俗学も学びました。また、奄美の祭りを体験したり、ノロやユタの方々ともお会いすることができました。

それらを通して、ネリヤカナヤの神様を中心とした、生と死が混在する奄美の奥深く、尊い精神世界に触れ得ることが叶いました。

ある日、ミホさんを訪れると、「今朝は、島尾と楽しく話ができました」と、ニコニコ笑って言われました。ミホさんにとって、亡くなった島尾敏雄と交流することは、ごく自然なことのようでした。ああ……、私も亡くなった兄と、こんなふうに語り合えることができたら、どんなに幸せなことかと思いました。

私がいくら努力しても、島人の心にはなりきれません。でも、私が知った奄美の、もう一つの大切な側面である神秘的な心の世界を、この『アマミゾの彼方から』を通じて、日本国中の方々にお伝えできればと願っております。それも、次世代に受け継がれるべき世界遺産だと思うのです。

海風社の作井文子さんが、この『アマミゾの彼方から』を自社の南島叢書に入れてくださいました。奄美を憧憬し続けてきた私にとって、この上ない喜びです。この場をお借りして、深く御礼申し上げます。

また、南海日日新聞の松井輝美さんには、奄美の深層からの帯へのお言葉や、作品についての丁寧で細やかなアドバイスを、いただきました。

イラストレーターのｙｕｋａｍさんは、奄美に心を寄せた絵を描いてくださいました。奄美出身の黒川さんからは、色々な奄美の生活や言葉について教えていただきました。

この『アマミゾの彼方から』が、たくさんの方々のご尽力により、刊行されますことに、心より感謝いたします。

ゴーギャンは、『我々は何処から来たか、我々とは何か、我々は何処へ行くのか』という大作を遺しました。これは、彼にも、たどり着けなかった人間の謎でしょう。でも今私は、それを真剣に考え、追い求めていくプロセスの中に、意味があるのではないかと考えるようになりました。

二〇二三年 春

鳥居 真知子

〔参考文献〕

①小野重郎『奄美民俗文化の研究』（法政大学出版局、一九八二年一〇月）
②恵原義盛『奄美生活誌』（図書出版木耳社、一九七三年七月）
③山下欣一『沖縄・奄美の歳時習俗』（明玄書房、一九七五年一一月）
④仲松弥秀『神と村』（梟社、一九九〇年七月）
⑤田畑千秋『奄美の暮しと儀礼』（第一書房、一九九二年三月）
⑥比嘉康雄『神々の古層⑪』（ニライ社、一九九三年三月）
⑦長田須磨『わが奄美』（海風社、二〇〇四年一〇月）
⑧「奄美学」刊行委員会編『奄美学　その地平と彼方』（南方新社、二〇〇五年四月）
⑨岡谷公二・山下欣一編『「青」の民俗学』（三一書房、一九九七年一一月）
⑩西田テル子『聖なる島　奄美』（星企画、一九九八年一月）
⑪島尾敏雄『島尾敏雄全集第二・八・一七巻』（晶文社、一九八〇年〜一九八二年一月）
⑫島尾ミホ『海辺の生と死』（創樹社、一九七六年一〇月）
⑬島尾ミホ『祭り裏』（中央公論社、一九八七年八月）
⑭大矢鞆音・ＮＨＫ出版編『田中一村作品集』（ＮＨＫ出版、二〇一三年一二月）
⑮久留ひろみ『奄美の食と文化』（南日本新聞社、二〇一六年四月）
⑯浜田敬助編『奄美方言入門』（南方新社、二〇〇九年一〇月）

著者略歴

鳥居真知子（とりい まちこ）

1951年三重県に生まれ、兵庫県の芦屋で育つ。1974年甲南大学文学部卒業。結婚後、神戸に住む。子育ての合間に児童文学を書き、「おはようおじさん」が三木市立図書館でビデオ化される。

1992年甲南大学大学院入学。終了後、同大学と神戸山手女子短期大学で非常勤講師として勤め、退職後、再び児童文学を書き始める。

研究著書に『我々は何処へ行くのか―福永武彦・島尾ミホ作品論集』（和泉書院）、共著に『時の形見に』（白地社）、『南島へ南島から』（和泉書院）、『島尾敏雄』（鼎書房）。児童文学としての著書に『赤い屋根』（BL出版）、『ピラカンサの実るころ』（読売ライフ）、『あした咲く花』（読売ライフ）、『アマゾンへ じっっちゃんと』（海風社）がある。

南島叢書99

アマミゾの彼方から

2023年6月20日　初版発行

著　　者　鳥居 真知子
発 行 者　作井 文子
発 行 所　株式会社 海風社
〒550-0011　大阪市西区阿波座1-9-9 阿波座パークビル701
T　E　L　06-6541-1807
印刷・製本　シナノ書籍印刷株式会社

ISBN978-4-87616-067-9　C0093

イラスト（本文・表紙）/ yukam（https://www.yukam.at/）
装 幀 / ツ・デイ

物語

アマゾンへ じっちゃんと

鳥居 真知子 著

978-4-87616-066-2 C8093 A5判／一三〇頁 定価（本体一四〇〇＋税）円

開高健の『オーパ！』と出会い、アマゾンに興味を持った主人公が震災で亡くなった友人や、祖父の想いに背中を押され、アマゾンの旅に出る。そして旅先での出来事を日本で待つじっちゃんに向けて13通の手紙に書き綴っていく。

料理エッセイ 南島叢書97

こころとからだ 奄美再生のレシピ

田町 まさよ 著

978-4-87616-036-5 C0377 A5判／一〇四頁 定価（本体一四〇〇＋税）円

この本では、奄美の滋養のある野菜や野草を使った料理の紹介や著者自身のアトピーが薬を使わずに治っていった過程、奄美の森や自然のなかで感じたこと、島に今も息づく見えない世界の話、島の知恵ある年長者やカミサマから教わったことなどを料理レシピや写真とともに紹介している。総ページカラー。

絵本 南島叢書92

あまみの唄あそび くろうさぎはねた

こうだてつひろ 詩 石川えりこ 絵

978-4-87616-012-9 C8792 AB変型判／三二頁 定価（本体一二〇〇＋税）円

鹿児島と沖縄の中間にある「奄美大島」。南の海にポッカリと浮かぶこの小さな島には、素晴らしい自然と独特の文化や風習が、今でもたくさん残っています。そんな奄美の魅力満載の唄あそび絵本。奄美の自然を思い浮かべながら、読んでみてください。読み聞かせにもピッタリです。

物語 南島叢書86

ひとりぼっちじゃないよ ～まなざしの島「ネィラ」をめぐる物語～

榊原 洋史 著

4-87616-284-0 C0393 B6判／三〇四頁 定価（本体一七〇〇＋税）円

東京から南の島に、家族とともに移り住んだ少年カイトは、明治時代にタイムスリップ。豊かな緑と透きとおった海。そこで出会ったケンムン（妖怪）、村人総出で神々を迎える儀式、天真爛漫な子どもたち、わが子のように気づかってくれる村の人たち……。そんな日々の暮らしを通じて、カイトは心がからっぽだったことに気づき、生きていくことの大切さを実感していきます。

南島叢書刊行に際して

今日の出版・文化状況に欠落しているものは何か。明治百年の近代に限っていえば、それは、明らかに被抑圧者側からの真実の声を不当に封殺したまま埋もれさせつづけたことです。未解放部落、在日朝鮮人、辺境としての東北・アイヌ・南島など、近代的な日本語文脈がとりのこしてきた闇の領域です。

小社は、このような状況を明確に認識したうえで、まず、南島（奄美・沖縄・宮古・八重山）に目を向け、南島からの視点をとりこむために、〈南島叢書〉を企画しました。

〈南島叢書〉は、本土と南島とのはざまを架橋し、むしろ日本の文化の総体を活性化するために、南島に関わる文学・思想・運動・研究の現在を伝え、南島を表現した過去の文学および南島論（研究）を未来に向けて批判的に継承しようとする試みです。

この百年を振り返ってみれば、たしかに、南島に関する各種の出版がなかったわけではなく、いくつかのすぐれた名著を大きな文化遺産として私たちはもっていますが、ただかつて、一度たりとも「叢書」の名のもとに俯瞰されることはありませんでした。小社は、このような背景を承知しつつ、過去の先達たちの仕事を継承していくために多くのすぐれた業績を集大成していきます。

南島への関心が高まりつつある今日、〈南島叢書〉は、多くの読み手と共に、さまざまな問題を根源的な方向に深めていきたいと考えています。中央志向でもなく、無自覚的な郷土礼讃でもなく、日本的な近代文脈が果たしえなかった南島の位置づけを求めて、独自の発想と新鮮な企画で、多くのすぐれた図書を刊行していきます。ご愛読ください。

一九八四年八月　　図書出版 海風社

復興を実装する

東日本大震災からの建築・地域再生

小野田泰明
佃悠
鈴木さち

鹿島出版会

本書は、一般財団法人 住総研の二〇一九年度出版助成を得て出版されたものである。

はじめに

二〇一一年三月一一日に発生した東日本大震災は、多くの人命や財産を奪い、生き残った人々にも言い尽くせない思いを残すことになった。そして、それは今も続いている。

この未曾有の災害については、これまでに多くの書物が出され、広範な事象を対象として様々な言説が示されている。けれども発災後の復興で、何が起こり、それがどこに向かっているのかを具体的かつ包括的に示したものは意外に少ない。

もちろん、力のある論者による価値の高い報告は多数存在する。しかしそれらは、深度を確保するために書き手が関わった地域を対象に論が提示されることが多く、全体像を得るには読者の想像力が要求されがちでもある。災害の科学は、ケースを積み上げていく学問ではあるのだが、それでも深さと広さの両立は難しい。

本書は、複数の被災自治体で建築を中心とする実際の復興計画に実務者として関わるとともに研究者としても探求を続けてきた筆者らが、現場で具体的に体験したこと、現場での信頼を基に入手したデータ、さらには先人が努力してまとめられた成果にも当たりながら組み上げている。対象地域をできるだけ固定せず、複数の地域を取り上げながら、この災害と復興の全体像を浮かび上がらせることを心掛けた。もちろん、ただ複数にするだけでは散漫になるだけなので、防災の過程の中でも「復興」に焦点を当て、キャッシュフロー、復興計画、被災者意向、建築、組織と、いくつかのレイヤーを並走させることで深さと広さの両立を図っている。

「復興」を分析するにあたって、次にあげる三つの視点から対象にアプローチする。

①　復興を結果として受け止めるのではなく、様々な関係者が関わる複雑な過程としてとらえ、そこにおける相互の関係性を明らかにする。

②　復興は無から生成するのではなく、そこにおいて散在する活用可能な資源と不可分であるという認識に立ち、既存の社会構造との関係を注視する。

③　現場で起きている復興の現実を世界の復興の科学と関連づけながら分析することで、東日本大震災という事象を国際的な文脈で再定義する。

これらの視点を際立たせるため本書では、復興の計画が実際に具現化するポイントである「実装」に着目する。

この実装とはどのような状況を指すのだろうか。

発災によって大きく傷ついてしまった環境の再編には、まとまった量の人的資源の投入が不可欠である。一方、復興の現場では、時間的、経済的な限定が厳しく課される。そのため、理念、戦略、ロジスティクス、設計、現場での作業などそれぞれをうまく調整しながら、統合を図っていかなければならない。しかし残念なことに、それが満たされることは驚くほど少ない。もし、我々が適切な復興計画の実現を見ることができているならそれは、誰かが限られた資源を巧みに組み合わせる裏方の作業（＝実装）を行ったということでもある。

この「実装」は、目立たないわりに難易度の高い活動が短期間に集中するフェーズでもあり、ボトルネックとなりやすい。けれども、そうした複雑さゆえに正面から語ることは忌避され、酷いときには、現場での葛藤や課題を口にすることが、専門家の甘えとして糾弾されることもある。専門家にとっても、守秘義務がかかっているだけでなく、自家薬籠中の技術であることから、実装の実態を開示する動機づけは起こりにくい。

東日本大震災からの復興においても、下部構造に面倒なことが押しつけられ、それが等閑視される状況は、そう変わっていない。むしろこれは、現代の我々の社会が共通して抱える問題ともいえる。戦時や緊急時に発生する判断の偏りに着目する戦術の科学や、優れたコンセプトであるBuild Back Betterに応える事例が復興の現場でなぜ少ないかを問う災害の科学、そして、感染症の流行の抑止の国ごとの巧拙にも関わる公衆衛生や政治・政策の科学などにも共通する。もちろんこれらのすべてを引き受けることはできない。しかしながら本書が、これから起こるかもしれない災害と復興に論理的な補助線を引く助けになればと思っている。

以上より、本書を構成する各章は以下のとおりとする。

第1章は復興の概念を世界の防災の科学の中で再整理する章である。

復興は被害と原因を同定することから始まり、いつまでにどのように再生するのかを見通す、突然訪れた理解不能な出来事を自らの中に受け入れる作業でもある。国内外の研究成果などを参照しながら、防災の科学の中で、復興にどのような位置づけがなされてきたか、また、復旧と復興の違いは何か、平時においてそれらはどのように扱うべきかなどを見る。めったに起こることのない大災害は長い時間に関わる事象でありながらも作業は急ピッチで行われる。いわば長い時間と短い時間が出合う地点である。同じ投資であれば、以前よりよい環境を目指すのが当たり前だが、そうしたことが実現しないのは、この異なる時間の間の調整が難しいからでもある。

第2章から第3章は復興全体を概観する章であり、復興に用いられる金融資源の分配を国際的に整理した後に、日本における資源の動員の状況と関係者の関与を見る。

第2章では、近年海外で起こった大災害とその復興のデータを比較しながら、東日本大震災からの復興を相対化する。第1章で見たように、大きな災害は長いサイクルで起こるため、各当事者にとっては、初めての体験であることが多い。一方、世界全体ではどこかでは起こっている。しかしながら、社会構造や文化的な背景が異なるために、そのままでは応用が難しい。

本章では、復興予算の分配データを基にして作成した「ファンドフロー図」などを活用して、支援をあらかじめ見込んだ柔軟な政府予算の仕組み（オフバジェット）をもつインドネシアのインド洋津波からの復興、NGOや企業を含む様々な関係者（マルチステークホルダー）の活動を有機的に組み込んだアメリカ合衆国におけるハリケーン・カトリーナからの復興、中央政府によりマッチングされた非被災自治体が被災自治体の復興を分担する対口支援による中国の四川大地震などの事例を見ていく。そのことを通して、防災大国を自称する日本における東日本大震災からの復興が、世界の中でどのような地点にあるのかを明らかにする。

第3章は、東日本大震災からの復興事業の仕組みをなぞりつつ、復興における空間の変容を理解する。東日本大震災では、津波シミュレーションを導入し、四〇〇年から千数百年周期のレベル2津波において、二メートル以上の浸水が想定される場所をできるだけ避けて復興する通称2－2ルールが適用された。一般的な土木構造物の寿命を超えるインターバルをもつ災害についても避難だけでなく具体的な対応を求めたこの設定が、現場においてどのような問題を引き起こしたかを問いながら、「安全」というスローガンが拡張された地平において、何がもたらされたかについて考えたい。さらに、今回の住まいの復興における典型的な土地利用のタイプについて整理し、復興という作業の多様性と複雑さについても整理する。

第4章と第5章は、最も重要な復興関係者である被災者やそれを支えるコミュニティといった地域資源の観点から考える章である。

第4章では、災害公営住宅を中心として、災害から復興における建築的対応とそこにおける人々の生活について見る。建築的な対応としては、関東大震災後の同潤会などがよく知られているが、東日本大震災においても阪神・淡路大震災で起こった孤独死の解消を目指したコミュニティ配慮型の集合住宅など、様々な試みがなされている。ここでは、こうした新しい形の住まいの事例を示しつつ、その可能性を議論する。

復興において重要な役割を与えられるコミュニティだが、実際は、多義的、多層的で、注意深い扱いが必要な概念である。第5章では、復興を通じて被災者の居住意向がどのように変化し、またその要因は何であったかを解き起こす。特に今回の東日本大震災からの復興では、大量の災害公営住宅や防災集団移転地などが、被災者の居住意向調査に基づいて建設されたが、そうした意向が移ろいやすい性質を有していることについては、被災者意向の尊重という理念に隠れて正面から議論される機会はほとんどなかったと思う。ここでは、被災前の状況、仮設住宅での暮らし、生活再建の実態、などとも関連づけながら、居住意向に影響を与えた要因とその帰結を整理する。一連の整理を通じて、発災初期、数多く語られた「絆」や「コミュニティ」という言説とは異なった位相にある現実を示すとともに、そこに潜む問題を明らかにする。

第6章、第7章では、復興事業を実行する関係者の側から、彼らが実際にどのような資源を動員しながら復興の実装にあたったかを見る。

第6章は、建築家が関わり漁村の原風景に配慮した試みを紹介する。様々な可能性をもちながらも、建築家の参画した事例が復興の現場で実装に結びつきにくかった理由や、たとえ実現しても、最初の計画から離れてストイックな復旧に押し込められたり、華美であると糾弾され変更されてしまった経緯など、生産資源の逼迫によってつくり出された困難が復興の実際にどのような影響を与えたのかを整理する。後半では、そのように希少化する生産資源を調整することで復興の質を上げようとした生産協同組合の試みを見ながら、生産資源の再組織化による復興実装の試みについて見る。

第7章は、今回の復興において主体的に実装を担った自治体の負荷から復興を評価する。東日本大震災からの復興事業では基礎自治体が主体となって復興が行われているが、その作業と組織の関係を概説しつつ、復興を総合的に考察する。基礎自治体という単位において実装が必然的に扱うリスクとそれを解消するために採られた戦略を概観することを通じて、この作業の本質に迫っていきたい。

第8章では、ここまでの作業を踏まえながら、東日本大震災からの復興が何を成し遂げ、何が課題として残されているかを整理する。この作業を通じて大災害からの復興において我々が、この復興の後に考えるべきことについて総括する。

東日本大震災における津波被害を受けた自治体を中心に論を構築する本書では、岩手県、宮城県の沿岸被災基礎自治体を対象としている。原発災害を受け、長期にわたる広域避難など、多くの課題を抱えている福島県の自治体を含むことをあえてしなかったのは、原発災害の本質に迫るにはさらに時間が必要であると判断したことに加えて、福島県内の復興事業に実際に関わった経験から、それらを取り扱うには、政治的な課題をも範疇に含めて、分析を完徹する強靭な知力が必要であると考えたためである。もちろん大切な問題であり、等閑視する気はないが、津波と復興を対象とするだけでも恐ろしく膨大な領域が広がっていることをご理解の上、この先の課題として、今回はお許し頂ければ幸いである。

復興を実装する　目次

第4章 災害公営住宅の整備 147

第6章 浜の復興と住宅の供給 241

第7章 復興の主体としての自治体 279

第8章　東日本大震災からの復興とは何であったか　313

2012

2013

第1章 復旧と復興

2014

2015

2016

2017

2018

1 災害科学における復旧と復興

1 災害科学の発展から

海外の文献では、復旧的な事象と復興的な事象を厳密に区分する記述が少なくて拍子抜けすることが多いが、これは、「復興」という言葉は日常的に使われているわりにその定義が難しいことに起因している(牧、二〇一三、Tierney, 2019)。そこで、東日本大震災における「復興」の実像とその課題を見る書物として、まず最初に「復興」の定義を行っておきたい。

災害の科学では、その発生原因となるメカニズムを探ることが長く関心の的であったために、災害の科学の中核は自然科学者が担ってきた。けれども、複雑化する現代社会においては、人間社会を災害の一方的な被害者として見る観点だけでは問題構造は掴めない。そうしたことに気づいた社会学者らの貢献によって、災害は、自然が引き起こす多様な事象が、課題を抱えた社会に出会ったところで生み出される、自然と人間社会の間での相互作用であるという理解が共有されていく。現代社会が分かちがたく危険性を内包する存在であることを認め、それとどう向き合うかを問おうとする思想である。

こうした、社会に内在する危険性は一般に「リスク」と呼ばれ、関心の対象にもなってきた。人類は、確率論など数学を道具とすることを通じて、それを娯楽化(ギャンブル)したし、経済の領域ではそれを再配分する新しい業態(保険)が開発されるなど、社会を様々な形で進歩させる力にもなっている。しかしそれでも、いったん発生すると社会のあり方すら根源的に問い直す大規模災害を社会科学が正面から取り扱うには時間が必要であった。

米国は、ハリケーンなどの自然災害が多いだけでなく、戦争研究への投資が盛んで、災害と社会に関する科学が相対的に進んでいる国である。貨物船ハリファックスの爆発事故を扱ったS・H・プリンス(Prince, 1920)や戦時研究で知られるJ・L・カーによる災害と社会変化の研究(Carr, 1932)など、独自の研究が早くから行われてきた。それでも組織的に研究が展開されるのは、第二次世界大戦が終わるのを待たなければならなかった。

戦後、The Army Chemical Center(ACC)が、シカゴ大学のThe National Opinion Research Center(NORC)に委託した災害研究プロジェクトがある。そのメンバーであったE・I・クアランテッリ(Enrico Quarantelli)は、そこでの経験を活かして一九六三年、オハイオ州立大学にThe Disaster Research Center(DRC)を設立する(DRCは一九八五年にデラウェア大学に移転)。これが災害の社会的・行動科学的側面を扱う初の専門組織とされている（Tierney, 2019）。こうした動きに触発されてか、一九七五年には、米国の地理学者G・F・ホワイトと社会学者のE・ハースによる *Sustainable hazard mitigation*（White and Haas, 1975）が出版される。それまで自然災害ごとに個別に考えられていた災害対策とその科学の方法論を批判したこの書は、自然資源を賢く管理しながら、地域が本来的に有する経済的・社会的な回復力を結びつける重要性について書かれたもので、災害に対する包括的なアプローチを本格的に説いた初めての著作とされている。このハースらが二年後にまとめた *Reconstruction Following Disaster*（Haas et al., 1977）は、災害復興に関する最初の包括的で長期的な研究ともいわれている（Johnson and Olshansky, 2017）。

これらが出された一九七〇年代後半から八〇年代の一〇年間は、これまでにない種類の災害が発生した時期でもあった。一九七九年に米国でスリーマイル島原発事故が、一九八四年にはインドでボパール化学工場事故が、そして一九八六年には世界中を震撼させるチェルノブイリ原発事故が旧ソ連で起こり、我々の社会がリスクと不分離であることが、多くの人に実感をもって受け止められていく。

こうした状況を受けて、一九九〇年代に入ると、今度はヨーロッパを中心にリスクをキーワードとした研究が深化していく。その中核を担ったのが、ドイツの社会学者U・ベックが *Risk Society*（Beck, 1992）で投げかけた「文明は自ら自身を危機に曝している」という見方であった。リスクが現代社会に生きる人間すべてにとって不可避の存在であり、グローバリゼーションの進展とともにそれが大きくなっているという主張は、当時の人々の不安とも合致するものであった。このリスクに関しては同じドイツのN・ルーマンも独自に分析を進めており、そこでは危険とリスクが区分され、後者が自己決定と不可分なことが示されている（Luhmann, 1979）。前述のベックは後に、ブレア政権（一九九七〜二〇〇七年）のアドバイザーとしても知られる英国の著名な社会学者A・ギデンズらと共同で『近代社会の再考』（Beck et al., 1994）を著すなど、冷戦後、新しい社会機軸を探していたこの時代のヨーロッパ政治に影響力を浸透させていく。

ベックらの論は、丁寧に練られていたが、概念的な性格が強く、自然に関する科学を扱うことに長けた災害の現場にいる研究者らには、物足りない側面もあった。そのひとり、英国ロンドン大学（UCL）のB・ワイズナーは、現代社会に内在するリスクが社会構造に起因しているとするベックやギデンズの考え方は先進国を前提とした限定的なものであると批判する（Wisner et al., 1994）。彼はその著書 *At Risk* の中で、災害のリスクを被災した主体の能力（Capability）・資産（Assets）・行動（Activities）で表そうとするアクセスモデル、加害力（Hazard）と脆弱性（Vulnerability）の関係性から示そうとするクランチモデル（図1・1、初出はDavis（1978））といった二つの有用な概念を紹介する。前者は、人間の能力開拓の可能性を「幸せ」の基底に位置づけたA・センら新しい経済学（Sen, 1985）とも関わる人間存在のありように触れる深さをもちつつも、後述する米国で発展するモデルの萌芽としての実践的な性質を有していた。後者は、後に再保険の考え方に取り入れられるなど（Munich Re Group, 2003）、社会科学系の防災学を他領域に開く端緒となっている。

同じく重要な著作としてその一年前、D・アレクサンダーが著した*Natural Disasters 1st Ed*（Alexander, 1993）にも触れておかねばならない。先のホワイトとハースが指摘した、自然科学がヘゲモニーを握ることで生じる災害種ごとに領域が細分化してしまう懸念に対する具体的な返答ともいえるこの本では、自然科学、社会科学、工学などが丁寧に網羅されている。社会科学に軸足を置きながらも、基本物理式、被災データなど、ベックの著作では等閑視されていた自然科学を包含するアプローチは画期的なもので、災害対応を①災害救援（Disaster relief）、②技術的調整（technological adjustments）、③総合的な被害軽減（comprehensive damage reduction）、④複合的危険管理（multiple hazard management）と、段階的に整理している。特に④の段階において求められる横断的な資源の動員と戦略

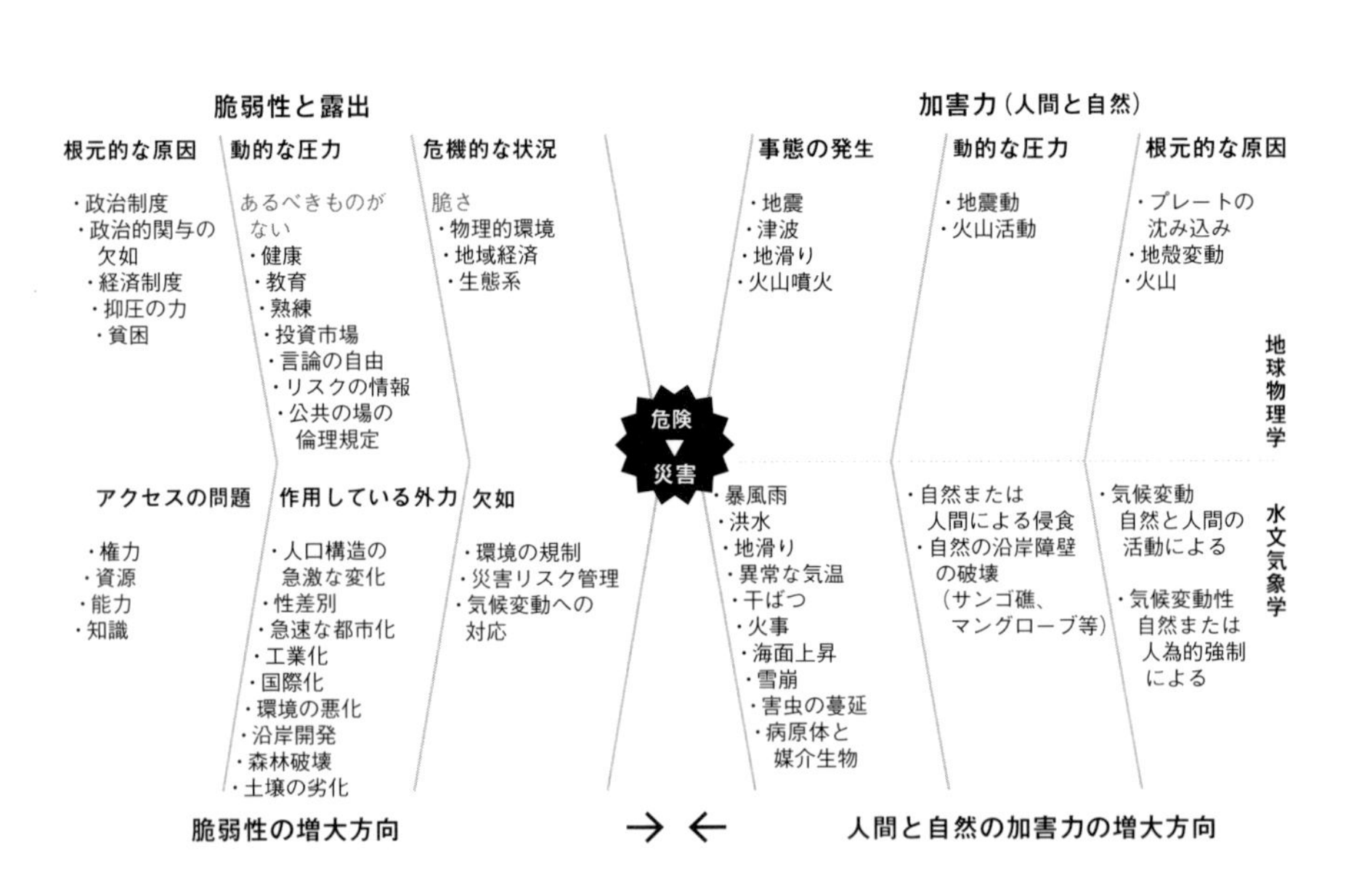

図 1.1　クランチモデル（Crunch Model）（Davis and Alexander, 2016）

の策定といった作業が、先進国においては環境問題を、発展途上国では社会・経済の問題を浮かび上がらせることが看破されている。著者のアレクサンダーはその後、Emergency Planningに焦点を当ててそれを担う主体の構造を整理する研究をまとめ上げた（Alexander, 2000, 2002）。また、世界中の災害の現場を飛び回って活動している建築家のI・デービスとともに復興という枠組みを総覧する重要な著作（Davis and Alexander, 2016）を上稿するなど、UCLをベースに精力的に活動していく。

このように、ヨーロッパにおける防災研究は、冷戦後の世界秩序や国際機関等を通じた第三世界の支援を視野に入れた総合的な性格を有している。

こうした特徴は、もともとプラグマティズムを基調としていることに加え、二〇〇〇年代に入ってテロや大型ハリケーンという苛烈な災害を実際に経験したことで、より具体的な対応に焦点を当てていく米国と対照的でもある。実践的な側面の強い米国の防災研究の中でも、R・オルシャンスキーらは、ハリケーン後の丁寧な参与調査から、意思決定の混乱がステークホルダー間の関係性に内在していることを明らかにした（Olshansky and Johnson, 2010）。ここで用いられた方法論は、世界の主要災害での調査に拡張され、世界それぞれの地域における復興の多様性を包括的に整理した著作にまとめられている（Johnson and Olshansky, 2017）。

個別事例の丁寧な積み上げを通して防災の科学を発展させたアレクサンダーやオルシャンスキーらの研究は、巨大化・拡散化する災害に直面している世界の防災研究者たちにも大きな影響を与えていく（Sylves, 2019）。

2 日本の防災科学と災害管理サイクル

一方、日本の災害学の書籍では、関東大震災、戦災（太平洋戦争）、阪神・淡路大震災、東日本大震災と国内の大災害の系譜を説明しながら人々がそれらをどう乗り越えてきたかが述べられる[注1]。ときに寺田寅彦の格言「災害は忘れたころにやってくる」[注2]が添えられながら強調されるのは、災害は繰り返すもので日頃の備えが重要であるという教訓である。

その根拠としてよく用いられるのが、災害管理サイクル（Disaster Management Cycle）、いわゆる循環モデルである（図1・2）。一九七八年の米国全国知事会研究会による提示が初出とされているこのモデルは（Canton, 2020）、災害とその対応を①被害抑止（Mitigation）、②発災前準備（Preparedness）、③災害対応（Response）、④復旧・復興（Recovery）に区分し、最初の①と②は日常時の「リスク管理（Risk Management）」、発災を挟んだ後段の③と④は「危機対応（Crisis Management）」と整理して、

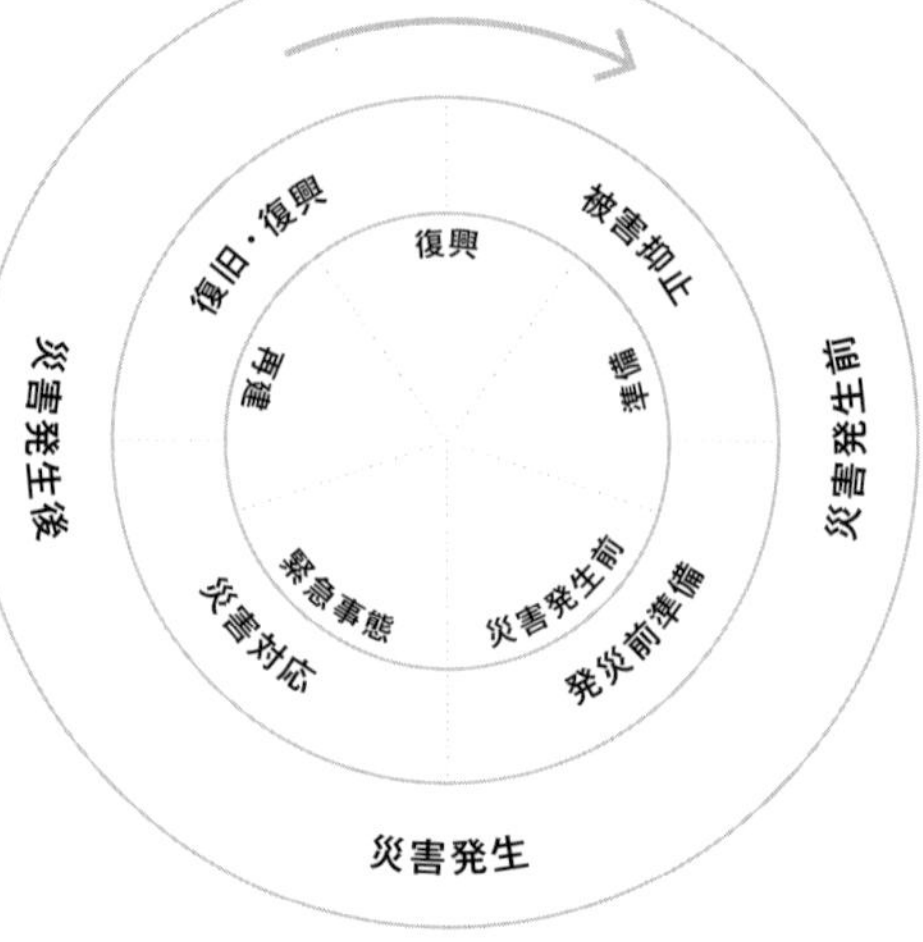

図 1.2　循環モデル（Disaster Management Cycle）
（Davis and Alexander, 2016）

全体を循環的な概念で取りまとめている。

最初の①被害抑止は、災害の影響を最小限にとどめるための作業で、耐震基準や制度を活用したゾーニングの見直し、脆弱性の分析、さらには公教育への防災教育の導入などが含まれている。②発災前準備は、災害に対する対応方法を計画し、防災士の育成や防災訓練、警報システムの整備などが包含される。③以降は災害が起こってからの事象である。③災害対応は、被害を把握し、迅速な救援の展開で多くの人々を救護するとともに、避難所を設置して命を守る過程である。最後の④復旧・復興は、ダメージを受けた環境を物理的に再生し、発災前の状況に修復する作業で、リスク管理と危機対応を橋渡しする過程でもある。

寺田寅彦のものとされる秀逸なキャッチコピーに加えて、平時における備えへの意識づけに有用であること、災害が繰り返し起こる日本における経験とも合致すること、さらには循環論的なありようが仏教の終生観と親和性をもつことなどから、この考えは日本でも広く受け入れられてきた。

3 ― 米国の事例に見る災害対応モデルの転換

この循環モデルは、汎用性の高い考え方であり、世界の様々な場面で取り上げられる。しかしその一方、世界の近年の防災学では、次のモデルへの移行も模索されている。日本同様、災害大国でもある米国の展開からそれを見てみたい。

すでに述べたように米国においては、災害対応に関する個別の研究が行われ、制度的にも救援・復興・準備政策が探求し続けられてきていた。しかし、本格的な組織化が始められるのは、第二次大戦の終結後である（Office of Policy Development and Research, 2015）。一九四七年になって、連邦物資を被災地域に届けることが戦争資産管理局（Division of War Assets Administration）と連邦工事庁（Federal Works Agency）に課され、その三年後に災害救助法（Disaster Relief Act）が制定された。そして、住宅・住宅金融局（The Housing and Home Finance Administration…HUDの前身）が災害対応担当に指定されるなど（一九五二年に連邦民事防衛局（FCDA）へ移管）、公的な防災の枠組が整えられる。一九六八年には、議会主導で、必要な管理政策を整えるといった条件つきではあるが、民間保険会社が保険を提供しない地域に、保険を提供する全米洪水保険（National Flood Insurance Act）が創設され、保険を基軸のひとつとする米国での防災の基本的枠組が確立されていく。

さらに一九七四年には、災害救助法が改正され、個人への支援と災害軽減に重点が置かれるようになる。この変更は一九六〇年代に定められたが、実態に乏しかった危機準備の国家計画（National Plan for Emergency Preparedness…NPEP）をより実態的な地震災害軽減法（the Earthquake Hazard Reduction Act, 1977）へとアップデートするものであった。よく知られている災害対応の連邦組織（Federal Emergency Management Agency…FEMA）が大統領令により設立されるのはその直後の一九七九年である。一九八八年には、防災のための包括的法令、スタッフォードアクト（The Robert T. Stafford Disaster Relief and Emergency Assistant Act）が施行され、総合的な対応や減災への連邦予算の執行が可能になる。一九九二年六月にはそれを受けて、The Federal Response Plan（FRP）の改組が完了するなど、防災体制が整えられる。

しかしながら、これらの改革は同時期に襲来したロマ・プリータ地震（Loma Prieta, 1989）とハリケーン・ヒューゴ（Hugo, 1989）、ハリケーン・アンドリュー（Andrew, 1992）などの災害には、必ずしも満足いく結果をもたらさなかった。[注3] そこで連邦政府は、防災対策法（Disaster Mitigation Act of 2000）を制定して、復旧支援（The Hazard Mitigation Grant Program…HMGP）を連邦の責任とするとともに、その条件として減災計画の策定を地方政府に求めるようになる。FEMAについても、クリントン政権下のウイット（Witt）長官の下で、人的資源の開発、州政府の管理権限の強化、NGOとの戦略的パートナーシップ構築、コミュニティに根差した計画策定など、様々な組織変革が行われる。この改革は一九九九年のハリケーン・フロイド（Floyd）に適切な対応ができたことを受けて、相応の評価を受ける。

このように丁寧に練られてきた体制ではあったが、残念ながら二〇〇一年九月一一日のニューヨークなどで発生した同時多発テロは防ぐことができなかった。そのため見直しが再度行われる。具体的には二〇〇三年に国土安全保安省（DHS）が創設され、FEMA自身の改組と合わせて、危機管理機能の統合がなされていく。

続く二〇〇四年には、連邦対応計画（FRP）がテロ対策を包含した国家対応計画（NRP）に改変され、その実装を担う仕組みとして国家危機管理システム（National Incident Management System：NIMS）が組み入れられる。米国全体を対象とした包括的な危機管理体系であるNIMSでは、すべての災害を対象にするマルチハザード対応と防災専門外の組織への展開が組み込まれるなど、災害対応従事者の協力と相互運用性を向上させる現場主義が徹底されている。後述する能力モデルの考え方に則ってつくられた新しい構造を有するものであった。

しかしながら、直後に発生したハリケーン・カトリーナ（Katrina）（2005）への対応は、主席連邦管理官（PFO）と連邦調整官（FCO）の齟齬が表面化し、機関連携の課題が露呈するなど、またしても満足いくものではなかった。そこで、連邦政府は、二〇〇六年に国家計画レビューを行い、それに基づいて二〇〇七年、NIMSとNRPを改訂する。

このように米国の仕組みは、実践での経験をフィードバックしながら目まぐるしく変更されている。そこで目指されているのは、防災戦略を踏まえた国家計画シナリオ（NPS）のもと、関係者がユニバーサルタスクリスト（UTL）に基づいて、それぞれの役割を果たす状態である。ここでは各メンバーは、ターゲット能力リスト（TCL）に記載された能力を日常的に開発しつつ、全体として災害と被害の抑制を目指していく（伊藤ほか、二〇一〇）。これは、災害に対して受け身的傾向が指摘された「循環モデル」から、予想される様々な災害に対して、自らが能動的に環境を整える「能力モデル」への質的な転換でもあった。

4 能力モデルにおける復旧・復興

すでに述べたように循環モデルには、四つの段階が設定されている。よく考えられてはいるが、それらをつぶさに見ると努力目標（effort）である①被害抑止と②発災前準備、実働（action）である③災害対応や④復旧・復興、といった次元の異なる要素が混在している。そのため実装を担当する人間からすると、防災戦略の展開にあたって、どういった立場で防災に取り組むべきか、何から手をつけるべきかといった具体的な問いに答えづらい問題点があった。

さらには、時系列でプロットされるために、④復旧・復興が最後に位置づけられ、解決が先送りにされがちな傾向も存在した。[注4] 実際の作業は、各過程が早い時期から並走するものであり、その段階で明確な戦略が示されなければ、資源の大規模な動員が必要となる復旧や復興には手をつけられない。

従って、生起する時間で並べる作業は、事後的な学習としての意味はあるが、災害に強い良質な環境を整える実装の観点から見ると課題が多かった。[注5]

加えて、広範囲に破壊と社会的混乱が引き起こされる大災害においては、コミュニティが災害前の状態に完全に戻ることを想定することにはあまり意味がない。むしろ災害は、新しい「普通」を生み出す転機を提供するものである（Canton, 2019）。この点においても、元に戻ることを前提とするように見える循環モデルには限界が存在した。

こうした限界を乗り越えるために提示されたのが、能力モデルである。このモデルでは、決断すべき時点で責任を明確にしづらい長い時間は前提にされていない。その時点において検討が求められる①予防（Prevention）、②保護（Protection）、③減災（Mitigation）、④対応（Response）、⑤復旧・復興（Recovery）（大統領令8（PPD-8））の五つの領域それぞれにおいて、そこで獲得すべき能力が具体的に定められるシンプルな仕立てになっている（図1・3）。

①は発災を回避・予防・停止するために必要な能力。②は人災・自然災害から国土を守るために必要な能力。③は災害の影響を軽減することで、人命や財産の損失を軽減するために求められる能力。④は災害発生後、人命・財産・環境などを守り、人間の基本的なニーズを満たすために発揮される能

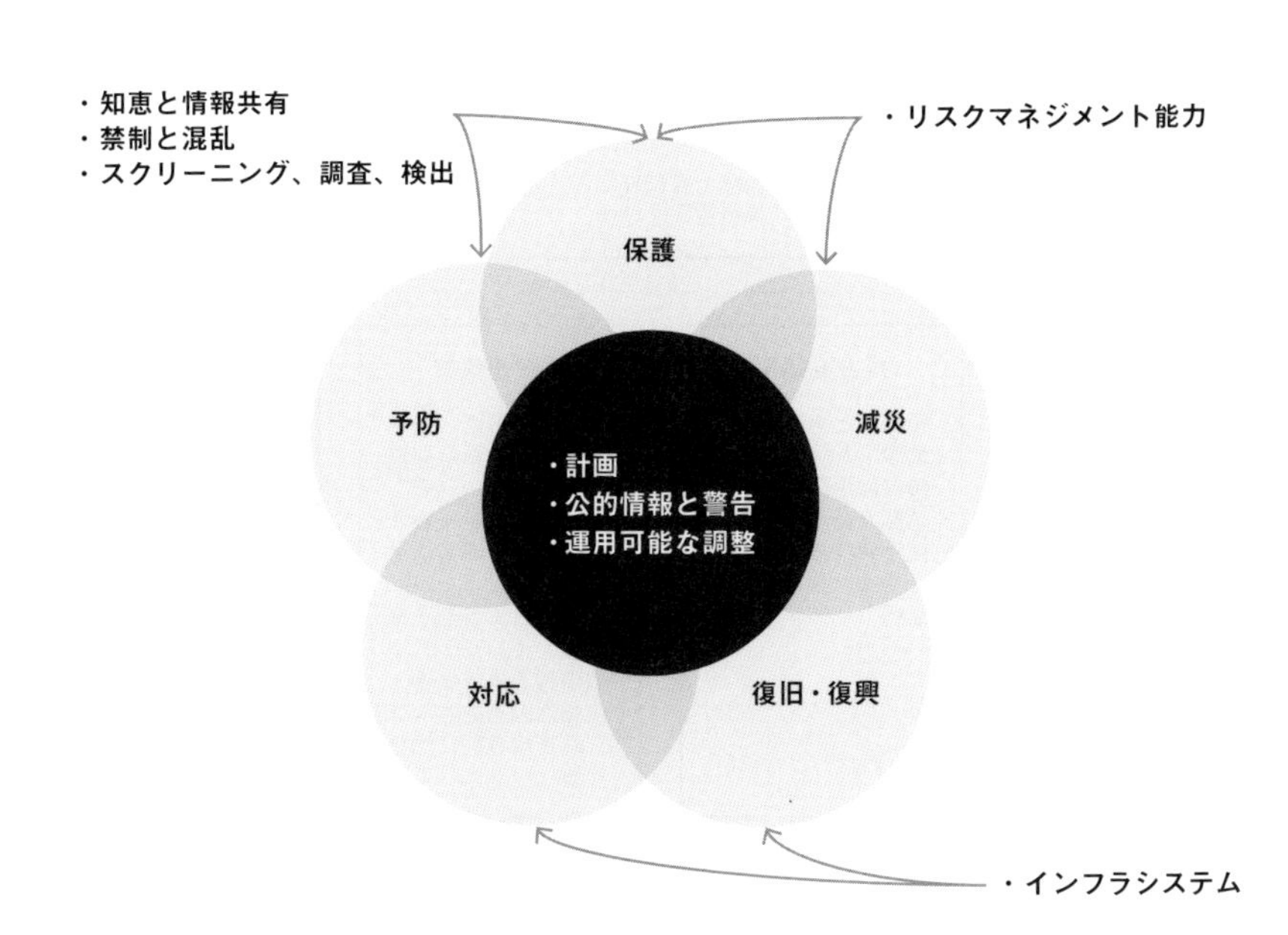

図 1.3　能力モデル（Capability Model）（Sylves, 2019）

力。⑤はインフラシステムの再建、被災者のための暫定的・長期的な住居の提供、健康・社会・コミュニティサービスの回復、経済開発の促進、自然・文化的資源の回復などに関わる能力である。能力モデルでは、この五つが連携しながら並走することが想定されている。

そこでは、復興を示す語としては、一般的なrecoveryを中心に、再定常化するニュアンスのrestoration、能力の回復を示すrehabilitation、普請的な意味合いのreconstructionと機能ごとに使い分けられているに過ぎず、復旧と復興を線引きする志向は薄い。

早い段階で戦略を策定し、並行して資源と能力を活用することで、目的を貫徹しようとするこの能力モデルでは、米国流のプラグマティズムを基礎として、復興計画の実装が視野に入っている。教科書的になりがちな循環モデルの限界を乗り越え、テロをはじめとする多様な災害（Multi Hazard）を実際に抑止することが想定されているこの考えは、適切にタスクを振り分けた最小組織が、現場で迅速に活動する防災活動の基本となる現場指揮システム（Incident Command System）などの具体的方法論に発展している（図1・4）。

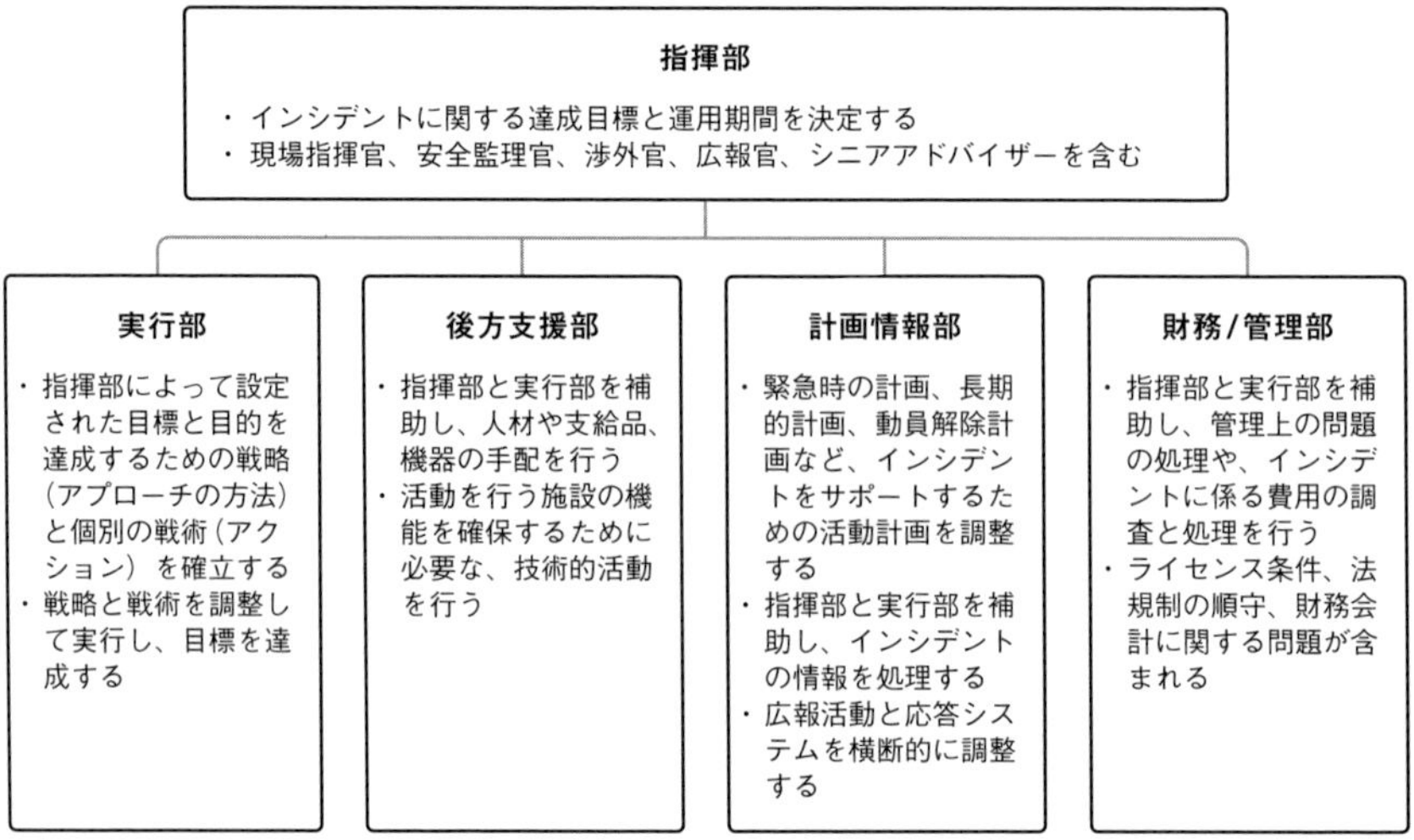

指揮部

・インシデントに関する達成目標と運用期間を決定する
・現場指揮官、安全監理官、渉外官、広報官、シニアアドバイザーを含む

実行部

・指揮部によって設定された目標と目的を達成するための戦略（アプローチの方法）と個別の戦術（アクション）を確立する
・戦略と戦術を調整して実行し、目標を達成する

後方支援部

・指揮部と実行部を補助し、人材や支給品、機器の手配を行う
・活動を行う施設の機能を確保するために必要な、技術的活動を行う

計画情報部

・緊急時の計画、長期的計画、動員解除計画など、インシデントをサポートするための活動計画を調整する
・指揮部と実行部を補助し、インシデントの情報を処理する
・広報活動と応答システムを横断的に調整する

財務/管理部

・指揮部と実行部を補助し、管理上の問題の処理や、インシデントに係る費用の調査と処理を行う
・ライセンス条件、法規制の順守、財務会計に関する問題が含まれる

図1.4　非常時における現場指揮組織の典型例（Incident Command General Structure）
（Sylves, 2019）

5 — 日本の近代防災における復旧・復興

もちろん実際の経験を糧に防災の考え方を発展させているのは、米国だけではない。環太平洋火山帯に属すとともにモンスーン気候帯でもある日本では、地震や津波、火山災害に加え、台風や豪雨による水害や土砂災害は日常であり、関係者による努力の積み重ねを通じて独自の発展を遂げてきた。

そのような我が国において定められた防災に関する最初の近代的法律は、一八七一(明治四)年の県治条例附則「窮民一時救助規則」公布といわれている。この規則は、一八八〇年に備荒儲蓄法として整えられ、一八九九年に財源を包括した基礎法である罹災救助基金法にまとめられていく。これらは被災者に食料や小屋掛けを供給し、地租等を減免するなど、被災者の生活支援を志向したものであった(下山、二〇〇九)。

一方で、原因となる自然現象のコントロールに手をつけないと、災害は高い確率で起こり続ける。また、富国をスローガンに掲げていた近代化途上の日本では、先進的技術を通して沖積平野の水害リスクを低減させることは、農業生産性の向上に加えて都市化の推進からも必須であった。日本の耕地は、平安時代、室町時代と一万平方キロメートル弱で推移してきたが、水利技術が発達した戦国時代に一・六万平方キロメートル、地域開発の起点となる藩制[注6]が整えられた江戸中期には三万平方キロメートルと大きく延びている(高橋、二〇〇七)。その後、明治期における西洋技術の導入と武士への生業の供給として東北、北海道を中心に耕地開発が進められ、明治の末には五万平方キロメートルにまで拡大する(清水、一九六八)。

土木技術の導入は、国土の開発に対して強い意欲をもった大久保利通の要請に応えて一八七二年にオランダから招聘されたV・ドールンらお雇い外国人による技術移転を通して広がっていく。特にドールンが呼んだJ・デレーケは一八七三年の来日以降、三〇年にわたって日本に滞在し、日本の特性に見合った土木技術の定着に貢献する(高橋、二〇〇七)。その後、自前の技術者養成を目指して一八八六年に帝国大学工科大学が設立される。ちなみにこの最初の官立技術者教育機関である工科大学初代学長の古市公威は、フランスのエコール・サントラルを卒業した土木技術者で、後に政府の土木局長を務めるなど行政面でも重要な役割を果たした人物である。

物理的な対策を支える基礎的な技術体系が導入されていく一方で、被害を修復するための制度的な枠組も整えられる。まずは、一八八一年に国庫補助の仕組みが整理され、先の古市が土木局長の時には、河川法、砂防法、森林法の治水三法が成立する(一八九六〜一八九七年)。急激な軍備拡張で慢性的な財政難に苦しんでいた明治政府であったが、一八九四〜一八九五年の日清戦争の結果として得た賠償金を原資として一八九九年、災害準備基金特別会計法を整える。

この年には、先述の罹災救助基金法も成立しており、明治維新以降急ピッチで近代化を進めてきた日本が、一九世紀の終わりに、外形的ではあるが近代防災の体裁をなんとか整えたことが見て取れる。この災害準備基金特別会計は、一九一〇年の関東大水害を契機に「府県災害土木費国庫補助ニ関スル法律」(一九一一年)に引き継がれ、不安定な基金から国家が復旧に責任をもつ国庫補助(治水費資金特別会計)に改められていく(内閣府防災担当、二〇一二)。しかしながら、政府がいくら負担するかは、災害ごとに出される勅令に依るなど、内容的には不安定な要素が残されていた(坂井、一九五二)。

6 ― 関東大震災から現代まで

初期においては、被災者支援とハザードの整備の二つの流れで枠組がつくられたが、その実装のための財源は、常に不安定な状況にあった。そのような中で起きた巨大都市災害が、一九二三年九月一日の関東大震災であった。発災後、環境が著しく変化するため、発災前に完全に戻すことには意味が見出しがたい大災害(Canton, 2019)というだけでなく、高度な機能が集中する首都を襲ったもので、復興が中心的な課題となる本格的な災害であった。復興におけるリーダーシップの必要性を示す事例として、後藤新平の存在が様々なところで引用されることから、知る人も多い事案である。

この復興は予算規模の大幅な縮小など、様々な障害に見舞われながらも、重要な計画をいくつか実装している。その背景には、発災当時六七歳でそれまでに、台湾総督府民政局長、満州鉄道総裁、逓信大臣、内務大臣、外務大臣、東京市長を歴任し、政治的に大きな力をもっていた後藤によるところがもちろん大きいが、属人的な説明に収まりきらない、構造的条件が整っていたことも忘れてはならない。

まずは、震災に先立つ一九一九年にあった(旧)都市計画法が挙げられる。予算的な裏づけには難しい部分があるにせよ、近代的都市計画を所轄する法的な枠組が事前に用意されていたことは重要であった。次いで、都市改造に対する問題意識が広く共有されていたことが挙げられる。公共交通が未整備で危険な木密地域も多かった当時の東京の実情が、日本が首都に求める要求に応えておらず、関係者の間には都市機能を改編する必然性が広く共有されていた。三番目は、スタッフのネットワークである。後藤自身、日清戦争帰還兵の検疫事業を突貫工事で成し遂げたことで注目され、台湾総督府や満州鉄道で政治と実務をつなぐ経験を積み、政界に身を投じたのは五〇歳を過ぎてからである。現場上がりの彼が大切にしたのは有能なスタッフとの関係性であり、帝都復興院の幹部には計画局の池田宏、山岡博愛、建設局の佐野利器、笠原敏郎など優れた人材が登用されている。後藤が震災直前の一九二〇年に東京市長に選出され、都市改造の研究会や政府への働きかけを盛んに行った過程で関係を深めた人材も多かったようだ（山岡、二〇〇七・越澤、二〇一一a、二〇一一b・後藤新平研究会、二〇一一）。

このように、法的枠組、社会的なニーズ、専門家・実務家とのネットワーク、といった実装に必要な様々な資源が、事前復興的に耕されていたことは重要なことであった。当初の計画どおりとはいかなかったものの、都市計画上の成果は幾つかが達成されている。建築の領域においても新しい都市居住のあり方を示した同潤会住宅（佐藤ほか、一九九八）、避難公園と一体で整備され、避難拠点の役割も果たす復興小学校（小林、二〇一二）など先駆的な試みが実現したことは、これらの資源の蓄積と無関係ではない。

残念なことにこの後の日本は、総動員体制が動き出して戦争に突入してしまう。この無謀な戦争は、膨大な人命や資源を消耗させ、主要都市の多くも焦土にしてしまう。しかしながら、大橋武夫ら戦災復興院の設立に関わった内務官僚や東京都の石川栄耀、名古屋市の田淵寿郎、広島市の竹重貞蔵といった都市計画や土木の分野を出自とする専門職員らの奮闘によって、困難と無理解の中にありながらも優れた戦災復興が成し遂げられている[注7]（越澤、二〇〇五a、二〇〇五b・石田、一九八七・西井、二〇二〇）。

これらの復興と並行して行われたのが、被災者支援のための枠組づくりである。敗戦の翌年、一九四六年に発生した南海地震を契機に、翌一九四七年、戦前の罹災救助基金法が廃止され、現在も中心的役割を果たしている災害救助法が制定される。災害が一定の規模を超えた場合、食料供給、避難所開設などの被災者救済を国の責任で行うこと、それらは現物支給を原則とすることなどが、ここにおいて初めて法律として定められる。しかしながら、罹災救助基金法同様、災害後の対応に焦点を当てており、防災全体を俯瞰したものではなかったため、復興はその範疇に入っていなかった。

戦後、包括的な体系が法的に示されるのは、一九五九年九月の伊勢湾台風を契機に制定された災害対策基本法（一九六一年）である（坂和、二〇一五）。この法律は、その後のわが国の防災政策の大きな方向性を示したもので、対応すべき分野を①災害予防、②災害応急、③災害復旧・復興とし、それぞれにおいて、既存の法律が個別の事象を担当する建て付けとなっている。例えば、①の災害予防については、建築基準法（一九五〇年）、都市計画法（一九六八年）、大規模地震対策特別措置法（一九七八年）などが対応し、②の災害応急は、災害救助法（一九四七年）や消防法（一九四八年）などが、③の災害復旧・復興では、被災者生活再建支援法（一九九八年）、公共土木施設災害復旧事業費国庫負担法（一九五一年）、激甚災害に対処するための特別の財政援助（一九六二年）などが対応する。これらはその後の高度経済成長期を経て、個別に整えられ、被災者への支援も工夫されていく。その一方で、③の復旧・復興については、関東大震災や戦災からの立ち直りの際に経験として積み上げられたはずの復興の考え方が十分に盛り込まれないまま（河田、二〇一八）、実務面の対応が一九五一年に成立した公共土木施設災害復旧事業費国庫負担法などに担われていく。

この公共土木施設災害復旧事業費国庫負担法は、戦前に定められた府県災害土木費国庫補助ニ関スル法律を引き継いだものであるが、国による大枠での国庫補助から、必要な機能を再生させるための予算の公費負担を明示した意味で大きな転換がはかられていた（国土交通省河川局防災課、二〇一〇）。

その後、様々に発生する自然災害や被災者の要求の高度化に応える形でこの法律は発展し、現在では、国からの支援を受ける基礎自治体の年間の災害復旧事業費の総額が、標準税収の二倍を超える大災害の場合には全額が国費負担、それ以下の被害でもかなりの額が国費負担とされる枠組みが整えられている。例えば、国庫負担率三分の二の場合でも、条件を満たせば国の負担額（六六・七％）に加えて残りの地方負担分三三・三％のうちの過半を地方交付税で賄うことが可能になっている。これによって地方の実質的負担額を二％以下にまで下げることができる手厚い対応策であった。

また、この法律の運用のために復旧・復興の概念も整理が進められている。原状に戻す「原形復旧」に加えて、改善の方向性を組み込んだ「改良復旧」、「復興」の区分だ。内閣府、災害復旧・復興施策の手引き（二〇〇五年）から抜粋すると次のとおりである。

・復旧対策…災害復旧事業等では、被災した河川、道路などの公共土木施設や学校等の公共施設、ライフライン等を被災前と同じ機能に戻すことを「原形復旧」と呼び（「効用回復」等と呼ぶこともある）、再度の災害防止の観点から原形復旧だけでなく被災施設やそれに関する施設の改良を「改良復旧」と呼ぶ。被害の拡大を防ぐための緊急措置としての「応急工事」が災害復旧事業等に含まれることもある。これらを併せ「（被災施設の）復旧対策」と呼ぶ。
・復興対策…被災前の状況の回復と質的な向上を目指すことの両者を併せて「（被災地の）復興対策」と呼ぶ。

一方、公共施設では、土木構造物と異なり、それぞれの施設を所管する官庁によって、その名称や根拠法は多岐にわたる。公共の学校には、最も古い国庫負担の根拠法である「公立学校施設災害復旧費国庫負担法」（一九五三年）が整備されているが、そのほかは、「内閣府・厚生労働省及び環境省所管補助施設災害復旧費実地調査要領」（一九八四年）や「激甚災害に対処するための特別の財政援助等に関する法律」（激甚災害法、一九六二年）など、「生活保護法」や「老人福祉法」と施設によってそれぞれ異なっている。国の補助率も公立学校で三分の二、社会福祉施設で国が三分の一から二分の一、都道府県が四分の一から三分の一とばらばらで統一した枠組が存在するわけではなかった。東日本大震災では、自治体の負担分については地方交付税で賄われるなど、自治体の負担率を下げる措置が後にとられることになったが、被災施設が多数に上る状況下で、それぞれの制度の違いに配慮しながら全体を俯瞰することには大きな困難が伴っていた。

実際の施設の再生に関しても、原形復旧を基本とする厳しい姿勢が取られていることも特徴である。例えば少し長い引用によるが、文部科学省の「公立学校の災害復旧における原形復旧の範囲」には、「災害復旧は、被災施設を原形に復旧することが原則となっている。ここでいう『原形に復旧する』とは、被災前の位置に被災施設と形状、寸法及び材質の等しい施設を復旧することをいう。原形に復旧することが不可能、著しく困難または不適当である場合においては、従前の効用を復旧するための施設を建設し、または当該施設に代るべき必要な施設をすることも原形復旧に含まれる。建物を新築して原形に復旧する場合については、建物の構造を改良して従前の効用を復旧しようとするものも、原形復旧とみなされる」（文部科学省ウェブサイト）という表現が使われている。柔軟な定義は行われているが、基本は復旧であり、災害からの再生においてはそれから逸脱しないようにということを丁寧に説明しているだけという厳しい見方もできる。

このように、発災前の状況を見ると土木構造物に関しては、復旧を原則としながらも実情に合わせて、原形復旧、改良復旧、復興と発展的に考え方が整理され、国の支援についても法体系の整備が早くから進められてきた。一方の建築の分野については、それぞれの施設に関して、国の補助率は個別であり、対応も原形復旧以外の選択肢が明記されておらず、大災害に対応した復興に対する準備という観点からすると、様々な課題を抱えていた。

2　復興の現状とそれを巡る概念

1　阪神・淡路大震災と東日本大震災

こうした状況の中で起こったのが、阪神・淡路大震災（一九九五年一月一七日）であった。二〇世紀の終わりに発生したこの災害では地震動の加速度応答スペクトルのうち、家屋に損害を与えやすい周期成分が大きかったことから、都市内の木造家屋を中心に多数の建物が崩壊し、炎上によって多くの人命が失われるなど、復興を前提とせざるを得ない大災害がもたらされた。そのため発災直後に定められた「被災市街地復興特別措置法」（一九九五年）においては、様々な都市再生の工夫が盛り込まれている。具体的には①地域内での建築行為を制限して土地区画事業を行う被災市街地復興推進地域の創設、②土地区画整理事業における復興共同住宅区、清算に代わる住宅の給付などの土地区画整理事業の特例、③第二種市街地再開発事業などの市街地再開発に関する特例、④公営住宅や改良住宅の入居者資格の特例、都市再生機構等を活用する住宅の供給等に関する特例などである。また、五年間の時限立法として「阪神・淡路大震災復興の基本方針及び組織に関する法律」（阪神・淡路復興法）が成立し、組織的な枠組も整えられている。

しかし、その一方で都市災害が中心であったこともあり、「復興」を正面から再定義するのではなく、都市再生に関する様々な法律や制度をアンブレラとしながら現実的な実を取る対策が主体となっている。よって「復興」の概念が本格的に再考されるのは、津波によって地域が徹底して破壊される東日本大震災以降に持ち越されることになる。

こうした経緯から、未曽有の大災害となった東日本大震災においては、復興の目指す方向性を得るために、それを議論する「東日本大震災復興構想会議」（以下、構想会議と記述）が設置される。四月一四日に第一回の会議が開催され、六月二五日に「復興への提言――悲惨のなかの希望」がまとめられる。提言では七つの原則のもと、目指すべき方向性が五つの地域類型ごとに示されていた。[注8]

これを支える基盤となる法整備も同時に進められる。提言より数日早い六月二〇日に成立し「東日本大震災復興基本法」（二〇一一年六月二四日施行）で、「復興」の定義が前面に打ち出されている。具体的な定義を示した二条には、次のように記述されている。

一　単なる復旧にとどまらない、二一世紀半ばにおける日

本のあるべき姿を目指した復興を行うこと
二　地域住民の意向を尊重して、国と地方公共団体が連携すること
三　少子高齢化、人口の減少、国境を越えた社会経済活動の進展への対応、食料問題、電力その他のエネルギーの利用の制約、環境への負荷及び地球温暖化問題等の人類共通の課題の解決に資するための先導的な施策に取り組むこと
四　次に掲げる施策が推進されるべきこと
　一　将来にわたって安心して暮らすことのできる安全な地域づくりを進めるための施策
　二　被災地域における雇用機会の創出と持続可能で活力ある社会経済の再生を図るための施策
　三　地域の特色ある文化を振興し、地域社会の絆の維持及び強化を図り、並びに共生社会の実現に資するための施策
　四　原子力発電施設の事故による災害を受けた地域の復興については、当該災害の復旧の状況等を勘案しつつ、前各号に掲げる事項が行われるべきこと

発災直後の混乱の中ではあったが、この法律によって、これまで曖昧にされてきた復興の概念を明示したことには大きな意味があった。その後、福島の原発事故への対応や政治問題などのために時間が取られることになったが、その年の末に「復興庁設置法」(二〇一一年一二月一六日)と「東日本大震災復興特別区域法」(二〇一一年一二月二六日施行)が相次いで成立し、東日本大震災からの復興を実行する大枠が定まってくる。

ここにおいて、被災者の生活に最も近い基礎自治体としての市町村が、被害の実態と被災者の意向に基づいて復興計画を策定し、その計画を実現するために検討された各事業を復興庁が精査して交付金を支給する仕組みが確定する。第一回の復興交付金の交付は、二〇一二年三月二日で、これ以降、逐次自治体への交付がなされていく。[注9]

この法律は、東日本大震災にだけ適応される特措法であったが、本災害に対する復旧・復興事業の立ち上がりが不十分であった反省を受け、二〇一三年六月に災害対策基本法の第二弾改正と「大規模災害からの復興に関する法律」(復興法、二〇一三年六月二一日施行)の制定が行われる。前者の災害対策基本法の改正では、被害を抑制する減災の概念や自助・共助・公助が位置づけられるとともに、基本理念の中に前節でも紹介した防災科学の成果が組み込まれている他、行政とボランティアとの連携や国による積極的な情報収集など、多様な主体が復旧・復興を担う概念が整理されている。後者の復興法においては、復興対策本部の位置づけが明確にされるととも

に、コミュニティレベルで対応力を強化するための地区防災計画が位置づけられるなど、「復興」の枠組が整理される。

2 ― 行動枠組から防災枠組へ

ここまで示したように、東日本大震災発災直後には、復旧と復興を過剰に区別するのではなく被害を同定しながら戦略に基づいて内容を調整する道筋が整えられている。限られた時間の中で、法律の制定や改正が整ったのは成果であった。

しかしながら、その精神を実際の現場で反映するにはあまりにも時間が足りなかった。特にそれまでに丁寧な準備を進めてきた土木に比べて、建築の分野における対応は、十分であったとは言いがたいものであった。その一方で、阪神・淡路大震災から東日本大震災において行われた様々な対応は通時的には価値のあるものであり、そこには並行して行われた国際的な議論も関係している。そうした流れを以下に追ってみたい。

阪神・淡路大震災が発生する一年前、全くの偶然であるが、防災に関する国際的に重要な会議が、日本で行われていた。一九九四年五月に横浜で開催された第一回国連防災世界会議（World Conference on Natural Disaster Reduction）である。この会議で採択された「より安全な世界に向けての横浜戦略（Yokohama Strategy and Plan of Action for a Safer World: guidelines for natural disaster prevention, preparedness and mitigation）」に掲げられた重要項目は、①脆弱性の認識、②減災の重要性、③災害対応から予防へ、④国際的パートナーシップの構築、⑤減災知識・技術へのアクセス、⑥コミュニティの参加とその積極的な奨励、⑦行動計画（A各国の責任、B開発途上国への配慮、C国の能力開発と非政府組織や地域社会の動員、D予防、軽減、緩和のための地域的、国際的な協力促進）、⑧事務局の強化と支援、⑨行動の必要性、⑩国際連合の責任、という一〇のキーワードにまとめられている。

さらに、①リスク評価、②減災の重視、③国際開発への組み込み、④防災能力の開発と強化、⑤早期警報と情報技術の活用、⑥コミュニティレベルから国際レベルまでの対応、⑦地域社会の教育による脆弱性の緩和、⑧技術への自由なアクセス、⑨貧困対策・環境保護との連動、⑩各国の責任と開発途上国の支援といった一〇項目の原則が示されている。

この会議は、おおよそ一〇年ごとの開催が決められていたが、第一回の直後の一九九五年に阪神・淡路大震災が起こったことから、二回目の大会は、この大災害に対する知見を国際的に共有することを目途として、二〇〇五年一月、神戸で開催される。直前の二〇〇四年一二月、スマトラ沖地震による津波被害が発生したこともあり、国際的な関心が高まった時期でもあった。

その会議で、定められたのが「兵庫行動枠組２００５－２０１５」(Hyogo Framework for Action 2005–2015: Building the Resilience of Nations and Communities to Disasters) である。ここでは、自然災害に対する脆弱性を同定し、災害に強い国やコミュニティを構築することを目指して、①持続可能な開発の取り組みへの減災の効果的な導入、②全レベル（特にコミュニティレベル）の防災体制整備と能力向上、③緊急対応や復旧・復興段階におけるリスク軽減手法の体系的導入という戦略目標が定められている。

さらに、項目が多く実装に対する検討が不十分であった横浜戦略の反省を踏まえて目標の実現を念頭に置いた「優先行動」の考え方が定められた。①国や地方による防災政策基盤の整備、②早期警報など科学的リスク評価、③防災知識や教育の向上による防災文化、④潜在的リスクの軽減、⑤迅速な緊急対応を可能とする事前準備の強化、の五項目である。一九九〇年代に社会科学の分野で防災に関わる様々な知見が得られたことはすでに述べたが、そうした災害科学の成果が、ようやく国際政治の世界で取り入れられていった。特に「優先行動」という名称で、本書でも中心的に取り上げる「実装」の概念が意識されるようになったのは大きな変化であった。

皮肉なことに、その六年後、日本は再び大災害に襲われる。兵庫行動枠組の想定を超える東日本大震災である。そこで、災害とそこからの復興の萌芽を共有するために、再度の国際会議の開催を提案した日本側の発意を受けて、Third UN World Conference on Disaster Risk Reductionと名称にRiskを加えた会議が二〇一五年三月に開かれる。開催地は、東日本大震災の被災地域に位置し、自らも大きな被害を受けた仙台市である。

この会議では、対象を自然災害だけでなく生物災害から環境災害まで幅広くとらえ、期間も本腰を入れて取り組めるよう一〇年から一五年に延長されている。そうした意図を受けて目標達成方法を盛り込んだ包括的枠組として「仙台防災枠組２０１５－２０３０」が策定される。この枠組において提示されたのが以下の四つの優先行動である。①災害リスクの理解、②災害リスク・ガバナンスの強化、③災害リスク削減への投資、④災害対応への備えの向上と、復旧・復興過程における「よりよい復興（Build Back Better）」、である。

これらの優先行動の下には、次のグローバルターゲットが示される。①災害による一〇万人当たり死亡者数の大幅な削減、②災害による一〇万人当たり被災者数の大幅な削減、③災害による直接経済損失の国内総生産比での削減、④医療・教育施設を含む重要インフラへの損害や基本サービスの途絶を大幅に削減、⑤防災戦略を有する国家数の大幅な増加、⑥

開発途上国への国際協力の大幅な強化、⑦マルチハザードに対応した早期警戒システムと災害リスク情報・評価の入手可能性とアクセスの向上である。「優先行動」という形でそれをいかに「実装」していくかが明示されているだけではなく、多様な主体が関わってもそれが共有できるようわかりやすいターゲットが示されている構成からは、実践に重きを置く能力モデルの影響も読み取れる。

仙台防災枠組ではこれらの実現のため、科学や技術の革新、科学的なデータ導入などの重要性も強調されている。ちなみにこの二〇一五年は、地球環境に関するパリ協定、持続可能な開発目標を定めたSDGsなど、世界で広く共有されていく重要な国際協定が行われた年でもあった。

3 | Build Back Better

これまで見たように復旧と復興を厳しく区分し、復旧を優先させる考え方は、直感的なわかりやすさ、日本における歴史的経緯、短期的な経費削減といった点では、ある合理性を有している。しかし、昨今の国際的な文脈において、必ずしも優勢な考え方にはなっていない。これは、復旧にとどめてもその実装には膨大なコストが掛かり、元に戻すことにいたずらにこだわることは、資源の有効活用の面から見ても不合理が多いことを復旧・復興に関わる多くの人が気づき始めたからでもある。

それでも日本の公共建築において復旧が優位であったのは、復興において求められる幅広い可能性の中から選択肢を絞り込み選ぶという行為が、発災直後の混乱の中では困難であることに起因している。復旧が選ばれるのは、合理的だからでも公平だからでもなく、災害後の過酷な状況の中で合意形成のための取引コストを節約できるからなのである。

こうした問題を解決する概念として登場したのが、Build Back Better（BBB）である。これは、被災した環境の再生においては、「発災前よりよりよい環境を目指すことは、むしろ当然である」とする考え方であり、前述の仙台防災枠組の中でも重要な柱となっている概念である。中でも特筆すべきなのは、BBBは単なる物理的な環境の質の向上をうたったものではなく、関わる社会や個人を包含する大きな概念であるという提示である。国連防災機関（United Nations Office for Disaster Risk Reduction…UNDRR）が二〇一七年に策定したBBBの解説レポートを取っ掛かりに、その内容を見てみたい。注10

この解説がユニークなのは、BBBとは何かを示すだけでなく、それを実現するための体制の説明に大きなスペースを割いている点である。冒頭で「復興能力と意思決定の有効性を強化する活動を発災前に行っている主体は、復旧・再生・

復興の期間に『ＢＢＢ』を実現する体制が整っていることが多い」と示されているのもその表れである。こうした問題意識に則って、レポートでは次の四つのタスクが推奨されている。

ひとつ目は、ＢＢＢに関する包括的な枠組の設定である。ＢＢＢが、緊急な支援が必要な直接被害者だけにとどまるのでも、便益にあずかる可能性の高い強者に独占されるのでもなく、復興から取り残されることの多い社会的弱者を含んだ広い範囲での共有を目指したものであるべきことが、まず示される。

次いで示されるのが、災害前復興計画（ＰＤＲＰ）を通じて、すべての利害関係者間にはりめぐらされるネットワークである。ＰＤＲＰを目途に、広い範囲の関係者が適切なコーディネートのもと関わることが、合意形成の下地として欠かせないことが理解できる。

三番目に示されるタスクが、出自の異なる関係者が共有できる共通言語の提示である。災害被害や脆弱性の評価とその回復のためのデータの適切な扱いやその手順が示されている。

四番目が、こうした活動が、日常的に促進・支援され続けるための政策・法律・プログラムの制定と強化である。

このようにＢＢＢは、災害からの回復が、復旧を墨守するあまり未来に開かれない投資となることを避けるために整えられた、意思決定を包含する大きな枠組である。多くの関係者が関わる土俵（プラットフォーム）の構築手順が丁寧に示されているのはそれゆえであり、そうしたプラットフォームの存在が、一部の人間が便益を受ける過大な投資を遠ざけることにつながるという信念にも裏打ちされている。

4―小括――東日本大震災における復興の位置づけ

復旧と復興の区分が、日本の災害からの再生において重要視される理由には、すでに述べたような予算の圧縮や合意形成の容易さといった理由に加えて、基礎となる考え方の問題がある。特にわが国で優勢な考え方である循環モデルでは、防災機能の精査と関係者の能力開発といった基礎に関わる議論は後回しにされがちで、構造を改革する動きにはなりにくかったことは主張しておきたい。

東日本大震災からの再生においては、復興庁の設置を通じて「復興」を積極的に位置づける方向に舵は切られた。しかし、実際の事業調整を行う現場ではどうしても慣性力が作用するため、両者を必要以上に区分しようとする力を押しとどめるには至っていない。[注11] 発災後の混乱の中でなんとか滑り込ませた新しい概念を現場が身体化するにはもう少し時間が必要だったのである。

先のＢＢＢのレポートにおいて「復興は、災害管理機能の中で最も複雑なもので、最も多くの利害関係者が関与し、地域社会の社会的・経済的成功に長期的に最も大きな影響を与えるものである」（UNISDR, 2017）という記述がなされていることからわかるように、復興の実装には多くの困難が伴い、その理解には障害も多い。阪神・淡路大震災からの復興において、その前線にいた研究者でもある塩崎賢明が、復興のために本当に必要であったかどうか紛らわしい事例を挙げながら「復興〈災害〉」と名づけて問題点を指摘しているように（塩崎、二〇一四）、復興を理由に行われる過大投資にも厳しく目を光らせていかなければならない。

その一方で、生活に密着する建築は、大災害後の新しい暮らしを切り拓くことが可能な貴重な領域である。しかしながら、準備不足もあって東日本大震災からの復興において、そうした長所を展開することは難しかったようでもある。すでに述べたように土木の領域においては、近代化の中で、防災の作業を通じて枠組を発展させてきた長い歴史がある。そのため発災直後の混乱の中にあっても、安全を希求する人々の声をとりまとめて、大規模事業を貫徹するフレームがある程度整っていた。[注12]

他方、建築の分野においては、複雑な様相を示す人々の生活実態や市場経済の実態に寄り添いながら多様な出口戦略に対応することが期待されてはいたが、民業が多く価格競争が中心となることもあってか、正面から本質論を議論しにくかった。そうした状況もあって、第6章で紹介する「華美論争」のように、禁欲的な復興を志向する流れに押されて、難しい状況を受け入れざるを得なかったわけである。

とはいいながらも、実際の復興の現場において、今ここで苦しんでいる人たちのために使うこともできる資源を未来に振り向けるのは、勇気が必要な判断でもある。ましてやBBB概念の共有という基礎もない中で、それを振り分ける判断をするには、やはり戸惑いがあったに違いない。

こうした複雑な状況を理解し、改善していくためには、日本の復興の枠組をまず相対化しておくことが有用と考える。そこで次章では、国際的な視点から復興の実装の枠組を整理することを通して、それを考えてみたい。

注1　場合によっては海外の事例や昭和・明治三陸津波、伊勢湾台風、雲仙普賢岳噴火災害、中越地震、熊本地震などが適宜挿入される。

注2　寺田寅彦の言葉だとされているが、寺田の文章には具体的にその記述があるわけではない。寺田の協同者の今村明恒が、天災は忘れないだけでは不十分で、防備することが重要であると述べているように、循環モデルの限界についても意識されていたようである（津村、二〇一二）。

注3　必要となる資金的な課題、さらには地方政府との関係やFEMA自身の権限や能力に課題が残されていたため。

注4　ハースは、復興を次のように時系列で展開する段階的過程で説明している（Haas et al., 1977）。ここでは、復興の作業は、二重の意味で時系列

の枠組の中に収められる結果となっている。

a　緊急期間…発災直後の影響をカバーし当面の損失に対処
b　復旧期間…緊急期間の終了から主要なサービスの回復
c　代替復興期間…資本ストックの再構築と社会・経済活動の災害前の水準への回復
d　復興期間…大規模な復興と将来の成長のための発展

注5　経済学者の福田徳三は関東大震災からの復興の評価において、人の業を見ることが重要で、いたずらに復旧にこだわることはあまり意味のないと述べている（福田、一九二四）。

注6　日本における沖積平野への組織的な投資は明治時代特有のものではなく、新田開発という名のもとに近世以降、藩や豪農を主体として様々に展開されてきた（藤田、二〇一八）。

注7　本書では触れる機会はほとんどなかったが、復興を多声的な経験史として捉える視座を採用する場合、東日本大震災からの復興と太平洋戦争からの復興との対照は重要な課題と考えている。実際の復興事業でも、釜石市の復興において戦災復興時の制度運用との照合を行っているし、旧門脇小学校、旧大川小学校など石巻市の災害遺構の保存に関しては原田浩広島平和記念資料館元館長らの活動など、広島の事例から多くを学んでいる。その他、関連研究にも重要なもの（西井、二〇二〇ほか）が存在する。

注8　構想会議は、五百旗防衛大学校長（当時）を委員長として一四人の委員会構成されている。第一回以降、提言まで全一二回開催され、提言では以下に示す七つの原則が掲げられた。五つの地域類型とその対応策については、第三章一節東日本大震災における復興の基本的な作業で概説する。

原則1…失われたおびただしい「いのち」への追悼と鎮魂こそ、私たち生き残った者にとって復興の起点である。この観点から、鎮魂の森やモニュメントを含め、大震災の記録を永遠に残し、広く学術関係者により科学的に分析し、その教訓を次世代に伝承し、国内外に発信する。

原則2…被災地の広域性・多様性を踏まえつつ、地域・コミュニティ主体の復興を基本とする。国は、復興の全体方針と制度設計によってそれを支える。

原則3…被災した東北の再生のため、潜在力を活かし、技術革新を伴う復旧・復興を目指す。この地に、来たるべき時代をリードする経済社会の可能性を追求する。

原則4…地域社会の強い絆を守りつつ、災害に強い安全・安心のまち、自然エネルギー活用型地域の建設を進める。

原則5…被災地域の復興なくして日本経済の再生はない。日本経済の再生なくして被災地域の真の復興はない。この認識に立ち、大震災からの復興と日本再生の同時進行を目指す。

原則6…原発事故の早期収束を求めつつ、原発被災地への支援と復興にはより一層のきめ細やかな配慮をつくす。

原則7…今を生きる私たち全てがこの大災害を自らのことと受け止め、国民全体の連帯と分かち合いによって復興を推進するものとする。

注9　復興交付金は、第一七九回臨時国会で成立した東日本大震災復興特別区域法（二〇一一年一二月一四日成立）で定められた。この国会は、津波防災地域づくりに関する法律、復興庁設置法、東日本大震災からの復興のための施策を実施するために必要な財源の確保に関する特別措置法など、基本理念を定めた東日本大震災復興基本法（同六月二〇日成立）の内容を定める法律が成立した重要な国会である。なお、時間が掛かったのは、当時総理大臣の職にあった菅直人の辞任問題等で国会が紛糾したことが影響している。復興庁は翌年二月一〇日に発足する。

注10　二〇一七年当時の名称は、国連国際防災戦略事務（United Nations International Strategy for Disaster Reduction：UNISDR）。

注11　一面的な評価は慎むべきだが現場に身を置いた一技術者としてもそうした印象は確かであったように思う。

注12　中島（二〇一三）や岡村（二〇一七）が言及するいわゆる「近代復興」である。本章では、彼らの精緻な整理に敬意を払いながらも、それらが具体的にどのような要素から成り立つのかといった観点に立って精査を行った。

Behind
the Scenes

Process
of Architecture Reconstruction
and Community Revitalization
after the 2011 Tohoku
Earthquake and Tsunami

2011

2012

第2章
世界から見た日本の災害復興

2013

2014

2015

2016

2017

2018

1 日本の復興を相対化する

1―計画を実装する主体

第1章[注1]で見たように、復興において政府が大きな役割を果たすようになったのは、近代国家成立以降であり、防災の制度が実際に整えられてきたのは、ここ一〇〇年程度のことでしかない。また、これら災害への対策はそれぞれの環境によってあり方を異にする（Alexander, 1993）。そこで本章では、様々な復興の担い手（ステークホルダー）の国際比較を通じて、日本の復興を相対化してみたい。

近年の災害科学の国際的な展開を概観すると、復旧・復興は個人や親族による私的なもの、政府による官製のもの、民間企業を介した市場を活用して行われるもの、さらにはNGOやボランティアなどの新しい主体を介したものなど、様々なステークホルダーが重なり合う複合的な性格をまとう。

図2・1に示したのは、そうしたステークホルダーから整理した復旧・復興のモデルである。政府や市場も未成熟な時代は、復興は血縁による家族か、組織化されても集落などの集団による自助的な復興であっただろう。そのため、左下の

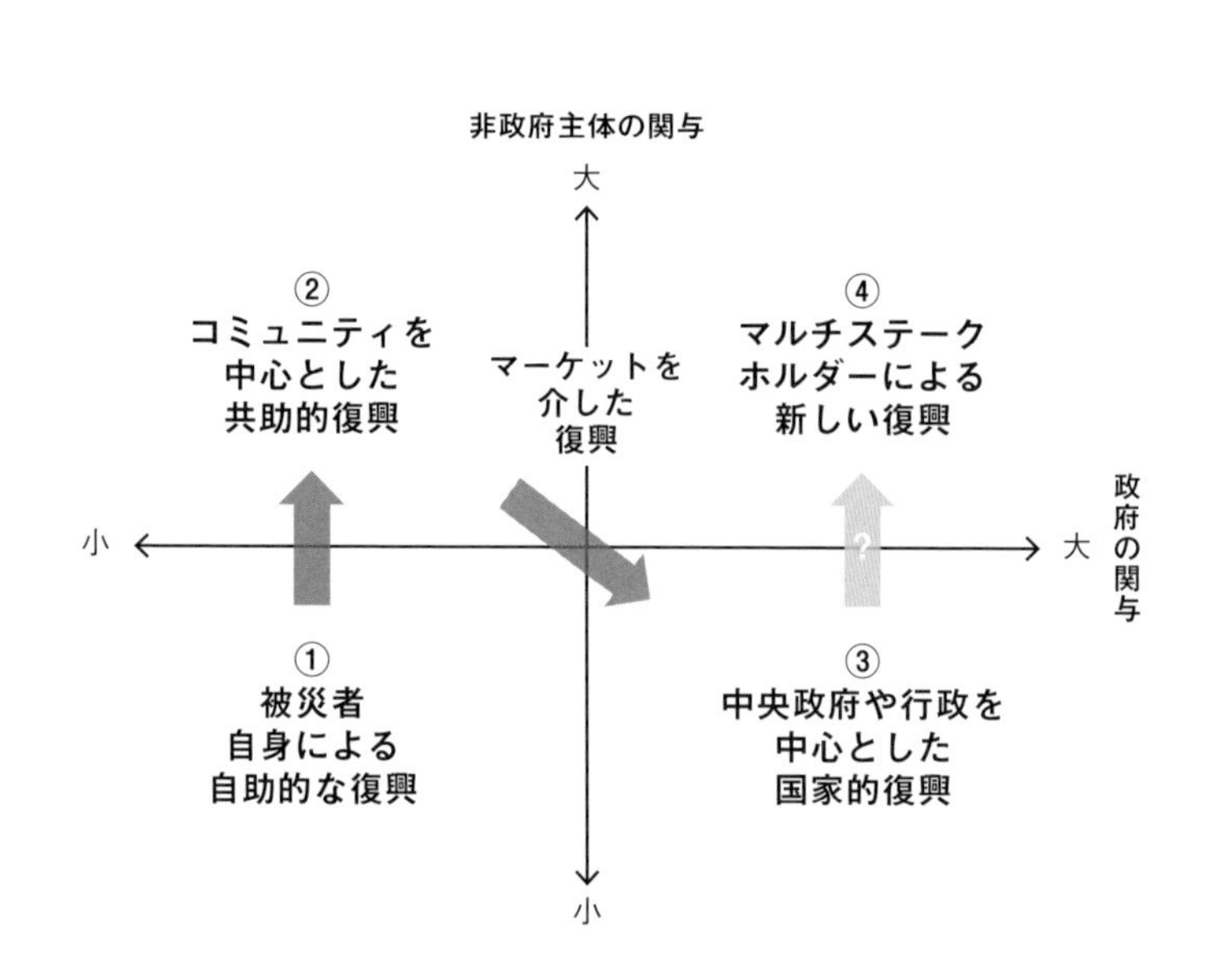

図 2.1　ステークホルダーの関与と復興のあり方

象限(①)が中心となる。共同体の仕組みが整ってくると復興の中心は左上の象限(②)にある共助的な復興に移動する。次いで近代国家が成立すると国家が徐々にそれを担うようになる。一方で共助の関係は相対的に後退し、右下(③)の国家が中心の復興となる。これが前章で示した現在の日本の状況である。さらに、本章で述べる政府からNGOまで様々なステークホルダーが活躍する米国のような状態は、右上の象限(④)にある多様な担い手による復興として見ることができる。

2 主体同士の関係性

すでに述べたように大規模災害からの復興は、住宅やインフラなどの社会資本を再建し、経済・産業や人々の生活を再構築する作業で、限られた期間内に多くをこなさなければならない難易度の高い課題である。さらに情報インフラが精緻に張り巡らされている現代社会では、複雑化した社会機能の再生はもとより、関連する様々な権利の保護も求められる。そのため復興コストは膨れ上がり、先進国であってもそれを担うすべての資源を単独で確保することが難しくなっている。

二〇〇四年に発生したインド洋津波は、一四か国で二〇万人以上の犠牲者を出し(表2・1)、国際的な復興支援のあり方に変化をもたらした。国連人道問題調整事務所によると、国際支援の総額は六〇億ドル超にのぼり、そのうち約四〇億ドルは個人や民間、NGOなど非政府系の資金であった。さらに、二〇一一年の東日本大震災は複合災害の脅威を示すとともに、先進国であっても政府が対応不可能な規模の災害が、今後発生することを予見させた。

これらを受け、二〇一五年に採択された「仙台国際防災枠組2015-2030」では、公・民・非政府主体がそれぞれの能力に応じて優先行動に貢献すべきことが合意された。ここでは、「ステークホルダーの役割」に一章が割かれ、被災者や被災政府以外の様々な関係者の協働の必要性が強調されている。外国政府・国際機関・NGO・民間などの関与は、多様な利害関係者が平等に議論のテーブルにつく狭義の「マルチステークホルダー・プロセス」を実現するにとどまらない。関与は、復興計画策定の責任を共有し、実施を確かにする要素であると位置づけている。復興に資する非政府系の資源が国境を超えて大規模に移動する現代社会において、これらステークホルダーの活用は必須であり、人口減、公財政悪化などの問題を抱える日本にとっても有用なアプローチであるといえる。

復興のプロセスでは、公的資金の調達・配分・支出・監査を担う機関に力が集中しがちで(Johnson and Olshansky, 2017)、公的資金の再配分そのものによって既存の不平等が拡大する

表 2.1　2000～2015 年に発生した大規模災害 注2

発生年	災害名	主被災国	損失額（百万ドル）	死者数（人）	年間平均損失（百万ドル）	所得グループ
損失額順						
2011	**東日本大震災**	日本	210,000	15,880	72,777	高所得
2005	**ハリケーン・カトリーナ**	アメリカ	125,000	1,720	52,626	高所得
2008	**四川大地震**	中国	85,000	86,445	31,941	中低所得
2012	**ハリケーン・サンディ**	アメリカ	68,400	207	52,626	高所得
2011	**タイ洪水**	タイ	43,000	813	2,619	中高所得
死者数順						
2004	**インド洋津波**	インドネシア	9,500	220,060	9,504	中低所得
2010	**ハイチ地震**	ハイチ	8,000	159,000	204	低所得
2008	**サイクロン・ナルギス**	ミャンマー	4,000	140,000	2,078	低所得
2005	**パキスタン地震**	パキスタン	5,400	87,304	1,328	低所得
2008	**四川大地震**	中国	85,000	87,149	31,941	中低所得

災害名	**東日本大震災**（日本）	**四川大地震**（中国）	**ハリケーン・カトリーナ**（アメリカ）	**インド洋津波**（インドネシア）
発生年月日	2011 年 3 月 11 日	2008 年 5 月 12 日	2005 年 8 月 29 日～	2004 年 12 月 26 日
規模	マグニチュード：9.0 [1] 津波高さ：9.3 m + [1]	マグニチュード：8.0	ハリケーンの規模： カテゴリー 5 [3]	マグニチュード：6.3 [5] 津波高さ：20m+ [5]
人的被害	死者数：15,894 [1] 行方不明者数：2,562 [1]	死者数：86,445 [10]	死者：1,833 [3]	死者・行方不明者数： 127,720 [5]
推定被害額（十億ドル）	総額：214 [2] ライフライン施設 16（8%） その他 14（6%） 農林水産関係 24（11%） 社会基盤施設 28（13%） 建築物等 130（62%）	総額：123 [8] クロスセクター 7（6%） 生産事業 27（22%） 社会事業（住宅） 58（48%） 生産事業 21（17%） 社会事業（住宅以外） 9（7%）	総額 [3]：96 耐久消費財 7.0（7%） 政府資産 3.0（3%） 事業資産 20（21%） 住宅 67（69%）	総額：4.5 [5] クロスセクター 0.65（15%） 社会事業（住宅） 1.4（31%） インフラ 0.88（20%） 社会事業（住宅以外） 0.3（7%） 生産事業 1.2（27%）
被災住戸数（戸）	合計：1,146,371 [1] ・一部損壊：744,269 [1] ・半壊：280,326 [1] ・全壊：121,776 [1]	合計： ・被災：24,543,000 [7] ・倒壊：7,967,000 [7]	合計：1,197,599 [4] ・小規模：892,490 [4] ・大規模：179,731 [4] ・甚大：125,731 [4]	合計：290,848 [5] ・被災：151,600 [5] ・全壊：127,300 [5]
被災地域 [1) 4) 5) 7)]	住宅被害最大：宮城県 0 100km	0 200km 住宅被害最大：四川省	住宅被害最大：ルイジアナ州 0 200km	0 50km 住宅被害最大：アチェ州
復興資金出元	行政：100%	行政：39% [9] （中央政府：25%、四川省：5%、対口支援に参加する支援自治体：9%） ローン・寄付等：61%	行政：100%	行政：31%（21.0 億ドル）[6] ドナー：36%（24.1 億ドル） NGO：33%（22.1 億ドル）

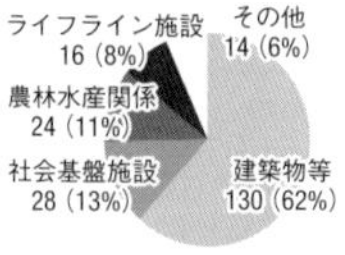

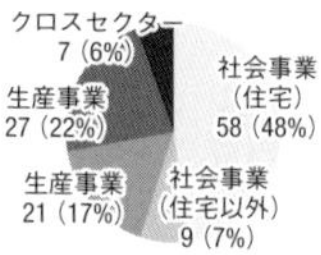

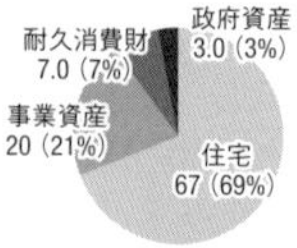

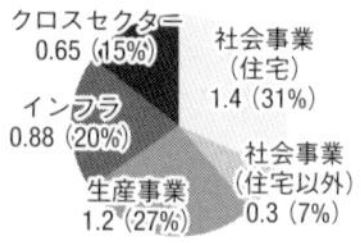

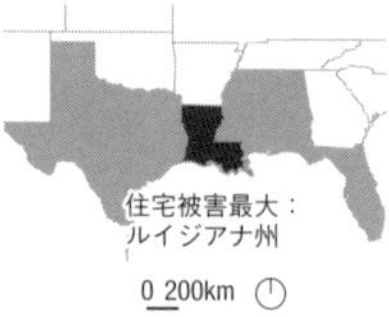

図 2.2　対象災害と被害の概要 注3

きらいがあるなど、復興体制の与える影響は大きい。特に低頻度大規模災害については、災害の間隔が長いため、他国の事例を参照するのは自然のなりゆきであり、国際的な視野からの災害復興体制の研究は研究者の関心事であった。多様なステークホルダーの関与に焦点を当てた国外での研究としては、米国の水害復興における分野横断的協働に焦点を当てたもの（Simo and Bies, 2007）、四川大地震におけるＮＧＯの役割を追ったもの（Lu and Xu, 2015）などが存在する。しかし、主体相互の関係は、明らかにしにくい部分も多く、既往の研究には限界もあった。

本章では、ステークホルダーの定義から始めて対象を同定するとともに、復興に関する資金を受け取る主体や執行する主体、またその量や内容を幅広く整理することでその実像に迫ろうとしている。対象は、多様なステークホルダーの参画する復興の国際的な契機となったインド洋津波の被災国インドネシアに加え、復興で官民が密接に連携したハリケーン・カトリーナ（二〇〇五年）災害のアメリカ、対口支援を大々的に展開した四川大地震（二〇〇八年）を経験した中国とし、東日本大震災からの復興の状況と比較する（図２・２）。

３　マルチステークホルダーの定義

防災の文脈でマルチステークホルダーという場合、これに含まれる主体は通常、「国際機関」「行政・公的機関」「ＮＧＯ」「民間」「学術・研究機関」「メディア」「個人・世帯」などと整理される。[注4] こうしたカテゴリーの中で、復興事業の実施に直接的に関与するのは、技術支援を担う「学術・研究機関」と情報の発信・共有を担う「メディア」を除いた主体が中心となる。これらのうち、復興の第一義的責任を負う「個人・世帯」と被災地の「行政・公的機関」を除くと、復興の資金調達や配分、事業実施に貢献する主体は、「国際機関」「ＮＧＯ」「民間」となる。ただし、「行政・公的機関」については、インドネシアの災害などでは外国政府が重要なパートナーとして振る舞う場合があることから、自国の政府とは分けて外国政府を含めることとする。よって、「外国政府」「国際機関」「ＮＧＯ」「民間」を狭義のマルチステークホルダー、「ＭＳ」として定義する。それでは、住宅再建事業において、おもなプレーヤーになることが多い行政とＭＳがどのように関与しているか見ていきたい。

2 復興のファンドフロー

1 災害ごとのファンドフロー

インド洋津波、ハリケーン・カトリーナ、四川大地震、東日本大震災の四つの大災害における行政・MSを含んだステークホルダー間の資金配分について、行政機関・国際機関の資料のレビューから住宅支援に関わる復興事業を「住宅再建支援事業」として定義、抽出した上で資金の流入・流出を整理しながら、ファンドフロー図を作成した。

この作成にあたっては、資金の配分・活用に関わる「主体」と「事業」に着目し、配分スキームを表す「財政支援類型」ごとに「資金」の量を記述した（鈴木ほか、二〇一九）。主体・事業間をつなぐフローの太さが資金の量を示しており、主要な資金の流れと各事業の資金規模が把握できる。図の左から右へと資金は流れ、事業実施主体の階層も世帯に近くなる。行政とMSは行を分けて示した。図中に登場する事業は、建設・修繕・賃貸などで、被災世帯の長期占有住宅取得を支援する事業とする。中央政府レベルより下の階層では、被害と事業特性に応じ、代表的自治体を挿入している。さらに、関係者インタビューを実施し、データを補完した（表2・2）。なお、入手可能データの関係から四川大地震では、住宅再建支援事業ではなく、復興事業の全分野を対象とし、フローの太さによる金額の表現を省略した。[注5]

2 国際援助の公的活用
――インド洋津波（インドネシア）

インド洋津波からの復興においては、大規模な国際エイドが大きな役割を果たしている。そのため、被災政府は直接の被害対応だけでなくエイドに対するコーディネーションの負荷を引き受けざるを得ず、この膨大な作業が、もうひとつの災害を引き起こすと揶揄されてもいる。[注6] こうした状況下では、外部の主体が持ち寄る特性の異なる資金をどう整理するかが課題となる。インド洋津波のファンドフロー図（図2・3）を見ると、まずは、多様な配分方法を用いて、図左端から流れる資金を性質ごとに整理することで対応している。また、MSが直接事業を実施することが許されており、政府を経由しないで資金が執行できている。

「外国政府・多国間組織・国際金融機関」が行う国際援助を復興事業に取り込むため、中央政府によって、外部資金を取り扱う「On-budget, On-treasury」「On-budget, Off-treasury」

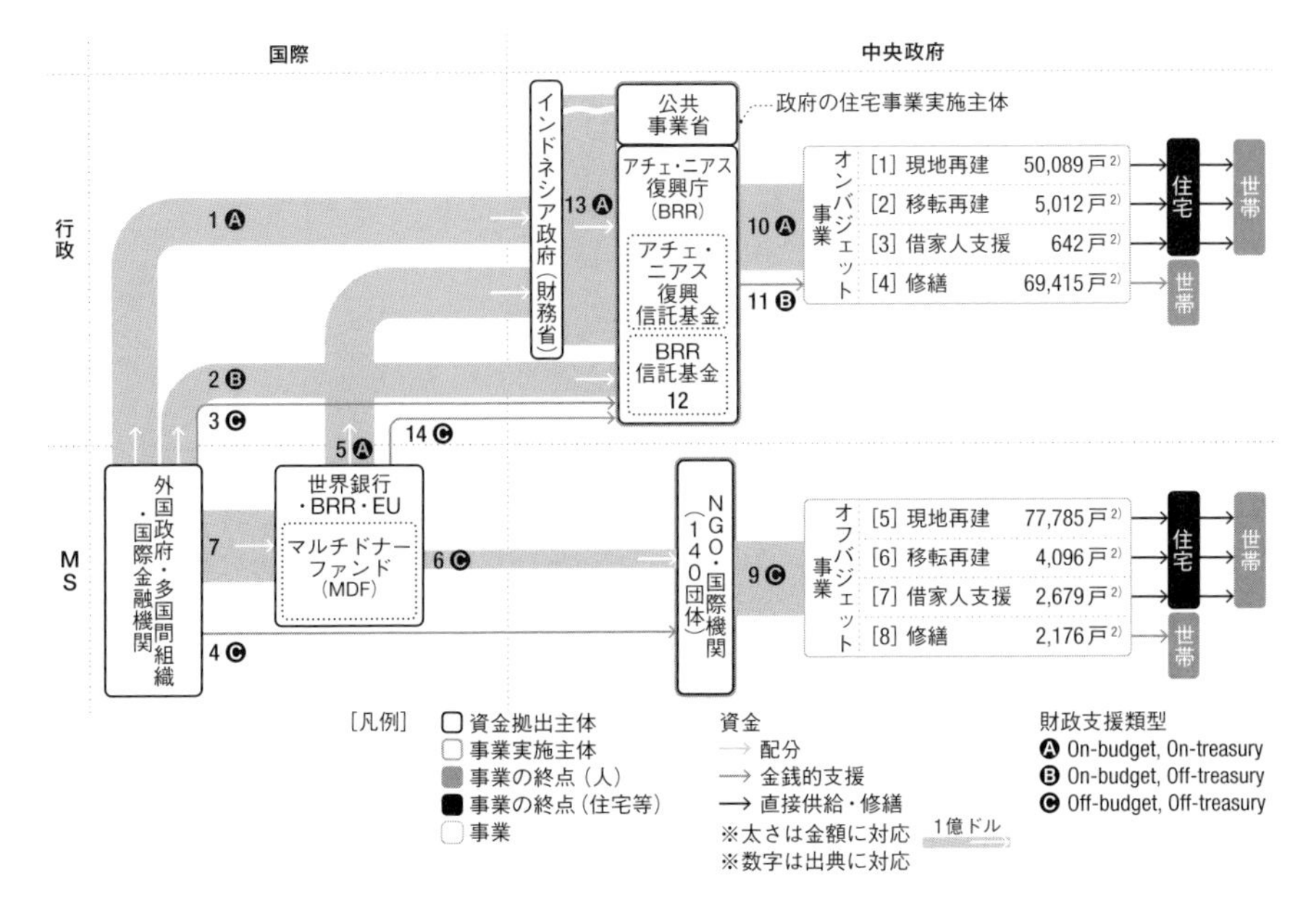

図 2.3　インド洋津波後の住宅再建支援事業のファンドフロー 注7

表 2.2　インタビュー対象者

災害	対象者	実施日
東日本大震災	Mr A, B（Officer of City Livelihood Assistance Unit）	2016.6.29
ハリケーン・カトリーナ	Ms C, D（Director and Program Director of NGO1）	2016.3.28
	Ms E（NGO2）	2016.3.23, 28
	Mr F（Director of New Orleans Redevelopment Authority）	2014.12.3, 2015.9.15
	Mr G（Former Deputy Chief of FEMA）	2014.12.1, 2015.9.9
インド洋津波	Mr H（Former Deputy Minister of Bappenas）	2013.11.29
	Mr I（Former Manager of Planning and Programming Unit of BRR）	2017.8.22
	Mr J（Assistant Manager of Operations Control Center of BRR）	2017.8.28
	Mr K（Officer of Bappeda Aceh Province）	2017.8.28

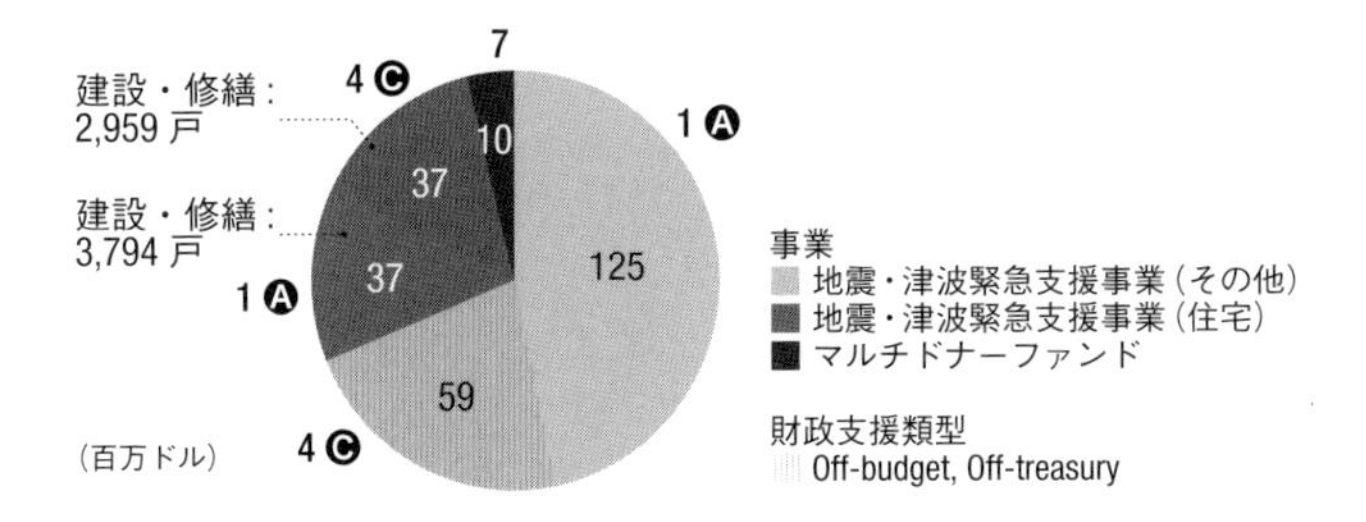

図 2.4　アジア開発銀行からの支援の内訳（ADB（2011）を元に作成）

「Off-budget, Off-treasury」（図2・3中A〜C）という三つの「財政支援類型」が用意されている。行政予算への組み入れの有無でOn-budgetとOff-budgetに区分され、建設したものを行政財産とするかどうかで、On-treasuryとOff-treasuryに分けられる。予算に組み込まれないのに、行政財産となる「Off-budget, On-treasury」はほぼ存在しないため、除いている。

行政とドナー両方の執行手続きに従う必要がある「On-budget, On-treasury」は、資金執行の透明性は高いが、時間が掛かる。発災前から援助を行っていた日本やドイツは、これに比べて資金使途の自由度が高い「On-budget, Off-treasury」を活用している。素早い執行が可能な「Off-budget, Off-treasury」は、住宅再建の分野で多くのＮＧＯや国際機関による直接供給を可能にした枠組であるが、政府を経由しない資金執行となるため、政府によるモニタリングは困難となる。[注8] 執行主体やスピードの違いはおもに行政予算への組み入れの有無によるため、ここでは、行政予算に組み入れるスキームを「オンバジェット」、組み入れないスキームを「オフバジェット」と呼んで区別する。

復興予算全体の約三分の一を拠出する「外国政府・多国間組織・国際金融機関」は、フローの上流に位置するなど、財政支援を行うＭＳには幅広い選択肢があり、有利になっている。例えば、「国際金融機関」であるアジア開発銀行（図2・4）は、援助を「オフバジェット」として活用するもの（図2・4中4C）、マルチドナーファンドに提供するもの（図2・4中7）など、ドナーの都合に応じて異なる提供方法をとっている。

中央政府レベルでは、「アチェ・ニアス復興庁」（ＢＲＲ）と「公共事業省」が、行政とドナーの資金を用いて「オンバジェット」事業（図2・3中［1］〜［4］）を実施している。このルートは、行政とドナー両方の執行・会計ルールに従う必要があるため、執行の透明度は高いが、手続きが煩雑となるデメリットがある。「ＮＧＯ・国際機関」は、自らの資金を用いて「オフバジェット」事業（図2・3中［5］〜［8］）を実施しているが、これは行政の執行・会計ルールに従う必要がないため、手続きは簡易だが執行の透明度は低い。事業内容は共通で、実施主体と執行の仕組みだけが異なっている。

災害から四か月後の二〇〇五年四月にＢＲＲが新設されている。住宅再建の面で、ＢＲＲは住宅を整備する実施主体であるとともに、ＮＧＯ・国際機関による住宅支援を調整するコーディネーション主体として機能するなど、膨大な国際支援を受け入れる一元的な窓口の役割を果たしていた。こうした復興の専門機関の存在もあり、州政府以下の負荷は低減されたようである（鈴木ほか、二〇一九）。

3 マルチステークホルダーとマーケットの活用――ハリケーン・カトリーナ（米国）

米国では、二〇〇一年に起きた同時多発テロ事件以降、経済特区や各種インセンティブの提供といった民間市場への投資刺激策が復興事業に用いられるようになっている（Gotham, 2013）。

ハリケーン・カトリーナのファンドフロー図（図2・5）では、中央省庁・州・市の各レベルに事業があり、図中のほとんどの主体が「事業実施主体」となるなど、多層的に事業を計画・実施する構造となっている。財政支援類型は「コミュニティ開発包括補助金」「災害復旧ファンド」「緊急事態キャピタルファンド」に分類した。中央省庁からの資金が右端の世帯レベルで統合されることが多い一方で、各層からＮＧＯ・民間に流れ込む資金もあり、ＭＳによる市場を通じた住宅供給が様々なレベルで進んでいることがわかる。

ＭＳとのパートナーシップ事業は、米国の税務当局である内税庁から三事業（図中［2］～［4］）、ルイジアナ州から二事業（図中［12］・［13］）、ニューオーリンズ市から二事業（図中［14］・［15］）の計七事業あり、行政機関が助成金や税額控除など[注10]を提供することで、民間・ＮＧＯによる中低所得者向け住宅の整備を促進している。行政からの助成といった呼び水に対し、

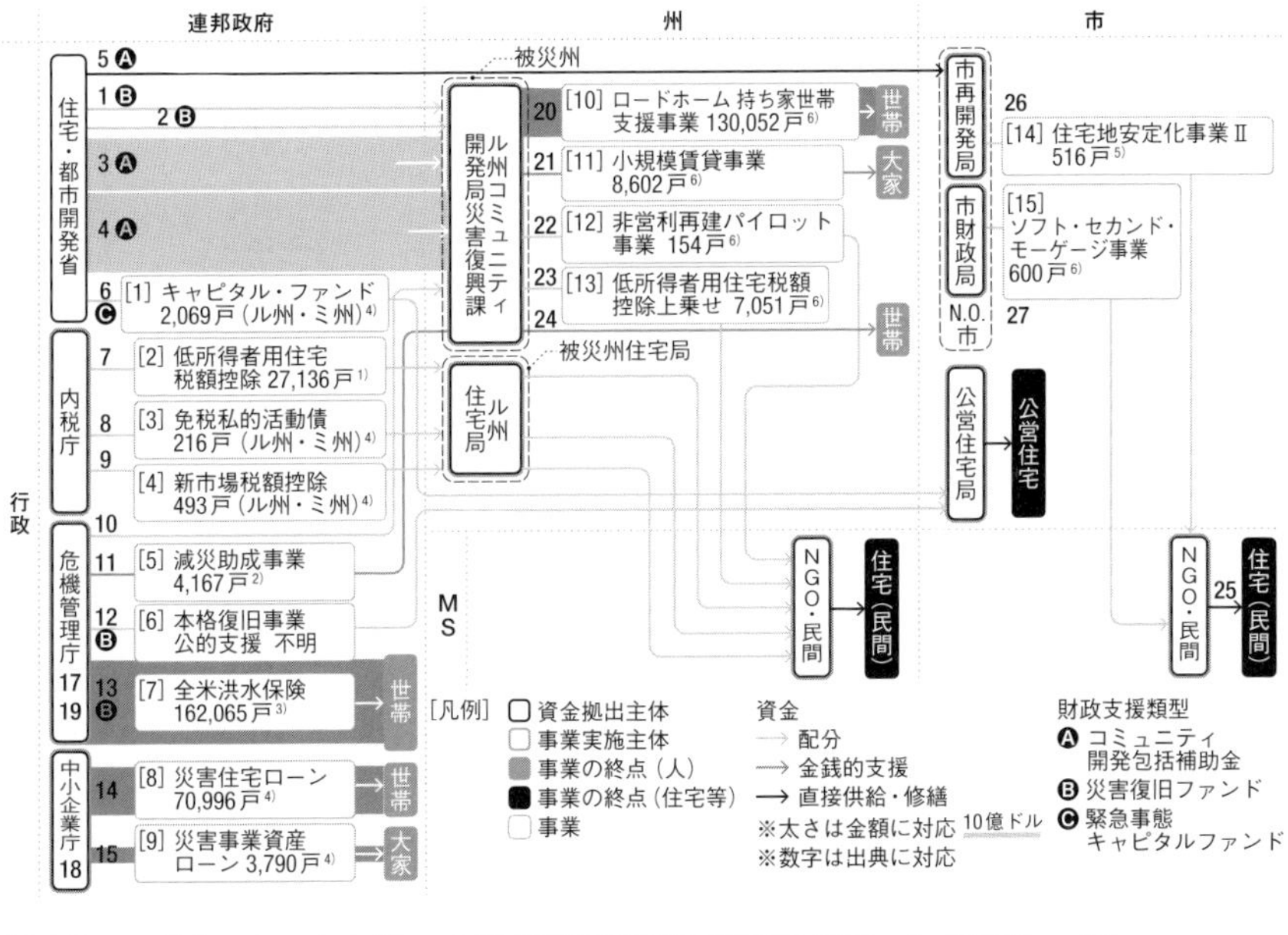

図2.5　ハリケーン・カトリーナ後の住宅再建支援事業のファンドフロー[注9]

上乗せされる民間投資の量に関する全貌は明らかではない。しかし、一部の事業（図中［15］）では、行政とNGO・民間の投資の割合が一対三となっていることが確認できた。投資促進効果がそれなりには存在していることがうかがえる。

4 進化する対口支援——四川大地震（中国）

二〇〇八年の四川大地震に際して中国政府は、被災した自治体に、特定の非被災自治体を組み合わせて、その復興事業を進める「対口支援」を採用した。この仕組みは四川大地震に続いて発生した玉樹地震（二〇一〇年）、芦山地震（二〇一三年）でも改良されながら継続して採用されている。

ファンドフロー図（図2・6）では、「対口支援」に加えて、「ローン」と「特別配分」を財政支援類型として示した。四川大地震の復興では、主要な支援都市である上海市が自ら計画機関や建設会社を選定し、直接的に事業を実施している。そのため、被支援都市である四川省やそれ以下の自治体はこれらの資金に関与していない。甚大な被害を受けた自治体の負荷を軽減する意味では効果があるが、被支援都市が復興事業に関与しにくく、地域の事情を反映する上では課題があると考えられる。

四川大地震の後に高山地域で発生した玉樹地震では、主要

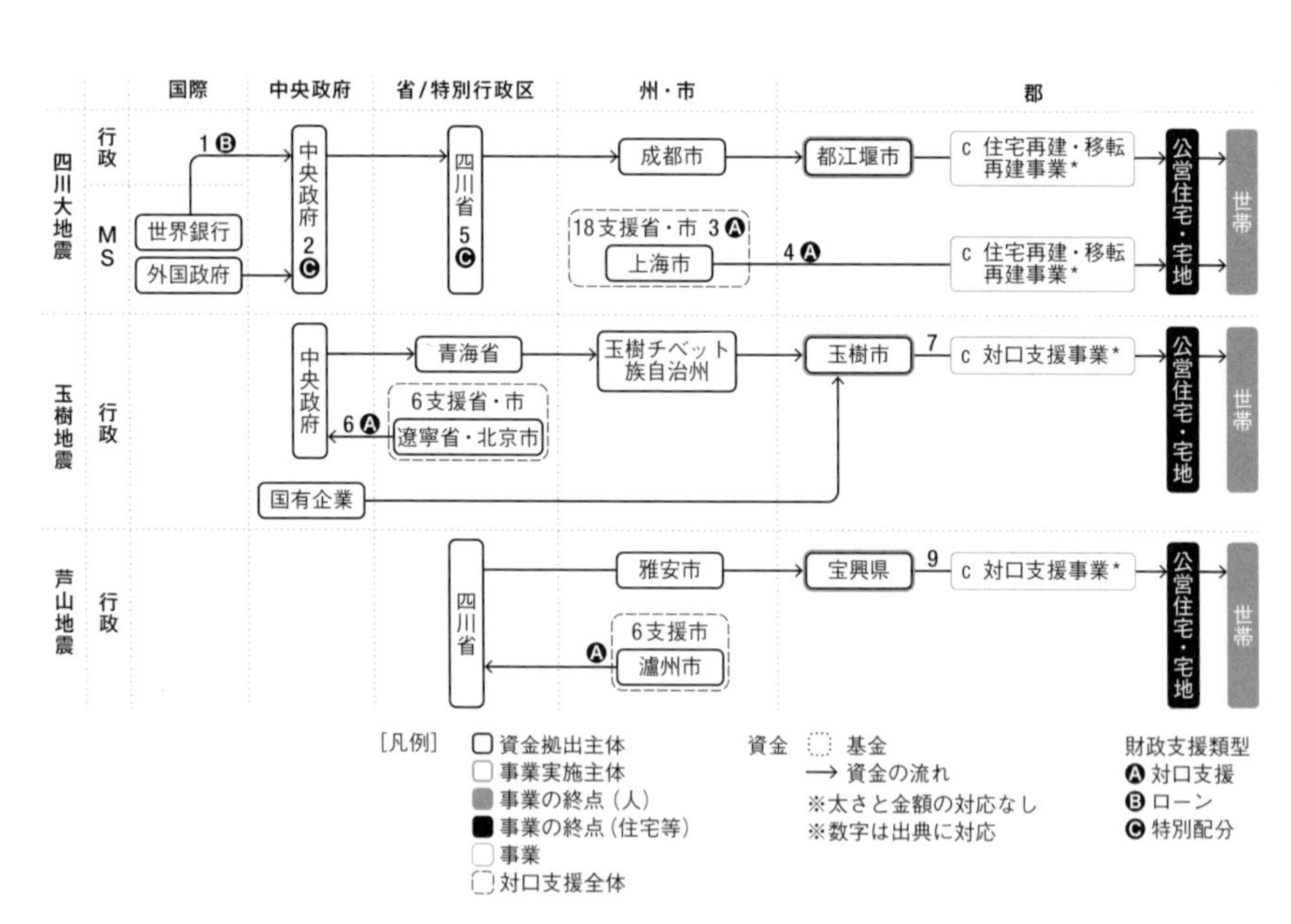

図2.6 四川大地震・玉樹地震・芦山地震後の復興事業のファンドフロー 注11

な支援都市である北京市と遼寧省が中央政府に資金を提供し、被支援自治体である青海省、玉樹チベット族自治州、玉樹市などの自治体には、中央政府が配分している。ケースとした復興事業で、計画機関や施工業者を最終的に選択したのは玉樹市である。計画・施工能力の関係から、中央政府レベルの計画機関、北京市内の施工業者が選定されているものの、意思決定の主体が現地の基礎自治体である点は四川大地震と異なっている。

その後に起こった芦山地震では、対口支援の枠組は維持されながらも地方への権限の委譲がさらに進んでいる。主要な支援都市である瀘州市は中央政府を介さずに四川省へ資金提供を行い、そこから雅安市、さらに宝興県へと下層の自治体に配分された。最終的には宝興県が地元の施工業者を用いて事業を実施している。復興を統括する地方政府である四川省が事業の進捗のモニタリングを行いつつ、事業実施の権限はその下の基礎自治体に移されている。

これまで対口支援は、中央政府がリーダーシップを取り、支援自治体となる大都市が被災自治体の復興をリードする方式として紹介されることが多かった。しかしファンドフローの変化を追うと、四川大地震で採用された対口支援の手法は改良され続け、玉樹地震では被災自治体が資金執行や意思決定が可能な方法が開発されている。続く芦山地震では、中央政府を介さずに被支援・支援自治体同士が直接資金のやりとりをして、被災基礎自治体が地元の建設企業を活用できるようになっている(郝ほか、二〇一六)。

5 巨大な復興交付金——東日本大震災

一方、日本の復興では、中央政府と地方政府、その関連機関が予算配分・事業計画・事業実施を集中的に担う形式となっている。東日本大震災の住宅復興事業のファンドフロー図(図2・7)では、四つの財政支援類型に分類した。図中左端の中央省庁からの配分は、復興庁を通じて配分する「国庫補助金」(図中A・B)と、総務省を通じて配分する「地方交付税」(図中C・D)の二本柱であることがわかる。「国庫補助金」の中でも自由度の高い交付金として創設された「復興交付金」は、第3章でも概説するように基礎自治体が定める「復興計画」に基づいて執行される資金である。使途は災害公営住宅や防災集団移転促進事業などの、基礎自治体が定めた復興計画に示された公共事業が中心となっており、執行資金は復興庁と当該自治体の協議を経て配分される。「震災復興特別交付税」は、「復興交付金事業(図中[3]~[7])」などの直轄・補助事業に係る地方負担分の措置に充てるもので、前述の「復興交付金」に連動する。

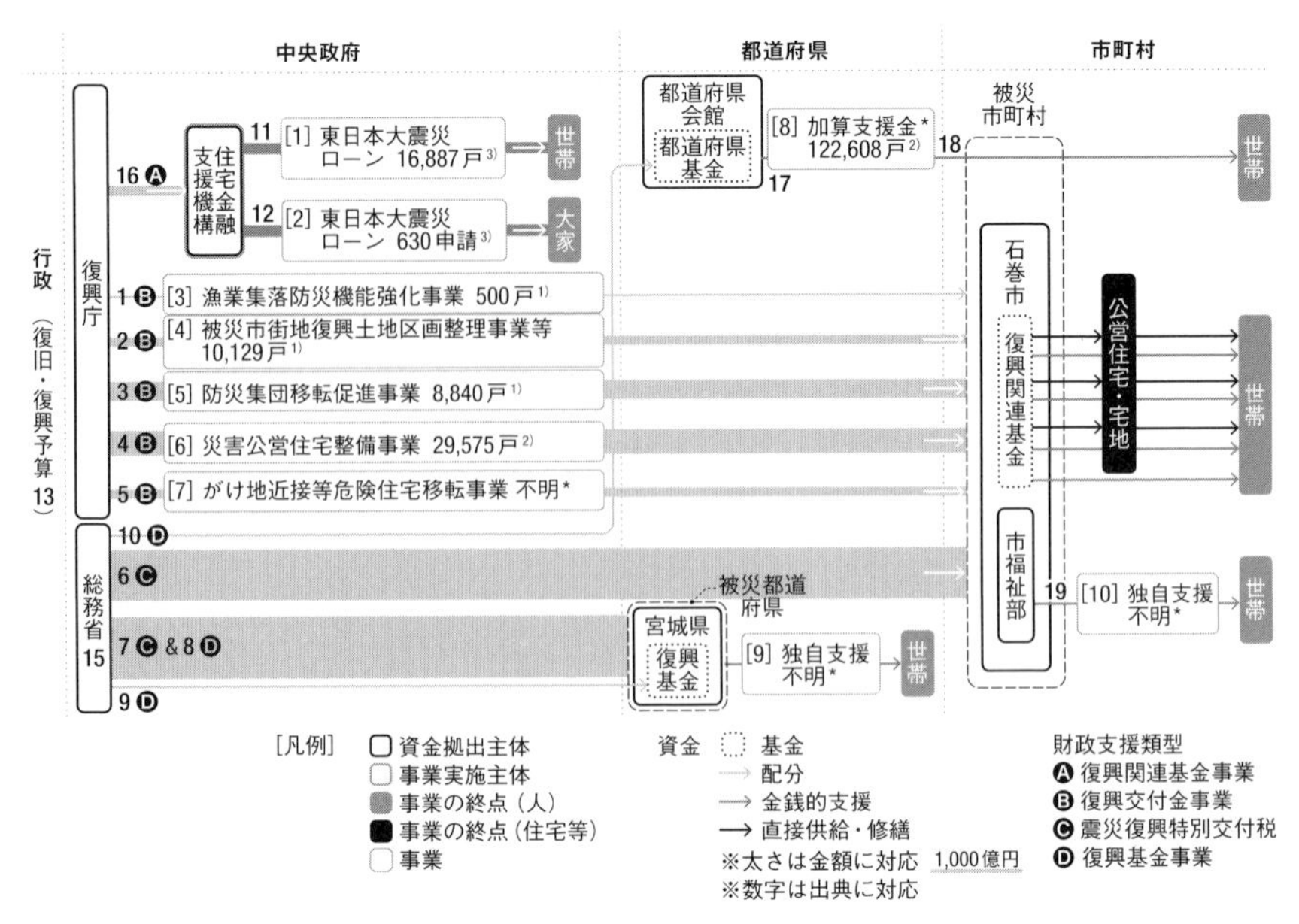

図 2.7　東日本大震災後の住宅再建支援事業のファンドフロー[注12]

日本では、私有財産自己責任の原則[注13]から被災者への直接給付が制限されているために、住宅再建支援事業の中心はこうした公的環境整備事業が占めている。近年では日本でもMSの役割が重要視され、被災地の支援など様々な場面で貢献を果たしているが、復興のファンドフローに限定してみると、復興資源は圧倒的に行政によって独占され、事業の実装にMSが登場する機会はほとんどない。

6―四つの災害におけるステークホルダーの役割

これら四つの災害は、ともに巨大災害であり、比較的近い時期に発生しているにもかかわらず、復興のあり方は大きく異なっている。

行政の側から見ると、インド洋津波では、政府の資金不足を補う主体から、実行を担う主体まで様々なMSが中央政府の役割を補完しており、中央政府もそれを行政的フローの中に矛盾なく組み込もうと、オフバジェットなど様々な仕組みを活用している。このようなMSの活用の仕方は、ハリケーン・カトリーナにおいてさらに高度になっており、地方政府は資金を配分する役割に徹し、マーケットに任せる部分や、実行を担う様々なMSの関与などを組み込みつつ間接的なコントロールを展開している。その一方で、中央政府はＦＥＭＡを介して、復興の戦略を方向づけるとともに必要な情報の収集や不足する資源を提供するなど柔軟に対応している。第1章で見た能力モデルの具体的な展開である。

四川大地震と東日本大震災は、政府が復興に関係する資源を集中的に管理しているという点では共通している。しかしよく見ると、中国の対口支援では中央政府はコーディネーターに過ぎず、復興事業の実装を担うのは対口支援に参加する非被災自治体であり、しかもその役割は徐々に被災自治体に委譲されるよう災害ごとに変化している。一方で、東日本大震災では復興庁を通じて復興交付金を管理する中央政府と復興計画の策定と実施を担う基礎自治体とが、復興に関わるファンドフローのほぼすべてを独占しており、他に比して特異な形となっている。

ＭＳ側からみると、インドネシアにおけるインド洋津波からの復興は、大規模な支援と引き換えにＭＳに高い自由度を許容しているが、後述するようにＭＳはそれぞれの組織のミッションに即して活動するため、結果、地域ごと質や進捗に差異が生じやすい状況となる。ＭＳの参画によって生じる課題の処理は政府が負わざるを得ない。

ハリケーン・カトリーナからの復興では、国・州・基礎自治体が協働の基礎的な条件を調整する一環として、ＭＳが主体的に関わる復興が多く誘導されていた。ここでＭＳは地域や世帯によって異なるニーズに対応できる多様性をもった供給者として位置づけられている。また、税額控除など民間投資を誘発する仕組みも導入されているが、これらの投資は、その時点の市場性に左右され、不確実性が高くなる。

このように、ＭＳの参画する復興には、変動リスクも高く、導入には不確定性への許容が前提となる。これらを踏まえて、次節以降は現場レベルでの実態を見ていく。

3　政府以外の復興の担い手
――マルチステークホルダーの活用

1　マルチステークホルダーの分類

日本の復興においてMSが直接の事業者として活用されないのは、第1章で見たように多くの災害を経験してきた日本政府が公的支援の仕組みを発展させてきたことと、高度経済成長で公共主体にそれなりに資源が蓄積されたことが関係している。しかしながらこのことは、将来的なMSの活用可能性を否定するものではない。むしろ、税収が減り、様々な形で政府外の資源を活用しなければならなくなる将来へ向けて、MSが復興においてどのように振る舞うかについての知見の収集は重要な与件である。そこで、復興においてMSが重要な役割を果したインド洋津波、ハリケーン・カトリーナの二つの事例におけるMS分析を進める。

まずMSの分類から始めたいが、従来のような組織の種類（NGO・民間など）や活動レベル（国際・国・地域）といった外的条件による分類だけでは、MSの本当の役割を理解することは難しい。そこで、ここではファンドフロー図を参照しながら、復興において果たす機能によってMSを分類する。具体的には事業に対する「自己資金の拠出」「復興予算への組み入れ」「復興予算の利用」の有無を指標として用いた（図2・8）。

自己資金を拠出し、それが復興予算へ組み込まれるが、自身は復興予算を利用しない金銭的な支援のみの主体を「ファイナンス主体」、自己資金を拠出するが、復興予算への組み入れが行われない主体を「自律支援主体」とする。このうち、復興予算の利用を行う主体を「自律支援主体①」、復興予算の利用を行わない主体を「自律支援主体②」に区分する。自己資金の拠出がないため、復興予算への組み入れがないが、復興予算の利用がある主体を「業務受託主体」とした。

「ファイナンス主体」は、被災した途上国政府への資金援助など予算調達において大きな役割を果たしている。「業務受託主体」は、平時の職能やサービスを通じた事業実施など行政の下請けとして機能している。これらは復興において重要な役割を果たすMSであるが、被災した行政を支援する域を出ていない。

自己資金を自ら活用する「自律支援主体」は、平等性の原則や行政手続きに捉われない事業実施が可能で、行政では不十分となりがちな支援を補完する重要な役割を果たしている。行政の視点で考えると、「自律支援主体①」は、復興予算を活用するため、条件つき助成の提供などによって、ある程度の方向づけが可能であるが、行政側の支出が必要となる。一方で「自律支援主体②」は、行政側の役割はコーディネーションやモニタリングに限定され、MS側の主体性が強まる一方で行政側のマネジメントが行き届きにくい。

行政からMSへの資金のフローの確認が難しいインド洋津波では「自律支援主体②」（図2・3中［5］～［8］）が中心的役割を果たし、行政からMSへの様々なロジスティクスが整っているハリケーン・カトリーナでは「自律支援主体①」（図2・5中［2］～［4］、［12］～［15］）が主体となっている。このように、被災国の制度や状況によってMSの特性は異なる。それでは、実際の復興事業に自律的に関わっているMSはどのような実態なのか。「自律支援主体」の参画があるインド洋津波とハリケーン・カトリーナで被災住戸数が最大となる地方行政区（アチェ州、ルイジアナ州）を対象とし、住宅再建支援事業の分布と進捗を追ってみたい。以下、アチェ州の事例で登場するMSは「自律支援主体②」、ルイジアナ州の事例で登場するMSは「自律支援主体①」を指すが、表記はMSで統一する。

2　大型支援者主導の復興——インド洋津波

(1) MSのプロフィール

アチェ州で住宅再建支援に取り組むNGO・国際機関の支援規模を図2・9に示す。団体総数は、NGO・国際機関を合わせてアチェ州全体で一四〇団体にのぼっている。約束供給数は、大規模団体では二〇〇〇戸以上だが、小規模団体では一〇〇戸未満となるなど、その差は大きい。約束供給数のうち七二％は大規模団体（二九団体）による供給によって占められており、残りの二五％が中規模団体（六九団体）で、小規模団体（四二団体）の供給数は二％に過ぎない（BRR, 2009a）。復興を管理するBRRが相手にする主要なパートナーは、少数の大規模団体であったため、コーディネーションに必要となる調整コストはそれなりに節約されていたようである。しかしながら全く問題がなかったわけではなく、参加するステークホルダーの増大に伴って、資金の取り扱いに係る直接・間接経費が増え、アウトプットの変動が大きくなるなどの課題も指摘されている（Masyrafah and McKeon, 2008）。政府関係者へのインタビューでも、小規模なNGOを軽視できなかったという声が聞かれている。

(2) 住宅再建支援事業

住宅再建支援事業は、「現地再建」「移転再建」「借家人支援」「修繕」の四種類で構成される（図2・10）。MSによる事業では、まず、実施方針を定めたコンセプトノートがBRRに提出される。その後、BRR・地方政府らによる検討・調

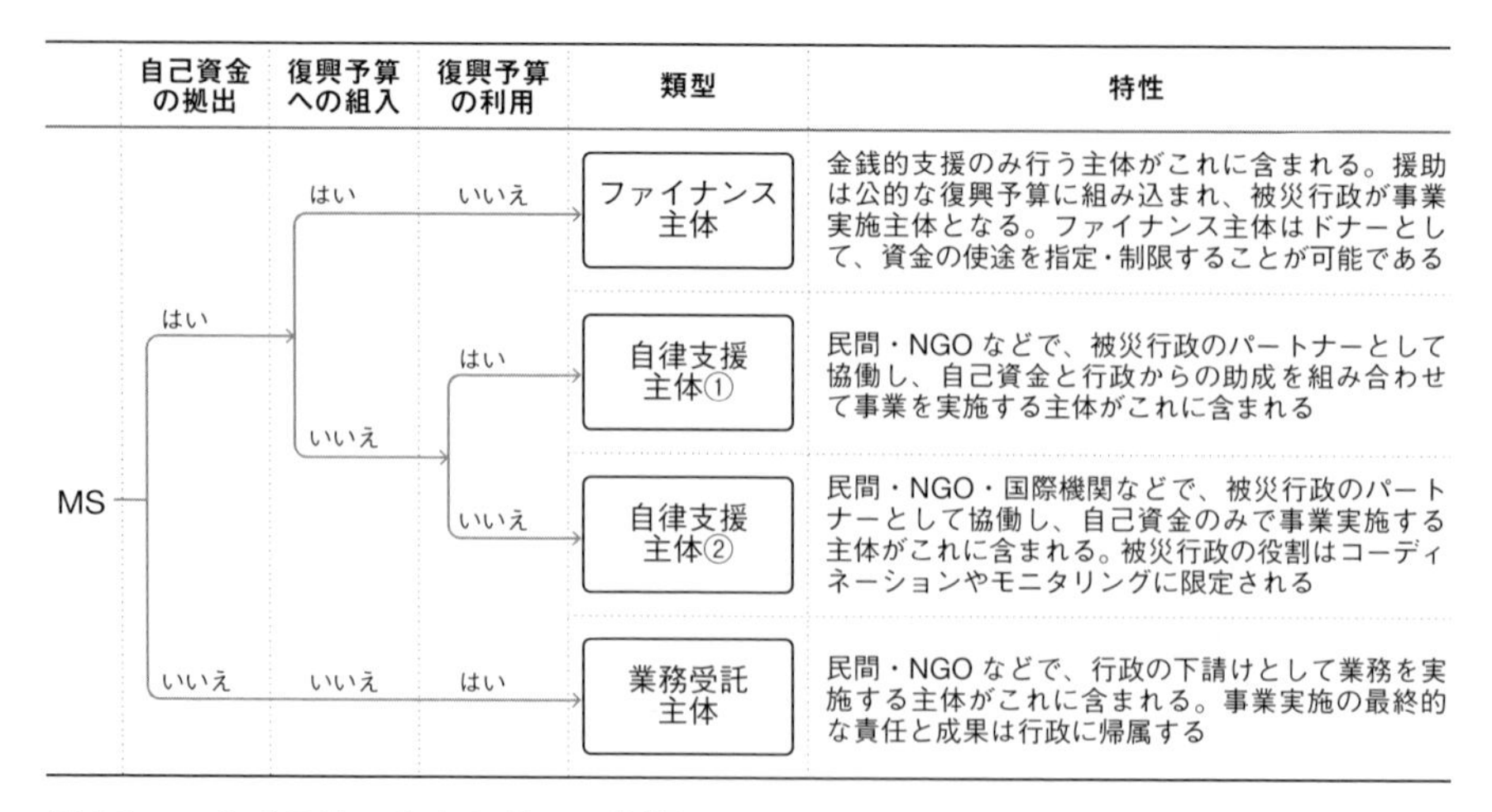

図 2.8　マルチステークホルダーの分類

組織規模	組織種類	アチェ州内の活動団体数[1]（うちバンダアチェ市[2]）	州内約束供給数
大	国際機関	2団体（2団体）	5,166戸
	赤十字	6団体（2団体）	13,222戸
	国外・国際	18団体（10団体）	39,904戸
	国内	3団体（1団体）	7,036戸
	計29団体		計65,328戸（72%）
中	国際機関	0団体	0
	赤十字	7団体（0団体）	3,056戸
	国外・国際	33団体（2団体）	13,015戸
	国内	29団体（2団体）	6,779戸
	計69団体		計22,850戸（25%）
小	国際機関	0団体	0
	赤十字	0団体	0
	国外・国際	17団体（3団体）	895戸
	国内	25団体（4団体）	1,182戸
	計42団体	0　10　20　30（団体）	計2,077戸（2%）
合計140団体			計90,255戸

■バンダアチェ市

※組織規模：約束供給数が1,000戸より上を「大」、100戸～1,000戸を「中」、100戸未満を「小」とする

図 2.9　住宅再建におけるNGO・国際機関の支援規模 注14

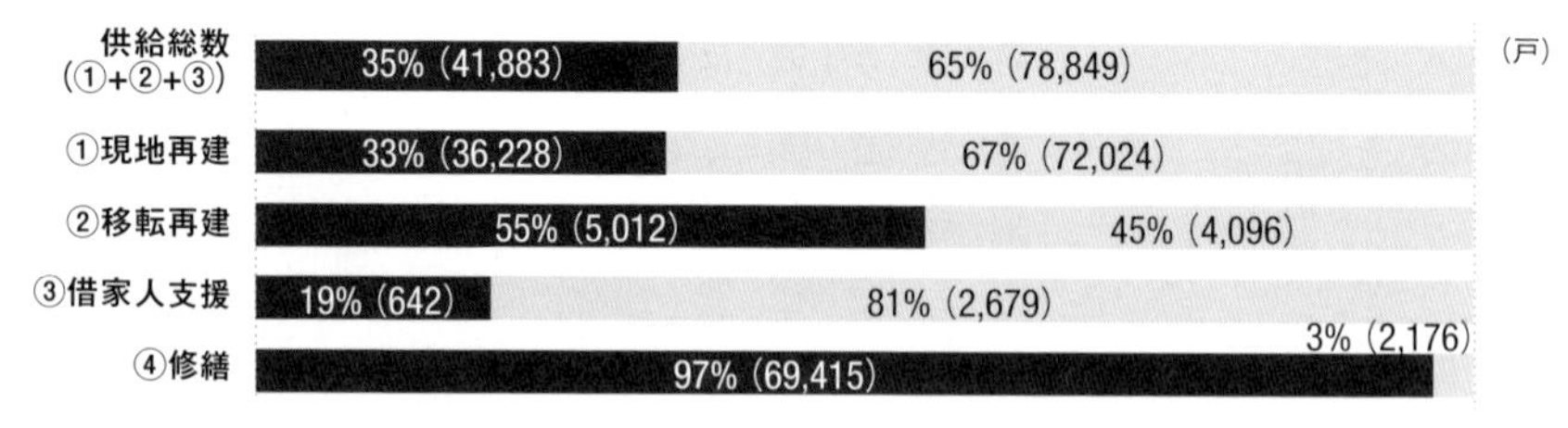

図 2.10　住宅再建事業の内訳（BRR（2009b）を元に作成）

整を経て承認され、最終的な実行が可能となる。

住宅供給戸数では前述の政府が実行を担う「オンバジェット」が三五％、MSが実行を担う「オフバジェット」が六五％を占め、NGO・国際機関が主導する事業が大きな役割を果たしたことが読み取れる。借家人支援は被災者一人ひとりの状況に寄り添う必要があるが、国際機関が中心となって復興の限られた期間に集中的に実施されている。そのため、「オフバジェット」は八一％の高率である。修繕事業は重要ではあるが、出資者に援助の効果をアピールすることが難しい。そのため、出資者の意向を重視しなければいけないMSではなく、BRRや国際機関といった公的性格の強い主体が実施することが多い。「オンバジェット」が九七％を占めているのはそうした要因が関わっている。

（3）　主要被災州における事業展開

図2・11に、州内二一自治体の「実施主体内訳」を示す。水域に接する「沿岸部」（一三自治体）と、接しない「内陸部」（四自治体）、本土以外の「島嶼部」（四自治体）に区分し、「被災住戸数」の多い順に上から並べた。また、図2・12に自治体の配置を示す。

「沿岸部」では、特に「被災住戸数」「事業数」がともに多い自治体においてMSによる事業実施の割合が高く、過半数の

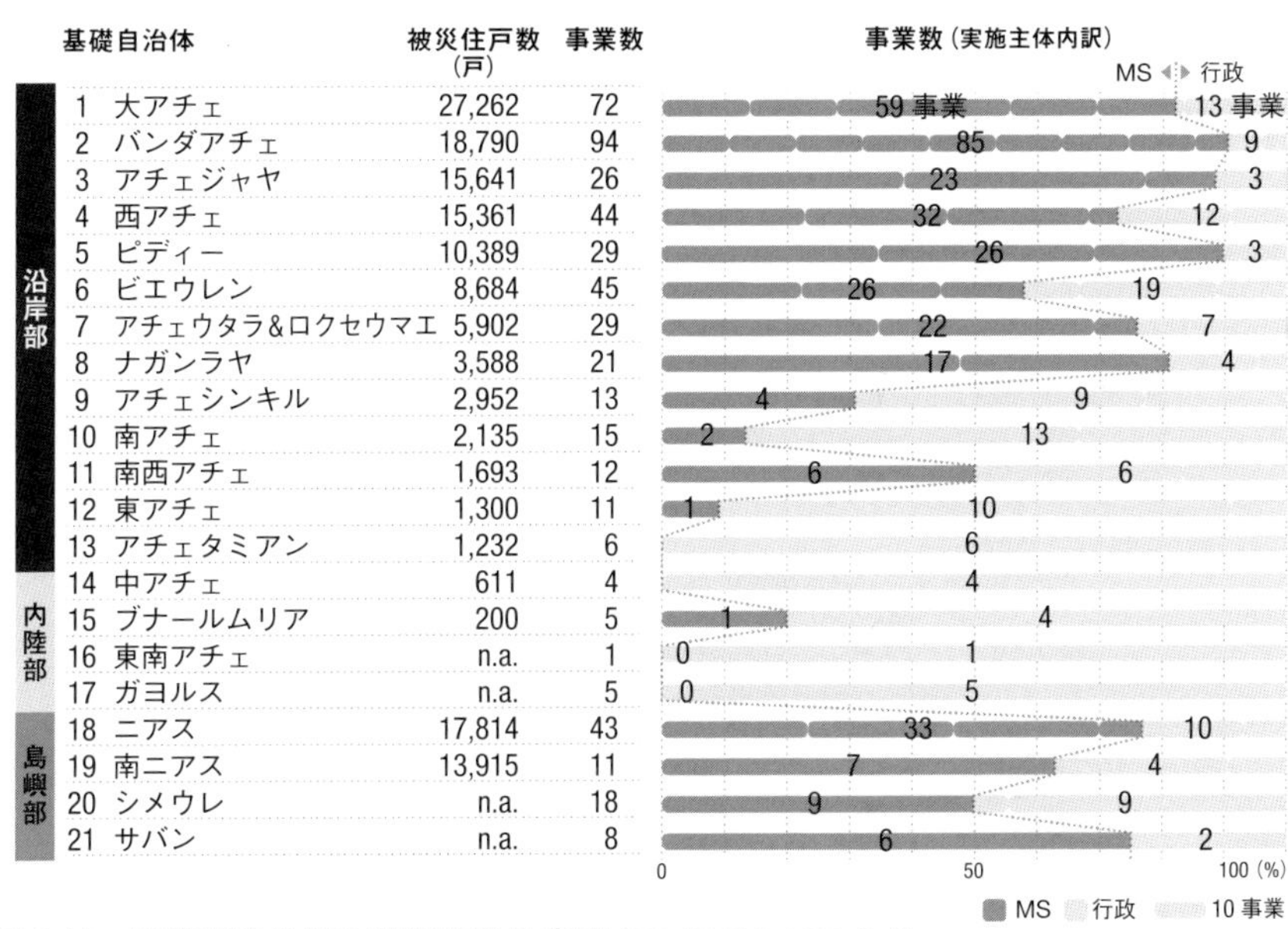

図 2.11　基礎自治体別事業実施主体内訳（BRR（2009c）を元に作成）

自治体で七割以上となる。他方、「内陸部」では「事業数」が少なく、行政による事業実施が八～一〇割となる。「島嶼部」ではMSによる事業実施がやや多い。

実施主体ごとの事業の集中を見ると（図2・13）、MS・行政ともに被害が甚大であった「沿岸部」の自治体で「事業数」が多くなっている。行政主体の事業が、様々な場所で一定量ずつ実施されているのと対照的に、MSの事業は、「被災住戸

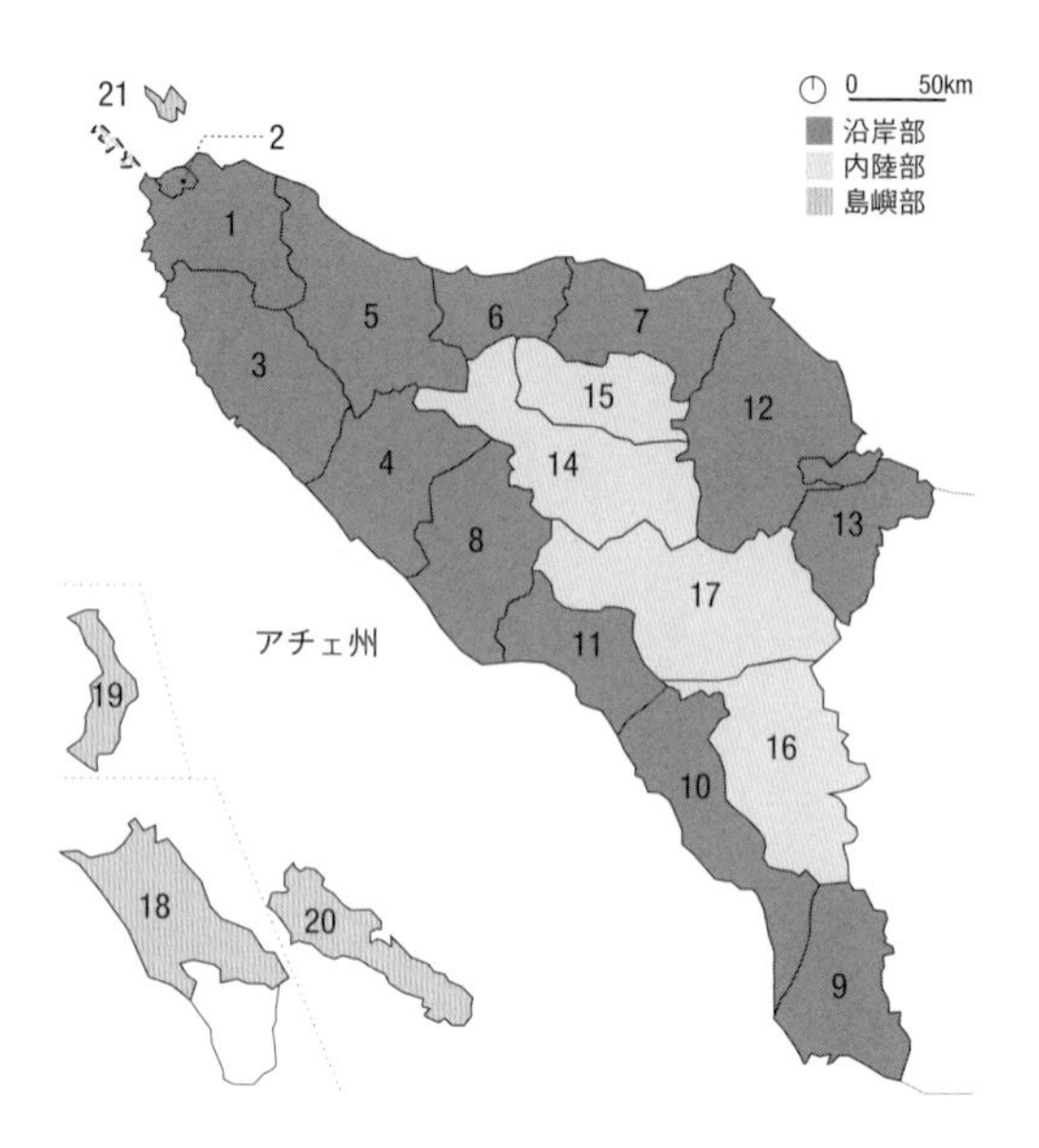

図 2.12　基礎自治体の配置（アチェ州）

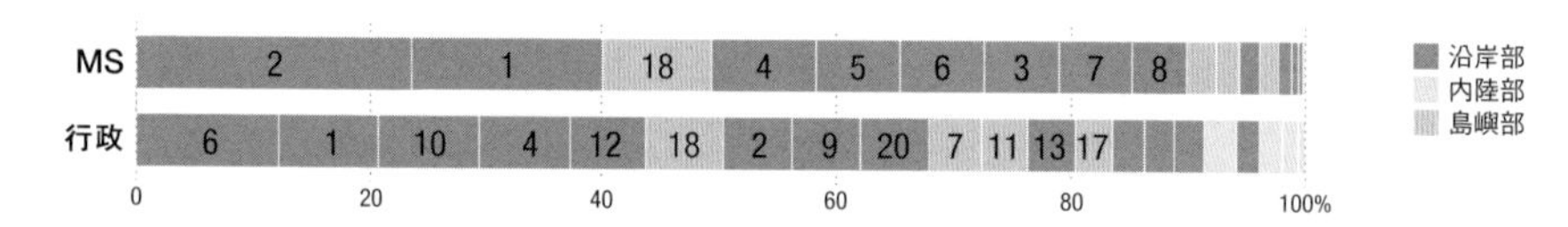

図 2.13　主体別事業実施地域内訳（BRR（2009c）を元に作成）

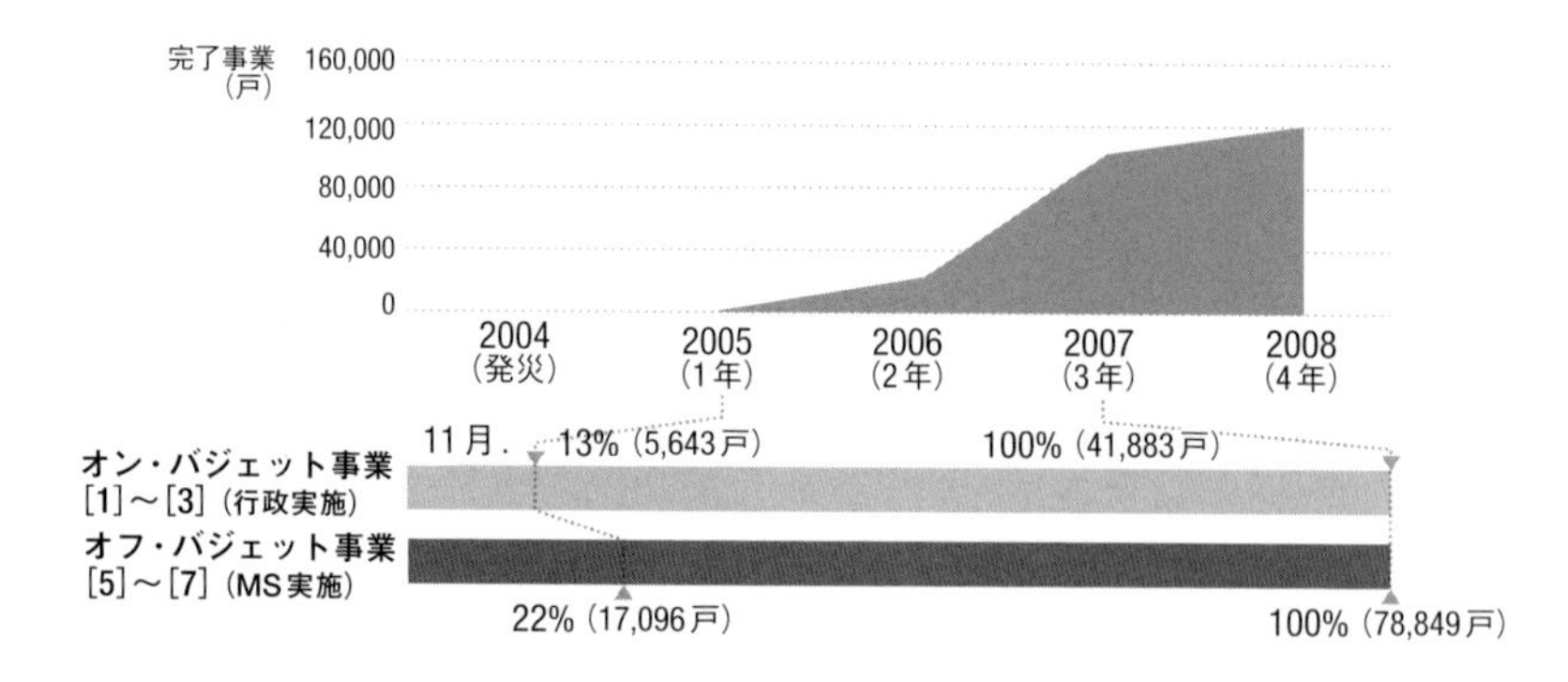

図 2.14　事業実施スピード（アチェ州、事業番号は図 2.3 に対応）（BRR（2008）を元に作成）

数」「事業数」ともに大きい「2．バンダアチェ」と「1．大アチェ」に三分の一以上が集中している。

発災から二年の進捗を見ると（図2・14）、行政による「オンバジェット」事業は一三％（五六四三戸）、MSによる「オフバジェット」事業は二二％（二万七〇九六戸）と、MSの方が整備のペースが速い。政府関係者は、インタビューで、「オンバジェット」事業はNGOや国際機関が先に整備した後、取り残された場所や問題が発生した場所を政府が後追いで支援したと述べている。

3 支援者の戦略と調整機構 ——ハリケーン・カトリーナ

(1) MSのプロフィール

ハリケーン・カトリーナ後の住宅再建では、ファンドフローの項で見たように、行政が様々な政策を用いて民間・NGOによる住宅整備を促進している。政策実施のパートナーとなったMSは、営利・非営利のディベロッパーや各種NGOである。この非営利のディベロッパーには、おもに低所得地域の地域マネジメントを不動産投資や各種サービスの提供を通じて行うコミュニティ開発法人と呼ばれるNGOが含まれている。

(2) 住宅再建支援事業

主たる被災地であるニューオーリンズ市で実施された住宅再建支援事業を洗い出した上で、データが入手可能な事業ではその支出金額と支援数を比較し、事業全体におけるMS支援の位置づけを見た（図2・15）。地方政府の主導で、金銭的支援・保険・ローンなどの資金の供給が大規模に展開された一方、比較的小規模なMSによる住宅整備事業が補完的に実施されていたことがわかる。

それでは、行政とMSがパートナーシップで行う事業は具体的にはどのようなものだったのか、ニューオーリンズ市内を対象に見ていきたい。図2・5に記載のうち該当する事業は「戦略的小規模開発事業」「投資促進事業」「弱者救済事業」の大きく三つに分類することができる。

①「戦略的小規模開発事業」…買い上げた土地の管理・売却や、助成金を通じた市内の効果的な再開発促進を場所に紐づける（place-based）戦略でニューオーリンズ市再開発局（NORA）が行う事業である。NORAは、「ロードホーム持ち家世帯支援事業」[10]で買い上げた土地の管理を担っており、「土地バンク」のようなNGOなどに土地を安く売却する事業や、「住宅地安定化事業Ⅱ」[14]など、放棄地の再生に関する支援を行っている。「住宅地安定化事業Ⅱ」では、ターゲットエリアで事業を実施する

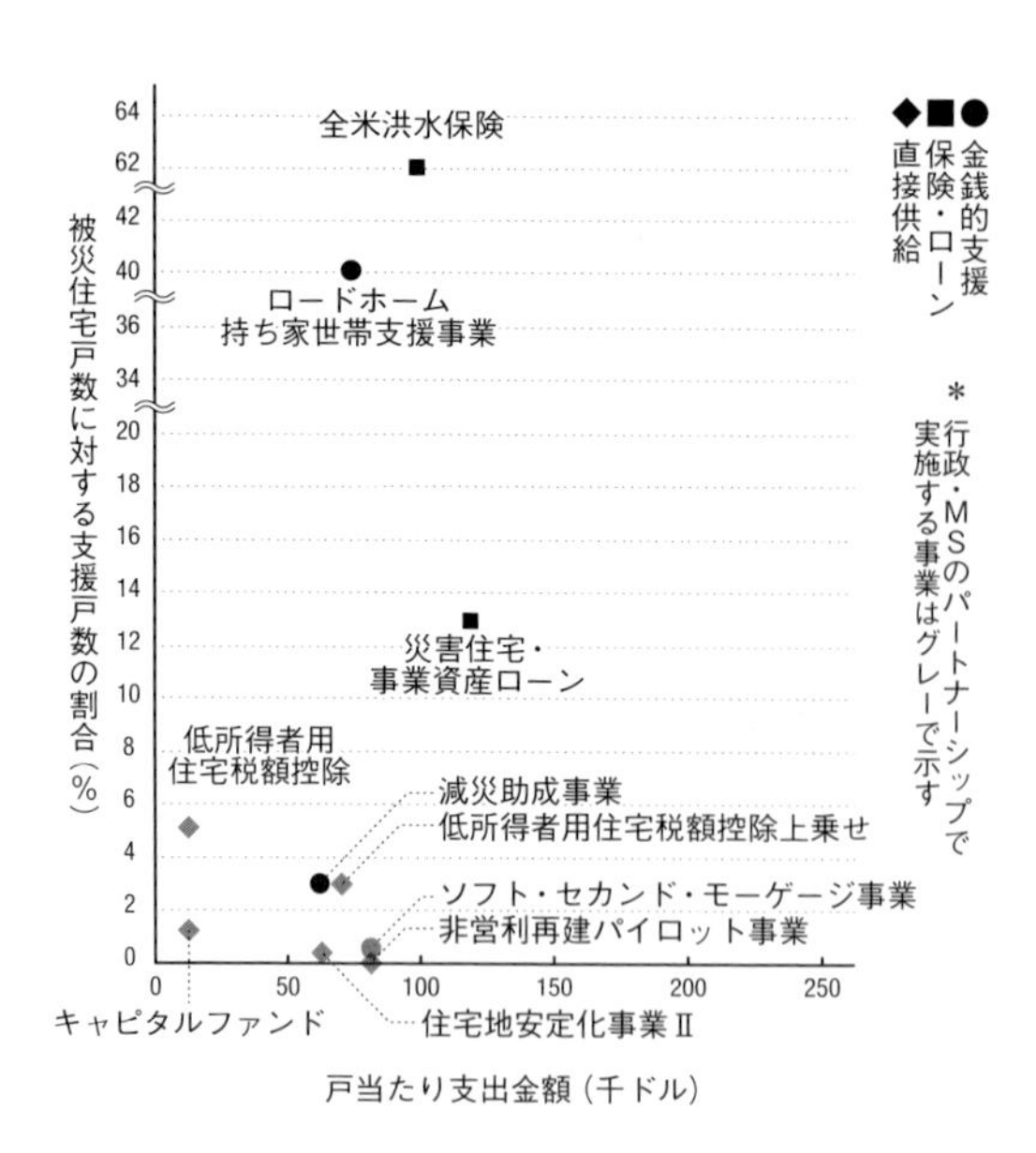

図 2.15　市内住宅再建支援事業の規模 注15

民間・NGOの選定が行われている。ターゲットエリアの選定は、ネイバーフッドよりもさらに小さい統計地区（センサスブロック）レベルで検討される。初期に展開した「ロードホーム持ち家世帯支援事業」の経験により、被災者に直接資金を提供しても建設業者の詐欺など様々な理由で住宅が建設されない場合があることを学習したNORAは、ディベロッパーに資金が行くように仕組みを改善した。また、すべてのエリアで人口回復を望むことは難しいため、ターゲットエリアに投資を集中するクラスター開発を促進している。

②「投資促進事業」…助成方法は、減税をインセンティブとして投資を誘導する「税額控除（タックスクレジット）」が中心で、州住宅金融局が担当する事業である。カトリーナ後に設定されたGOゾーンという経済特区（被災地域のほぼ全域が対象）において、住宅開発をする民間・NGOに税額控除が行われ、その民間・NGOが賃貸住宅を建設・提供する。「低所得者用住宅税額控除」[2]とその上乗せ支援事業[13]は、他のパートナーシップ事業に比べて整備数が多い。

③「弱者救済事業」…特定の属性をもつ世帯を助成金により支援する州住宅局・市コミュニティ開発局の事業である。これらは、特に低所得世帯・高齢世帯・特別ニーズのあ

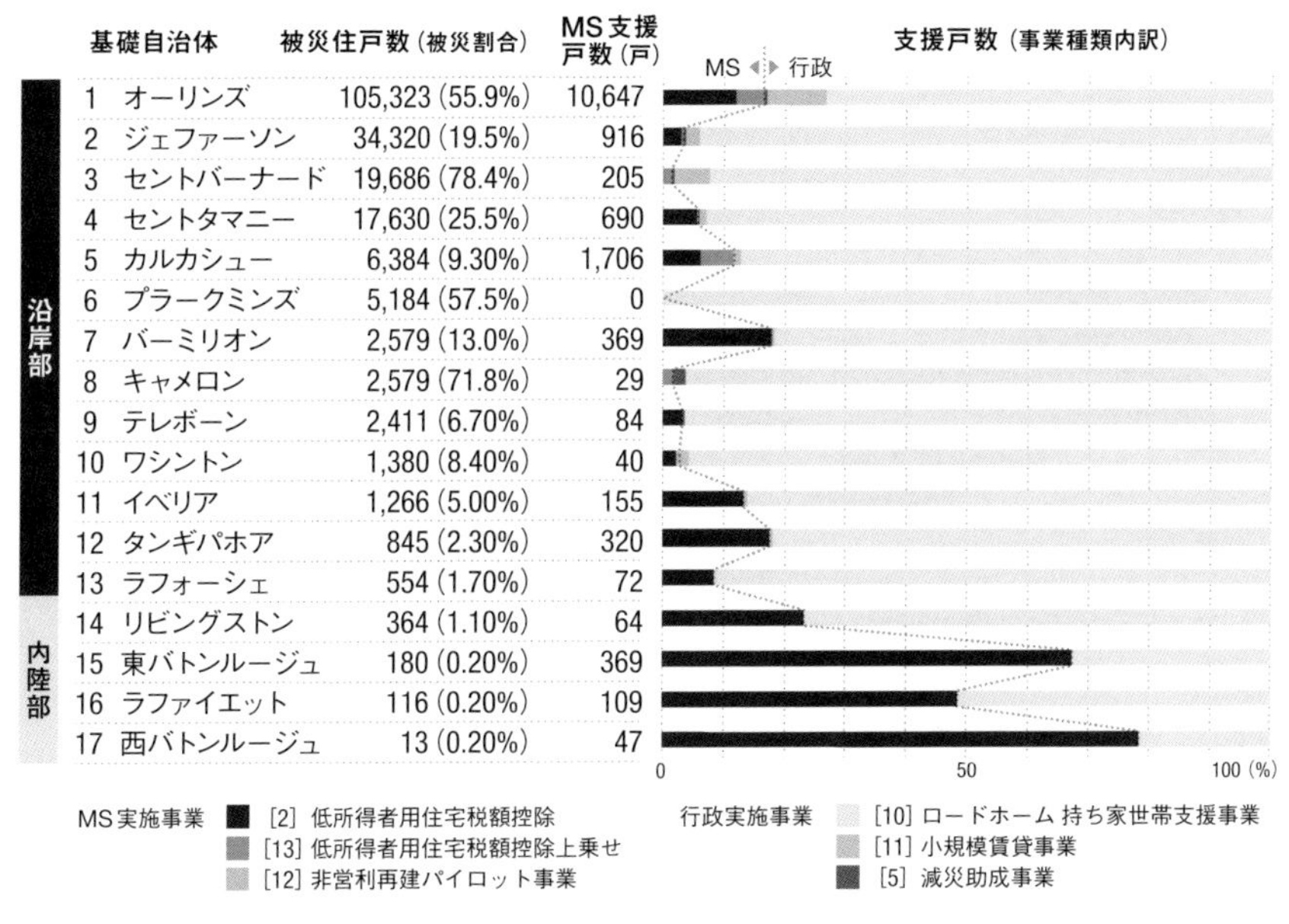

図 2.16　基礎自治体別事業種類内訳（事業番号は図 2.5 に対応）注16

る世帯などを支援する事業で、「非営利再建パイロット事業」［12］のみが、災害復興のために独自に用意されており、その他は平時から存在するものが活用されている。

（3）主要被災州における事業展開

詳細なデータが手に入った、後者二つの事業分類に該当する三つの行政・MSパートナーシップ事業、「低所得者用住宅税額控除」［2］・「非営利再建パイロット事業」［12］・「低所得者用住宅税額控除上乗せ」［13］を中心に、事業展開の詳細を見ていく。一七自治体の「事業種類内訳」を見ると（図2・16）、被害の大きな「沿岸部」（一三自治体）とそれ以外の「内陸部」（四自治体）で大きな違いが見られる。図2・17は、それら自治体の配置と「住宅価値中央値」である。

「被災住戸数」の多い順に上から並べると、被害の大きい「沿岸部」では数種類の事業が実施されており、行政が実施する「ロードホーム持ち家世帯支援事業」［10］が七〜九割を占め、MSが実施する事業は二割程度である。「内陸部」では二事業（［2］・［10］）のみ実施されており、「沿岸部」と比べるとMSが実施する［2］の割合が高い。図2・17を合わせて参照すると、［2］の割合が高い自治体（図2・16の15・17）は、被害程度が小さく「住宅価値中央値」が相対的に高い州都とその周辺に位置している。

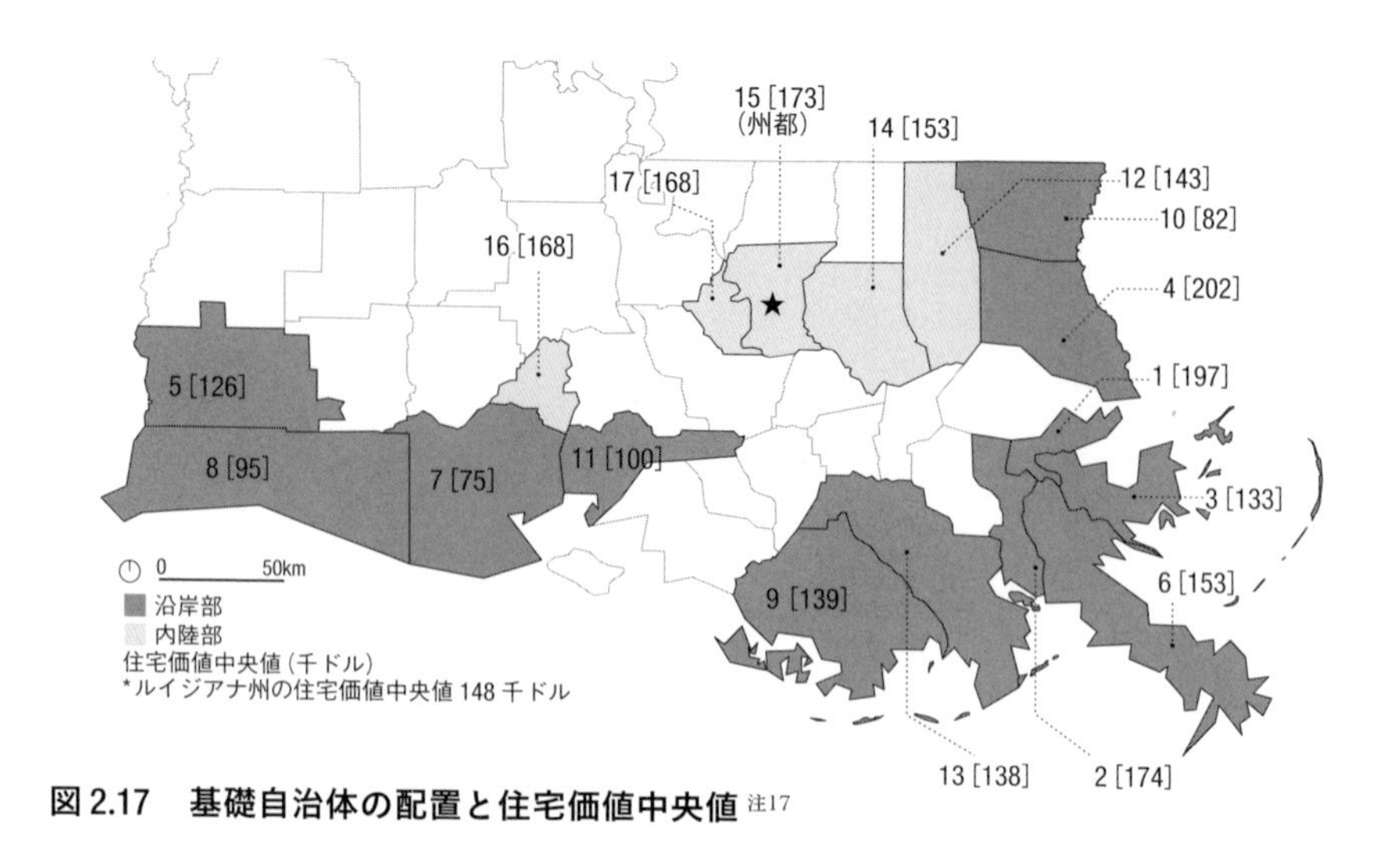

図 2.17　基礎自治体の配置と住宅価値中央値 注17

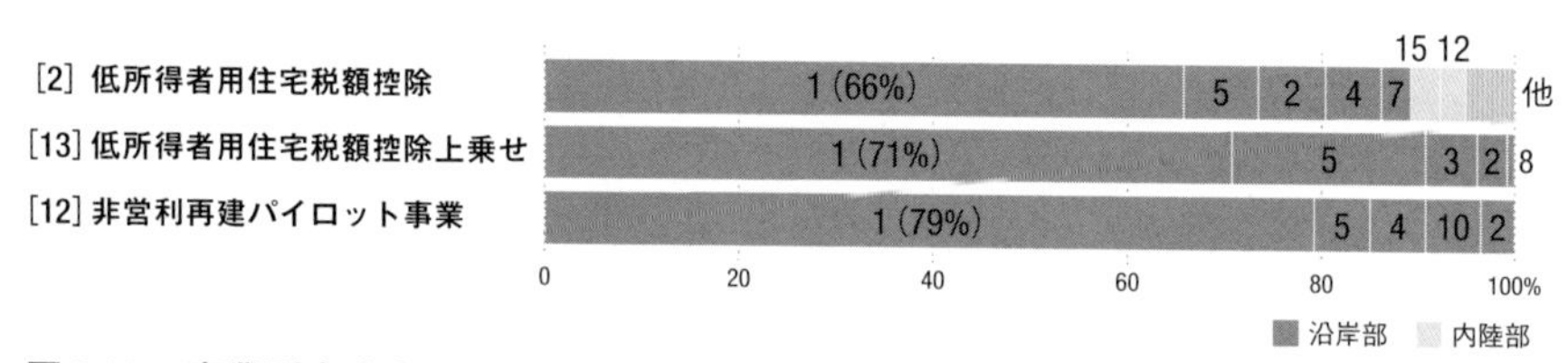

図 2.18　事業別事業実施地域内訳 注18

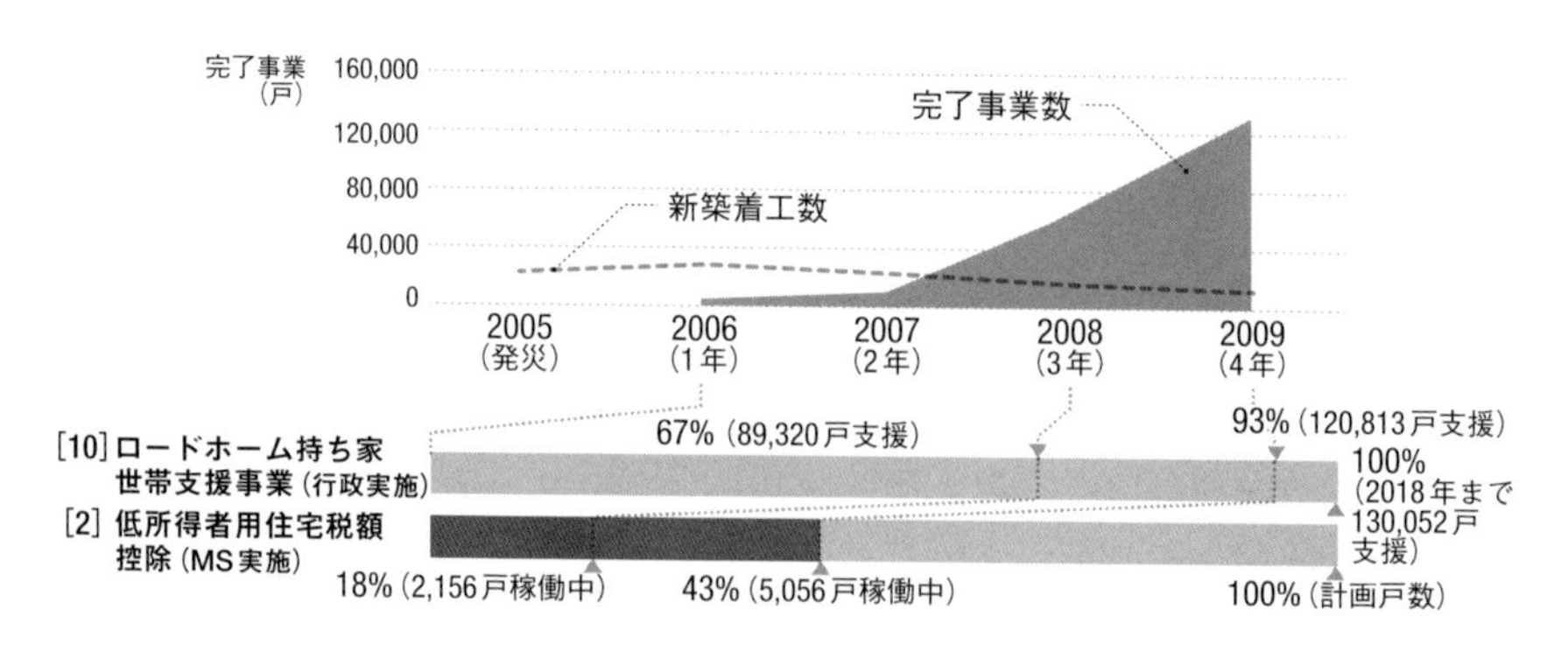

図 2.19　事業実施スピード（State of Louisiana（2008）を元に作成）

図2・17、図2・18より、MSによる事業の「整備戸数」の集中を見ると、［2］・［12］・［13］に共通し、MSが整備した住宅は、「被災住戸数」が最大となる「沿岸部」のオーリンズ郡に六〜八割が集中している。

MSが整備主体となる［2］は、発災後五か月で事業を開始し、計画戸数に対し、三年で一八％（二一五六戸）、四年で四三％（五〇五六戸）が整備され、その数は限定的ながらも早期供給を実現している（図2・19）。［10］は、事業開始は発災一年後と［2］より遅いが、支給金配分を三年で六七％、四年で九三％完了しており、配分ペースは早い。しかし、「新築着工数」は、発災一年後をピークに下降傾向にあり、リーマンショック（二〇〇八年）や州外避難などの影響で、再建が長期化したと思われる。ハリケーン・カトリーナからの復興において行政は、支給金配分後の再建プロセスには、原則関与しないため、再建の進捗は市場経済や各世帯の事情などの影響が大きいことがうかがえる。

4―ファンドフローから見た復興の違い

MSが大きな役割を果たすインド洋津波とハリケーン・カトリーナの災害において、復興事業ベースで、MSが住宅再建支援事業にどう関与しているのかを見てきた。ルイジアナ州では、被害がほとんどなく、住宅価値が州全体の中央値よりも高いエリアで税制控除によりMSの関与を含む様々な投資を促進させる事業が一定数見られている。アチェ州では、内陸部の需要が小さい地域でMSの関与が多く見られるオフバジェット事業がほとんど存在しないなど、MSによる事業には地理的な偏りがあった。両事例に共通して、MSの事業はドナーにわかりやすい被害の大きいエリアに集中する傾向が見られた。事業進捗を見ると、ルイジアナ州では、行政による資金の配分が先行し、並行してMSが住宅を整備している。一方で、アチェ州では、MSが先行して整備し、政府が整備から取り残されていた所を支援するなどその役割に違いが見られた。

ルイジアナ州では、MSによる整備を許容することで、投資を促進させようとしており、一方、MS支援の規模が全体の三分の二となるアチェ州では、NGO・国際機関の力が強く、彼らが取り残した場所を行政が支援する順序になったと推察される。

MSは、政府を補完し、復興を推し進める能力を発揮する主体であることは確かだが、そこにはある偏りも存在する。そうした歪みは、住環境の復興にどのような影響をもたらすのだろうか。次節では、具体的な都市における事業実施実態から、MSを活用した復興の課題を明らかにする。

4 マルチステークホルダーの困難性

1 マルチステークホルダーの特徴

ファンドフローや広域での展開を見ると、被害の程度や被災行政の対応能力、もともとある社会・制度の特性などに基づいてMSが復興に組み込まれていた。しかし、MS、特に住宅整備を実際に担い、復興の現場にも自律的に関わっている「自律支援主体」は、政策の制約や行政のコーディネーションに影響されながらも、自らの目的を貫徹しようとする自由な主体でもある。また、MSを構成する主体のうち、民間企業は営利を追求し、NGOは成果の可視化を重視し、国際機関は加盟国の意思に従うといった傾向があり、資金力や活動範囲によっても特性が異なっている。目的や力が異なるMSが同一地域に複数関与する場合、具体的な住宅整備はどのようになるのだろうか。被害が大きくMSの多様な活動が把握できる都市部、バンダアチェ市、ニューオーリンズ市にさらに対象を絞り、その様子を見ていく。

2 被災者のニーズとマルチステークホルダーのスタイル——バンダアチェ市

(1) バンダアチェ市の地域的特性

バンダアチェ市は九つの地区から構成されている。これら九地区のうち被害の大きい五地区は、「発災前後の人口変化」と「人口密度」から、(A)「郊外居住エリア」、(B)「インナーシティエリア」、(C)「漁村エリア」の三つに区分できた(図2・20)。(A)は、沿岸部だが人口密度が低く、被害が相対的に少ない。大学や官公庁などがあり、第三次産業従事者の割合が大きい。(B)は人口密度が高く被害も相対的に大きい。(C)は、沿岸部の漁村で、人的被害・建物被害ともに甚大である。

各エリアにおける住宅整備の進捗を見ていく。一定の住宅地被害が認められ、データが入手可能な二四の村を対象として集計した。図2・21に整備のタイムラインと村ごとの供給主体内訳を示す。

(A)「郊外居住エリア」では国際機関による整備割合が大きく、NGOによる整備割合が小さくなっている。村レベルで見ると、主たる供給主体は各二〇〇~四〇〇戸ずつ整備している。国際機関は、住民の経済状況も比較的よく、個々の村の規模が大きくスケールメリット

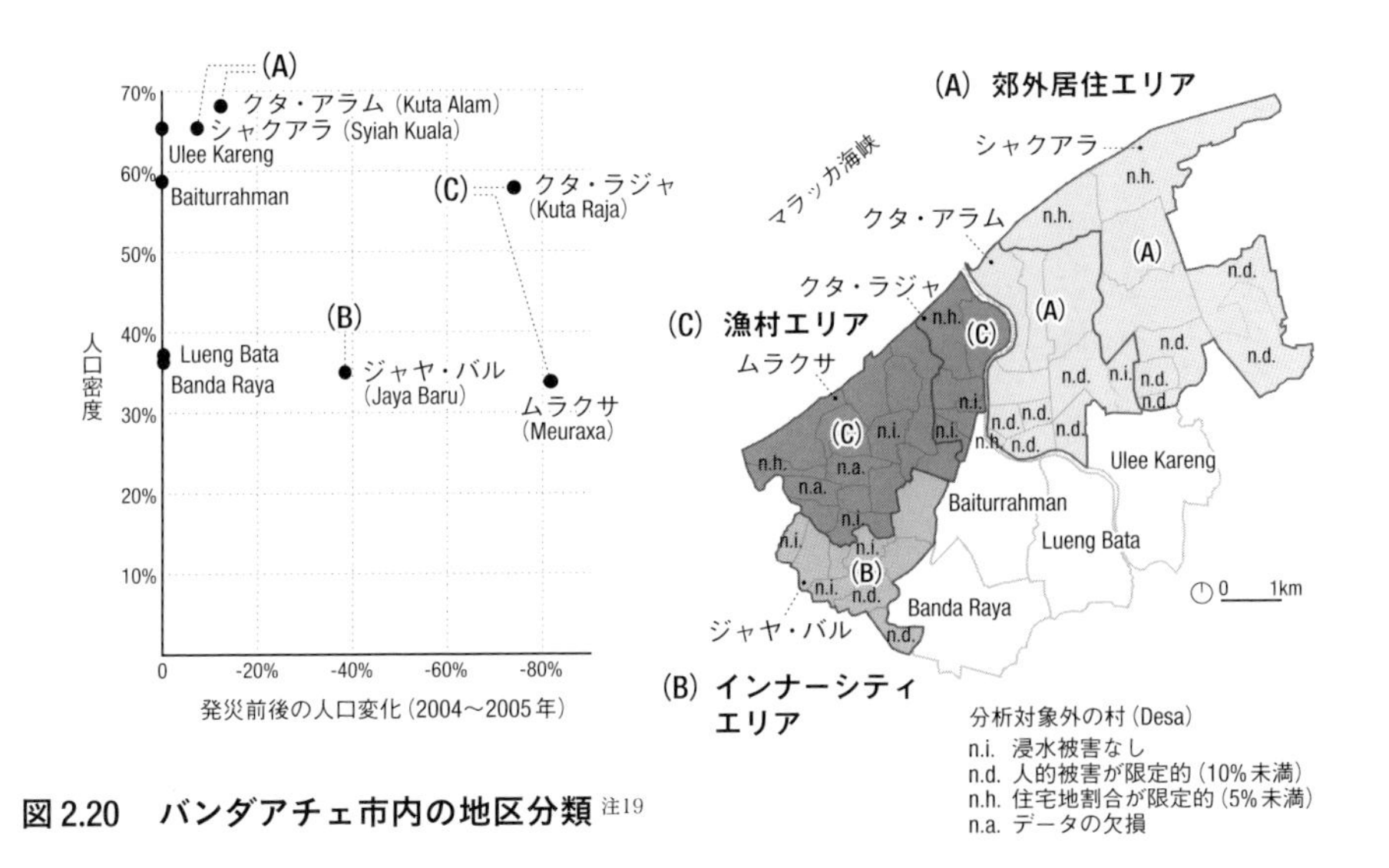

図 2.20 バンダアチェ市内の地区分類 注19

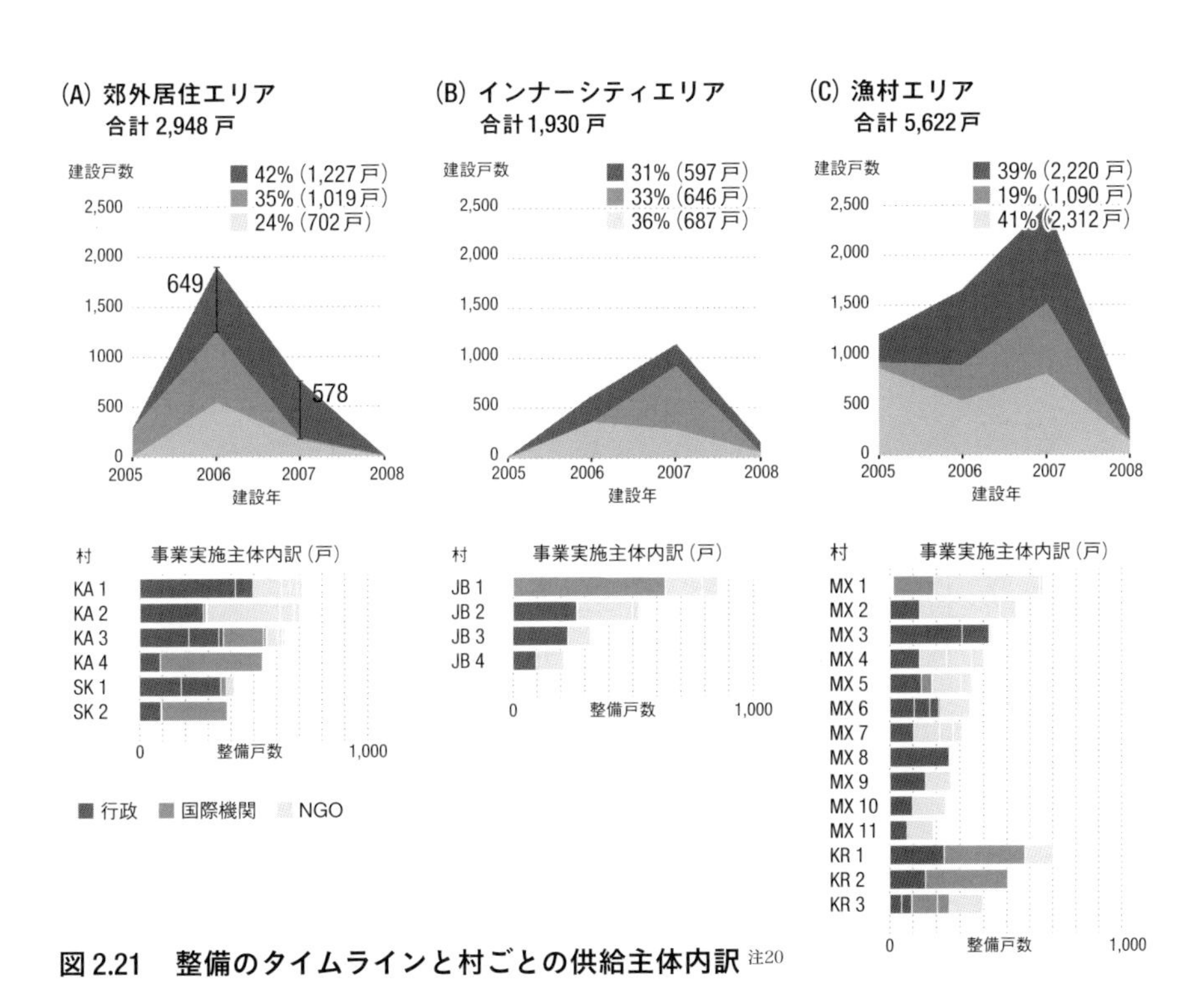

図 2.21 整備のタイムラインと村ごとの供給主体内訳 注20

がある場所で戦略的に事業を展開したと見ることができる。

（B）「インナーシティエリア」では、行政・国際機関・NGOらがそれぞれ同規模で支援を行っており、整備時期は比較的遅い。村レベルで見ると、「郊外居住エリア」に近しい特性をもつ村と「漁村エリア」に近しい特性をもつ村が混在している。

（C）「漁村エリア」では、NGOによる整備が他と比べて大きな割合を占めている。特に、発災直後の二〇〇五年には、NGOが機動性を活かして素早く整備を行っていたことがうかがえる。他方、村ごとの供給主体内訳を見ると、一部の村では、供給総数が一〇〇〜三〇〇戸程度しかない村に、それより大きな供給力を有する国際機関が複数入るなど、供給主体の棲み分けがうまく行われていない様子が見られた。

事後的な推察ではあるが、バンダアチェ市の住宅再建では、NGOは被害の大きい沿岸漁村に殺到し、国際機関はある程度事業の効率的実施が見込める場所で活動し、行政は各村に入りこれらMSの取り残した部分を整備するという構図が見られた。行政によるコーディネーションは、MSが事業案を提示し、行政がそれを調整・承認するなど、MSの意向が尊重されているため、各主体の意向は時間的・地理的な整備の分布において、固有の特徴が表れている。特に被害が大きく、注目度の高い沿岸漁村では、村内に複数のMSによる住宅が混在し、事業のバッティングなども起こっていた。こうしたケースでは、良好な居住環境を得られるかどうかはコミュニティの調整力によることになる。

(2) MSによる住宅整備の実態

バンダアチェ市内の二〇一七年時点での住宅の実態を見ると、沿岸地域では、復興計画発行以前にNGOによって住宅が建設されたことから、本来であれば津波のバッファーゾーンとなるべき場所に住宅地がいくつか建設されている。これらの一部では住民が転出し、住宅地が荒廃する様子も見られている（図2・22）。一方、空き家となった住宅でも立地がよいものは、大学生たちが居住する賃貸住宅となっていた（図2・23）。一度建設された住宅は、ハイリスクな場所であっても需要がある限り存在し続け、経済的に余裕のある世帯は転出し、より経済的に困窮した世帯は賃料の安さを理由に転入するといった現象が起こっているようである。

あるNGOは寡婦世帯のみを対象とし、あるNGOは特定の場所を対象とするなど、同じ村内であっても異なる供給主体による住宅が混在する。これらの整備には時間差も存在するために、地区全体を対象とした包括的な土地利用の調整は

困難で、偏在するインフラ、狭隘な通路など、居住環境には多くの課題が残されている（図2・24）。

また、いくつかの供給力のある支援者は郊外に高台移転の大規模団地をつくっている（図2・25）。ランドスケープを一変させ、斜面地に張りつくように整備された住宅地は、屋根の色からどの団体が整備したかがひと目でわかる。オフバジェットのスキームは、NGO・国際機関に事業の主導権を与え投資を喚起するものだが、事業の規模が大きくなると、MSだけでは負えないリスクが発生する。しかし、強力ないくつかのMSは、支援物の見栄えを重視するドナーのニーズを満足させるために大規模な団地を地方政府との綿密な調整なしに建設し、インフラの調整や維持管理を政府に押しつけるなど、発生するリスクを自治体やコミュニティに負わせる事例も見受けられる。

図 2.22　荒廃が進む住宅地

図 2.23　バッファーゾーン内の住宅

図 2.24　住宅間の狭隘な通路

図 2.25　郊外の巨大団地

3　復興のミッションとマルチステークホルダーの棲み分け――ニューオーリンズ市

(1)　ニューオーリンズ市の地域的特性

ニューオーリンズ市は、一四の計画地区から構成されている。これらの地区を、「住宅市場価値」（二〇一一年）と「住宅被害率」（二〇〇六年）によりクラスター分析し、(a)「高市場価値・

被害小エリア」、(b)「中市場価値・被害多様エリア」、(c)「低市場価値・被害大エリア」の三つに区分した(図2・26)。(a)は、「住宅市場価値」が三五〇(ドル/平方フィート)より高く、「住宅被害率」が二〇%未満の、高市場価値・低リスクの地区(13・14)で、河岸堤防上に位置しており、観光やビジネスの中心地である。(c)は、「住宅市場価値」が全体の中央値より低く「住宅被害率」が約二〇~六〇%の、低市場価値・高リスクの地区(1・3・4・5・6・12)である。これらは中心市街地から遠い低地や堤防決壊箇所付近に位置している。両者の中間に位置づけられる(b)は、「住宅市場価値」が中央値以上で「住宅被害率」が約一〇~六〇%の地区(2・7・8・9・10・11)から成っている。

次に、各エリアにおける住宅整備の進捗を見ていく。MSによる住宅再建支援事業が一定数確認できた1・3・5・8・9・10・11・12・13の九地区内五四のネイバーフッド(近隣)を対象として集計する。事業データのうち、整備年のデータがない「非営利再建パイロット事業」[12]による住戸と、その他事業による二六六二戸は除く。図2・27に整備のタイムラインとネイバーフッドごとの供給主体内訳を示す。

(a)「高市場価値・被害小エリア」は、被害が少ないことから整備数も少ない。

(b)「中市場価値・被害多様エリア」は、整備数が最も多く、大部分が「投資促進事業」となっている。ある程度市場価値が高いこのエリアでは、復興初期の二〇〇六~二〇〇七年に「投資促進事業」による民間整備が集中している。「弱者救済事業」も展開されているが、規模は限定的である。

(c)「低市場価値・被害大エリア」には、「戦略的小規模開発事業」の大半が集中している。これは、「投資促進事業」が一部の郊外住宅地に集中しており、その他のネイバーフッドでは市場による回復が見込めないため、市再開発局が「戦略的小規模開発事業」を実施して住宅整備を誘導しているためである。

(2) MSによる住宅整備の内実

被災地の中でも復興の困難が大きかった地区を取り上げ、詳細を見ていく。「低市場価値・被害大エリア」に位置する地区5のローワーナインス地区は、低所得世帯の割合が高く人種的問題を抱える地区であり、堤防決壊の甚大な被害、長期化した避難などで、二〇一五年時点でも人口回復は半分程度に止まるなど人口回復が最も遅れているエリアである。特に被災住宅の市場価値が低いことから、被災世帯が市場価値に連動する政府の補償金をほとんど受給することができず、多くが再建困難に陥っていた。人種や経済などの厳しい社会状

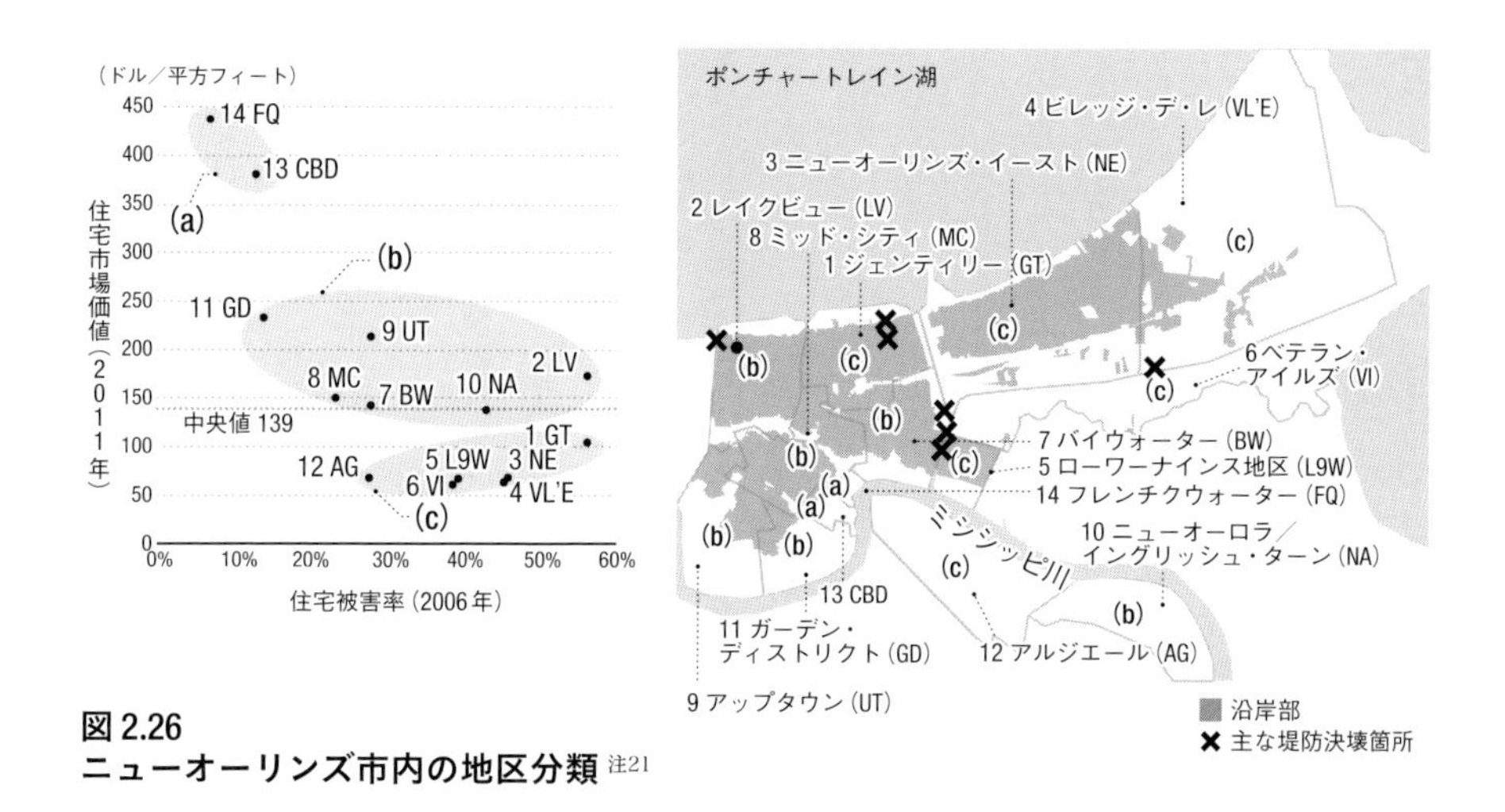

図 2.26
ニューオーリンズ市内の地区分類 注21

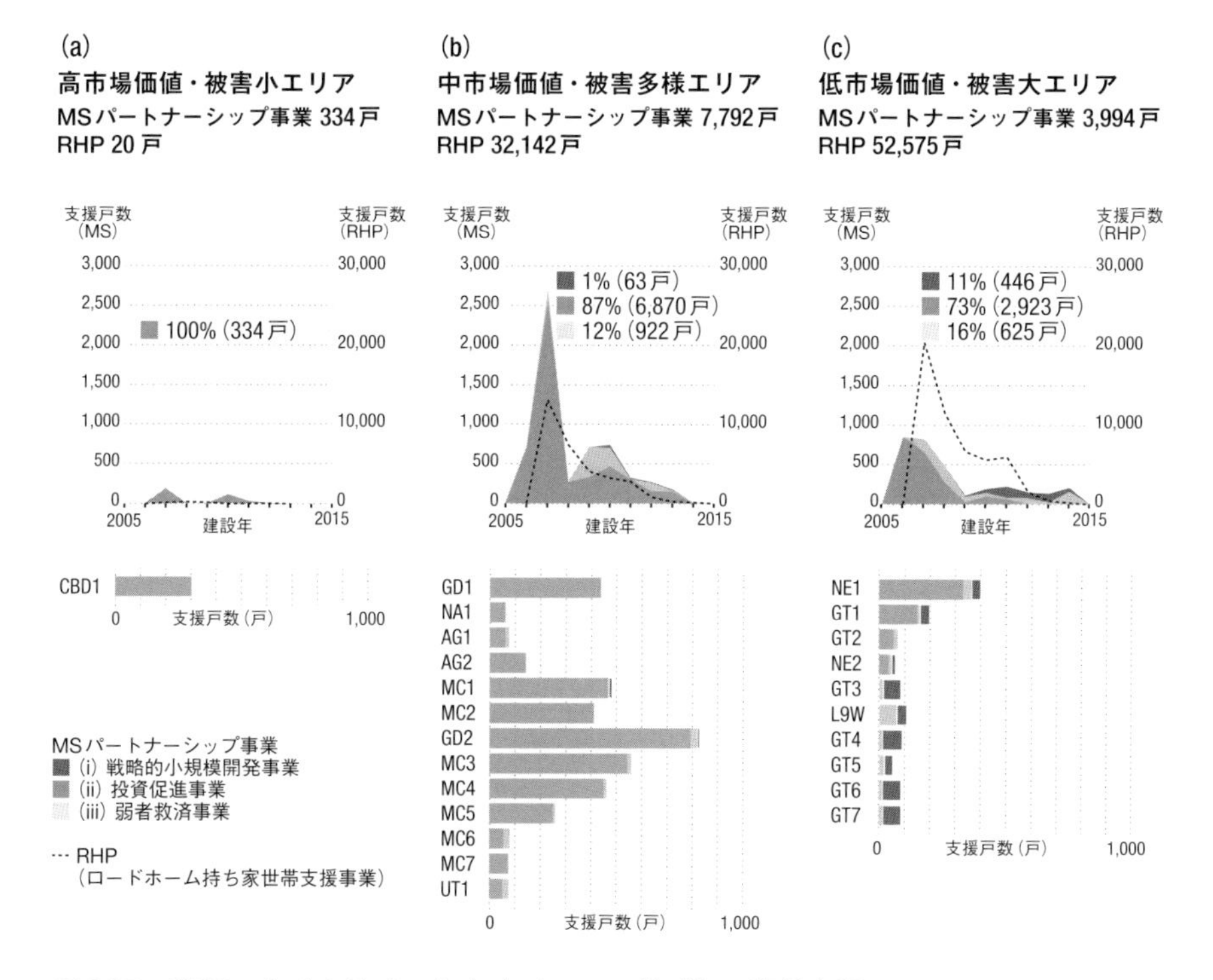

図 2.27　整備のタイムラインとネイバーフッドごとの事業内訳 注22

況にある住民が多くメディアでも注目される地域であった。そのため、規模や性質が異なる一〇以上のＮＧＯが活動を展開していた。このエリアは大きく北部と南部に分けられるが、北部は工業運河の堤防決壊によって浸水被害を受けており二〇一五年の回復率は三六・七%、[注23]南部は自然堤防を利用した街区で河道に近いが微高地となっているために浸水被害も限定的で同上の回復率は七四・六%となっている。

　このエリアにおいて二〇一五年九月時点で活動実態のあったＭＳは一〇団体であった。隣郡の支援を中心とする一団体を除いた九団体について詳細な分析を行った。それぞれのＭＳの住宅再建支援の内容を①事業種別、②支援手法、③住宅事業支出規模によって類型化したのが図２・28である。①事業種別では、ハード整備を伴う事業を行うＭＳは八団体で、うちアフォーダブル住宅の「新築販売」を中心とするものが四団体、「修繕」を中心とするものが四団体であった。ハード整備を行わないＭＳは一団体であり、その内容は資金調達支援が中心であった。③住宅事業支出規模は、大規模に展開するもの(ａ)と小規模なもの(ｂ)に二極化する傾向にあった。

　以上から「新築販売」を中心とし、住宅事業支出規模の大きいⅠａと小さいⅠｂ、「修繕」を中心とし住宅事業支出規模が大きいⅡａと小さいⅡｂ、そしてハード整備を行わず、公的事業支援を中心に行うⅢの五類型に分類した。

ファイナンススキーム					支援対象	
プロジェクト経費の支払方法	参加者負担額（ドル/プロジェクト）[支払先]	プロジェクト経費の支払に関する支援	所得条件	就労条件	支援対象地別プロジェクト数	支援対象者属性
ローン	0　250,000 100,000〜250,000　(ｉ)	割引販売（建設費＞販売価格）	なし	安定収入（ローンが組める）	110 (100%)　計：110	元地区住民/FR
		割引販売（建設費＞販売価格）	中所得（AMI80-120%）		5 (100%)　計：5	元地区住民/FR
		金利0ローンの提供	なし		2 (0.005%)　計：432	—
ローン	0　250,000 120,000〜250,000　(ⅱ)	なし	なし	安定収入（ローンが組める）	約30 (15%)　計：約200	—
自己資金	0　250,000 〜50,000程度　(ｉ)	助成金の利用（総事業数中35〜41%）	低所得（AMI80未満）	なし	74 (15%)　計：501	—
					24 (8%)　計：297	—
自己資金	0　250,000 〜50,000程度　(ｉ)(ⅲ)	なし	なし	なし	472 (100%)　計：472	元／現地区住民
					77 (100%)　計：77	元地区住民
なし	0　250,000 なし	なし	なし	なし	24 (75%)　計：32	元地区住民

「新築販売」を中心とするⅠの類型から最も多くの住宅を共有している団体アを、「修繕」を中心とするⅡ型からは規模の大きなⅡaのうち最も歴史の古い団体イ、規模が小さなⅡbから丁寧な修繕を行っている団体ウを選択し、それらと対照的にソフト支援を中心とするⅢ類型の団体エを加えた四つの典型的なMSについて、ローワーナインス地区のどの場所で事業を展開しているかを見た(図2・29)。

Ⅰaに属する団体アは、最大の新築住宅を供給するMSである。有名俳優の呼びかけにより発災後に設立された。環境に配慮した住宅をアフォーダブルな価格で販売する非営利のディベロッパーで、世界の有名建築家にデザインを依頼することで注目を集めていた。買い手の見込みにくい地区における稀有なディベロッパーということもあり、全建設戸数の四割が前出の「戦略的小規模開発事業」から助成を受けている。他の多くの団体が、被害が相対的に少なく、居住者や帰還者も多い地区の南側を中心に住宅修繕支援や住宅の供給を行う中で、堤防決壊の被害が象徴的で、市中心街からこの地区にアクセスする橋から視認性も高い場所で集中的な供給を行っている。空地のまま放置されているエリアの中で、パステルカラーの住宅が集中的に建ち並ぶ姿はフォトジェニックでもある(図2・30)。

団体イは、南部のホーリークロスという歴史地区を中心に

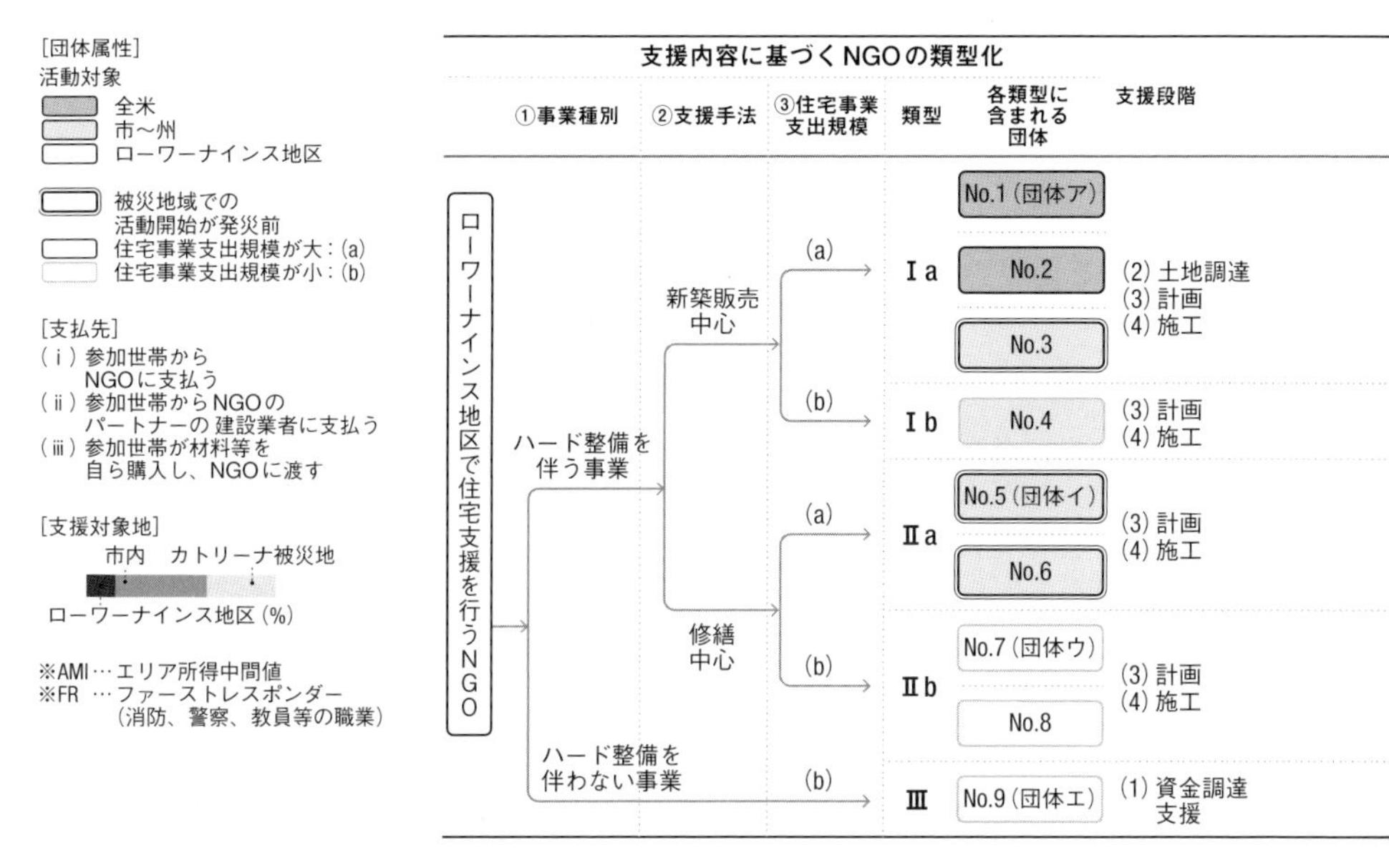

図2.28　支援内容に基づく住宅再建NGOの類型化と類型ごとの特性 注24

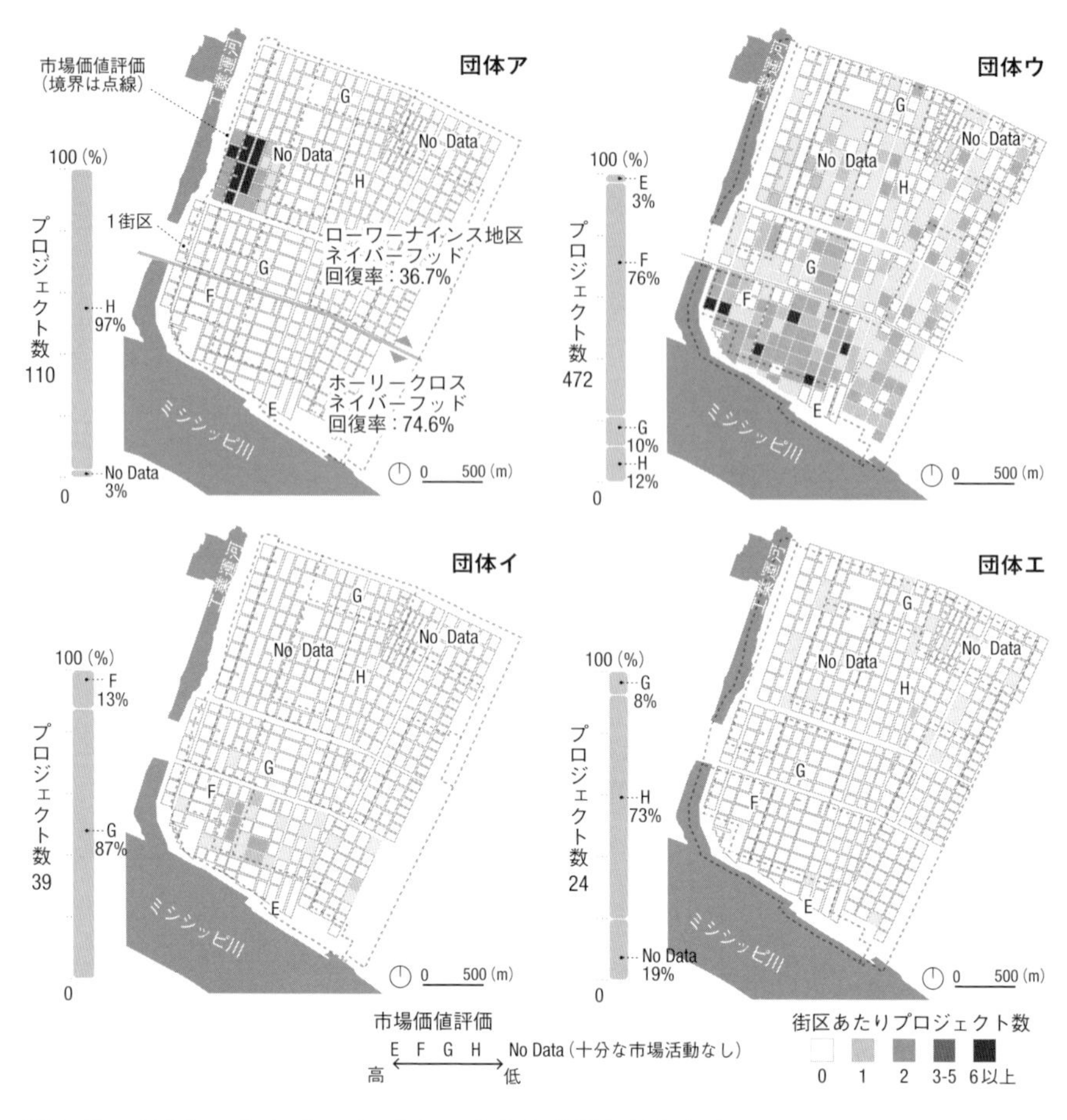

図 2.29　NGO によるプロジェクトの分布と市場価値評価内訳 注25

図 2.30　Make It Right による住宅地

事業を展開している。団体イは発災前からこの地域における支援を行っており、住宅躯体が修繕可能で支援要請があるものを中心に幅広く事業を行っている。事業は市場評価額が中程度のG地区が最も多い。

団体ウが支援する住宅はローワーナインス地区全体に分布し、中でも市場評価が相対的に高いFが事業の八割近くを占めている。小規模修繕事業を支援の中心としていることから、対象は躯体被害が軽微で被災後も継続的に居住する世帯の多い南部が多くなっている。

資金調達支援を行う団体エは、事業の七割以上が、市場価値評価の最も低いHに点在している。この分布は、深刻な被災を受けた北部に多く、住宅再建に困難を抱える世帯の分布と重なっている。

改修を請け負う団体イ、ウやそこに住み続けたいとする住民の要請に寄り添う団体エにおいては、支援対象のほとんどが被災してそこに住み続けたい住民が中心となるが、新築販売に集中する団体アの場合は状況が異なってくる。その場所に元住んでいた居住者のすべてが帰還を希望しているわけではないし、帰還したくてもできない場合もあるが、開発地域の土地取引記録からは、団体アの転入率は七五％程度とかなり高い値であることがわかる。これは、地区内の他のＮＧＯが助成含めて五万ドル未満で修繕を行っているのに比べ、この住宅はアフォーダブル住宅とはいえ、販売価格が一三万〜二〇万ドル／戸で、決して安くはなく、実際の購入者は、他の地区に居住する若干所得の高い階層となっていることが関係している。結果この事業は、既存コミュニティの再生をうたいつつも、他地域からの転入者が四分の三を占める事業となっている。

4 マルチステークホルダーの戦略と復興の実際

ＭＳによる支援は、それぞれ固有の特性をもち、その活動戦略やマーケットに影響されているようであった。また、両都市に共通して、ＮＧＯの入り方が特徴的となるエリアが生まれていた。ニューオーリンズ市では、発災前のもともとの居住者層に偏りがあるために、「低市場価値・被害大エリア」のような課題のあるエリアが存在し、そこに性質の異なる様々なＭＳが集まり、混在していた。同様にバンダアチェ市でも、大きな被害を受けた漁村エリアに国際機関が殺到し、小さな村の中で複数の大型事業主体がそれぞれの組織のミッションを展開しようと競い合う状況が生じていた。各自の設立趣旨に則って行動するＭＳの支援は被害の大きな地域に集中しがちで、調整が求められる局面が生まれやすいといえる。

5 小括——日本の復興はどのような位置にあるか

1 災害復興の戦術

インド洋津波は、経済発展や開発の成果を一瞬で奪う大規模災害に対する考え方に大きな影響を与えた象徴的な出来事であった。十数か国に及ぶ被害や、一国の力ではとうてい対応できない災害の経験は、前章で見た「仙台国際防災枠組」(二〇一五—二〇三〇)における数値目標の共有、よりよい復興による防災力の強化、そして公・民・非政府主体らによる責任分担に対する参加国間の合意につながっている。

I・デイビスとD・アレクサンダーは、これまで言われていた言説を元に、事業計画・実施を五段階にまとめた復興モデルを提示している。五つの段階は、組織や社会、組織の任務、または実行組織内の個人に共有された信念や中心的価値観を指す「中心となる倫理的価値」(段階一)、倫理的原則やそれに基づく政策によって示されるタスクの方向性を表す「戦略」(strategy)(段階二)、戦略の実務的な適用を含む「戦術」(tactics)(段階三)、前述のすべての段階に導かれた計画の具現化である「実施」(段階四)、すべての段階に適用され軌道修正に役立てられる「モニタリングと評価」(段階五)で示されている(Davis and Alexander, 2015)。

本章で見たMSを積極的に関与させるニューオーリンズの復興、東日本大震災における復興庁の支援による基礎自治体が中心となる復興、さらにはインドネシアで見られた外部資源支援を直接的に復興に組み込むオフバジェットの枠組などは、「戦略」の一例である。どのような戦略を選択するかは、復興に必要な資源をどのように調達するのかに関わる重要な与件となる。

その一方、決められた「戦略」が有効になるかどうかは、選ばれる「戦術」に左右される。「実施」に関わる資源の調達に失敗すれば、「戦略」は絵に描いた餅となってしまう。そのような意味で各主体・資金を交通整理し、計画の実施を確実なものとする「戦術」も重要な段階といえる。

しかしながら、「戦略」「戦術」「実施」には、事後的に区分される性質が過分にあり、厳密には境界は曖昧である。従って「戦術」だけを取り出して評価することは難しい。L・ジョンソンとR・オルシャンスキーは、被災した社会が直面する共通の課題を中心に据え、それに対する各国の対応を吟味することで「戦術」に関する教訓を導いている(Johnson and

Olshansky, 2017)。それは採用した「戦略」がある困難な課題に直面した場合の「戦術」の選択、冗長性の活用、それが最終的にもたらす復興のあり方を見る「実装」的な視点である。[注26]「戦略」と「戦術」をつなぐ資源の移動を記述する手段としてファンドフロー図を考案したのはそのような理由からである。これによって、MS関与のあり方に見られる各国の「戦略」が、どのような「戦術」を採用しているのかについては、ある程度明らかになった。

2　MSの関与がもたらす影響

表2・3に示すように、住宅再建に関する各国の復興の枠組は、インド洋津波…エイド活用型、ハリケーン・カトリーナ…市場インセンティブ活用型、四川大地震…非被災自治体活用型、東日本大震災…行政中心型、とも呼べる型に整理できる。

オルシャンスキーらは、復興で最も重要なことは不確実性を減らすことだと指摘したが(Johnson and Olshansky, 2017)、行政が豊かなリソースにアクセス出来る日本から見れば、MSの存在は復興計画のコントロールを妨げかねない厄介なもので、それとの協働は不確実性を増やすリスク要因と見なされていた。

本章で見たデータでも、MSの活動には様々な意思が働き、行政の復興計画とは違うありようを時に示し、復興リソースの偏在をもたらしていた。こうした不確実性は、民間であろうとNGOであろうと、MSが関与する限り存在するが、その現れ方はMSの活用の仕方により異なっている。図2・1を発展させて、MSの関与に復興計画の実効性という軸を加え、両者の関係を見てみたい(図2・31)。

行政系の資源で完結する型は下方に、MSに代表される行政外の資源を積極的に活用しようとする「エイド活用型」、「市場インセンティブ活用型」は上方に配置される。供給力のあるMSが初期に大型の事業を主導する「エイド活用型」と対口支援自治体が同様に大きな役割を果たす「非被災自治体活用型」は図の左側に、市場の活用などを並走させMSの関与を多層的に調整する「市場インセンティブ活用型」と行政が詳細な復興交付金事業の執行を推進する「行政中心型」が右側に配置される。

「非被災自治体活用型」「行政中心型」は、自国の公的機関外からの大規模な金銭的支援や事業実施支援を必要としておらず、資金的余裕と対応能力のある行政組織をもつ国・地域における型といえる。行政組織のみで事業を実施するため、復興計画の計画・実施プロセスはコントロールしやすいが、大規模災害に対してこうした対応が可能な国・地域はむしろ少

Ⅱ「エイド活用型」 （インド洋津波、インドネシア）	Ⅲ「市場インセンティブ活用型」 （ハリケーン・カトリーナ、アメリカ）
上流に多様な選択肢がある、支援側のMSを優先したフロー	各レベルの行政が資金配分を担い、下流でそれぞれMSへ配分
複数主体（行政とMS）	複数主体（行政とMS）
資金提供を行う「ファイナンス主体」と自己資金のみで事業を実施する「自律支援主体②」とが中心	行政の助成と自己資金により事業を実施する「自律支援主体①」が中心
行政・MSによる直接供給	被災世帯への支給金配分とMSとのパートナーシップによる直接整備
MSによる整備の時間的・地理的優先	多様なインセンティブの提供
MSが取り残した場所を 後追いで補完するよう整備	金銭的支援の早期かつ大規模な展開
NGOは早期に被害の大きいエリア、国際機関で住宅地規模の多いエリアを支援するなど主体ごと特性あり	市場価値・被害共に中間に位置するエリアでMSによる支援が多い。事業ごとに近しい社会経済的特性を持つネイバーフッドを支援している

数派である。一方で、「非被災自治体活用型」である中国の対口支援の展開が示すように、政府が関与する場合でも、地域の自律性を高め、様々な主体を呼び込む方向を志向する変化が生じている。

「エイド活用型」は、復興初期においては大型支援を行うMSが殺到し、それらと中央政府の直接交渉が中心となるため被災政府が疎外される傾向もあるが、復興の体制が整い、様々なMSが関与すると、結果として被災者にも多様な選択肢が提供される。しかしながら、時間の経過とともに災害への注目度が下がるに従って、その関与は減る。少ない手持ちで復興を推進するには有効な方向性であるが、そのコントロールは難しい。統合された復興計画との連携が難しくなるとともに、現場での調整に汗をかく行政機関には様々な負荷が掛かるというジレンマが存在する。

「市場インセンティブ活用型」は、政府の金銭的支援と市場を組み合わせ、MSを間接的にコーディネートするアプローチである。中央・州・地方レベルでそれぞれの目標に相応しいMSを調達して実務を任せていた。また、民間資金を用いることによって、行政による直接的なコーディネーションの負担を減らしており、市場が安定的に機能している地域では効果的な方法と言える。その一方で、MSも一定の市場合理性やスポンサーへの説明可能性と照合しながら立地や支援対

表 2.3　ステークホルダーの関与実態から見た各災害の住宅再建手法

		Ⅰ-1「行政中心型」（東日本大震災、日本）	Ⅰ-2「非被災自治体活用型」（四川大地震、中国）
資金配分	ファンドフロー	上流から下流まで中央政府がコントロールするツリー型	非被災自治体が被災自治体へのファンドをマネジメント
	事業実施	単一主体（行政）	単一主体（行政）
	住宅再建に関与するMS	行政の下請けとなる「業務受託主体」が中心	政の下請けとなる「業務受託主体」が中心
	中心的な住宅再建支援事業	災害公営住宅の整備、移転に対する宅地造成と助成を中心	災害公営住宅の整備
事業展開	MSを活用する事業の特性	なし	なし
	行政による事業展開	長期にわたり大規模なハード整備を展開	トップダウンによる効率重視のハード整備
	MSによる事業展開	なし	なし

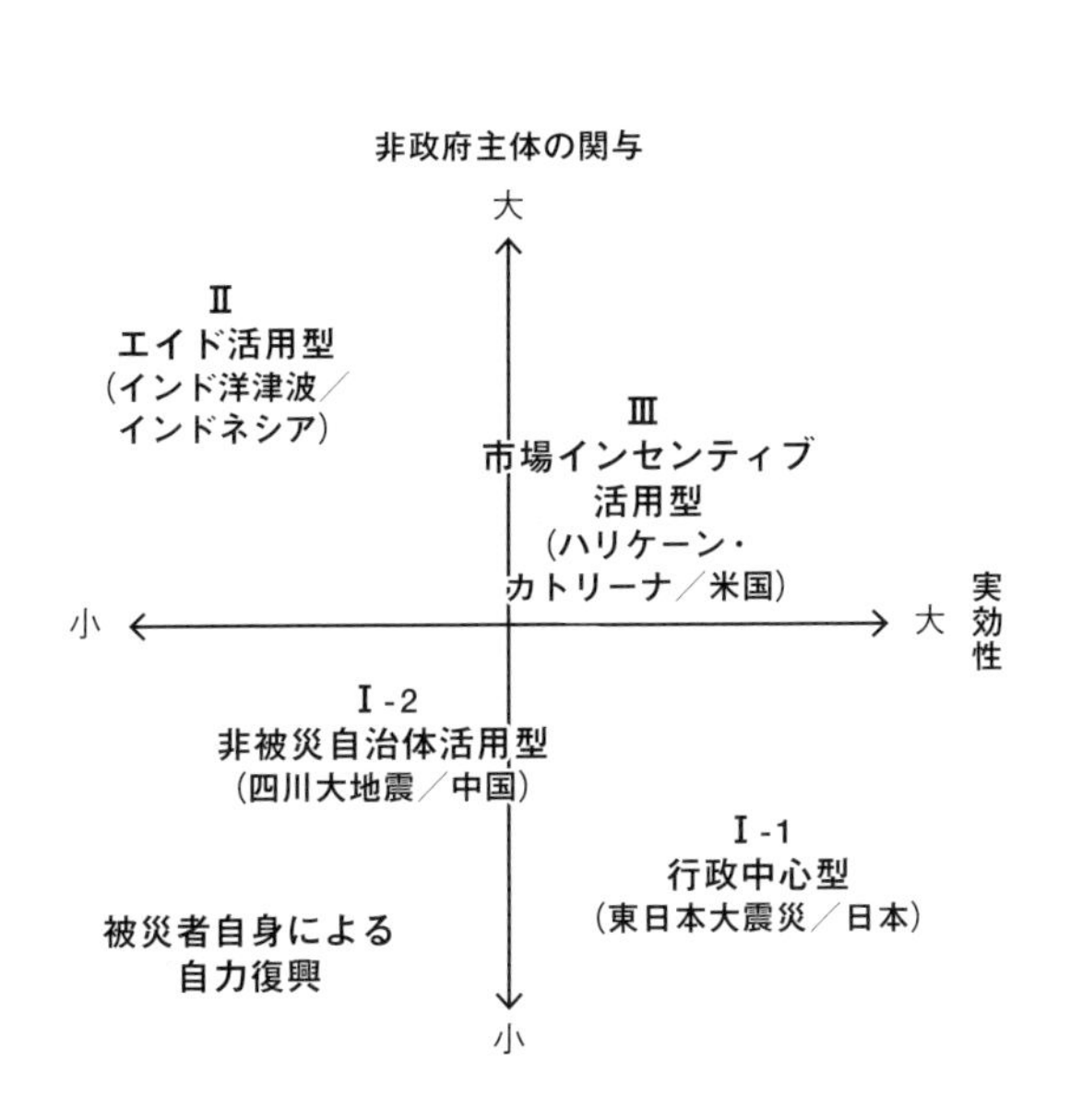

図 2.31　復興のあり方と各住宅再建手法の関係

象を個別に選択することから、復興の包括的実施という観点からは、課題も多い。

興味深いことに、今回対象とした事例においても、そのあり方は固定化されているわけではなく、方法論は変化し続けている。四川大地震では、支援自治体の支援の下で現場の自治体に意思決定権を委ねられるように対口支援を変化させており、バンダアチェでは、コミュニティが組織的にＮＧＯと交渉を展開している。さらには、ニューオーリンズにおいて市場が成立しない場所で市開発局とＮＧＯ・民間組織らがパートナーシップを組んで補完する試みを始めているように、不確定性や不均衡の調整には、被災した地域社会の域内における自律的な調整が不可欠となっている。[注27]

3 — 外部資源が形づくる復興

ここで紹介した日本以外の三つの地域は、非政府資源を効果的に活用するため、被災地域における調整能力を確保する仕組みを発展させてきた。他方、行政が復興を引き受ける日本では、復興法の新設など中央政府の役割は拡大し続けている。長期的に見れば、非政府系資源の活用は必須であるにもかかわらず、日本は諸外国とは少し異なる方向を向いている。

ＭＳを排除し、中央政府の資金を用いて地方自治体が事業実施する体制は、復興を計画通りに実現する上で一定の合理性は有している。しかしながら、その「戦術」を「実施」できるのは十分な人的資源や組織体制がある場合に限られる。第７章で見るように、膨大な復興事業の実装責任を負った地方自治体のうち、状況をうまく切り抜けることができたのは、相対的に被害が少なく、戦略的に資源を配置できた一部の自治体に限られていた。復興の主体が行政単独の場合であっても、戦術と現場の実施能力が解離し、既存資源の活用が難しくなるリスクも存在する。

ＭＳの活用便益とＭＳがもたらすリスクとの関係は、単純には評価し難い。ＭＳは、組織目標、支援の効率性、ドナーへの説明可能性などがつくる独自の行動原理を持っているため、彼らがもたらす便益や損失をある確実性をもって想定することが困難なためである。ただし、今回ＭＳの活動を詳細に見ることで、一律支援を基本とする行政支援の限界を補い、重要な役割を果たす組織の存在が確認できた。

例えば、ローワーナインス地区の住民の帰還を目指す団体エは、各世帯が置かれた状況に応じて、個別解の検討や支援提供を行い、元の居住地での持ち家再建という結果をもたらすという意味での平等性（equity）が射程に入っている。被害の大きい場所に局所的に住宅を提供する団体アの支援が、被災者の再建ニーズや個別事情を省みず、支援の量や内容が一律であるという意味における平等性（equality）に留まるのとは対照的である。これは、地域の復興ニーズに適合した行動原理を持つＭＳが存在し、それを効果的に誘導する方法論が確立できれば、地域の復興そのものを適切に実現できることを意味している。

日本が直面する財政難を考えると、ＭＳの活用を選択肢から外すことは適切ではない。復興後の運営を考えても、ＭＳを活用した復興には多くの可能性が存在する。「戦術」と「実施」の乖離、災害により拡大した地域・世帯レベルにおける機会や持続可能性の不均衡を調整し、リスクを解消する方法論の開発は急務といえる。

注1　本章は、鈴木さちの博士論文（二〇一八年七月、東北大学）、「住宅再建プロセスにおけるマルチステークホルダーの関与実態とその作用――大規模災害からの復興事例の国際比較を通じて」のデータを基本として、郗皎如の博士論文（二〇一七年八月、東北大学）、Implementation of Counterpart Assistance in Post-Disaster Reconstruction of Recent Earthquakes in China（現代中国における災害復興時の対口支援に関する研究）のデータを参照しながら、鈴木、小野田で新たに書き下したものである。

注2　表2・1はMunich RE（2017）を参照。国の所得レベルはWorld Bank（2018）参照。

注3　図2・2の図中1）は消防庁（二〇一七）、2）は内閣府（二〇一一）、3）はU.S. Executive Office of the President and United States. Assistant to the President for Homeland Security and Counterterrorism (2006)、4）はＨＵＤ(2006)、5）はThe Consultative Group on Indonesia (2005)、6）はＢＲＲ(2009a)、7）はThe State Council of the PRC (2008)、8）はＡＤＢ（2008）、9）は中国発展門戸网（2011）を参照。

注4　近藤らはステークホルダーとしてＮＧＯ、被災住宅の居住者、政府、非営利組織、ボランティアなどを挙げ、それらの住宅再建への参画・支援の型から住宅再建方法を三種類に整理している（Kondo and Maly, 2012）。

注5　「住宅再建支援事業」には、事業の一部で住宅再建を支援する場合も含む。平時の事業が災害復興の目的で使用されている場合、軽微な被害に対する応急修繕や生活再建支援等の事業は対象外とする。地方自治体レベルでは、被害の大きい自治体を代表例として取り上げた。東日本大震災では宮城県と石巻市、ハリケーン・カトリーナではルイジアナ州とニューオーリンズ市、地方自治体が機能していなかったインド洋津波では表記なしとした。効率的な情報表現のために本図の目的に直接関係のない一部事業は省略している。資金を中継するだけの主体は図中に記載しない。各ファンドフロー図の金額詳細は章末表2・4参照。

注6　こうした復興過程自体が災害となっているという例としては、過剰な緊急支援物資の供給が被災地に負荷をもたらすことが広く知られている（奥村ほか、二〇一二・松永ほか、二〇一三）。また、災害復興自体が様々な政治的問題を引き起こすことに関する指摘も多い（クライン、二〇一一・塩崎、二〇一四）。東日本大震災発災時仙台市長であった奥山美恵子はこうした状況を念頭に置きながら、支援を受ける力「受援力」が必要であると指摘している（奥山、二〇一八）。

注7　図2・3中と対応する表2・4中の1）はＢＲＲ（2009a）、2）はＢＲＲ（2009b）、3）はＭＤＦ（2010）、4）はＢＲＲ（2008）を参照。

注8　インド洋津波からの復興では、国際的に活動する宗教法人が世界中から巨額の寄付を集め、特定地域に集中投資することで地域を復興させる事例も見られた。地域全体での復興計画とは必ずしも合致しないが、資源の乏しい国や地域では受援によるメリットも大きいことから、それを調整する仕組みが重要となる（鈴木ほか、二〇一七）。

注9　図2・5中と対応する表2・4中の1）はＧＡＯ（2008）、2）はＣＲＳ（2013）、3）はＧＡＯ（2006）、4）はＧＡＯ（2010）、5）はＮＯＲＡ（2015a, 2015b）、6）はState of Louisiana（2018）、7）はCity of New Orleans（2014）を参照。

注10　ここで述べている税額控除（タックスクレジット）とは、一定の条件の事業を実施する民間・ＮＧＯに対して行政が配分する減税の権利である。民間・ＮＧＯはそれらの権利を投資家に売却することで住宅建設の初期費用などを得ることができる。背景に直接的なサービスの給付ではなく、税の徴収と支払い、すなわち負の所得税（Friedman, 1962）によって再配分を行い、行政内の取引コストを効率化する考え方があり、米国や英国で取り入れられている。理念とは逆に、実際は手続きが煩雑で効果を上

げていないなどの批判も多い。

注11　図2・6中と対応する表2・4中の1）はWorld Bank（2016）、2）はIRP（2010）を参照。3）とその他の部分は政府機関等の報告（中国語）に基づいて作成。四川大地震後の上海市の役割については上海市監査局の報告（二〇一一年五月）、玉樹地震の四つの国有企業の役割については、国務院の国有資産の管理と手続き（二〇一一年一一月）、とPower China（Sinohydro Group Ltd. の一部）の報告（二〇一二年三月）、芦山地震の徳陽市のデータはDeyang Daily の報告（二〇一五年七月）を二〇一五年一〇月一〇日に参照。

注12　図2・7中と対応する表2・4中の1）は会計監査院（二〇一八）、4）は復興庁（二〇一六）を参照。2）、3）は担当部局へのインタビューから取得した。5）は、近藤（二〇一五）によると、岩手・宮城の基礎自治体での承認件数（二〇一四年）は一一五一件と推計されている。

注13　現実に東日本大震災からの復興において、私的財産の形成に関わらない被災者支援策が様々な形で検討された（佐々木、二〇一七）。

注14　図2・9の図中1）はBRR（2009a）、2）はBRR（2009a）とUN-Habitat（2009）を参照。

注15　図2・15はGovernment of Louisiana（2017）、GAO（2010）、City of New Orleans（2010）、NORA（2015a, 2015b）、U.S. Treasury CDFI（2015）、市再開発局より受領したデータを参照して作成。

注16　図2・16の「被災住戸数（割合）」はHUD（2006）、「支援戸数［事業種類内訳］」はState of Louisiana（2018）の「Units」を参照して作成した。ただし、助成金等を交付した戸数であり、整備完了戸数とは必ずしも対応しない。

注17　図2・17はU.S. Census Bureau（2018）参照。「住宅価値中央値（Median Value of owner-occupied housing units）」はAmerican Community Surveyにより収集する三五〇万件分のインタビューにおける、回答者の売却予想価格に基づく。

注18　図2・18の「支援戸数［事業種類内訳］」はState of Louisiana（2018）の「Units」を参照。ただし、助成金等を交付した戸数であり、整備完了戸数とは必ずしも対応しない。

注19　図2・20の村（Desa）ごとの被害状況はJICA（2005a）を参照。「人口の変化（二〇〇四〜二〇〇五）」・「第三次産業従事者の割合（二〇〇三年）」はJICA（2005b）を参照。

注20　図2・21はシャクアラ大学GIS研究室より提供を受けた編集済みRANデータに基づく。RANデータとは、BRRが事業のモニタリングに用いていたオンラインデータベースであり、シャクアラ大学GIS研究室がこのデータの欠損を衛星写真の分析から補足した。

注21　図2・26のマップはNew Orleans Community Data Center（2005a, 2005b）を参照して作成。計画地区の区分はNew Orleans Community Data Centerで用いられている区分に準拠する。図中「住宅被害率（2006）」は、各地区の「Housing Unit Damage Estimates（2006）」（HUD, 2006）を、郵便受け取りのある住所数として米国郵便局が公開している「residential addresses actively receiving mail（2005）」（New Orleans Community Data Center, 2015）で割り、算出した。「住宅市場価値」のデータは市再開発局から入手したものを用いている。HUD（2006）のデータは、カトリーナとほぼ同時期に起きたハリケーン・リタ、ウィルマの被害記録を含むが、大半の被害はカトリーナによるものである。「住宅市場価値（2011）」のデータは市再開発局から入手した。

注22　図2・27はニューオーリンズ市再開発局から受領したデータを参照して作成した。対象事業は、「（i）戦略的小規模開発事業」については、「ランド・バンク」（データが限定的であるためグラフ中の記載無し）、「住宅地安定化事業II」の二事業、「（ii）投資促進事業」については、「免税私的活動債」、「新市場税額控除」、「低所得者用住宅税額控除」、「低所得者用住宅税額上乗せ事業」の四事業、「（iii）弱者救済事業」については「非営利再建パイロット事業」、「コミュニティ開発事業」、「ネイバーフッド住宅改善基金事業」の三事業を対象としている。

注23　New Orleans Community Data Center（2015）の「Recovery Rates」を参照。

注24　ウェブサイトや現地研究者からの情報に現地調査（二〇一四年一一月一〜五日、二〇一五年九月一〇〜一八日、二〇一六年三月二四〜二六日）で得た情報を逐次加えた結果である（鈴木ほか、二〇一七）。

注25　図2・29はNGOらから入手したデータを元に作成した。市場価値評価（MVA）は、不動産売買、住宅タイプ、空き地・空き家率などの指標を統合し、エリアの総合的な市場価値を表す。市再開発局は、MVAによる評価の高い地区やその付近の開発を優先するなど、事業検討に用いている。エリアごとのMVAのカテゴリはThe Reinvestment Fund（2013）を参照。

注26　災害後の住宅復興について数多くの調査研究を行ってきたM・コメリオは、チリの住宅復興の鍵は中央政府のリーダーシップと住民参加によるボトムアップの組み合わせだったという観察に基づき、中央政府の役割の強弱を縦軸に、コミュニティの計画プロセスへの参加の強弱を横軸に取り、日本を含む九か国の位置づけを散布図で示した（Comerio, 2014）。この散布図は、今後様々な事例を検証していくことで両軸のバランスが最適となる「スイートスポット」が見出せるはずだというコメリオの見立てを表現していた。

注27　各社会がMSに期待する役割やMSが実際に果たす役割を理解することは重要である。近藤は、ニューオーリンズ市内で非営利セクターが果たした役割の中で、被災者にケースマネジメントを通じた住宅再建の機会を与えたことや、歴史価値を保全した住宅再建を実現したことなどに価値を見出している。また、市再開発局が実施した不動産・空地バンクについて、個人投資を促進し、地域自体のレジリエンスを高めるアプローチとして評価している（近藤、二〇二〇）。国力を高めたインドネシアでは、その後の災害で大規模な国際的支援は実施されていない。しかしながら、ジャワ島中部地震（二〇〇六年）では、各世帯が主体的に様々なNGOからの支援を組み合わせ、住宅再建を達成するなど、NGOとコミュニティの局地的な交渉による住宅再建は規模を変えて継続されていた（Ikaputra, 2012）。

図 2.3　インド洋津波：各フロー・基金の金額

国際	1	=On-Budget, On-treasury での合計ドナー拠出金額（0.9 b）[1] -MDF（図中 8）	4.28 億ドル[1]
	2	日本国際協力システム（JICS）・ドイツ復興金融公庫（KfW）	3.20 億ドル[1]
	3	RANTF への寄付金	14.1 百万ドル[4]
	4	アジア開発銀行（ADB）の Off-budget による拠出分	96 百万ドル[3]
	5	国庫を通じた MDF の配分	4.72 億ドル[3]
	6	UN と NGO らとの協働に用いる MDF	1.74 億ドル[3]
	7	2010 年 9 月時点で MDF に対して誓約された金額	6.78 億ドル[3]
	8	国庫を通じて執行される MDF	4.72 億ドル[3]
中央	9	Off-budget & Off-treasury の予算（住宅再建支援事業）	± 7.00 億ドル[2]
	10	On-budget & On-treasury の予算（住宅再建支援事業）	± 8.06 億ドル[2]
	11	On-budget & Off-treasury の予算（住宅再建支援事業）	± 61.6 百万ドル[2]
	12	BRR 信託基金	2.46 億ドル[4]
	13	=1[A]+5[A]+ インドネシア政府の予算（2.1 b）	30 億ドル[1]
	14	RANTF への非政府主体からの寄付	2.7 百万ドル[4]

図 2.5　ハリケーン・カトリーナ：各フロー・基金の金額

連邦	1	被災州（ルイジアナ州以外）	住宅・都市開発省 災害復旧ファンド	68.6 百万ドル[2]
	2	ルイジアナ州		105 百万ドル[2]
	3	被災州（ルイジアナ州以外）	コミュニティ開発包括補助金 災害復興ファンド	95.0 億ドル[2]
	4	ルイジアナ州		145 億ドル[2]
	5	住宅地安定化事業 配分補助金		628 百万ドル[6]
	6	緊急事態キャピタルファンド・自然災害基金		29.8 百万ドル[4]
	7	低所得者用住宅税額控除	メキシコ湾岸特区法（2005）合計配分額	330 百万ドル[1]
	8	免税私的活動債		149 億ドル[1]
	9	新市場税額控除		10 億ドル[2]
	10	FEMA コミュニティ災害ローン事業の州借入合計		10.4 億ドル[2]
	11	減災助成事業承認金額（ルイジアナ州・ミシシッピ州）		219 百万ドル[4]
	12	本格復旧事業公的支援（ルイジアナ州・ミシシッピ州）		32.7 百万ドル[4]
	13	ハリケーン・カトリーナ補償金		154 億ドル[3]
	14	住宅ローン	中小企業庁承認 災害ローン合計額	87.5 億ドル[2]
	15	ビジネスローン		28.6 億ドル[2]
	16	住宅・都市開発省小計	ハリケーン・カトリーナ，ウィルマ，グスタフ，アイクのための推定追加歳出予算	269 億ドル[2]
	17	危機管理庁小計		441 億ドル[2]
	18	中小企業庁小計		27.3 億ドル[2]
州	20	RHP HAP Total Investments		89.2 億ドル[6]
	21	小規模賃貸事業合計投資額		437 百万ドル[6]
	22	NRPP Total Investments		13.8 百万ドル[4]
	23	LIHTC Piggyback Program Total Investments		544 百万ドル[6]
	24	OCD-DRU HMGP Total Investments		32.7 百万ドル[4]
基礎自治体	25	NSP 2 Total Project Expenditure		120 百万ドル[5]
	26	Soft Second Mortgage Program Budget Allocated		52 百万ドル[7]
	27	NSP 2 Total Invested by NORA		34.9 百万ドル[5]

図 2.6　四川大地震・玉樹地震・芦山地震：各フロー・基金の金額

四川	国際	1	世界銀行の緊急ローン	7.1 億ドル [1]
	中央	2	中央政府の特別配分（2009 年末時点）	229 億ドル [2]
	省・特別行政区	3	対口支援の予算（2009 年末時点）	357 億ドル [2]
		4	上海市の対口支援拠出金額	120 億ドル [3]
		5	四川省の特別配分（2009 年末時点）	24.3 億ドル [2]
玉樹	省・特別行政区	6	北京市・遼寧省の対抗支援拠出金額	1.78 億ドル [3]
	郡	7	玉樹市の対口支援支出金額	26.9 億ドル [3]
芦山	州・市	8	瀘州市の対口支援拠出金額	4694 億ドル [3]
	郡	9	宝興県の対口支援支出金額	4694 億ドル [2]

図 2.7　東日本大震災：各フロー・基金の金額

中央	1	漁業集落防災機能強化事業交付額［第 1 ～ 14 回］：基幹事業	583 億円 [1]
	2	都市再生区画整理事業交付額［第 1 ～ 14 回］：基幹事業	2390 億円 [1]
	3	防災集団移転促進事業交付額［第 1 ～ 14 回］：基幹事業	5140 億円 [1]
	4	災害公営住宅整備事業等交付額［第 1 ～ 14 回］：基幹事業	6410 億円 [1]
	5	がけ地近接等危険住宅移転事業交付額［第 1 ～ 14 回］：基幹事業	221 億円 [1]
	6	地方負担にかかる地方財政措置としての震災復興特別交付税［H.23 ～ 27 年度］227 市町村計	1.36 兆円 [1]
	7	地方負担にかかる地方財政措置としての震災復興特別交付税［H.23 ～ 27 年度］11 道県計	1.64 兆円 [1]
	8	特別交付税及び震災復興特別交付税の交付額計［復興基金事業］	3010 億円 [1]
	9	特別交付税及び震災復興特別交付税の交付額［復興基金事業］：宮城	1370 億円 [1]
	10	被災者生活再建支援法施行に要する経費：執行額［H25-28 年度］	552 億円 [4]
	11	借り入れ希望額	2870 億円 [2]
	12	借り入れ希望額	3160 億円 [2]
	13	復旧・復興予算現額規模計	33.5 兆円 [1]
	14	東日本大震災復興交付金予算現額	3.18 兆円 [1]
	15	地方交付税交付額（H.23-27 年度）11 道県 227 市町村計	3.29 兆円 [1]
	16	復興関連基金事業 国庫補助金等交付額［集中復興期間］：独立行政法人住宅金融支援機構	2770 億円 [1]
県	17	支給済金額	755 億円 [3]
	18	配分額	データ無し
基礎自治体	19	配分額	178 億円 [3]

表 2.4　ファンドフロー図（図 2.3, 2.5, 2.6, 2.7）詳細（出典は各国の注釈を参照）

Behind
the Scenes
2011

Process
of Architecture Reconstruction
and Community Revitalization
after the 2011 Tohoku
Earthquake and Tsunami

2012

2013

2014

2015

2016

2017

2018

第3章
東日本大震災からの復興

1　東日本大震災における復興の基本的な作業

1―地形と津波被害

二〇一一年三月一一日、一四時四六分(日本時間)、太平洋の三陸沖、深さ二四キロメートルで起こったマグニチュード九・〇の地震は、海底の地形を大きく動かし、巨大津波を発生させた。地震発生後三〇分から一時間で東日本の太平洋岸に到達し[注1]、約五〇〇キロメートルの長さにわたる海岸線で、沿岸の都市や漁村、道路や農地を飲み込んだこの津波は、福島県で原子力発電所の電源を喪失させ、炉心融解と水素爆発引き起こし、広範囲に放射線物質を拡散した。この災害によって、死者一万五八九九人、行方不明者二五二九人、全半壊四〇万四八九三戸という未曽有の被害がもたらされる。[注2]

この津波の被害を受けた沿岸部は、地形的な特徴によっていくつかのまとまりに分けられる(図3・1)。北部は山地が直接海と接する三陸海岸と呼ばれる地域であるが、宮古を境に北は海岸段丘が続く隆起海岸、南は深い湾をもつ沈降海岸(いわゆるリアス式海岸)に区分される。前者に属する田野畑村などでは、隆起した台地を利用しておもな住区が形成されていたため、低地の漁業集落には大きな被害が生じたものの、自治体全体の津波被害は限定的であった。一方、天然の良港である湾奥の低地に地域拠点が立地する後者は、湾を遡上するに従って反射・増幅する津波の性質から、津波高が湾奥でせり上がり、湾に開けた小さな平野に成立していた地区を中心に手ひどい被害を受けることになった。石巻市雄勝地区、女川町中心地区、南三陸町志津川地区、気仙沼市内湾地区、陸前高田市高田地区、同今泉地区、釜石市鵜住居地区、大槌町町方地区といった湾奥の平野に形成された各地区の拠点エリアが、存在が根本から変わるようなダメージを受けたのにはそうした条件も関わっている。

そうした中、被害が抑制された場所も散見される。小さな島に守られた松島町の中心部では、津波の流速や到達高は抑えられているし、釜石市や大船渡市の中心部では、湾口に設けられていた巨大防波堤の存在で津波の到達時間が遅れ、被害が抑制されたといわれている。

この三陸海岸は石巻市の牡鹿半島で終わり、それ以南は異なった風景が広がっている。北上川、鳴瀬川、七北田川、名取川、阿武隈川といった流入河川が土砂を運んで形成した広がりのある沖積地、仙台平野である。平坦な地形の中に沈降海岸の尾根が丘陵部として残るこの平野は、東北有数の米ど

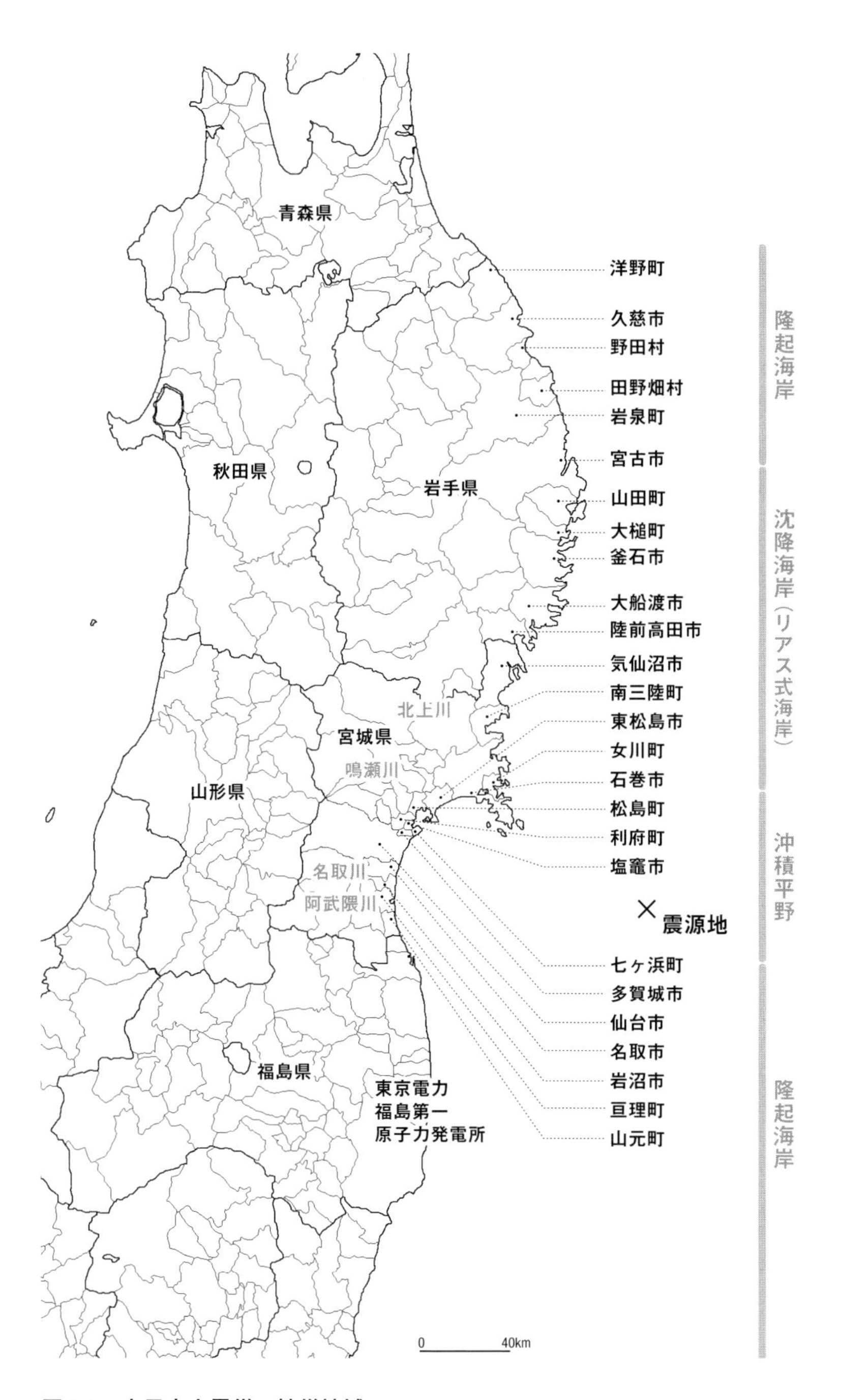

図 3.1　東日本大震災の被災地域

ころでもある。河川が海にそそぐ地点には、石巻や閖上などの水運拠点が成立し、古くから活況を呈してきた。江戸時代、北上川から仙台までの運河の開削後も伊達藩によって庇護された良港塩釜もそれらに加えてよいだろう。こうした海岸沿いの小都市の間には微地形を活用して小集落が点在し、それぞれの営みが続いていた。第5章で紹介する七ヶ浜町の海沿いの集落、集団移転を早期に達成した岩沼市沿岸の六集落などが、それに該当する。しかしながら平野部に到達した津波は、これらの港や小集落を飲み込んで奥深くに浸入し、仙台東部道路などで止められるまで平野の広い範囲に被害をもたらした。

今回の被災地域内で最大の都市である仙台市は、中心街が広瀬川中流域にある洪積台地に形成されているため、主要部は津波の直接的被害を免れている。しかしながら沿岸部にあった下水や都市ガスに関わる重要なライフラインが被害を受けたため、一か月近く都市ガスが供給されなくなるなど、都市型災害を被っている。多くの市民はこれによって、長く不便を強いられることとなった。

さらに仙台平野を南下して阿武隈川を渡ると、土砂を運ぶ大きな河川はなくなり、山地が海と接することで形成される海岸段丘が再び優勢になる。この海岸段丘は海岸線の市街化を抑制し、津波被害も限定的としたが、電力の大消費地である首都圏に近いために、発電所の立地に適していたことがより壊滅的な被災に結びついてしまう。今回の津波で炉心融解を引き起こした三基の原子炉がある東京電力福島第一原子力発電所もそのひとつであった。

このように東日本大震災の津波による被害は、地形と密接に関係しながら複雑な現われを見せている。これらの多様性は被害だけでなく復興計画における土地利用にも表れており、その後の状況にも大きく影響している。本章では、東日本大震災からの復興の具体的な方法論とそれが適応されたことで起きた各エリアの課題を概説する。

2 — 法・提言・技術的枠組

第1章で解説したように東日本大震災の復興に関しては、様々な対応が行われている。ここでは、復興を定義しその公的な負担を根拠づける法のレベルでの対応、復興が果たすべき大きな方向性を示す構想会議による提言のレベル、そして提言を具現化するために個別に行われる判断において、その拠りどころとなる技術的枠組、以上の三層についてそのありようを説明する。

支える法律として、二〇一一年六月二〇日「東日本大震災復興基本法」（二〇一一年六月二四日施行）で大きな方向性が、同年末の「東日本大震災復興特別区域法」（二〇一一年一二月二六日施行）によってその具体的な運用が定められた。そこで決定されているのは、被災者や地域住民と近い基礎自治体が復興計画を作成し、そのための資金は中央政府が交布する復興交付金を基に事業を展開するという分担であった。

「東日本大震災復興構想会議」（以下、構想会議）は、被害地域の多様性に配慮し、五つの地域類型を提示するとともに、それぞれにおいて求められる復興の方向性を以下のように整理している。

［類型1］　平地に都市機能が存在し、ほとんどが被災した地域…コミュニティの一体的な維持に配慮しつつ中枢機能を高台など安全な場所に移転。土地利用・建築規制、嵩上、避難・防災機能の向上により低平地の安全性を向上させる。

［類型2］　平地の市街地が被災し、高台の市街地は被災を免れた地域…高台の市街地への集約・有効利用を第一としつつ、平地の安全性を向上させた活用を行う。

［類型3］　斜面が海岸に迫り、平地の少ない市街地および集落…後背地の宅地造成などを通じた高台移転を基本。平地は居住を制限するなど土地利用規制を導入。集落の維持のためその再編も検討。防災し易い地域を重点的に再整備する。

［類型4］　海岸平野部…海岸部に巨大防潮堤を整備するのではなく、海岸部および内陸部での堤防整備と土地利用規制とを組み合わせる。交通インフラなどを活用し二線堤機能を充実させ、住居は内陸部など安全な場所へ移転する。

［類型5］　内陸部や、液状化による被害が生じた地域…「再度災害防止対策」を推進し、都市インフラの補強等を行う。

斜面がちの集落では高台移転［類型3］、平野は多重防御［類型4］、その中間の小平野［類型1］や複合市街［類型2］は、嵩上げなどを取り交ぜながら一体的な復興を行うことが明示されている。

多様で個別的な様相を呈する被害に対し、個別性に寄り添いやすい基礎自治体を復興の起点とし、地形的な特徴ごとに大きな方向性を示したことは、妥当性の高い判断であった。その一方で現場の基礎自治体が参照して、公的な復興に期待される計画の一貫性や平等性、さらには科学性などを担保する枠組づくりは中央政府の仕事となった。

しかし、人の一生はもちろんのこと、土木や建築物の寿命をゆうに超える長いスパンをもつ津波災害に対し、安全であるとはどのような状態を指すのか。またそれが同定できたとして、計画に対する合意形成や事業の実装は、いかなる方法で調整できるのか。発災直後の混乱する状況下において、構想会議の提言に具体的な内容を実装する現場を支える枠組をつくり出すのは困難な作業でもあった。

そうした中、足掛かりとなったのが、東日本大震災災害対策基本法に基づいて内閣府に設けられた中央防災会議（会長…内閣総理大臣）での議論である。この会議では、発生確率は低いが、一旦発生すると膨大な被害をもたらす四〇〇年から千数百年に一回の想定発生確率を持つ津波をレベル２（Ｌ２）、日本が近代化以降も何度か被害を受けている数十年から百数十年の想定発生確率を持つ津波をレベル１（Ｌ１）に区分し、それぞれへの対応を定めている。

二〇一一年六月二六日に中央防災会議の専門調査会「東北地方太平洋沖地震を教訓とした地震・津波対策に関する専門調査会（座長…河田惠昭）」が出した中間報告「東北地方太平洋沖地震を教訓とした地震・津波対策に関する専門調査会中間とりまとめ――今後の津波防災対策の基本的考え方について」（河田ほか、二〇一一）によると、最大クラスの津波、すなわちＬ２津波には、「住民の生命を守ることを最優先として、どういう災害であっても行政機能、病院等の最低限必要な社会経済機能を維持することが必要である。このため、住民の避難を軸に、土地利用、避難施設、防災施設などを組み合わせて、ソフト・ハードのとりうる手段を尽くした総合的な津波対策の確立が必要である」とし、避難を中心に他の対策を組み合わせるとしている。

一方、頻度の高い津波、すなわちＬ１津波に対しては「海岸保全施設等の整備の対象とする津波高を大幅に高くすることは、施設整備に必要な費用、海岸の環境や利用に及ぼす影響などの観点から現実的ではない。しかしながら、人命保護に加え、住民財産の保護、地域の経済活動の安定化、効率的な生産拠点の確保の観点から、引き続き、比較的頻度の高い一定程度の津波高に対して海岸保全施設等の整備を進めていくことが求められる」として、取り扱いについて注意は払いながらも、防潮堤などの物理的障壁によって防ぐことを位置づけている。

幅のある書き方とはいえ、津波をＬ２とＬ１に分け、Ｌ２には避難、Ｌ１には物理的構築物という整理を行ったことは、合理的な判断といえる。しかしながら、いわゆる「想定外」の設定が適切でなかったことから被害が拡大した原発事故の直後であったため、確率の低いＬ２も「想定内」に組み込み、物理的な対応をすべきであるという当時の世論とは、少し温度差のある判断であった。

そのためこの考え方は位置づけが変化していく。具体的には、Ｌ１津波で想定される被害に対しては防潮堤で防御し、それを超えるＬ２津波の被災が想定される地域については、自治体の判断で災害危険区域に指定して復興交付金による土地の買い上げを可能にする方向性が検討されていく。

これは、L2津波に対して避難だけではない具体的対応を取る方策であるとともに、被災者に当面の移転に活用するための資金を提供でき、かつ過大な土木施設の建設に頼らなくてよいメリットがあった(図3・2)。この判断には、精度に対する課題はあるとはいえ、津波がどのように到達するかをシミュレーションする技術(図3・3、図3・4)が発達し、事前にある程度の想定ができるようになったことも追い風となっている。個人財産の形成に復興資金を振り分けないといった不文律を守りながら、L2津波である東日本大震災による津波の被害を受けた人々に当面必要な資金を供給する枠組となり得る(佐々木、二〇一七)ものであった。

一方、浸水の可能性のあるエリアすべてに対応することは、およそ四〇〇年以上の周期といわれているL2津波への対応というただでさえ過剰になりがちな対応をより過剰な方向に導いてしまう恐れもある。そこで、ある浸水想定高を分岐点とすることが検討される。後述する国交省の調査で得られた、浸水深が二メートルを超えると全壊率が大きく上昇する今次津波のデータを根拠に、浸水高二メートルで区分する方向が模索された。この方針は、L2津波に対して想定浸水高二メートルを超えない場所で新しいまちづくりを目指すことから、復興計画作成の現場では、「2－2ルール」という通称で呼ばれることになる(図3・5)。

しかし、通称という言葉が示すように、これは公的に広く周知された「ルール」ではない。復興計画ならびにそれに基づいた新しい土地利用計画に関わる技術者や専門家の間でインフォーマルに共有された目安に過ぎない。そのため外からは、復興計画に責任をもつ基礎自治体が客観的データを参照して、地域特性や住民のニーズに配慮した計画の実装を図っているといういたって当たり前の姿が見えるだけである。ここで実際に参照されたデータとしては、「東日本大震災による被災現況調査結果について(第一次報告)」(国交省、二〇一一)「南海トラフの巨大地震建物被害・人的被害の被害想定項目及び手法の概要」(国交省、二〇一二)(図3・6)などが挙げられる。

3 ― 都市局直轄調査

こうした構想会議の提言に示された多重防御、高台移転という方針と中央防災会議の報告を踏まえ、各自治体における復興計画の健闘が進められたが、そのためには具体的な支援を行うシステムの並走が必要となる。今回、この役割を担ったのが、国交省都市局が発災直後に行った通称「都市局直轄調査」だ。

2-2ライン

まちづくりエリア
L2津波で2m以上浸水しないと思われる場所を選んでまちづくりをする

災害危険区域
(居住禁止)

L2 津波想定高▽

2m

L1 津波想定高▽

図 3.2　2-2 ルールの模式図

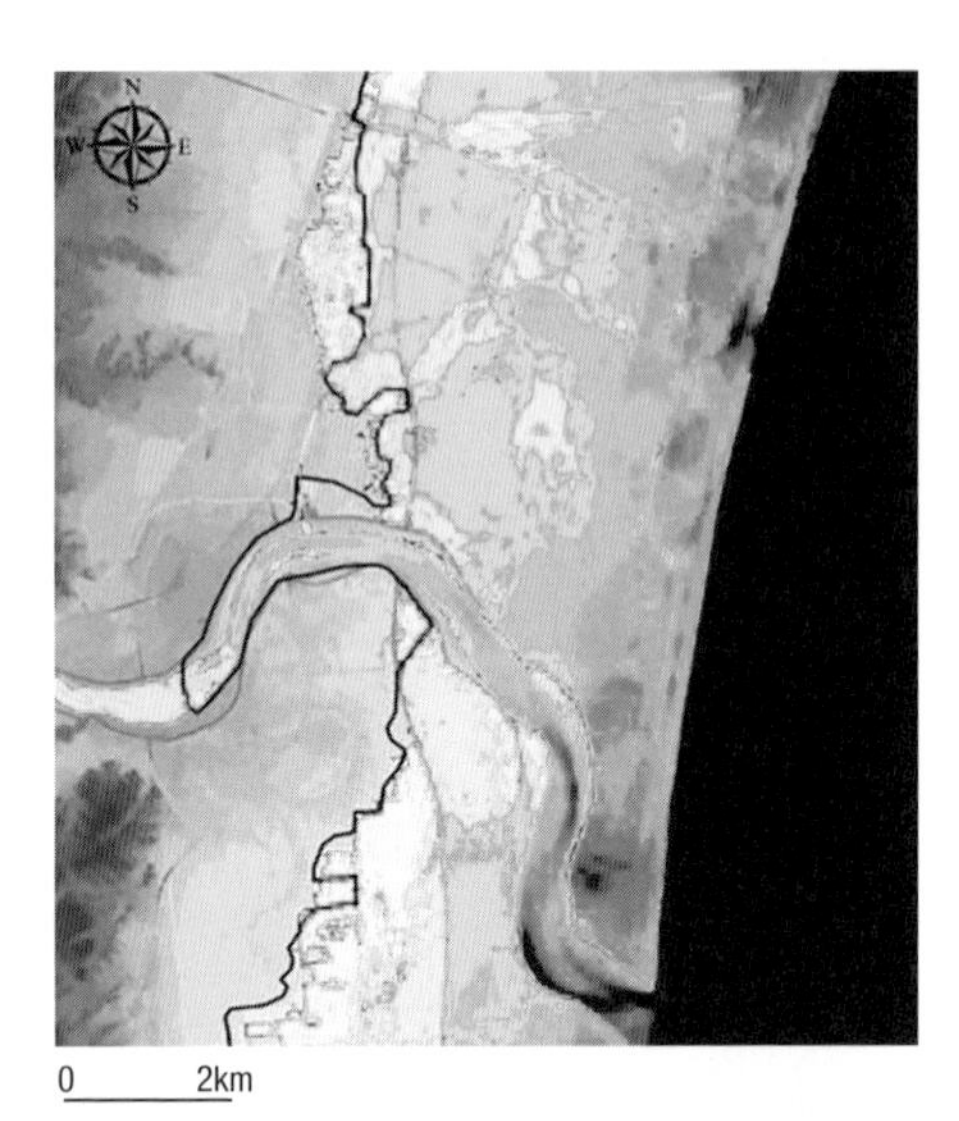

0　2km

Case 0 最大浸水深分布図
地形条件
・海岸防潮堤　既存堤防高
(T.P. +6.2m, 7.2m, 無堤区間有)
潮位条件
自信発生時＝T.P. -0.42m

―― 浸水範囲（国土地理院）

最大浸水深（m）

0.0 - 1.0	5.1 - 6.0
1.1 - 2.0	6.1 - 7.0
2.1 - 3.0	7.1 - 8.0
3.1 - 4.0	8.1 - 9.0
4.1 - 5.0	9.1 -

図 3.3
津波シミュレーションによる浸水深の想定（岩沼市付近）
（宮城県土木部復興まちづくり推進室、2021）

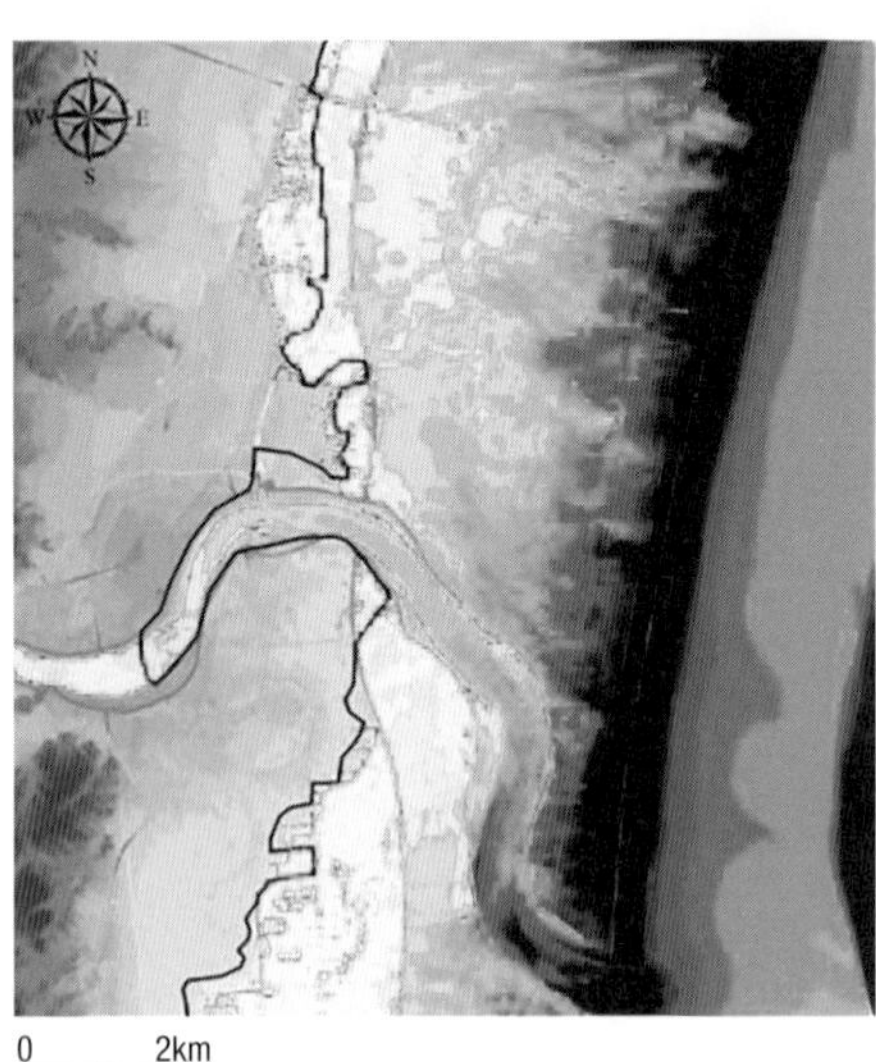

0　2km

Case 0 最大流速値分布図
地形条件
・海岸防潮堤　既存堤防高
(T.P. +6.2m, 7.2m, 無堤区間有)
潮位条件
自信発生時＝T.P. -0.42m

―― 浸水範囲（国土地理院）

最大流速値（m/s）

0.0 - 1.0	6.1 - 7.0
1.0 - 2.0	7.1 - 8.0
2.1 - 3.0	8.1 - 9.0
3.1 - 4.0	9.1 - 10.0
4.1 - 5.0	10.1 -
5.1 - 6.0	

図 3.4
津波シミュレーションによる流速の想定（岩沼市付近）
（宮城県土木部復興まちづくり推進室、2021）

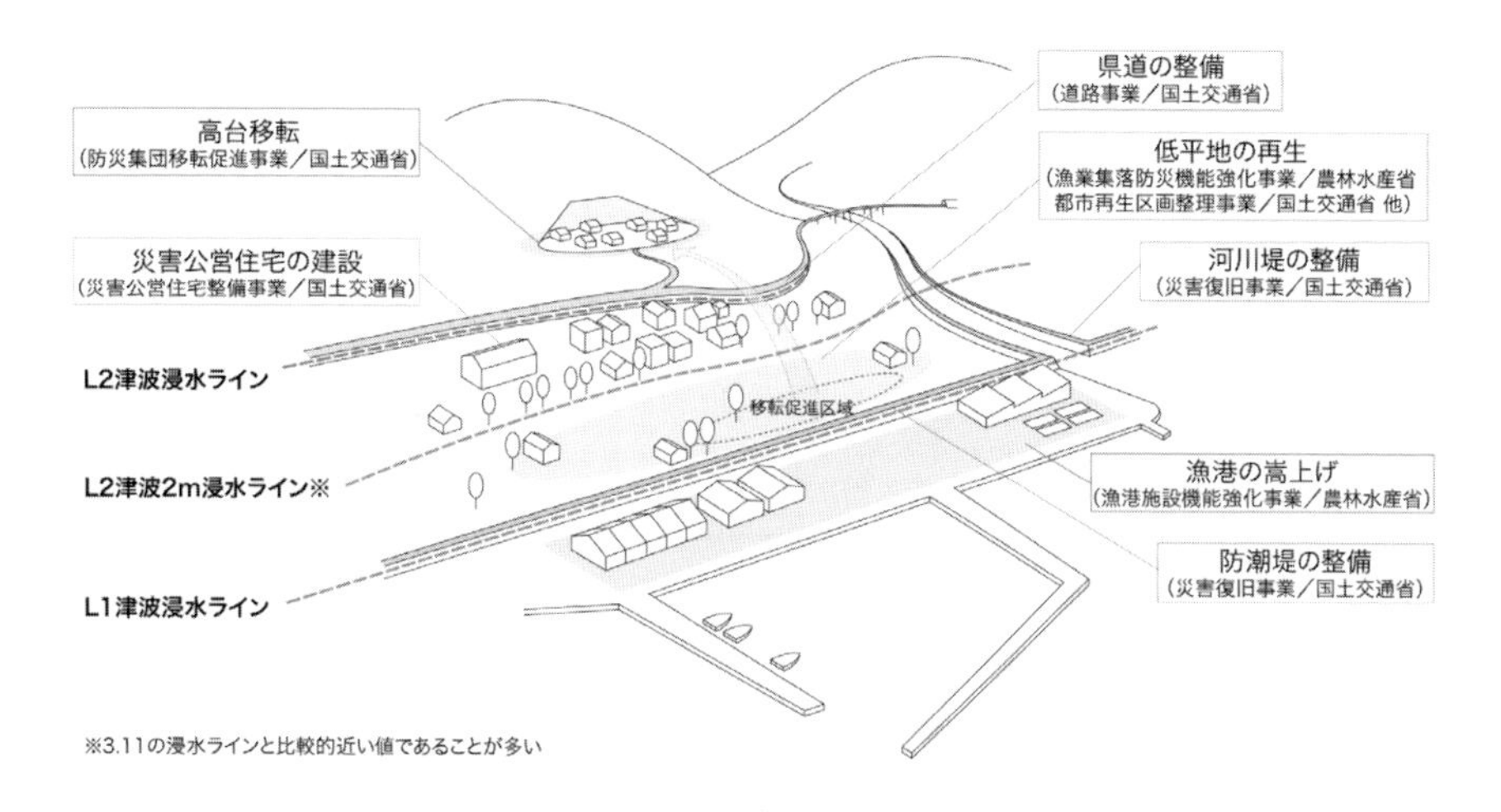

図 3.5　東日本大震災からの復興事業モデル（小野田、2014）

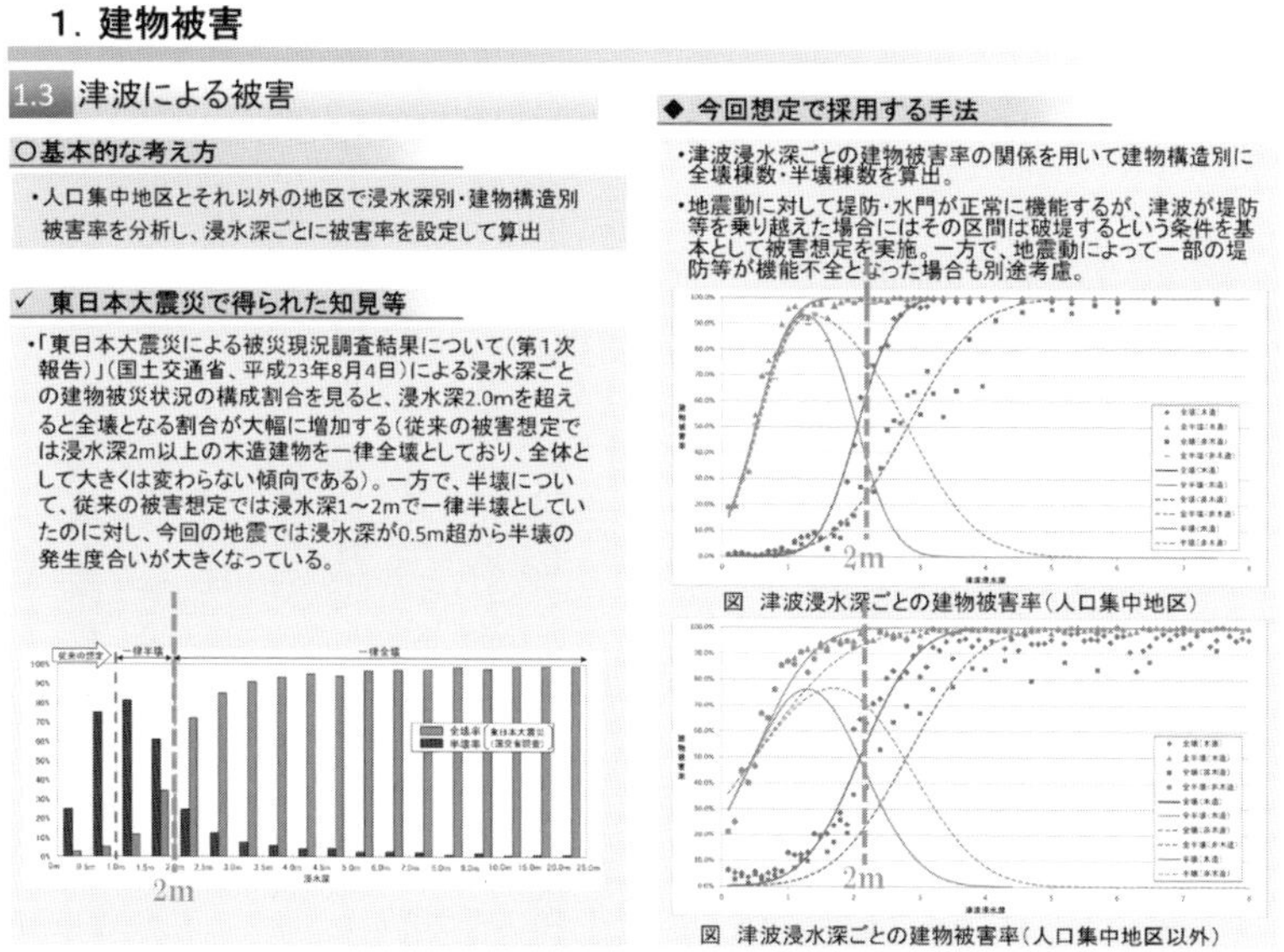

1．建物被害

1.3 津波による被害

○基本的な考え方

・人口集中地区とそれ以外の地区で浸水深別・建物構造別被害率を分析し、浸水深ごとに被害率を設定して算出

✓ 東日本大震災で得られた知見等

・「東日本大震災による被災現況調査結果について（第1次報告）」（国土交通省、平成23年8月4日）による浸水深ごとの建物被災状況の構成割合を見ると、浸水深2.0mを超えると全壊となる割合が大幅に増加する（従来の被害想定では浸水深2m以上の木造建物を一律全壊としており、全体として大きくは変わらない傾向である）。一方で、半壊について、従来の被害想定では浸水深1～2mで一律半壊としていたのに対し、今回の地震では浸水深が0.5m超から半壊の発生度合いが大きくなっている。

従来の想定　一律半壊　一律全壊　全壊率　半壊率　東日本大震災（国交省調査）　浸水深　2m

◆ 今回想定で採用する手法

・津波浸水深ごとの建物被害率の関係を用いて建物構造別に全壊棟数・半壊棟数を算出。

・地震動に対して堤防・水門が正常に機能するが、津波が堤防等を乗り越えた場合にはその区間は破堤するという条件を基本として被害想定を実施。一方で、地震動によって一部の堤防等が機能不全となった場合も別途考慮。

2m

図　津波浸水深ごとの建物被害率（人口集中地区）

2m

図　津波浸水深ごとの建物被害率（人口集中地区以外）

図 3.6　２メートルの浸水高を超えると建物被害が増える根拠資料
（国土交通省、2012）

東日本大震災からの復興では、大きな被害を直接受けた基礎自治体が、行政機能が低下し、錯綜する状況の中で、復興計画の策定に向けた調査を実施し、その事実を実際の計画に反映できるかについて懸念する声が大きかった。復興に大きな関与をもつ国土交通省は、そうした懸念を先取りし、二〇一一年度の第一次補正予算において約七一億円の予算措置を行って、二〇一一年六月初めから「津波被災市街地復興手法検討調査」、通称「都市局直轄調査」を展開する。原発事故、それに伴う政治的な混乱といった当時の状況を考えると、この動きは迅速であった。

この業務は、津波被災市街地の復興に向けた地方公共団体の取り組みを支援するため、以下の三つを目的として実施している。①太平洋岸の津波浸水被害を受けたすべての地域を対象とした客観的・統一的・即地的な被災現況等の調査・分析、②被災自治体の特性や地元の意向等に応じて想定される復興計画案の作成に資する復興パターンの検討・分析、③必要となる復興手法や共通の政策課題への対応方策を検討し、被災自治体へのその成果の直接的提供やガイドライン等を通じた間接的活用を通した復興計画策定視点(国交省都市局、二〇一二)。

この予算が盛り込まれた第一次補正予算では、東日本大震災関連経費として総額四兆一五三億円が計上されているがこれは、阪神・淡路大震災の後、最初に編成された一九九四年度第二次補正予算の一兆二二三億円の約四倍の規模である。その中の七一億円が、実際の調査経費として計上されていた。

この都市局直轄調査の業務は、被災状況把握調査(六二市町村)と市街地復興パターン検討調査(通称パターン調査、四三市町村)、復興計画詳細調査(二六市町村)の三段階で構成されている。被災状況調査は、北は青森県六ケ所村から南は千葉県一宮町までを一九の地区に区分し、パターン調査は、市町村の要望に応じて、被災自治体の復興計画を支援するための調査を三〇の調査地域に分けて実施している。また、復興詳細調査は復興計画に位置づけられた事業の具体化に向けた支援を行うための詳細検討調査を四三市町村のうち調査要望のあった二六市町村一八〇地区を対象に実施している。国交省の官・室長級一名、企画専門官、補佐級二名の計三名からなる担当チームを派遣するとともに、支援業務の実働を行うコンサルタント会社を基礎自治体に紹介するものであった(図3・7)。各自治体には担当チームとコンサルタント会社に加えて、客観的立場から意見交換を行う学識経験者が任命されている。

この業務は、①被災洋上の共通の調査により復興計画検討の基礎資料の作成を行うと共にアーカイブ化を行う、②被災地域における行政機能の低下を補う、③各都市における市街地復興パターンや復興手法等を提供し、自治体の復興構想・

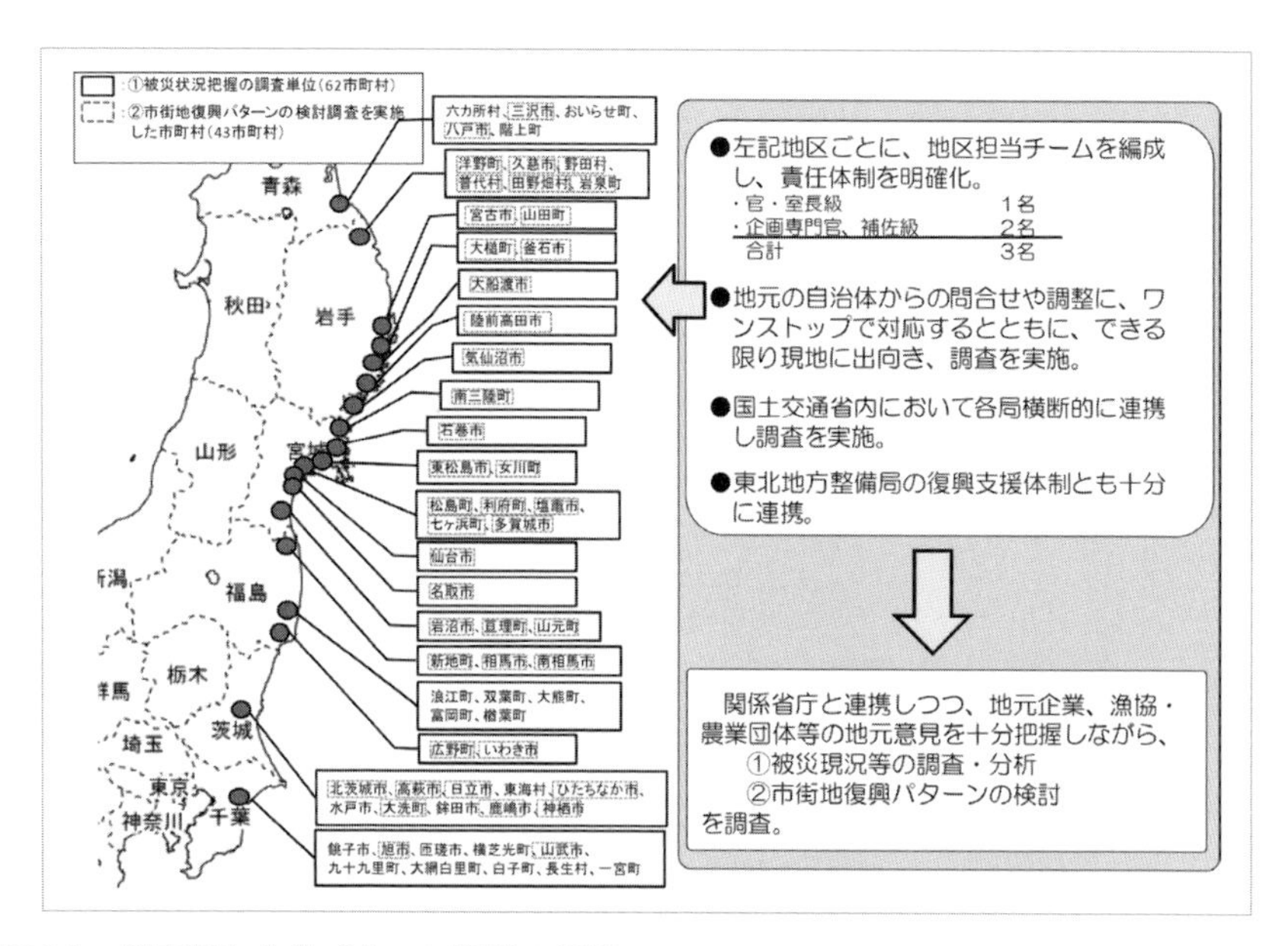

図 3.7　都市局によるパターン調査の概要（国土交通省都市局、2012）

復興計画の作成を支援する、④被災と復興の情報を広域で共有することで全体像をより明らかにする、⑤現場の情報を国交省が吸い上げ、関係省庁と連携して課題への対応の検討を行う、といった複層的な役割を果たすものであった。

この都市局直轄調査により、復興構成会議の提言や自治体の復興方針が具体化され、復興計画の策定が進められるとともに中央防災会議の議論の内容や2－2ルールは被災自治体に共有され、実装されていく。二〇一一年六月から始まったこの直轄調査は二〇一二年三月で終了するが、二〇一一年一二月に期限が定められた被災自治体による復興計画の策定、それを受けて走り出した復興事業の最初期、という最も重要な時期に並走し、復興に大きな役割を果たすことになった。[注3]

2 被災自治体の計画策定・事業化プロセス

1 復興交付金事業

すでに述べたように、復興の基本を定めた「東日本大震災復興基本法」（二〇一一年六月二四日施行）からその具体的な運用を定めた「東日本大震災復興特別区域法」（二〇一一年一二月二六日施行）まで時間がかかったこともあり、復興計画の策定と実装に責任をもつ被災基礎自治体は、二〇一一年の年末に期限を切られた復興計画の策定から間髪をいれず、復興交付金申請作業に入らなければならなかった。多くの被災自治体にとって、この復興交付金事業とどう向き合うかが復興の重要なポイントとなった。

巨大災害であったことを受けて、復旧から復興に大きく舵を切った東日本大震災において、環境再生の原資となるのが復興交付金である。これは、各省庁から復興に関して提示のあった事業を束ねたもので、四〇の基幹事業から成っている（図3・8）。各省庁からの提示を元につくられた枠組みなので様々な事業が混在している。

その中でも復興計画に基づいた住環境再生を主導したのが、高台移転や内陸移転を実行するための制度である防災集団移転促進（以下、防集）事業（D－23、図3・9）[注4]、漁業集落防災機能強化（以下、漁集）事業（C－5）、被害を受けた地域の面整備を担う都市再生区画整理（以下、区画整理）事業（D－17、図3・10）、さらには今回の復興で新しくつくられた津波復興拠点整備（以下、津波拠点）事業（D－15、図3・11）[注5]、「公営住宅法」に基づき災害時に住宅に困窮する者に賃貸するための公営住宅を建設する災害公営住宅整備（以下、災害公住）事業（D－4）である。

防集事業は、「東日本大震災により被災した地域において、住民の居住に適当でないと認められる区域内の住居の集団移転を支援する事業」（復興庁、二〇一一）。

漁集事業は「被災地の漁業集落において、安全安心な居住環境を確保するための地盤嵩上げ、生活基盤や防災安全施設の整備等を実施し、災害に強い漁業地域づくりを推進」（復興庁、二〇一一）する事業。

区画整理事業は「広範かつ甚大な被災を受けた市街地の復興に対応するため、それぞれの地域の復興ニーズに的確に対応し、被災市街地復興土地区画整理事業等により緊急かつ健全な市街地の復興を推進する」（復興庁、二〇一一）事業。

津波拠点事業は「復興の拠点となる市街地を用地買収方式で緊急に整備する事業に対して支援を行う」（復興庁、二〇一一）

番号	事業名
文部科学省	
A-1	公立学校施設整備費国庫負担事業（公立小中学校等の新増築・統合）
A-2	学校施設環境改善事業（公立学校の耐震化等）
A-3	幼稚園等の複合化・多機能化推進事業
A-4	埋蔵文化財発掘調査事業
厚生労働省	
B-1	医療施設耐震化事業
B-2	介護基盤復興まちづくり整備事業（「定期巡回・随時対応サービス」や「訪問看護ステーション」の整備等）
B-3	保育所等の複合化・多機能化推進事業
農林水産省	
C-1	農山漁村地域復興基盤総合整備事業（集落排水等の集落基盤、農地等の生産基盤整備等）
C-2	農山漁村活性化プロジェクト支援（復興対策）事業（被災した生産施設、生活環境施設、地域間交流拠点整備等）
C-3	震災対策・戦略作物生産基盤整備事業（麦・大豆等の生産に必要となる水利施設整備等）
C-4	被災地域農業復興総合支援事業（農業用施設整備等）
※ C-5	漁業集落防災機能強化事業（漁業集落地盤嵩上げ、生活基盤整備等）
C-6	漁港施設機能強化事業（漁港施設用地嵩上げ、排水対策等）
C-7	水産業共同利用施設復興整備事業（水産業共同利用施設、漁港施設、放流用種苗生産施設整備等）
C-8	農林水産関係試験研究機関緊急整備事業
C-9	木質バイオマス施設等緊急整備事業
国土交通省	
D-1	道路事業（市街地相互の接続道路等）
D-2	道路事業（高台移転等に伴う道路整備（区画整理））
D-3	道路事業（道路の防災・震災対策等）
※ D-4	災害公営住宅整備事業等（災害公営住宅の整備、災害公営住宅に係る用地取得造成等）
D-5	災害公営住宅家賃低廉化事業
D-6	東日本大震災特別家賃低減事業
D-7	公営住宅等ストック総合改善事業（耐震改修、エレベーター改修）
D-8	住宅地区改良事業（不良住宅除却、改良住宅の建設等）
D-9	小規模住宅地区改良事業（不良住宅除却、小規模改良住宅の建設等）
D-10	住宅市街地総合整備事業（住宅市街地の再生・整備）
D-11	優良建築物等整備事業
D-12	住宅・建築物安全ストック形成事業（住宅・建築物耐震改修事業）
D-13	住宅・建築物安全ストック形成事業（がけ地近接等危検住宅移転事業）
D-14	造成宅地滑動崩落緊急対策事業
※ D-15	津波復興拠点整備事業
D-16	市街地再開発事業
※ D-17	都市再生区画整理事業（被災市街地復興土地区画整理事業等）
D-18	都市再生区画整理事業（市街地液状化対策事業）
D-19	都市防災推進事業（市街地液状化対策事業）
D-20	都市防災推進事業（都市防災総合推進事業）
D-21	下水道事業
D-22	都市公園事業
※ D-23	防災集団移転促進事業
環境省	
E-1	低炭素社会対応型浄化槽等集中導入事業

図3.8　復興交付金基幹事業（※印は本章で取り上げる重要な事業）（復興庁、2011）

D-23. 防災集団移転促進事業

事業概要

東日本大震災により被災した地域において、住民の居住に適当でないと認められる区域内の住居の集団移転を支援する事業

補助対象

①住宅団地(住宅団地に関連する公益的施設を含む)の用地取得及び造成に要する費用(移転者等に分譲する場合も分譲価格(市場価格)を超える部分は補助対象)
②移転者の住宅建設・土地購入に対する補助に要する経費(借入金の利子相当額)
③住宅団地に係る道路、飲用水供給施設、集会施設等の公共施設の整備に要する費用
④移転促進区域内の農地及び宅地の買取に要する費用(当該移転促進区域内のすべての住宅用途に係る敷地を買い取る場合に限る)
⑤移転者の住居の移転に関連して必要と認められる作業所等の整備に要する費用
⑥移転者の住居の移転に対する補助に要する経費
⑦計画策定費

補助要件

・住宅団地の規模が5戸以上(移転しようとする住居の数が10戸を超える場合には、その半数以上の戸数。)

交付団体

都道府県・市町村

事業実施主体

都道府県・市町村

基本国費率　※別途、地方負担軽減措置を講じる。

国:3/4 ,地方公共団体:1/4

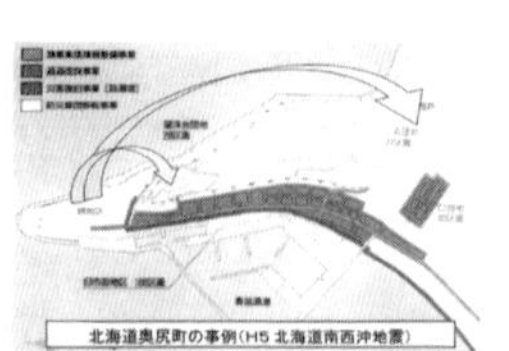

図 3.9
防災集団移転促進事業(D-23)
(復興庁、2011)

D-17. 都市再生区画整理事業(被災市街地復興土地区画整理事業等)

事業概要

広範かつ甚大な被災を受けた市街地の復興に対応するため、それぞれの地域の復興ニーズに的確に対応し、被災市街地復興土地区画整理事業等により緊急かつ健全な市街地の復興を推進する

都市再生区画整理事業
- 緊急防災空地整備事業：土地区画整理事業が予定される地区において、防災性向上及び土地区画整理事業の促進を図ることを目的に公共施設充当用地を取得し、緊急に防災空地を整備する事業
- 都市再生事業計画案作成事業：土地区画整理事業を実施するための事業計画の案の作成に関する事業
- 被災市街地復興土地区画整理事業：大規模な災害により被災した市街地の復興を促進するために行う土地区画整理事業等

補助対象・補助要件

※下線部は東日本大震災の復興に係る制度拡充

○緊急防災空地整備事業
土地区画整理事業予定地において、緊急防災空地の用地を取得するのに要する費用(減価補償地区以外も対象)
○都市再生事業計画案作成事業
土地区画整理事業を実施するための事業計画の案の作成に要する費用
○被災市街地復興土地区画整理事業
区画道路、公園等の公共施設を用地買収方式で整備した場合の事業費等を限度額として事業を支援
津波防災整地費:津波により甚大な被災を受けた地域において、一定以上の計画人口密度(40人/ha)などの必要な要件を満たした場合に限り、防災上必要な土地の嵩上げ費用(津波防災整地費)を限度額に追加

交付団体

都道府県・市町村

事業実施主体

都道府県・市町村　等

基本国費率

国:1/2 、地方公共団体:1/2　※別途、地方負担軽減措置を講じる。

被災前　浸水区域
復興後　浸水区域　土地の嵩上げ

図 3.10
都市再生区画整理事業(D-17)
(復興庁、2011)

D-15. 津波復興拠点整備事業

事業概要

復興の拠点となる市街地(一団地の津波防災拠点市街地形成施設※)を用地買収方式で緊急に整備する事業に対して支援を行う津波復興拠点整備事業を創設。

補助対象

①津波復興拠点整備計画策定支援に要する費用:　計画策定費、コーディネート費
②津波復興拠点のための公共施設等整備:　地区公共施設整備、津波防災拠点施設整備等
③津波復興拠点のための用地取得造成

補助要件

津波により甚大な被災を受けた地域おいて、一団地の津波防災拠点市街地形成施設※として定められていること等。

※津波が発生した場合においても都市機能を維持するための拠点とするため、一団地の津波防災拠点市街地形成施設を都市計画法に基づく都市施設として位置づけ、収用の対象とする制度を法律制度として新設

図 3.11
津波復興拠点整備事業(D-15)
(復興庁、2011)

事業で、今回の復興で新たに新設された。

災害公住事業は「東日本大震災による被災者の居住の安定確保を図るため、災害公営住宅の整備等に係る費用を支援する（同）」事業である。

本章ではこの五事業を住環境整備復興交付金事業とし、復興計画に対する直接的な関係を明らかにする。[注6]

復興はそれ以外にも様々な財源を基本に組み立てられている。同じ復興交付金事業の中では、がけ地近接等危険住宅移転（以下、がけ近）事業（D－13）が重要な役割を果たしている。さらにはこうした復興・復旧関係の事業に加えて、被災者の再建を支援する被災者生活再建支援法に基づく支援策、県の住宅復興支援の原資となる復興基金など、自力再建を支援する様々な方策も存在する（図2・7参照）。

被災自治体は、被災者に対してこれら制度の説明を行いつつ、どのように事業を組み合わせていけば復興を合理的に実現できるかを精査し、試行錯誤しながら復興作業を進めていくことになる。

被災した基礎自治体が、復興計画に描かれた建築の復興を実現していく過程は概ね次のように進行する。①復興事業の対象や規模の確定のために行う被災者の住み替え意向の調査、②既存制度の精査を通した被災者の意向を満たし得る事業の枠組みづくり、③事業を実施するための土地の内偵やその取得のための交渉、④設計条件のとりまとめと設計者の選定、⑤実施設計図書の作成ならびに建設工事の発注の準備、⑥施工者の選定と施工監理、そしてこれらに並行して行われる⑦居住意向の再確認や生活再建相談などの入居予定者の支援、である。これらは相互に関連づけられながら行われるだけではなく、適宜並行して進められ、かつ宅盤整備との整合や新規復興事業の申請など、本当に息をつく暇がない。その間も浸水した土地におけるインフラの除去や新設、さらには防潮堤や河川堤、道路やそれに関連するインフラの設計と発注、さらには県や国など管轄の異なる事業とのすり合わせが並行して行われるなど、その作業は複雑に入り組んでいる。これらの具体的な問題については第6章や第7章で説明する。

2 復興初期の過程

(1) 四つの期間

宮城県沿岸の被災基礎自治体における復興初期（二〇一一年四月から二〇一四年三月までの三年間）の状況を整理したのが図3・12[注7]である（小野田ほか、二〇一五）。概ねどの自治体も、発災から基本方針を策定するまでの「基本方針策定期」、そこから復興計画の策定を終えるまでの「復興計画策定期」、復興計画策定から最初の事業着手に至るまでの「事業着手準備期」、その後

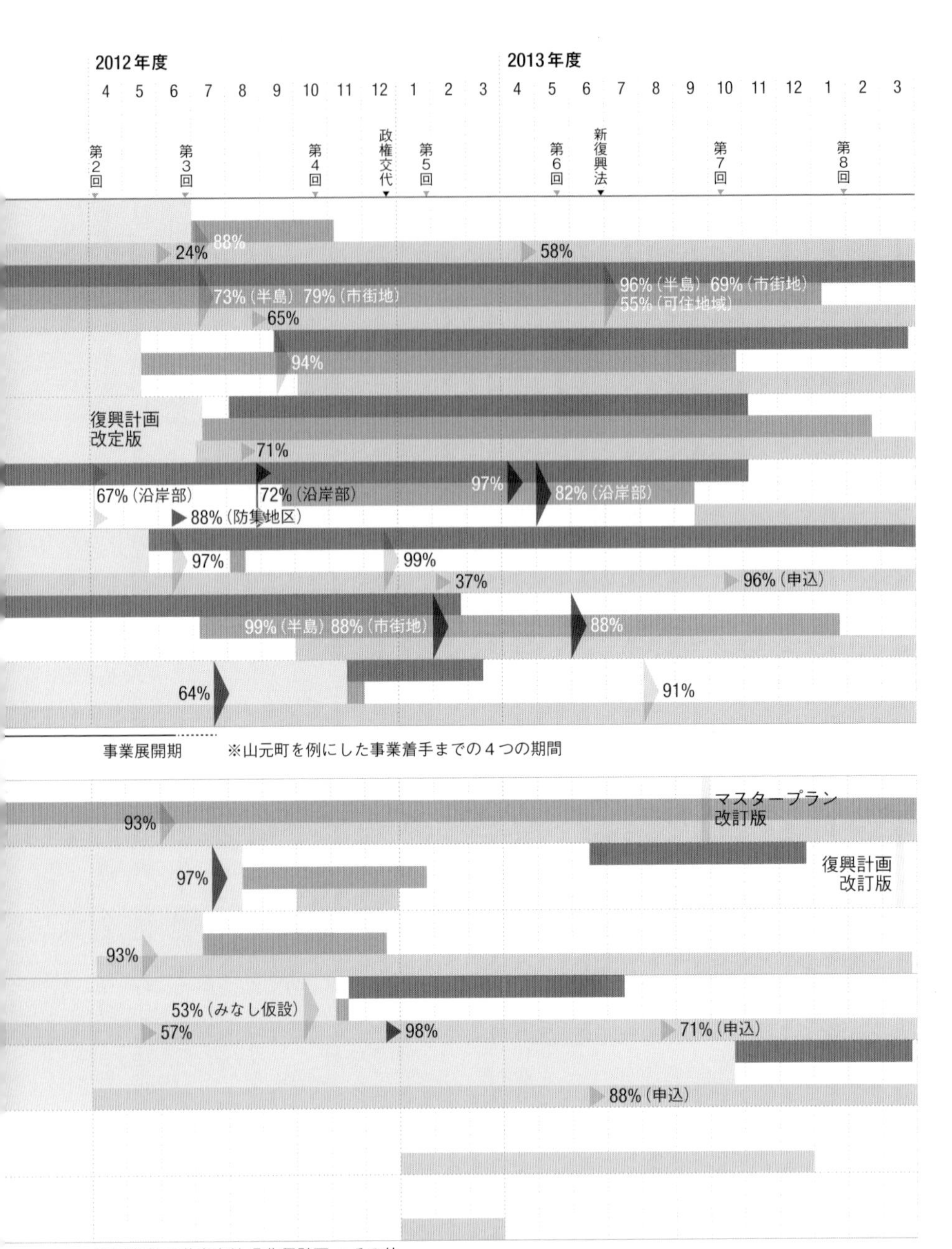

計画策定：基本方針　復興計画　その他
事業着手（着手開始～全地区着手）：復興計画策定～面整備事業着手　防集事業　都市計画事業　災害公住事業
調査方法：▶面談　配布　調査対象事業：全事業　復興計画策定 事業別（事業に対応して表記）
調査対象者：無記入＝被災世帯　（）＝その他　調査回収率：%

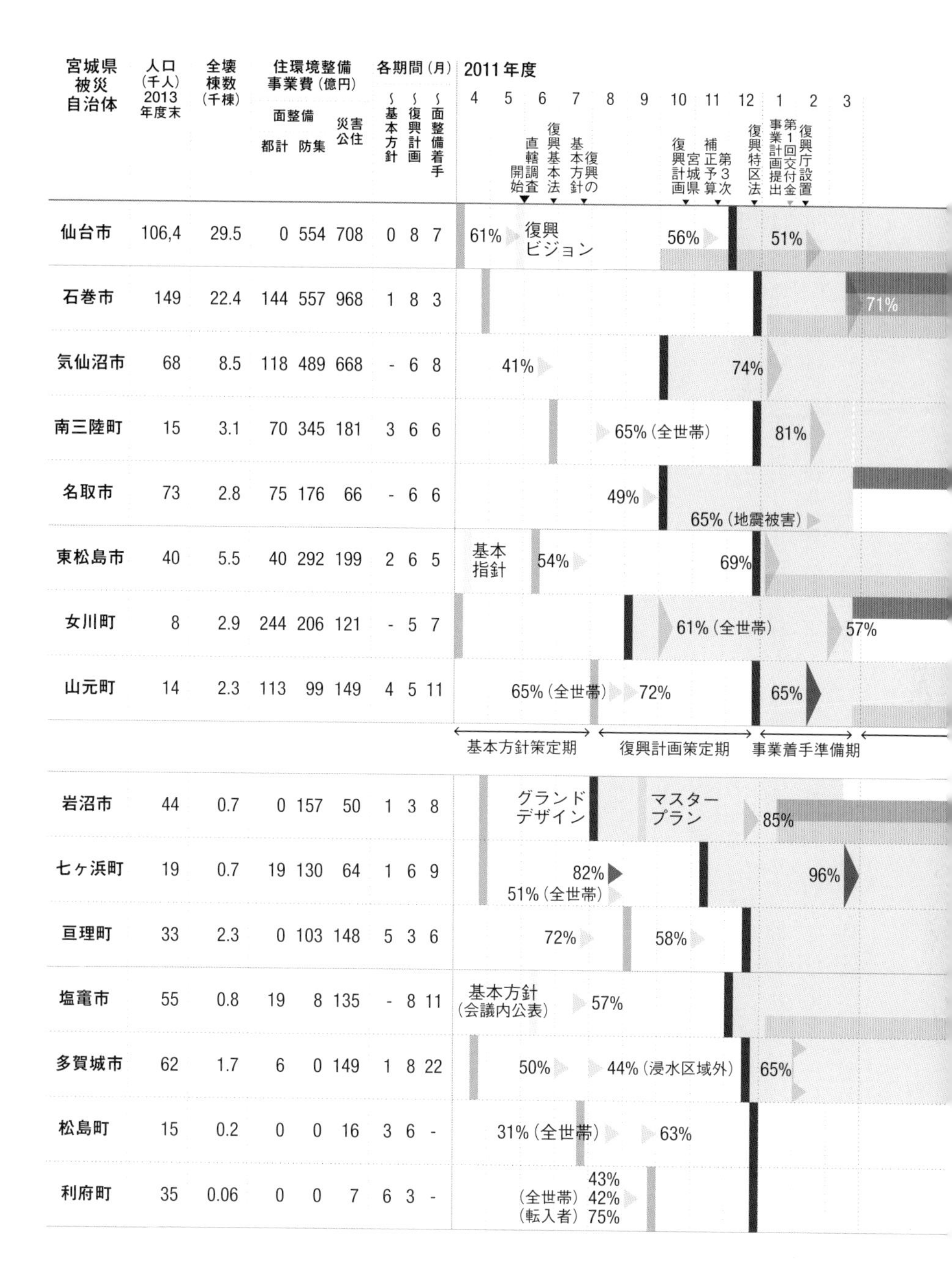

宮城県被災自治体	人口（千人）2013年度末	全壊棟数（千棟）	住環境整備事業費（億円）面整備 都計	面整備 防集	災害公住	各期間（月）〜基本方針	〜復興計画	〜面整備着手
仙台市	106,4	29.5	0	554	708	0	8	7
石巻市	149	22.4	144	557	968	1	8	3
気仙沼市	68	8.5	118	489	668	-	6	8
南三陸町	15	3.1	70	345	181	3	6	6
名取市	73	2.8	75	176	66	-	6	6
東松島市	40	5.5	40	292	199	2	6	5
女川町	8	2.9	244	206	121	-	5	7
山元町	14	2.3	113	99	149	4	5	11
岩沼市	44	0.7	0	157	50	1	3	8
七ヶ浜町	19	0.7	19	130	64	1	6	9
亘理町	33	2.3	0	103	148	5	3	6
塩竈市	55	0.8	19	8	135	-	8	11
多賀城市	62	1.7	6	0	149	1	8	22
松島町	15	0.2	0	0	16	3	6	-
利府町	35	0.06	0	0	7	6	3	-

図 3.12　東日本大震災における宮城県内基礎自治体の復興初動期のプロセス
（小野田ほか、2015）

の「事業展開期」の四つの期間に整理できる。

（2） 基本方針策定期・復興計画策定期

復興計画は、復興交付金の前提とされているために被災して復興交付金を受けるすべての自治体で策定されており、締切とされた二〇一一年内で、第三次補正予算成立直後の一二月に集中している。一方、基本方針[注8]についてはそうした制度的な縛りがないため、策定しない自治体も散見され[注9]、気仙沼市、名取市、女川町ではこれを出さず、その分、復興計画の策定を早めている。他方、岩沼市や七ヶ浜町は基本方針を出しつつ復興計画も早期に策定している。特に岩沼市は八月にグランドデザイン、九月にマスタープランと矢継ぎ早に復興計画を公開する特徴的な対応を行っている[注10]。

仙台市は、基本方針は四月と早いが、復興計画は二〇一一年一一月と他自治体とはさほど変わらない。しかし、一〇月の段階で早くも最初の災害公住事業に着手するなど、柔軟な対応を展開している。

（3） 事業着手準備期・事業展開期

復興計画に挙げられた項目の事業化には、どこに何人住むのかといった量的な条件を確定する必要がある。そのため多くの自治体は、復興計画策定から事業着手までの「事業着手準備期」に被災者らの住宅再建意向調査を行う。

今回の復興の中心的事業のひとつである防集は、精度の高い移転戸数の確定が求められるため、基礎自治体は九割近くの回収率の面談調査を実施し、数を確定後、事業に着手している。この調査のため着手までに半年を費やしている。

一方、区画整理に取り組む自治体ではほぼすべての市町が、回収率の低いところから意向調査を始めながらも段階的に精度を上げ、復興計画策定から半年以上をかけて事業着手となっている。例外的に、一二月に復興計画を策定した後、三か月で面整備事業に着手している石巻市の事例もあるが、これは、最大級の被災自治体であり、まずできる所を象徴的に先行させた色合いも強い。このように同じ面整備を伴う事業でも防集事業を中心とする自治体と都市計画事業を中心とする自治体とではアプローチに違いが見られる。

災害公住事業が多い自治体では、意向調査を通じて大まかな数を把握した上で、適宜事業に着手している。松島町、利府町は被害規模が小さく、被災者との個別のコンタクトによって全容を把握しているため独立した調査を行っていないが、事業着手は二〇一三年からと遅い。これは既存市街地の隣接地に建設するため、時間を掛けて用地取得を行った結果である。虫食い的な利用となってその後に問題を残さないためにはこうした時間をかけた対応も必要となる。

ここに記載した事業を実体化する作業は、様々なステークホルダーと丁寧な調整を積み重ねる業務でもある。図3・13に例示したのは、その一例である。地権者とあたりをつけつつ、事業委託や協力を受けている専門家と庁内で議論しながら（写真上）計画案を策定する。案の練度が高まった段階で今度はそれを住民に見せて意見を聴取する（写真中）。それら意見を案にフィードバックしたものを成案の形にして復興庁と協議する。それらの意見を盛り込んだ最終案を作成し、庁内関係部署とのコンセンサスを取って（写真下）、共有していく。[注11] 被災自治体では様々な事業が錯綜しながら並行するために、それらを調整しながら全体の整合を取っていくのは極めて困難な過程でもある。

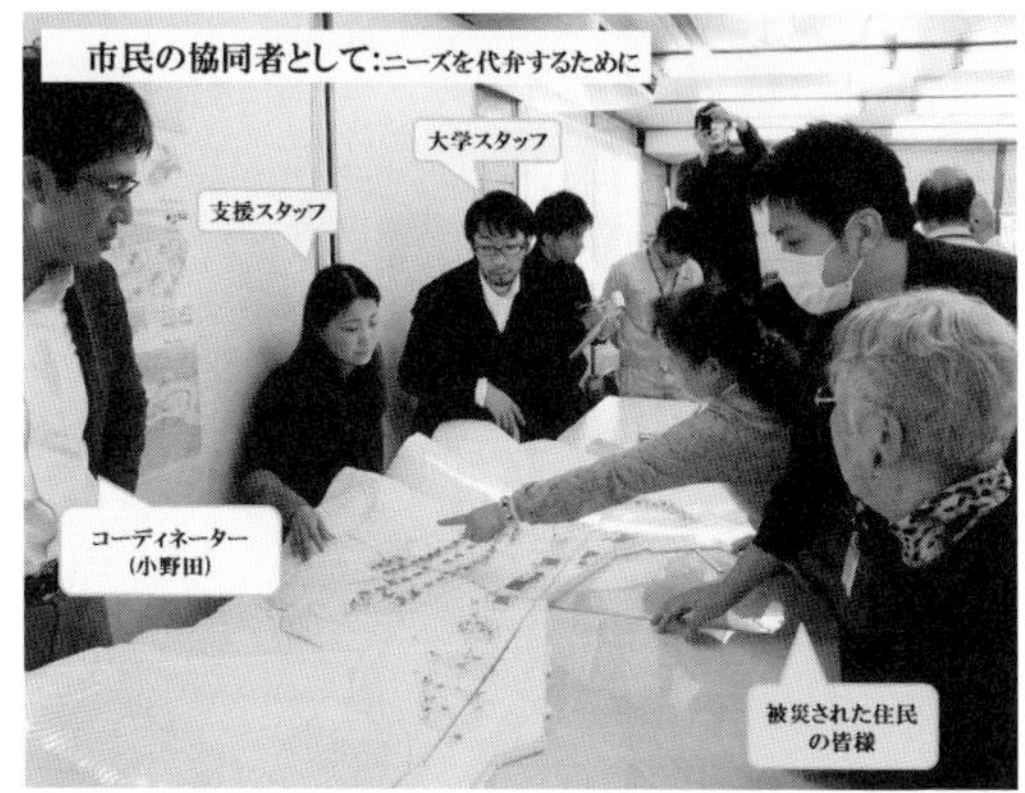

図 3.13
復興計画の事業化に関する様々な作業
（上：庁内での事業化調整、中：被災者の合意形成、
下：情報共有と最終的な方針決定）

3 — 災害危険区域の設定

このように一つひとつの基礎自治体を見ていくと、それぞれの状況を反映して、異なった戦略を採用していることが読み取れる。この違いは、プロセスに表れる時間のマネジメントにとどまらず、空間のマネジメントにも及んでいる。今回の発災では特に、災害危険区域に代表される土地利用計画に表れている。

災害危険区域の設定については、本章第一節で示したように、2－2ルールを参照しながら、各基礎自治体が独自に設定するものであり、空間マネジメントの根幹をなすものである。図3・14a、図3・14bは、発災以降、被災地域において研究と実践を続けている姥浦道生らによる災害危険区域の調査結果である（松本ほか、二〇一五）。これを見ると、多段階型の災害危険区域設定を行っているかどうか（姥浦論文ではゾーン区分の有無）、区域を設定する最低基準は何メートルか、根拠となるデータをコンピュータシミュレーションの結果を元にしているか今回の津波の結果を元にしているか、の三指標を用いて七つの類型に区分している。

自治体の状況によって、基本である2－2ルールに従っている自治体（タイプA、タイプE）以外に、様々な調整を行っていることが見て取れる。シミュレーションの不確実性や今回の被害との違いによる合意形成の困難さから二メートルより厳しい基準を課している場合でも、多段階区域を設定しつつ建築条件をつけることで再建しやすくするなど（タイプD、タイプG）、過剰とならない配慮がなされている。

			区域基準	
			シミュレーション	今次津波
浸水深基準	ゾーン区分なし	2m	タイプA 釜石市（半島部） 南三陸町　塩釜市 七ヶ浜町　仙台市 名取市　亘理町	タイプE 新地町　相馬市 南相馬市　浪江町 楢葉町
		0～0.5m	タイプB 大槌町	タイプF 石巻市（半島部） 陸前高田市
		防災施設	タイプC 野田村 石巻市（市街地）	
	ゾーン区分あり	0～1m	タイプD 宮古市　山田市 釜石市（市街地） 気仙沼市　女川町 東松島市　岩沼市 山元町	タイプG 大船渡市　いわき市

図 3.14a　各自治体における災害危険区域の設定（松本ほか、2015）

タイプ	市町村	基礎情報				指定基準			住宅以外の建築制限			
		行政区域面積(ha)	浸水区域面積(ha)	危険区域面積(ha)	危険区域／浸水域(%)	区域基準	浸水深基準	ゾーン区分	宿泊施設	学校	医療施設	社会福祉施設
A	釜石市(半島部)	44,300	700	179	25.6	シミュ	2m～	×	○	○	○	○
	南三陸町	16,300	1,000	666	66.6	シミュ	2m～	×	×	×	×	×
	塩竈市	1,800	600	1	0.2	シミュ	2m～	×	○	○	○	○
	七ヶ浜町	1,300	500	160	32.0	シミュ	2m～	×	×	×	×	×
	仙台市	78,800	5,200	1,214	23.3	シミュ	2m～	×	○	○	○	○
	名取市	9,800	2,700	769	28.5	シミュ	2m～	×	○	○	○	○
	亘理町	7,400	3,500	545	15.6	シミュ	2m～	×	○	○	○	○
B	大槌町	20,000	400	156	39.0	シミュ	0.5m～	×	○	○	○	○
C	野田村	8,400	200	76	38.0	シミュ	防災施設	×	○	×	○	○
	石巻市(市街地)	55,600	7,300	1,696	23.2	シミュ	防災施設	×	○	×	○	○
D	宮古市	125,900	1,000	554.9	55.5	シミュ	第1種：2m～ 第2種：1m～2m 第3種：0m～1m	○	○	○	○	○
	山田町	26,300	500	215	43.0	シミュ	第1種：2m～ 第2種：1m～2m 第3種：0m～1m	○	○	○	○	○
	釜石市(市街地)	44,300	700	179	25.6	シミュ	第2種：0m～2m	○	○	○	○	○
	気仙沼市	33,300	1,800	1,390	77.2	シミュ	0m～	○	×	×	×	×
	女川町	6,600	300	269	89.7	シミュ	0m～	○	○	○	○	×
	東松島市	10,200	3,700	1,202	32.5	シミュ	第1種：1線堤～2線堤 第2種：2線堤～3線堤 第3種：1m～3線堤	○	○	○	×	×
	岩沼市	6,100	2,900	842	29.0	シミュ	第1種：2m～ 第2種：1m～2m	○	○	○	○	○
	山元町	6,400	2,400	1,945	81.0	シミュ	第1種：3m～ 第2種：2m～3m 第3種：1m～2m	○	×	○	○	○
E	新地町	4,600	1,100	63	5.7	今次	家屋流出	×	○	○	○	×
	相馬市	19,700	2,900	110	3.8	今次	家屋流出	×	×	×	×	×
	南相馬市	39,800	3,900	1,982	50.8	今次	家屋流出	×	×	○	×	×
	浪江町	22,300	600	495	82.5	今次	2m～	×	×	○	×	×
	楢葉町	10,300	300	105	35.0	今次	2m～	×	×	○	×	×
F	石巻市(半島部)	55,600	7,300	1,696	23.2	今次	0m～	×	○	×	○	○
	陸前高田市	23,200	1,300	69	5.3	今次	0m～	×	×	×	×	×
G	大船渡市	32,100	800	770	96.3	シミュ＋今次	第1種　：2m～ 第2種A：1m～2m 第2種B：0m～1m 第2種C：今次0m～	○	○	×	×	×
	いわき市	123,100	1,500	20	1.3	今次	第1種：0m～1.5m 第2種：1.5m～4.5m 第3種：0m～1.5m	○	×	○	○	○

※区域基準　シミュ：津波シミュレーション基準／今次：今次津波の浸水域基準
※建築制限　○：規制対象外／×：規制対象
※ゾーン区分　○：ゾーン区分している／×：ゾーン区分していない

図 3.14b　各自治体における災害危険区域の設定（松本ほか、2015）

その他には、2－2ルール以上の厳しい基準で災害危険区域を設定した大槌町（タイプB）や復興で設けるハザードの影響を算入しない今次津波を基準とする石巻市（半島部）、陸前高田市（タイプF）など、厳格な方向を目指す基礎自治体も存在する。その一方で、復興計画で盛り込んだ防災施設をL2対応とし、その内側に災害危険区域を設定しない野田村など（タイプC）の基礎自治体も少数であるが存在する。前者は、安全を厳しく見積もるために復興計画の実装が難しくなる枠組であり、後者は防災施設が安全を担保することから、復興計画に基づいたハザードの計画と建設の難易度が高くなる枠組である。

次節では住整備に関する復興事業によって被災自治体を類型化しながら全体の傾向を見る。

3 住環境復興事業による自治体の類型

1 復興の方向性とその類型

本書で対象とする岩手県、宮城県の津波被災自治体は、人口一〇〇万人を超える仙台市から約三〇〇〇人の田野畑村まで大きなばらつきがある。災害公営住宅と面整備等で用意された宅地の総計では最大の石巻市（七〇八二戸分）と最小の洋野町（一八戸分）の差は三九〇倍。前節で見た防集事業（D－23、図3・9）、漁集事業（C－5）、区画整理事業（D－17、図3・10）、津波拠点事業（D－15、図3・11）、災害公住事業（D－4）からなる住環境整備復興交付金の二〇一八年までの総額では石巻市（二五五二・三億円）と洋野町（六・七億円）の差は四二〇倍である。

二〇一八年度までの住環境復興交付金の事業費を総額順に並べたものが図3・15である。石巻市、気仙沼市、陸前高田市、仙台市が一〇〇〇億円を超え、仙台市や多賀城市など都市部では災害公営住宅の割合が高くなっている。

このように状況は多様で、説明は簡単ではない。そこで複

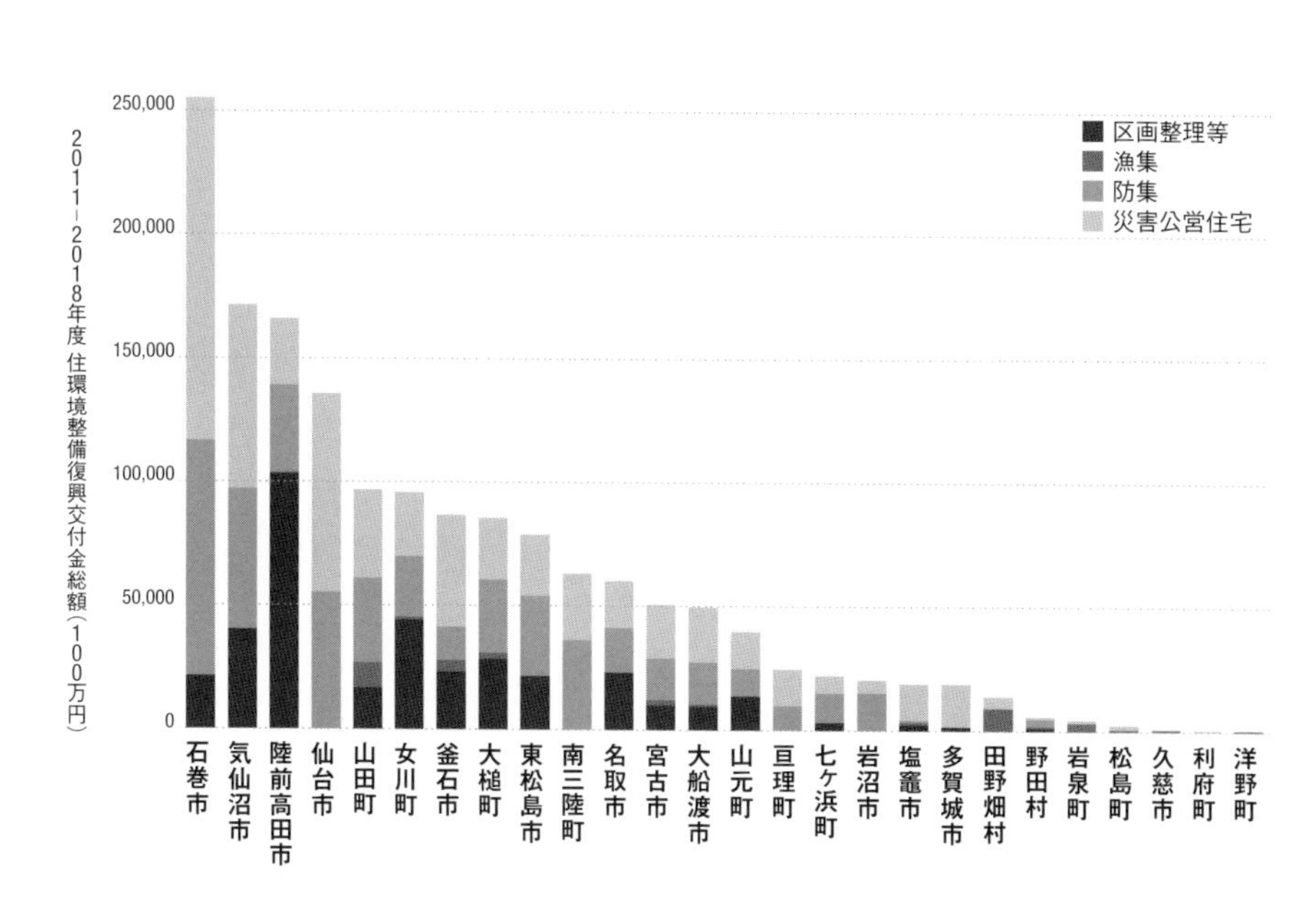

図 3.15　東日本大震災からの復興交付金による住宅再建（岩手県、宮城県）（小野田ほか、2021）

数の独立した指標から全体の傾向を掴み取る統計的方法である多変量解析を用いて、被災・復興類型を抽出することとした。分析に用いた指標は、[注11]自治体の被害規模を示す「全・半壊戸数」、自治体の被害状況を示す「全・半壊率」、これに前述の「住環境整備交付金総額」、都市計画事業及び防集など面整備が住環境復興事業に占める割合を示す「面整備事業費率」、住環境復興事業で整備された災害公営住宅住戸数と防集や区画整理の住区画数の合算を復興住単位とし、被災した住宅数との比を見た「全・半壊棟数に占める復興住単位率」の計五指標である。

これらを用いて多変量分析手法のひとつ、主成分分析を行った結果(小野田ほか、二〇一二)、[注12]累積寄与率が七〇%に達する三〇%以上の寄与率をもつ二つの主成分を得た。

この主成分得点で被災自治体を布置するとともにクラスター分析の手法を用いて類型化を行った。住環境の復興に関わる事業が復興全体に果たす役割を表す第一主成分と、住環境の復興に関わる事業規模を示す第二主成分により、①小規模復興事業型、②災害公住事業型、③中規模復興事業型、④複合復興事業型、⑤広域面整備事業型、⑥大規模復興事業型、⑦大都市型の七つの類型に整理することができた。

第一主成分を横軸、第二主成分を縦軸に各自治体の主成分得点の散布図を描くと図3・16となる。上に行くと住環境整備復興事業費が巨大となり、左に行くと災害公住事業比が高くなる状況が示されている。

2 類型ごとの評価と課題

被災・復興類型を基礎自治体レベルで比較すると、広域合併した広い市域で大きな被害を受けた石巻市と、中心市街の被害は相対的に少なかったもののインフラに大きな損害を出した仙台市の位置づけが、他と大きく異なっている。また、メディアでよく取り上げられている陸前高田市、女川町、大槌町の三自治体が、大規模な復興事業に取り組む広域面整備事業型として同じ型にまとめられる結果となっている。

複合復興事業型は、面整備、防集、災害公営住宅と様々な事業を組み合わせる自治体で、気仙沼市や釜石市、南三陸町などから構成されている。中規模復興事業型は、都市規模がそれなりにあり、中規模の復興に取り組んでいる宮古市、名取市などの自治体から構成される群である。

面整備や防集といった宅地整備の事業がほとんどなく、災害公営住宅の建設が住環境復興の過半を占める災害公住事業型は、被災規模が相対的に軽微な自治体が多く、多賀城市や利府町などの大都市仙台周辺の自治体から構成されている。小規模復興事業型は、複合復興事業型や中規模復興事業型などに比べて、相対的に復興の規模が小さい自治体が中心であるが、個性的な復興を遂げた岩沼市、田野畑村、七ヶ浜町、野田村などが含まれている。

これらは、自治体ごとに整理したものであるが、実際の復興は、大規模な区画整理から、小さな公営住宅の建設まで様々な事業がそれぞれパッチワークのように複雑に絡み合って成立している。前述の国交省都市局のパターン調査では、復興パターンをA…移転、B…現地集約、C…嵩上げ、D…移転＋嵩上げ、E…施設等整備による現地復興の五つに分けている(図3・17)。よくできた分類であるが、厳密性を重視したことから地形的な特徴が盛り込まれてないきらいもある。筆者らが二〇一三年に発表した分類では、①低平地嵩上げ中心型、②現地建て替え中心型、③高台移転中心型、④内陸移転中心型に分けている(図3・18)。いずれにせよ、各自治体はこれらの方法を様々な形で組み合わせながら復興を実現しているのである。次節以降では、岩手県と宮城県の二つの県における特徴的な事例をいくつか紹介していきたい。

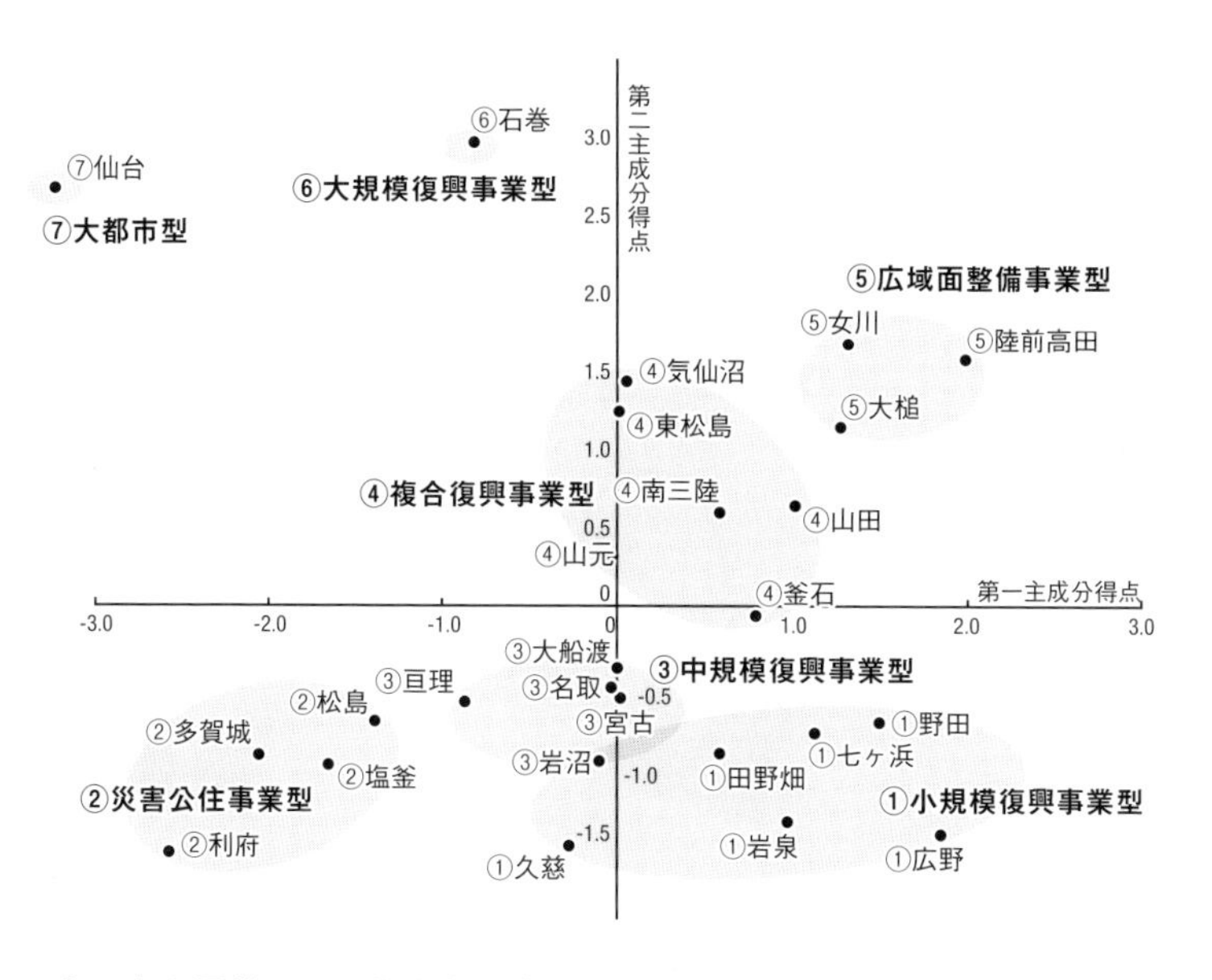

図 3.16　東日本大震災からの住宅復興事業による被災・復興類型（小野田ほか、2021）

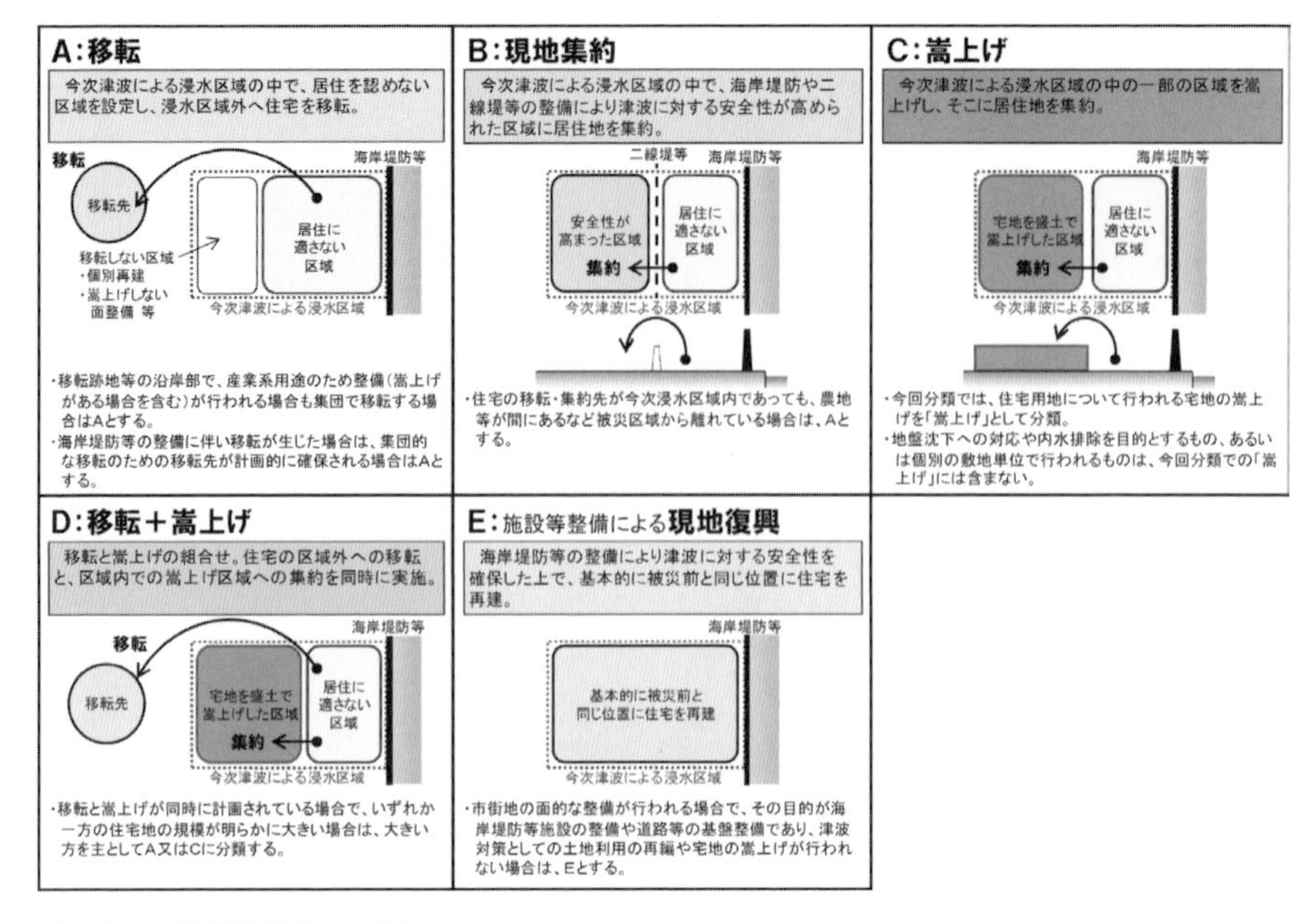

図 3.17　典型的復興のパターン（国土交通省都市局、2012）

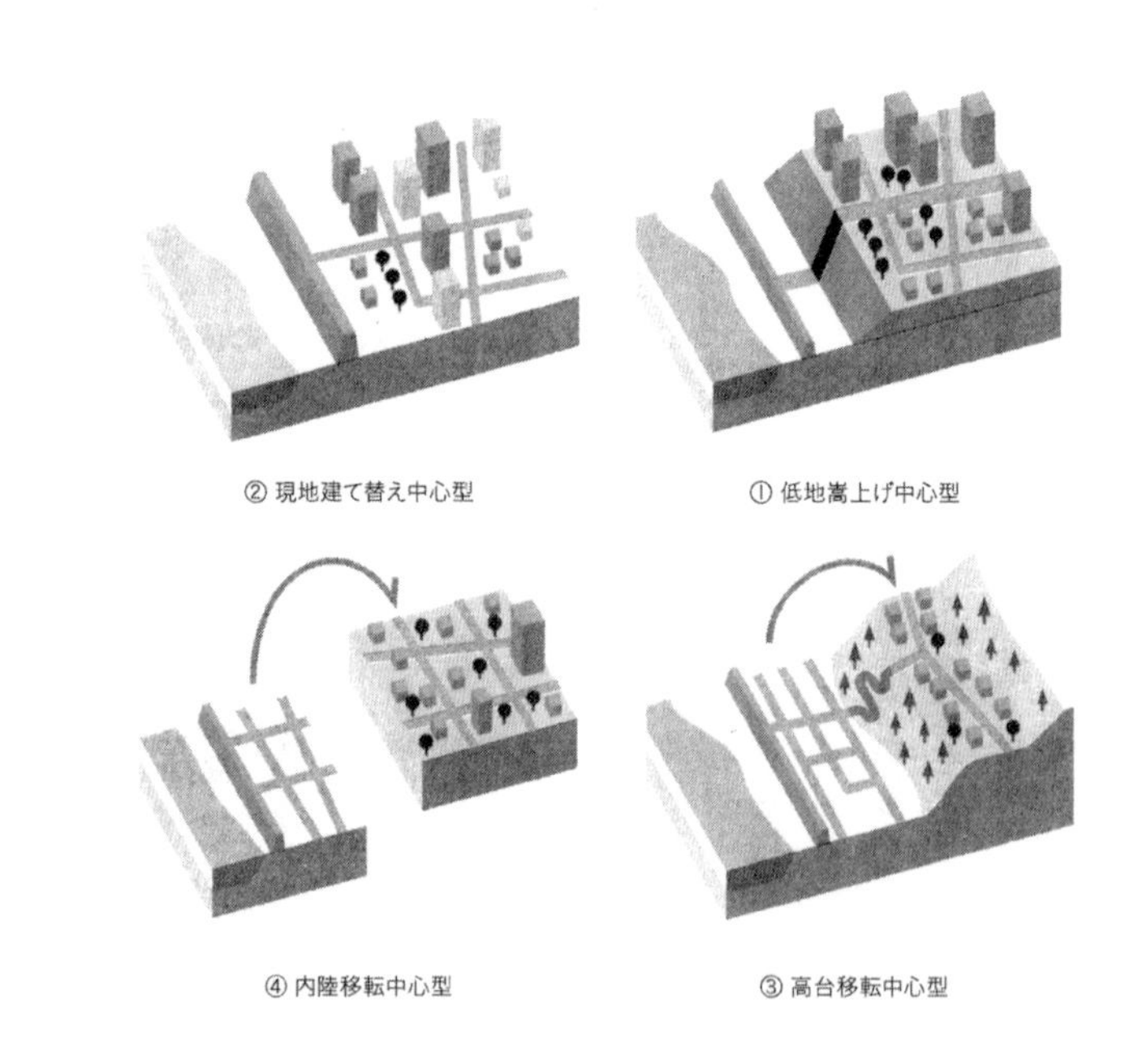

図 3.18　典型的復興のパターン（小野田、2013）

4　典型的な自治体における復興

1　基礎自治体の復興事例

これまで見たように基礎自治体の復興状況は、住環境の復興に絞っても大きく幅があり、その説明と理解は簡単ではない。本節では集落の移転のために防集を活用しながらも、集約と個別対応という対照的な対応を取った二つの自治体（宮城県岩沼市、宮城県七ヶ浜町）、厳しい2－2ルールとの関係から高台移転を行ったために街の構造が大きく変化した二つの事例（宮城県南三陸町志津川地区、宮城県石巻市雄勝地区）、今回の復興で取り上げられることが多い嵩上げを大々的に用いて復興しようとした二つの事例（宮城県女川町中心街、岩手県陸前高田市陸前高田）、そして二線堤となるハザードの整備で嵩上げを行わずに復興を成し遂げた二つの事例（岩手県釜石市東部地区、宮城県仙台市沿岸部）の八つの事例から復興の状況を概観する（図3・19、図3・20）。

図 3.19
本節で取り上げる基礎自治体場所

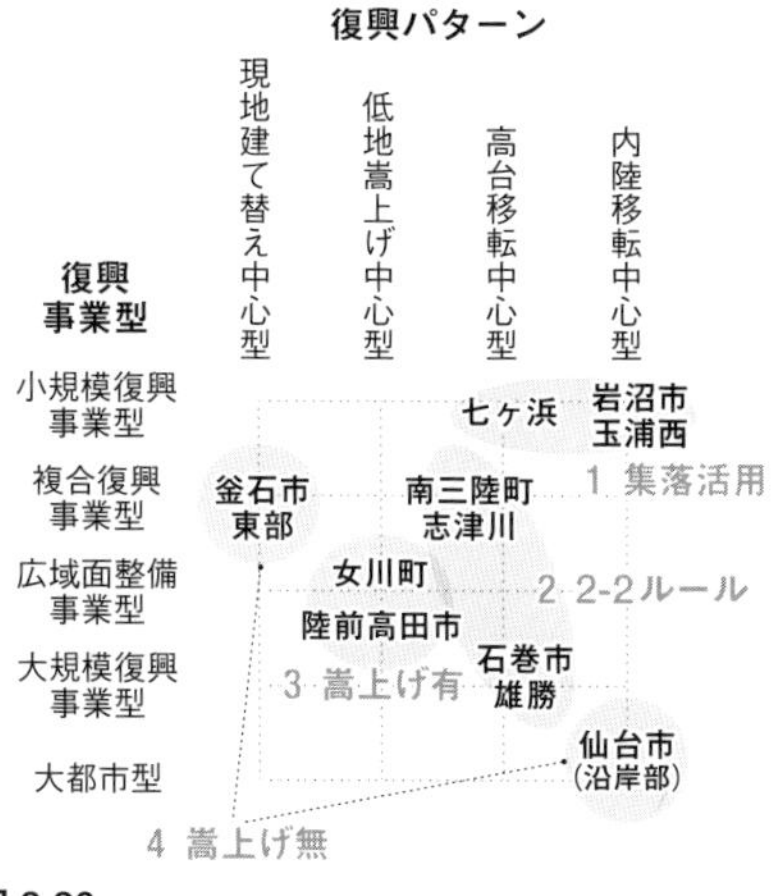

復興パターン
現地建て替え中心型
低地嵩上げ中心型
高台移転中心型
内陸移転中心型
復興事業型
小規模復興事業型
複合復興事業型
広域面整備事業型
大規模復興事業型
大都市型
七ヶ浜
岩沼市玉浦西
1 集落活用
釜石市東部
南三陸町志津川
女川町
2 2-2ルール
陸前高田市
石巻市雄勝
3 嵩上げ有
仙台市（沿岸部）
4 嵩上げ無

図 3.20
本節の基礎自治体の関係性

2 旧集落の単位を活用した迅速な合意形成

防集は、東日本大震災からの復興において広く用いられた事業である。一方、先の2－2ルールとの関係から、移転先が元の集落から遠く離れた内陸に移動する、もしくは高台に上がるためにもともとあった地勢との連関を失ってしまうなど、実際の展開には多くの困難を伴っていた。東日本大震災からの復興で、集中的に内陸移転を行った宮城県岩沼市と分散的に高台移転を行った七ヶ浜町は、ともに防集を主軸に据えながら、早期に復興を成し遂げた自治体である。復興分類ではともに小規模復興事業型に分類されており、他の沿岸被災自治体に比べて被災規模が限定的であったこともそうした経緯に関係しているようだ。以下に概要を述べる。

(1) 内陸移転中心(集約)――岩沼市玉浦西地区

・地理的・歴史的特性

宮城県岩沼市は、仙台市の約二〇キロメートル南にある自治体で、市域内にはJRの幹線が通るほか、北端には仙台空港が立地するなど利便性も高い(図3・21)。津波によって、海岸沿いにある六つの集落(相野釜、藤曽根、二野倉、長谷釜、蒲崎、新浜)が被害を受け、その復興が大きな課題となった。市は発災直後からこれら六集落等の被災者と話し合いを進め、集団

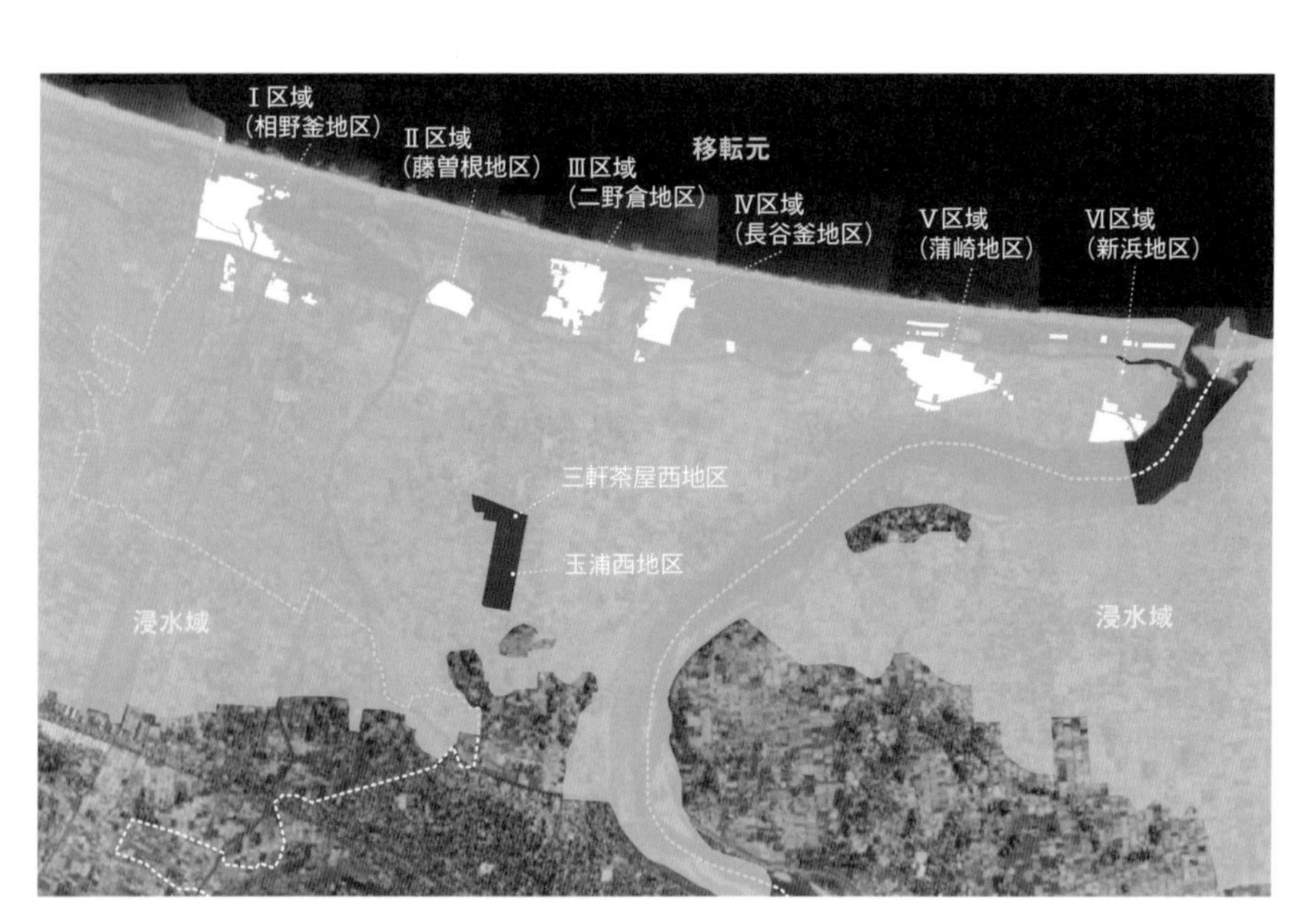

図 3.21 岩沼市玉浦西地区の防災集団移転

での内陸移転を早期に達成している。

移転した集落は、弘法大師修行の地とも伝えられる藤曽根、製塩とも関わりがあると伝えられる相野釜、長谷釜、さらには阿武隈川で取れた鮭を加工する施設があったと伝えられる蒲崎など様々な歴史をもっている。戦前までは半農半漁の生活がおもであったが、戦後、阿武隈川河口に進出した製紙工場に漁業権を売り渡して以来、その生活のベクトルは内陸を向くようになっていた。

二〇一一年の津波は、そうした地域を大きく破壊したが、内陸に約三キロメートル入った農地を転用した一九・五六ヘクタールの玉浦西地区に防集で造成した宅地（一九二区画、災害公営一五六戸）と近接する三軒茶屋西地区の〇・七八ヘクタールの区画整理事業保留地（二九区画）にこれら集落の被災者を移転させる計画が、いち早く立てられた。

この事例が評価されているのは、早い事業展開、コミュニティとの丁寧な共有、緑豊かなランドスケープとコミュニティに対応した災害公営住宅などの良質な環境の両立である。[注13] すなわち通常は両立し難い、早さ、合意形成、環境の質といった三つが実現されている点であった。これには基礎自治体、被災者、専門家らによる適切なプロセス管理が深く関わっている。

・復興の戦略

海岸線に近い被災前の集落は、2－2ルールに照合すると災害危険区域に組み込まれて居住ができなくなる。そのため当初、市当局と一部の住民の間には緊張関係も存在した。しかしながら、市街地と被災地の中間で利便性と生活圏維持の両面を備える場所に移転候補地を確保できたこと、発災前において集落が自治単位として機能しており合意形成に活用できたこと、さらには避難所や仮設住宅の建設と入居を集落ごとにまとめて行っていたため、避難生活の間の集団での意思決定が行いやすかったことなどが効力を発揮して早い判断につながった。

移転先の防集団地では、集落ごとのまとまりを維持して宅地を構成するとともに、集落の垣根を越えて公園と災害公営住宅を分散配置するなど合理的な管理にも配慮がなされている。各公園は豊かな緑道で連結されるほか、アドバイザーとして加わったランドスケープアーキテクトの助言を生かして全体の調整池は全体の公園として多段型に修景され、物販施設が立地する民間活用地に隣接するなど地区中心にも配慮がなされ、優れたランドスケープ形成が行われている。

・合意形成の方法

これらが成立している要因として住民、専門家、行政がひとつのテーブルに加わったワークショップ形式で意思決定が行われたことが挙げられる。「玉浦西地区まちづくり検討会」と名づけられたこの会は、六つの移転集落と移転先周辺地区、それぞれから三人の委員（一名は女性、一名は若手を推薦してほしいと事前に要望）、二名の学識経験者、そして三名のアドバイザーから構成されている。集団移転の計画や運用に関わる骨組みは、二〇一二年六月から二〇一三年一一月まで計二八回にわたって開催されたこの会議で決められている。地域バランスに配慮した配置や豊かな緑道や芝を張った美しい公園などについては、地区住民が整備・管理にも協力することで実現を見た（図3・22）。

また、災害公営住宅の整備も、集中管理を志向する市と分散を志向する被災者の間で当初は意見の隔たりがあったが、検討会における作業を通じて、元集落と関係をもちながら効率化を図る方向が創出されている。六集落以外の災害公営住宅入居者については調整池併用公園に隣接する敷地に別途確保することとした。災害公営住宅の設計者は、設計プロポーザルで選ばれているが、その調整は市と連携しつつ宮城県災害住宅整備室が担っている。

当初から市が集落を基礎単位として住民と丁寧にコミュニケーションを取る姿勢を変えなかったことで、被災者と行政の間に信頼関係が醸成できたこと、内陸にある市の中心街は津波被害を受けておらず基礎自治体側に創意工夫する余力が

図 3.22　玉浦西地区（市民ワークショップ後採用案）
（岩沼市、中央大学石川幹子研究室の図を元に作成）

あったこと、首長をはじめとする執行部が自ら情報を集め適切に対応したこと、被災者のみならず国・県・学識・NPOといったステークホルダー間のコミュニケーションが緊張感の中にも適切になされたことなど、によるところが多い。

特にまちづくり検討会は、各集落から女性枠、若手枠の委員を募るなど意識的な調整を図ったほか、経験ある学識や専門家が参画する自由な雰囲気のものであった。こうした民主性や専門性への配慮も成果に貢献していると思われる。

内陸移転中心（集約）／小規模復興事業型

特徴

・早期の合意形成と事業完了
・既存集落の単位を維持した宅地計画
・ランドスケープを活用した防災集団移転地の計画
・有機的な緑地形成とその自主管理
・コミュニティ志向型の災害公営住宅

要因

・被災集落を活用した意思決定への被災者の参画
・女性、若手の積極的参画
・能力ある学識経験者らの参画
・設計プロポーザルの実施と県の支援

（2）高台移転中心（分散）——七ヶ浜町

・地理的・歴史的特性

岩沼市同様に、被災者との丁寧なコミュニケーションと復興後の環境の質への配慮を両立させ、早期の復興を実現した基礎自治体に宮城県七ヶ浜町が挙げられる。多島海である松島海域の南端で島が半島化したこの場所は、地勢的出自から島であった丘陵と海が陸地化した小平野からできている。直径約五キロメートルの円内に町域がほぼ収まってしまう、東北地方では最も面積の小さい市町村である。町名が、七つの主要集落（湊浜、松ヶ浜、菖蒲田浜、花渕浜、吉田浜、代ヶ崎浜、東宮浜）からとられているように、各集落内の結びつきが比較的強い。また、仙台市に近い景勝地であることから、明治期から仙台に住む外国人の保養地が設けられており、こうした歴史に啓発されて戦後、西部の台地に質の高い住宅地が開発されている。

・復興の戦略

各集落のまとまりを重視した住民とのコミュニケーションを行うことで被災者の信頼を得たところは、前節の岩沼市と同様だが、この町で特筆できるのは、町の担当者、直轄調査を担った国交省担当官、直轄調査で指名された土木コンサルタント、それを監督する学識経験者といった関係者が知恵を出し合い、2－2ルールの根拠を独自に調整している点である。

七ヶ浜町では、他の被災自治体のように建築基準法による災害危険区域を前提として設定するのではなく、津波シミュレーションや地勢データを総合的に評価しながら、津波の危険度によって地域を三ゾーンに分けて提示している。言い換えれば土砂災害防止法を根拠としたハザードマップ的な扱いでの住み替え誘導である。ハザードマップでいえば構造規制や移転勧告等を想定した特別警戒区域に相当するエリア（レッドゾーン）、法的規制の外であるが避難体制等を整備する警戒区域相当エリア（イエローゾーン）、それ以外（ブルーゾーン）の三つに区分をした上で土地利用の調査が行われている。こうした独自性はその計画においても表れている。

復興計画は発災直前につくられていた町の総合計画を反映させるべく、自然を活かした魅力ある復興が理念として掲げられている。その表れのひとつが、既存集落の構造を活用した防集の設定で（図3・23）、新しい住宅地が孤立しないよう「差し込み型防集」が取り入れられている。

これは、被害を受けずに残った既存集落の状況を読み解き、それに連続して防災集団移転地を丁寧に設定する方法で、規模を抑制した防集の宅地を既存集落の隙間に差し込むように設定することから「差し込み型」と呼ばれている。

そのひとつである松ヶ浜の防集では、図3・24に示すよう

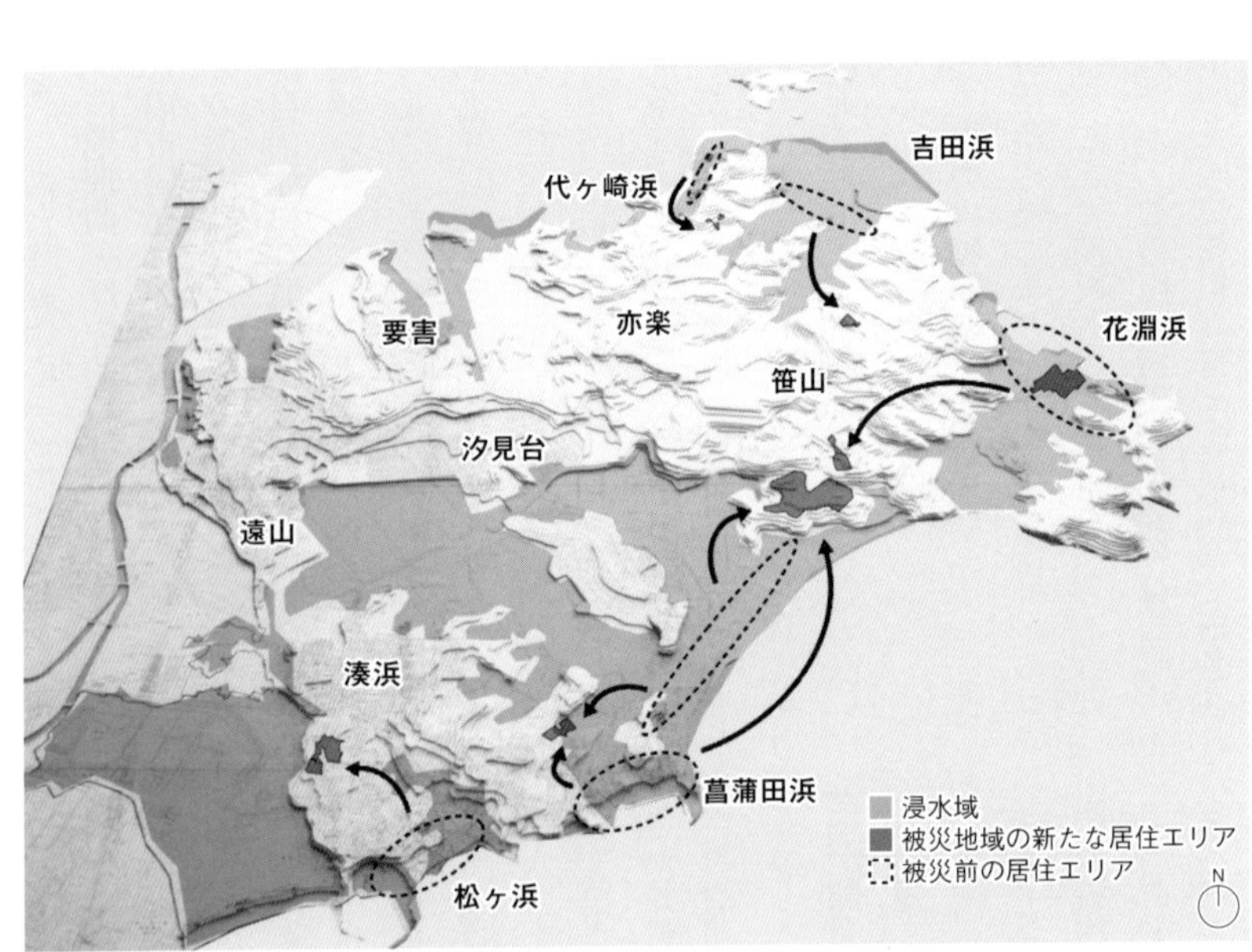

図 3.23　七ヶ浜町内における防集

に、既存集落に隣接して、地区防災センター、災害公営住宅を設けた一体的住区形成が目指されている。災害公営住宅も第4章で述べるように、見守りをしやすいリビングアクセス型の住戸の導入を進め、復興後の福祉コストを適切に抑えられるような配慮が行われている。

・合意形成の方法

土地確保に強制力のない任意事業である防集事業でありながら、土地買収を高い精度で行わなければならない差し込み型防集は、手間がかかる方法である。そのため復興担当職員に大きな負荷がかかっている被災自治体では採用が困難なことが多い。しかしながら、七ヶ浜町では、町域がコンパクトであったことに加えて、岩沼市と同様に集落の自治を合意形成に活用できたことで質的な配慮を行う余地が確保されている。

さらに特徴的なのが、被災者全数に対する対面説明会である。これは災害危険区域における買取の基準価格が公式に出ていない早い段階において、国や県との事前調整や不動産鑑定士への聞き取りを元に想定価格を設定し、それを組み込んだ表集計ソフトを独自に開発して行われたものである。これは、発表が遅れると多賀城市や仙台市など交通の便のよい近隣の自治体に人口が流出することが懸念されたことが大きな要因になっている。具体的には、被災者が自力再建の道筋を

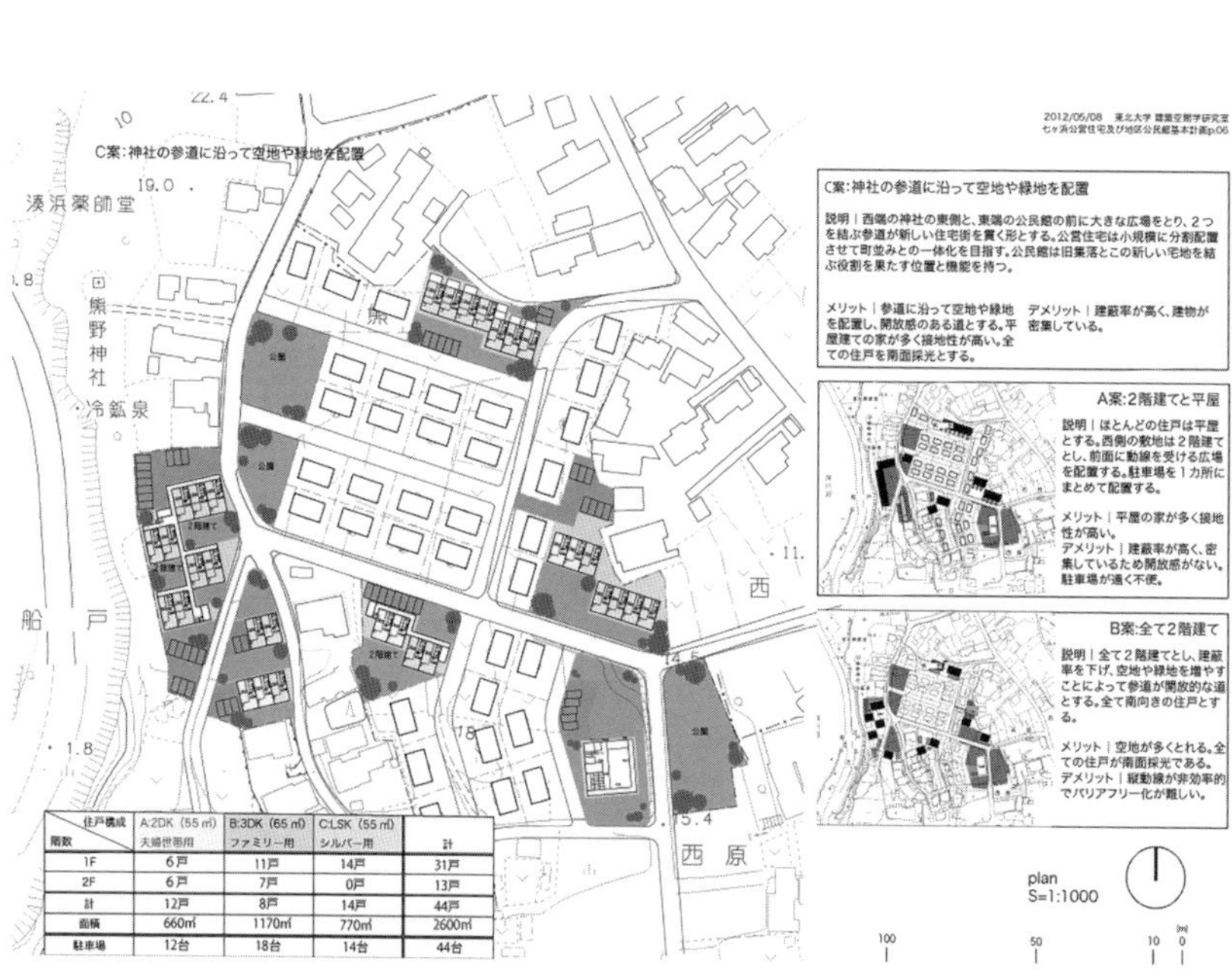

階数＼住戸構成	A:2DK（55㎡）夫婦世帯用	B:3DK（65㎡）ファミリー用	C:LSK（55㎡）シルバー用	計
1F	6戸	11戸	14戸	31戸
2F	6戸	7戸	0戸	13戸
計	12戸	8戸	14戸	44戸
面積	660㎡	1170㎡	770㎡	2600㎡
駐車場	12台	18台	14台	44台

図 3.24　差し込み型防集と一体化した災害公営住宅（東北大学小野田・佃研究室作成）

図 3.25　宮城県岩沼市・内陸移転中心（集約）

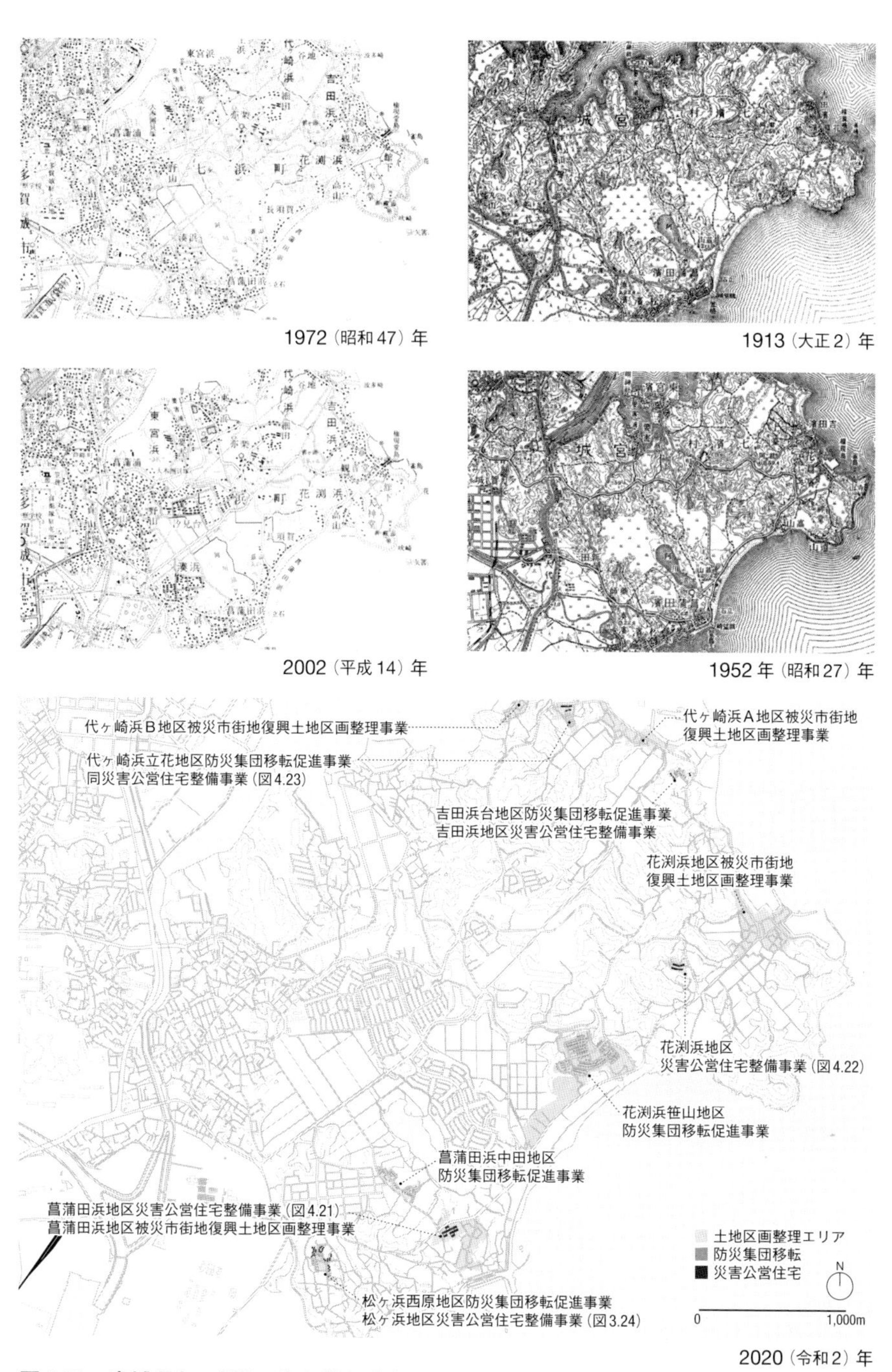

図3.26　宮城県七ヶ浜町・高台移転中心（分散）

選択しやすいように、対面調査によって様々な復興メニューを提示しながら、それぞれを選択した場合に、どのような結果になるのかを解説した(図3・27左)もので、二〇一二年の頭に実施されている。職員によって対応が異ならないようフロー図も作成し(図3・27右)、担当する職員に講習会を行うなど、徹底したものであった。

さらに被災により防災力が低下した集落の防災力を向上させるため、地区防災計画をいち早く作成し、被災した公民分館を地区防災センターとしてその拠点に位置付づけるなど、地区防災力の向上を目指したことも特徴である。第6章でも示すように、集落の夏祭りなどがいち早く復活するなど、実効力のある復興が早期に実現しているが、町が独自に展開した施策によって住民に復興への理解が浸透していたこともこうした計画の実現に寄与している。

高台移転中心(分散)/小規模復興事業型

特徴
- 独自の土地利用計画
- 集落の環境を活用した差し込み型防集
- 避難計画の策定と地区防災センターの設置
- 見守り型災害公営住宅の実現

要因
- 組織的対面ヒアリングによる自力再建への誘導
- 被災集落を活用した意思決定への被災者の参画

■ 災害公営住宅への入居と防災集団移転促進事業で自宅を建てた場合の比較

	年間収入	間取り	20年間の家賃・借地代	購入費用	合計額	月返済額(20年間)
災害公営住宅に入居	351万円 (2人世帯)(収入額:合算)	2DK	526万円 (家賃:21,900円/月)		526万円	21,900円
防災集団移転(高台住宅団地)で自宅を再建 ※敷地を借りる場合の例		自由設計	40万円 (借地代:20,000円/年)	1,000万円 (建物24坪、坪当たり50万円で仮定)(生活再建支援金加算分200万円で仮定)	1,040万円	43,333円

※家賃、建物購入費、借地代などについては、例として示したもので、
はありません
※防災集団移転の場合、住宅敷地を借りることが可能です
※防災集団移転の場合、住宅ローンの利子相当分が補助されます。
する場合は、最大444万円)
※上記の例では、被災地を買収して得た金額分を含んでいません

□七ヶ浜町住宅復興フロー
※前提条件
・第二回居住意向調査対象世帯(全壊・大規模半壊・半壊(撤去)であること。
・代ヶ崎浜西・清水地区や東宮浜地区などの地盤沈下や液状化による被害を受けている地域であること。
・地震のみの被害の場合は、被災地買い上げ対象とはならず、災害公営住宅のみの対象となること。
・災害公営住宅は、入居要件を満たす世帯が希望する場合は、全員入居可能なものとすること。
□レッドゾーン 危険区域先行型[防集]
□イエローゾーン 都市計画決定先行型[区画]
第二回居住意向調査対象者[全壊・大規模半壊・半壊[撤去]
A-現地再建
B-別な場所
C-居住拠点
D-災害公営
地盤沈下・液状化地域[代ヶ崎浜・東宮浜]
第1段階
土地利用規制ルール
□レッドゾーン
津波シミュレーション結果や復興計画に基づき、居住以外の用途を想定している区域
□イエローゾーン
居住系として利用可能な区域・高台移転が混在し、危険区域の設定が困難
□ブルーゾーン
居住系として利用可能な区域・面的整備が難しい区域
レッドゾーン
現地再建不可
イエローゾーン
ブルーゾーン
居住意向調査対象
第2段階
制度適用検討[1]
[復興交付金事業活用]
(1) 防災集団移転促進事業 [Red Zone]
(2) 被災市街地区画整理事業 [Yellow Zone/液状化地域]
被災地買い上げ希望
移転促進区域
被災地買い上げ

図 3.27
住民説明のためのフロー
(左:住民説明会資料、右:七ヶ浜町職員向けのマニュアル)(2012)

・ランドスケープを活用した防災集団移転地の計画
・適切な学識者の参画
・設計プロポーザルの実施と県の支援

3―2―2 ルールの厳しい条件の中での復興

前節の事例には、圏域もコンパクトな上に集落を活用した合意形成が可能であったこと、さらには中心地区の被害が相対的に軽微で、基礎自治体が組織的なパフォーマンスを維持できていたこと、という共通点が存在する。一方、中心地区が津波の直撃を受けた自治体では、これらとはまた違った対応が必要な状況が生まれていた。

(1) 高台移転中心+嵩上げ中心(集約)――南三陸町志津川地区

・地理的・歴史的特性

南三陸町は、旧志津川町と旧歌津町が二〇〇五年に合併してできた町である。役場が置かれている志津川地域は、金華山沖の好漁場に開いた志津川湾に水尻川、八幡川、新井田川が流れ込んでできた平地があり、田束山信仰から奥州藤原氏とも関係をもつなど、早くから開けた地域であった。藤原氏没落後は現在気仙沼市の南部になっている本吉地区を中心とする勢力に組み入れられながらも要衝であり続けた。戦後は、一九七〇年代から志津川湾を活用したギンザケ養殖が発展するなど、水産業の町として栄えてきた。

河川がつくり上げた沖積平野は食品加工業をはじめとする産業や商業集積には有利であったが、リアス式海岸の特性も加わり津波には弱く、昭和三陸津波やチリ地震沖津波など過去何度も被害を受けている。今回の東日本大震災の際には、二メートル以上の津波が町の中心部に到来し、主要な機能が破壊された(図3・28)。

・復興の戦略

町に富をもたらす海は、同時に何年かおきに起こる津波の発生源でもあった。そのため、過去数回の津波災害において高台移転が検討されてきたが、実現の困難さから選択されることはなかった。しかしながら、東日本大震災によってもたらされた大きな被害は、大規模な高台移転に踏み出すに十分なインパクトを有していた。

具体的には、津波拠点事業を活用しながら市街地に隣接した丘陵地に開発されていた団地と連坦させた宅地開発を行うことで、その遊休地や造成で新たに確保した土地に、町役場や病院など主要な公共施設、さらには災害公営住宅や防集などを整備するものである。初期には多くの希望者がいたため、小学校と中学校がある隣の丘にも宅地を確保し、その延長をさらに高校の近傍の丘にまで広げる野心的なものであった。商業施設については住宅地が移転した丘陵地の山裾を区画整理事業で嵩上げした業務地を当てる計画となっている(図3・33)。高台に移転した公立病院、庁舎、災害公営住宅、図書館などは設計プロポーザルによって設計者が選ばれ、商業施設の整備や防災緑地の整備に関しては著名な建築家が選ばれるなど、環境の質にも配慮されている。

しかしながら、早期の復興を目指すために県による初期の津波シミュレーションを反映し災害危険区域を設定したことで、内陸のかなりのエリアが災害危険区域に組み込まれることになった。これによって可住地が内陸に後退し、可住エリアと業務エリアの間の距離が徒歩限界を超え、日常の買い物行動にも制約が出かねない街の構造となるなど、課題も存在する。

高台移転中心＋嵩上げ中心(**集約**)**／複合復興事業型**

特徴
・広範な防集地域の設定
・住宅地域と離れた商業地域
・見守り型災害公営住宅の実現

要因
・災害危険区域の広範な設定
・高台にあった既存住宅地の活用
・プロポーザルによる設計者選定

図 3.28　平野の奥まで浸水域となった町中心部(南三陸町志津川)
(国交省都市局『復興支援調査アーカイブ』データ国土地理院基盤地図情報を元に柴山明寛作成)

（2）高台移転中心＋内陸移転中心（集約）
——石巻市雄勝地区

・地理的・歴史的特性

石巻市雄勝地区は、典型的なリアス式海岸地形で、湾口から六キロメートルにわたって湾曲しながら深い湾が内陸に切り込んでいる。湾の内海に点在する集落と湾を守る雄勝半島の外洋に点在する漁村集落から構成される地域であり、古くは十五浜と呼ばれていた。急峻な山に囲まれているため、陸路では不便だが、金華山沖漁場に近く、良港も多いことから、室町時代に起源をもつ雄勝法印神楽が伝承されるなど古くから人が住み、豊かな自然と独自の文化を育んできた地域である。江戸期には、半島先端の大須浜の阿部家や半島北側名振浜の永沼家など廻船で富を得た家が出現する。その後、陸路が便利になるに従い地域の中心は雄勝平野に移り、多くの人がそこに住むようになった。

この雄勝半島は褶曲した古い地層が地上に表れ、粘板岩が褶曲や熱変性でへき開性をもつようになった雄勝石と呼ばれる地層が見られるなど地理学的にも興味深い場所である。この雄勝石は、硯やスレートの材料として活用され、集落にはスレート葺きの民家が点在する独特の景観を示すことでも知られていた。

一九八六年の釜谷トンネル開通後は、周辺地区との交通の

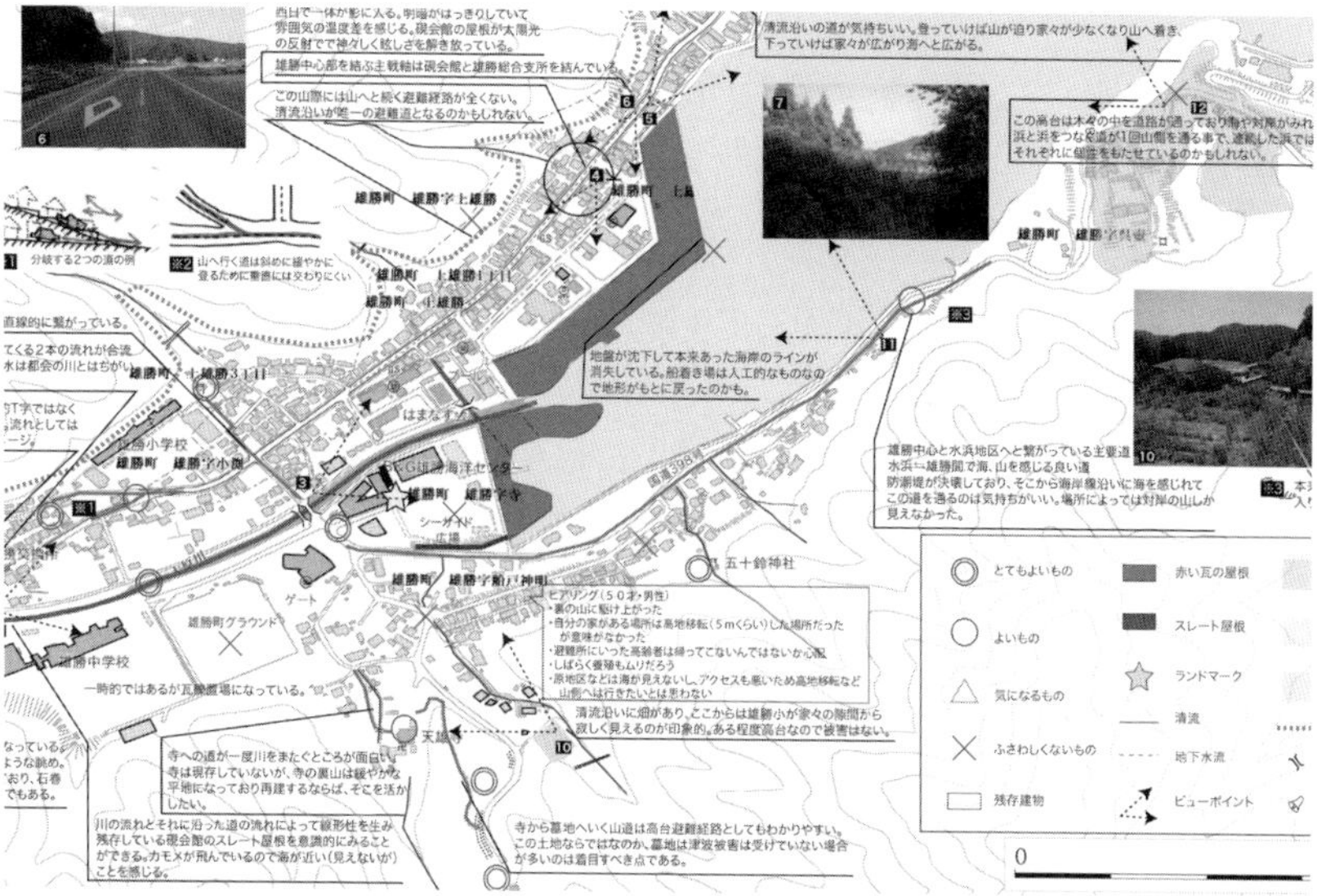

図3.29　湾奥（伊勢畑、上･下雄勝、味噌作）の被災と残存資源
（雄勝スタジオ、ヨコミゾマコト、東北大学ほか作成）

便もよくなり、二〇〇五年の町村大合併で石巻市の一部となる。この合併で、伊勢畑にあった町役場は市の出先機関である総合支所となった。

・ **復興の戦略**

東日本大震災においては、深い雄勝湾を津波が遡上した際に波高が高くなり、湾奥に位置する伊勢畑、上・下雄勝、味噌作などの集落が大きな被害を受けた(図3・29)。伊勢畑にあった総合支所は使用不能となっただけでなく、釜谷トンネルを出て周辺地域に至る県道が、旧北上川を遡上した津波の影響で不通となり、アクセスの確保にも苦労する。本庁の石巻市中心街も大きな被害を受ける中で、雄勝地区の復興計画の立案と実行は難渋を極める。

特に困難を極めたのが、災害危険区域の設定であった。独自の地形から、数十年から一〇〇年の周期で起こるL1津波であっても津波シミュレーションによる想定波高は高く、L1防潮堤も巨大なものが必要となる(図3・30)。さらに、それを超えてくるL2津波は、その流速に防潮堤高さの位置エネルギーが加わった大きなエネルギーを有するため、平野全体を深い浸水域で覆うものとなり、まちづくりが可能となる土地を確保することが極めて難しい(図3・31)。加えて石巻市半島部は、2−2ルールからさらに厳しい規定となっており(図3・14a)、これらのことがさらに復興計画の策定を難しくし

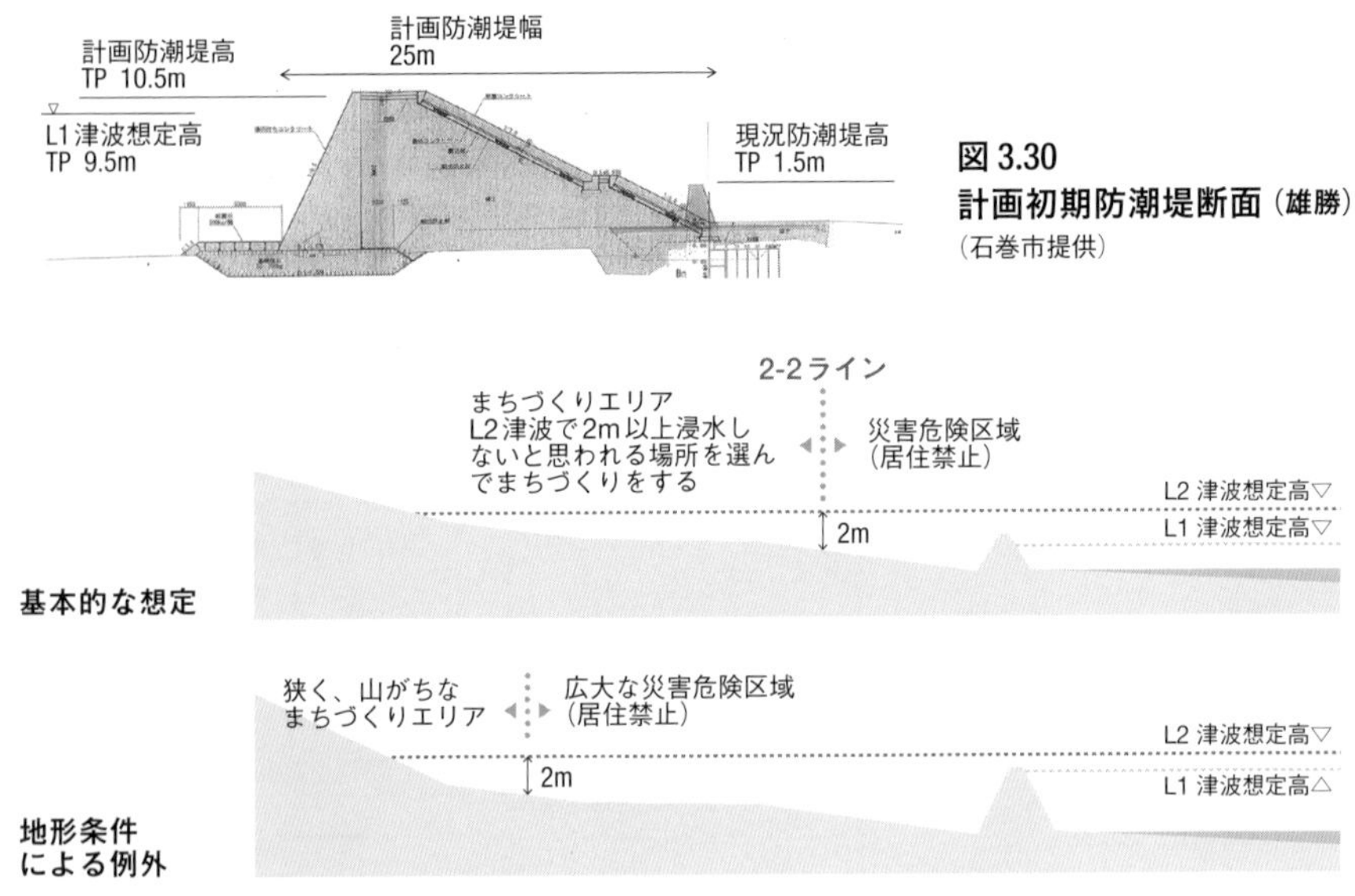

図 3.30
計画初期防潮堤断面(雄勝)
(石巻市提供)

図 3.31　一般的 2-2 ルールと困難な地域での 2-2 ルール(石巻市提供)

ていた。

　このような土地利用の難しさに加えて、雄勝石の産地であることが示すように半島の多くが急峻で硬質の岩でできているため、高台移転の工事にも困難が予想されたことも課題であった。次節で紹介する地域が選択したような区画整理事業による大規模な嵩上げも選択肢にはないわけではなかった。しかしながら、合併により基礎自治体の一地域となったこの場所では大規模な嵩上げを行うことの妥当性の説明が難しかったこと、多くの人が地域外に分散避難した中で合意形成が困難であったこと、都市計画区域外であったことなど2-2ルールから大きく外れるスキームを採用することはできなかった。

　巨大なL1防潮堤を築いても湾奥の小さな平野は、L2津波想定では全域が浸水してしまうという皮肉な状況の中、石巻市と雄勝総合支所、そして住民は、様々な議論の末に現地の山を削って最低限の防災集団移転団地を確保すること（図3・34）、移転を希望している住民のために約二〇キロメートル内陸に入った平地に防災集団移転地域（二子地域）を設けること、学校の統合に懸念をもっている半島の先端の集落に配慮して、半島先端と雄勝平野の間の安全な場所に新たに統合小中学校を設けることなどを対応の柱として地域の復興をまとめることとなった。復興によるこの再編は、海上交通が中心で拠点が各浜に離散的に存在した江戸明治期から、陸上交通が優位となって湾奥の平野に集中が進んだ近年の変化をもう一度再考する機会でもあった。

高台移転＋内陸移転中心（集約）／大規模復興事業型の一部

特徴
・巨大な防潮堤
・津波に対して安全だが限定された防集団地
・土木と建築で一体的に検討を行った盤整備

要因
・災害危険区域に対する厳密な適応
・分散する住民による合意形成の困難さ
・合併自治体
・総合支所の津波による被災

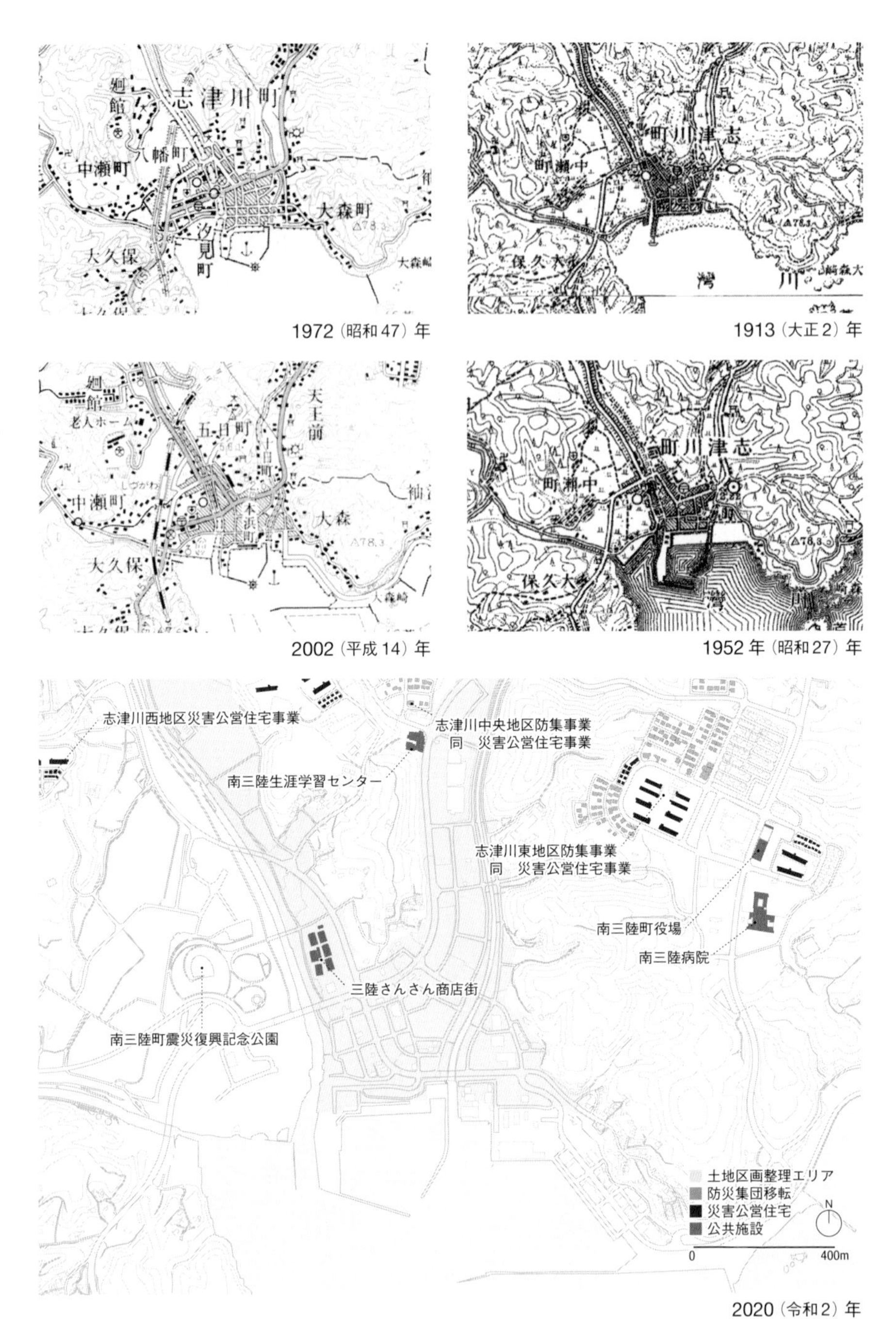

図3.32　宮城県南三陸町・高台移転中心＋嵩上げ中心（集約）

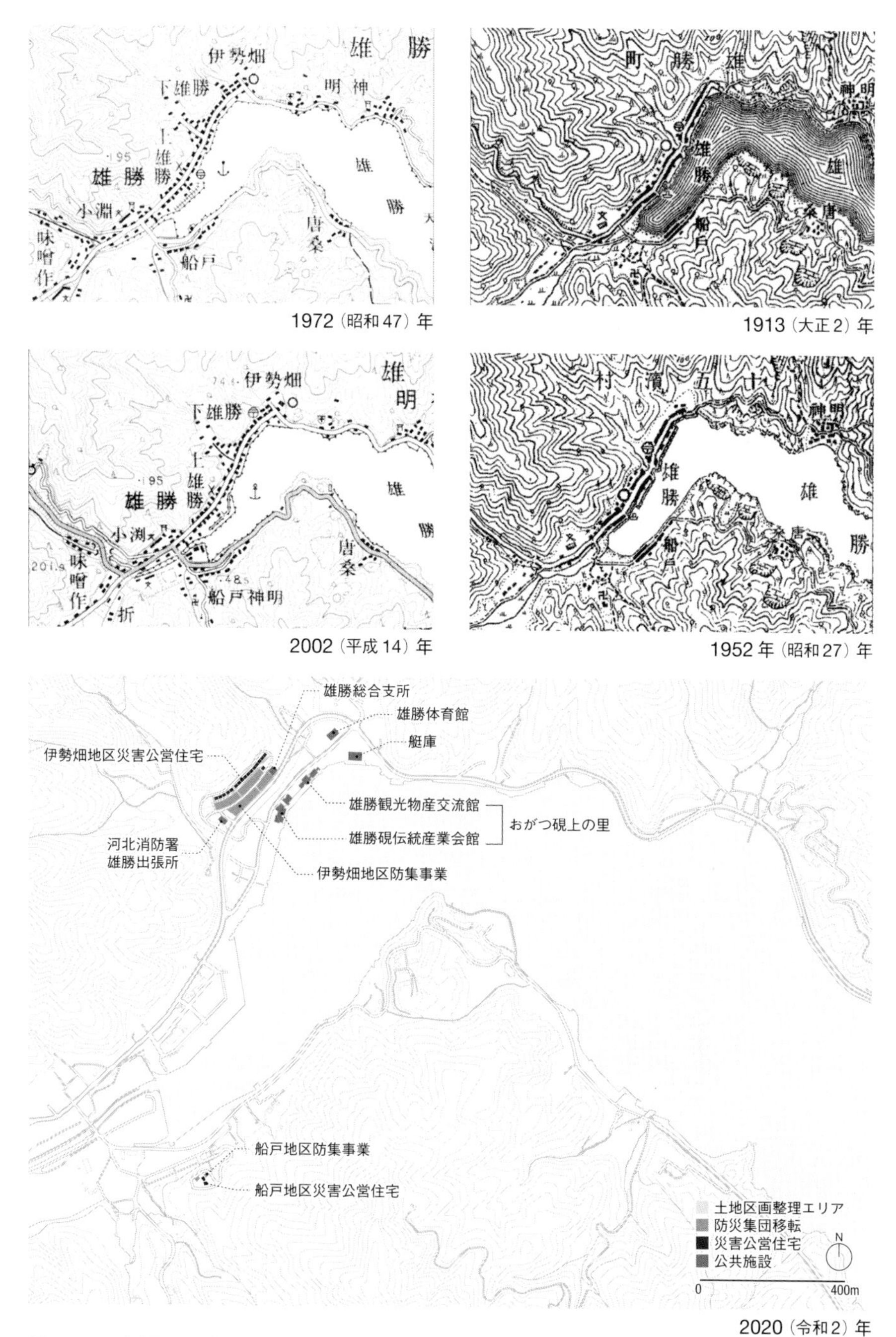

図3.33　宮城県石巻市雄勝地区・高台移転中心＋内陸移転中心（集約）

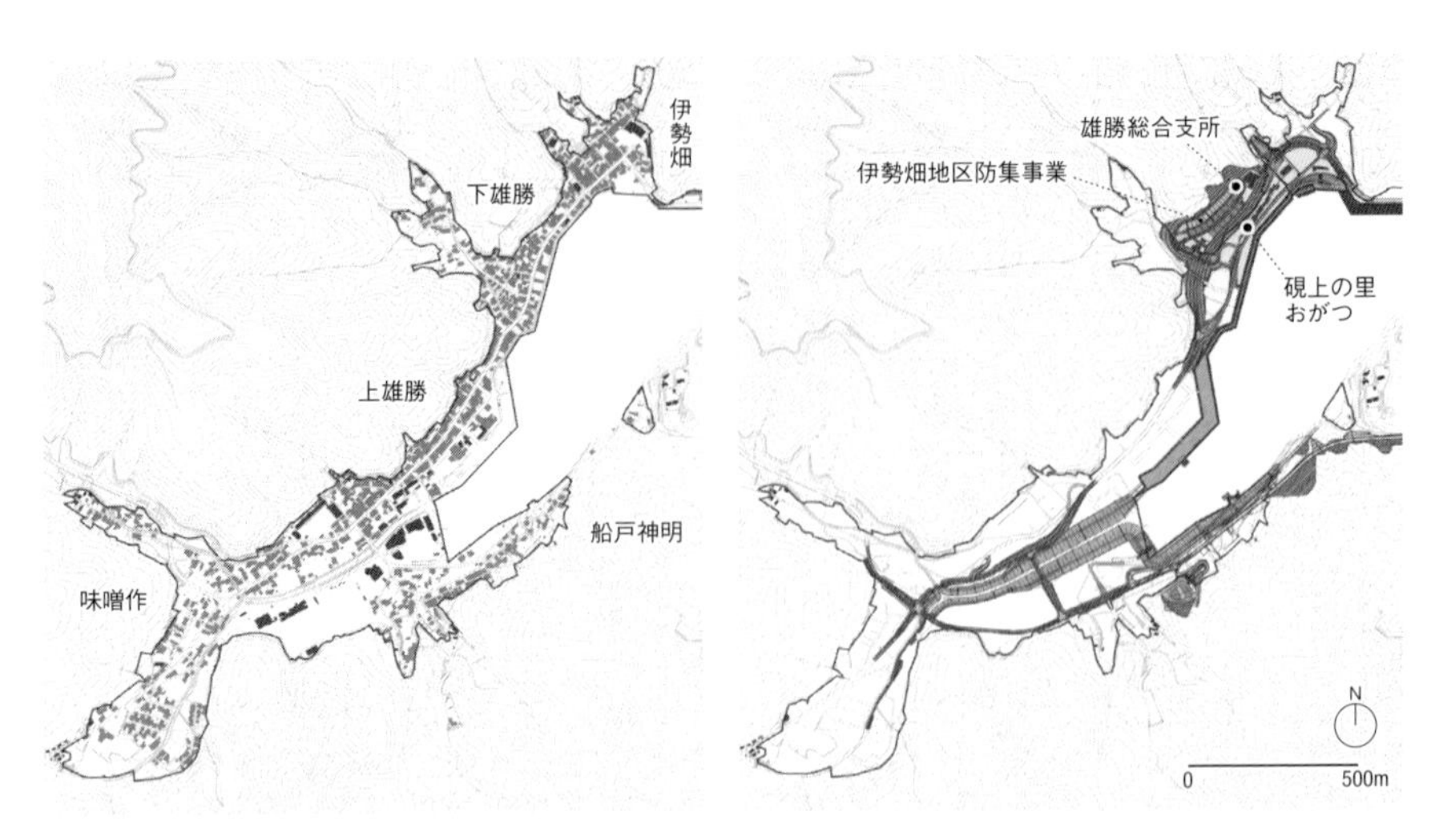

図 3.34　湾奥（伊勢畑、上·下雄勝、味噌作）の発災前の状況（右）と復興計画（左）
（土岐文乃作成）

4 ― 嵩上げを通じた地域構造の大規模な改編

雄勝は2‐2ルールの厳しい適応の中で防集によりその解決を目指した事例であるが、同様の状況に対して土木的な事業による正面突破、いわゆる嵩上げを伴う区画整理事業を展開することで課題を解決しようとした基礎自治体も存在する。復興までに長い時間と多額の資金が必要となる難しい方法だが、現地に残りながら新しい街をつくることが可能なこの方法に挑戦した二つの自治体の事例を見てみたい。

(1) 宮城県女川町

・地理的・歴史的特性

宮城県女川町は、三陸のリアス式海岸の南端である牡鹿半島の根元にある女川湾に位置する小さな自治体である。伊達藩時代は上級役人である大肝入が置かれる中核漁村であったが、平地が少ないことから街の拡張は限られていた。一方で地溝帯にできた湾で流入河川も小さいために、水深の深い湾が保持されやすく、地理的にも石巻に近いことから大型艦船が着岸する拠点港としてのポテンシャルを有していた。大正末期、これに目をつけた東京に拠点を置く民間企業を中心に、埋め立てや架橋などの開発が展開され、カツオ、その後はサンマと金華山沖で採れる水産資源を加工する産業従事者が集

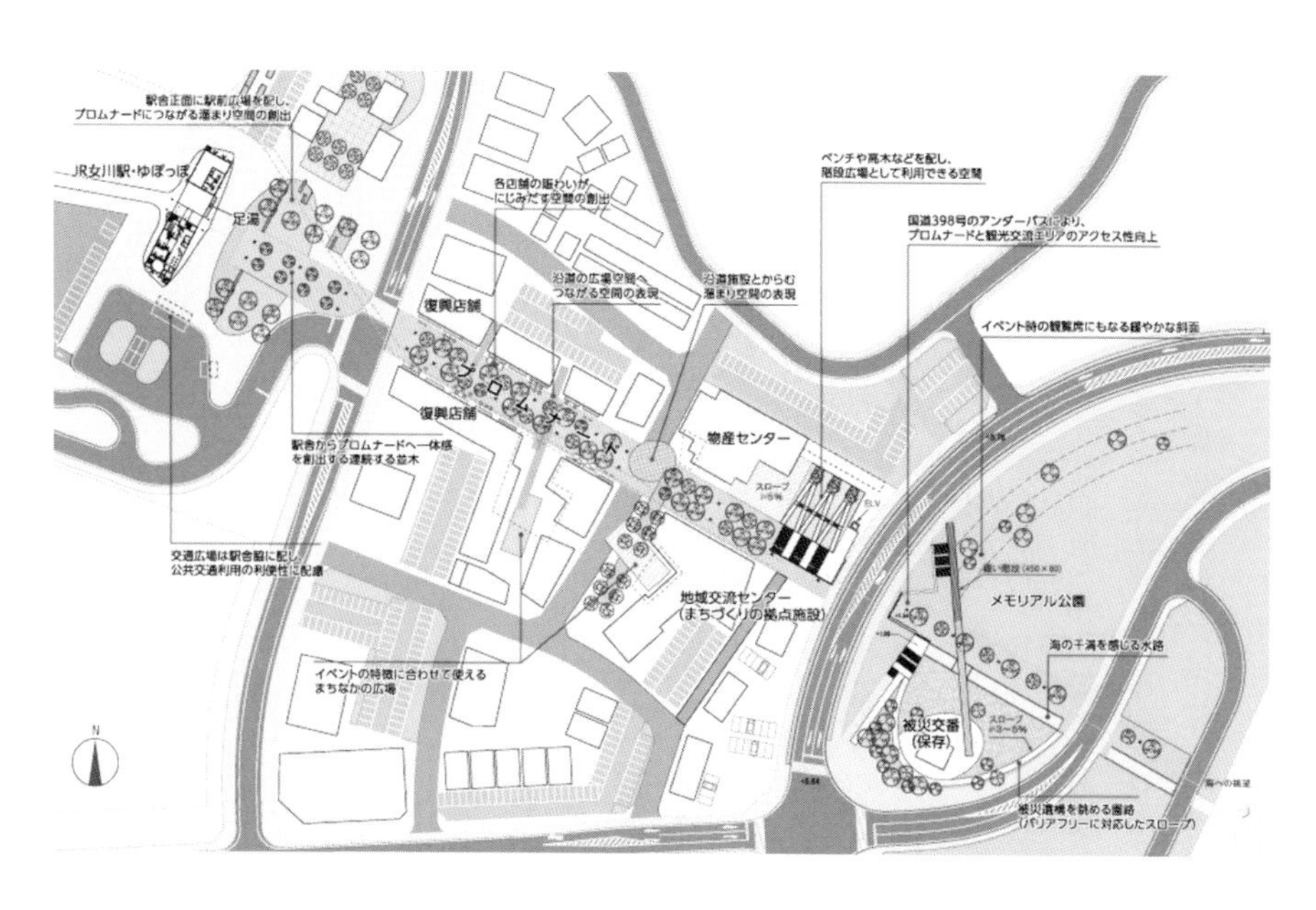

図 3.35　女川町中心街の復興計画（女川町提供）

められ、急速に発展する（女川復幸の教科書編集委員会、二〇一九）。平成の大合併において、旧北上町、旧河北町、旧雄勝町、旧牡鹿町といった自治体が、石巻市と合併を進めたのとは対照的に、女川町は合併を選択しなかった。原子力発電所の電源立地交付金をその理由として挙げる向きもあるが、それに加え、民間開発で他地域から人が集まって街が成長した歴史からくる、独立独歩を尊ぶ気風も関係しているかもしれない。

・復興の戦略

女川は、東日本大震災の津波によって、宮城県内最大波高、最大遡上高を記録するなど、最も大きな被害を受けた地域のひとつである。そうした被害からの復興において町では、災害危険区域の指定は今次津波を参照しながら大きく設定し、住宅を内陸に集約する。その一方で、商業地域は地盤整備とまちづくりを密接に関連させながら丁寧な設計を行う方向を定めている。この決定は、発災前にあった二つの商業中心（女川浜、鷲神浜）のうち、後発でありながら標高が高く、JRの駅にも近い女川浜に集中させる判断でもあった。街の駅と浜をつなぐ軸線となる歩行者専用道を設定するなど、新しい商業中心が象徴性を備えるようデザインにも配慮がなされている（図3・35）。これらは、運動公園などがあった高台地域を中心としながら、一〇メートル程度の嵩上げを行って可住化した居住地、防潮堤の計画天端に少し余裕をもたせた高さまで嵩上げした市街地、沈下部分だけの嵩上げを行うメモリアル公園、漁港エリアが順に並ぶ構成となっている。海までの距離が近く、高低差もあることから、防災緑地的な役割を果たすメモリアルゾーンを低地に設けるなどの工夫で、海への眺望を遮るような防潮堤を配置しない環境が実現している。

・合意形成の方法

こうしたデザインは、誇りと愛着のもてる暮らしやすい町の実現に寄与するために設けられた「女川町復興まちづくりデザイン会議」（二〇一三年九月一一日第一回開催）における丁寧な議論から導き出されたものである。女川町に基礎自治体としてこの判断に深く関与しているが、商工会議所会頭の音頭で、若手の商工主を中心とした女川復興連絡協議会（FRK）が立ち上げられるなど、地元の民間人が主体となった復興活動が並走していることも特筆できる（図3・36）。

多いときには一か月に一回の頻度で開催されたこの会議には、経験豊かな実務者、学識経験者のほか、町長も出席して、直接やり取りをしながら具体的に計画を詰めている。防災土木、都市計画、ランドスケープデザイン、運営マネジメント、官民協働といった、通常は個別となりがちな事業要素の統合が図られているのもこうしたデザイン決定プロセスの成果である。こうした統合と環境の質への配慮は、他の被災自治体では見られない。

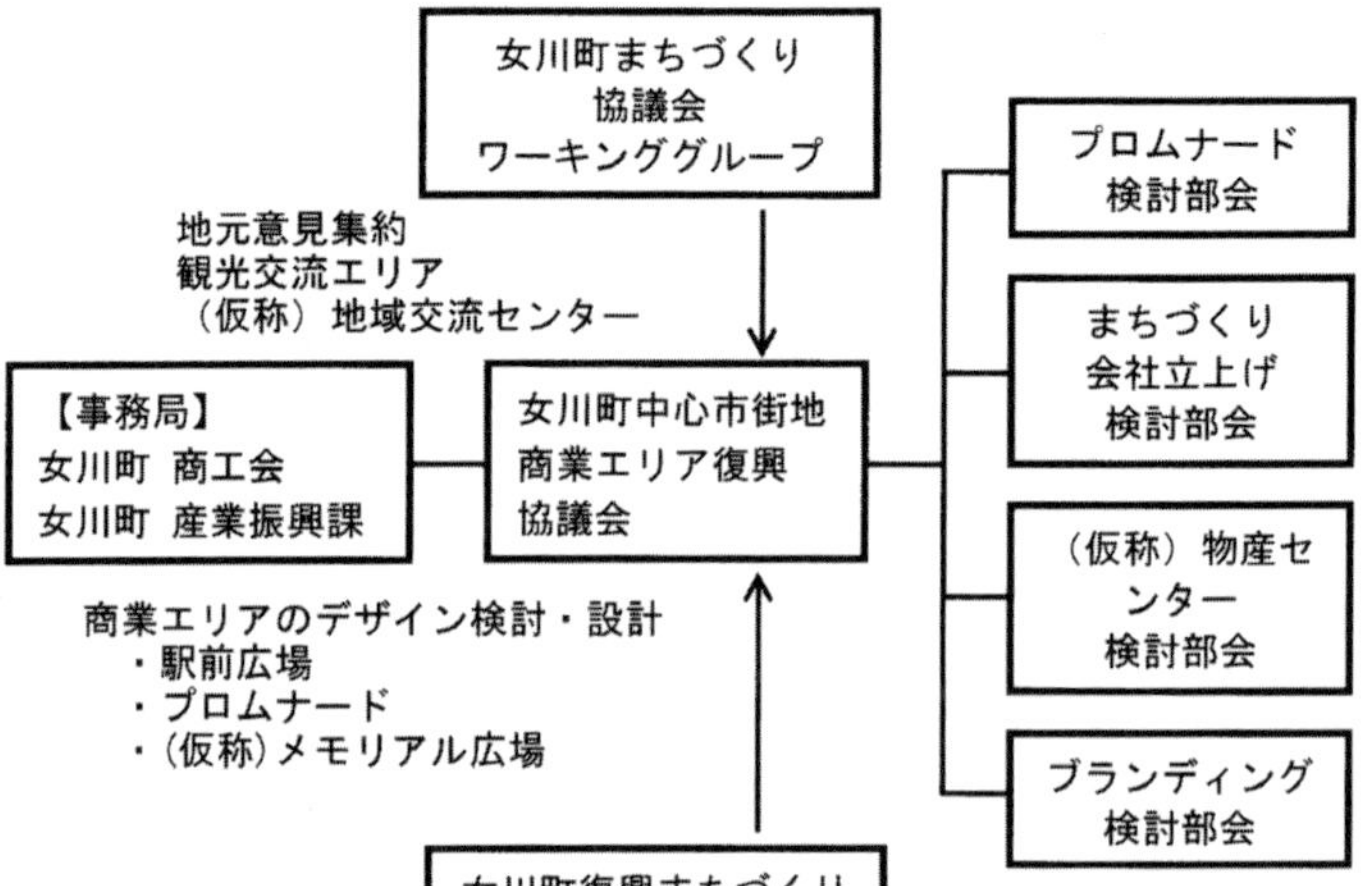

女川町まちづくり
協議会
ワーキンググループ

地元意見集約
観光交流エリア
（仮称）地域交流センター

【事務局】
女川町　商工会
女川町　産業振興課

女川町中心市街地
商業エリア復興
協議会

プロムナード
検討部会

まちづくり
会社立上げ
検討部会

（仮称）物産セ
ンター
検討部会

ブランディング
検討部会

商業エリアのデザイン検討・設計
・駅前広場
・プロムナード
・（仮称）メモリアル広場

女川町復興まちづくり
デザイン会議

図 3.36　女川町復興デザイン会議

低地嵩上げ中心（集中）／広域面整備事業型

特徴

・明解でわかりやすい軸線の設定と商業中心の構成
・既存地形に嵩上げをすりつけたランドスケープ
・広範な防集の設定による居住と商業の分離
・防災緑地的空間と嵩上げによる防潮堤の廃止

要因

・復興への民間主体の積極的参画
・民主的な方法を介した具体的なデザインの決定
・有能な専門家、学識の参画

(2) 低地嵩上げ中心（集中）——岩手県陸前高田市

・地理的・歴史的特性

陸前高田市の中心街は、気仙川を挟んで右岸の今泉、左岸の高田の集落が元になっていた。今泉は、内陸部の一関と海岸を結ぶ主要街道のひとつ今泉街道の終着点である。江戸時代の前期は、藩境を接する南部藩との藩境警備の前線拠点として、後期には仙台藩北部沿岸警備の拠点として仙台藩の代官所が置かれ、大肝煎吉田家の屋敷をはじめ、気仙大工による優れた建築が数多く残されていた。

左岸の高田は、中世の山城を背に気仙川が形成する沖積平野に面した街並みを有していたが、太平洋からの強風による塩害、飛砂、高潮などに加え、一六一一年の慶長三陸津波をはじめとする津波にも苦しめられてきた。そうした中、地元の豪農、菅野杢之助らが中心となって一六六六年から松の植林を行い（今泉側は後に松坂新右衛門らが植林）、豊かな防潮林を涵養し、生産性の低かった平野部の耕地化を進めてきた。明治までは今泉の拠点性が強かったようだが、鉄道開業後は駅が設けられた高田地域が徐々に中心性を高めていく（図3・40）。

そのような地域を襲った東日本大震災による津波は市民が誇りにする美しい松林をなぎ倒して平野深く浸入し、高田、今泉の両エリアに壊滅的な被害を与える。気仙川が堆積した土砂によって南三陸町志津川同様リアス式海岸には珍しく平野が開けていたため、津波のエネルギーが減衰せず街が飲み込まれてしまったのである。こうした難しい条件に加え、市庁舎が大きな被害を受けて行政機能も大きく傷ついたことも問題を複雑にしていた。

・復興の戦略と合意形成の方法

歴史的な背景の異なる高田、今泉を包含する合理的な復興マスタープランについては様々な議論が必要であった。市は、直轄調査班などの国の専門家に加えてURなどの支援機関からの技術者や学識者との協議を通じて、市民の意見をとりまとめた。ようやくまとまった復興計画では、高田については、区画整理事業により市街地の背後にあった山を造成して宅地を確保するとともに、その足元の平地を区画整理事業を用い

図 3.37　発災前の市街と復興計画（高田）

て嵩上げすることで宅盤を高台にすりつけた一体的市街地形成が目指されている(図3・37)。

他方、今泉では山が近いことから高台移転を中心に街区を形成する復興計画が採用された。商業地については、震災前の状況などを考慮して、高田地区に中心的機能を集中する方針である。それに対して長い歴史の中で継承された発酵の技術を軸に地域を盛り上げていく事業が始められるなど独自の展開が目指されている。

高田の商業拠点は、大きな駐車場を取り囲んで複合商業施設、図書館、地元経営の飲食店舗、さらに周辺にBRT駅、市民文化会館、博物館などが集積されている(図3・38)。これらが集積する宅盤のレベルが2－2ルールの浸水想定高より高いのは、中心市街地が受けた甚大な被害を鑑み、二度と津波によって被災しない安全な街を目指したことによる。災害危険区域の設定にあたっては、被災者の財産を守る方向で運用されたため、土地としてのまとまりよりも住民の意思が尊重され、個別的に指定された飛び地が多い独自の構成となっている(松本ほか、二〇一五)。

・　**低平地の活用**

嵩上げを行った場合、残された低平地の活用が問題となるが、特に広範な低平地が広がる陸前高田ではその扱いが難しくなる。しかしながら様々なステークホルダーの努力で海岸部に国の津波復興祈念公園が誘致されたほか、農業関係の新事業の開発などが行われている。

低地嵩上げ中心(集中)／広域面整備事業型

特徴

・大規模な嵩上げ事業

・個別に設定された災害危険区域

・大型の駐車場を中心に集約された公共施設や商業施設

要因

・平野であることによる復興の困難さ

・丁寧な国との交渉による大規模復興事業の導入

図 3.38　陸前高田市高田の中央商店街
(上：発災前、下：発災後)(小谷隆一撮影)

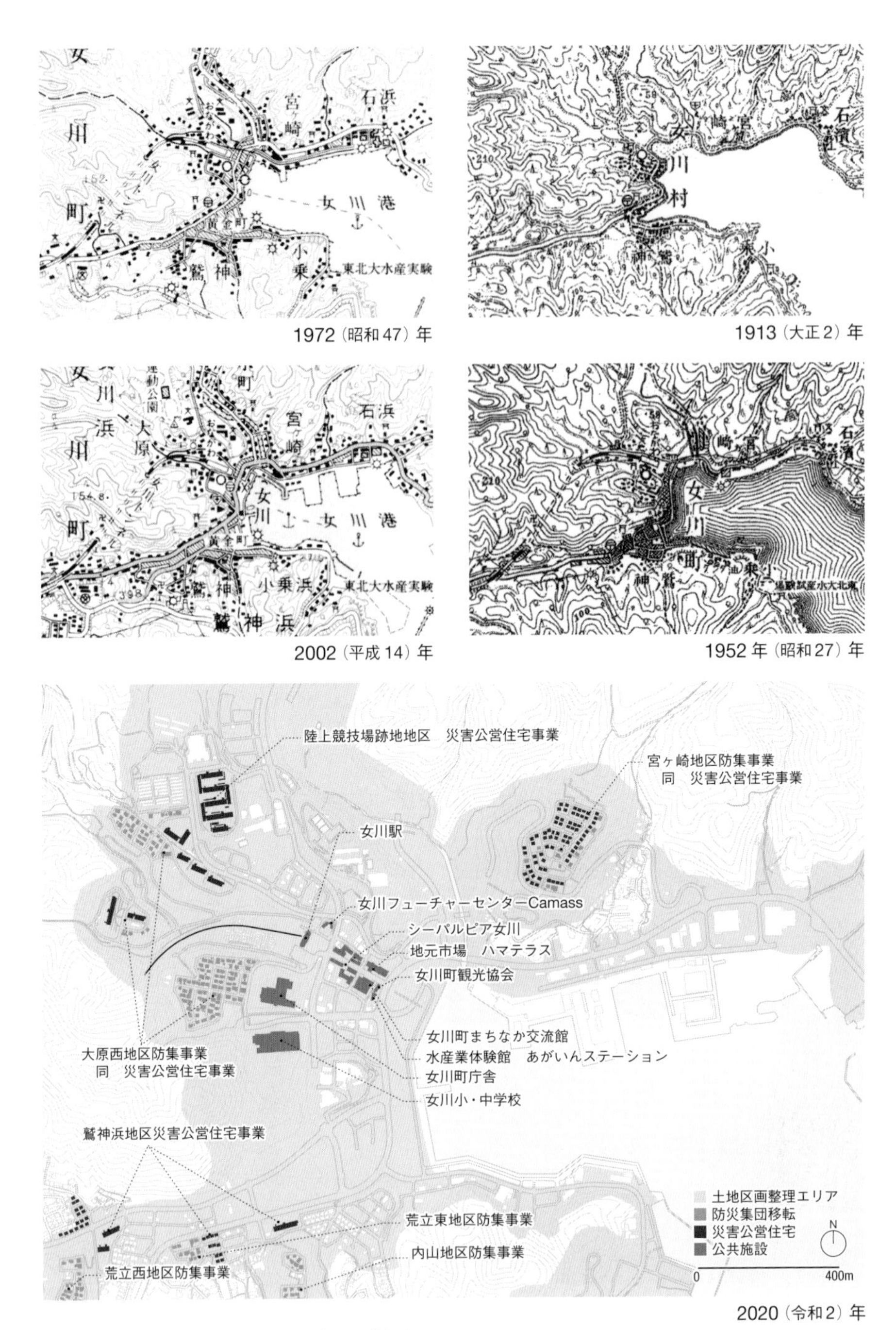

図3.39　宮城県女川町・低地嵩上げ中心（集約）

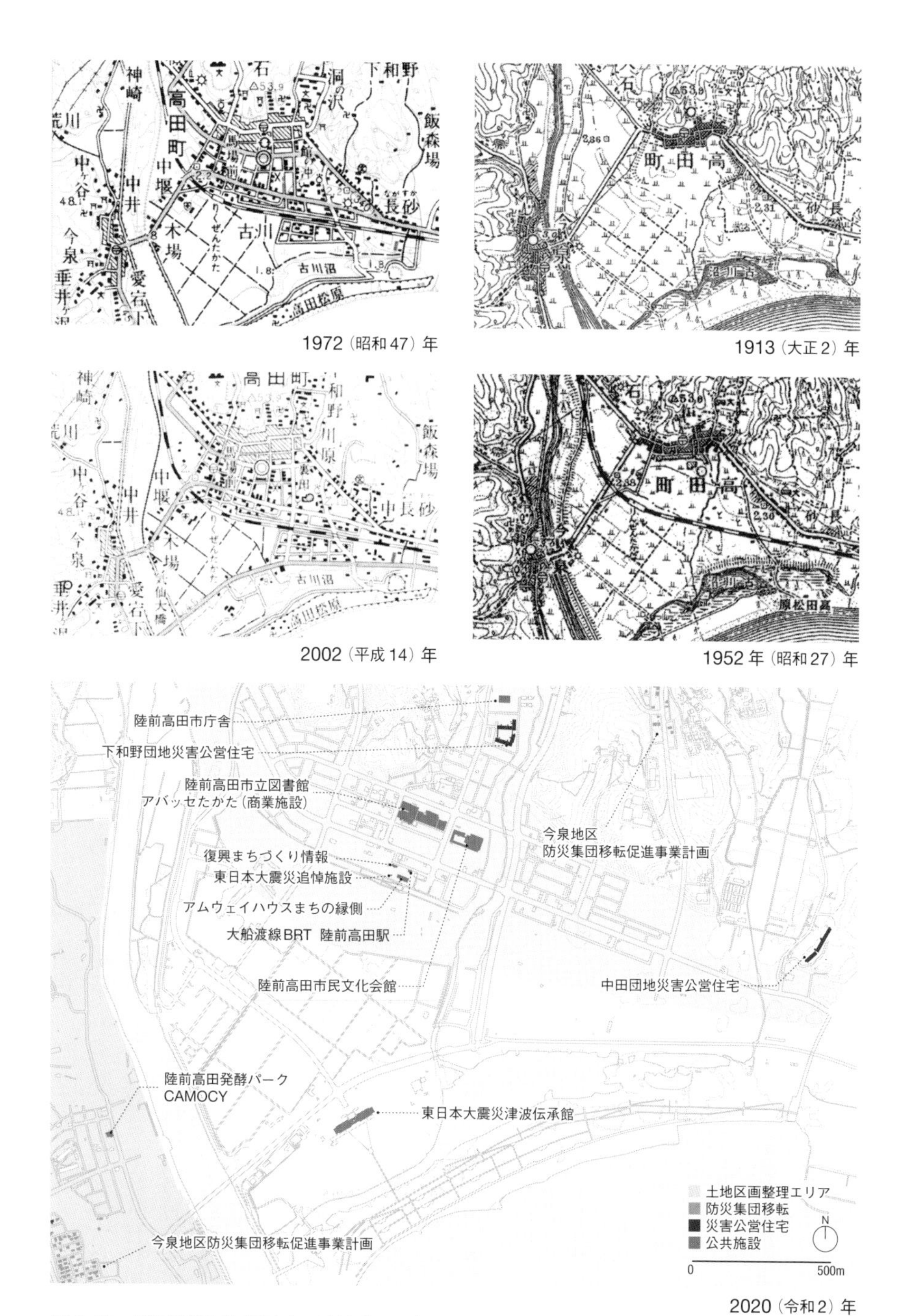

図3.40　岩手県陸前高田市・低地嵩上げ中心（集約）

4 津波シミュレーションの精査による嵩上げしない復興

2－2ルールへの対応はどのような場所でも困難な作業であるが、これを大規模な嵩上げによらず解決した被災自治体も少数ではあるが存在する。専門家の協力を得ながら丁寧に津波シミュレーションを解釈することで、科学的根拠は満たしながらもほぼ嵩上げなしで2－2ルールを満足させる方向を見出した釜石市東部地区や仙台市沿岸域である。

想定浸水深は、国交省の指導を受けて各県が行った津波シミュレーションに基づきつつ、基礎自治体が精査する事柄である。しかしその専門性ゆえに、県の提示をそのまま受け取って復興計画を策定した自治体も多い。読解に必要となる専門的技術者の調達が、発災後には難しいためである。しかし、釜石市や仙台市では、この情報の非対称性を解消するため、自らも専門家やコンサルタントの協力を得て、県とは別にシミュレーションを行うなどして、県や復興庁を説得し、地域条件に合致した土地利用の誘導に成功している。

(1) 現地建て替え中心――釜石市東部地区

・地理的・歴史的特性（図3・41）

釜石湾に面する釜石市東部地区は、江戸時代は漁村であったが、鉄鉱石を近傍で産出し、燃料として求められる森林資源も豊富であった。そのことに着目した南部藩士大島高任が西洋式高炉を設け、日本初の商用高炉として鉄鉱石製錬の連続出銑に成功する。これを受けて当時最新鋭の製鉄所が沿岸に建設され、工業都市の骨格を整えていく。これを受け継いだ新日鉄釜石（当時）は日本の高度経済成長を支えるとともに、クラブチームであったラグビーチームが、日本選手権で前人未到の七連覇（一九七九～一九八五年）を成し遂げるなど、全国に広く知られることになった。しかしその後、鉄鋼不況の影響で高炉は一九八九年に全面休止となる。そうした影響を受けて釜石市の人口も減少傾向に歯止めがかからなくなる。東日本大震災が発生したのはそうした状況の中であった。

・復興の戦略と合意形成の方法

発災後、市は中心街である東部地区がもつ経済的・政治的な中核機能を停滞させないことを確認する。市民が求める津波に対する安全と街としての魅力を両立しつつ素早い復興の実現を目指し、極力嵩上げを行わないで安全を担保するために以下のような方策が確認された。

① 災害危険区域などの設定の基礎となる津波シミュレーションを柔軟に解釈し、新たに整備されるL1防潮堤のみならず、湾口防波堤、緑のマウンドなどハザードを防災評価に取り入れ、想定浸水高の軽減に努める。

② 山に逃げる避難路を整備するとともに、それらを通り抜け動線などと有機的に連携させる、防浪機能を考慮した空地の改変を行うなど、街中の防災力を向上させる。

③ 一階を居住に供しない、基礎を所定の高さ以上に上げるといった建築的対応で居住を可能にする段階的な災害危険区域の設定を行う。それにより一階部分を商業用途や倉庫とした公営住宅など住みながらの復興に道を開く。

④ 新制度である津波拠点事業を活用し、中心部に災害公営住宅を集積するとともに、大型商業施設から街中に人の流れを誘導するために、計画的に公共空間施設群の復興や新設を調整する。

⑤ 災害公営住宅の整備にあたってはコミュニティに配慮した環境とし、コンパクトでありながら安心で安全な暮らしやすいまちづくりを目標とする。

東部地区の奥東側の住宅エリアは緑のマウンドを設けることができないため嵩上げすることになったが、それ以外は嵩上げが行われていない。二線堤として機能する緑のマウンドと建築と段階的災害危険区域設定の合わせ技で、ほぼ嵩上げなしのまちづくりを実現している(図3・42)。これらの実現は、区画整理などの大規模な改編ではなく、津波拠点事業を活用した買い上げなどを通じて実現されている(図3・43)。さらに建築では、災害公営住宅の街中への導入によるコンパクトシティが志向されている。注14

釜石北部にある鵜住居地区は、東部地区同様に大きな被害を受けた地域であるが、ここでは山の斜面を活用して津波時に避難場所ともなる学校を復興させ、津波発生時にはここを避難拠点と位置づけるとともに、かつて学校のあった低平地にはラグビーワールドカップの会場ともなった釜石スタジア

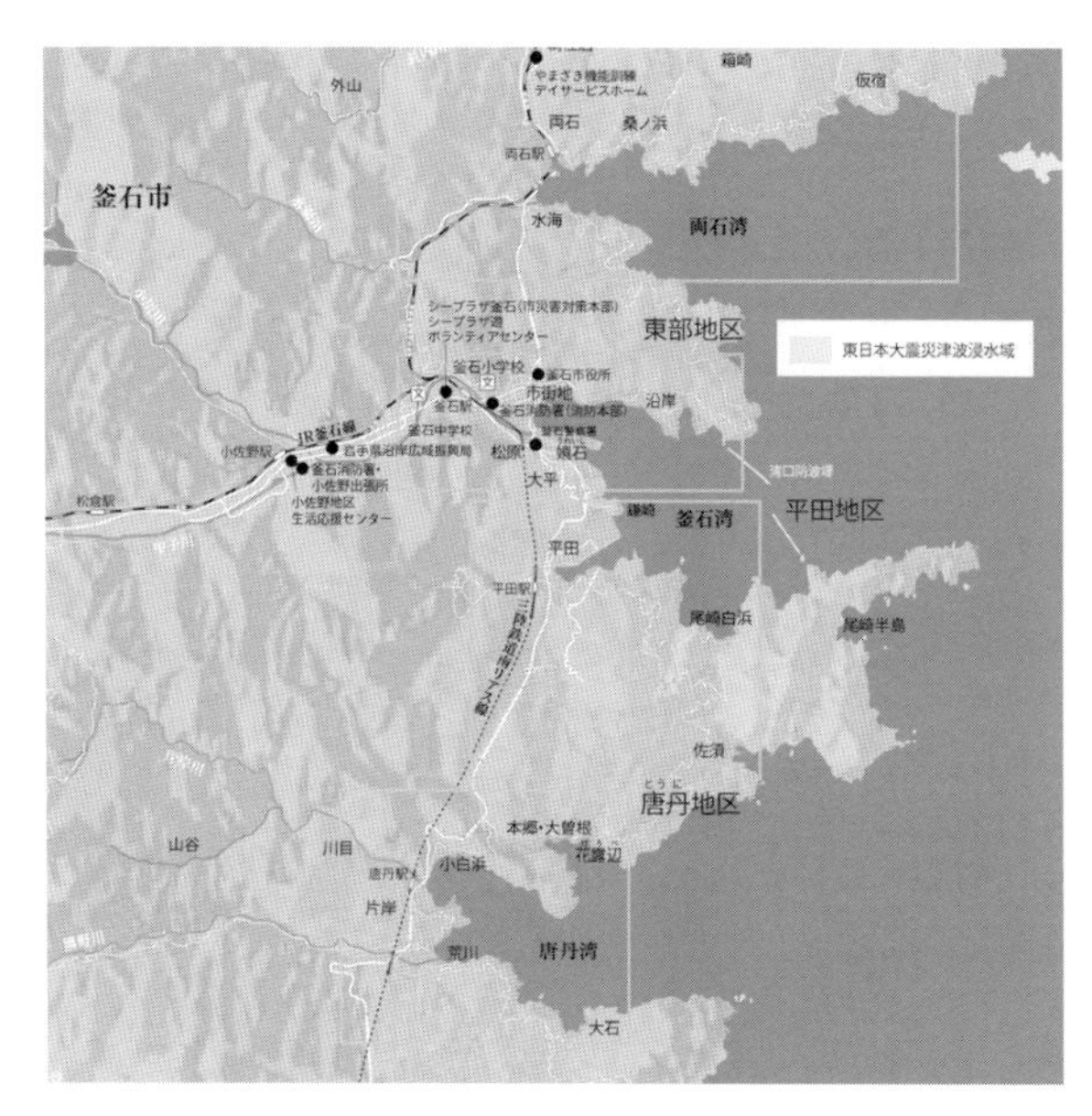

図3.41　釜石沿岸部と浸水域(釜石市提供)

図 3.42　釜石市東部地区の復興想定図（釜石市・東北大学小野田・佃研究室、2019）

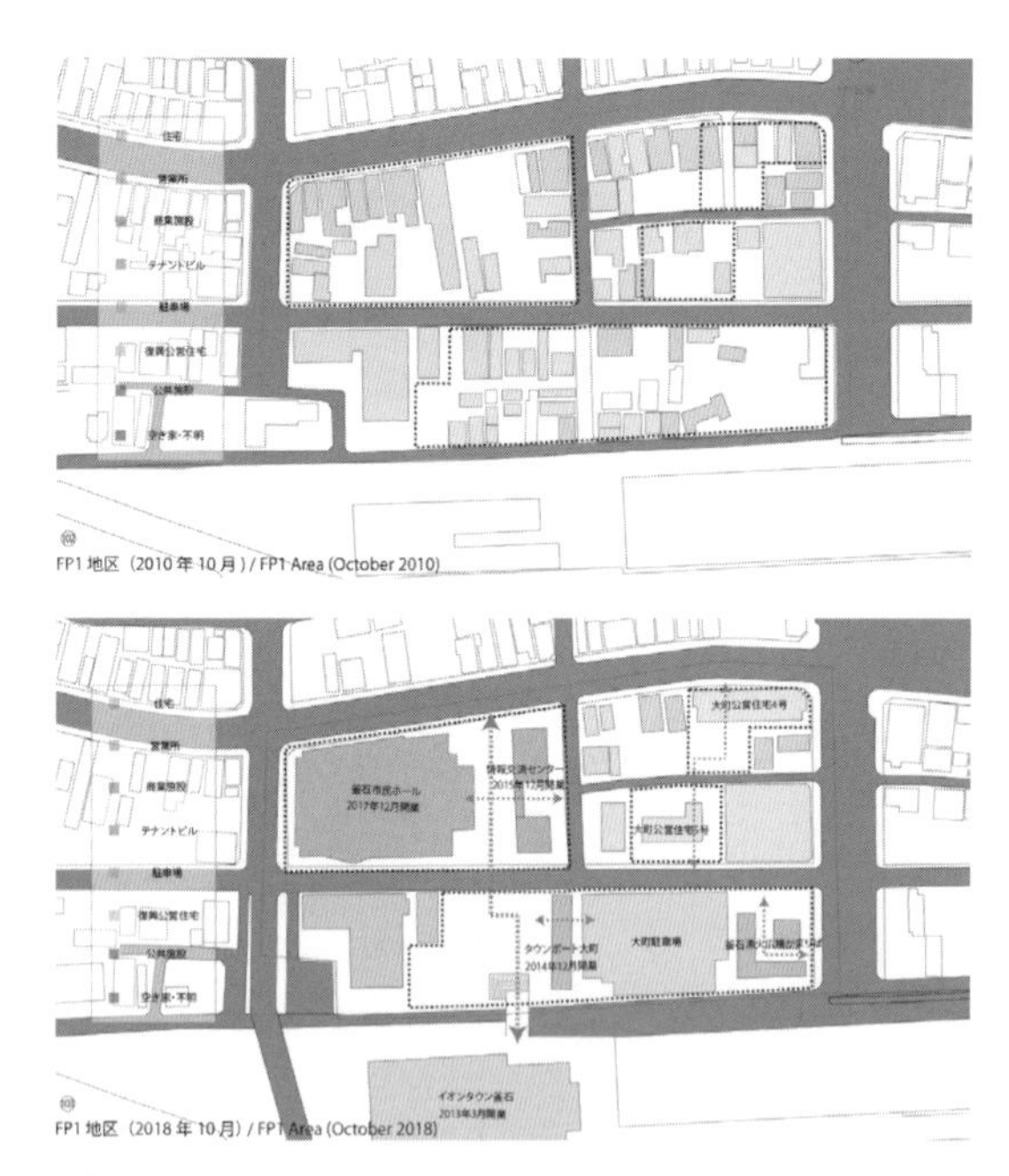

図 3.43　津波拠点事業を用いた公共施設事業の展開（釜石市・東北大学小野田・佃研究室、2019）

ムを整備するなど、総合的な調整が展開されている(図3・44)。

現地建て替え中心/複合復興事業型

特徴

・災害危険区域の段階的設定と合わせた嵩上げのない復興
・防災緑地的空間の整備による想定浸水高の軽減
・津波拠点事業による公共施設や公営住宅の街中への整備

要因

・復興ディレクターとしての学識経験者の参画
・設計プロポーザルの導入による設計への配慮
・デザインビルド、ECIなど発注方式の工夫

(2) 内陸移転中心(分散)——仙台市沿岸地区

・地理的・歴史的特性

人口約一〇〇万人と、東日本大震災被災地中最大の規模を誇る仙台市は、広瀬川の中流域、洪積台地に形成された伊達政宗によって開かれた城下を元に発展している。そのため、海岸線から遠い主要部は、今次津波でも被害を受けることはなかったが、沿岸部にあった下水処理場や都市ガス製造工場が大きな被害を受け、都市インフラが麻痺して市民が長期間不便を被るなど、典型的な都市型災害の状況を呈していた。また、内陸部では五七〇〇か所を超える造成宅地が被害を受け、それらの再生にも大きな労力が割かれることになった。

図 3.44　釜石市鵜住居地区の復興(釜石市提供)

・ **復興の戦略と合意形成の方法**

平野部に広範な被害が生じたことから、多重防御の考え方に立って二線堤を整える選択肢を取っている。地価や開発圧が高い都市近郊をできるだけ発災以前の土地利用に戻そうとするもので、被災者への再建に関する説明は旧集落を基本に行われた。被災地域ごとに移転先をまとめる誘導はあえて行っていないが、宮城県から配分された基金を活用して市独自の移転支援金を充てるなど、国と県の財政支援のもとで被災者の住宅再建を進めるために様々な施策を採用している。

多重防御の考え方は、当初、国の方でも盛んに喧伝されたが、実際にはコストがかかるため、実現までたどり着いたものは少ない。仙台市では、海岸線から一キロメートルほど内陸を走る県道を嵩上げして二線堤とすることを想定していたが、復興庁や県と折衝する中で、当初は防災上必要と計算された六メートルまでの嵩上げは困難であるとの認識が示されていた。そこで、学識経験者の協力を受けて独自に行った津波シミュレーションや（図3・45）それを反映させた費用便益分析の結果を提示しながら、移転住戸が大幅に減ることによって経費が縮減できることを説明し、最終的に実現に漕ぎつけている（図3・46）。

この二線堤の設定は、その堤外にある荒浜や藤塚といった旧集落を災害危険区域とする厳しい判断ではあったが、内陸

今後の予測のベースとなるもの
（大潮の満潮位での再現）

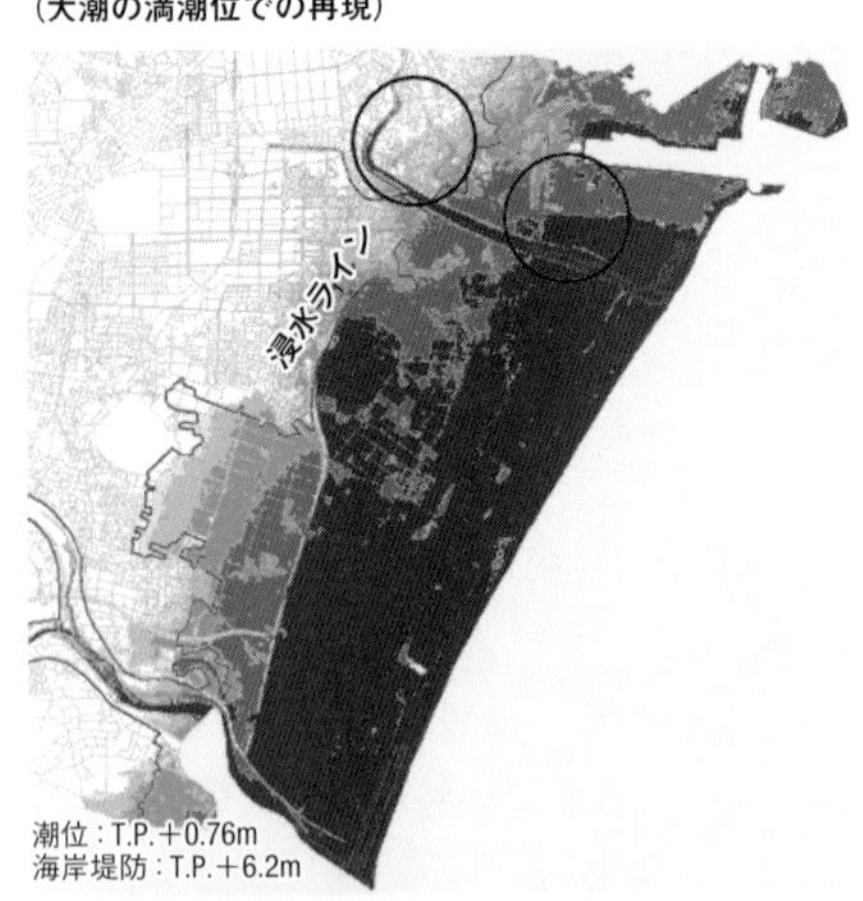

復興計画の前提としたもの

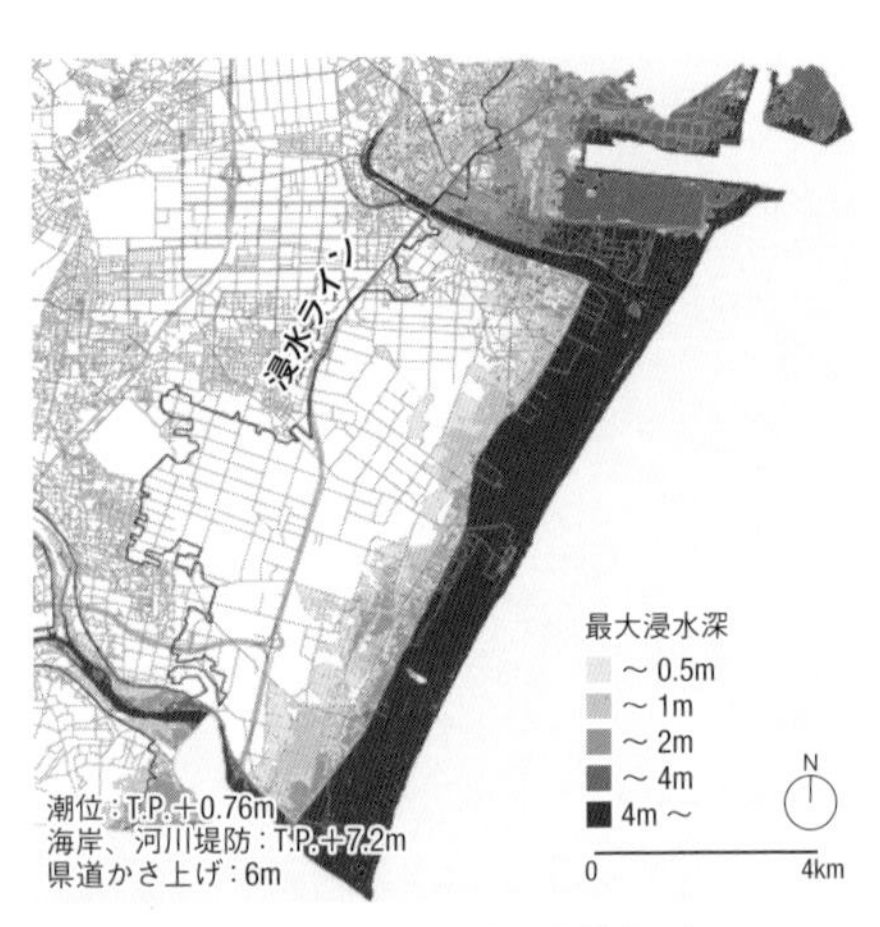

3.11の津波を最大限の満潮位（T.P.＋0.76m）で再現（3.11より1.2m高い）。堤防の高さと位置は震災時のもの。

・地形（標高）データ：2011年3月11日の震災直後の地形（地盤沈下を考慮）
・対象とする津波規模：過去最大クラスである、2011年3月11日の津波を東北大学がモデル化し再現

図3.45　仙台市による津波シミュレーション（仙台市提供）

側の堤内の住居、集落の風景、さらには近郊農地を維持し、そうした環境の保全による営農者の確保にも貢献するなど、総合的には効果の高いアプローチであったと評価できる。
　また、課題として残されていた海岸線の防潮堤と嵩上げした二線堤の間の災害危険区域の活用については、民間資本を活用した事業が立ち上げられている。

内陸移転中心／大都市型

特徴

・二線堤の整備による多重防御と近郊農地の保全
・二線堤から海側のエリアの災害危険区域としての指定
・自由な移転先の選定の支援
・低平地の活用に関する民間事業者の導入

要因

・市場性の高い立地
・学識経験者の活用による津波シミュレーションの再考
・費用便益による精査とそれら科学的データを元にした復興庁との交渉

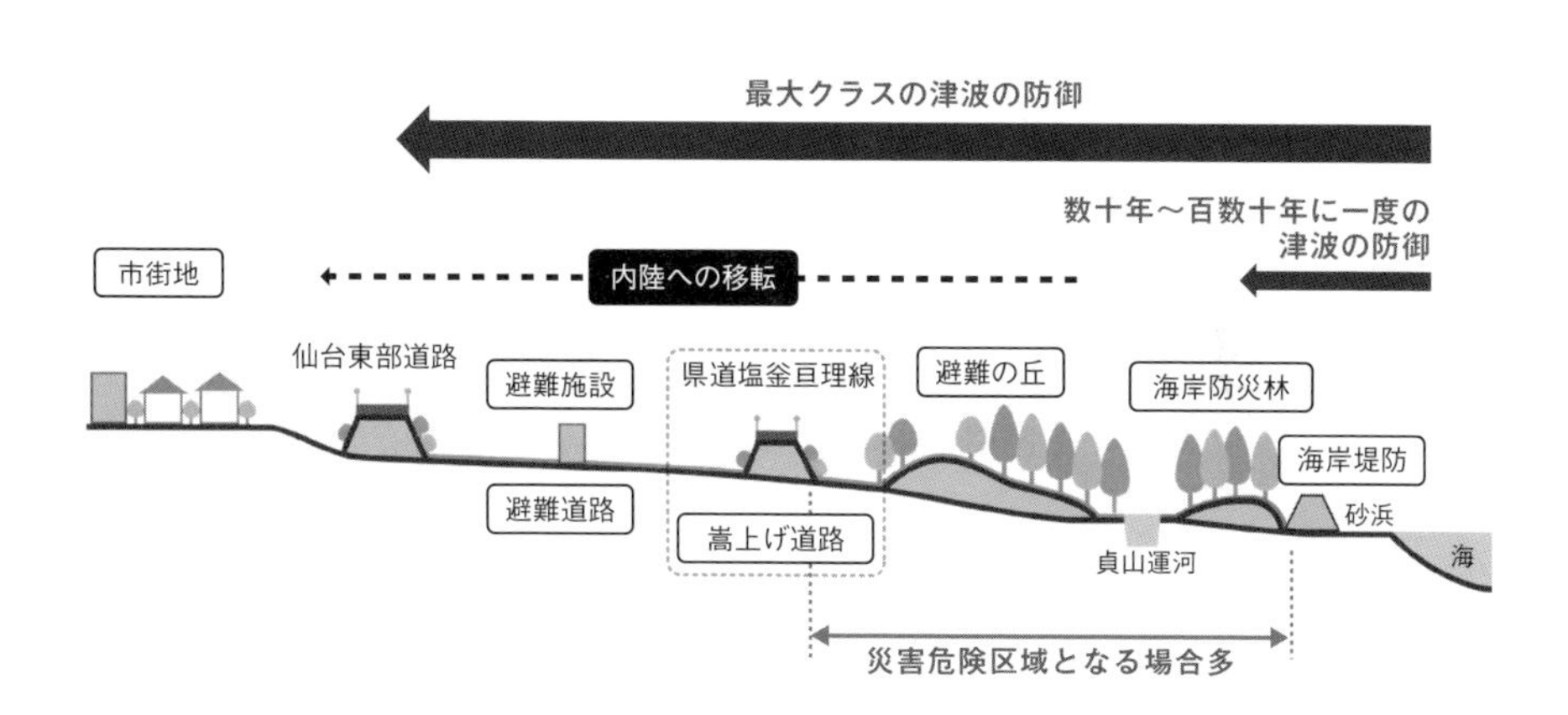

図 3.46　仙台市における復興計画の断面（仙台市提供）

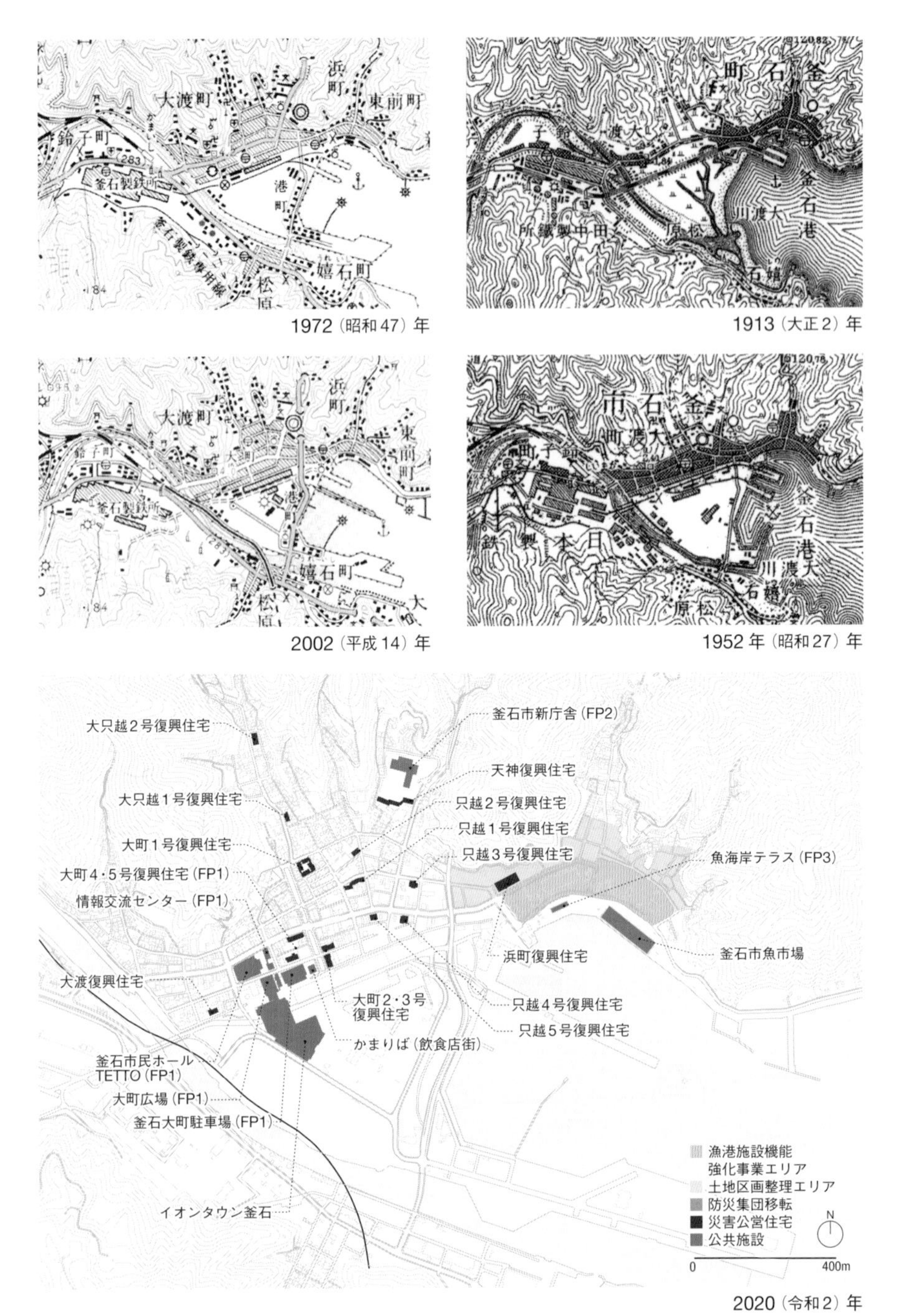

図 3.47　岩手県釜石市東部地区・現地建て替え中心

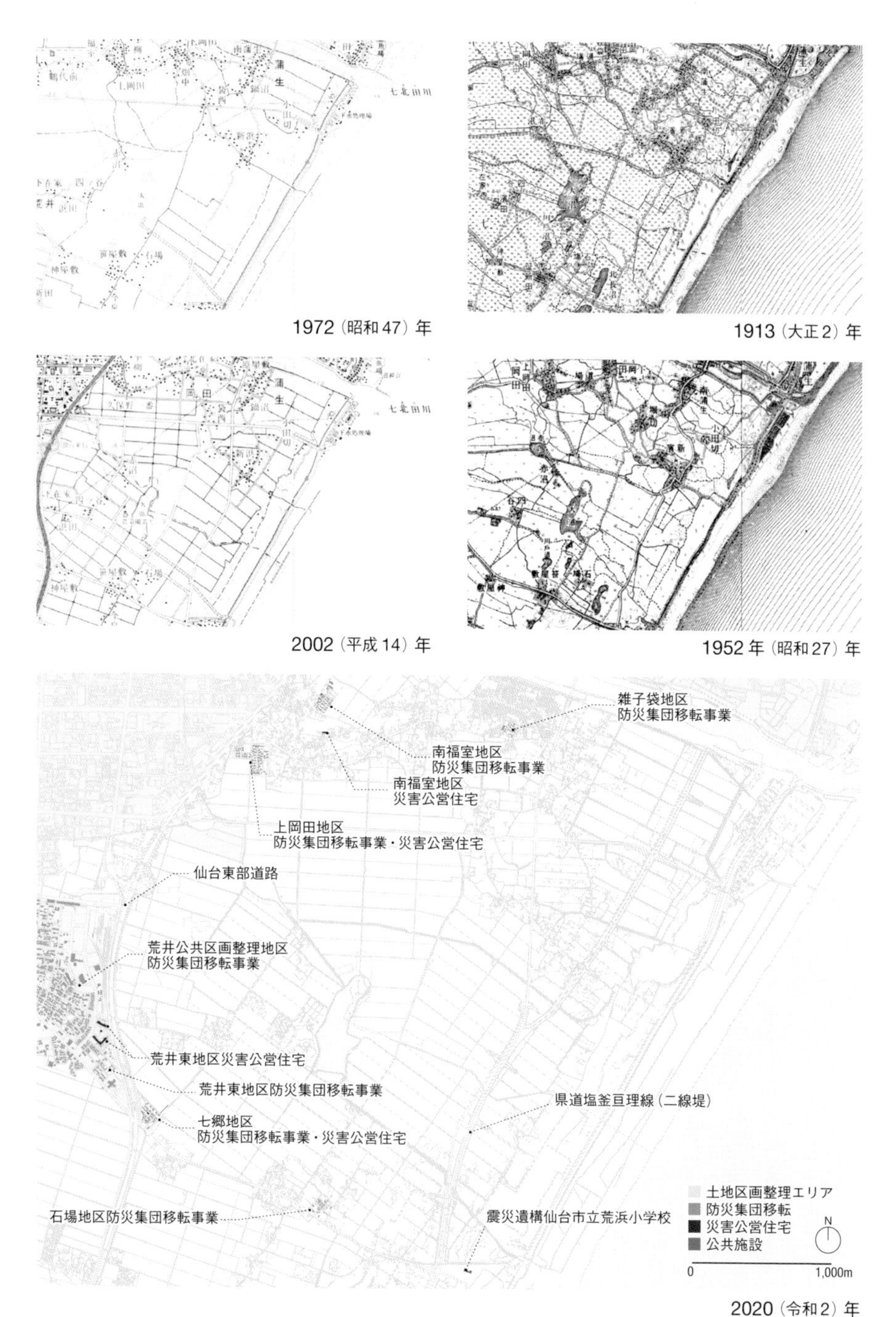

図 3.48　宮城県仙台市沿岸地区地区・内陸移転中心（分散）

5　小括——自治体ごとの復興計画からわかること

第2章で見たように復興の枠組は災害の内容によって大きく異なっており、そのあり方は国の体制にも影響を受けている。基礎自治体が大きな責任を負い、中央政府がそれを強力に支援する日本の復興では、政府がすべてを行っているようにも見られがちであるが、実際には、復興の影響を受ける被災者を含む地域住民、地域経済を牽引する商工業主、復興計画に関わる専門家や学識経験者などが様々な形で関わっている。

このことはインド洋津波やハリケーン・カトリーナからの復興で見られたマルチステークホルダーのように明確な外形を有する組織体の体は取っていないものの東日本大震災からの復興も基礎自治体を中心としながら、多様なマルチステークホルダーが関与した事例ということもできる。

以下、東日本大震災におけるそれら主体の関係の仕方についていくつかのポイントから概説したい。

1　希求された厳しい原則とその結果

地理的、文化的に様々な特徴を有するエリアを襲った東日本大震災からの復興における津波への対策は、その多様性ゆえに実際の対応を極めて複雑なものにしている。津波に対する恐れは、厳しい原則の導入をもたらしたが、その典型的な例が安全なまちづくりの作業指針として用いられた2－2ルールといえる。これは、津波の性向を取り入れたある種の合理性をもつものであったが、広範な被災エリアの多様さゆえにいくつかの地域では適応が難しく、実際の復興計画を過酷なものにする原因ともなった。

2　合意形成における中間単位（集落）の活用

比較的うまく復興を成し遂げた自治体で見られるのが、被災地域との密接なコミュニケーションを介した丁寧な合意形成である。第4節で紹介した岩沼市と七ヶ浜町は、旧集落単位を活用しながら被災者と丁寧に向き合うことにより、質の高い空間を整備した好例として知られているが、合意形成のために集落を活用したことのほか、庁舎が被災を免れ、役場が発災直後から全力で住民のために動けたことも有利に働いている。

これらの基礎自治体では、初動期において対面説明などを行いながら、特定の学識経験者の調達を戦略的に行うなど、巧みなプロセスマネジメントが行われている。基礎自治体の能力が復興において重要なことが理解できる。

一方で、地形的な要因もあって被害が甚大となり、庁舎も被災して自治体に大きな負荷が掛かった場合には大きな転換が求められる。第2章で述べたように、東日本大震災からの復興は基礎自治体が復興計画の策定と実施を担い、中央政府が予算措置などでそれを全面的に支える世界的にも稀な公共主体が突出したアプローチを取っている。こうした枠組の設定は、厳しい被害を受けた女川町や陸前高田市における大規模な嵩上げ事業を用いた復興の実装を可能とした。これらでは、第7章で示すような基礎自治体総出での対応が取られているが、事業実施が前景化したためか、県の津波シミュレーションの結果を比較的素直に受け取って、災害危険区域が内陸奥深くまで設定されていた。

また、南三陸町や石巻市雄勝地区のように、2－2ルールをそのまま受け入れるとかつて市街地があった低平地を居住地とすることが難しい地域も存在する。こうした事例の存在は、もう少し柔軟な対応による復興像はなかったのだろうかという問いを投げかけてもいる。

こうした困難さに、より柔軟な方法で対応した自治体も存在する。学識経験者やコンサルタント事務所と丁寧な共有を図りながら、2－2ルールを相対的に理解し、その場所に対応した方法を生み出すことで、多重防御の考え方を順守した釜石市や仙台市である。

3—学識経験者の活用と科学的アプローチの導入

釜石市では、嵩上げせずに安全を確保する方法を学識経験者や専門家との協働の中で練り上げている。実装の過程でも二線堤の役割を果たす緑のマウンドの実現に復興交付金を用いるのが困難だと見て取るや社会資本総合整備交付金を用いてそれを整備するとともに、段階的災害危険区域を導入し、市の中心部において嵩上げすることなく安全を確保するなど、多層的な判断を素早く展開している。

一方の仙台市においては、費用便益算定や嵩上げによる津波シミュレーションなど、学識経験者や専門家との協働を介して、県道嵩上げの合理性を粘り強く説明した。そして、様々な事業手段を用いながら二線堤となり得る高さまでの県道の嵩上げを実現し、広範な近郊農地を災害危険区域から外すことに成功している。

ここでは取り上げなかったが、女川町同様に民間事業者が

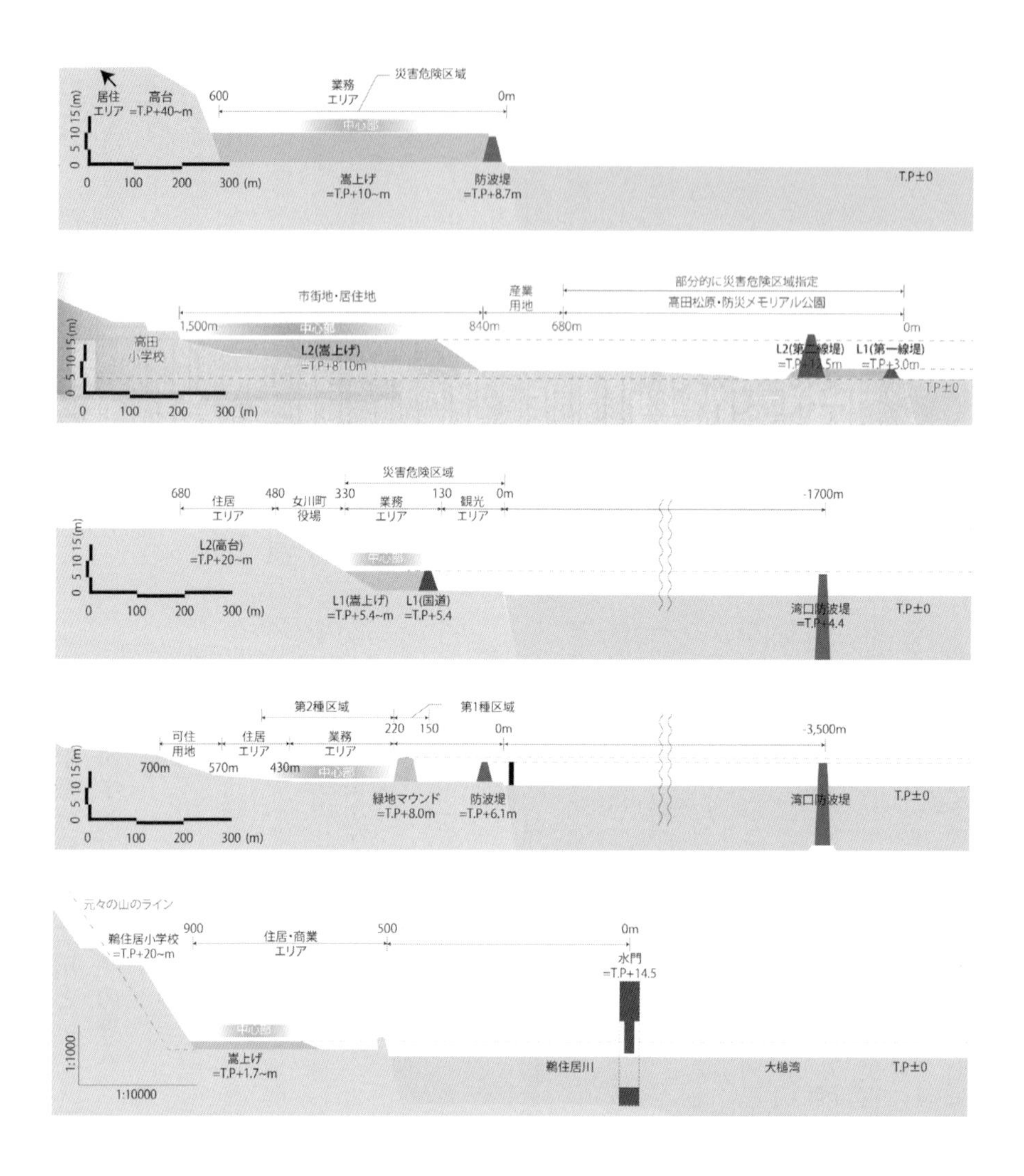

図 3.49 断面で見た復興計画

(上：南三陸志津川、中上：陸前高田市高田、中：女川中心、中下：釜石市東部、下：釜石市鵜住居)

積極的に復興に関与し、巧みな防潮堤の設定、段階的な災害危険区域とそれに対応した建築の設定で復興を成し遂げた気仙沼市内湾地区の復興、さらには商業地区の復興において地元民間資本をうまく導入した大船渡市の事例など、優れた復興を成し遂げた事例は他にも存在する。

これらに共通するのは、被災した商業者など民間の人々がネットワークを組織して復興への関与を積極的に行ったこと、行政担当者や担当コンサルティング会社が技術や経験を有する外部協力者に巧みなアプローチを行い人的資源を調達したこと、そして基礎自治体の復興を司る部署がそれらを復興計画に紐づけ、統合していく積極的なマネジメントを行ったことなどである。

4 ― 基礎自治体の実装能力と真の復興主体

こうした一連の事例は、基礎自治体が踏み込んで骨太な戦略を練り上げるとともに、それを実装する有能な協力者を調達すれば、困難なルートを突破できる道が開けることを示している。これら基礎自治体の実装能力とその実態については、第7章でさらに掘り下げる。

この構造をより多面的に見るには、復興事業の起点をつくる基礎自治体だけにとどまらず、本来の意味での復興の主体である被災者側から丁寧に見ることが必要となる。そこで、続く第4章、第5章では被災した生活者の視点に立って、住まいの復興の状況を見ていく。

注1　気象庁報道発表資料によると、地震から三分後の一四時四九分津波警報が発表されている。検潮所での最大波の計測は、岩手県大船渡で一五時一八分（八メートル以上）、岩手県宮古で一五時二六分（八・五メートル以上）、宮城県石巻市鮎川で一五時二六分（八・六メートル以上）、宮城県仙台市仙台新港で一五時五〇分（六・二メートル以上）、福島県相馬で一五時五一分（九・五メートル以上）と、概ね三〇分から一時間の間に最初のピークが到達している。それぞれの観測地点で三メートル以上の波が到達したのはその三分から五分程度前と観測されている。

注2　データは、消防庁の発表した値である。

注3　筆者自身、自治体の推挙で直轄調査の学識となっただけでなく、現場担当の実務者として、国交省都市局が選定した担当者や学識チームと共同して復興に当たるといった多層的な経験をした。復興直後に立ち上げられた仕組みで様々な課題はあるにせよ、被災自治体の多くは専門職員も少なく大きく被災していたために（第7章）、このシステムは心強い存在であったと記憶している。

注4　東日本大震災において多くの被災地で活用された防集は、一九七二年の梅雨前線豪雨災害を契機に成立した「防災のための集団移転促進事業に係る国の財政上の特別措置等に関する法律」（一九七二年）に基づいており、居住に適当でないと認められる区域内の住居の集団移転を促進することを目的としている。「災害が発生した地域又は災害危険区域のうち、住民の居住に適当でないと認められる区域内にある住居の集団的移転を促進するため、当該地方公共団体に対し、事業費の一部補助を行い、防災のための集団移転促進事業の円滑な推進を図るものです。」（国土交通省）と記述され「一〇戸以上（移転しようとする住居の数が二〇戸をこえる場合

注5　には、その半数以上の戸数）の規模であることが必要（同上）という条件がついているが、小規模な漁村などが数多く被災した東日本大震災では、特例として五戸以上に緩和された。

注6　津波拠点は、「津波防災地域づくりに関する法律」（二〇一一年一二月二七日施行）に規定される都市施設を整備する事業で、土地利用計画の策定が求められるものの区画整理事業より簡便でより小さな規模の面整備が想定されている。

注7　がけ地近接等危険住宅移転（がけ近）事業は、二〇〇一年に成立した「土砂災害危険区域等における土砂災害防止対策の推進に関する法律」に定められている都道府県知事による土砂災害特別警戒区域（レッドゾーン）の建築物への移転勧告を実装化する制度で、東日本大震災直前の二〇一〇年に施行されている。

注8　図中の配布調査の回収率は「有効回収世帯数／配布世帯数」、面談調査のそれは「面談実施世帯数／調査対象世帯数」である。回収率・集計日は、自治体ウェブサイト掲載の意向調査結果を参考とし、掲載のない調査については ヒアリングで補った。面整備を示すバーの始点は大臣同意（防集）・都市計画決定（区画整理、津波拠点）の時期、終点は事業認可である。災害公住は三か月ごとの設計着手状況報告による。なお、漁集事業は調査時女川町のみでしか着手されておらず、除くこととした。

注9　復興基本方針は、復興計画の策定にあたり、住民に復興に向けた基本的な方向性を示すために多くの自治体で策定されたものである。宮城県沿岸部被災自治体一五市町のうち一一市町が策定している。

注10　基本方針未策定の自治体にヒアリングを行った結果、いくつかでは被災者のためにいち早く復興計画をつくろうとする首長の方針と答えていた。早期に復興計画を策定した岩沼市では、意向調査は行われていないが、市は早期に敷地を確定させた上で、防集対象の六集落の関係者とすり合わせを行い、大枠での計画策定にこぎつけている。

注11　復興業務に取り組む被災自治体では、多くの案件を並行してこなすこととなる。事業の一つひとつにはそこに深く関わる被災者や関係者が存在するために、それらのニーズに寄り添うことが求められる。その上で、整合性のある事業になるように技術面や予算面での精査を繰り返していく。筆者である小野田らは、復興に関する包括協定の締結や復興ディレクター、復興アドバイザーとして委託に応える形で、復興を統轄する行政内の部局が取り組んでいる様々な業務にエージェント的に関わって来た。その内容は、学生とともに行った被災状況や被災者ニーズの調査、復興に関する計画の立案、被災者とのコミュニケーション、事業に関わる専門家間の調整、庁内での意思決定の支援など多岐にわたる。

注12　解析に用いる指標は、過去の研究（小野田、二〇一五）などを参考に様々な組み合わせを試行した上で、変数間に極端な相関がなく、主成分分布に妥当性があり、かつ被害と復興事業の状況を説明可能なものを抽出した。

注13　こうしたランドスケープの実現にはこの町出身のランドスケープデザイナー石川幹子氏の献身的貢献があった。災害公営住宅の実現には、宮城県土木部復興住宅整備室（初代室長…三浦俊徳）、東北大学小野田・佃研究室などが支援している。

注14　拠点的な施設については、建築家伊東豊雄、都市計画者遠藤新、筆者らをディレクターとした「釜石みらいのまちづくり事業」により、設計プロポーザルによって設計者が選定されている。このディレクターは初期には津波評価のために防災学者の越村俊一、後期にはランドスケープアーキテクトの長濱伸貴が加わっている。嵩上げを行わずに得た余力を環境の質の確保に振り向けているのである。その他、復興事業実施においてもデザインビルドやECIなどの施工リスクに配慮した発注方法も行われている。こうした事業の統合的な展開には、外部人材の活用のほかに、第7章で示すような「復興局」の採用による各事業の総合的管理といった基礎自治体側の組織運営も寄与している。

Behind
the Scenes

Process
of Architecture Reconstruction
and Community Revitalization
after the 2011 Tohoku
Earthquake and Tsunami

2011

2012

2013

2014

2015

2016

2017

2018

第4章 災害公営住宅の整備

1　住宅被災規模と災害公営住宅

本章では災害公営住宅を対象に、具体的な取り組みを見ていく。近年の災害において、災害公営住宅は主要な公的復興事業のひとつとされており、東日本大震災以前にも多くが建設されてきた。しかし、それぞれの災害復興は、異なる地域特性や社会的背景のもと取り組まれるものであるため、標準的な設計を用いて均質な空間をただ実現すればよいものではなくなっている。それでは、災害公営住宅を実現するために、どのような方策が取られたのか。物理的な環境を具現化するための「方法」に絞り、その実状を明らかにしてみたい。

1—住宅復興の概要

まず始めに東日本大震災の被害の状況と公的な住宅復興事業について各自治体の相違を確認したい（図4・1）。東日本大震災で被害を受けた棟数は二〇二〇年時点で、全体で四〇万四九三七棟（全壊棟数／半壊棟数…一二万一九九六／二八万二九四二）（消防庁災害対策本部、二〇二〇年三月一〇日）だが、そのほとんどが岩手二万六〇七九棟（一万九五〇八／六五七一）、宮城二三万八

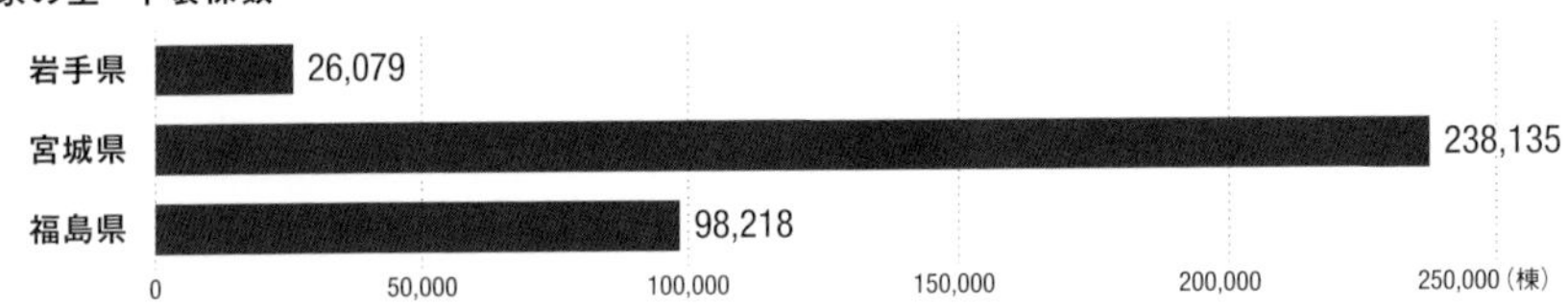

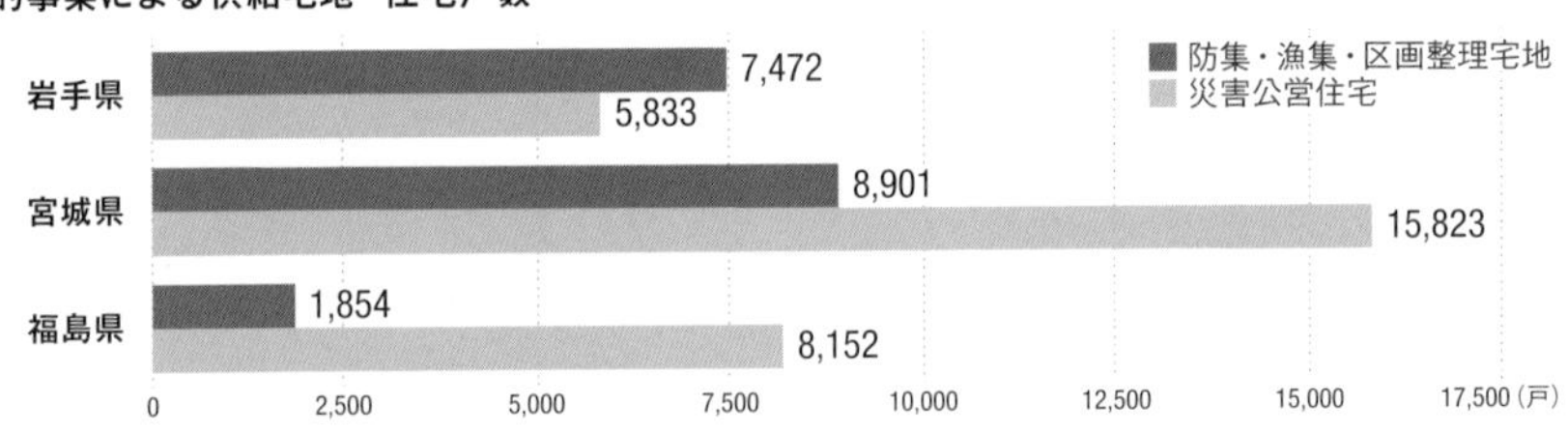

図4.1　被災三県の被害と公的宅地・住宅供給の状況
（上：消防庁、2020、下：復興庁、2020を元に作成）
※ 宅地・住宅については戸数表記だが、被害数については戸数を確認できないため棟数表記となっている。
本文で触れている割合については、おおよその目安を図るため便宜的に示している。

一三五棟（八万三〇〇五／一五万五一三〇）、福島九万八二一八棟（一万五四三五／八万二七八三）の三県に集中している。三県の割合は全半壊では八九・五％、全壊に限ると九六・七％となっている。三県を比較すると、大都市仙台を抱え、広大な平野部に津波が浸入した宮城県の全半壊棟数が最も多く、福島県、岩手県と続く。

復興事業で整備される住宅資源、すなわち災害公営住宅と防集等民間宅地の合計を見ると、被害の大きな宮城県が最大で約二万五〇〇〇戸、次いで岩手県の約一万三〇〇〇戸、福島県の約一万戸となる。全半壊棟数に占める災害公営住宅戸数と防集等民間宅地数の合計の割合を見ると、岩手では五一・〇％と高率だが、宮城一〇・四％、福島一〇・二％と一割程度となっている。災害公営住宅の戸数が、全半壊棟数に占める割合を見ると、岩手二二・四％、福島八・三％、宮城六・六％であり、民間住宅市場が成熟していた宮城では最も低く、一割を切っている。

それでは、具体的にどのように公的な整備が計画されたか、二〇一五年時点の住環境整備計画から県ごとの特徴を見ていきたい。

2―岩手県の住宅復興

岩手県の住宅復興と整備手法の詳細を図４・２に示す。リアス式海岸沿いの小都市や漁村が多かったため、全半壊棟数は宮城県の約一割程度であった。全半壊棟数が最も多いのは大槌町で、宮古市、陸前高田市、大船渡市、釜石市、山田町が並んでいる。一方で公共の復興事業による整備数を見ると、災害危険区域を段階的に設定した宮古市、高台にある市中心部が津波の被害を受けなかった大船渡市では、災害公営住宅や防集などによる宅地供給数は抑えられている。対照的に大規模な嵩上げ工事が行われた陸前高田市では、被災家屋に占める宅地供給数は多い。釜石市では、中心市街地に災害公営住宅を多く建設して、将来的にコンパクトな都心居住が実現可能となることを目指して復興事業を展開したため、災害公営住宅の割合が高くなっている。

小規模な整備にとどまった自治体は、民間買取が過半となっている田野畑村以外、自治体が直接建設する形式が中心である。著しい建設単価の上昇に見舞われた釜石市は、価格を抑えられる買取を過半とし、残りを県営とURが占める発注となっている。こうした民間買取は、被害が甚大な大槌町や山田町でも取り組まれた。

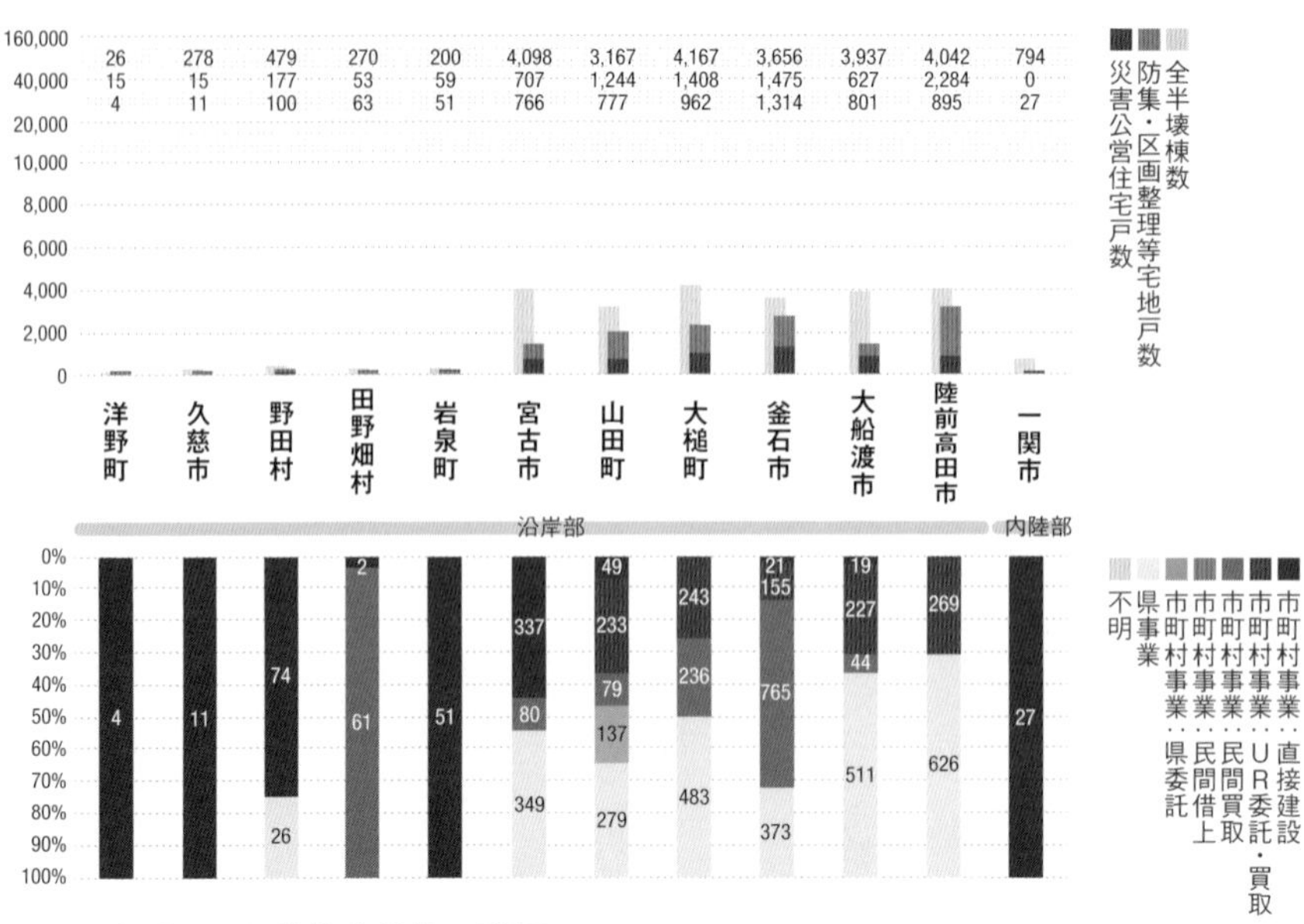

図 4.2　岩手県の公的住宅供給の詳細 注1

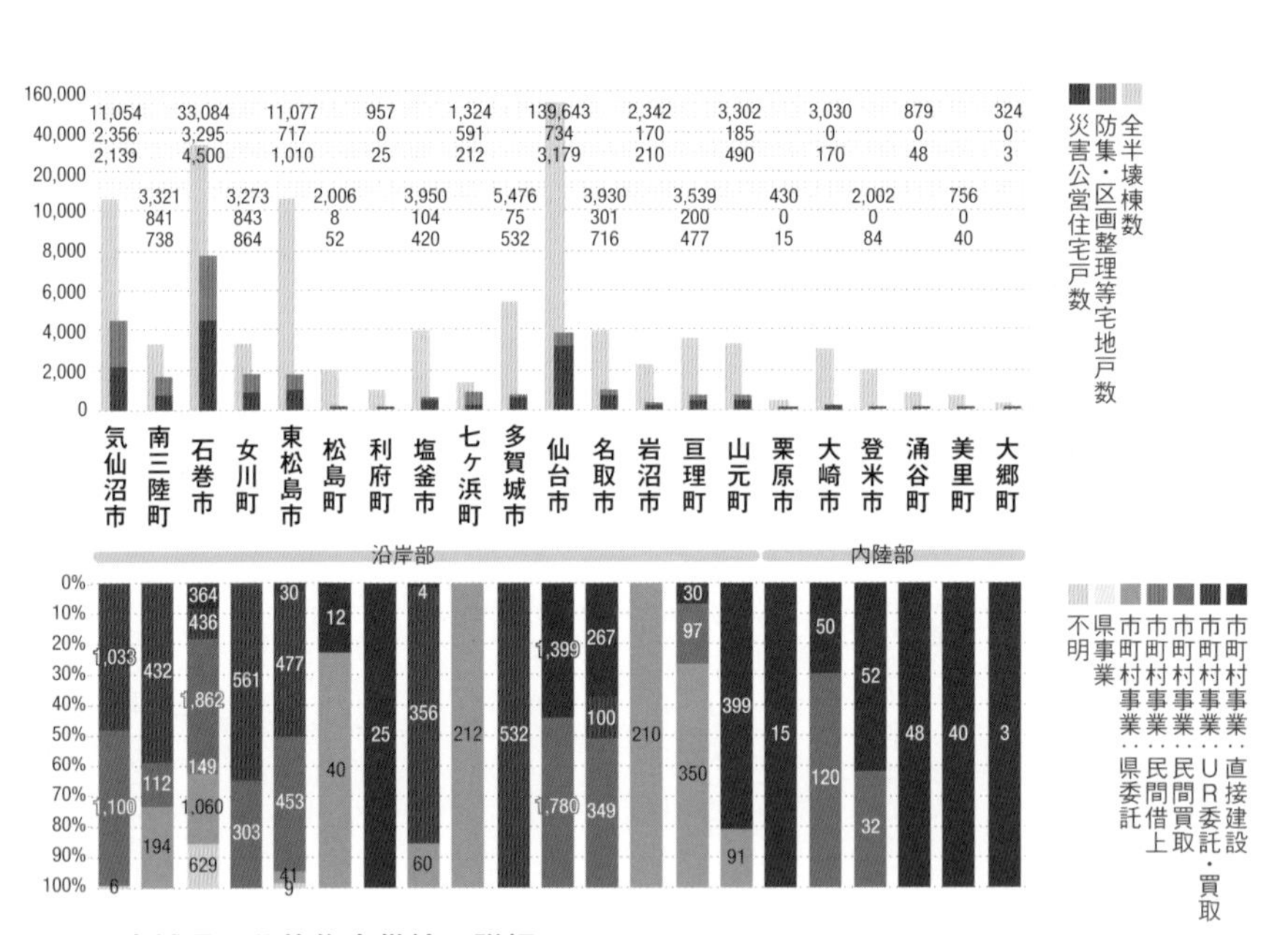

図 4.3　宮城県の公的住宅供給の詳細 注1

3 宮城県の住宅復興

同じく宮城県の状況を図4・3に示す。仙台市の全半壊棟数が圧倒的だが、全壊棟数だけを比較すると、仙台市(三万〇〇三四棟)と石巻市(二万〇〇四四棟)の二つの自治体の被害が突出し、気仙沼市(八四八三棟)、東松島市(五五一九棟)がそれに続いている。災害公営住宅の整備数も概ねこれと連動し、石巻市、仙台市、気仙沼市、東松島市、女川町、南三陸町、名取市が多数の整備を計画した。

一方で、被害に占める公的な復興事業の割合は全体的に低い。これは、住宅市場が成熟し、ストックが十分にあることが挙げられる。また、第3章で見たように、仙台市が、津波被災地域の多くを二線堤によって災害危険区域から外し、多くの地区で現地での自力再建を可能にしたことから、がけ地近接等危険住宅移転事業(通称…がけ近)などを活用して自力再建を行った例が多いためである。宮城県は、災害公営住宅として県営住宅を建てない方針としたが、代わりに、災害公営住宅の設計者選定・発注・建設発注などを県が執行する支援を行った。特に、七ヶ浜町、岩沼市では、自治体支援に入っていた専門家と共同して、設計プロポーザル事業を実施し、質の高い住宅が整備された。整備数が最も多い石巻市では民間買取を始め、様々な方法を使い分けており、その中には地元の事業者と連携する協議会方式なども含まれている。

4 福島県の住宅復興

最後に福島県の状況を図4・4に示す。原発事故の影響で、被害者が広域に避難したため、沿岸部にとどまらず県全体で幅広く整備が行われた。他の二県に比べると二〇一五年段階の進捗は遅かった。この時点(二〇一五年九月末)で、福島県全体で災害公営住宅七八七八戸、民間住宅等用宅地一八五四戸が計画されている(二〇二〇年九月末時点では、前者は八一五二戸、後者は同数)。

規模の大きいいわき市が全半壊棟数が最も多く、これに郡山市、須賀川市、南相馬市と福島市が続く。また、放射線量の関係から土地利用が決まらないため、防集や区画整理といった面整備事業の割合も少ない傾向にあった。

災害公営住宅整備では、いわき市、南相馬市の比重が大きい。福島第一原子力発電所による高放射線量地域の南と北の拠点での整備が進んでいたことがうかがえる。発注区分で見ると、いわき市、南相馬市、広野町、白河市、川俣町では基礎自治体と県の直接整備が中心である。葛尾村、富岡町、楢葉町、川内村といった福島第一原子力発電所に近い自治体では、ほとんどが民間からの買取となっている。福島市、郡山

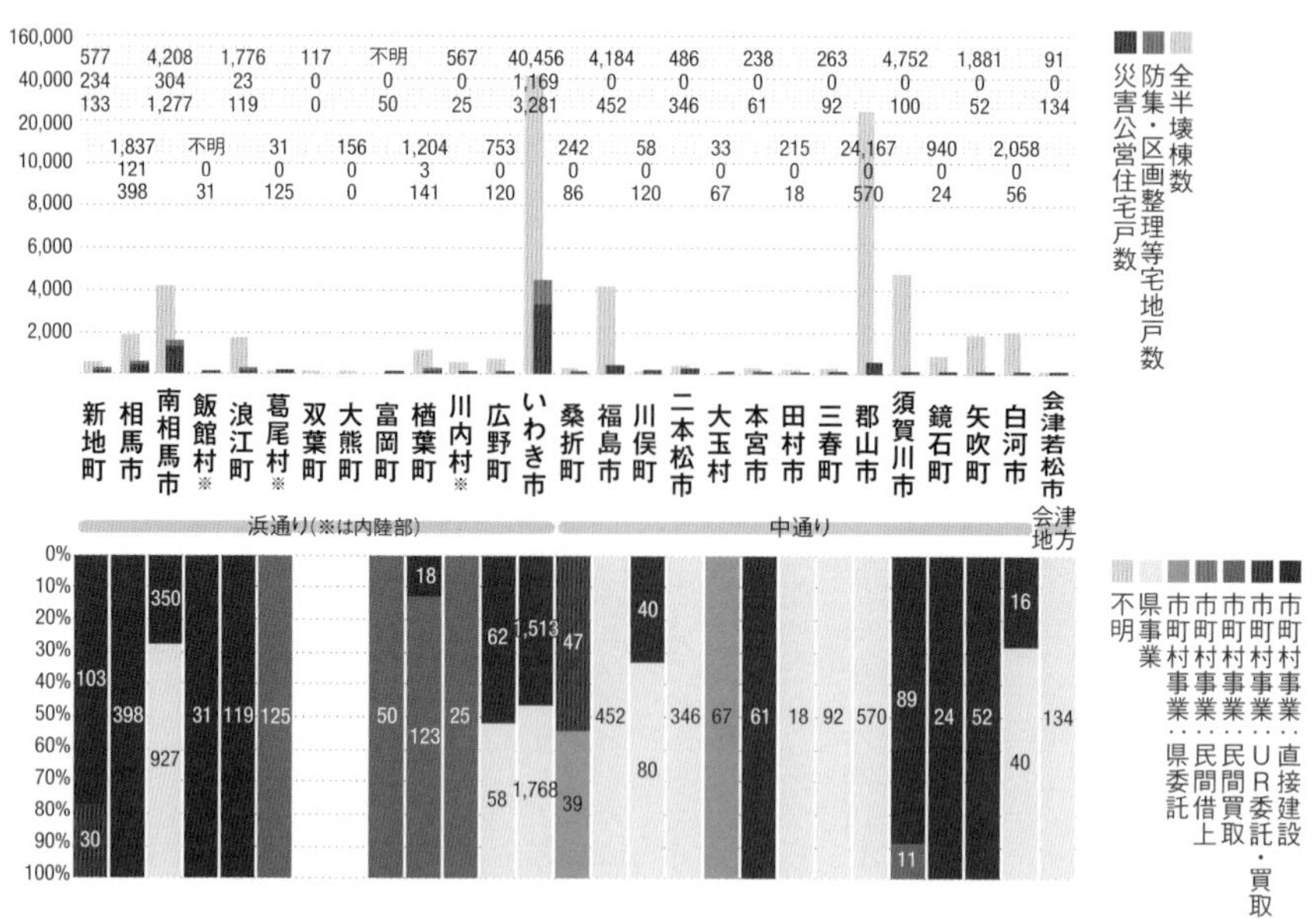

図 4.4　福島県の公的住宅供給の詳細 注1

市、二本松市、会津若松市などの内陸の大型自治体では、ほぼすべてが県の整備であった。

5 ― 自治体の特性と住宅復興

このように、東日本大震災からの住宅の再生は県や自治体ごとに多様な様相を呈している。これは第2章で述べたように、基礎自治体による判断を支援する方向で復興が進められていることに加えて、第3章で示したように自治体の地勢的な位置づけとその規模が深く関連するためでもある。

2 住まいの復興と災害公営住宅
――役割の変遷

住まいの確保は、復興において最も重要な与件のひとつである。その中でも災害公営住宅の計画と建設は、復興事業の主要なひとつであるにとどまらず、自力再建が難しい被災者を支えるセーフティネットともなる重要な要素である。そのため過去の災害からの復興においても多くの労力が割かれ、様々な建築的試みが行われた。そうした試みが、実際にその後の社会を発展させる契機にもなっている。

本節では、国内で起きた大災害において過去に取り組まれた災害公営住宅の流れを概観し、東日本大震災で新たに提示された事例を加え、災害公営住宅の可能性とその課題について整理する(図4・5)。

1― 関東大震災

近代日本における最初の巨大都市災害ともいえる関東大震災(一九二三年)では、この災害からの復興のために設けられた組織、同潤会が大きな役割を果たした。中でも特徴的なのは、都市の不燃化を推進するために、鉄筋コンクリート造の住宅が供給されたことで、一五か所のアパートメント事業、一か所の不良住宅地区改良事業が実現している(図4・6)。火災から街を守るという防災上の観点にとどまらず、店舗や食堂、保育室などを一階に設け、都市居住における新たなライフスタイルを提示し、ソーシャルミックスも試みた先駆的な住宅であり、その後の都市づくりにも大きな影響を与えた。老朽化に加え、土地の高度利用の要求により、二〇一三年に最後に残った上野下アパート(東京都台東区)が解体された現在においても、日本の都市居住のモデルを示した象徴的試みとして高く評価されている。

2― 阪神・淡路大震災

阪神・淡路大震災(一九九五年)では、老朽化した低質低家賃住宅などの住宅倒壊が多数発生したため、災害公営住宅の大量建設によって必要な住宅を供給することとなった。避難所、仮設住宅、災害公営住宅という単線型プログラムであったことが指摘されている(高田、二〇〇五・塩崎、二〇一四)。復興計画における災害公営住宅(計画では災害復興公営住宅と記述)の目標供給数が、発災から約半年後の一九九五年八月に策定された「住宅復興三ヶ年計画」において、二万四〇〇〇戸と定められる。その後行われた被災者調査の結果を反映させてこの数字は、一年後の一九九六年八月に三万八六〇〇戸に改訂され、最終的に約四万二〇〇〇戸が供給された。

このように多くの災害公営住宅を短期間で供給するにあたり、設計の標準化や供給に関する公的事業主体や民間事業者との連携が進められた。注2 もうひとつの特徴として挙げられるのが、被災を受けた下町地域に多く残っていた濃密なコミュニティを継続する目的や高齢者・障害者向けに設けられた一連の住宅群である。前者では、独立した玄関をもつ各住戸と住棟全体で共有する居間や台所が整備されたコレクティブ・ハウジング（二〇団地）、後者では共通の玄関を介して各部屋に至るグループハウス（一団地）が実現している。

コレクティブ・ハウジング（図4・7）では、各戸の独立性は担保しつつ共食のためのダイニングが設けられている点が画期的であり、実際に住民同士での交流も行われていた。しかし、リーダーの有無による活動展開への影響や、居住者が高齢化し、立ち上げ期のことを知らない人たちが増えるに従って、利用頻度が低下するといった課題が指摘されている（小谷部、二〇〇五）。グループハウスは、ケア付き仮設住宅の後継住宅として整備されたもので、運営を担う社会福祉法人の介護士が生活支援員（ＬＳＡ）として常駐しており、生活する身体的に虚弱な状態にある高齢者に対し、二四時間の見守りな

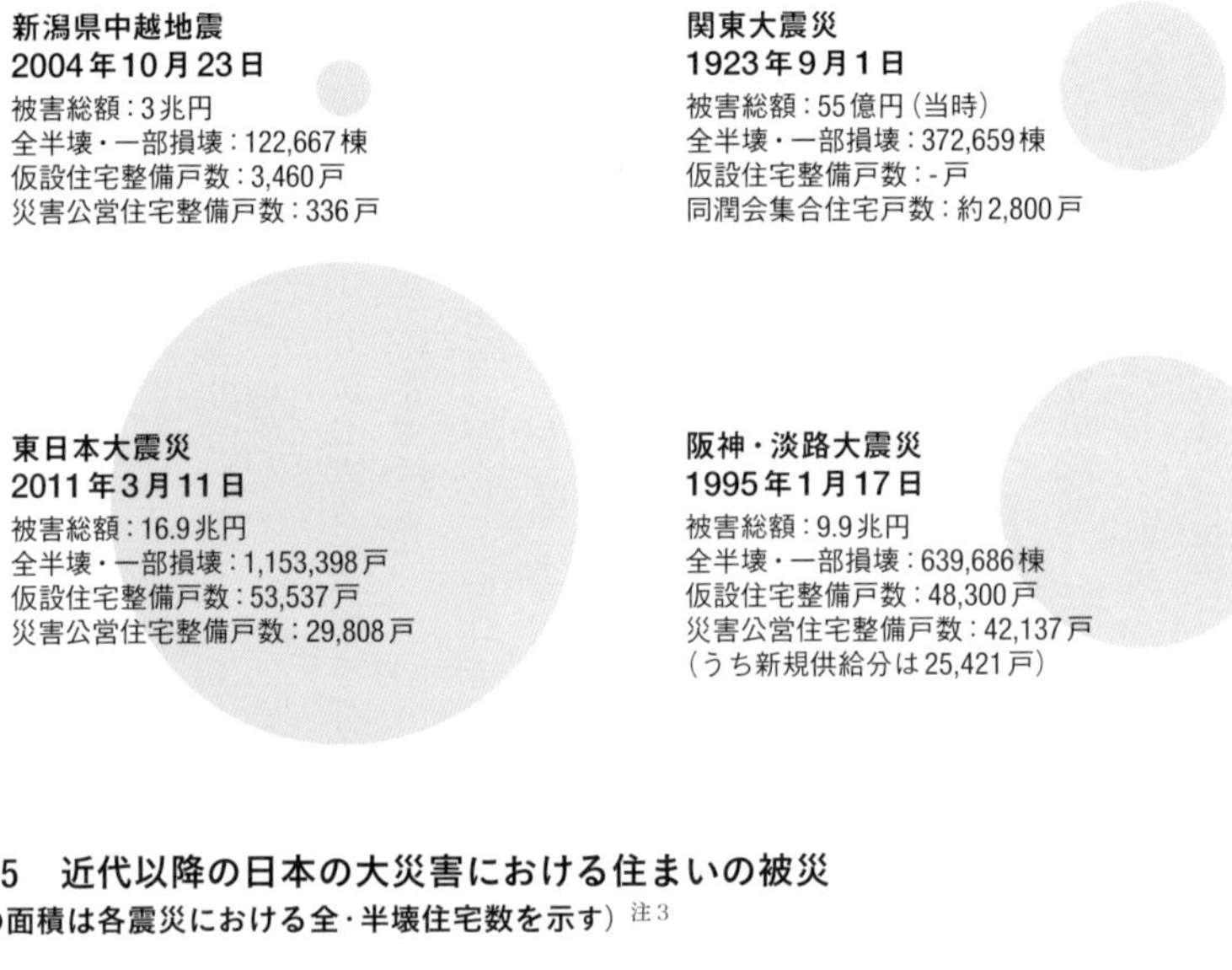

新潟県中越地震
2004年10月23日
被害総額：3兆円
全半壊・一部損壊：122,667棟
仮設住宅整備戸数：3,460戸
災害公営住宅整備戸数：336戸

関東大震災
1923年9月1日
被害総額：55億円（当時）
全半壊・一部損壊：372,659棟
仮設住宅整備戸数：-戸
同潤会集合住宅戸数：約2,800戸

東日本大震災
2011年3月11日
被害総額：16.9兆円
全半壊・一部損壊：1,153,398戸
仮設住宅整備戸数：53,537戸
災害公営住宅整備戸数：29,808戸

阪神・淡路大震災
1995年1月17日
被害総額：9.9兆円
全半壊・一部損壊：639,686棟
仮設住宅整備戸数：48,300戸
災害公営住宅整備戸数：42,137戸
（うち新規供給分は25,421戸）

図4.5　近代以降の日本の大災害における住まいの被災
（円の面積は各震災における全・半壊住宅数を示す） 注3

図 4.6　同潤会上野下アパート（関東大震災）
同潤会上野下アパート［1929－2013］　供給主体／同潤会
代官山、青山、江戸川などに建設された15か所のアパート事業のひとつ。表通りに面する棟は1階部分が店舗の下駄履き住宅となっていた。

図 4.7　兵庫県真野ふれあい住宅（阪神・淡路大震災）
兵庫県真野ふれあい住宅［1998］　供給主体／神戸市
多様な世帯による相互扶助を意図し、共食室などを設けたコレクティブ・ハウジング。周辺の路地的環境を取り込んで、通り抜けができるようになっている。

図 4.8　山古志復興公営住宅（新潟県中越地震）
山古志復興公営住宅［2006］　供給主体／旧山古志村
竹沢小学校跡地などに建設、景観を考慮して県産杉を使用。除雪の手間が省けるように自動落雪屋根を設けるなど、高齢者にも配慮。

図 4.9　七ヶ浜町菖蒲田浜災害公営住宅（東日本大震災）
七ヶ浜町菖蒲田浜災害公営住宅［2015］　供給主体／七ヶ浜町
プロポーザルによって設計者を選定。住民間の気づきを意図してリビングアクセス型住戸を採用し、住戸はユニットごとに向かい合わせとなる形態を採用している。

どのケアを行っている。介護保険法の施行前に実現した先進的な事例であるが、住宅施策でありながら福祉施策との境界線上にあるという特殊性もあり、実現・運用されているのは一棟だけであった。

3 — 新潟県中越地震

中山間地域の災害であった新潟県中越地震（二〇〇四年）では、従来からの課題である人口減や高齢化、克雪や地域コミュニティの涵養などに加えて、地域の持続可能性を向上させる交流人口確保のための配慮などが求められた。旧山古志村に建設された木造の災害公営住宅では、既存景観に配慮した形態・色・素材や、雪を落としやすい切妻屋根が採用されている（図4・8）。自立再建者のための試作棟と公営住宅から成る竹沢団地では、公共の緑地を中心に建物がバランスよく配置され、住民によって野菜や花が育てられるなど、共用空間がコミュニティの紐帯として機能している。

4 — 東日本大震災

東日本大震災からの復興においては、土地利用の大幅な改変や災害ハザードの設定といったインフラ事業が中心となった。そのため復興の初期段階の災害公営住宅事業では、従来の片廊下型の共同住宅が採用される傾向が強かった。しかし、早い時期に実現したURによるコミュニティに配慮した住宅や、基礎自治体の発意による生活の質を重視した試みも行われている。

後者の契機のひとつとして被災自治体関係部署への過去の知見の情報共有の機会[注4]があげられる。過去の災害からの学びにより、宮城県復興住宅整備室と東北大学災害科学国際研究所による設計プロポーザル（七ヶ浜町、岩沼市）、建築家と組んだ買取での実践（釜石市、石巻市）、景観に配慮した浜の住宅整備（釜石市）などが実現している（図4・9、4・10）。

図 4.10
釜石市の中心地域に建つ災害公営住宅群

3 コミュニティ配慮型の住宅整備へ

阪神・淡路大震災の教訓は、東日本大震災被災地の災害公営住宅に特に影響を与えた。その具体的な内容を見ていく。

1 ― 阪神・淡路大震災における対応

一九九五年に発生した阪神・淡路大震災からの復興における災害公営住宅整備では、多くの被災者が住んでいた制約の多い狭隘な街なかを避け、沿岸の埋め立て地や六甲山地を越えた遠い郊外を含めて敷地を探すとともに、高層棟など規模の大きな住棟によって戸数を確保する手法も採用された。多くの住戸を再建しなければならない状況の中で、住み慣れた地域やコミュニティとの関係への配慮の前に住居供給数を確保することを優先せざるを得なかった。

これに対し、中期以降に建てられた災害公営住宅では、前節で述べたように入居者がともに食事や活動をすることでコミュニティを醸成しようとする震災復興型コレクティブ・ハウジングが導入された。その中でも最もよく知られているの

図 4.11　阪神・淡路大震災で整備された一般型の災害公営住宅

が、共食室に加えて、縁側的な街路空間を備えた真野ふれあい住宅(一九九八年竣工)であり、建設当初、コミュニティに配慮した新しい集合住宅の形として評価されている(延藤、二〇〇〇)。しかし、こうした試みは新規に供給された二万五四二一戸の災害公営住宅の中では限定的で、大多数の災害公営住宅は、片側廊下によって各住戸にアクセスする従来型の構成方法を採用したものであった(図4・11)。

2 孤独死という問題

阪神・淡路大震災後、被災したエリア外に災害公営住宅を建設せざるを得ず、元のコミュニティから被災者が切り離された結果、単身者を中心に、災害公営住宅に転居後、自宅でひっそりと亡くなる事例、いわゆる孤独死が社会問題として顕在化した。

孤独死は、その性質から死の具体的な状況を知ることが難しい。しかし、その制約下で、孤独死とされた死亡検案書の分析から明らかになったのは、孤独死に至るプロセスの中で孤立化を促進させてしまうのは、アルコール依存、無就業、未婚といった社会との接点の少ないリスク保持層であった(田中ほか、二〇一二)。さらには、高層階ほど発見に時間が掛かっていること、小規模・低層階ほど「気配不在」による発見割合が大きいこと、「応答不在」による発見割合には低層、高層の違いが少ないこと、入居者の交流支援施設の存在は早期発見とは直接の関係が見られないことなど、環境要因との関係についても示されている。これらを踏まえて、田中は、リスク保持層のための社会的接点の確保は、積極的な交流の啓発よりも偶発的接触機会に依存する部分も多く、視線・動線の交差、気配の知覚の確保が重要であることを述べている(図4・12)。

3 コミュニティ空間としての集会施設

こうした反省は、東日本大震災ではどのように活かされたのだろうか。まず、広く取り組まれたのは、公営住宅法によって規定された各自治体の整備基準に基づき、五〇戸ごとに一か所の設置が定められていることの多い集会施設の設置で交流を誘発し、環境移行の衝撃を和らげる試みである。

モデル的住宅として、URによって二〇一四年に竣工した宮城県多賀城市桜木団地(図4・13)があげられる。この住宅は、二階レベルのペデストリアンデッキに住棟単位での交流の場となる集会室を設け、団地全体だけでなく、住棟ごと小単位でのコミュニティ形成にも配慮したものである。

岩手県釜石市に二〇一六年に竣工した大町復興住宅一号で

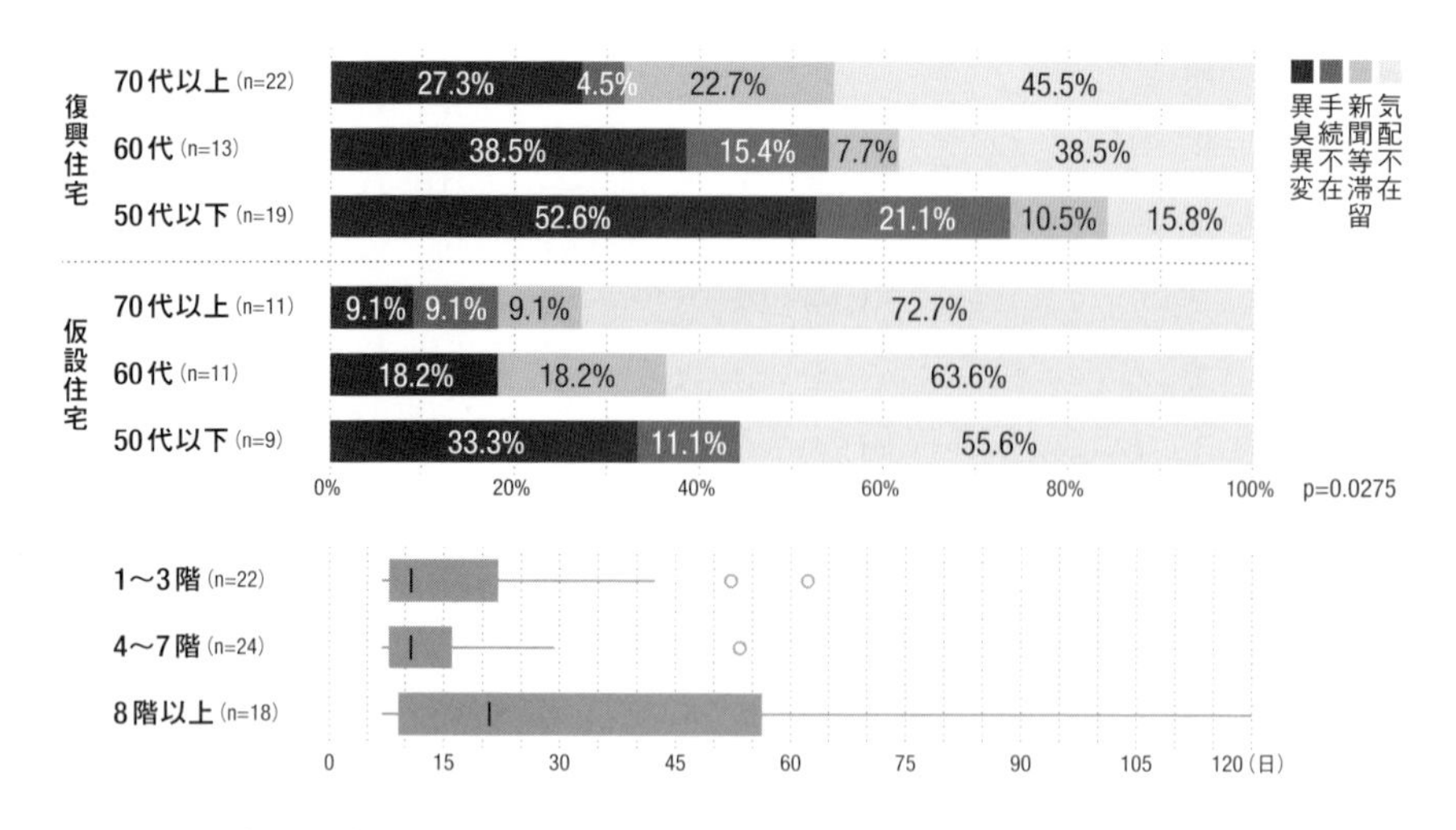

図 4.12　阪神・淡路大震災での孤独死発生のメカニズム
(上：年齢別発見の契機、下：居住階と経過時間 (災害復興住宅))
(田中ほか、2011・田中ほか、2009)

は、六階の最上階に集会室が設けられている。敷地は津波の浸水域であったため、災害時の避難場所としてより安全性が高いということで高所に設けられたが、エレベーターの至近に設定され、開放的なデッキに面していることから、眺望のよい最上階を住宅内外の人たちが利用しやすい環境となって

図 4.13
集会室を充実させた災害公営住宅 (多賀城市桜木住宅)
棟ごとの集会所を津波避難も想定したペデストリアンデッキのレベルに設け、小単位でのコミュニティ形成にも配慮。

いる。

コミュニティ施設に災害公営住宅内のコミュニティ形成としての役割だけでなく、住宅が位置する地域との関係性を重視し、災害公営住宅の隣接地などに設けることで、周辺地域との結節点として位置づけようとする事例も存在する。

宮城県七ヶ浜町では、災害公営住宅に隣接もしくは近接して地域のコミュニティ施設である地区避難所を併設し、災害公営住宅内外におけるコミュニティ形成に資する対策が行われている（代ヶ崎浜災害公営住宅、花渕浜災害公営住宅、菖蒲田浜災害公営住宅）。さらに、地区避難所、交流広場、災害公営住宅を連坦させることで地域防災の拠点を形成することも意図している。

4―住宅の周辺外部を活用したコミュニティ空間

阪神・淡路大震災では、北淡地域など非都市部でも大きな被害が出たが、やはり災害の中心は神戸市、芦屋市、西宮市、尼崎市、宝塚市（いずれも兵庫県）などの阪神地区の市街地であり、土地が希少で、被災者も集合住宅の居住者や借家層が一定数いたため、災害公営住宅は中高層の集合住宅形式が過半であった。一方、東日本大震災の被災地は、すでに述べたように仙台を除いてほとんどが沿岸の小都市か人口密度の低い漁村であり、持ち家率の高い地域であった。そのため、集合住宅形式には馴染みがなく、戸建てや長屋形式を望む声も多かった。さらには、ニーズの程度は別として、将来的な地域の人口減少を考慮すると、復興後に払い下げや除却が容易に行えるかどうかということも考えに入れる必要があった。

そうした戸建てや長屋の住宅においても、コミュニティの対策は重要な要素となる。戸建てや長屋型の災害公営住宅は、比較的広い土地を必要とするため、宅盤整備と一体的に計画されるケースが多いが、その場合に求められる土木との調整は先行して行う必要があり、建て方や周辺環境に十分配慮できた事例は必ずしも多くはない。

宮城県岩沼市玉浦西地区では、防災集団移転住宅地の全体をつなぐように東西に緑道が設けられ、災害公営住宅が分散して配置されている。相野釜・長谷釜地区の災害公営住宅は、隣接する二戸が共有するテラスから、セミパブリックな通路を通って緑道まで出られるようになっている（図4・14）。

岩手県田野畑村の災害公営住宅では、曲り家型の住戸を基本とし、L字で囲まれた部分が住戸からの生活の染み出しを許容しながら、コミュニティと接続する場としても想定されている。防災集団移転住宅地と一体的に建設された拓洋台団地では元の地形に沿った起伏のある敷地を活かして住宅が配置されている。

岩手県釜石市尾崎白浜復興住宅では、敷地内の五住宅のうち二つの住宅の角度を少し振ることで、玄関からの視線が自然と交錯するように工夫されている。特別な空間を設けなくても住戸配置によって、コミュニケーションの活性化を支援しようとするタイプである。

宮城県石巻市北上地区では、敷地の傾斜を活用することで、視線のレベルを変えて各住戸のプライバシーに配慮するとともに住戸間の緩衝空間ともなっている共用空間を住民が手を入れられる緑地として活用している(図4・15)。地域の積極的なコミュニティ対応ともあいまって住民の交流が喚起されている。

図 4.14　屋外の空間を充実させた災害公営住宅 1
(岩沼市玉浦西団地)
防集団地内、戸建て住宅とともに地区のまとまりを形成するように建設。2戸ごとにテラスを設けそれらをつなぐ通路を団地内の緑道と連結。

図 4.15　屋外の空間を充実させた災害公営住宅 2
(石巻市にっこり団地)
高齢者向けの南住宅では、高低差を活かして、住戸と畑、緑道を配置。さらに、2戸の玄関に面してポーチが設けられている。

4 リビングアクセスの展開

1―気づきとリビングアクセス

前節で紹介した田中の研究によると、意外にも孤独死の発生はコミュニティ空間の整備とは強い相関が見られず、住棟の高さなど日常空間の環境要因の方が深く関係している(田中ほか、二〇〇九、二〇一〇)。これは、孤独死に陥りやすい層は、もともと周辺の人と関わる機会が少ないことから、集会施設を整備しても足が向きがたいが、日常生活での気配や気づきについてはそれなりに効果があることを示している。

もちろん、これはコミュニティ形成の拠点となる集会施設に意味がないということではない。むしろ、私たちがイメージしやすい、メンバーの積極的な参画でつくり出される「コミュニティ」と、物理的な環境に依拠し、そこに暮らす人々の存在について他者への気づきをもたらす「アウェアネス」の両者がともに確保されることの重要性を示すものであるといえる。東日本大震災で被災したいくつかの自治体でこれから紹介する「リビングアクセス型住戸」が採用された背景には、前述した情報共有などを通し、こうした教訓を被災自治体の

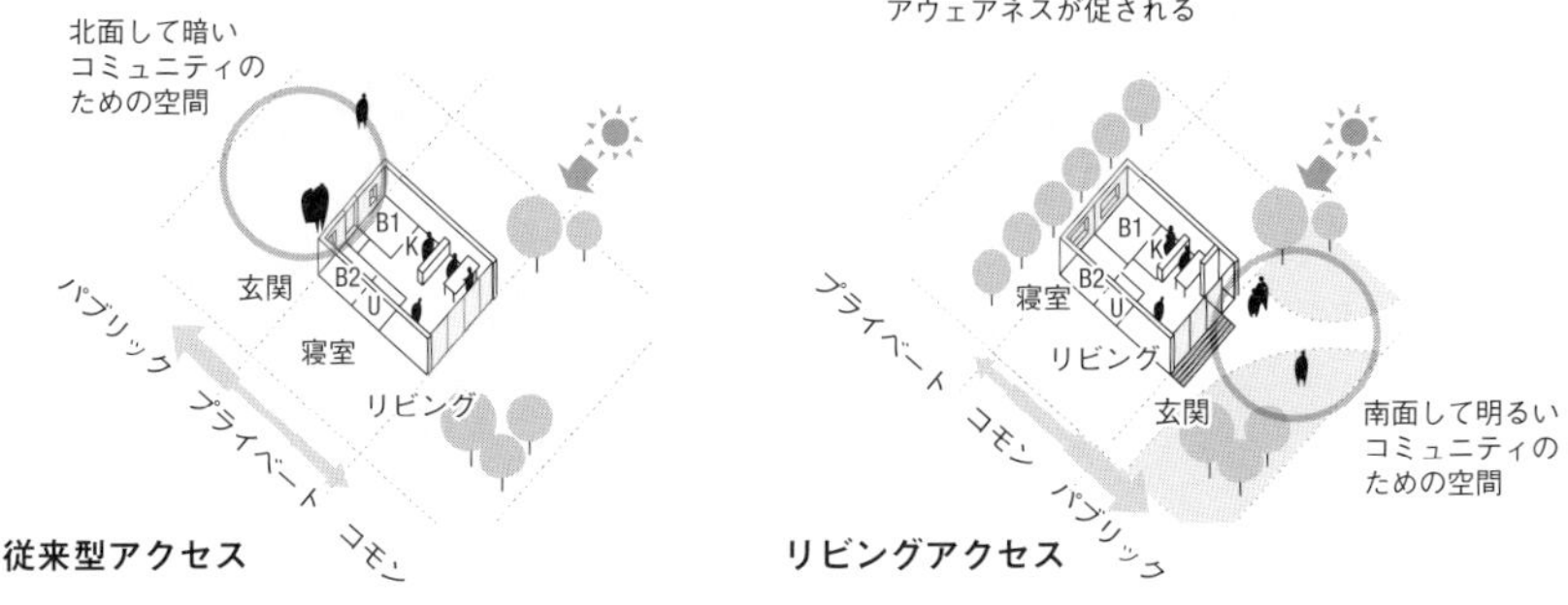

図 4.16 コミュニティとアウェアネス(小野田、2013 を元に作成)

災害公営住宅担当者が真摯に受け止めたということがある。

「リビングアクセス型住戸（以下、単にリビングアクセスと表記）」は一九八〇年代、住宅供給において量から質が重視された時期に試みられた住戸の形態である。「共用廊下や玄関からリビングを通って個室へとつながる動線をもつ、または、リビングが共用廊下側に位置する住戸形態」と定義することができる。一般的な集合住宅では、北側の共用廊下から間口が狭い縦長の住戸にアクセスするため、どうしても寝室が共用廊下側に面しがちで、閉鎖性が高くなってしまう。それによって、南面するリビングと共用廊下などとの関係が切り離される。プライバシーが守られる反面、日常の生活空間であるリビングで起きた不測の事態に対してもその気配を感じとることが難しいのが難点である。それに対し、リビングアクセスでは、南側に共用廊下を設け、そこにコモン的要素が強いリビングを配置し、寝室は北側に設け、共用部から距離をとり、プライバシーを守る。住戸内に居ながら、コミュニティとの関係性を確保しやすい住戸となっている（図4・16、図4・17）。

そのため、リビングアクセスでは、住戸内にいても外部からそれとなく居住者の存在を了解することが可能である。日常のコミュニケーションの基礎となり、高齢者等の見守りサービスの負荷を減じる効果も期待できる。また、日常の生活空間が表に向かう空間構成は、漁業集落等において被災者が震災前に居住していた縁側をもつ住宅との類似性も有しており、従前からの生活スタイルを維持する助けとなることも期待された。

宮城県石巻市、七ヶ浜町、南三陸町、東松島町、岩手県釜石市などでは、孤独死対策やコミュニティ醸成を目指してリビングアクセスの活用を選択した。これら採用した自治体では、災害公営住宅建設にあたっての設計者選定プロポーザルや買取方式での設計施工者選定の要綱で、コミュニティへの配慮を課した建築提案を求めており、それにより、多様な「リビングアクセス型住戸」が実現している（図4・18）。

南三陸町では、URが国交省住宅局直轄調査チーム、宮城県、日本建築学会建築計画委員会などと連携して立ち上げた勉強会から、リビングアクセスをもつ住宅に加え、それを支援するサービス拠点が実現し、より福祉的な対応も可能となった。

2 — リビングアクセスの具体例

(1) 釜石市天神復興住宅（図4・19）

釜石市は、津波の被害を受けた中心市街地において、事業やシミュレーションの精査を通じて大規模な嵩上げではなく、段階的な災害危険区域の決定を行い、津波拠点事業による土

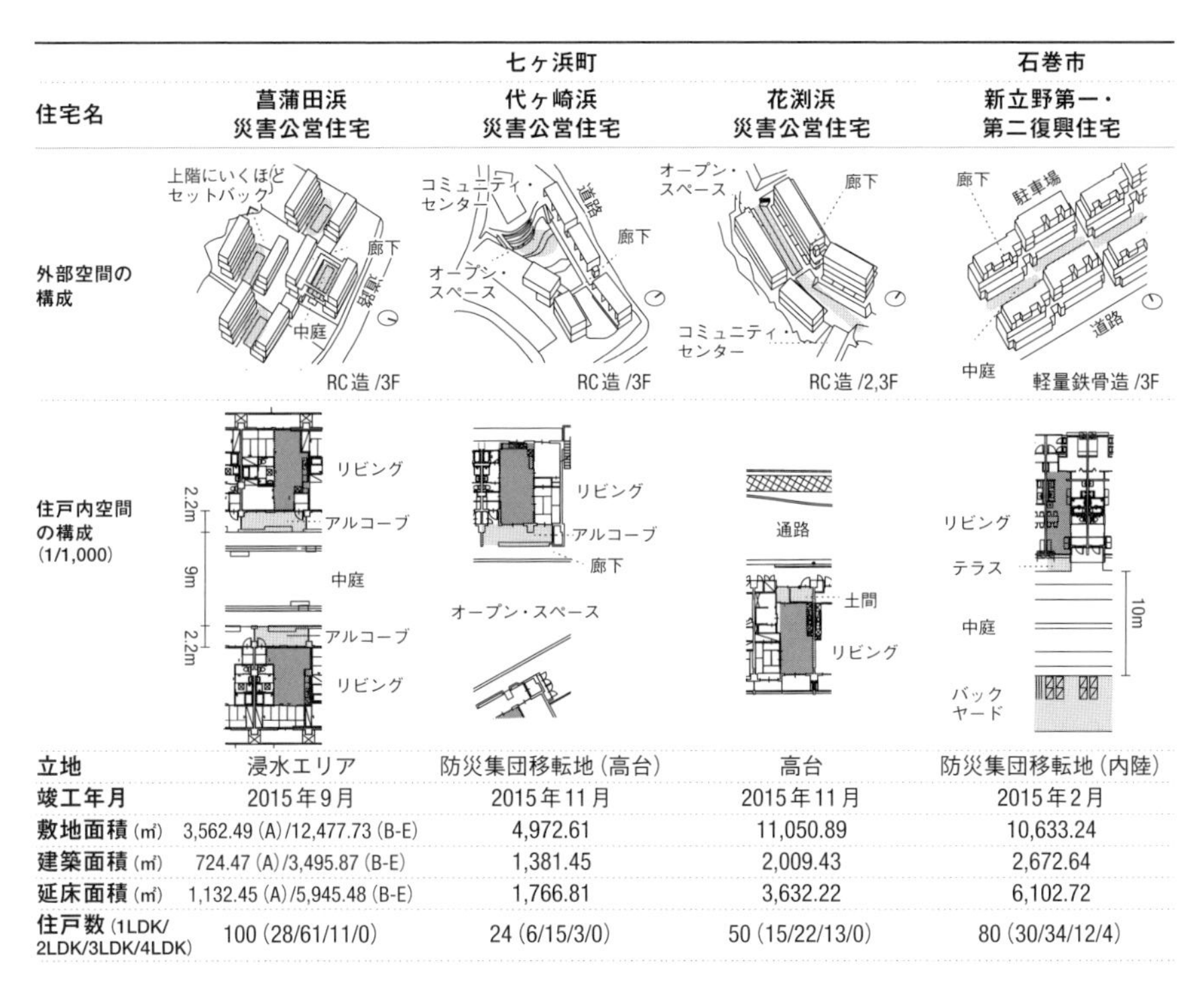

	七ヶ浜町			石巻市
住宅名	菖蒲田浜災害公営住宅	代ヶ崎浜災害公営住宅	花渕浜災害公営住宅	新立野第一・第二復興住宅
外部空間の構成	RC造 /3F	RC造 /3F	RC造 /2,3F	軽量鉄骨造 /3F
住戸内空間の構成 (1/1,000)				
立地	浸水エリア	防災集団移転地(高台)	高台	防災集団移転地(内陸)
竣工年月	2015年9月	2015年11月	2015年11月	2015年2月
敷地面積(㎡)	3,562.49 (A)/12,477.73 (B-E)	4,972.61	11,050.89	10,633.24
建築面積(㎡)	724.47 (A)/3,495.87 (B-E)	1,381.45	2,009.43	2,672.64
延床面積(㎡)	1,132.45 (A)/5,945.48 (B-E)	1,766.81	3,632.22	6,102.72
住戸数(1LDK/2LDK/3LDK/4LDK)	100 (28/61/11/0)	24 (6/15/3/0)	50 (15/22/13/0)	80 (30/34/12/4)

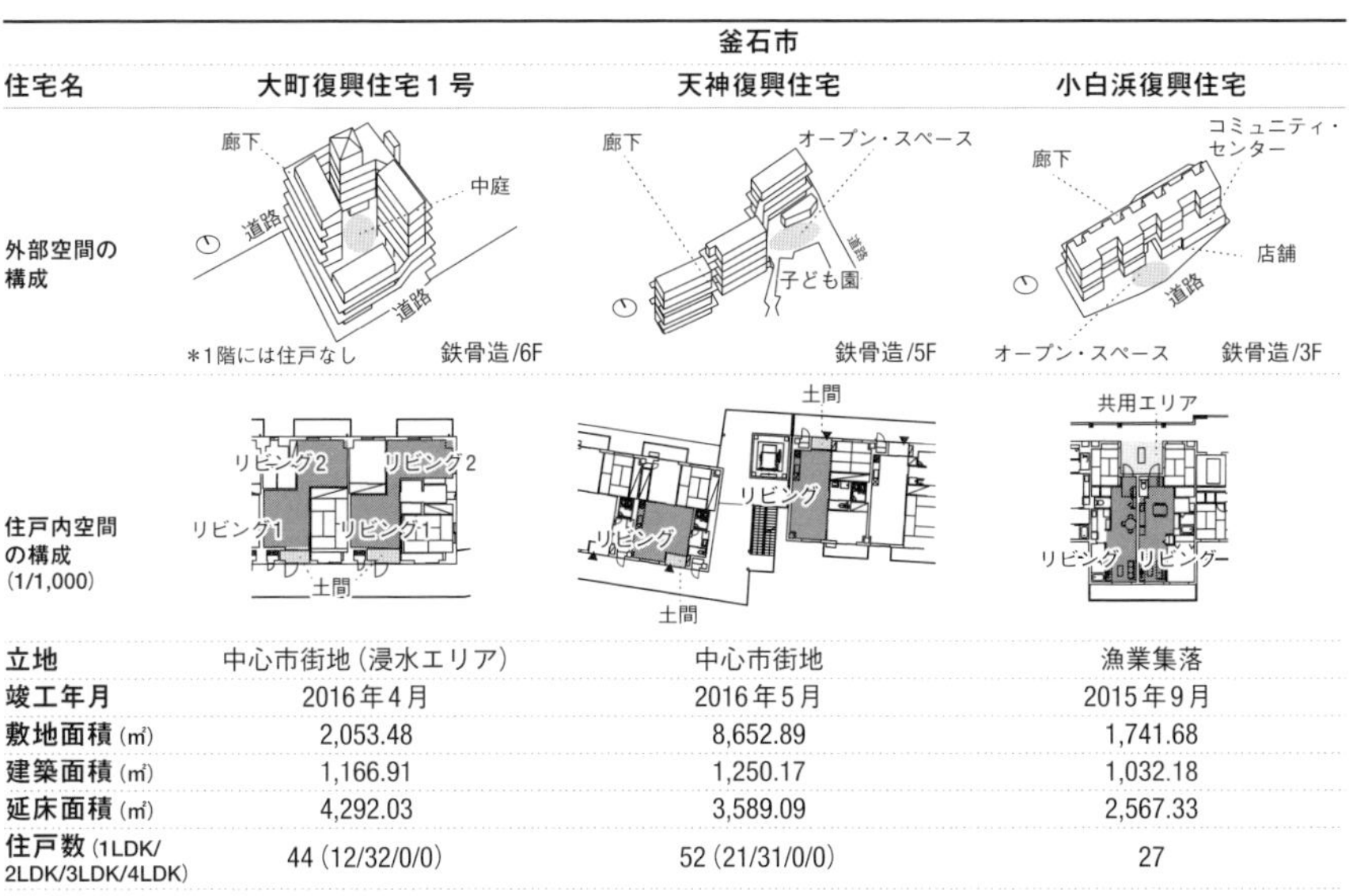

	釜石市		
住宅名	大町復興住宅1号	天神復興住宅	小白浜復興住宅
外部空間の構成	＊1階には住戸なし 鉄骨造/6F	鉄骨造/5F	鉄骨造/3F
住戸内空間の構成 (1/1,000)			
立地	中心市街地(浸水エリア)	中心市街地	漁業集落
竣工年月	2016年4月	2016年5月	2015年9月
敷地面積(㎡)	2,053.48	8,652.89	1,741.68
建築面積(㎡)	1,166.91	1,250.17	1,032.18
延床面積(㎡)	4,292.03	3,589.09	2,567.33
住戸数(1LDK/2LDK/3LDK/4LDK)	44 (12/32/0/0)	52 (21/31/0/0)	27

図4.17　リビングアクセス型住宅の住宅構成 (Tsukuda et al., 2016)

地買収を行って用地を確保した。これらを通じ、災害公営住宅の集中的な整備を実現している。土地所有者と信頼関係にある市職員による買収交渉と並行して、買収可能な土地における試設計を行い、発災後とはいえ土地買収が容易ではない中心市街地において効果的に集合住宅を埋め込んでいった。

まとまった敷地については、「かまいし未来のまちプロジェクト」として設計プロポーザルに供出し、リビングアクセスなどコミュニティに対応した環境の実現を図った。これらを通して、復興後の都市生活の再生を牽引していった。

釜石市天神復興住宅は、未来のまちプロジェクトの第一号

(南三陸町志津川東復興住宅)

見守りを意識した住戸やコミュニティに配慮した外構を設け、隣接地には高齢者の生活を支える福祉拠点を建設し、連携を図る。

(石巻市新立野第一・第二復興住宅)

中庭を挟んで3階建てリビングアクセス型住宅を採用した住宅を配置。1階は南側に玄関・テラス、北側に勝手口が設けられている。

図 4.18　東日本大震災リビングアクセス型住宅の例

としてプロポーザルにより設計者を選定し、従来型の設計施工分離で事業の貫徹が目指された。しかし、発災後の急激な工事費の高騰で、建設を引き受ける建設会社が現れず、前計画を基本とするデザインビルド（設計施工一括発注方式）事業に切り替えることとなった。事業者選定の結果、千葉学建築計画事務所＋大和ハウス工業岩手支店が選定された。

三棟から構成されるが、通過交通の多い中央の棟は北側廊下とする一方で、両脇の二棟は、リビングアクセスをフロアごとに互い違いに設けることで、フロアごとのコミュニティ形成だけでなく、上下階でも気配が感じられるように工夫がされている。高低差を解消し、街の中心街と背後の宅盤をつなげる役割も担っている。背後の地盤には市役所新庁舎の建設が予定されている。

（2）　釜石市大町復興住宅一号（図4・20）

未来のまちプロジェクト第五号であり、釜石の中心街で最初に展開されたデザインビルド事業でもある。（1）の天神復興住宅と同じ設計者によって取り組まれた。市街地の方形敷地でそれほど面積が大きくないため、住棟間の離隔をとることが難しい状況の中で、周辺の環境を悪化させずに必要な戸数を確保し、敷地内でも良質な住環境を実現することが必要とされた。リビングアクセスにより共用廊下に開かれた居間をもち、中庭を囲む四棟の住棟を外側を取り巻く共用空間「縁側」でつないだ構成となっている。段階的に設定された災害危険区域指定により、一階には住戸が置かれず、住棟で囲まれた中庭である「通り庭」が設けられている。住戸内部は「縁側」に面して開かれた居間と、「縁側」から離れ、「通り庭」に面するプライバシーに配慮した居間が緩やかに分節されながらつながるひょうたん型の空間に、続き間的に各部屋が接続し、ライフスタイルに合わせた柔軟な利用が可能となっている。

（3）　七ヶ浜町菖蒲田浜災害公営住宅（図4・21）

七ヶ浜町はもともとある集落を活用しながら復興が進められた自治体である。防集と、被災した公民分館（地区の集会施設）を改変した地区避難所、そして災害公営住宅を、できるだけ集落の基本構造を壊さない敷地を選定して整備する「差し込み型」を採用した。防集、災害公営住宅の規模についても、コミュニティの維持が容易となるよう、できるだけスケールを分節化する調整がそれぞれになされている。

菖蒲田浜災害公営住宅は、町内最大の被害を受けた菖蒲田浜地区の被災者を対象として計画され、町内で整備された災害公営住宅団地の中では最大の規模をもつ。コミュニティへの配慮から一〇〇戸の住戸を五つのユニットに分け、三階ま

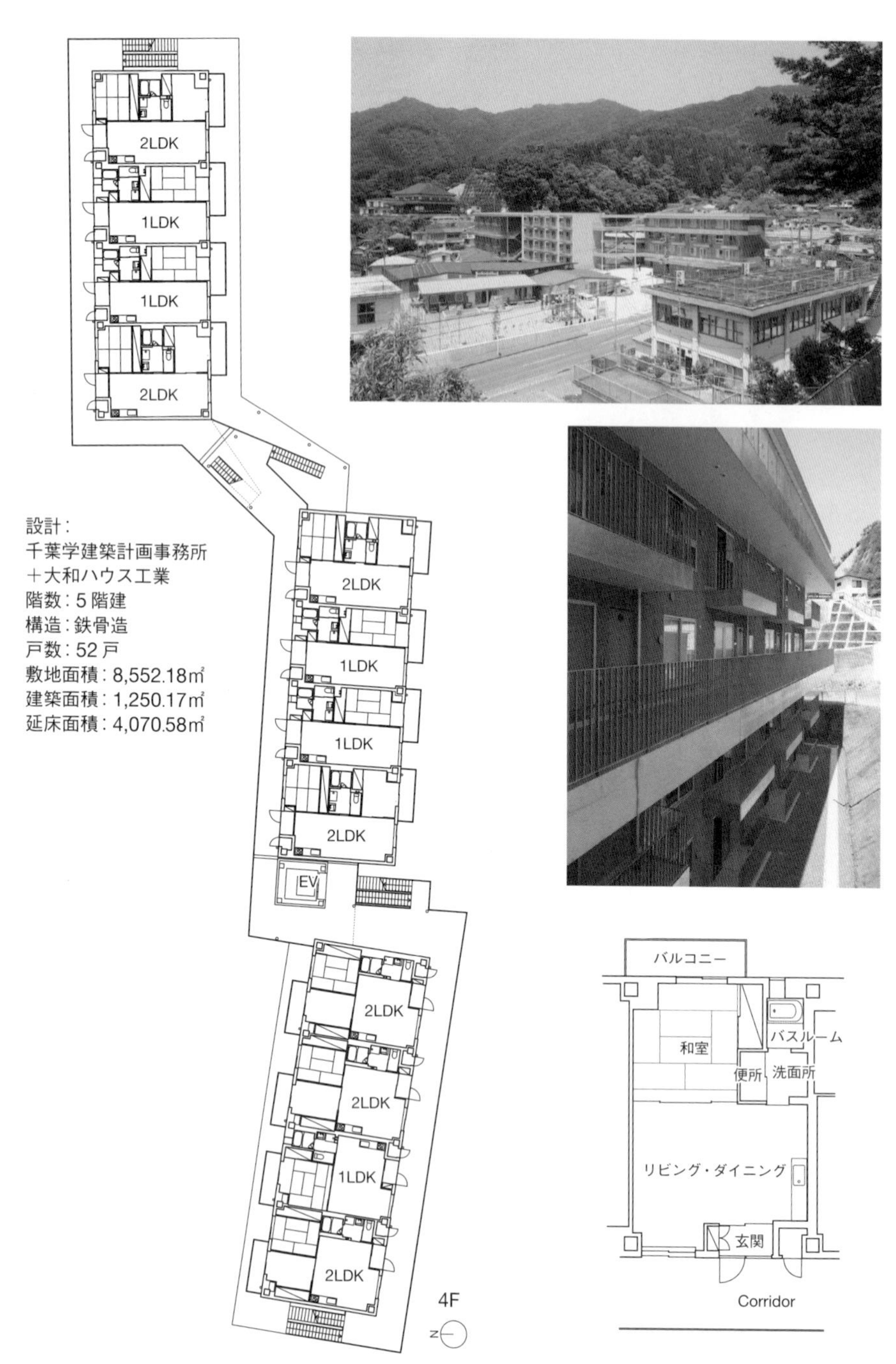

図 4.19　釜石市天神復興住宅

設計：
千葉学建築計画事務所
＋大和ハウス工業
階数：6階建
構造：鉄骨造
戸数：44戸
敷地面積：2,053.48m²
建築面積：1,166.91m²
延床面積：4,292.03m²

図 4.20　釜石市大町復興住宅１号

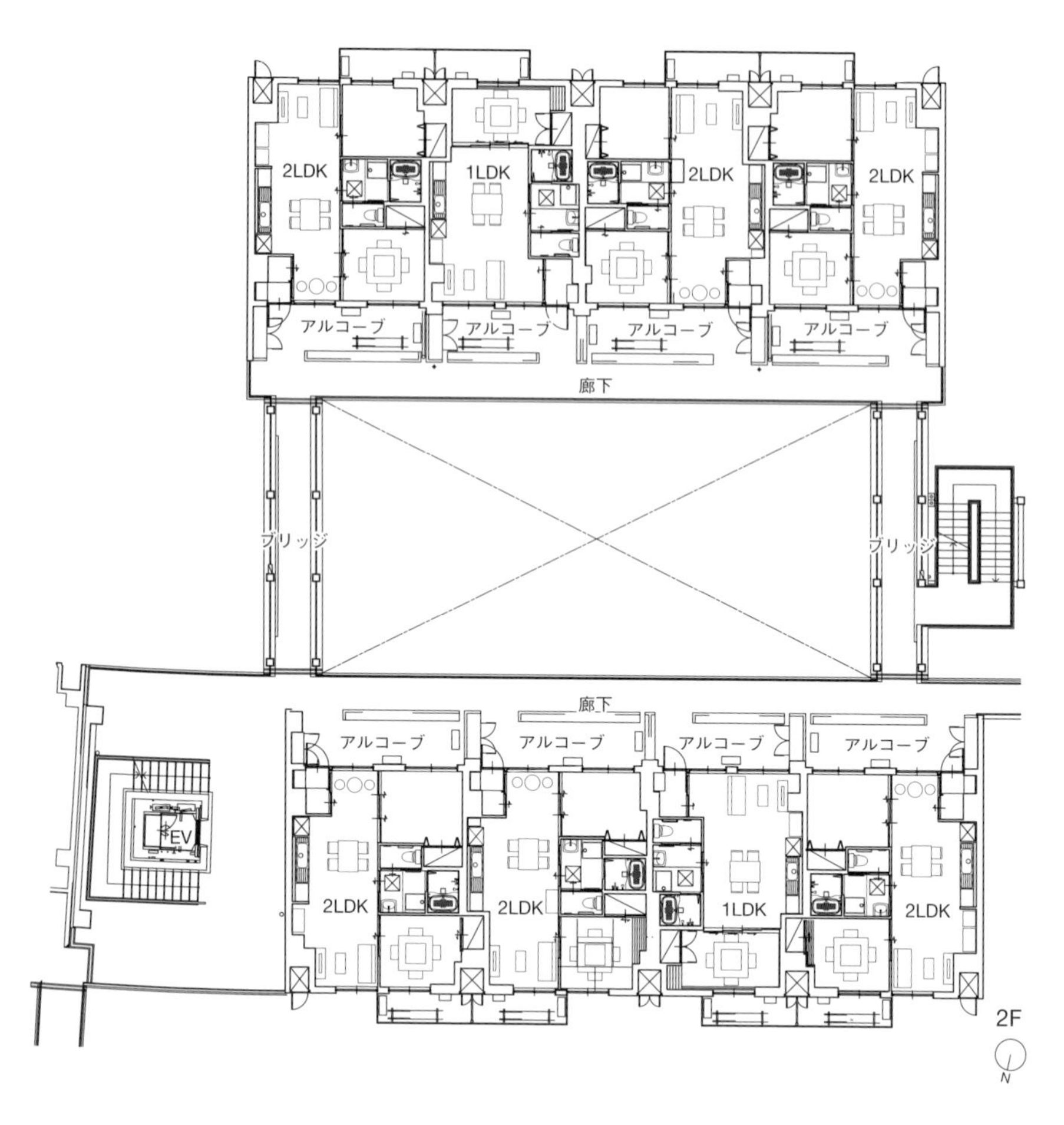

設計：阿部仁史＋阿部仁史アトリエ
階数：3 階
構造：鉄筋コンクリート造一部鉄骨造
戸数：A 棟 16 戸・B-E 棟 84 戸
敷地面積：A 棟 3,562.49㎡・
B-E 棟 12,477.73㎡
建築面積：A 棟 724.47㎡・
B-E 棟 3,495.87㎡
延床面積：1,132.45㎡・
B-E 棟 5,945.48㎡

図 4.21　七ヶ浜町菖蒲田浜災害公営住宅

での低層に抑えている。各ユニットは北棟と南棟から構成され、その間には共用の中庭が設けられている。各住戸のリビングは中庭に面して配置されており、中庭はコミュニティの場としての利用だけでなく、向かい合う住戸同士に適切な距離を与える役割を果たし、プライバシーを確保しながらも、日常的な見守りが可能となっている。また、上階に行くほど住戸をセットバックさせ、すり鉢型の住棟断面とすることで、採光面で不利になりがちな、北棟一階住戸のリビングまで十分な日照を確保している。

(4) 七ヶ浜町花渕浜災害公営住宅（図4・22）

町内の主要な港である吉田花渕港が位置する花渕浜地区は、太平洋側に岬が突き出すような地形で、ヨットハーバーが立地するなど松島湾とも結びつきが強い。そうした地形上の特徴から発災時には、北側の港と南側の表浜から津波が浸入し、多くの住宅が被害を受けている。

この地域の災害公営住宅は表浜を上った高台に設けられ、南下がりの起伏のある地形を活かし、立体的な「中庭ひろば」を囲う四つの住棟から構成されている。高低差のある南北の住棟間にはブリッジが設けられており、隣接する地区避難所も含めた敷地内の回遊性を高めている。

高い地盤にある北棟の地上階は、南入のリビングアクセスとなっており、生活が「中庭ひろば」に向かって開かれている。玄関と住戸内部は障子で仕切られ、外からの光を和らげる役割を果たしつつ、住戸の開放具合いを居住者が調整できるよう配慮されている。

(5) 七ヶ浜町代ヶ崎浜災害公営住宅（図4・23）

代ヶ崎浜地区は、古くからある地区のひとつで、海苔養殖でも有名な地域である。地域の結束が強く、公民分館の再建検討を地区の主導で行うなど、地区主体で復興を進めてきた。

災害公営住宅は松島湾を見下ろす丘陵地で防集と隣接する敷地にあり、起伏のある地形を活かし、二つの住棟を南北に配置している。敷地の最も高い位置に、以前の公民分館の役割をもつ地区避難所を配し、災害公営住宅との間に地域コミュニティのための広場が設けられている。住棟から広場までは、住棟間の高低差を解消するように配された共用通路により、アクセスが可能になっている。

住戸内部は地域の伝統的居住形態を踏襲した部屋配置としながらも、南北の開口に面してLDKを設け、広場に向かって開かれたリビングとなっている。アルコーブと共用通路を隔てる壁に設けられた切り欠きは植物を置く花台としても利用されており、住戸の玄関に彩りを与えている。

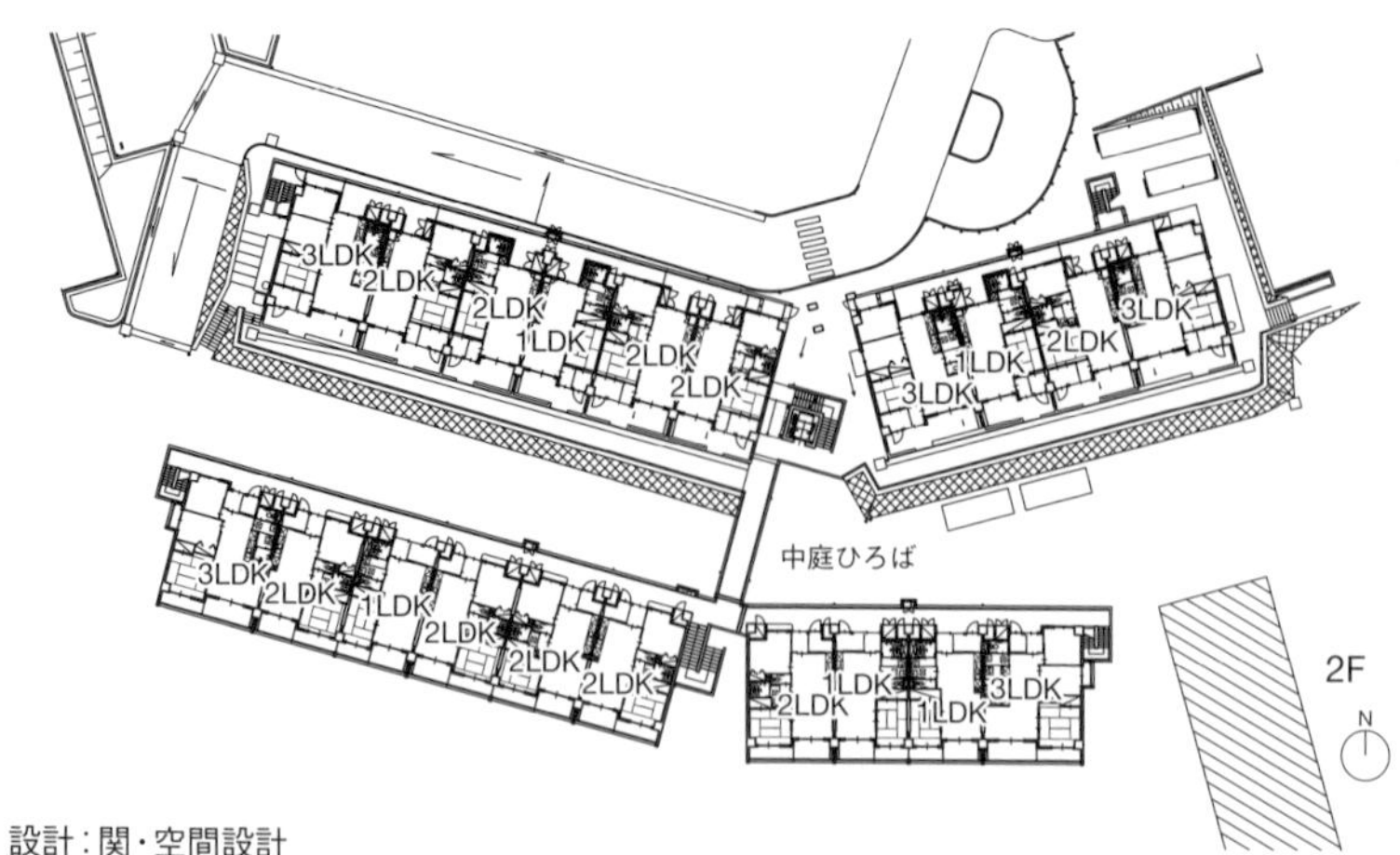

設計：関・空間設計
階数：地上2階および3階
構造：鉄筋コンクリート造
戸数：50戸
敷地面積：11,051.93㎡
建築面積：2,009.43㎡
延床面積：3,632.19㎡

図 4.22　七ヶ浜町花渕浜災害公営住宅

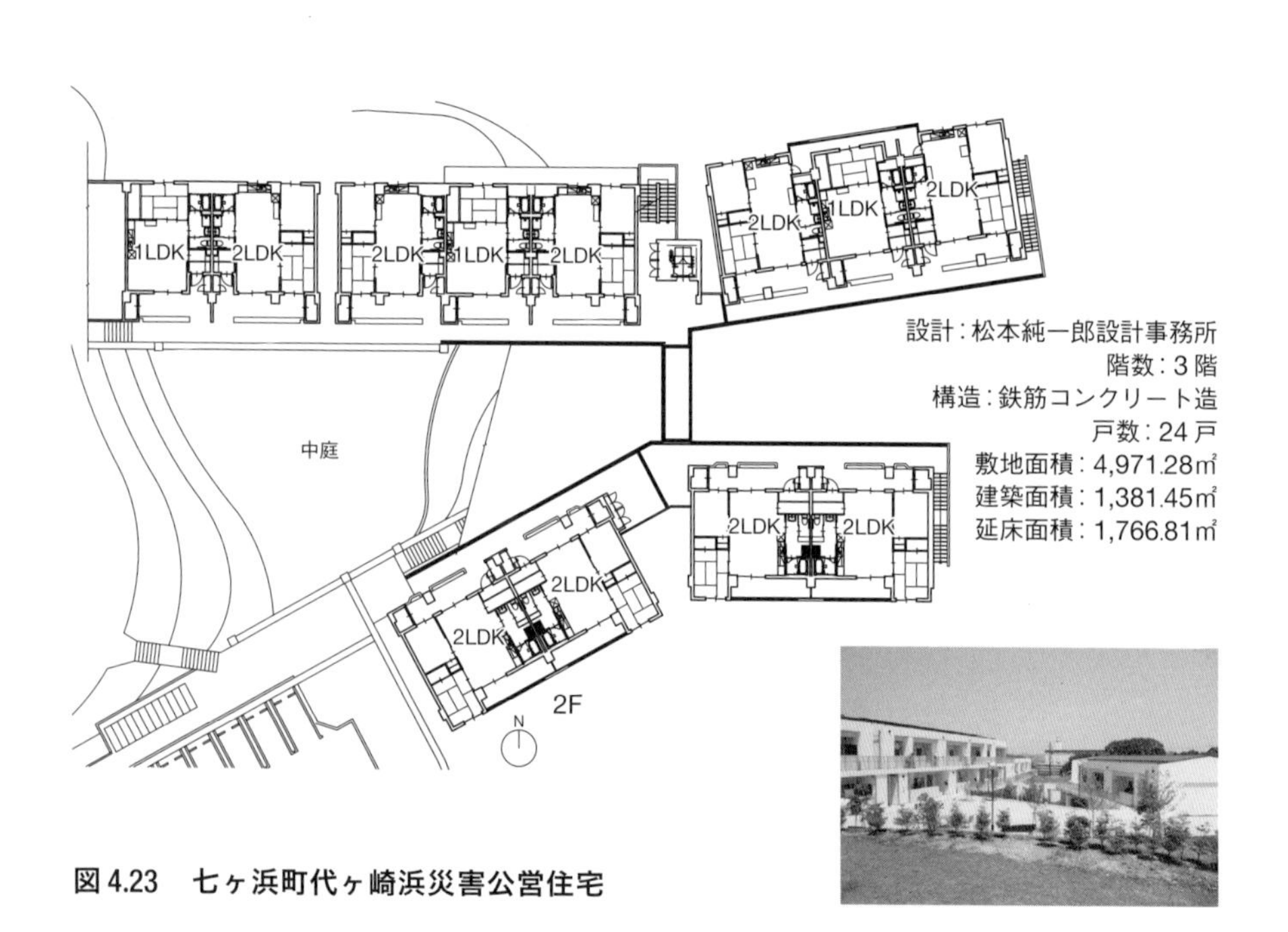

設計：松本純一郎設計事務所
階数：3階
構造：鉄筋コンクリート造
戸数：24戸
敷地面積：4,971.28㎡
建築面積：1,381.45㎡
延床面積：1,766.81㎡

図 4.23　七ヶ浜町代ヶ崎浜災害公営住宅

3 ― リビングアクセス型住宅での実際の住まい方

それでは[注5]、実際にリビングアクセスはどのように住まわれているのか。限られた事例ではあるが、石巻市の新立野第一・第二住宅、および釜石市と七ヶ浜町のリビングアクセスの実態調査からその様子を探っていきたい。調査はアンケートと訪問しての聞き取り、住まい方の記録を行った。

(1) 住戸型の差異が顔合わせに与える影響

釜石市では、二〇一七年当時に入居完了していた全災害公営住宅二一団地七九〇戸に対しアンケート調査を行った（四九〇件回収、回収率六二・〇%）。そのうち、同じ東部地区内に立地しており、入居時期や団地規模が近いが、建設型が異なる、大渡、只越、大町の住宅を対象に団地内での交流実態を比較した（図4・24）。

まず、団地内で住民同士が顔を合わせる場所を見てみたい。アンケートで、「団地内での各場所での顔合わせの有無」を訊ねた。住宅ごとに場所を比べると、従来型住宅である大渡とリビングアクセスの只越では、交流実態に違いが見られた。顔合わせがあると答えた場所を回答者一人当たりの数に平均化した平均回答場所数は、大渡（二・四七）よりも只越（三・一

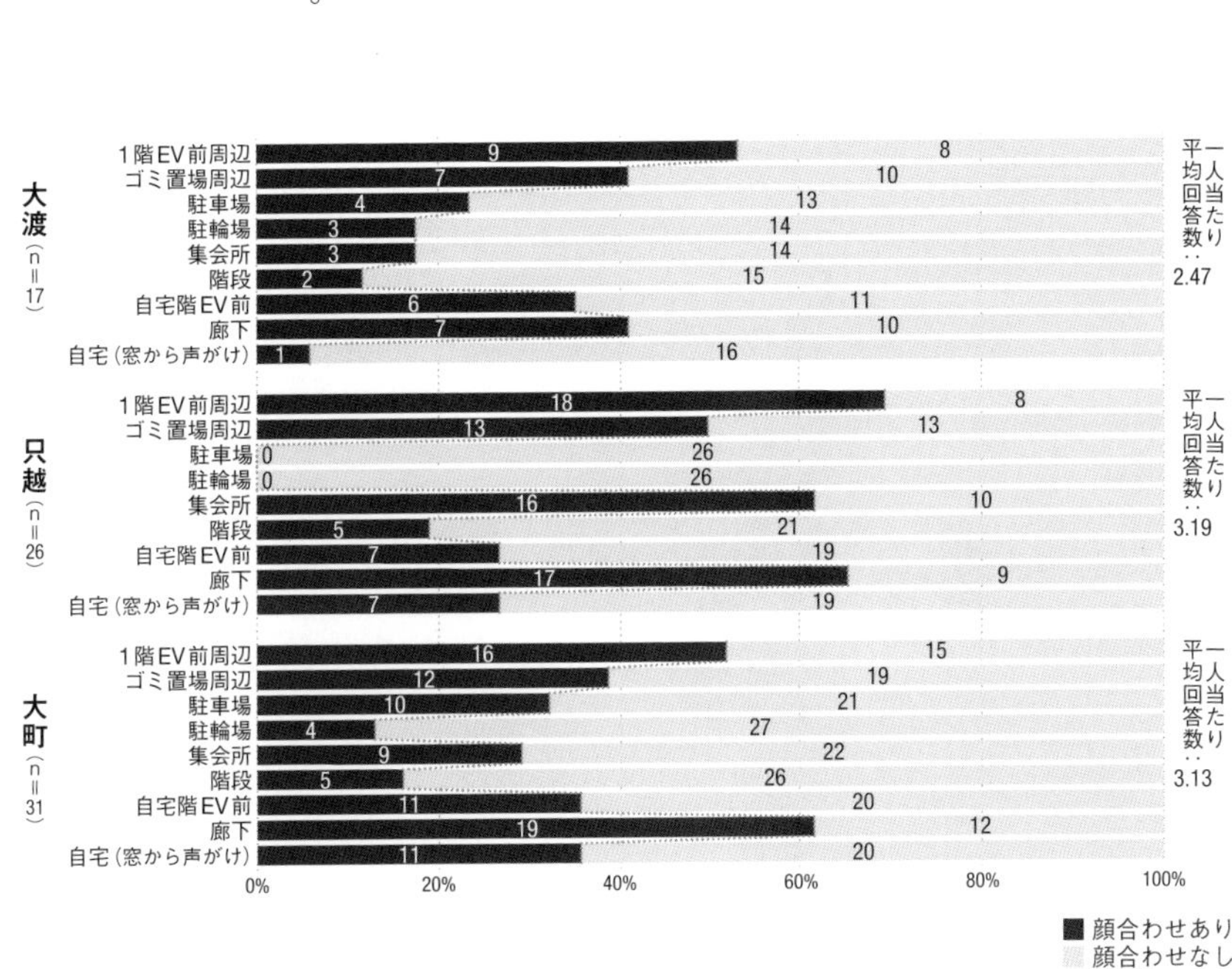

図4.24　団地内で顔を合わせる場所について異なる住宅型の比較

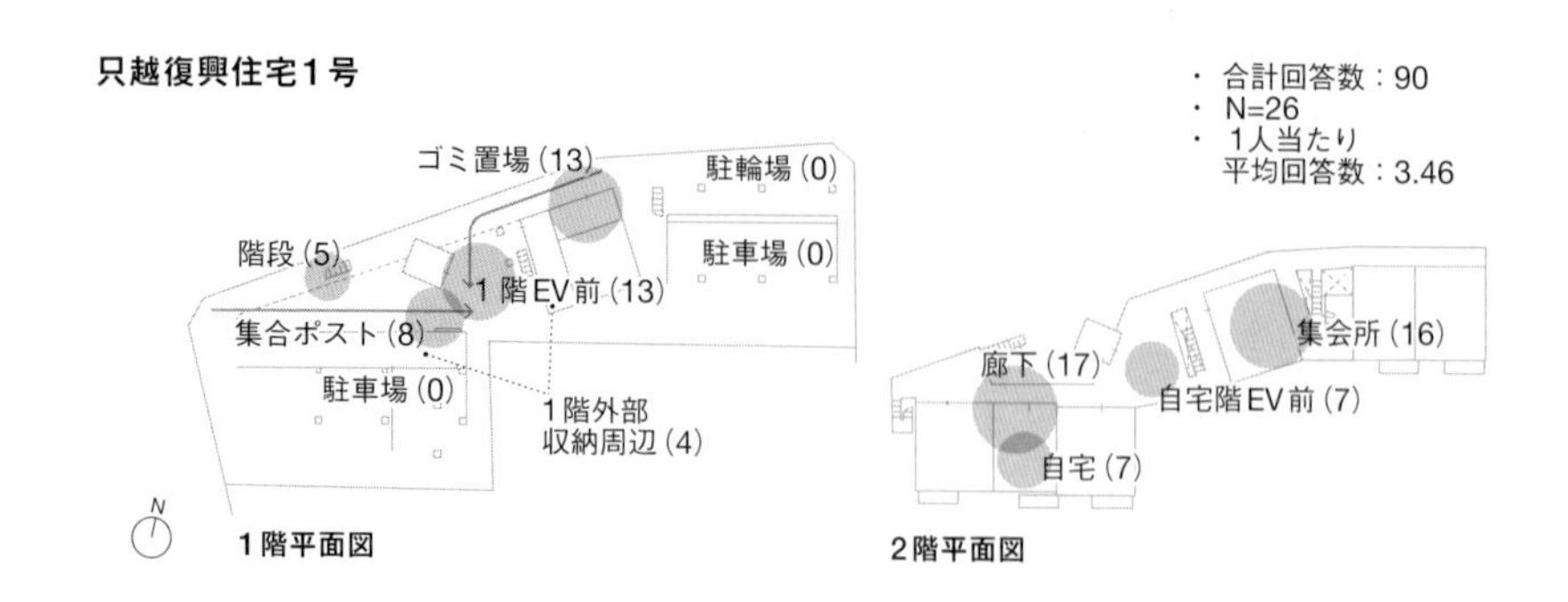

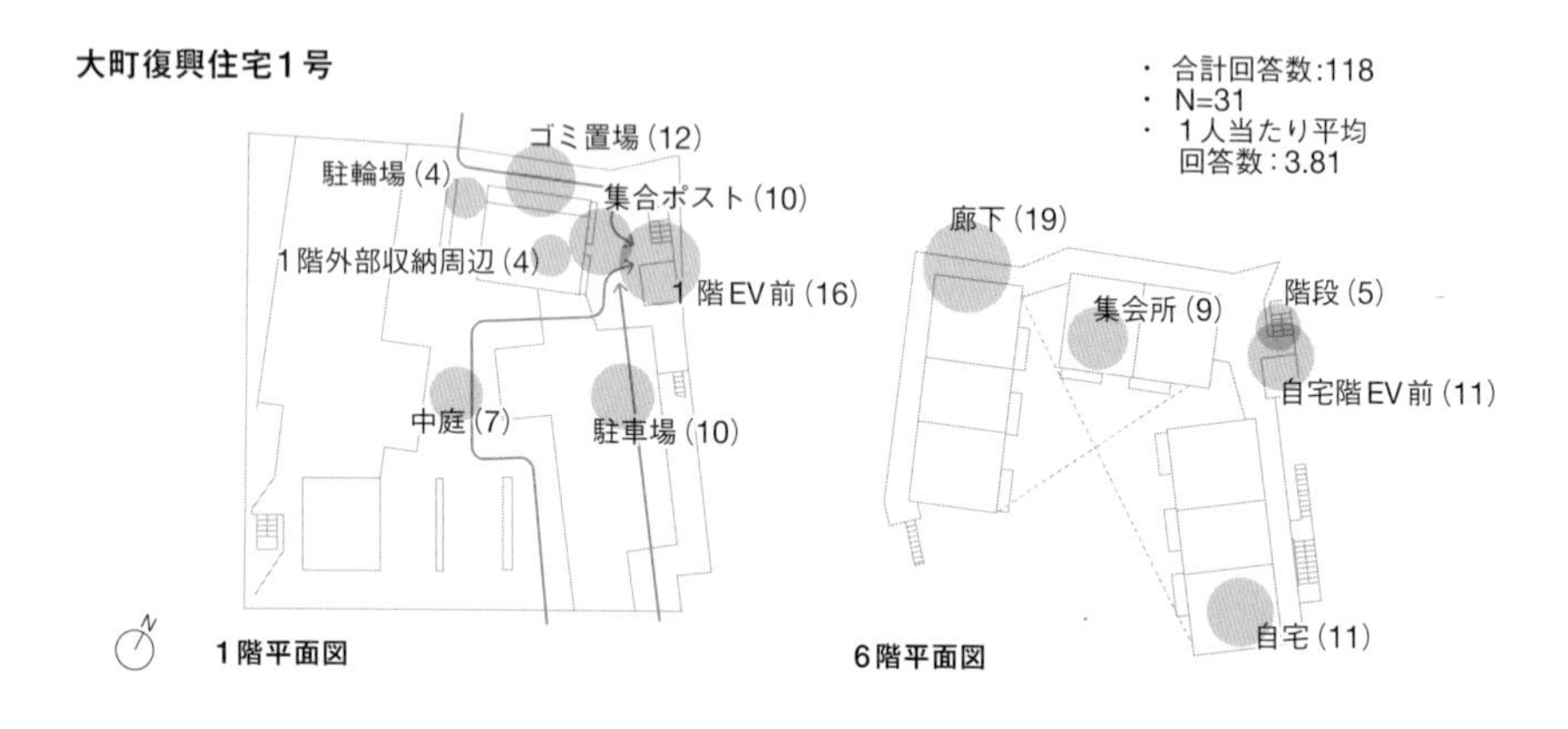

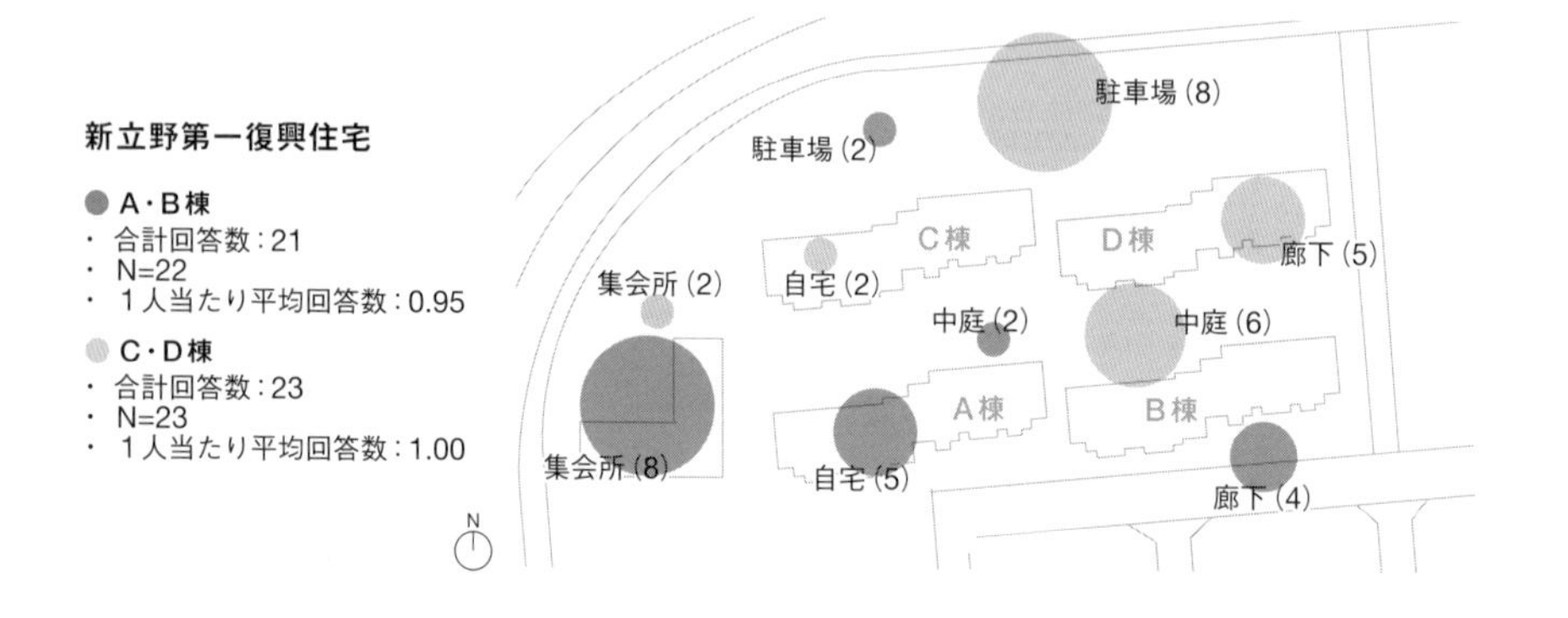

図 4.25　団地内で顔を合わせる場所

九）の方が多かった。只越では、「一階エレベータ前」（一八人、六九・二％）、「廊下」（一七人、六五・四％）、「集会所」（一六人、六一・五％）での顔合わせが多く見られた。団地の空間構成が、住民同士の顔合わせの機会に影響していると推察できる。一方、「自宅（窓からの声がけ）」という項目についても、只越（七人、二六・九％）は、大渡（一人、五・九％）よりも多く見られる。これは只越がリビングアクセスであることが影響していると考えられる。同じく、リビングアクセスが採用された大町も「自宅（窓からの声がけ）」が一一人（三五・五％）と多い傾向が見られた。

　リビングアクセスが採用された只越、大町と石巻市の新立野を加えてそれぞれの平面図上で顔合わせの場所を見ていくと（図4・25）、新立野は、各住戸へのアクセスが南入りであり、居間の開口部が南を向いているために、「中庭」での顔合わせは、A・B棟（二人、九・一％）よりも、中庭が南に位置するC・D棟（六人、二六・一％）において多く見られた。住戸の向きが住戸周りでの顔合わせに影響していると考えられる。一方、「自宅（窓からの声がけ）」での顔合わせについて、三団地を比較すると、新立野（計七人、一五・六％）は、只越（七人、二六・九％）、大町（一一人、三五・五％）よりも顔合わせが少ない傾向にあった。このように近隣との顔合わせには、住宅の形態が影響を与えており、同じリビングアクセスでもその空間の特徴によって異なることがわかる。

（2）住戸内の居住実態

　では、住戸の特徴によって居住実態にどのように違いがあるのか、居住者の「普段の生活で落ち着いて居る場所（居）」「食事する場所（食）」「寝る場所（寝）」を中心に見ていく。ヒアリング調査で把握したところ、図4・26のように、多くの事例では「居・食・寝」に関わる場所のみが設えられており、住居内の居場所は計二〜三つとなるものが多かった。一方、特徴的な平面を持つ大町復興住宅一号を見ると（図4・27）、「居・食・寝」以外にも、「客間」や「仕事場」などが設けられており、計三〜四つの居場所が設えられている傾向が見られた。大町は、居間が壁により小単位に分節されており、設えやすい空間が実現されているためと推察できる。

　次に家具の配置から、空間の影響を見ていく。各事例の空間構成は多様であり、そのまま比較して空間の影響を説明することは難しい。そこで、実態調査で記録した家具配置図を元に、家具密度（同一の平面をもつ複数の住戸について、家具配置を重ね合わせ、家具によって占領されている面積の度数を判定した）を導入して、データを作成し、住戸の設えの傾向を分析した（図4・28）。図中では、リビング・ダイニングに関わる家具をそれぞれ色づけしており、これらの家具が置かれた場所と、そ

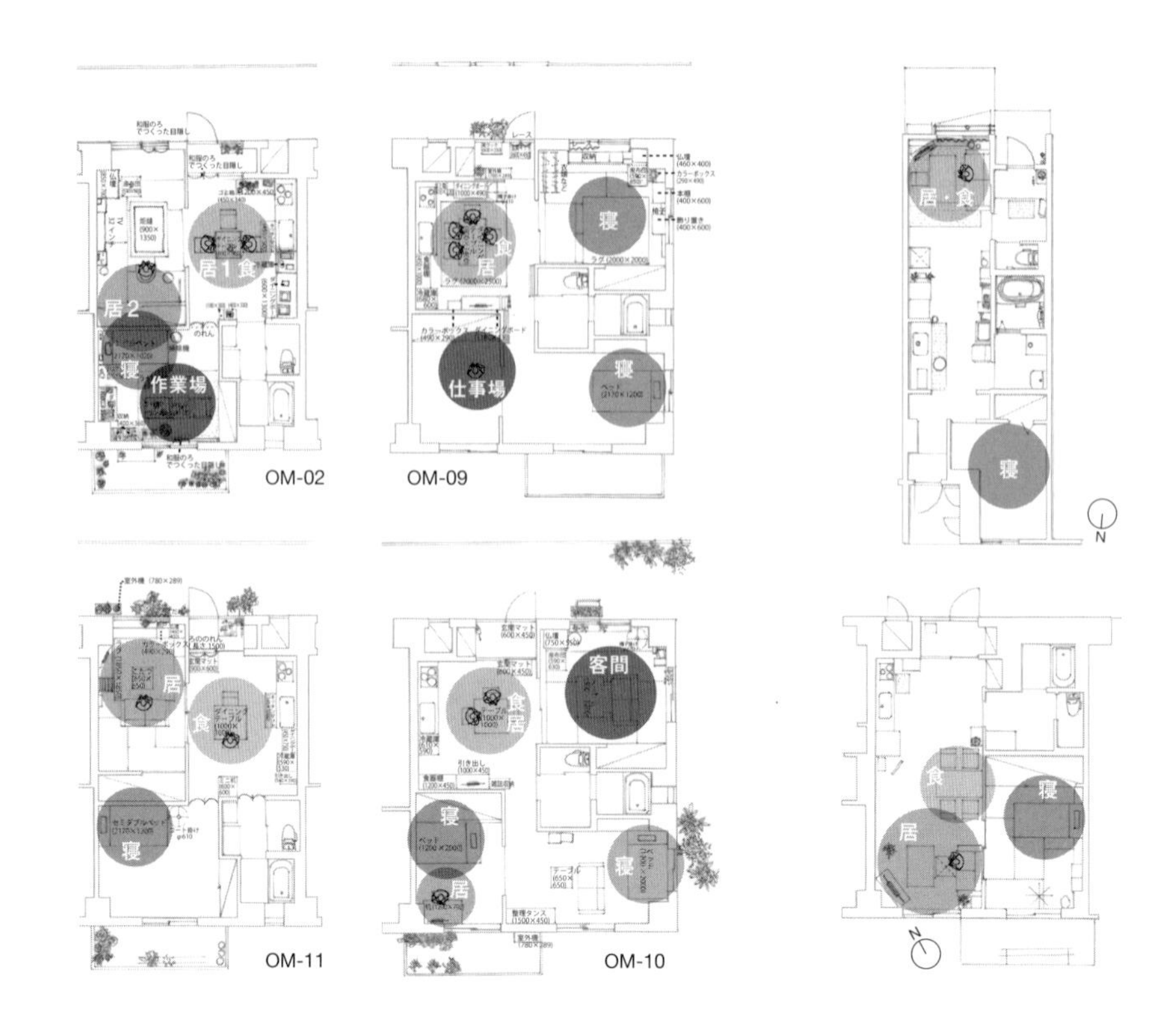

図 4.27　大町復興住宅 1 号における設えと居場所

図 4.26
リビングアクセス型住宅
における住まい方例

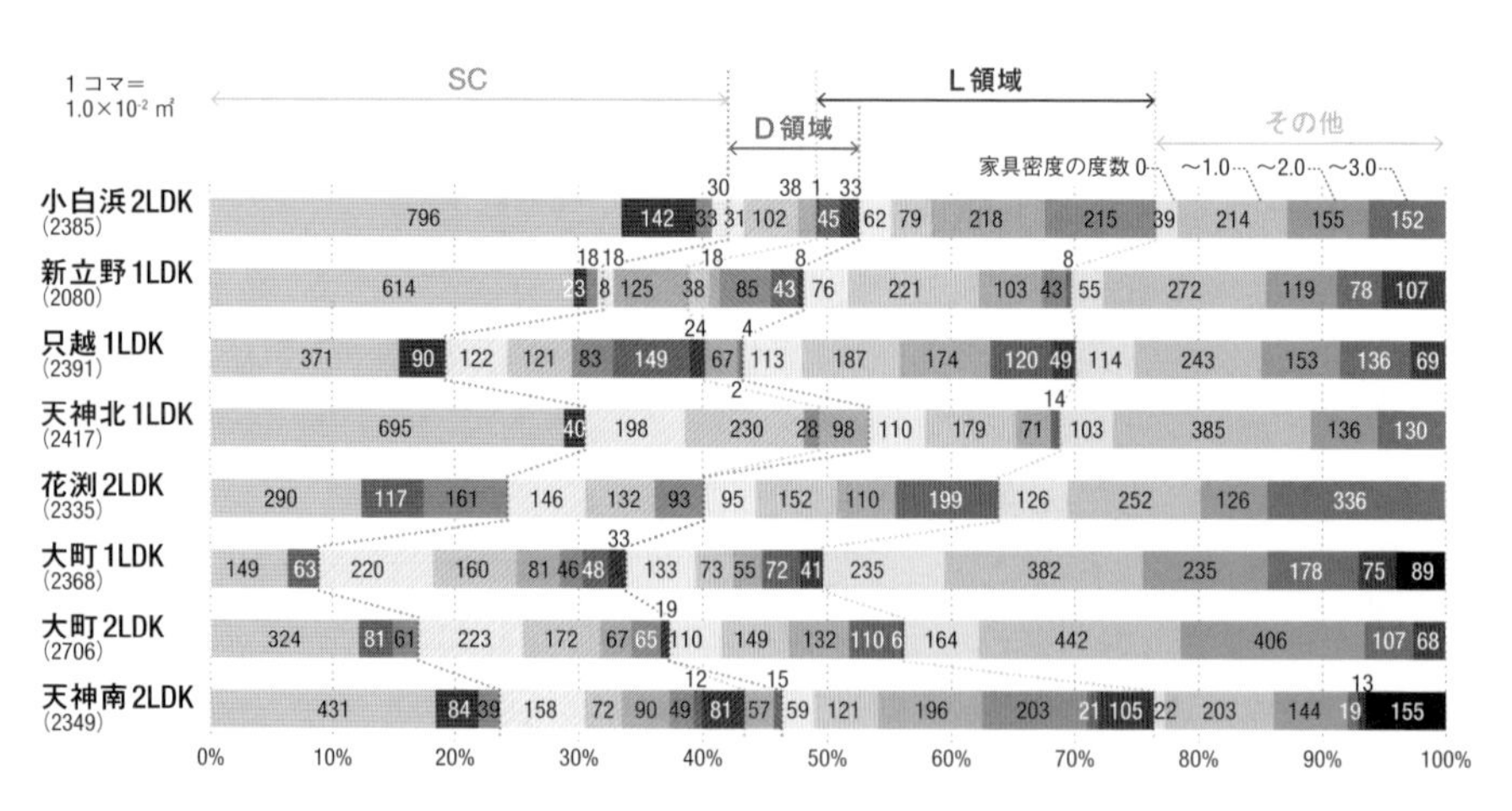

図 4.29　各住宅の居間における領域面積比

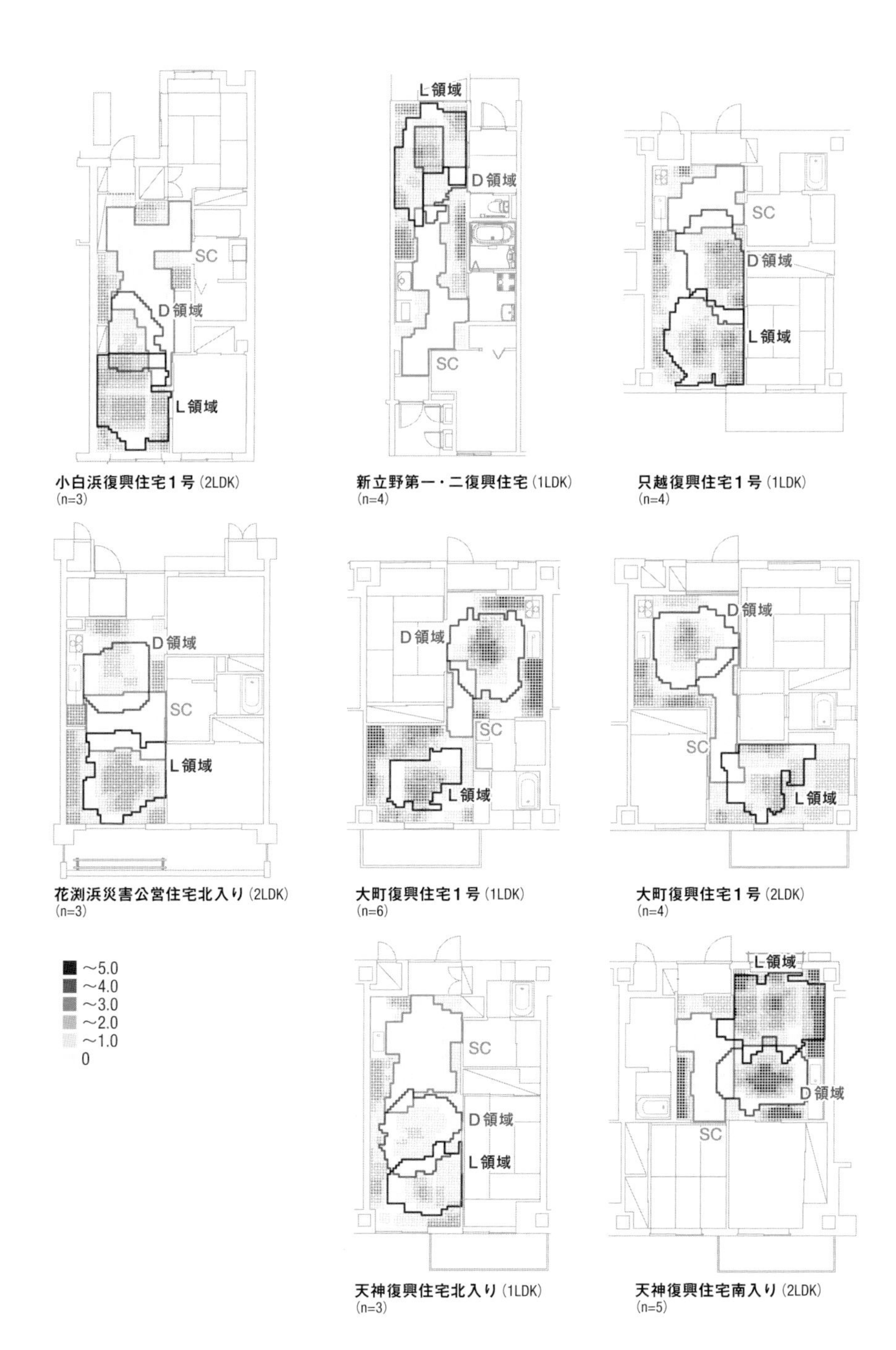

図 4.28　各住宅の家具密度図

れを取り巻く周囲六〇〇ミリメートル（人が通り抜けられる幅）を含む一体的な空間をそれぞれ「L（リビング）領域」「D（ダイニング）領域」と名づけた。図より居間空間にはL・D領域には含まれない空白の空間（SC：Shadow corridor）が生じている様子が見られた。リビングアクセスでは、玄関から居間を通じて各部屋へとアクセスする形式が取られており、本来は廊下として位置付けられる空間がSCとして居間に内包された状態になっていると考えられる。

図4・29に図4・28で示した各住宅の居間における領域の面積比を示す。居間の平面形状が細長い新立野では、SCの面積が比較的大きくなる傾向が見られた。L領域は開口部周りに集中しているため、新立野では住戸内外の境界が閉鎖的になりやすく、他のリビングアクセス型住宅よりも住戸周りにおける顔合わせが少ない傾向にあったと考えられる。一方、大町は、居間として位置づけられた室が、ひょうたん型の平面をしており、他の事例よりもSCが小さく抑えられている。居間の平面形状は、住戸の家具配置に影響を与える一要素であると考えられる。

以上から、住戸内の設えの状況によって住戸内外の境界面の位置づけが異なり、結果外部と関わる行為に影響していることが考えられる。リビングアクセスを用いる際には、住戸内外の関係性の形成が重要となるため、住戸内、境界面、外部との関係に配慮した一体的な空間の設計を行う必要が通常の住戸形態よりも高く、設計者の高度な空間構成能力が必要とされる住戸タイプであるといえる。しかし、この調査ではコミュニティとの関係構築への効果の一端も確認できた。リビングアクセスを成立させるために必要な条件をさらに明らかにすることは、孤立化防止に寄与する住宅形態の可能性を開くだろう。

5 共助型住宅の展開

1 ― 共助型住宅

リビングアクセス[注6]は、住戸のアクセス方向を変えることで環境全体のアウェアネスを高め、コミュニティの基礎を支える集合住宅形式であることを前節までで確認したが、ここでは共助型住宅を取り上げたい。共助型住宅はエントランスを共有し、共通の居間を有することが特徴である。類似の事例として、阪神・淡路大震災後にはケア付き応急仮設住宅から発展したグループハウス型の災害公営住宅「グループハウス尼崎」(図4・30)が開設されている。公営住宅としての建物に、社会福祉法人が運営を担う形をとった住宅である。

共助型住宅も同様に施設区分上は福祉施設ではなく居住施設であり、自立生活が可能な住民が暮らす場所と位置づけられている。共有部などの維持にかかる経費は原則、各住戸の共益費で担保する。住宅のあり方としては、むしろ同じく阪神・淡路大震災後に取り組まれたコレクティブ・ハウジングに近い。東日本大震災後には、福島県相馬市、宮城県石巻市において、計八棟一二〇戸の災害公営住宅が共助型住宅形式

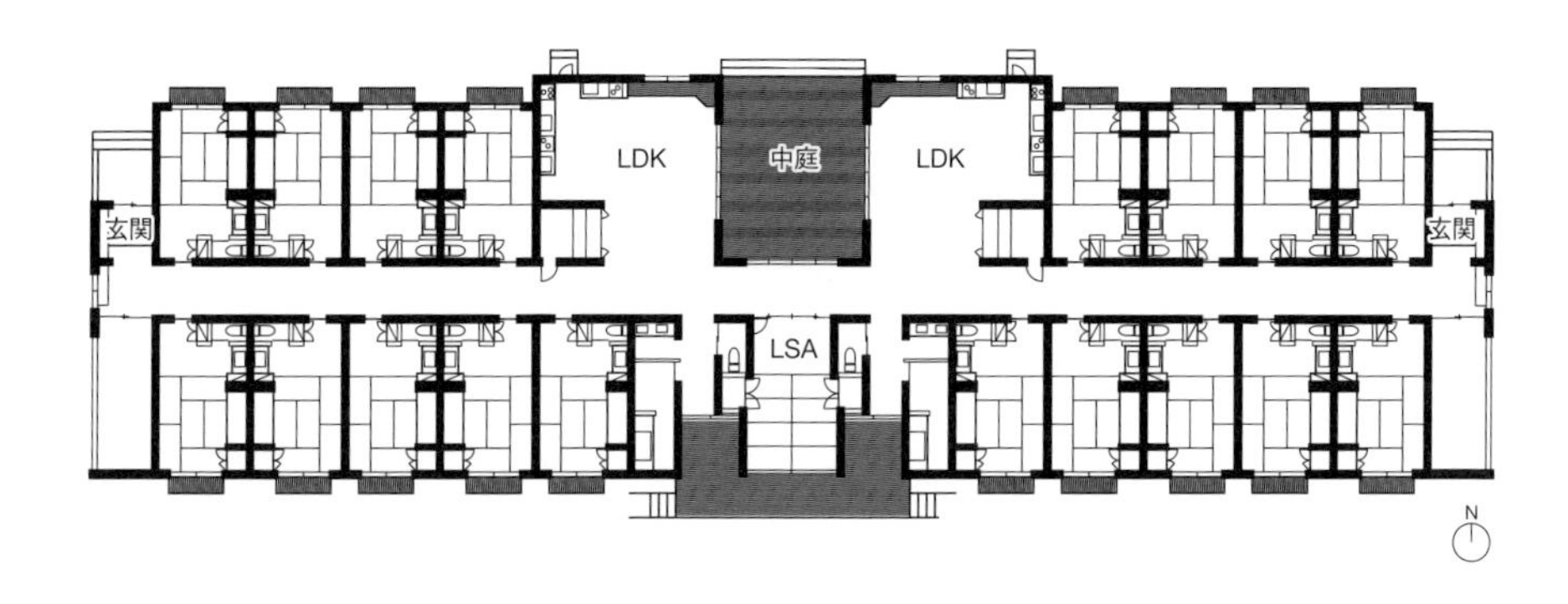

図4.30 グループハウス尼崎
(設計:京都大学小林正美研究室＋兵庫県住宅供給公社／積水ハウス)

で設けられている。

2 相馬井戸端長屋

(1) 相馬市の概況と井戸端長屋の着想

福島県北部に位置する相馬市は、原発事故被災による避難指示区域外だが、津波等により一八三七棟の住宅が全半壊の被害を受けた。二〇一五年三月には災害公営住宅四一〇戸、宅地一〇四戸の整備が完了している。そのうち四か所五棟五八戸の災害公営住宅が共助型住宅である「井戸端長屋」として整備された。

相馬市では、震災前から、高齢化率が二五・三%（平成二二（二〇一〇）年国勢調査）と高く、被災者の中にも高齢者や障害者等生活の支援を必要とする人が多く含まれていた。そのため、医師でもある立谷秀清相馬市長は通常の共同住宅形式だけではなく、共助が可能な形態をもち、住民が相互に助け合って生活することを支援する住宅が必要だとし、震災直後に現在の住宅とほぼ同形状（グループハウス型）の素案を作成した。

(2) 計画のポイント

井戸端長屋は、単身高齢者ができるだけ安心して低コストで暮らせる環境を提供しながら、「共助」により孤独にならな

図 4.31
相馬井戸端長屋
（左：外観、右：共助コミュニケーションエリア）

い新たなコミュニティを創出すること、長屋の形態による見守り、共助住宅・共同生活による生活支援を可能にすることで在宅での介護力を強化することを目指して計画されている。

最初期に建設された馬場野山田団地二号棟の平面図を図4・31に示す。住宅は、住戸のエリア、共助コミュニケーションエリア、介護対応エリア、ヘルパー・管理人エリアの四つに分けられる。共通の玄関をもち、中廊下で各エリアがつながっている。[注7]

井戸端長屋の特徴を最も表しているのが、共助コミュニケーションエリアである。ここには共用の食堂と畳敷きの小上がり（食堂エリア）、ランドリースペース（井戸端エリア）が設けられている。各住戸はそれぞれダイニングキッチン、浴室、便所と二部屋を占有空間としてもっているが、入居者が一日に一度顔を合わせるように無料提供される昼食（仮設住宅入居時から市が無料提供）は食堂で食べることとされている。また、名前の由来になった井戸端エリアを設け、洗濯を待つ間に入居者同士の交流が生まれるように計画されている。

入居時点では「自立」して生活できることが条件であるが、将来的な介護需要へ応えるために、介護対応エリアとして、脱衣所や洗い場の広い浴室と車いす用便所が設置されている。あくまで住宅であるため、ヘルパーではなく、常駐の管理人が置かれている（管理人は後に巡回型となった）。

（3）居住者の日常生活

馬場野山田団地以外の三住宅（A、B、C住宅）でヒアリング調査を行った。居住者の二〇一六年と二〇一七年の一日の生活行動について、共助コミュニケーションエリアの利用に着目し、詳細を見てみたい（図4・32）。

A住宅では、毎日朝食前の五時三〇分からほぼ全員で共用部の掃除、ラジオ体操を行うことを日課としている。また、食堂に集まって昼食を食べた後、そのまま入居者同士の団欒の時間をもっている。複数の共同活動を行い、毎日一定の時間を共有している。しかし、二〇一八年時点ではリーダー的存在だったA－7が入院し、一緒に食堂掃除を担当していた居住者の負担が大きいということで、週一回管理人に掃除をしてもらう体制に変更になった。

B住宅では、二〇一六年には食堂で集まって昼食を食べていたが、各世帯の都合により、二〇一七年には当番が受け取った弁当を各自が食堂に取りに来て自室で食べていた。そのため、生活時間で一致する行動があまり見られなかった。また、B住宅の共助コミュニケーションエリアは、社会福祉法人の主催するサロン活動の会場となっており、二〇一六年度までは近隣のC住宅の居住者も送迎を受けて参加していた。

C住宅では、二〇一六年にはすでに各自自室で昼食を取っていた。しかし、二〇一七年には当番が配達を受け取り、他

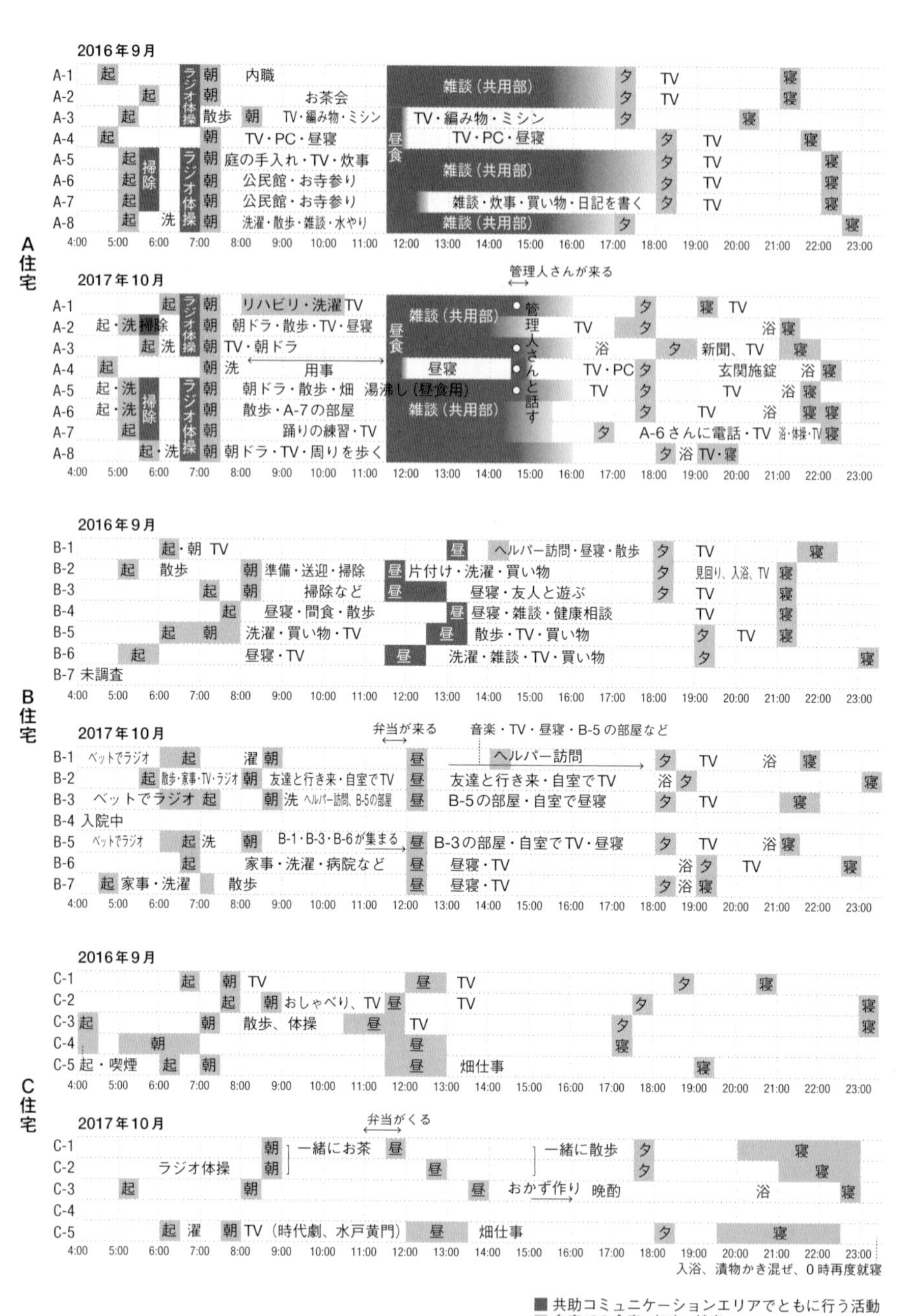

図 4.32　居住者の生活行動の変化

の居住者に知らせて、それぞれが食堂に取りに来ることをルールとし、意識的に昼食時に顔を合わせようとしている様子が見られた。

(4) 居住者間関係

共助型住宅は居住者同士がともに支え合う共助を企図しているため、その関係性がどのように形成されているかは共助のあり方に大きく影響する。そのため、入居前および二〇一六年と、二〇一七年の居住者間の関係を見てみることにした(図4・33)。

A住宅では、もともと同じ地域に住んでいた居住者が中心だが、それ以外の居住者も仮設住宅での知り合いという関係が入居前からあった。特に、従前地区が同じ居住者は生まれた時から地区内に住んでいて、同じ小学校に通っており、年齢が違っても顔見知り以上の関係があった。二〇一六年時には、寮長(市から委嘱を受け住宅の管理を行う)のA－4は以前行政区長も経験していたため居住者の信頼が厚く、また最高齢者のA－7も婦人会会長などの経験者であり、リーダー的な存在となっていた。それ以外にも共用部での調理、野菜づくりなどをそれぞれ役割分担したり、片手の不自由なA－4の掃除や食事の支援を他の居住者が行うなど、良好な関係が築かれていた。しかし、二〇一七年時には居住者のひとりのもの忘れの進行の影響と思われる行動からトラブルが発生し、居住者間の関係にも影響が現れていた。二〇一八年にはA－8の家族の元への転居、A－7の入院により、メンバー構成の変化が起こっている、特に、A－7と仲がよかった居住者の気持ちの落ち込みや、共用部掃除がなくなり共同作業が減るなどの様子が見られた。

B住宅では、他の居住者よりも年齢の若いB－2が二〇一六年には寮長を務めていた。さらに車も所持していたため移動手段のない居住者の送迎などを担っていた。しかし、二〇一七年からは寮長職もなくなったため、適度な距離感を持ちながら無理のない範囲で支援をするようにしている。B－5の部屋の前には週二回の移動販売車が停車するため、その前後やそれ以外の時間に居住者や周辺の知人などが集まっている。B－5は元々地域に長く暮らし、民宿を営んでいたため、顔が広い。

C住宅では、C－1、C－2が姉妹であるとともに、従前地域が一緒だったり、親戚の知人だったり、入居前から何かしらの付き合いがあった居住者が集まっている。寮長のC－3は入居が他の居住者よりも遅かったこともあり、二〇一六年時点ではあまり居住者間の関係は密でないように見受けられたが、二〇一七年には適度な距離を保ちながら生活している様子が見られた。

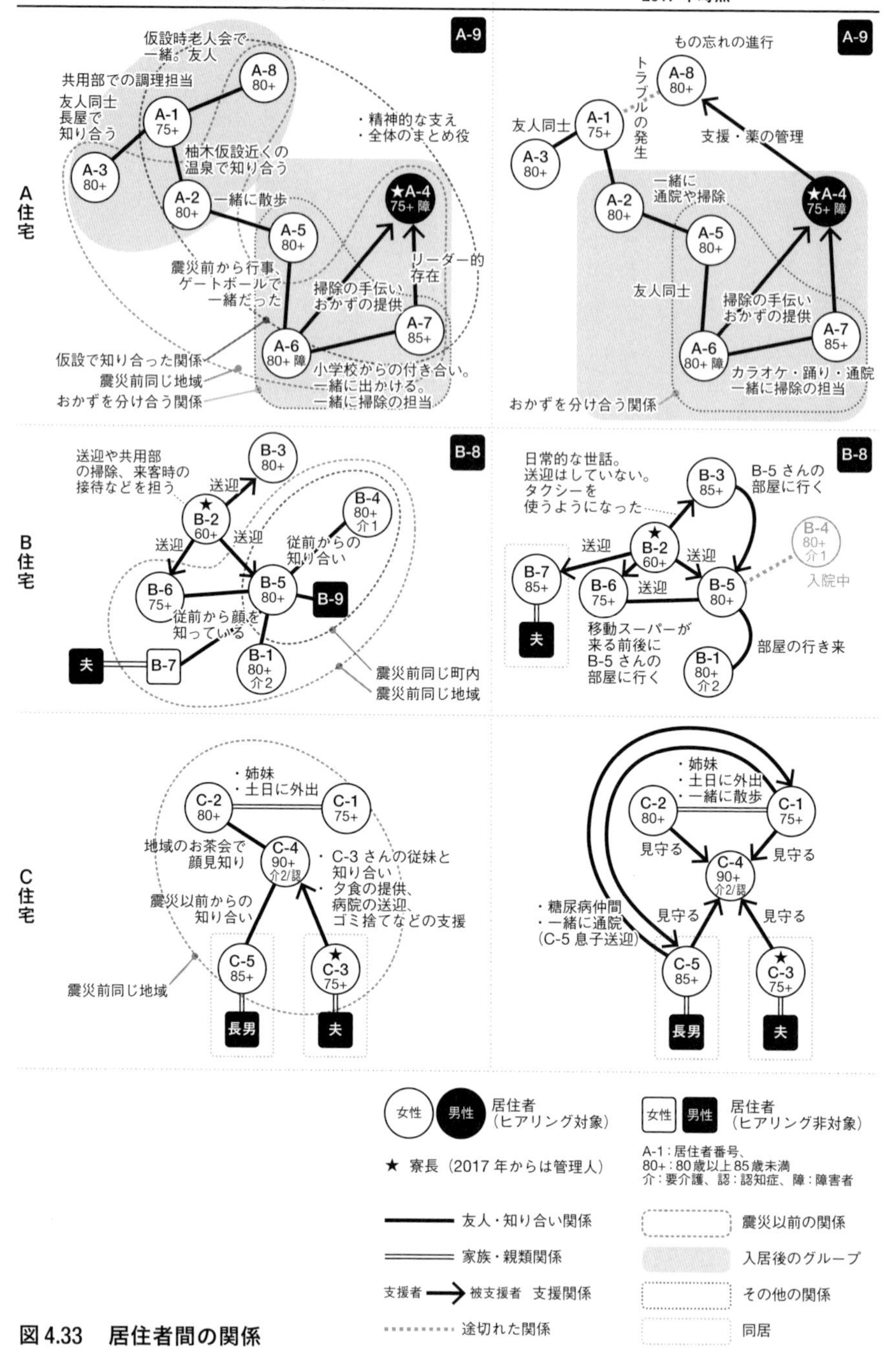

図 4.33　居住者間の関係

居住者の日常生活と居住者間の関係から、もともと知り合い同士が多い住宅では、入居当初から掃除や昼食の共食など居住者同士で取り決めをし、一緒に過ごす時間をもつことで、より密な関係を築いていた。しかし、身体状況の変化などによって、住民間トラブルや精神的な影響も見られ、居住者間の距離が近いことにより、その関係の変化が大きく影響する様子がうかがえた。それ以外の住宅では同じ地域からの居住者は多いが、全員がそこまで強い関係をもっていたわけではなく、居住者が定期的に顔を合わせるのは昼食を取りに来るときぐらいのようだった。C住宅では、二〇一六年時点ではあまり住民間の関係は密ではなかったが、顔合わせを意識的にもとうとしている様子が見られた。

また、B住宅では寮長が年若く、車を運転できるということで、他の居住者の送迎などの支援を担っていた。寮長がいることで全体に目を配る人が存在する一方、寮長の役割以上に負担がかかる危険性もあり、意識的に「手伝い過ぎない」ようにしていた。

さらに、住宅外部との関係を見ると、それぞれ、別居家族、知人が顔を見せに訪問するだけでなく、生活用品の買い出しや買い物への連れ出しなど日常生活に必要な支援を行っている。介護ケアや福祉的な支援を受けながら生活を維持している居住者も見られた。また、あえて世帯分離して入居しているという居住者も複数存在した。家族と適度な距離を置くことで、自由に生活することができているということだった。居住者の生活は必ずしも居住者間の関係だけでなく、別居家族や知人などの支援を受けて成立している。つまり、共助型という住宅の形により共助が成立しているというよりも、もともとあった人間関係のネットワークの中に新たな共助関係が差し込まれることで生活が成立していると考えることができる。

(5) 共助型災害公営住宅の課題

相馬井戸端長屋の居住実態から、共助型災害公営住宅の課題を挙げてみたい。

① 入居者の選定

住民の共助が成立するためには、自立していること、さらにはコミュニティが生まれやすい状況であることが重要である。いずれも満たしている住宅では、当初想定していたような生活が実現できている。当初入居者が集まらず高齢者・障害者の優先入居となった住宅もあったが、うまく共助が発生している住宅は住民の希望で井戸端長屋の形態が採用されたという。グループ入居など、ある程度コミュニティのきっかけとなるような入居の仕組みが必要であるといえる。

② 居住者の重度化

当初は自立していた居住者も時間の経過とともに要介護度・認知症が重度化して、福祉的ニーズが高まる。建物形状自体は介護対応になっているが、あくまで公営住宅として建設されているため、実際にどのような福祉サービスを実装していくかについては検討が必要である。

③ 生活支援の継続性

行政からの支援は、仮設住宅期から実施していた昼食、通院・買い物送迎、移動販売車等、強化されたサービスもあるが、復興事業も終了し、平時に戻るとともに、徐々に財源確保が難しくなって来ているものもある。また、ボランティアの希望も徐々に少なくなる傾向があり、入居者の生活を支えて来た生活支援をどのように維持するかには、介護や地域福祉の部署も含めた横断的な調整が必要とされている。さらに、現在存在している別居家族や知人の支援が共助の前提となっていると考えると、行政支援はこのようなネットワークの維持こそを支える必要があるのではないだろうか。

3― 石巻市共助型住宅

相馬井戸端長屋以降、被災地での共助型の取り組みは見られなかったが、二〇一八年一月、宮城県石巻市の災害公営住宅で初めての共助型住宅(図4・34)が開設した。買取型公募プロポーザルを行ったが、公募要綱では、相馬市の事例を参考にして空間機能が設定された。特に、相馬井戸端長屋の共助コミュニケーションエリアは少し面積が大きく、半分に区切って使用することもあったことから、石巻市では多目的スペースは半分ほどの大きさとし、共用空間の日常的な動線の中で住民同士の顔合わせが可能となるように配慮した。実際に建設された住宅は、集合玄関を入ると多目的スペースを介して、四つの廊下につながっている。各住戸はリビングアクセスが採用されており、中庭を挟んで向かい合う廊下に沿って並んでいる。

入居以降、居住者も工夫して自分の住戸周りを設えたり、居住者自治会が中心となり、「お茶っこ」などの交流の機会を増やしながら、試行錯誤して共助のあり方を探ってきた。

その一方で課題も多い。具体的には、相馬の事例などでも見受けられた入居者選定と居住者の高齢化である。開設当初は、住宅の特性を理解して入居を希望した世帯も少なくなかったが、自治体が共助に賛同する住民をスクリーニングしているわけではないため、お互いに助け合って生活する像の共有が難しい場面も見られている。また、相馬市では、もともとの顔見知り関係も少なくなかったが、市街地での住宅ということもあり、以前からつながりのある居住者は少ない。その上、自立して生活していた高齢者も年数が経つごとに徐々に虚弱になっていく。グループハウス尼崎のように全体の運営を社会福祉法人が支えているわけではなく、住民による自治に頼っているため、コンセプトに共感する意識の高い住民に負担が集中してしまうという課題もある。こうした課題を住民と社協、市の担当とで共有しながら、次の手立てを模索している。

共助型住宅の課題については、阪神・淡路大震災で取り組まれたコレクティブ・ハウジングの教訓とともに、今後の超高齢社会の新しい公営住宅のあり方となり得るか、検討していく必要があるだろう。

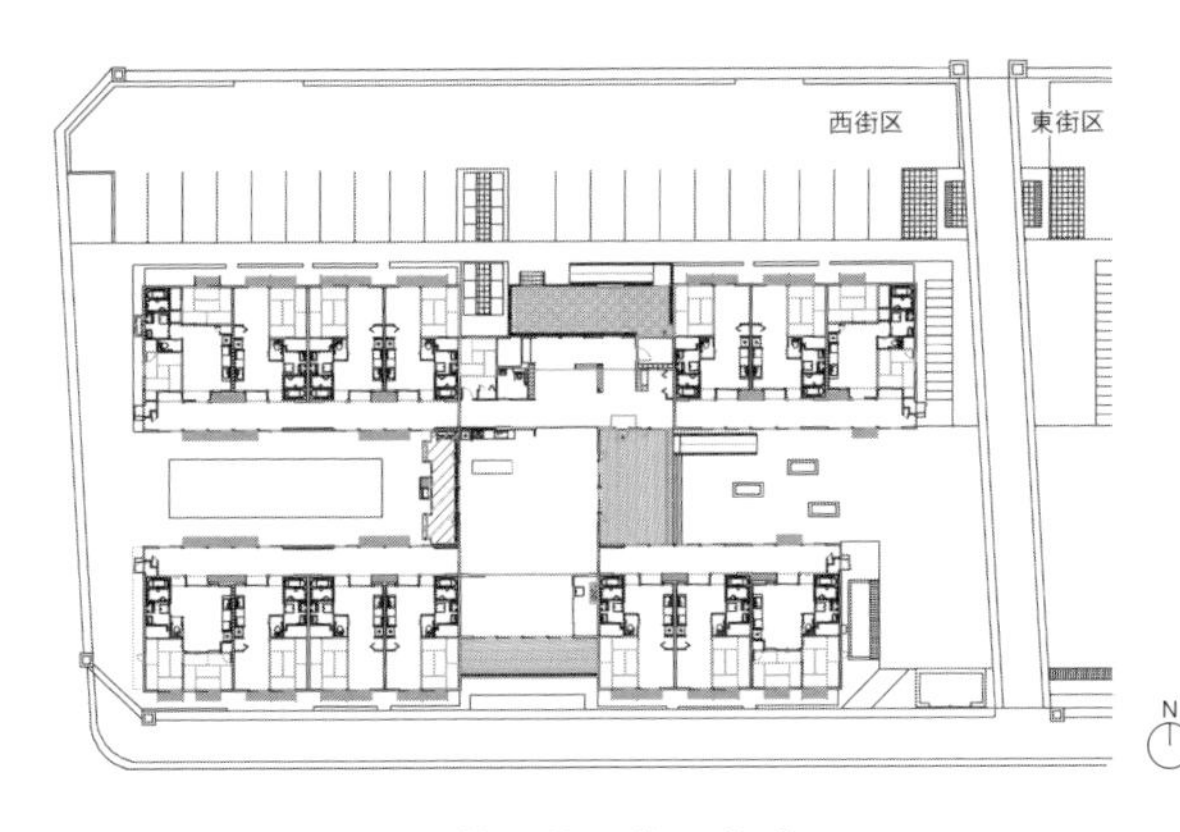

図 4.34　石巻市新西前沼第 3 復興住宅
（設計：阿部仁史＋阿部仁史アトリエ／大和ハウス工業）

6 小括——これからの災害公営住宅に必要とされるものは何か

関東大震災において提示されたように、近代社会における大災害からの復興は、近代化の実験場であり、その中で災害公営住宅はフロントに位置しているともいえる。阪神・淡路大震災において注目されたコミュニティに配慮した住環境は、東日本大震災からの復興においては、孤独死の研究などを取り入れてその概念を深化させ、リビングアクセスなど、アウェアネスに配慮した公営住宅を実現することができた。

これまでに活用されてきた住戸の標準型を用いた設計は一定の質のものを広く行き渡らせるためには有効であったが、個別の外部環境への対応については、課題が多かった。東日本大震災の被災地のような少子高齢化が進み、近隣との関係性が個々の被災者生活の質を支えると考えられる場所においては、リビングアクセスにより近隣関係が促進される可能性が見出せるなど、その敷地や居住者の条件に配慮した設計の重要性が明らかとなった。一方で、リビングアクセスの設計では室内空間、境界面、外部空間が密に連携するため、高い設計技術が必要であることも示唆されている。

さらに、共助型住宅といわれる住民同士のより密接な関係性を想定した住宅も実現しているが、ここでは、入居者の選定や、継続的な運営を可能にする仕組みの重要性がうかがわれた。これらは、阪神・淡路大震災でのグループハウス型やコレクティブ・ハウジング型の災害公営住宅でも指摘されている事項だが、災害公営住宅という公平性が重視される住宅においては、行政が一歩踏み込んで入居者の選定を行うことや運営支援を行うことは未だ難しい現状が続いている。しかし、災害公営住宅のみならず、一般の公営住宅でも今後、セーフティネットとしてより実際的な役割を果たす住宅が求められるとするならば、住宅の形態と合わせてこのような運営のあり方についても同時に検討する必要があるだろう。

本章で見てきたように、ビルディングとしての個別解では、東日本大震災でも多くの取り組みが行われている。その新しいビルディングタイプが実際に有効であるかは、災害公営住宅の目的を被災者の「生活再建」をまず一義とし、そのための器と考えるのであれば、住まい手がどう住みこなしているかといった「住んでいる姿」から評価する必要があるだろう。建築が完成した段階でそこで営まれる生活にどれほど可能性が感じられたとしても、有効に機能しないこともある。一方で、住まい手の住みこなしによって思ってもみない建物のポテンシャルが引き出される場合もある。また、「よい住まい」というと、どうしても住民みんなが仲良く生活している姿を想像してしまいがちだが、果たしてそれだけが人と人の関わりだろうか。ときには住民同士のフリクションがありながらも、人とのつながりを切らさないことは、セーフティネットとしての災害公営住宅の機能として重要な場合もある。東日本大震災被災地でのそのような生活の実態を明らかにする取り組みが少しずつ現れ始めている(吉野ほか、二〇二一など)。想定を超える居住の姿を復興事業や住宅事業の前提となる政策や建築計画・設計段階で見通し、盛り込むことは、確かに難しい。しかし、これまで「ハウジング」のおもな枠組であった政策・建築の段階だけでなく、住まい手の姿が体現する空間への辛口の批評を、再建すべき対象そのものととらえ直し、連続した時間の中で違う見立てがされたり手が加えられたりその時々に空間が提供する価値が変化するものであると再確認するのであれば、これまでとは異なるハウジングや計画論の契機になることが期待できる。これは「復興」にとどまらない大きな課題でもある。

注1　図4・2〜4・4は、初出『新建築』2016年8月別冊「集合住宅の新しい文法——東日本大震災復興における災害公営住宅」。

注2　こうしたノウハウは、東日本大震災の復興においてもこれらを経験した技術者の派遣を通じて伝えられた。

注3　図4・5は内閣府(二〇〇六、二〇一一、二〇一四、二〇一五)、UR都市機構ウェブサイト(二〇二一年三月九日閲覧)、消防庁(二〇〇六、二〇〇九、二〇二〇)、国土交通省住宅局(二〇一三)、神戸新聞ウェブサイト(二〇二一年三月九日閲覧)を元に作成。

注4　二〇一二年一〇月に、東北大学災害科学国際研究所が宮城県土木部復興住宅整備室の後援を受けて実施した連続講座では、過去の災害に詳しい専門家を招聘し、災害公営住宅建設にあたっての配慮事項の情報提供を行った。各自治体から担当者が参加し、これらの情報を共有する機会となった。

東日本大震災における災害復興公営住宅計画の実践的手法に関する連続講座―阪神・中越・玄界島から学ぶ住宅供給の手法

日時…第一回　二〇一二年一〇月二〇日(土)、

第二回　一〇月二八日(日)

場所…東北大学片平キャンパス　ギャラリートンチク

〒九八〇-八五七七仙台市青葉区片平二-一-一

主催…東北大学災害科学国際研究所(災害復興実践学分野)

後援…宮城県(土木部住宅整備室)

協力…立命館大学、アーキエイド

第一回　二〇一二年一〇月二〇日(土)

復興公営住宅の供給戦略…経年管理、高齢者問題

①主旨説明(塩崎賢明…立命館大学)、②供給戦略の構築計画とその後[阪神・淡路](黒田達雄…元兵庫県)③高齢者に配慮した住宅供給(三浦研…大阪市立大学、寺川政司…近畿大学)、④地場産材を活用した住宅供給(金親丈史…会津建築工芸舎)

第二回　二〇一二年一〇月二八日(日)

コミュニティと災害復興公営住宅…山間・漁村

①山間集落における住宅供給とコミュニティ[中越](澤田雅浩…長岡造形大学)、②漁村集落での住宅供給と生業への影響やその後のコミュニティ[玄界島](岡田知子…西日本工業大学)、③孤独死を防ぐ住戸計画とコミュニティ形成への配慮[阪神・淡路](田中正人…都市調査計画事務所)

注5　本項は南澤恵・佃悠・小野田泰明（二〇一九）「災害公営住宅における交流と住まい方の実態に関する研究」『日本建築学会大会学術講演梗概集（建築計画）』一〇八九～一〇九二を元に新たに書き下ろしたものである。

注6　本節は佃悠・石井敏（二〇一九）「高齢者の自立的生活を支える共助型集合住宅に関する研究——相馬井戸端長屋を事例として」『住総研 研究論文集・実践研究報告集』四五、九五～一〇六を元に新たに書き下ろしたものである。

注7　市によると、井戸端長屋全体の戸数は仮設住宅に入居している単身高齢者世帯の割合から算出されている。A、B、D住宅は一二戸だが、C住宅は敷地面積から一〇戸となっている。

2011

2012

第5章
居住意向とまちづくり

2013

2014

2015

2016

2017

2018

1 被災者の住宅再建意向

1 被災者の住宅再建意向と復興事業

前章では、少子高齢化という被災地の特性を踏まえた新しい災害公営住宅の取り組みを見てきた。行政側は想定される入居者像を描きながら計画を策定するが、より精度高く条件を把握するためには、被災者の住宅再建についての意向を正確に把握する必要がある。そのため、東日本大震災後には各自治体で再建意向調査が行われた。しかし、計画に反映するほど確度の高い再建意向の把握は非常に難しい。なぜなら、行政側は将来的な自治体の資産として良質な居住環境を公的な事業で実施したいと思うが、同時に被災者側では自らの将来を見据えて最もよい選択をするために、その時々の情報を収集し、条件を精査しながら、再建意向を変化させているからである。それでは、どのような要因によって被災者の住宅再建意向は影響を受けるのか、またそれを踏まえて計画側はどのような配慮を行う必要があるのだろうか。

2 住宅再建意向調査

阪神・淡路大震災後、災害公営住宅も含めた恒久的な住宅確保と再建支援にあたって、国はフローを作成・公開している（内閣府、二〇一〇）。そこには必要戸数の確定に先立って、「被災住宅の把握」「再建手法の検討」を行い、再建手法の検討にあたっては、「意向調査」などを通じた「再建意向の把握」を行いながら、「事業手法の検討」を進めることが明示されている。特に、住宅確保の見込みと宅地や再建場所に対する希望といった住宅再建意向については、災害発生から一か月後以降に把握することとされている。東日本大震災被災地の災害公営住宅整備に関わる計画策定においては、岩手・宮城両県を除く五四事業主体のうち五二事業主体が意向調査を実施しており、中には二回以上実施する自治体もあったことが報告されている（会計検査院、二〇一三）。

しかし、多くの自治体で整備戸数確定のための意向調査が二〇一二年を中心に実施されているのに対し、実際の建設数は、例えば宮城県では二〇一五年二月時点で二九五八戸となっており総計画戸数一万五四八八戸の二割に満たず、整備計画策定から入居までには長期間を要している。この間、被災者の住宅再建意向が変化し、整備戸数を途中で増減した自治体も見られる。図5・1は、年度ごとの住宅復興事業の整備計画戸数と進捗率を示したものである。計画戸数が確定的な数字に収斂してきたのが、進捗率五〇パーセント程度となった二〇一六〜一七年頃であることがわかる。住宅再建意向の把握は、住宅整備の重要な基礎資料である一方、今回のように初期段階において従前居住地での自己再建可・不可の判断が被災者にとって難しい中、確度の高い数字の確定は困難であったことがわかる。

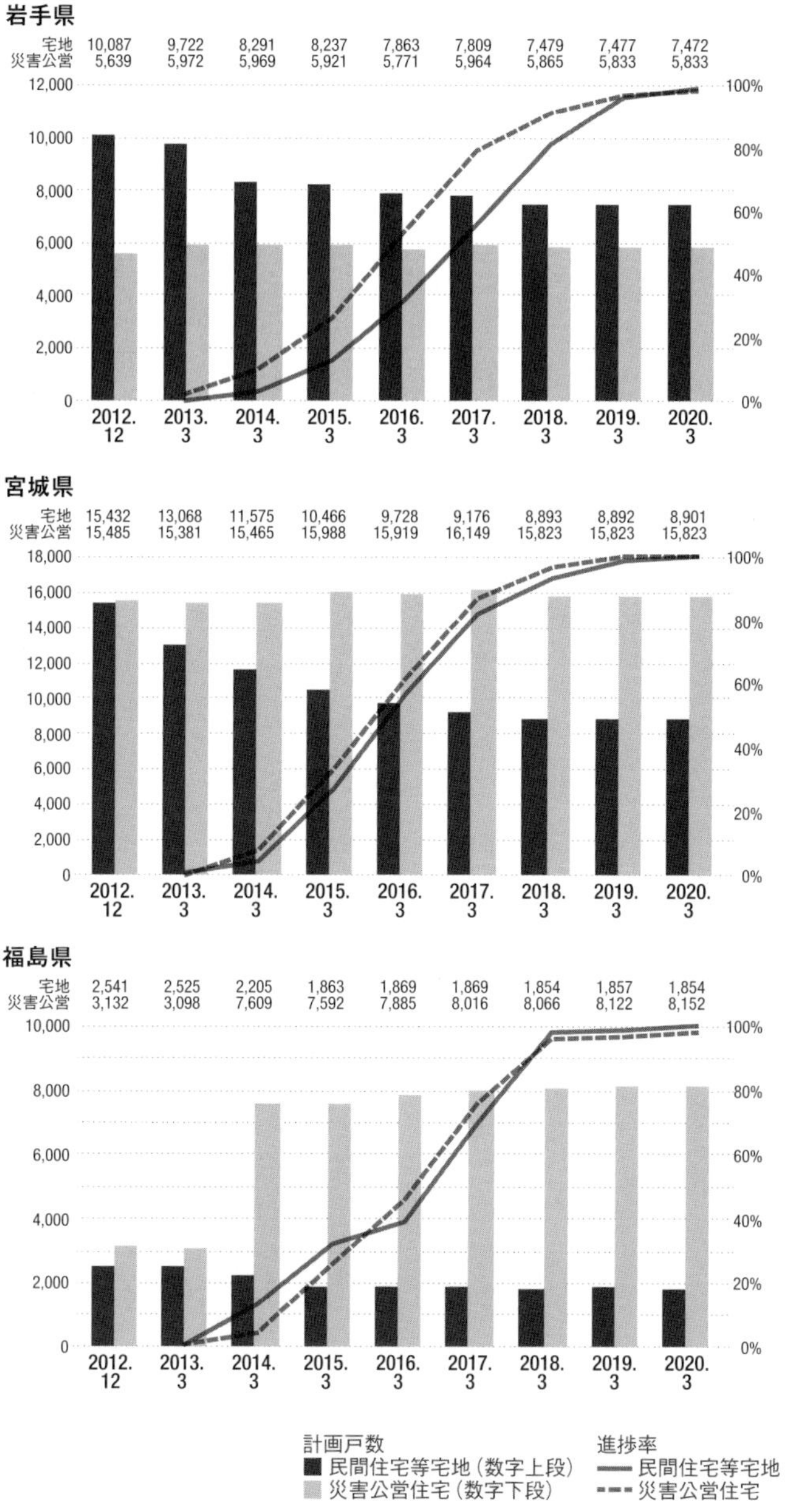

岩手県

	2012.12	2013.3	2014.3	2015.3	2016.3	2017.3	2018.3	2019.3	2020.3
宅地	10,087	9,722	8,291	8,237	7,863	7,809	7,479	7,477	7,472
災害公営	5,639	5,972	5,969	5,921	5,771	5,964	5,865	5,833	5,833

宮城県

	2012.12	2013.3	2014.3	2015.3	2016.3	2017.3	2018.3	2019.3	2020.3
宅地	15,432	13,068	11,575	10,466	9,728	9,176	8,893	8,892	8,901
災害公営	15,485	15,381	15,465	15,988	15,919	16,149	15,823	15,823	15,823

福島県

	2012.12	2013.3	2014.3	2015.3	2016.3	2017.3	2018.3	2019.3	2020.3
宅地	2,541	2,525	2,205	1,863	1,869	1,869	1,854	1,857	1,854
災害公営	3,132	3,098	7,609	7,592	7,885	8,016	8,066	8,122	8,152

計画戸数
■ 民間住宅等宅地（数字上段）
■ 災害公営住宅（数字下段）
進捗率
— 民間住宅等宅地
--- 災害公営住宅

図 5.1
年度ごとの住宅復興事業の整備計画戸数と2020年3月時計画から見た事業の進捗率
（復興庁「住まいの復興工程表」を元に作成）

2 仮設住宅とその後の住宅復興

1 建設仮設と借り上げ仮設

国際的な災害研究[注1]においては、災害発生後の居住環境確保には様々な経路があるといわれている。しかし、日本では災害救助法に基づき、住まいを失った被災者に、応急仮設住宅（以下、仮設住宅）が提供されることが基本とされており、被災から再建にかけての居住を支える重要な環境となっている。

一九九五年に発生した阪神・淡路大震災の後には、各都道府県が、（一社）プレハブ建築協会と協定を結び、発災後直ちにプレハブ仮設住宅が提供される手法が一般化した。しかし、二〇一一年の東日本大震災による住宅被害は、広域で多数に上ったためプレハブ仮設住宅に代表される応急建設住宅（以下、建設仮設）（図５・２）だけではなく、民間賃貸住宅を活用した応急借り上げ住宅、いわゆるみなし仮設（以下、借り上げ仮設）が大々的に採用されている。被災から恒久的な住宅確保までの大きな流れは図５・３に整理されているとおりである。特に、借り上げ仮設住宅（図中の「応急仮設住宅」に「賃貸住宅の借り上げも可」とある）については、自治体からの供与開始前に自力

図 5.2　東日本大震災での建設仮設住宅

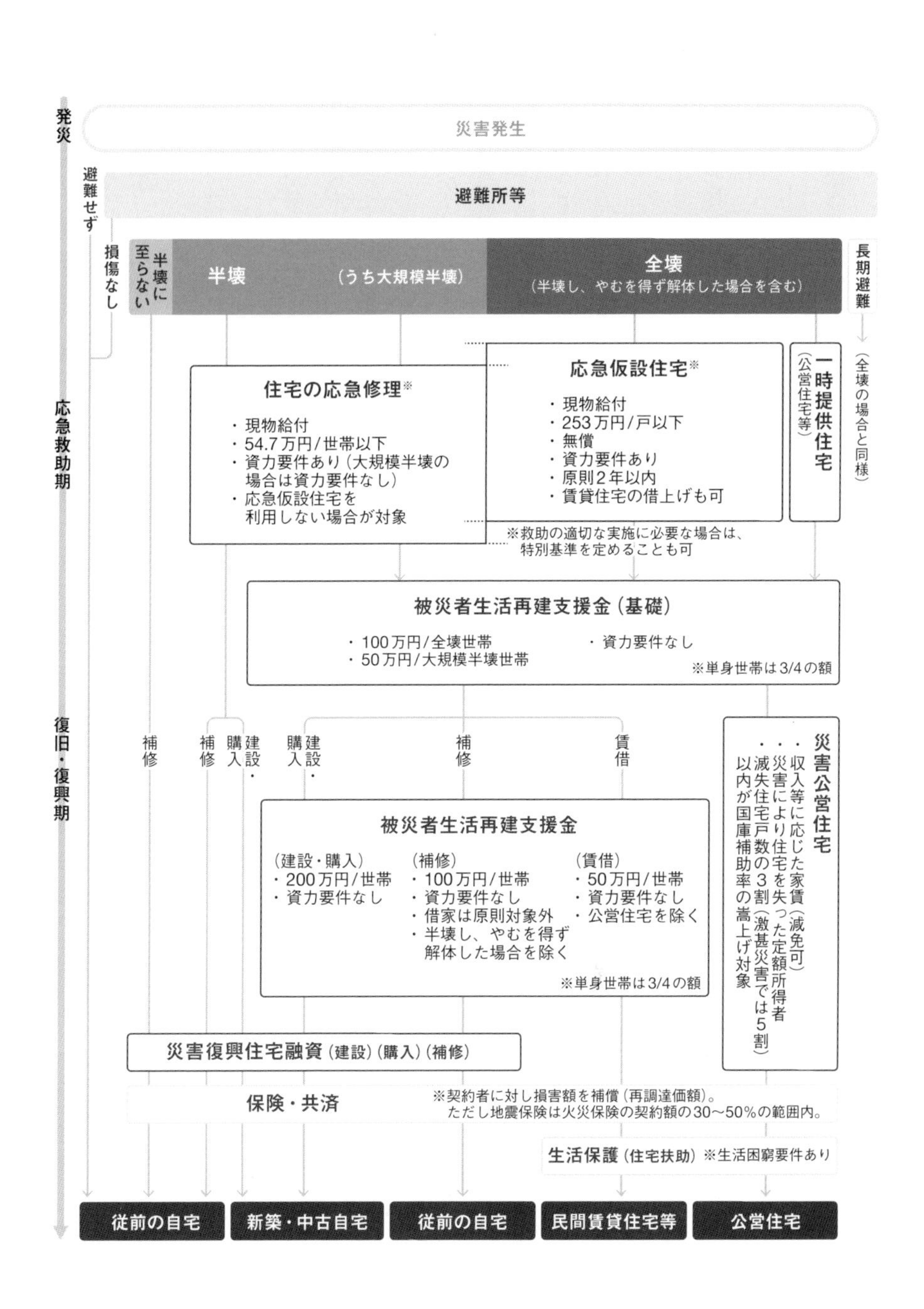

図5.3 被災から恒久的な住宅確保までの流れ(持ち家世帯)(内閣府、2014)

で民間賃貸住宅などを確保して避難した世帯もいたことから、遡及対応が行われ、入居後に借り上げ仮設住宅扱いとなったものもある。借り上げ仮設や公営住宅等には、ピーク時に岩手県で四四六三戸（二〇一一年九月）、宮城県で二万七一六四戸（二〇一二年四月）、福島県で二万五九六五戸（二〇一二年三月）の入居が報告されている（図5・4）。被災者への迅速な提供、住宅ストック活用などの点からの有効性により、国では従来の建設仮設中心から、借り上げ仮設の提供も重視していくとしており、その後発生した熊本地震（二〇一六年四月発生）でも、二〇一七年二月時点で約一万二〇〇〇戸の借り上げ仮設住宅が供給されている（プレハブ等の建設仮設が一六市町村一一〇団地四三〇三戸建設）（熊本県、二〇一六・毎日新聞、二〇一六）。

この仮設住宅への入居期間に、多くの被災者はその後の住宅再建を考えることになる。では、仮設住宅での居住が後の住宅復興に影響を与えているのだろうか。仙台市近郊の七ヶ浜町を例にとり、その様子を見ていきたい。

2 七ヶ浜町の概要

七ヶ浜町は、宮城県の中でも気候が温暖で、大木囲貝塚をはじめとする先史時代からの遺跡が存在し、古くからの生活の痕跡が残っている。伝統的な集落構造を維持する地区、新興の住宅地など複数の特徴を持つ地域から成り、浜ごとのつながりが強く、親戚が同じ浜や町内に居住している世帯も多い。東日本大震災では、町域の三六％が浸水し、住宅被害は、二〇一一年一〇月末時点で全壊六八三世帯、大規模半壊二三三世帯であった（図5・5）。太平洋に面し、比較的人口の多かった菖蒲田浜地区、花渕浜地区、代ヶ崎浜地区が大きな被害を受けた。

菖蒲田浜地区は、二キロメートルにわたる遠浅の海岸に国内で三番目となる菖蒲田浜海水浴場が一八八八（明治二一）年に設けられた歴史をもつ。一八八九（明治二二）年に七ヶ浜村が誕生した際には、村役場が設置され、高台の亦楽地区の新庁舎に移転するまでの七四年間、行政の中心地だった。震災以前、毎年夏の海水浴の時期になると、地区がとりまとめとなって、各住宅の軒先などに海水浴場の利用者向け駐車場が開設され、地域の重要な収入源となっていた。

花渕浜地区は、海辺から発展した集落で、吉田浜地区に近い吉田花渕港は古くから七ヶ浜の中心的漁港として栄えてきた。多くの家屋が港周辺に集まっていたが、菖蒲田浜地区につながる低平地にも住宅が点在していた。

代ヶ崎浜地区は町の北端にあり、三方を松島湾、太平洋に囲まれている。地区の北西端の多聞山を含む丘陵地が地勢の大半を占め、わずかな平坦地に集落が形成されている。太平

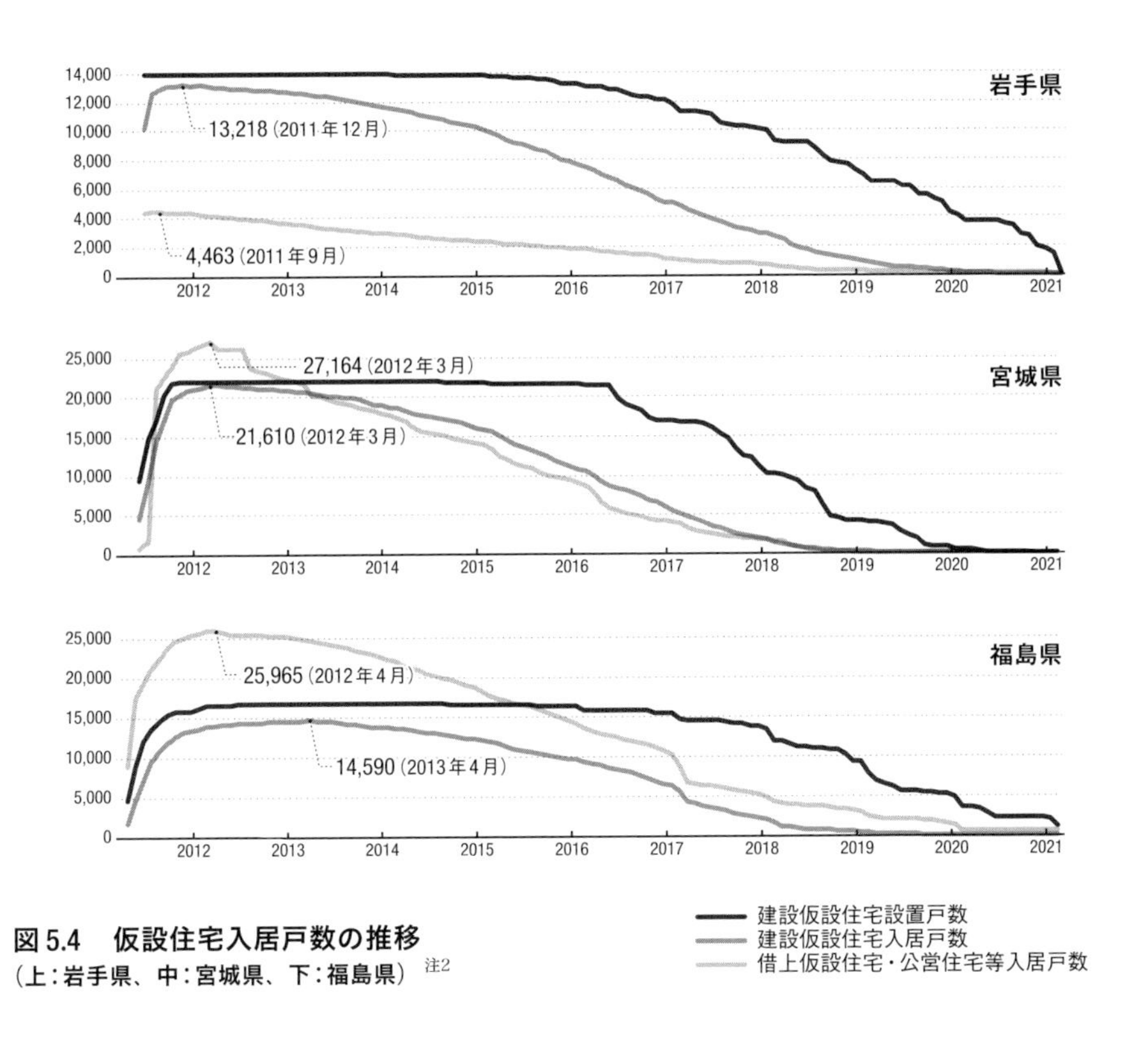

図5.4　仮設住宅入居戸数の推移
（上：岩手県、中：宮城県、下：福島県）注2

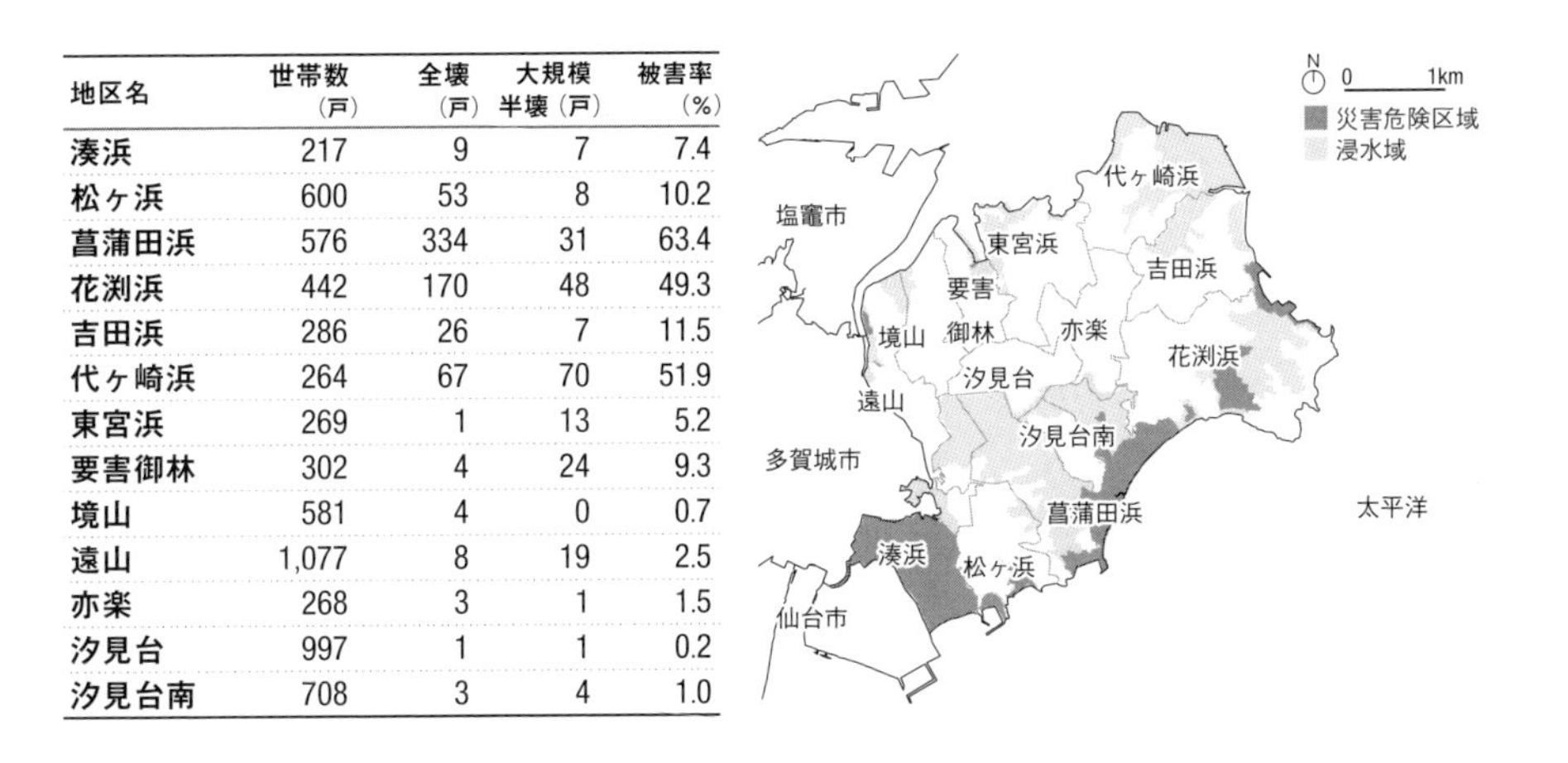

地区名	世帯数（戸）	全壊（戸）	大規模半壊（戸）	被害率（%）
湊浜	217	9	7	7.4
松ヶ浜	600	53	8	10.2
菖蒲田浜	576	334	31	63.4
花渕浜	442	170	48	49.3
吉田浜	286	26	7	11.5
代ヶ崎浜	264	67	70	51.9
東宮浜	269	1	13	5.2
要害御林	302	4	24	9.3
境山	581	4	0	0.7
遠山	1,077	8	19	2.5
亦楽	268	3	1	1.5
汐見台	997	1	1	0.2
汐見台南	708	3	4	1.0

図5.5　東日本大震災における七ヶ浜の被害状況（集落別）

洋に面した北東部は、昭和三〇年代はじめに東北電力によって埋め立てられ仙台火力発電所が設置された。第二次世界大戦後、地区では海苔養殖の技術革新に取り組み、松島湾内でも上位の品質、産額を誇り、七ヶ浜産海苔の養殖技術を牽引してきた。

このように、それぞれの地区では、地形的特徴も異なり、そのため中心となる生業も異なる。それにより地区コミュニティの形成の仕方も異なっていた。

3 ― 家族のありよう

被害の大きかった三つの地区の世帯状況を二〇〇五、二〇一〇、二〇一五年で比較し、家族のありようを見ていく（図5・6）。データは町の住民基本台帳を元にし、世帯は単身世帯、夫婦世帯、夫婦と子もしくは子夫婦、ひとり親と子もしくは子夫婦、三世代以上、その他（非親族含む）に分類した。いずれの地区も三世代以上世帯が減少しており、震災前の二〇一〇年から震災後の二〇一五年の減少率が高い。特に代ヶ崎浜地区では震災直前の二〇一〇年時点まで、四〇％近くを占めていたが、二〇一五年には約三〇％となっている。一方で、いずれの地区も単身世帯の割合が増えている。菖蒲田浜地区は夫婦と子もしくは子夫婦世帯も減少しており、総じて多世代世帯から単身や夫婦のみといった単一世代の世帯に変化している。高齢化率の変化を見ると、震災以前から高齢化が進んでおり、震災後はどの地区も三〇％を超えている。

七ヶ浜町は前述したとおり、温暖な気候で、海辺と丘陵地からなる自然豊かな町である。一方で、鉄道の駅は隣接する多賀城市にあり、七ヶ浜町までの移動はそこからコミュニティバスか民間バスを利用するしかない。鉄道駅沿線の市町村には仙台市のベッドタウンが形成されている一方、時間距離の長い七ヶ浜町では近年高台地区の住宅地においても若者世帯の減少が見られていた。仙台圏に経済機能が一極集中する東北地方においては、仙台市からの利便性のよさが、その地域の人口減少と高齢化率にも影響していることが、国交省のデータ（図5・7）からも読みとれる。七ヶ浜町だけでなく、岩手・宮城県の被災地全体が抱える問題であるといえる。

4 ― 住宅再建意向の政策への反映と変化

七ヶ浜町では、二〇一一年七月に第一回居住意向調査（一二五四世帯対象、一〇二六世帯回答）、二〇一二年二月に第二回居住意向調査（九八六世帯対象、九五〇世帯回答）、二〇一三年六月に入居の仮申し込み（九八八世帯対象・回答）を行っている。津波被災地では、まず沿岸のどこまでを再建可能とするかを決め

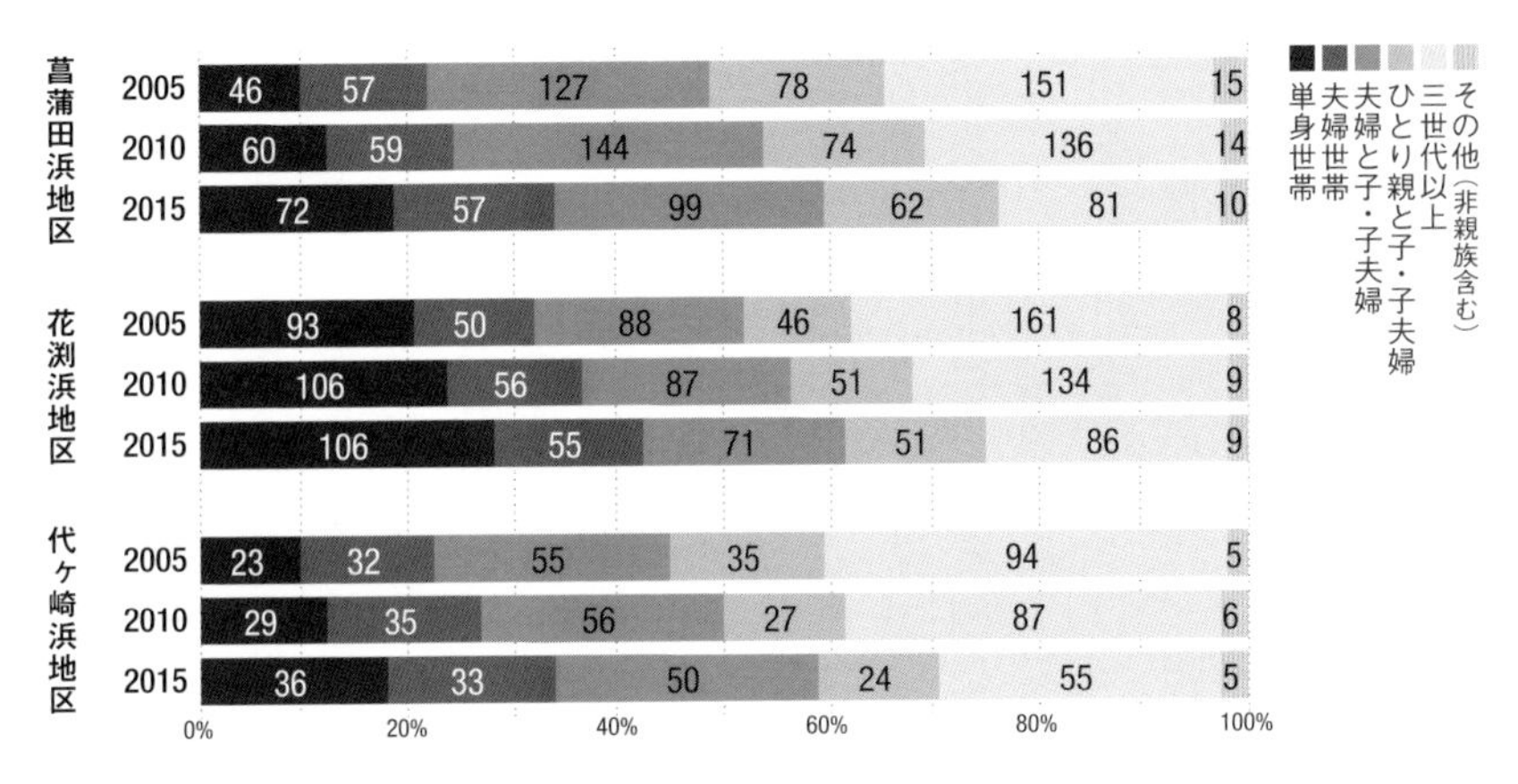

図 5.6　世帯構成の変遷（菖蒲田浜地区・花渕浜地区・代ヶ崎浜地区）

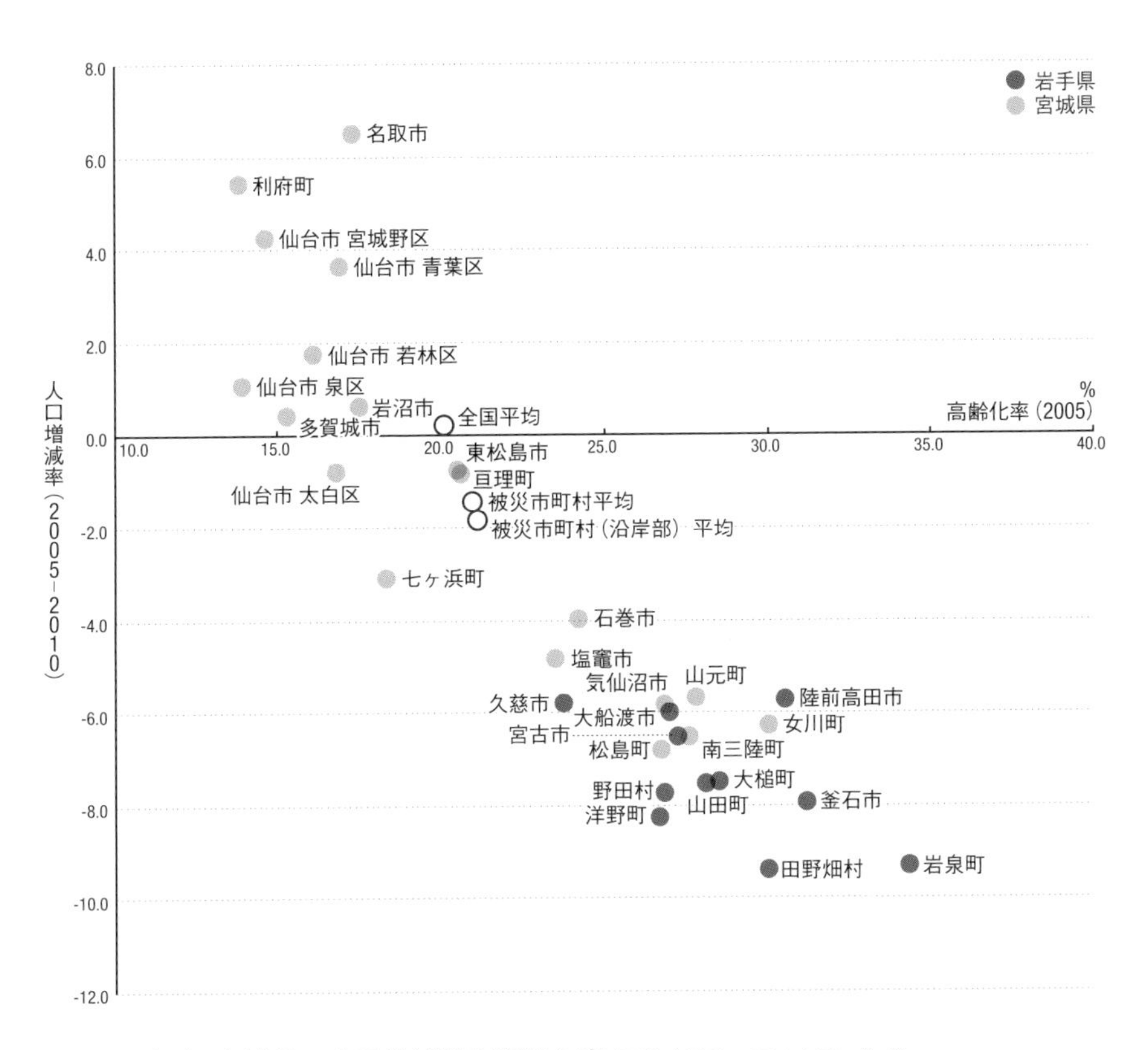

図 5.7　岩手・宮城県の人口増減率と高齢化率（国土交通省、2011 を元に作成）

なければならない。そのため、第一回居住意向調査の結果は、二〇一一年一一月策定の「震災復興計画前期計画」における「土地利用基本ルール」、二〇一二年四月策定の「被災地の土地利用ルールに関する方針」に反映された（表5・1）。最終的に、津波被害地区を災害危険区域となる「レッドゾーン」、土地区画整理事業を活用する「イエローゾーン」、現地再建を想定した「ブルーゾーン」に区分して、居住が可能なエリアとそうでないエリアを分けた（図5・8）[注3]。

また、第一回調査と第二回調査の間に、「震災復興まちづくりワークショップ」（二〇一一年八月）および「復興まちづくりに関する意見交換会」（二〇一二年一月）を実施し、被災者と復興の情報共有と意見交換をする場を設けている。さらに、第二回調査と同時期に、住宅再建に関する面談調査を行い、この結果を元に、二〇一二年五月に防災集団移転促進事業および災害公営住宅事業の整備計画戸数を策定した。その後、二〇一三年一～二月の個別相談会や随時窓口への直接相談を経て、整備計画戸数を更新し、二〇一三年六月の仮申し込みをもって確定した。このように、個別に丁寧な情報提供と意向の確認を徹底して行った上で、計画を策定している。

第一回、第二回、仮申し込みと二〇一五年一二月時点の住宅再建意向から、意向の移り変わりを見てみよう（図5・9）（再建時までに世帯分離した世帯などがあるため、最終意向の被災時世帯は九六五世帯、再建時世帯は一一〇八世帯と異なっている。再建時の世帯構成として町へ申告されたものを基準にした）。

第一回調査では、希望する再建場所と経済状況について調査を行った。町では、そのデータを元に、「現地再建」「自分で用意した別の場所」「町で用意する居住拠点」「自己再建困難」「未定・無回答」に分類した。第二回以降では、はじめの三つに加えて、「災害公営住宅」を選択肢とし、調査を行った[注4]。第一回調査では、「災害公営住宅」に該当する「自己再建困難」世帯が三〇二世帯と最も多かったが、その後の調査では「災害公営住宅」希望は徐々に減少し、再建時世帯の最終居住意向では一七七件と当初の五八・六%まで減少している。一方、「別の場所に移転」は、一〇四世帯（第一回）から四五四世帯（最終意向・再建時世帯）と約四倍に増加している。特に、第一回と第二回の調査の間で「災害公営住宅」の減少および「別の場所」の増加の変化が大きく、この間に行われた町による情報提供や個別面談の効果がうかがえる[注5]。

5 一 住宅再建意向に影響する要因

住宅再建意向に影響する要因を探るために、被災者の属性と住宅再建意向のデータを統計分析した。統計分析の変数は、最終住宅再建意向、被災時住宅形態（持ち家、賃貸、その他）、

図 5.8　土地利用ルールによる区域設定（七ヶ浜町、2014）

表 5.1　土地利用ルール（七ヶ浜、2014 を元に作成）

土地利用ルール	面積（ha）（比率％）	土地利用ルールの説明	選択可能な再建方法	
			現地再建	高台住宅団地
レッドゾーン（津波浸水域）	159.1ha（12.0%）	災害危険区域（建築基準法第 39 条）を指定して、居住用の建物の建築が出来ないよう建築制限	×	○
イエローゾーン（津波浸水域）	22.5ha（1.7%）	被災市街地復興土地区画整理事業の対象エリア	○	○
ブルーゾーン（津波浸水域）	301.4ha（22.7%）	現地再建を想定したエリア	○	×
指定なし（非津波浸水域）	844ha（63.6%）	現地再建を想定したエリア	○	×

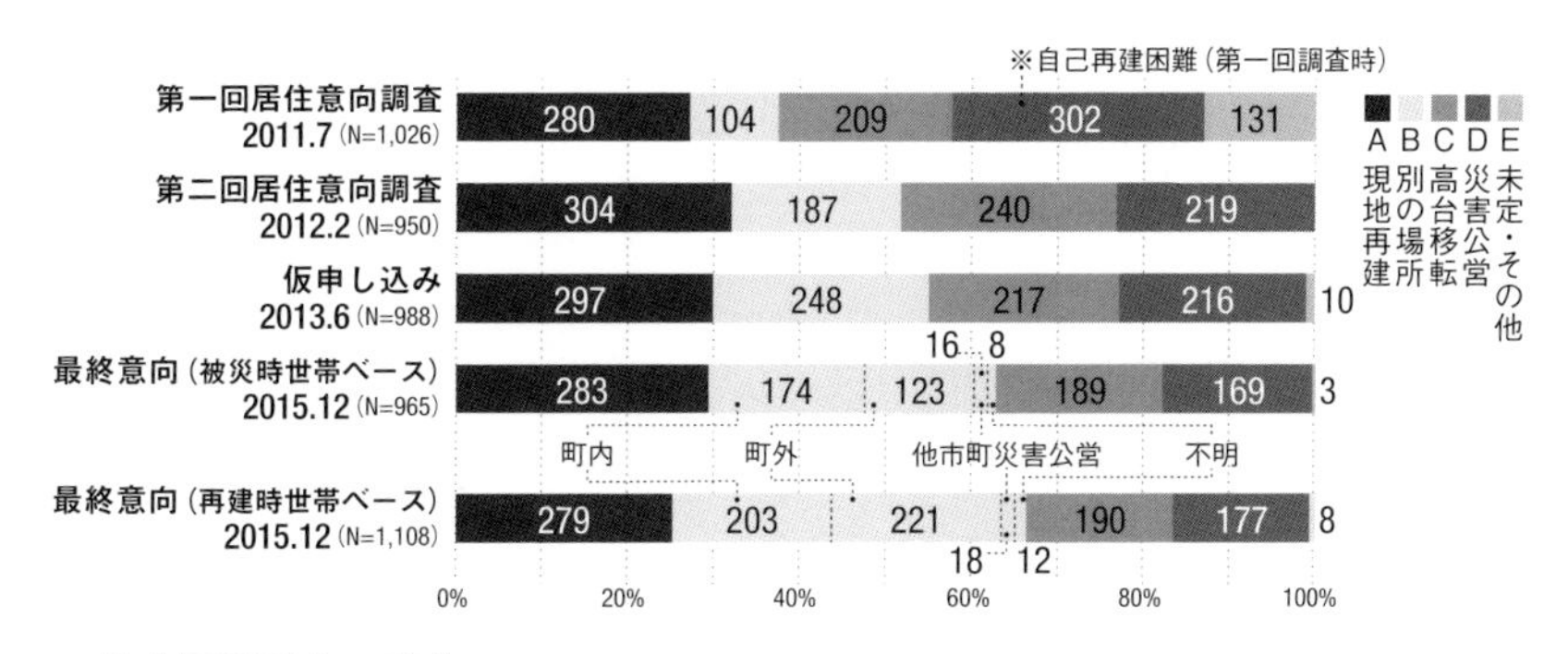

図 5.9　住宅再建意向の変化

土地利用（レッドゾーンかそれ以外か）と罹災区分（全壊・大規模半壊・半壊）、仮設期の状況（建設仮設・借り上げ仮設（町内・町外）・仮設以外など）、家族型、年代、従前地区を用いた。選択した住宅再建ごとに見ると、現地再建には「土地利用ルールと罹災区分」「仮設期の状況」、災害公営住宅入居には「仮設期の状況」「土地利用ルールと罹災区分」「被災時住宅形態」「家族型」、別の場所（町外）への移転には「仮設期の状況」「被災時住宅形態」「家族型」が関係することがわかった。[注6] それぞれがどのような意味を持つのか、詳細に見ていく。

(1) 現地再建

現地再建には、「土地利用ルールと罹災区分（被災程度）」が最も影響している。図5・10を見ると、居住用建物の建築が許されている場所（レッドゾーン以外）に震災以前には住んでいて、大規模半壊となった七割以上、全壊、半壊の四割以上の世帯が現地再建を望んでいる。大規模半壊の場合は、再建支援制度的には全壊同様の扱いであり、レッドゾーン以外に立地していれば現地で建て替え可能な案件も多く、現地再建の条件が有利であることなどが関係していると推察できる。

一方で、半壊の場合は現地再建を選択しない傾向が読み取れる。データを詳細に確認すると、半壊のうち賃貸住宅であった九世帯のすべてが別の場所への移転か災害公営住宅を選択しており、建物自体の再建方法への決定権がないことが影響していると考えられる。さらに、別の場所への移転と災害公営住宅を選んだ四一世帯のうち一七世帯が六五歳以上の高齢世帯であった。特に、別の場所への移転では高齢者施設入居や入院世帯が三件見られ、高齢により現地での生活再建自体が困難であったことが考えられる。高齢世帯以外で別の場所への移転を選んだ世帯では、調査時点で他の地域に転居していることも確認できた。

次いで関係が深いと考えられるのが、「仮設期の状況」である。住宅再建意向との関係からは（図5・13）、調査時（二〇一五年一二月）ですでに、仮設住宅から移っているか別の場所で再建待ちの世帯の半数以上が現地再建を選択しており、町内を含めた別の場所へ移転した世帯も多い。この層では、早期に仮設住宅から出て、自力再建した結果であると考えられる。

(2) 災害公営住宅

災害公営住宅入居には、「仮設期の状況」が最も影響している。図5・13から、調査時点で建設仮設に居住していた世帯の最終的な住宅再建意向の三七・四%が災害公営住宅である。これは、町内の借り上げ仮設居住世帯一二・九%、町外の借り上げ仮設居住世帯九・三%の割合に比べても大きい。次いで、「土地利用ルールと罹災区分（被災程度）」と「被災時住宅形

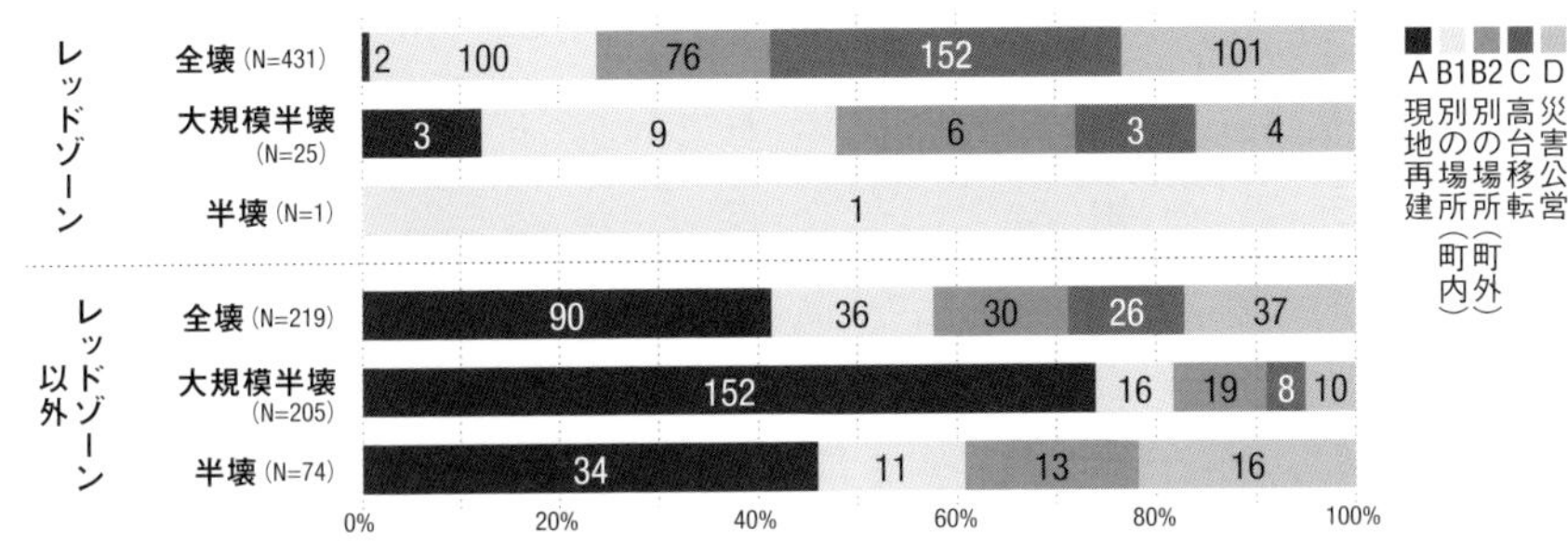

図 5.10　被災程度と住宅再建意向

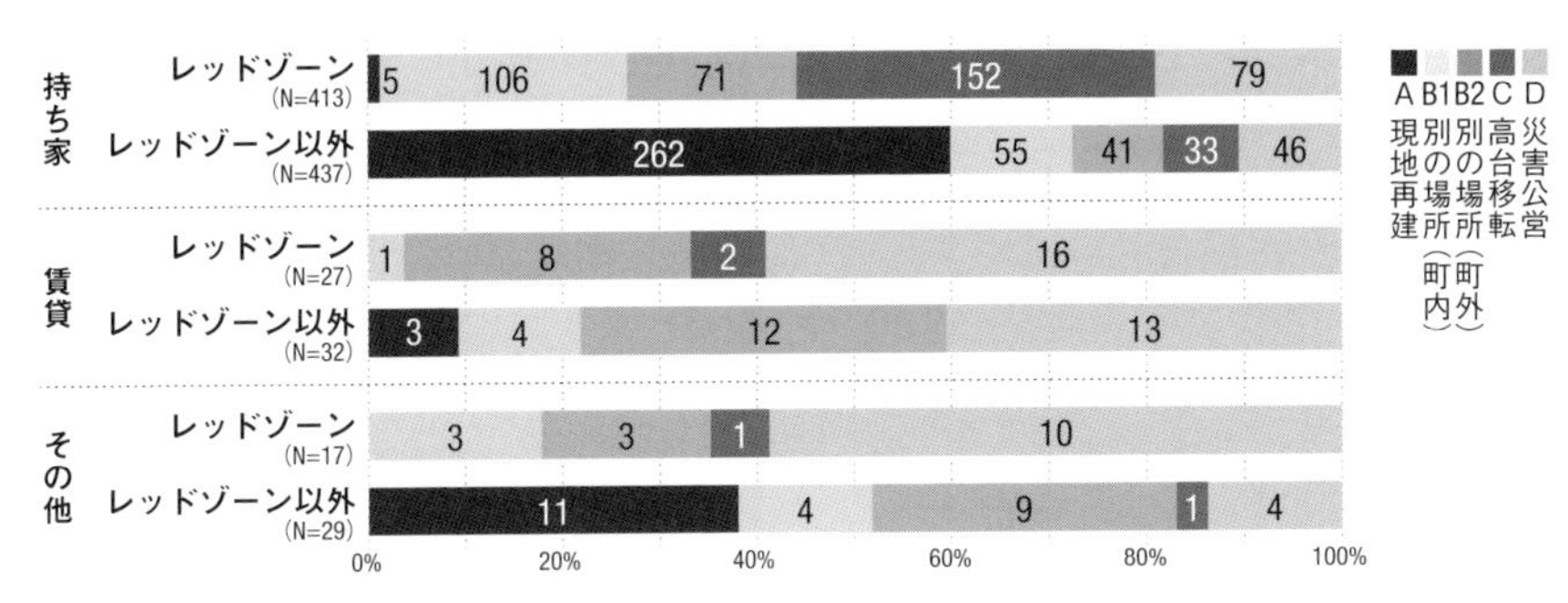

図 5.11　被災時住宅形態と住宅再建意向

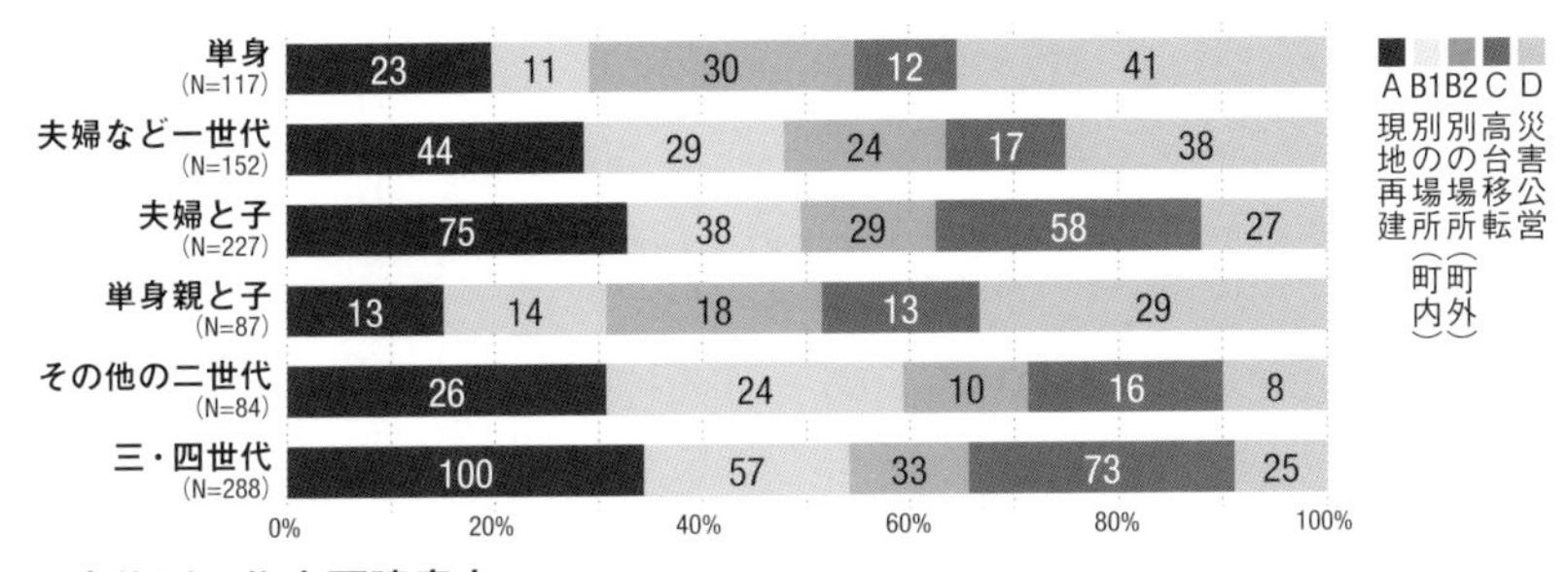

図 5.12　家族型と住宅再建意向

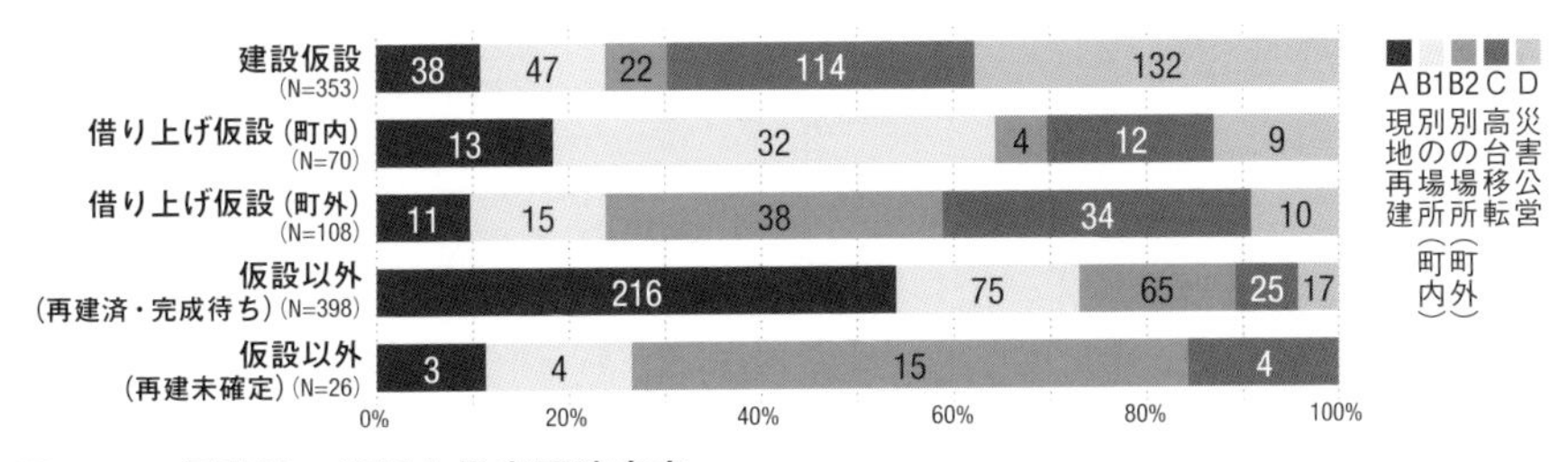

図 5.13　仮設期の状況と住宅再建意向

態」の影響が大きい。「土地利用ルール」「被災時住宅形態」と住宅再建意向の関係を見ると（図5・11）、被災前に賃貸住宅居住者で災害公営住宅を選択する世帯が最も多く、レッドゾーンの賃貸住宅では約六割が災害公営住宅を選択している。さらに「家族型」を見ると（図5・12）、単身世帯と単身親と子世帯といった小規模世帯で、災害公営住宅選択の割合が多くなっている。公営住宅で供給される戸当たり面積に収まるコンパクトな暮らしが可能なこと、一方で自力再建にはある程度の資金力が必要であるため、その選択ができないことが影響していると考えられる。それ以外では、夫婦など一世代で構成される世帯のように比較的小規模な世帯で、災害公営住宅を選ぶ割合が高くなっている。単身世帯では、町外の別の場所へ移転希望の割合も高く、住宅再建にあたっては課題が多いことがうかがえる。

(3) 町外への転出

町外への転出には、「仮設期の状況」が最も影響を与えている。特に再建未確定との回答で仮設住宅以外にいたり、町外の借り上げ仮設住宅居住の場合、影響が大きい。町外の借り上げ仮設居住世帯の三五・二％が町外に実際に出て行っており、建設仮設居住世帯の六・二％、町内の借り上げ仮設居住世帯の五・七％に比べても著しく高い（図5・13）。これは、町外に出てそこで生活基盤が確保され、町内に戻る必要性がなくなったことが考えられる。

再建未確定で仮設以外に居住している世帯は、二六世帯のうち、二〇一二年七月時点の転出先もしくは連絡先が町内の世帯が四世帯、町外が一九世帯、不明が三世帯であった。町外の別の場所を選択する世帯が一五世帯と最も多いことから、町外への自力避難後、そのまま再建することを選択したと推察される。また、賃貸世帯の方が持ち家世帯より町外の別の場所を選択する割合が高く（図5・11）、その次に影響する「家族型」では、災害公営住宅同様、単身世帯、単身親と子の世帯で割合が高くなっている（図5・12）。比較的流動性の高い家族型であるこれらが、就業機会が多い町外への転出を選択することと関係しているようだ。

(4) その他の再建方法

統計分析では、高台移転選択世帯の特徴を明確に峻別することは難しかったが、クロス集計からは、「土地利用ルール」のレッドゾーンでは、全壊の三五・三％、持ち家世帯の三六・八％が高台移転を選好し、「家族型」の夫婦と子世帯、三・四世代世帯に多く見られた。建設仮設と町外の借り上げ仮設でも高台移転は比較的多い。これらから、高台移転は経済的には再建可能だが、現地での再建が阻まれている層の受け皿となっており、建設仮設など町の情報に接しやすい所にいると選択しやすいことが考えられる。

一方、同じレッドゾーンでも大規模半壊に占める高台移転の割合は一二・〇％であり、あまり受け皿になっておらず、この層では逆に町内の別の場所への選択が三六・〇％と最も多くなっている。町内の別の場所を選んだ九世帯のうち五世帯は地区内に防災集団移転住宅地が整備されておらず、そのことが選択しなかった要因として考えられる。

(5) 住宅再建意向に影響する要因

以上をまとめると、被災前に持ち家だった世帯が九割近くを占めているが、そのうち災害危険区域指定によって現地での再建ができなくなった世帯は、別の場所や高台移転など他の敷地での自力再建を選択する傾向があるのに対して、賃貸居住者は災害公営住宅、もしくは町外の別の場所を選択する傾向があるといえる。また、「家族型」では、単身世帯や単身親と子の世帯で、災害公営住宅や町外の別の場所を選択する世帯が多く見られた。「被災時住宅形態」「家族型」といった従来影響が指摘されてきた指標についても影響していることが改めて示された。さらに、「仮設期の状況」でも違いが見られ、町外の借り上げ仮設の場合は、町外の別の場所での再建割合が高い。これらが複雑に関連している状況が浮かび上がる。

特に災害危険区域指定と仮設住宅は自治体ごとの施策であり、これらの状況が住宅再建に影響を及ぼすことが見えてきた。

6 仮設住宅の実態

住宅再建意向の決定には、どうやら仮設住宅での状況が影響しているようである。では、実際どのような状況だったか、詳細に見てみよう。

七ヶ浜町では、全部で七団地四二一戸の仮設住宅が建設された。二〇一一年三月二八日に着工し、五月八日から入居開始と、宮城県内で二番目に早い。応急仮設住宅居住希望者の相談会は四月半ばから開始されているが、借り上げ仮設は県の方針が四月下旬に発表され、その後、借り上げ仮設としての入居が可能となった。自己負担で民間賃貸住宅に居住していた世帯も後に遡及的取り扱いがなされている。

(1) 仮設住宅の入居状況

仮設住宅の入居状況（二〇一二年七月末時点）は、建設仮設が三五三世帯、借り上げ仮設が一七八世帯、仮設以外が四二四世帯であった。「仮設以外」には親戚宅での仮住まいや、再建済みの世帯が含まれる。この時点で仮設入居の五三一世帯のうち、三三・五％が借り上げ仮設に入居している。

（2）　仮設住宅の種類と世帯人数・世帯主年齢

被災時世帯人数・世帯主年齢と仮設住宅の種類の関係を見ると（図5・14）、人数が多くなるほど、借り上げ仮設の入居世帯が多くなり、五人以上では四一・五％の五六世帯が借り上げ仮設に入居している。建設仮設では一八八世帯（五三・三％）が六五歳以上であるのに対し、借り上げ仮設では一二一世帯（六八・〇％）が六五歳未満で、比較的若い。特に建設仮設では、単身、二人世帯で六五歳以上の割合が高く、借り上げ仮設では世帯人数が増えるほど六五歳未満の割合が高い。

（3）　仮設住宅の種類と被災状況

図5・13を振り返ると、「仮設以外」では二一九世帯（五一・七％）が現地再建であり、建設仮設や借り上げ仮設に比べても多かった。ここで、土地利用ルール・住宅被害と仮設の関係を確認しておく（図5・15）。土地利用ルールは現地再建の可不可に関係するレッドゾーンとレッドゾーン以外で分けると、レッドゾーンは、建設仮設が二一八世帯（六一・八％）、借り上げ仮設が一〇五世帯（五九・〇％）であり、それらの九割以上が全壊である。一方、仮設以外ではレッドゾーンは一三四世帯（三一・六％）、レッドゾーン以外は二九〇世帯（六八・四％）で、レッドゾーン以外の内訳は大規模半壊・半壊が一九九世帯と全体の四六・九％を占めている。建設仮設・借り上げ仮設と

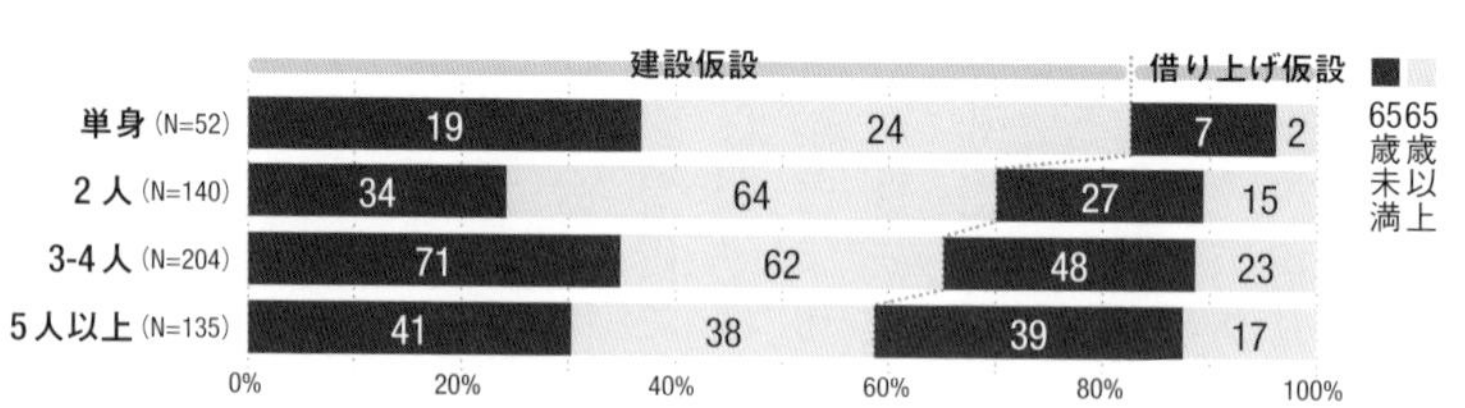

図5.14　世帯人数と仮設住宅の種類

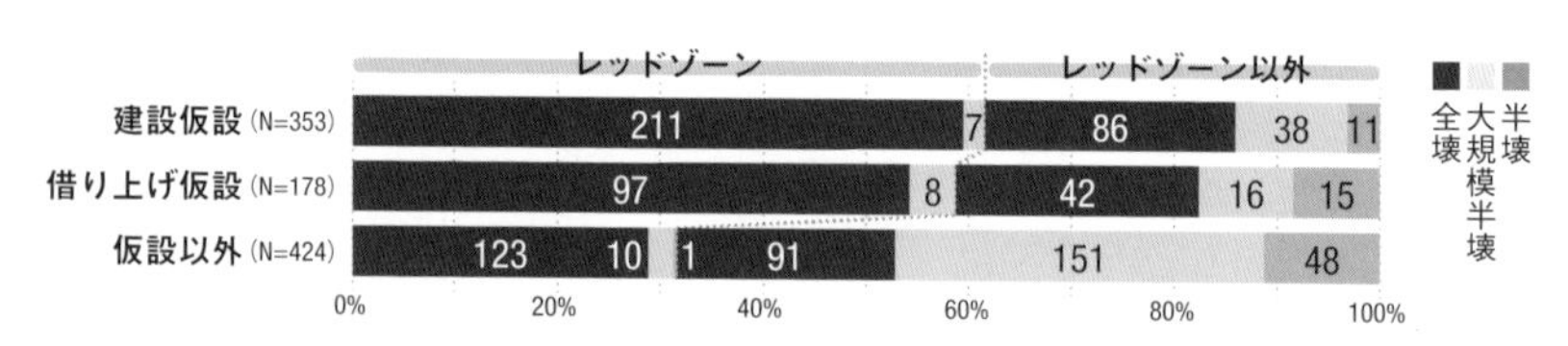

図5.15　仮設住宅の種類と被災状況

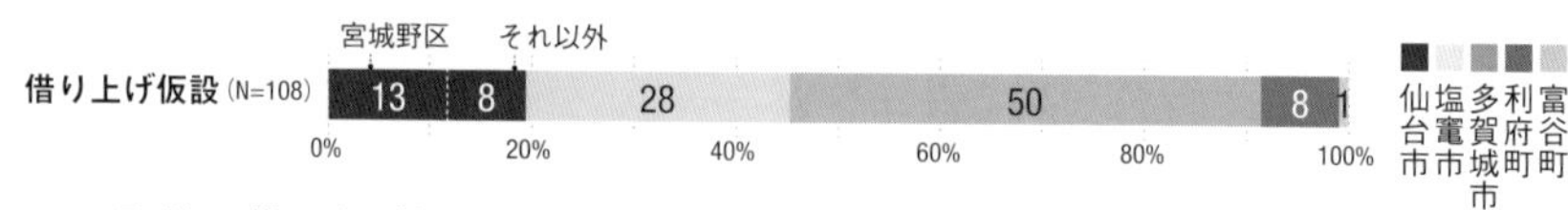

図5.16　町外の借り上げ仮設住宅の位置

仮設以外では、土地利用ルールにおける現地再建可能世帯の割合が大きく異なっていた。最終的に「仮設以外」のうち三九八世帯が二〇一五年一二月時点で再建済みもしくは完成待ちであった。

(4) 借り上げ仮設住宅の実態

それでは今回大規模に採用された借り上げ仮設住宅はどのようなところに求められたのか。その立地をみると、借り上げ仮設一七八世帯のうち、一〇八世帯(六〇・七%)が町外、七〇世帯(三九・三%)が町内であった。町外の借り上げ仮設が位置する市区町村の内訳を見ると(図5・16)、隣接する多賀城市が五〇世帯(四六・三%)と最も多い、次いで、塩竈市二八世帯(二五・九%)、仙台市宮城野区一三世帯(一二・〇%)となっている。いずれも隣接自治体であり、仙台市街地からの公共交通網や道路網の便がよく、民間賃貸住宅の割合も高い。七ヶ浜町ではもともと持ち家世帯が多い傾向があるため、民間賃貸住宅が少なく、町内で民間賃貸住宅を借りることができない世帯は、町外に住まいを求め、仙台市からの交通利便性により賃貸住宅市場の発達した地域の住宅に入居せざるを得なくなったと考えられる。図5・13で示したように町内の借り上げ仮設居住世帯では、町内の別の場所での再建が最も多いのに対して、町外の借り上げ仮設居住世帯では、町外の別の場所や高台への移転が多くなっており、最終的な住宅再建意向が異なっている。借り上げ仮設で町外に出た一〇八世帯中、三割を超える三八世帯がそのまま町外での住宅再建を希望しており、町外の借り上げ仮設居住が町外での再建と関係が深かったが、これら利便性の高い場所での居住が影響していると推察される。仮設期の居住状況が最終住宅再建意向に与える影響が少なからずあることを考えると、仮設期の借り上げ仮設住宅の活用やその居住範囲はその後の自治体の復興にも影響すると考えられる。

7 — 世帯分離を決めるもの

東日本大震災からの再建では、再建時の世帯分離の発生についても指摘されている。ケーススタディとして今回の対象九九五世帯の世帯変化の実態を見ていく。

まず、被災時と再建時の世帯構成の変化を分類し、その世帯数を被災時の家族型ごとに集計した(表5・2)。

(1) 世帯維持

八三二世帯で世帯が維持されていた。その状況としては、変化なしの世帯と震災理由によらず発生する変化である若年者・高齢者の転出が見られた世帯があった。変化なし(自然増減（死亡、誕生、結婚など）含む）は七七五世帯が該当する。若年者・高齢者の転出は、若年者の就学就業による転出、高齢者の施設入居などの一～二名の単身での転出で、五七世帯が該当する。

（2）世帯合併

五七世帯で世帯合併が見られた。転入する世帯の単位により、単身世帯の転入、複数人世帯の転入、被災世帯自体が他に合併、に分類した。単身世帯の転入は一八世帯で、高齢者もしくは子世代の転入が見られた。複数人世帯の転入は三二世帯で、親世帯もしくは子世帯が転入するものが多い、被災世帯自体が他に合併したのは七世帯で、他市町村などにいる子・親戚などの元で再建している。

（3）世帯分離

六六世帯が世帯分離している。複数の単身世帯への分離、分離した世帯が複数でそのひとつが単身世帯となった分離、二つ以上の複数人世帯への分離があった。複数の単身への分離は一四世帯が該当し、元から二～三人だった世帯が、二つ以上の単身世帯に分離したものである。高齢者とその子どもといったもともと世代が違う構成員から成る世帯が多い。単身世帯と複数人世帯への分離は二六世帯が該当し、高台移転

表 5.2　世帯の変化

世帯変化	世帯変化の細分類	内容	単身	夫婦など一世代	夫婦と子	単身親と子	その他二世代	三・四世代	計	（%）
維持	a 変化なし（死亡・誕生・結婚含む）	被災前世帯と被災後世帯に変化がみられない。ただし、震災後の死亡、誕生、結婚など自然増減を含む。	107	136	182	77	62	211	775	81.2
	b 若年・高齢者の転出	若年者の就学就職などによる転居および高齢者の高齢者施設入居など１～２名の転出。	0	0	14	1	8	34	57	6.0
合併	c 単身世帯の転入	震災後に単身世帯が転入し、合併。	4	2	7	2	1	2	18	1.9
	d 複数人世帯の転入	震災後に複数人世帯が転入し、合併。	4	10	9	0	4	5	32	3.4
	e 被災世帯自体が他に合併	世帯ごと他の世帯に合併	2	2	2	1	0	0	7	0.7
分離	f 単身 - 単身への分離	２つ以上の単身世帯に分離	0	2	4	5	1	2	14	1.5
	g 単身 - 複数への分離	分離した世帯に単身世帯を含む分離	0	0	9	1	6	10	26	2.7
	h 複数 - 複数への分離	２つ以上の複数人世帯に分離	0	0	0	0	2	24	26	2.7
計			117	152	227	87	84	288	955	100

と災害公営住宅に分かれて再建するもの、それぞれ町内に再建するもの、世帯主の兄弟など直系家族ではない世帯が分離するものなどが見られた。二つ以上の複数人世帯への分離は二六世帯が該当し、世代の違う家族が二つ以上の世帯に分かれる場合が多く見られた。

家族型と世帯変化の関係では、変化なし世帯は、いずれの家族型でも約七三%以上の高い割合を占めており、多くは世帯が維持されている。一方、「三・四世代」は、分離の割合が高く、特に「二つ以上の複数人世帯への分離」が多い。その多くは親世代と子＋孫世代が分離しており、震災により住まいが失われたことで、そこで営まれていた多世代同居が解消される結果となっている。

（4） 世帯変化が与える影響

では、世帯変化はどのような影響を与えるのか。最終的な住宅再建意向との関係を見てみる（図5・17、「分離」世帯については分離した後の再建時世帯数で集計）。「維持」世帯では、別の場所への再建二七三世帯（三二・八%）が最も多く、次いで現地再建二六三世帯（三一・六%）が多い。これら自ら土地を確保し、住宅を再建する世帯が六割以上を占める。一方で、「合併」世帯では高台移転が二五世帯（四三・九%）と最も多い。「分離」世帯では、別の場所への移転、特に町外が五四世帯（三七・八

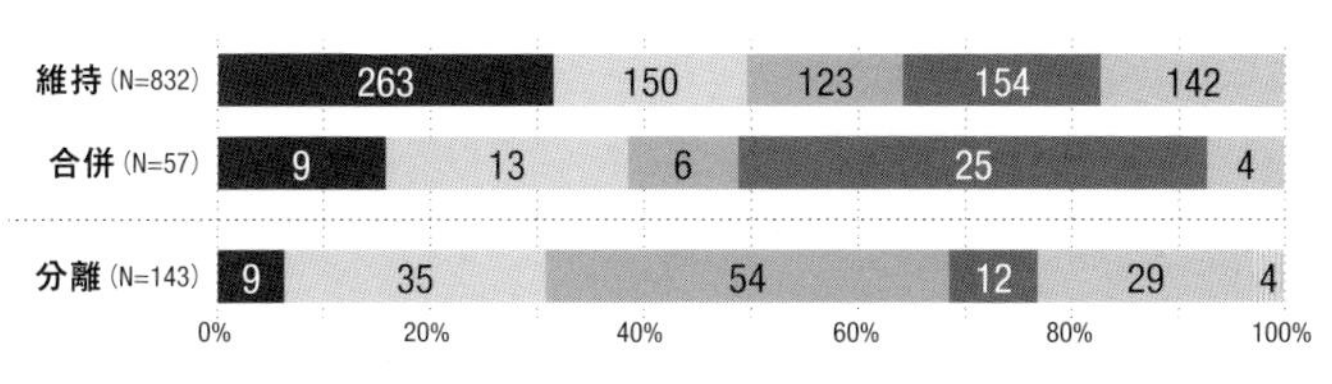

図 5.17 世帯変化と住宅再建意向（「分離」は再建時世帯数）

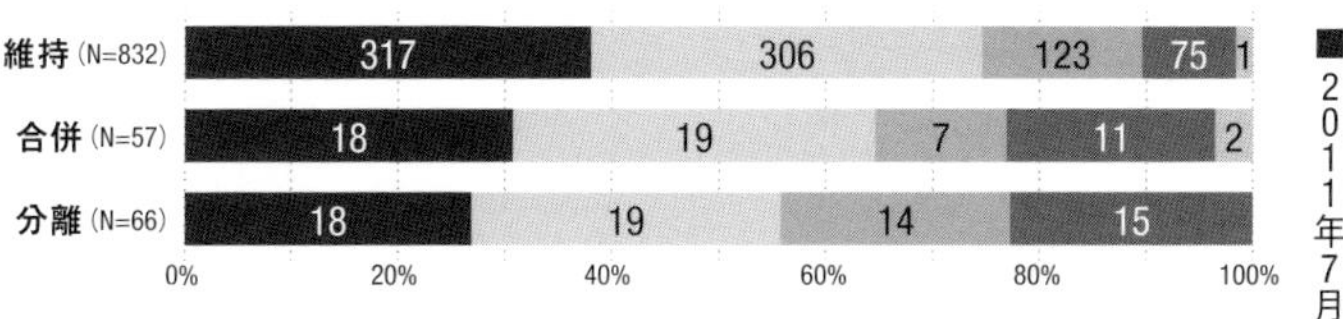

図 5.18 世帯変化と意向決定時期

%）と多く、さらに災害公営住宅も二九世帯（三〇・三%）と比較的高い割合を占める。

最終的な住宅再建意向の決定時期ではどうか（図5・18）。各意向調査実施時（二〇一一年七月、二〇一二年二月、二〇一三年六月）および最終意向データ取得時（二〇一五年一二月）の意向を確認し、二〇一五年一二月時点と同じ意向が示され、その後変化がない場合、その時点で意向決定したと判断した。「維持」世帯では、三一七世帯（三八・一%）が二〇一一年七月には最終住宅再建意向を決定し、二〇一二年二月までを含めると七四・九%に上る。「合併」世帯も二〇一一年七月が一八世帯、二〇一二年二月が一九世帯でここまでで六割を超える。一方、「分離」世帯では決定時期にばらつきが見られ、「維持」「合併」に比べ、二〇一一年七月と二〇一二年二月に決定した世帯が少なく、二〇一三年六月段階で八割弱の世帯が最終住宅再建意向を決定している。分離世帯では、再建方法の決定が遅くなる傾向が読み取れる。

先ほど、住宅再建意向に影響が見られた、仮設住宅の種類でも見てみる（表5・3）。仮設以外世帯では「維持」世帯が三八八世帯（九一・五%）と高いが、建設仮設・借り上げ仮設の世帯については八一〜八五%の間でほぼ同程度となっている。また、「分離」世帯についても八・八〜一一・四%であり、差は見られなかった。しかし、多世代の分離を引き起こした要

表 5.3　仮設住宅の種類と世帯の変化

	建設仮設	借り上げ仮設（町内）	借り上げ仮設（町外）	仮設以外	計
維持	296	57	91	388	832
合併	26	5	6	20	57
分離	31	8	11	16	66
計	353	70	108	424	955

表 5.4
仮設期の分離居住実態と世帯の変化

	二戸入居	別居住	計
維持	28	18	46
合併	5	0	5
分離	3	14	17
計	36	32	68

表 5.5
仮設期別居住世帯の世帯変化

	5 人以下	6 人以上	計
維持	14	4	18
分離	5	9	14
計	19	13	32

因をさらに探るため、データを詳細に見ていくと、仮設期に同じ団地の建設仮設二戸に家族が分かれて生活していた世帯と、同じ別居状態でも異なる建設仮設団地や他の住宅に分かれて住んでいる世帯があることがわかった。前者を「二戸入居」、後者を「別居住」として、世帯変化との関係を見ると、「二戸入居」では三六世帯中二八世帯が「維持」されているのに対し、「別居住」では、「維持」世帯が一八世帯、「分離」世帯が一四世帯と分離する傾向が強い（表5・4）。「別居住」で「維持」と「分離」を分ける属性をカイ二乗検定で確認したところ、「世帯人数」に関係が認められた。[注7] 世帯人数六人を境にした世帯変化の状況を見ると、確かに六人以上では分離が多くなっている（表5・5）。多世代世帯は人数も多くなり限られた面積の建設仮設では一緒に住むことが難しくなるため、別居状況となることが想像できる。

さらに、この「別居住」世帯の特徴を見てみる。図5・19、図5・20は、「別居住」の世帯だけで住宅再建意向と意向決定時期を確認したものである。「維持」世帯は全体に比べて現地再建が少なく、高台移転が多い。「分離」世帯は全体の傾向同様に別の場所への移転が多いが、災害公営住宅の割合も高い。より詳細に、分離した世帯の住宅再建意向の組み合わせを確認すると、災害公営住宅と町内での自力再建が三件、災害公営住宅と町外の別の場所への移転が四件、いずれも自力再建

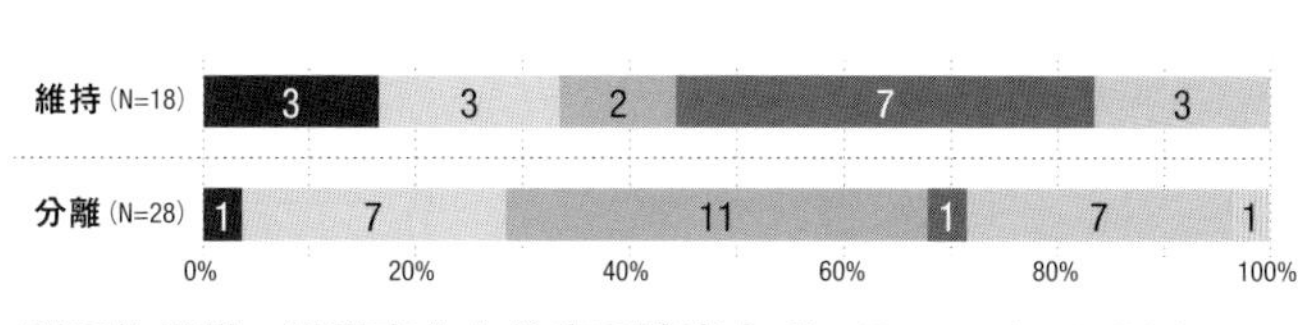

図5.19　別居住世帯の世帯変化と住宅再建意向（「分離」は再建時世帯数）

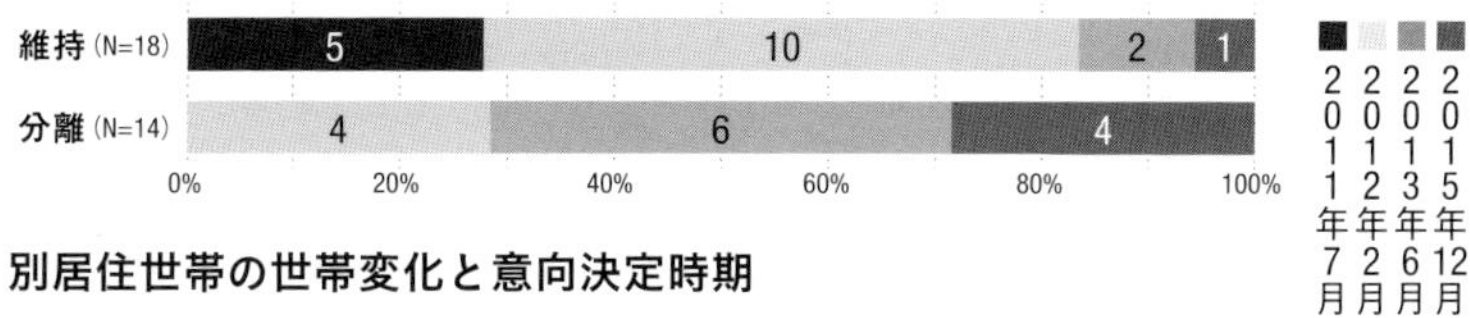

図5.20　別居住世帯の世帯変化と意向決定時期

で町内と町外への分離が六件、町外同士での分離が一件であり、一方が町内に残る分離が一四件中九件となっている。意向決定時期と合わせて見ると、「維持」世帯は二〇一二年二月までに決めた世帯割合が多いが、「分離」世帯の場合、全体に比べて遅い傾向がうかがえる。仮設期が長くなり、さらには「別居住」により、家族の物理的距離が離れてしまうことで、意向決定が遅くなり、分離の選択につながったと推察される。

ここでの結果をまとめる。被災時と再建時の世帯の変化を見ると、全体の八七・一%に当たる八三二世帯が元の世帯を維持していたが、世帯合併や世帯分離が発生した世帯も存在し、世帯変化の種類によって最終住宅再建意向や意向決定時期は大きく異なっていた。「分離」世帯は特に三・四世代の多世代世帯に多い。「維持」世帯は現地再建や別の場所などの自力再建、「合併」世帯は高台移転、「分離」世帯は別の場所（特に町外）と災害公営住宅が多く、意向決定も時間がかかる傾向があった。仮設期の別居状況にも種類があり、「別居住」という形態は、特に六人以上の世帯において「分離」になる可能性がある。仮設期の居住状況が世帯変化に影響を与えている。

8 ― 仮設期の与える影響

住宅再建意向に関する仮設期の状況について、借り上げ仮設居住による町外への転出が、実際に町外再建と関係が深いことについての傾向が得られた。もちろん、そういう意向をもっているからそうした仮設期の状況を選んだのか、仮設期の状況が最終的な判断に影響を与えたのかは、論証が難しい。しかし、分離世帯で町外への転出が多く、その意思決定時期が他に比べて遅いことや、建設仮設において二戸居住のほうが別居住より分離する割合が低い、といったデータからは、仮設期の居住状況も住宅再建意向に影響することが推察でき、すでにあるストックを活用する借り上げ仮設はその有効性の一方で、地域の実情に応じた適切な運用を心がける必要のある施策であるともいうことができる。

3 災害公営住宅希望者の意向の変化

最終的[注8]に災害公営住宅に入居した世帯もその入居までの間には再建意向が変化することは少なくない。ここでは、被災地で最大の被害を受けた、石巻市を例にその実態を見ていく。

1― 石巻市の概要

石巻市は、被災地の中でも多くの住宅が被害を受けており、約四五〇〇戸の災害公営住宅が建設された。また、震災前の二〇〇五年に七市町が合併した自治体であり旧町には支所が設けられ、合併前の地域性が今なお強く残っている。半島・沿岸部は、津波で大きな被害を受けたが、内陸部は被害が少なかった(図5・21)。石巻市の災害公営住宅整備方針は、半島部は従前居住者を対象とした木造戸建住宅を主とし、半島部以外の市街地周辺では共同住宅を主にして、市内のいずれの地区からの入居も希望可能としている。ただし、抽選時には従前居住地区希望の場合の当選確率を上げ、地域での継続的な居住が可能となるようにしている。そのため、市街地周辺

内陸部
北内陸(津波被害なし)
仮設:26団地1,898戸
災公:5団地316(0)戸
南内陸(津波被害なし)
仮設:10団地2,287戸
災公:—

市街地部
市街地(津波被害小)
仮設:17団地918戸
災公:8団地308(0)戸
新市街地(津波被害なし)
仮設:11団地495戸
災公:8団地1,180(175)戸

沿岸部
西沿岸1(津波被害大)
仮設:1団地11戸
災公:3団地218(28)戸
西沿岸2(津波被害大)
仮設:17団地142戸
災公:8団地445(20)戸
東沿岸1(津波被害大)
仮設:4団地112戸
災公:7団地430(106)戸
東沿岸2(津波被害大)
仮設:14団地560戸
災公:12団地535(89)戸

半島部 ※分析対象外
半島(津波被害大)
仮設:33団地874戸
災公:4団地443(0)戸

[凡例]
仮設 仮設住宅整備数
災公 災害公営住宅整備数(括弧内数値はペット共生住戸数)
※2014年12月31日時点計画数

河川
北内陸
南内陸
新市街地
市街地
西沿岸2
西沿岸1
東沿岸1
東沿岸2
半島
海

図5.21 石巻市内における地区の分類

では、地区内での移動に半島部からの移動が加わって、被災者の大規模な居住地の移動が発生する可能性が高い状況であった。

東北大学では、石巻市と包括連携協定を結び、研究協力とそれによる復興支援を行ってきた。その一環として、石巻市が意向調査から災害公営住宅入居登録までに行った複数の調査データを元に分析を行った。石巻市では、被災者の情報をいち早くビッグデータとして統合し、生活再建支援にあたっている。

石巻市が行った調査は目的により三段階に分けられる（図5・22）。ひとつ目は、復興計画策定のための調査で、震災直後の二〇一一年五月に罹災者を対象として実施した。調査では住宅再建意向についても質問している。二つ目は、住宅再建意向調査で、二〇一二年二・三月に事前調査を行った上で、同年八月、一一・一二月に調査対象が異なる二回の「意向調査（意向調査A、B）」を実施している。この結果は災害公営住宅の整備計画策定の元となった。三つ目は、災害公営住宅の申し込みで、二〇一三年九月以降災害公営住宅入居希望申し込みとして「事前登録」を実施している。「事前登録」とすることで、確実な入居申込数を把握することを可能としている。「事前登録」は複数回行われ、その時期までに整備が確定した災害公営住宅の情報が示される。人気の高い住宅からの変更を促すために、第一回目については、変更登録が行われた。登録後の抽選で落選した世帯のうち、再び災害公営住宅を希望する者は再度登録する仕組みになっているが、二回目以降、未登録となる世帯も存在する。

2—意向調査および事前登録の対象・回答世帯の状況

意向の変化をとらえるため、意向調査データと事前登録データを統合した分析データを作成した。[注9] 図5・22で「分析データの構成」を見ると、「意向調査」の対象世帯は、「意向調査A」対象の六八一五世帯、「意向調査B（市街地部等）」対象の三五二四世帯、「意向調査B（半島部）」対象の三〇九四世帯であったが、実際の回答は、それぞれ三六四五世帯（回答率五三・四%）、二五〇六世帯（同七一・一%）、二九七九世帯（同九六・三%）の計九一三〇世帯であり、重複世帯を除くと全体の三一・六%にあたる四二五一世帯が未回答である。そのうち三一七六世帯が沿岸部・市街地部・内陸部の災害公営住宅を希望している。この三一七六世帯の事前登録での状況を見ると、一九九八世帯（六二・九%）が災害公営住宅への登録を行っているが、一一七八世帯（三七・一%）が未登録であった。一九九八世帯は意向調査時から変わらず災害公営住宅希望として捕捉されて

住宅再建意向把握のための調査および事前登録

時期	2011年 5月	2012年 2・3月	2012年 8月	2012年 11・12月	2013年9月第1回登録、 2014年2月変更登録 2014年7月第2回登録 (データは2014年9月現在)
調査	まちづくりアンケート	事前調査	意向調査A	意向調査B	事前登録
位置付け	復興計画策定のための調査	住宅再建意向確認のための調査	住宅再建意向確認のための調査 (この調査を元に2013年8月災害復興住宅供給計画改訂)		災害公営住宅への申し込み
対象	罹災者	被災市街地復興推進地域等の土地所有者	可住地域で復興事業の計画精査により選定した世帯	災害危険区域に居住していた世帯	災害公営住宅入居資格者 ①居住していた住居が全壊、全焼、全流失 ②居住していた住居が大規模半壊・半壊で取壊したまたは取壊すことが確実 ③被災地の市街地整備事業等の実施により移転が必要
調査内容	・被災前の住まいと被害状況 ・今後の住まいの再建方法 ・まちづくりへの希望	・土地建物の被害等の状況 ・今後の住宅再建等の予定・希望 ・まちづくりへの希望	・世帯の基本情報 ・被災前および現在の居住地区情報 ・被災前および現在の住宅情報 ・今後の住まいの再建方法、希望地区		・世帯の基本情報 ・被災前および現在の居住地区情報 ・被災前および現在の住宅情報 ・希望する災害公営住宅、間取り ・入居抽選結果
				[市街地部等] [半島部]	
対象数	―	7,113世帯	6,815世帯	3,524世帯 3,094世帯	―
回答・登録数	9,806世帯	5,058世帯	3,645世帯	2,506世帯 2,979世帯	4,408世帯
回答率	―	71.1%	53.4%	71.1% 96.3%	―

分析データの構成

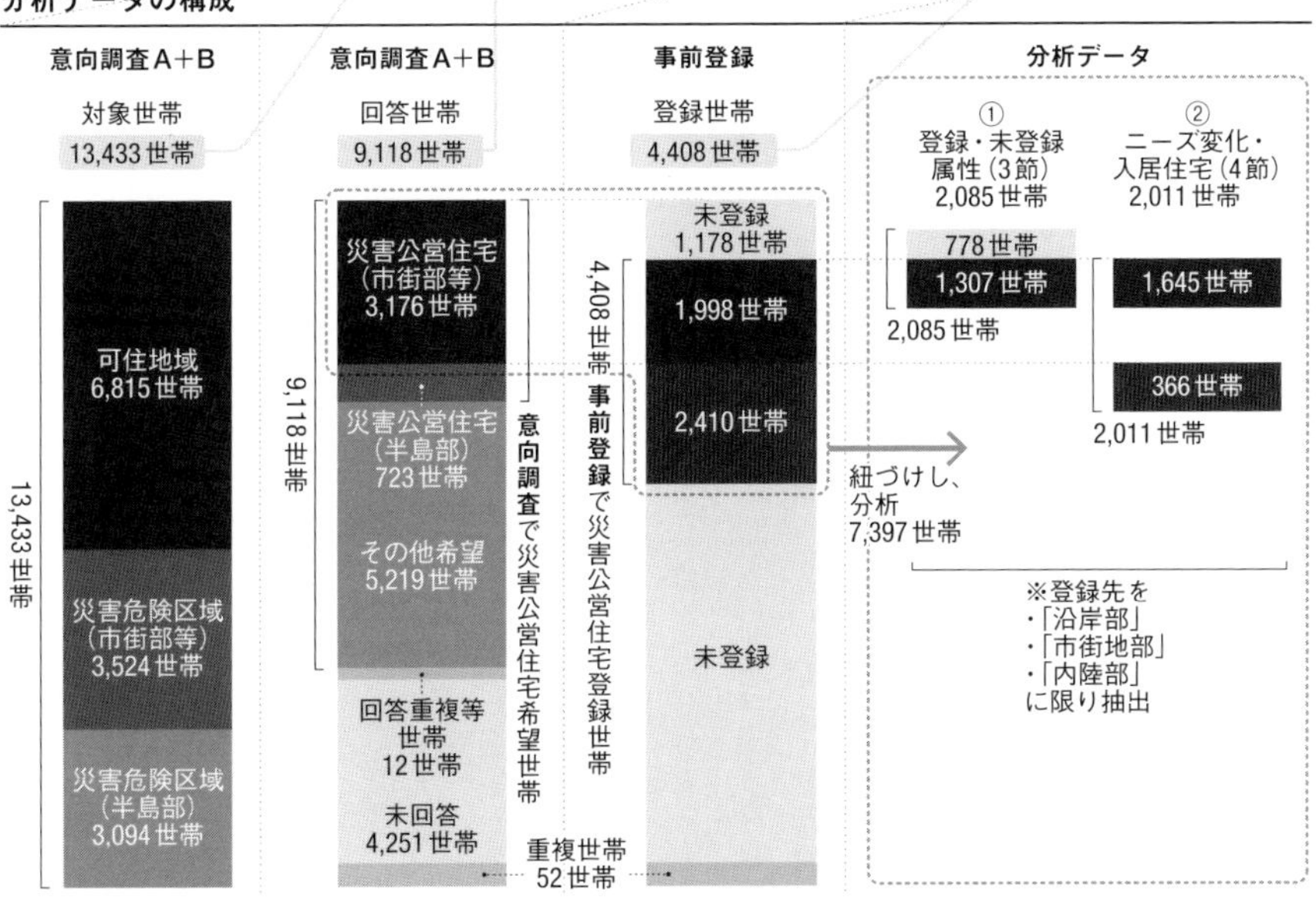

図5.22 石巻市の意向調査・事前登録の内容と分析対象

いるが、重複の五二世帯を除いた一万三三八一世帯から見ると一四・九％にあたり、整備計画段階（意向調査時）での戸数把握の困難がわかる。

3―整備戸数確定段階と入居申し込み段階での再建意向変化

意向調査時に災害公営住宅を希望した世帯から、属性データの欠損がある世帯を除いた二〇八五世帯を対象として詳細を見ていく。

二〇八五世帯中、「事前登録」を行った世帯は一三〇七世帯（六二・七％）、未登録は七七八世帯（三七・三％）であり、三一七六世帯の際の割合とほぼ同程度であった。整備計画段階である意向調査時には入居を希望していた世帯のうち四割近くが、最終登録段階で入居を取りやめているということになる。

全体の傾向を見るために、統計分析を行った。[注10]「世帯の性質」、「居住地の変化」、「現在の居住地区と住宅形態」の三つが「事前登録」の有無に関係していることがわかった。「世帯の性質」に関わる「世帯人数」「従前の住まい方」、「現在の居住区と住宅形態」に関わる「現在の住まい方」、そして、参考として「ペットの有無」を加え、その関係を見てみたい（図5・23）。「居住地の変化」については後で詳しく見ていく。

「世帯の性質」で最も影響の大きい世帯主年齢では、三〇歳未満（四七件）の未登録割合が五三％と高く、これが大きく影響していた。一四歳以下の人数についても同様の傾向があると考えられる。さらに、六五歳以上人数は世帯人数とも関連することから、ここでは世帯人数を見てみる。

世帯人数を見ると、登録世帯は単身世帯四八〇世帯（七二・二％）、二人世帯四六四世帯（六二・四％）、三人世帯一七八世帯（五三・五％）、四人世帯一三五世帯（五六・五％）、五人以上世帯五〇世帯（四七・六％）であり、世帯人数が多いほど登録世帯が減少し、未登録世帯が増加している。石巻市の災害公営住宅は1LDK～4LDKの型が用意されており、1LDK（約五〇平方メートル）は一人以上、2LDK（約六五平方メートル）は二人以上、3LDKと4LDK（約八〇平方メートル）は四人以上の世帯が申し込みできる。多人数世帯では、災害公営住宅の間取りや住戸面積の大きさと、他に可能な住宅取得方法を勘案し、災害公営住宅以外を選択する世帯の割合が増加したと考えられる。

従前の世帯状況（単身、夫婦、家族）と住宅形態（持ち家、借家）の関係を見ると、登録世帯は持ち家世帯全体で六二二世帯（五四・六％）、うち単身世帯二二七世帯（六七・〇％）、夫婦世帯一六九世帯（五六・九％）、家族世帯二二六世帯（四四・九％）、一方、借家世帯全体で六八五世帯（七二・四％）、うち単身世帯二五三

a. 世帯人数

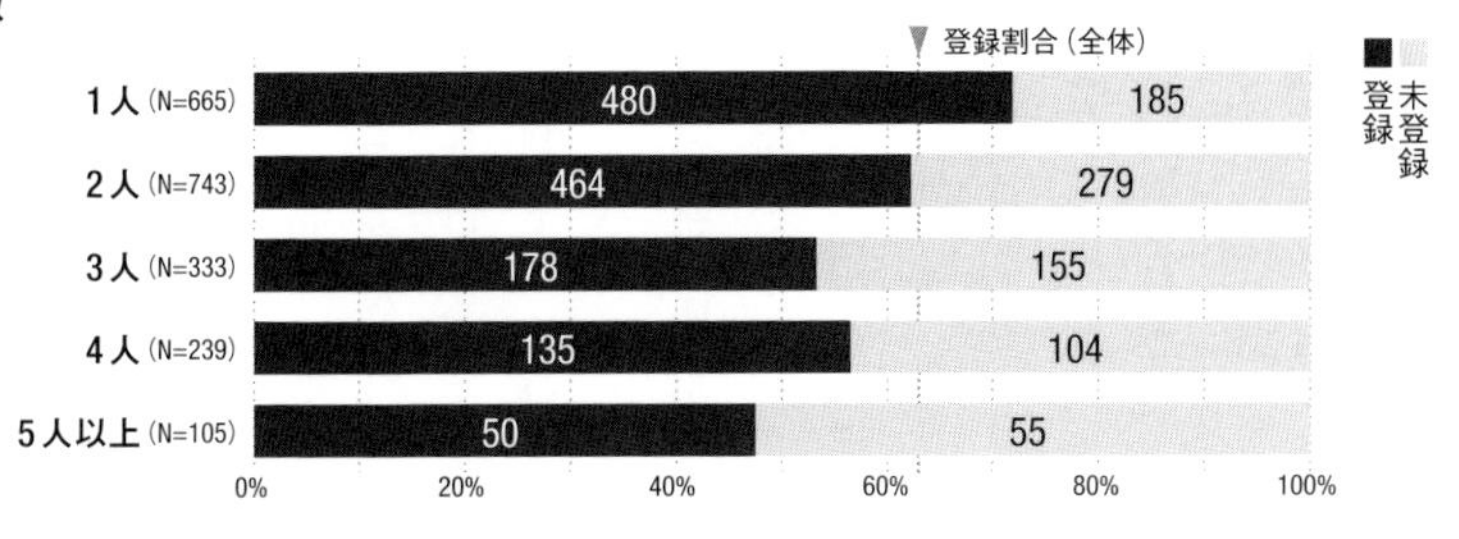

b. 従前の世帯状況と住宅形態

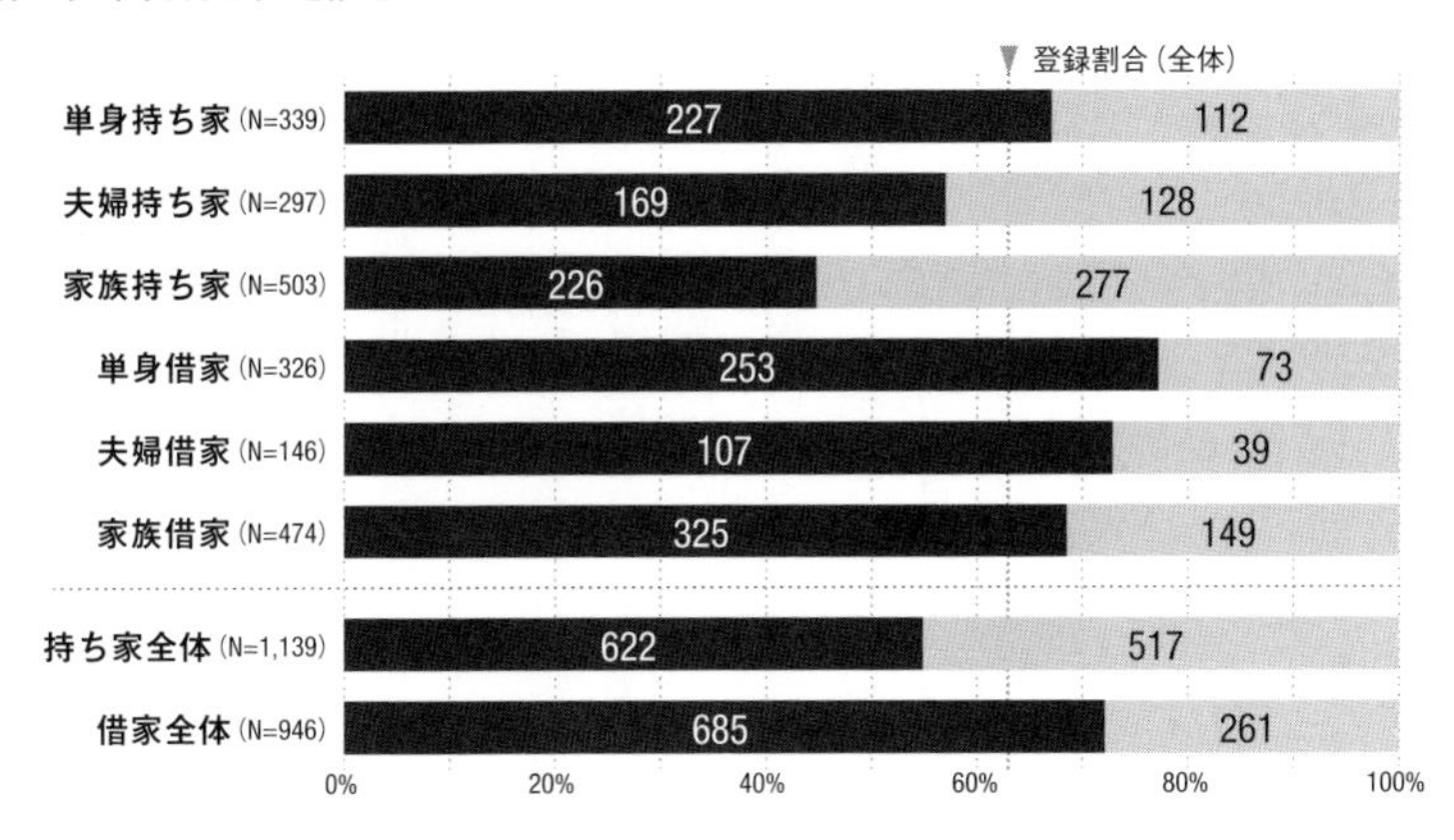

c. 現在の居住地区と住宅形態

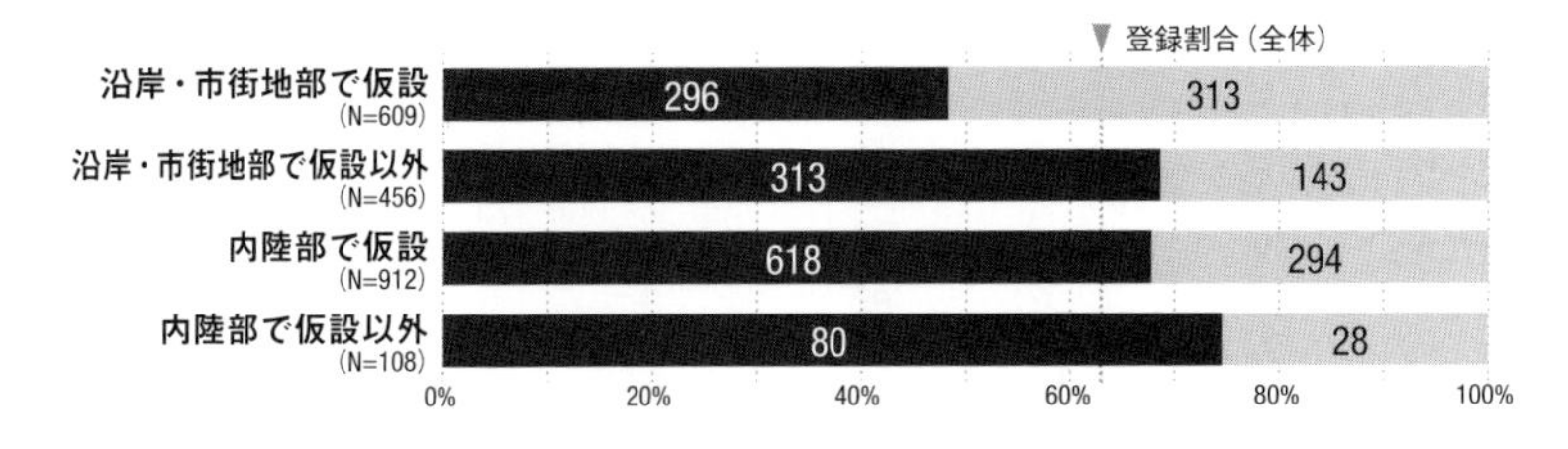

d. ペットの有無

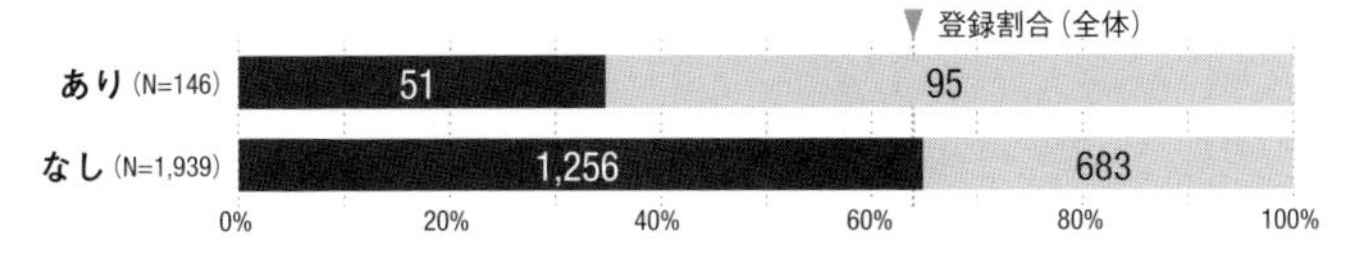

図 5.23　世帯属性ごとの登録／未登録の状況 (N=2,085)

世帯（七七・六％）、夫婦世帯一〇七世帯（七三・三％）、家族世帯三二五世帯（六八・六％）であった。従前が借家世帯の方が持ち家世帯よりも登録の割合が多い。災害公営住宅は行政からの借家であるため、従前の住宅形態との類似性が登録数に関係していると考えられる。また、持ち家・借家の中でも単身世帯、夫婦世帯、家族世帯の順に登録世帯の割合は減少している。世帯状況は世帯人数と関係するため、前述の世帯人数と対応していると考えられる。

現在の居住地区（沿岸・市街地部）と住宅形態（仮設住宅、仮設住宅以外）を見ると、登録世帯は沿岸・市街地部で仮設住宅が二九六世帯（四八・六％）、仮設住宅以外が三一三世帯（六八・六％）、内陸部で仮設住宅が六一八世帯（六七・八％）、仮設住宅以外が八〇世帯（七四・一％）であった。「沿岸部」「市街地部」の仮設住宅は利便性の高い地域に位置しているため、他の居住地区・形態に比べて、現在よりも不便な災害公営住宅への移転に対する抵抗があり、登録世帯の割合が低くなっていることが推察される。

ペットの有無を見ると、ペットがいる世帯の登録は五一世帯（三四・九％）、ペットがいない世帯は一二五六世帯（六四・八％）であった。ペットがいる世帯では、登録世帯の割合が全体の登録割合（六二・七％）に比べて低い。図5・21に示したように、ペット共生住宅の数が限られていることから、希望地区にペット共生住宅がないといったことにより、未登録が増加したと考えられる。

整備戸数の決定は、整備計画を進める上で重要な事項であるが、住民意向どおりの数を整備戸数として反映すると入居段階で大きなギャップが生まれることがわかる。仮設住宅は最終的には撤廃されるため、未登録の世帯が将来的に登録に転じることも考えられるが、それ以外の世帯人数・ペット・持ち家という属性は従前からの生活スタイルと関連するため、整備段階で地域の住民の世帯状況を判断し整備戸数に勘案する方策をとることも有効だと思われる。

4 ― 災害公営住宅希望者の希望する地区の変化

災害公営住宅入居希望者のニーズの変化を見るため、入居登録を行った世帯についてより細かく見ていく。

(1) 居住地区と希望地区の変化

登録世帯のうち有効なデータの得られた二〇一一世帯について、震災前居住地区、現在の居住地区、意向調査・事前登録での希望地区、最終的な当選地区までの変化を図5・24に示す。なお、各段階で全数を一〇〇とし、割合で示した。

震災前の居住地区と現在の居住地区での変化を見ると、震

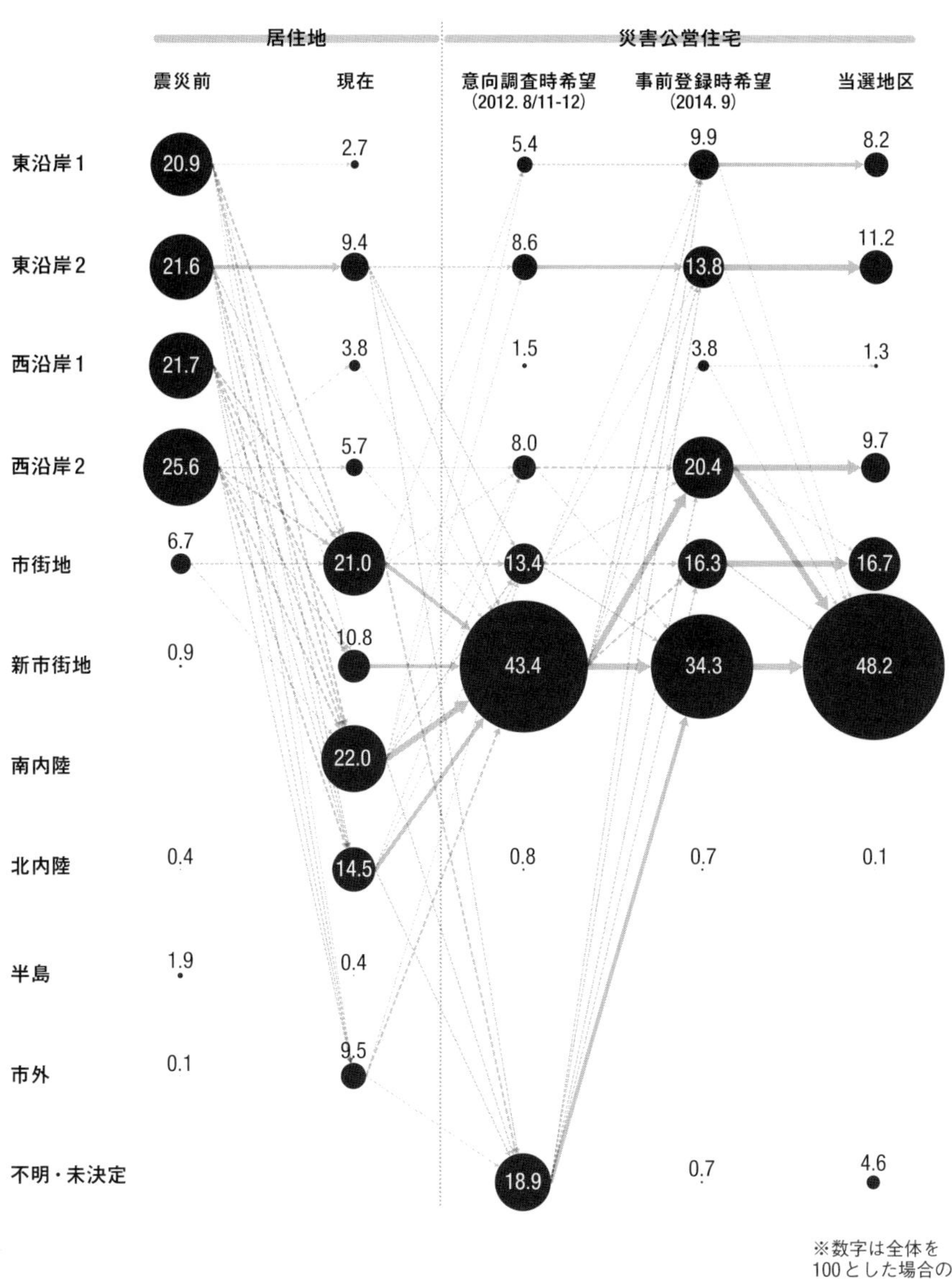

図 5.24　石巻市全体での居住地の移動と意向変化 (N=2,011)

災前では「東沿岸1」二〇・九％、「東沿岸2」二一・六％、「西沿岸1」二一・七％、「西沿岸2」二五・六％と約九割を占めるのに対し、現在では「市街地」二一・〇％、「新市街地」一〇・八％、「南内陸」二二・〇％、「北内陸」一四・五％と「市街地部」や「内陸部」が六八・三％を占める。「市街地部」「内陸部」には大規模な仮設住宅が建設されたため、被害を受けた「東沿岸」「西沿岸」から多くがこれらに移動している。しかし、「東沿岸2」では地区内に大規模仮設が建設されたため、九・四％と減少はしているが、約半数の世帯が地区内にとどまっている。

意向調査、事前登録での希望地区の変化を見ると、意向調査時には「新市街地」が四三・四％と半数近くを占め、次いで「不明・未決定」一八・九％、「市街地」一三・四％の順で多い。「新市街地」は沿岸から遠く、津波被害の心配がないことに加え、周辺には郊外型の大規模商業施設などが立地し、生活利便性が高いために希望する世帯が多くなったことが考えられる。一方で、意向調査から約一年が経過した事前登録時では、「新市街地」三四・三％、「西沿岸2」二〇・四％、「市街地」一六・三％、「東沿岸2」一三・八％となった。「新市街地」希望はやはり最も多いが、その割合は減少し、他地域へ希望が分散している。「東沿岸2」と「西沿岸2」は地区に大規模仮設が建設されたことに加えて、時間の経過で津波への警戒が和らいだことも影響したのか、従前の居住地区への帰還傾向が強くなっている。意向調査時には、立地する地区の情報しか提供されていなかったが、事前登録時には住宅ごとの所在地、戸数等詳細な情報が提供され、選択を後押しした可能性も考えられる。しかし、住宅の整備戸数は意向調査時の希望を元に決定されたため、当選地区を見ると、「新市街地」四八・二％、「市街地」一六・七％、「東沿岸2」一一・二％、「西沿岸2」九・七％となっており、事前登録時の希望との齟齬が発生している。最終的に六四・九％の世帯が「市街地部」に移動し、被害の大きかった「沿岸部」では従前の八九・九％から三〇・四％と大きく減少している。事前登録から当選住戸への変化には、第一回登録・変更登録で落選し、第二回登録で当選したといった事例も含まれており、第一回で落選したことにより希望を変更した影響も考えられる。

（2） 新市街地希望世帯の変化

次に、実際に意向調査から事前登録時に意向を変えた世帯の特徴を確認するために、最も数の変化が大きい、意向調査時に「新市街地」を希望した世帯を対象として、事前登録時に「東沿岸」「西沿岸」「市街地」「新市街地」を選んだ世帯の属性を比較した[注11]（図5・25）。

全体では、「東沿岸」一〇〇世帯（一三・二％）、「西沿岸」二

a. 全体

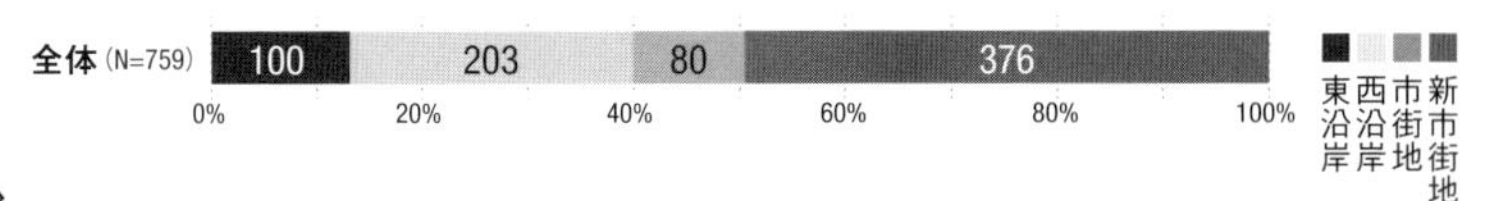

b. 世帯主年齢

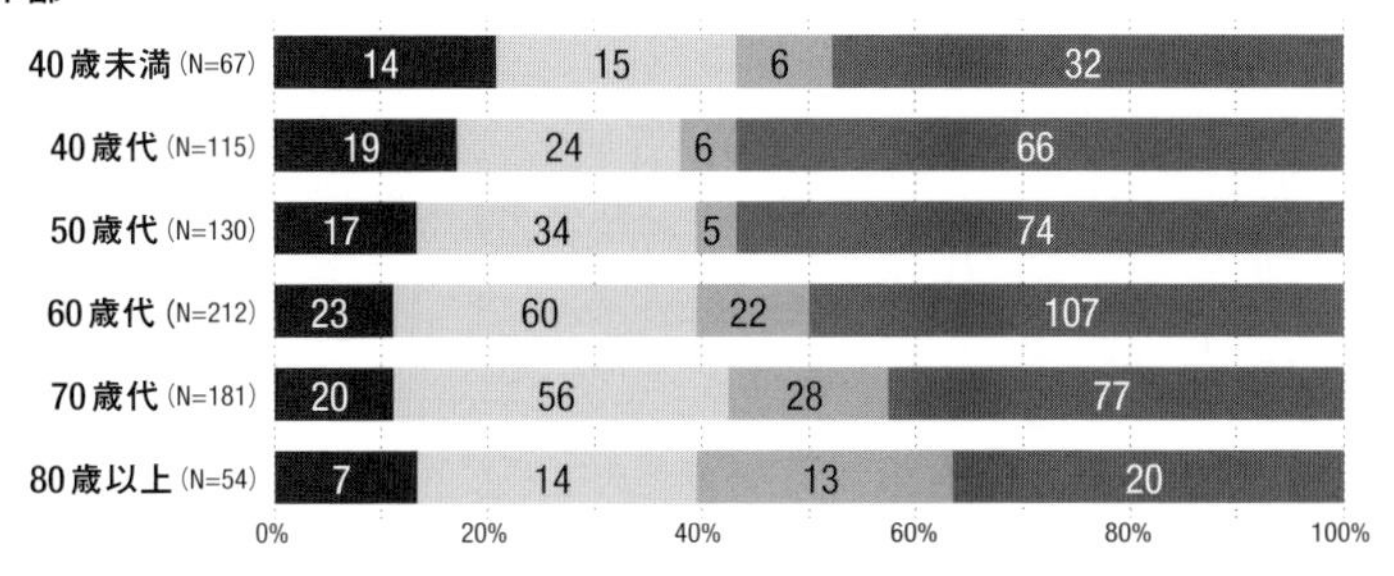

c. ペットの有無

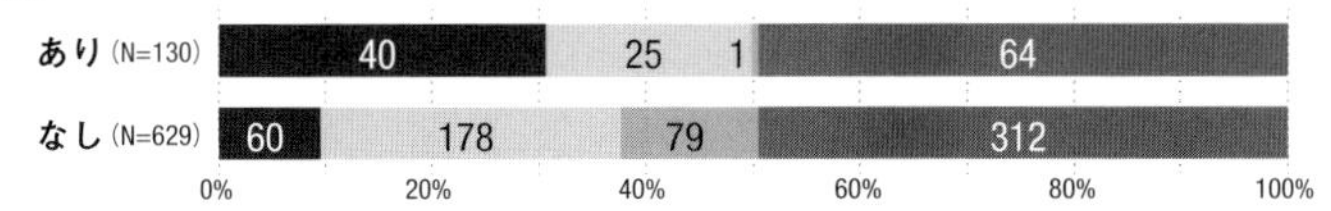

d. 震災前居住地区と災害危険区域指定の有無

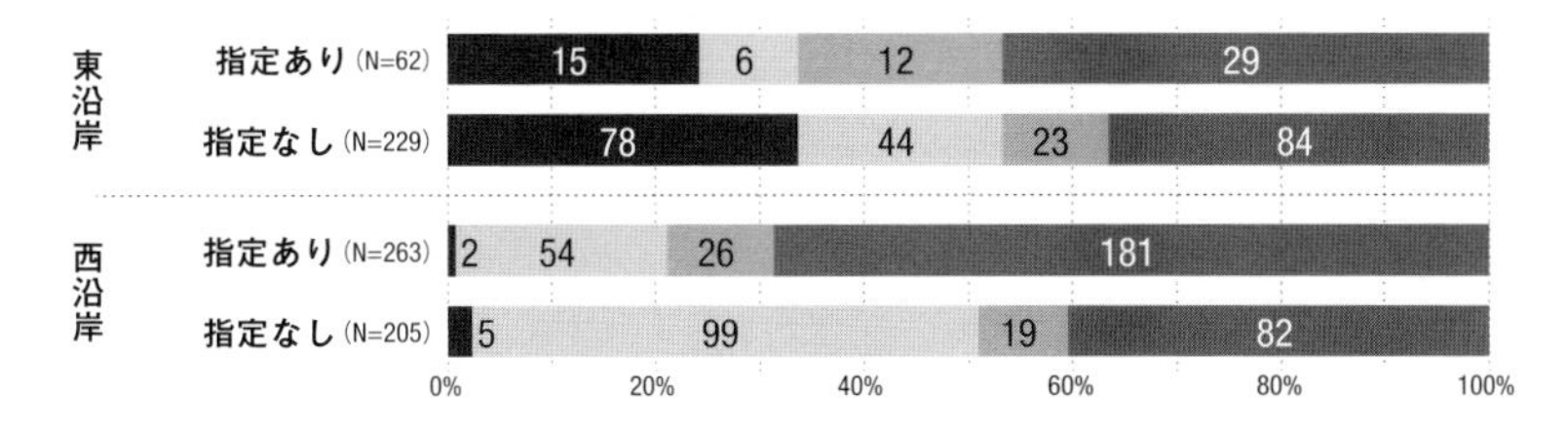

e. 居住地の移動 (震災前→現在)

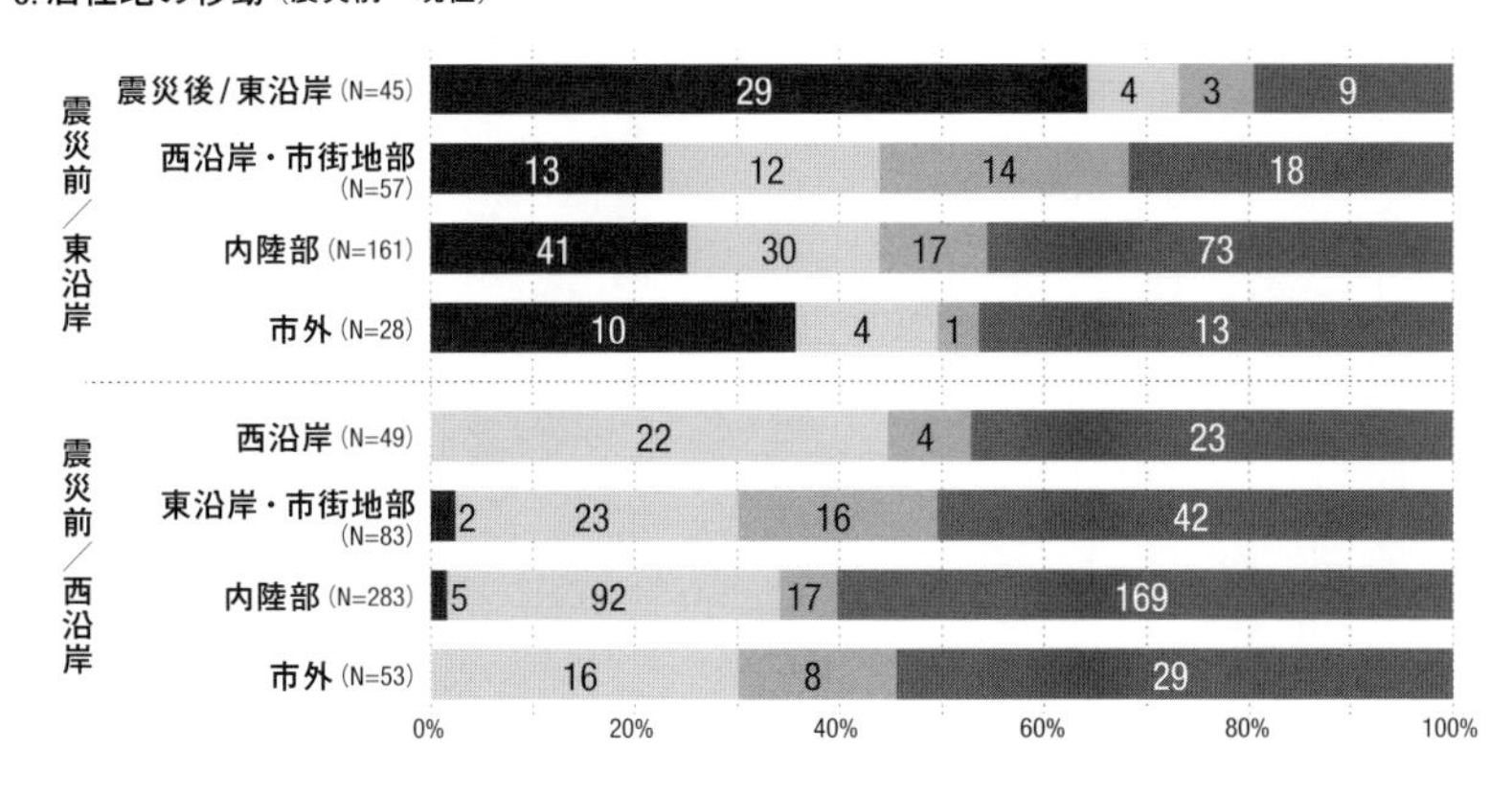

図 5.25　意向調査時新市街地希望者の属性と事前登録時希望地区 (N=759)

〇三世帯（二六・七％）、「市街地」八〇世帯（一〇・五％）、「新市街地」三七六世帯（四九・五％）であった。約半数が「新市街地」から別の場所に意向を変化させており、特に「西沿岸」はそのうちの半数以上を占める。

世帯主年齢を見ると、「東沿岸」「西沿岸」に変更する世帯はどの世代でも四〇％前後であるのに対し、「市街地」を選ぶ割合が、六〇歳代で二二世帯（一〇・四％）、七〇歳代で二八世帯（一五・五％）、八〇歳以上で一三世帯（二四・一％）と増加している。「市街地」には公共施設や市民病院が立地することが影響していると推察される。

ペットの有無を見ると、ペットがいる世帯のうち四〇世帯（三〇・八％）が「東沿岸」希望となっている。図5・21から「新市街地」では一一八〇戸中一四・八％にあたる一七五戸がペット共生住戸であるのに対し、「東沿岸」では九六五戸中二〇・二％にあたる一九五戸となっており、ペット共生可能な災害公営住宅団地の立地が影響していると考えられる。

震災前居住地区と災害危険区域指定の有無を見ると、「指定なし」の場合、「東沿岸」七八世帯（三四・一％）、「西沿岸」九九世帯（四八・三％）が震災前居住地区に希望を変更しており、「指定あり」よりも多い。特に、「西沿岸」で「指定あり」のうち一八一世帯（六八・八％）は「新市街地」のままとなっており、他の場合よりも割合が高い。「東沿岸1・2」、「西沿岸1・2」でそれぞれ地区の成り立ちが異なる。[注12] そのため、「西沿岸」の「指定あり」では、従前居住地の近隣地区に戻るというより利便性の高い新市街地に移動しようとする世帯が多いことが考えられる。

震災前と震災後の居住地の移動を見ると、震災前・後がともに「東沿岸」だと二九世帯（六四・四％）が「東沿岸」を希望するのに対し、震災後が「西沿岸・市街地部」だと一三世帯（三二・八％）、「内陸部」だと四一世帯（二五・五％）、「市外」だと一〇世帯（三五・七％）と割合は低くなる。「東沿岸」では地区外からの転入はあまり望めず、震災前に居住していたとしても、仮設住宅等で現在まで地区を移動せず居住していないと、他地区へ登録する割合が多くなる。震災前居住地が「西沿岸」の場合、現在も「西沿岸」だと二二世帯（四四・九％）、「東沿岸・市街地部」だと二三世帯（二七・七％）、「内陸部」だと九二世帯（三二・五％）、「市外」だと一六世帯（三〇・二％）が「西沿岸」を希望しており、現在の居住地に関わらず一定数「西沿岸」を希望する傾向が見られた。これは、「西沿岸」「東沿岸」のいずれも「市街地部」に隣接しているが、「東沿岸」と「市街地部」の間は川で隔てられており、利便性が若干低くなることが影響していると考えられる。

その他、障害者・要介護者の存在は地区変更へ影響を及ぼしていなかった。いずれの地区も市全体から見ると中心市街地内であることから福祉サービスの差が生じないためと考えられる。

5 — 災害公営住宅ごとの入居者の特性

最後に、最終的に当選した災害公営住宅ごとの入居者の属性を見ていく。四三団地、当選世帯三九八六世帯を対象とし、団地ごとに入居予定者の属性だけを用いて、統計分析を行った。[注13]「震災前居住地区」（「東沿岸」か「西沿岸」か）、「世帯構成」（「若年大家族」か「高齢単身」か）、「現在の住まい方」（「沿岸・市街地居住」か「内陸仮設住宅」か）が影響している様子が見られた。図5・26に「震災前居住地区」と「世帯構成」の分布を示す。

立地する地区を見ると、「西沿岸」と「東沿岸」の両地区の災害公営住宅には従前に居住していた世帯が居住する傾向にある。一方で、「市街地」「新市街地」は様々な地区の世帯が混在している。

住宅形態と階数を見ると、「東沿岸」地域では、「東沿岸2」の戸建住宅・長屋住宅整備の団地に、子どもをもつ若い世帯が入居する傾向にある。三階以上の中高層共同住宅には、様々な世帯構成が混在し、低層共同住宅には、単身の高齢者が入居する傾向にある。一方、「市街地」では、高層の共同住宅二棟は単身率が五〇％、平均世帯主年齢も六〇歳を超えるの

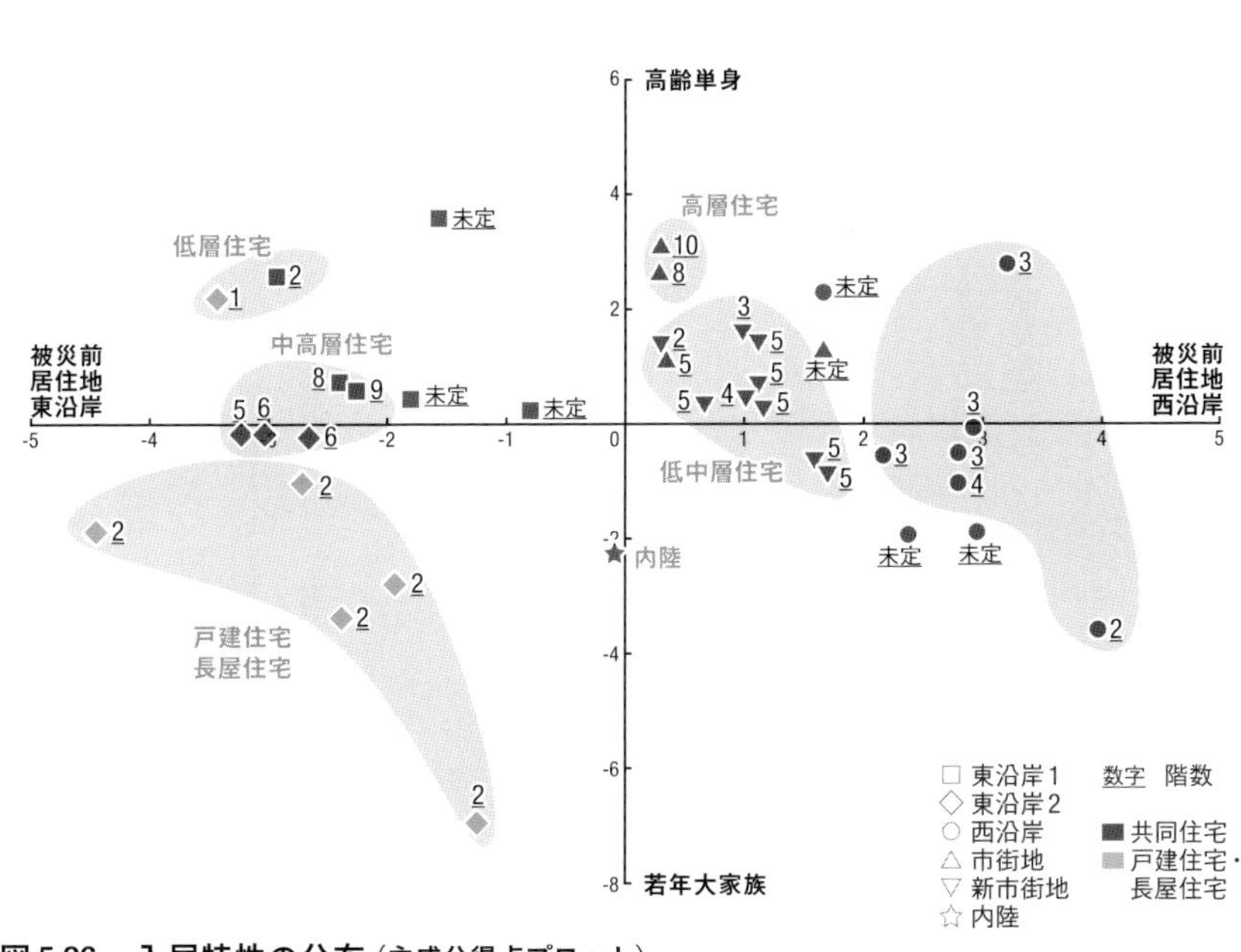

図 5.26　入居特性の分布（主成分得点プロット）

に対し、低中層の共同住宅では、平均世帯主年齢は五五～六五歳の間で、平均世帯人数が二人前後の住宅が多く、「東沿岸」と「市街地」では住宅形態ごとの入居者の特徴が逆転している。

入居者の属性は、災害公営住宅の立地と住宅形態・階数によって異なると考えられる。特に、「市街地」では高層住宅に単身高齢者の入居傾向が見られる。このような住宅では阪神・淡路大震災の例からも孤独死発生の危険性が高まる可能性があり、入居後の支援体制も重要となってくる。

6―災害公営住宅計画の際に配慮すべきこと

これまでの結果から、災害公営住宅計画の際に配慮べきことが見えてきた。特に全体数の確定、立地の選定、住宅の形態についてまとめてみたい。

(1) 全体数の確定

災害公営住宅整備戸数算定のための基準とされた住宅再建意向調査だが、時間の経過とともに変化している。特に「世帯人数が多い」、「ペットがいる」、「従前が持ち家」といった世帯では災害公営住宅以外に変化している。ある一定の被害状況であれば災害公営住宅の入居要件を満たすが、整備の段階では、住民への意向調査の結果だけでなく、自力再建が困難な層を想定して最終的な整備戸数の算定を行うことが必要なことを示唆している。事前登録時の災害公営住宅希望者は意向調査時の六割程度にとどまっていた。しかしながら、実際には自身で住宅再建意向を決定できない層も一定数いると考えられ、これを厳密な数値として提示するには、さらなる検証が必要であろう。

(2) 立地の選定

整備戸数確定に用いられた意向調査時から実際の入居申し込みまでに立地の希望が変化しており、震災前居住地に戻るという選択と現在住んでいる場所(仮設住宅等)に影響を受けている様子が見られた。将来津波による被害を受けることが予想される地域では災害危険区域が設定されたが、沿岸部での安全の確証が抱けないうちには、震災前居住地に戻るという選択は難しかったであろうと推察できる。しかし、震災前居住地に意向を変化させる層が一定の割合見られることから、将来的な土地活用を考慮しつつ、戦略的に被災地域の再生を誘導することは可能であると考えられる。

(3) 住宅の形態

今回の被災地では、もともと高齢者が多く、持ち家層の多い地域だったこともあり、災害公営住宅の計画において高齢居住者への配慮やペット共生住宅等が計画されている。居住者の生活スタイルに合わせた提案になっている一方、ペット共生住宅での居住者の偏りのように、このような住宅の特徴の違いが似通った世帯を集める結果となってしまっている住宅も見られた。特に高齢者が集中してしまう場合には、近い将来、集合住宅における自立生活や自治が不可能になる可能性があるため、事前にミックスユースとなるような住戸計画の方法の確立が必要である。

今回のような、移動を伴う住宅再建が必要となる大規模災害においては、災害公営住宅の立地や住宅形態によって居住者の特性が変化し、将来的な各地区の特性に影響を与えている。意向調査は整備戸数算定のための重要なツールのひとつではあるが、被災者の意向はそれぞれの属性やそのときの状況によって変化するため、意向調査だけを基準とすることは困難である。各自治体ごとの将来的な都市像を描いた上で、意向調査に加えて、従前の居住者分布、従前および将来の土地利用、今後の公営住宅のストック計画も含めて検討することが必要である。

4 地域コミュニティの回復

1 復興の基盤としての地域コミュニティ

東日本大震災[注14]の被災では、津波により住宅が大きく被害を受けたため、従前の居住地から移動を余儀なくされた被災者が少なくなかった。本章で見てきたとおり、多くの被災者が避難期および仮設期に住み慣れた地域を離れることも、その後の住宅再建に影響していることがわかってきた。他方、多くの自治体では住宅復興にあたってコミュニティを重視した復興が謳われている。では、平時の生活のよりどころとなり、災害からの復興ではその存在が意識されたり、一方でそれ自体も被害を受け、被災者もその場を離れざるを得ない「地域コミュニティ」とはどのようなものなのか。

コミュニティという言葉がわが国で頻繁に用いられるようになったのは、一九七〇年代に国が推し進めたコミュニティ政策[注15]以後といわれている。それまでの地域社会が崩壊し始めたことが背景としてあり、象徴的な期待概念として導入された。一方で、明治期以降、日本には町内会・自治会と呼ばれる地区組織が存在してきた。マッキーバーは、人間生活そのもののコミュニティと、特殊的な共同関心を持つ組織としてのアソシエーションについて考察しているが、岩崎ら(二〇一三)は、その考察を援用し、町内をコミュニティ、町内会を住むことを縁起として形成されるアソシエーション「住縁アソシエーション」として捉え、明確にその位置づけを区別している。東日本大震災の復興で期待された地域コミュニティの主体も、実態的な組織体ではない町内的なものというよりも、その組織体としての町内会・自治会だったと考えられる。現に、復興においては、事業主体である自治体によって、既存のコミュニティの中にどのように新しい移転地や災害公営住宅を立地させるかといったことだけでなく、そのコミュニティとの関係性をいかに保つか、新しい住宅や住宅地の内部でのコミュニティをどのように醸成するかといった「アソシエーション」としての組織体の創造・維持に関することも検討された。

被災地の町内会・自治会の中には、近代以前の集落の契約講[注16]の名残を残すものも存在している。近代的な組織と近代以前の古層を下敷きとした組織が混在しているのが、震災以前の状況であった。東日本大震災からの復興は、そのような近代以前からの歴史を引き継ぐ場所に、近代的な技術を元に確立されてきた「近代復興」の枠組みによる復興事業やコミュニティの概念が適用されたものといえる。さらに、町内会等地区組織は、地域コミュニティの活動を支える重要な役割を担い、防災の視点から協働のベースをなすものとしても重視されているが、長年、成り手不足や高齢化など被災地以外でもその存続に課題があることが指摘されている（吉原、二〇一一・岩崎ほか、二〇一三）。特に、仙台市近郊以外の東北地方の多くは、震災以前より人口減少、高齢化が進んでいた。復興事業において、住民の日常生活を支えるものとして期待されている地域コミュニティは、すでに弱体化しつつあったといえる。

近年、災害からの復興においては、「レジリエンス」という概念がしきりにいわれるようになってきた。それまでの災害への抵抗力で被害を低減するのではなく、その復元・回復力（レジリエンス）に目を向けるべきだという考え方である。ワイズナーらは、風土病と栄養失調を例に取り、生活が生存の危機に曝されたときに健康状態と栄養水準が生存の可否を決めるとして、その「レジリエンス」の重要性を示した（Wisner et al., 2004）。また、歴史的につくり上げられた脆弱性が災害の地域社会へのインパクトの実相を決めていくとして、脆弱性を促進させる根本原因（政治体制など）ですべてを修練させるのではなく、地域を復元・回復していく原動力をその地域に埋め込まれ育まれてきた文化や社会的資源の中に見ることの重要性が社会学などの分野で指摘されている（浦野ほか、二〇〇七・浦野、二〇一二）。

津波のように移動が必要とされる災害の場合には、場所を基礎とした地域自体の維持が困難となる。そのため、社会的資源である地域コミュニティ自体も対応可能性を持つことがレジリエンスにつながるといえる。

本章では、東日本大震災の復興の基礎単位である「地域コミュニティ」自身の震災前後の変化と、その地域コミュニティが被害から回復するにあたって働いていた要因を見ることで、地域コミュニティの実像に迫ってみたい。

2─地区組織の構成

再び七ヶ浜町を取り上げる。七ヶ浜町での地域コミュニティの実態を捉えるため、まずは、地区組織の様子を見ていく。被災の影響を見るため対象としたのは、地区拠点施設である公民分館が被災した七地区である（町内には全部で一四地区が存在する。図5・5では要害・御林地区を一体で記載）。

(1)　世帯と人口の変遷

各地区の震災前までの世帯と人口の変遷を見ると（図5・27）、戦後の宅地開発が行われた遠山の人口が突出して多く、ついで松ヶ浜、花渕浜、菖蒲田浜が一六〇〇人前後、代ヶ崎浜、湊浜、要害が八〇〇人前後となっている。世帯数を見ると、遠山が二〇〇〇年以降世帯数を大きく減らし、松ヶ浜とほぼ同規模で六〇〇世帯前後、花渕浜、菖蒲田浜が約四〇〇世帯、代ヶ崎浜、湊浜、要害が約二〇〇世帯となっている。

（2） 地区組織の構成

七ヶ浜町における地区組織の構成を見る（表5・6）。近隣住戸単位では隣組が形成され、その上部組織として地区活動を企画実行する行政地区による各組織が存在する。行政地区組織は町との連携の役割も担っている。七ヶ浜町では行政地区を単位として、復興計画の立案などが行われた。そのため、この行政地区の範囲が、七ヶ浜町での地域コミュニティの基本単位と考えられる。

各地区から聞き取った役員会を構成する役員の役職とその位置づけを示す（表5・7）。位置づけは、①充て職[注17]／非充て職、②上部組織の有無、③任命者の有無で分類した。分類Ⅰ（評議員、庶務会計、地区長、幹事、顧問）、Ⅱ（区長）は役員会の構成員として個人が直接選出されるのに対し、分類Ⅲ（婦人会、老人会、消防団、婦人防火クラブ、安全協会、防火防災防犯）、Ⅳ（公民分館運営委員会、環境美化推進員、民生委員）は充て職であり、町単位の上部組織をもつという特徴がある。

それぞれの地区での役員構成を見ると（表5・8）、松ヶ浜、

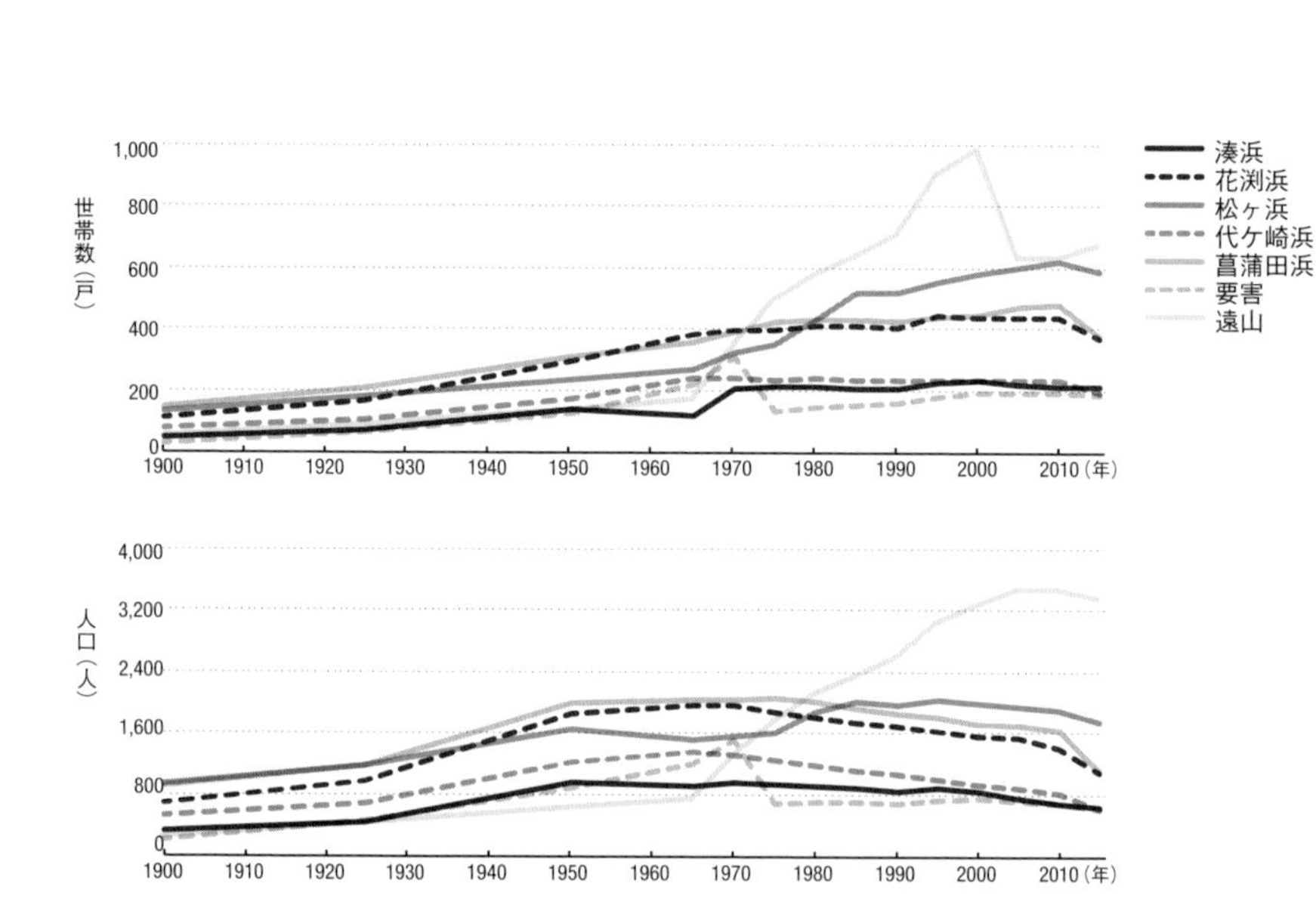

図 5.27 各地区の世帯と人口の変遷

表 5.6　地域に関わる組織と役割

単位	（1）近隣住戸	（2）行政地区	（3）町
組織	隣組	役員会 / 評議委員会 / イベント組織	婦人会 / 公民分館運営委員会等
主な役割	回覧を回す / 区費の徴収	地区活動の企画実行 / 町との連携	各団体の目的の達成（防火訓練等）

表 5.7　役員の役職と位置づけ

<table>
<tr><th>役職</th><th>評議員</th><th>庶務会計</th><th>地区長</th><th>幹事</th><th>顧問</th><th>区長</th><th>婦人会</th><th>老人会</th><th>消防団</th><th>婦人防火クラブ</th><th>安全協会</th><th>防火防災防犯</th><th>公民分館運営委員会</th><th>環境美化推進員</th><th>民生委員</th><th>漁業関係</th><th>神社関係</th></tr>
<tr><td>①充て職 / 非充て職</td><td colspan="6">非充て職</td><td colspan="11">充て職</td></tr>
<tr><td>②上部組織の有無</td><td colspan="6">×</td><td colspan="9">○</td><td colspan="2">×</td></tr>
<tr><td>③任命者の有無</td><td colspan="5">×</td><td>○</td><td colspan="6">×</td><td colspan="3">○</td><td colspan="2">×</td></tr>
<tr><td>カテゴリー</td><td colspan="5">I</td><td>II</td><td colspan="6">III</td><td colspan="3">IV</td><td colspan="2">V</td></tr>
</table>

表 5.8　各分類の役員の人数と割合

	カテゴリー	I	II	III	IV	V	計
地区	松ヶ浜	17 人（85%）	3 人（15%）	0 人（0%）	0 人（0%）	0 人（0%）	20 人
	要害	10 人（84%）	1 人（8%）	0 人（0%）	1 人（8%）	0 人（0%）	12 人
	代ヶ崎浜	9 人（75%）	3 人（25%）	0 人（0%）	0 人（0%）	0 人（0%）	12 人
	湊浜	11 人（55%）	1 人（5%）	0 人（0%）	3 人（15%）	5 人（25%）	20 人
	花渕浜	12 人（52%）	3 人（13%）	5 人（22%）	3 人（13%）	0 人（0%）	23 人
	菖蒲田浜	9 人（39%）	3 人（13%）	7 人（30%）	2 人（9%）	2 人（9%）	23 人
	遠山	4 人（21%）	5 人（26%）	0 人（0%）	10 人（53%）	0 人（0%）	19 人

要害、代ヶ崎浜、湊浜では、分類Ⅰの役員が過半数を超えており、分類Ⅲ、Ⅳの割合が低い。要害、代ヶ崎浜、湊浜は、一九〇〇年以降、世帯・人口は全体として大きな増減が見られず、現在の世帯・人口規模が約二〇〇戸であることが共通している。菖蒲田浜、花渕浜は、分類Ⅲを役員としている点で他の地区と異なる。また、二地区とも世帯数が二〇〇五年まで増加傾向にあり、世帯数は約四五〇戸である。遠山では、分類Ⅳが役員に多く含まれる。遠山は前述のとおり、戦後人口が急激に増加し、現在の世帯数・人口も他地区と比較して大きいことが影響していると考えられる。

　役員会の構成を見ると（図5・28）、代ヶ崎浜では区長三人とその下の三つの組織体から成っていた。これは契約講の名残として存在する「地区会」であり、代ヶ崎浜地区内の三地区（谷地地区、西地区、清水地区）にそれぞれ存在する。代ヶ崎浜地区は七ヶ浜町の中でも古くから集落が形成されていた地区であり、その居住域が維持されていることが考えられる。それ以外の地区については、区長の下に役員が同列に並ぶ形となっている。

（3）　地区組織とイベント組織との関係

　各地区では年間通じてそれぞれ独自のイベントを行っている。中でも夏祭りは全地区で、地区のおもなイベントとして挙げられている。この夏祭りは各地区で数十年継続されており、イベントの中でも重要なものであると考えられる。このイベントを行うための組織と役員会との関係を図5・28、夏祭りの再開状況を表5・9に示した。その関係性から三つに分類することができた。

　ひとつ目は、湊浜・松ヶ浜・遠山の三地区で、役員会は複数区長と役員から構成されている。役職の配分は地区によって異なり、世帯数の多い遠山では分類Ⅳの割合が大きい。イベント組織が役員会から独立しているため、役員会は地区全体の運営、イベント組織はイベントの企画と分業しており、役員会に役割が集中しない。いずれも夏祭りは震災翌年の二〇一二年とその翌年の二〇一三年に再開されている。

　二つ目は、菖蒲田浜・花渕浜の二地区で、役員会の構成はひとつ目の地区群と同様だが、イベント組織が一部役員によって組織されるため、役割が集中する傾向にある。震災後の夏祭りの再開状況を見ると、花渕浜は二〇一六年に再開しているのに対し、菖蒲田浜は二〇一六年時点で再開できていなかった。

　三つ目が代ヶ崎浜・要害の二地区で、役員会に他の構成員を加えてイベント組織が構成される。役員会が地区全体の運営、イベントの企画ともに中心となり、大きな役割を担っている。代ヶ崎浜は、他地区と異なり、役員は分類Ⅰ・Ⅱのみ

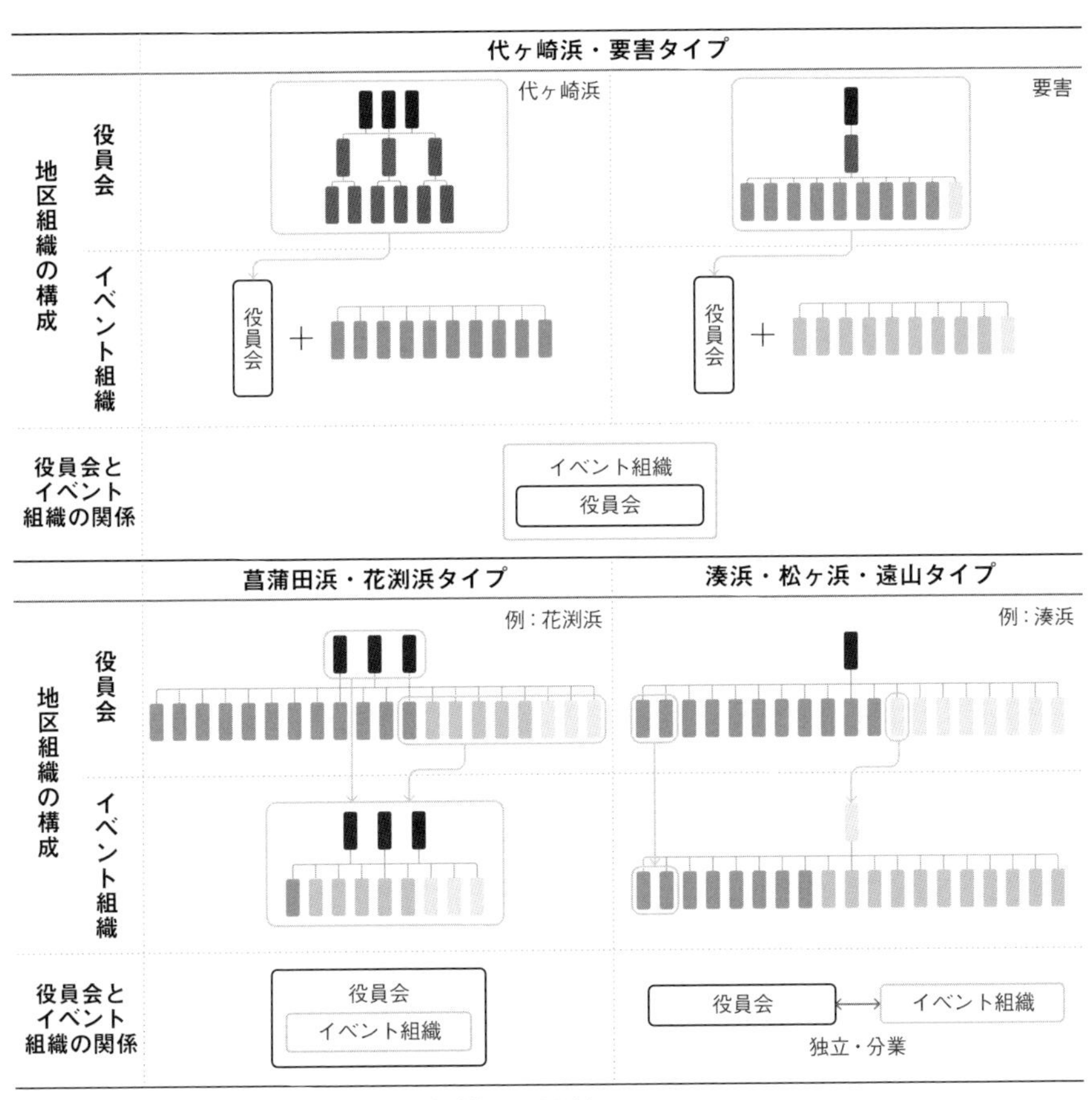

図 5.28　役員会の構成とイベント組織との関係

表 5.9　夏祭りの再開状況と復興事業の進捗

地区	夏祭りの実施状況（年）					被害率	復興事業の進捗（完了年月）		
	2012	2013	2014	2015	2016	（%）	防集事業	災害公営住宅	地区避難所
湊浜	○	○	○	○	○	7.4	-	-	2015/1
松ヶ浜	×	○	○	○	○	10.2	2014/3	2015/3	2015/2
菖蒲田浜	×	×	×	×	×	63.4	2014/6（中田）	2015/10	2015/7
花渕浜	×	×	×	×	○	49.3	2015/5（笹山）	2015/12	2015/11
代ヶ崎浜	○	○	○	○	○	51.9	2014/9	2015/12	2015/5
要害御林	○	○	○	○	○	9.3	-	-	2015/8
遠山	○	○	○	○	○	2.5	-	-	2014/9

で、区長と契約講の名残の「地区会」から構成されている。夏祭りは震災翌年の二〇一二年に再開されている。

平時のコミュニティ活動として最大のものが夏祭りだが、多くの地区は二〇一二年に再開しているのに対して、被災規模の大きかった菖蒲田浜、花渕浜、代ヶ崎浜だけで比べてみると、二〇一二年で再開ができた代ヶ崎浜と二〇一六年に再開した花渕浜、二〇一六年段階で未再開だった菖蒲田浜と再開年が異なっている(表5・9)。特に菖蒲田浜と花渕浜では世帯・人口規模、地区組織の構成が似ているにも関わらず再開状況が異なる。これはどのような要因に起因しているのだろうか。

3 — 大規模被災地区の震災前後の変化

イベントの再開の様子が異なることから、同じような被災を受けたコミュニティでもその回復力に差があるのではないかという仮説のもと、菖蒲田浜、花渕浜、代ヶ崎浜の三地区について、組織体制の震災前後の変化を見ていきたい。

(1) 隣組の再編

図5・29は菖蒲田浜の従前の隣組の分布状況である。三地区それぞれの地形状況の違いにより、編成が異なるが、各地区共通して、漁港周辺は区画や道路に沿って編成されている。一方、菖蒲田浜の道路沿いのややスプロールしている居住域では、一三組が飛び地となっているなど、入り組んだ編成が見られる。花渕浜の谷戸地形の居住域は、谷地に延びる道路に沿った編成となっている。また、代ヶ崎浜では、地区会である谷地地区、西地区、清水地区の境界を越える隣組は存在しない。

表5・10に震災前後の隣組の変化を示す。菖蒲田浜では、震災後は被災が小さい隣組も含め全面的に再編している。花渕浜では、整備された漁港周辺と谷戸に伸びる道路に沿って隣組が編成されていた。そこで、全世帯が被災した六組は二〇一五年まで機能停止とし、二〇一六年の総会でそのうち四組を災害公営住宅にあて、二組は永久欠番として、基本的な構成を維持した。代ヶ崎浜では、地区会レベルの谷地・西・清水地区内で世帯がほぼ均等になるように隣組を再編している。世帯数の変化に対して、花渕浜・代ヶ崎浜では隣組の構造が保持されたのに対し、菖蒲田浜ではその保持が困難であったことがうかがえる。

多くの復興では、新しくできた住宅地や災害公営住宅でのコミュニティに配慮して計画が行われる。さらに、従前からのコミュニティに配慮する自治体では、従前地区内に住宅地や災害公営住宅を設けることで、環境の連続性にも配慮して

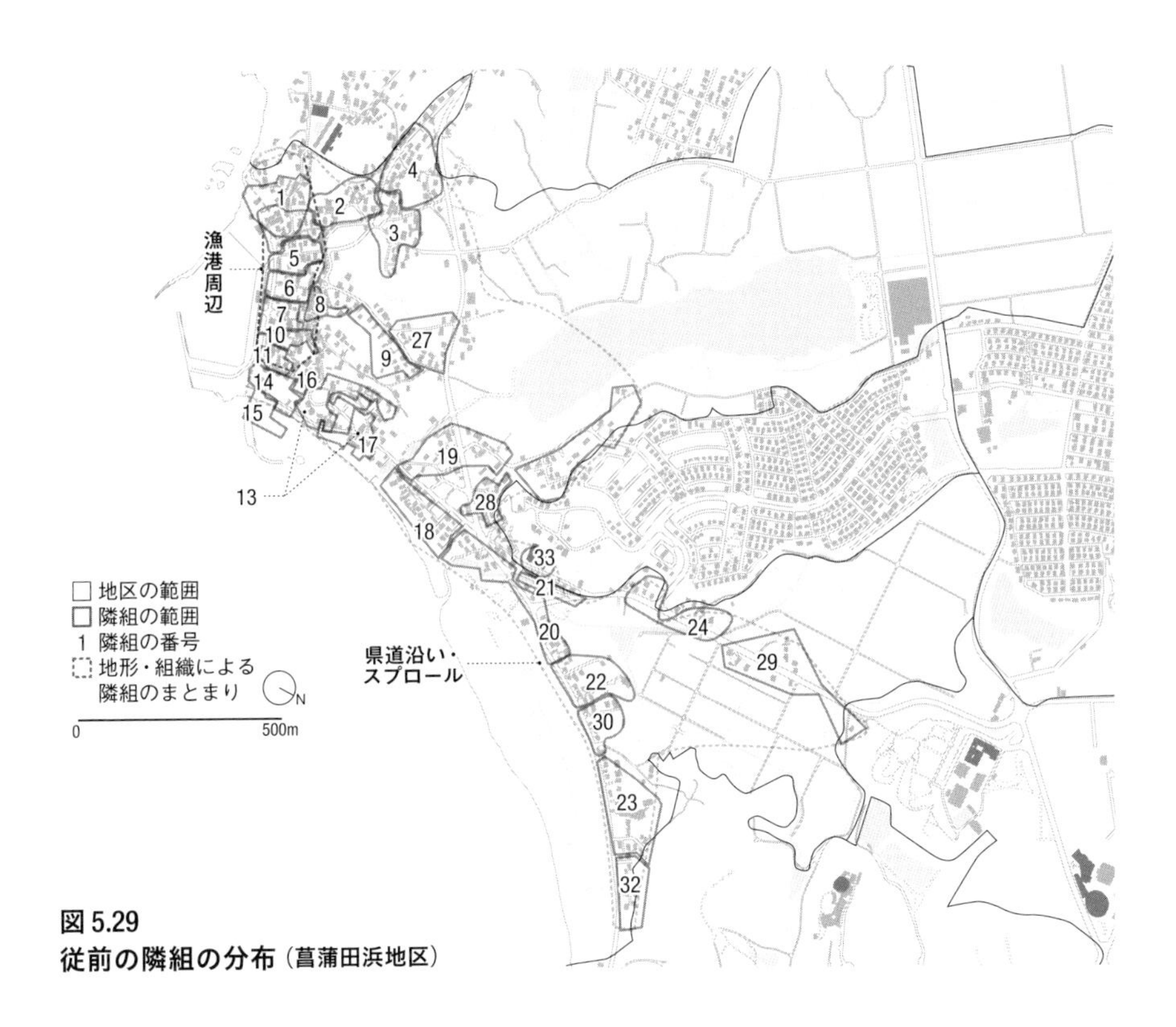

図 5.29
従前の隣組の分布（菖蒲田浜地区）

表 5.10　震災前後の隣組の変化

菖蒲田浜地区																													
組番号		1	2	3	4	5	6	7	8	9	10	11	12	13	14	15	16	17	18	19	20	21	22	23	24	25	26	27	28 〜 34
世帯数	2010	データなし（震災による資料流失）																											
（戸）	2015	14	15	15	10	12	10	12	10	4	15	14	14	11	7	10	12	16	2										

花渕浜地区																											
組番号		1	2	3	4	5	6	7	8	9	10	11	12	13	14	15	16	17	18	19	20	21	22	23	24	25	26
世帯数	2002	22	18	18	18	12	12	19	12	12	17	15	14	12	12	16	9	9	10	18	14	20	13	15	19	12	8
（戸）	2015	18	9	15	1	12	9	19	10	11	11	7	11		全戸被災				7	18	13	7	全戸被災		7	16	10
	2016	18	10	15	1	12	11	20	10	12	12	7	4	6	12	8	8	6	7	18	13	7	永久欠番		6	15	10

代ヶ崎浜地区																					
		谷地地区								西地区							清水地区				
2011	組番号	1	2	3	4	5	6	7	8	9	10	11	12	13	14	15	16	17	18	19	20
	世帯数（戸）	約 11 戸ずつ								約 11 戸ずつ							約 13 戸ずつ				
2016	組番号	1	2	3	4	5	6	7	8	9	10	11	12				13	14	15	16	
	世帯数（戸）	15	12	12	13	10	13	10	9	11	11	11	11				13	13	12	13	

いる。しかし、地区自体が大きな被害を受け、さらに従前の土地から移転して住宅再建をする世帯も少なくない場合には、その地域コミュニティ自体も従前の状態から大きく変化せざるを得ない。復興の核として期待された地域自体が脆弱化している可能性もあり、そのような実態が示唆された。

（2）役員の変化

役員の構成員のうち評議員は、会計や書記などの具体的な役割はない。役員の居住域の偏りを防ぐため、役員のいない隣組から選出されるといった特徴があり、本来隣組との関係が強い。評議員と区長の変化を見ると、菖蒲浜では世帯数が減少しても評議員数が変化しておらず、区長については二〇一四年度総会時の二人退任後はひとり欠員の状態が続き、人材が不足していたことが推測される。花渕浜では、世帯数の減少に対応して評議員を五人減らし、区長については、二〇一二年度総会時に二人が退任、評議員二人が新たに区長に就任した。代ヶ崎浜では、災害公営住宅と防災集団移転住宅地が建設された地区の評議員を増やし、区長については、二〇一二年度総会時に三人が退任、地区会の会長三人が新たに区長に就任している。

役員の平均年齢は、いずれも六五歳以上、特に代ヶ崎浜は六八・一歳と高齢となっている。就業産業を見ると、菖蒲田浜、花渕浜は新卒時から現在まで第三次産業従事者が多い。一方、代ヶ崎浜は退職時もしくは現在では第三次産業が多いが、新卒時は第一次産業が多い。もともと地域での海苔養殖など漁業に従事しているものが多かった。契約講の名残が強く残っていたのは、近年まで地区内の多くが漁業に従事していたことが影響していると考えられる。現在の役員の居住域を見ると、代ヶ崎浜では一九一二年以前に同じ場所に居住していた人数が多い。このような要因から、代ヶ崎浜の役員体制が近代以前の名残をとどめる形で維持されていたと考えられる。

（3）夏祭りの再開と地区組織

これまで見てきた内容から、夏祭りの再開と地区組織の関係を見ていく（図5・30）。

二〇一二年に夏祭り再開の代ヶ崎浜では、役員会に町の下部組織が加わってイベント組織が構成されることで、役員会とイベント組織の関係が維持されている。また、代ヶ崎浜では、隣組が三つの地区会の中で再編されていることから、地区会と隣組の関係性が強いと考えられる。多層的な組織のフレームを保持することにより早期再開につながったと考えられる。

花渕浜では、震災後の世帯数の変化に対応して評議員の人数が減少していることから、世帯は評議員と関係があると考えられる。また、隣組の基本的な範囲を維持することで、役員会と世帯の関係を維持していると推察される。この関係が維持されたことと、イベント組織が一部役員で構成されており、役員変更の影響は受けるが、役員会とイベント組織の関係が維持されることによって、住宅再建などによる地区外への転居で区長の入れ替わりがありながらも、役員会・評議員・隣組・世帯の連関が保持され、災害公営住宅や地区避難所の整備が完了した翌年の二〇一六年度に夏祭りを再開することができたと考えられる。

一方、菖蒲田浜では、イベント組織は一部の役員で構成されるため、相互の関係はその役員への役割の集中によって保たれており、特定の役員が変更する影響が大きい。さらに、震災後、世帯数が大きく減少し、隣組も全面的に再編されているにもかかわらず、役員会の構成が維持されており、評議員数の変化がない。役員会・評議員・隣組・世帯の連関関係が希薄であり、状況の変化に応じて柔軟に体制を変更できる状態ではなかったことがうかがえる。実際、災害公営住宅や地区避難所の整備完了後の二〇一六年時点でも夏祭りが未再開であった。

菖蒲田浜のように限られた役員でイベント運営を行う必要がある体制の場合、一部の役員の役割が大きくなりがちであ

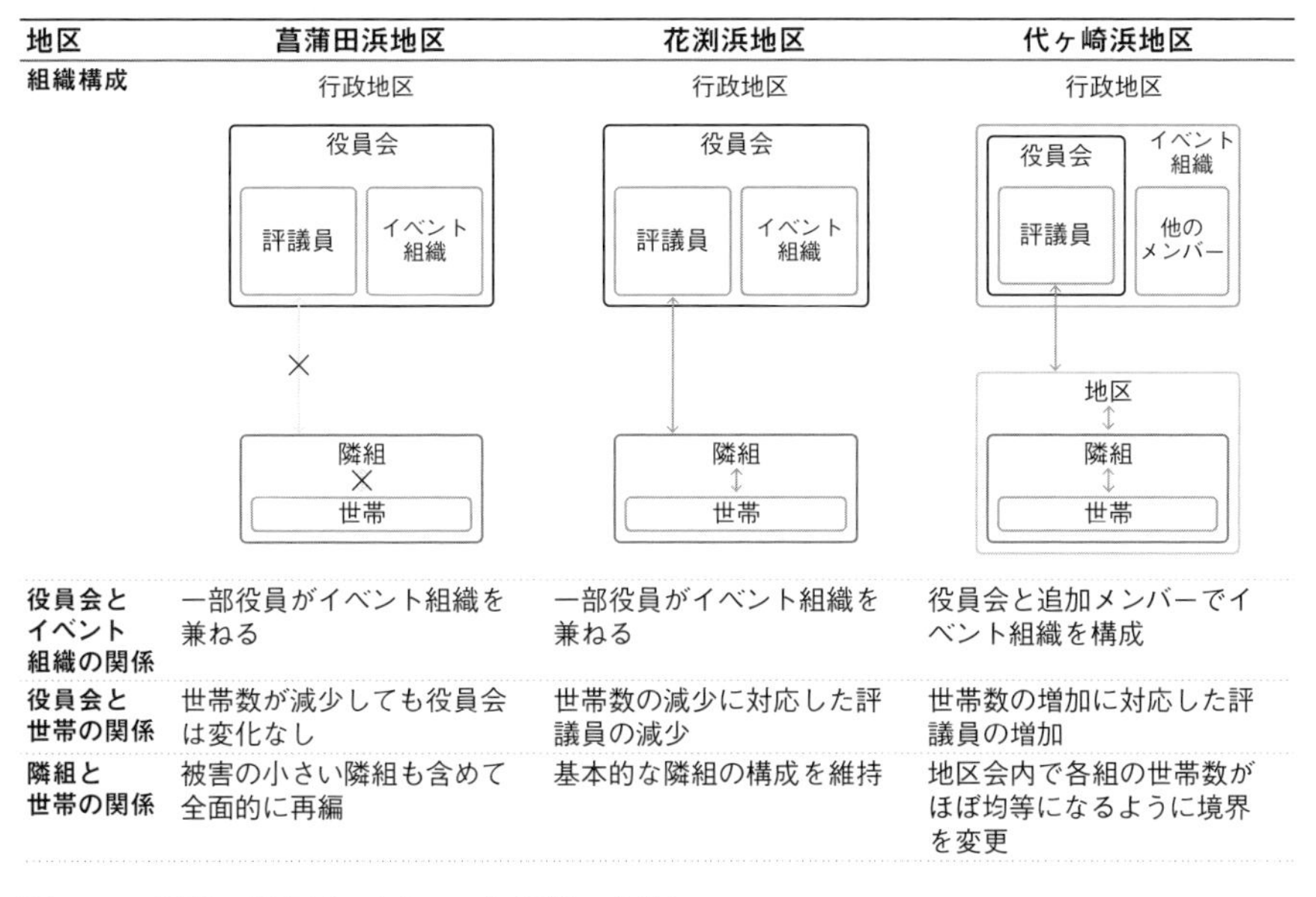

地区	菖蒲田浜地区	花渕浜地区	代ヶ崎浜地区
役員会とイベント組織の関係	一部役員がイベント組織を兼ねる	一部役員がイベント組織を兼ねる	役員会と追加メンバーでイベント組織を構成
役員会と世帯の関係	世帯数が減少しても役員会は変化なし	世帯数の減少に対応した評議員の減少	世帯数の増加に対応した評議員の増加
隣組と世帯の関係	被害の小さい隣組も含めて全面的に再編	基本的な隣組の構成を維持	地区会内で各組の世帯数がほぼ均等になるように境界を変更

図 5.30　隣組／役員会／イベント組織の関係

る。今回のように災害で大きな被害を受けた場合には、その役員自身を失う可能性もあり、その場合に組織の受ける影響が大きい。一方で、代ヶ崎浜では、地区会を設けることで、そこで経験を積んだ者が将来的に区長を担うことになっている。技術的な経験の維持が必要であり、海難事故などの危険ともつねに隣り合わせの漁業という紐帯を元にすることで、集落内部の経験をも受け継ぐことや組織を担う人材を複数育てることを可能とする形態をとり、それが維持されていることが、東日本大震災の復興でも影響していると推察される。

4 ─ 地域コミュニティの復興

七ヶ浜町の実態から、世帯と隣組、隣組と評議員、評議員と役員会が連関しながら地区組織を形成してきたことがわかった。地区の役員会・評議員・隣組・世帯を連関させた改変を行い、組織のフレームを維持することができる体制をとっていた地区においては、人的な被害が出た後も地域組織を維持し、高台移転や災害公営住宅の入居などで新たな住まいを得た住民をサポートする受け皿としての機能も発揮している。このような多層的なフレームは合理的であることを目指す近代的思考というよりは、生業を軸とした近代以前からの形態であることがうかがえる。一方で、一部の役員が複数の役割を担うことで維持されている地区組織では、震災によって、人的な被害が出た際、大きなダメージを受けていた。

さらに、地区組織というと役員会にのみ着目しがちだが、実際には世帯に直接関連する隣組の状況と役員会との関係が、地域コミュニティの耐力に関係している。コミュニティ・レジリエンスの観点からも地区組織を考えることは重要であるといえる。

ただし、地域コミュニティが脆弱だったところは必ずしも震災による要因だけで弱体化したのではなく、今回地区組織が維持されたところでも、高齢化の状況から今後の災害時に再び可能になるかはわからない。平時から生活を支える組織として住民と地区組織がどのようなあり方で存在するべきか、改めて考える必要があるだろう。

生活してきた環境やコミュニティ自体が影響を受けた東日本大震災の復興の中で、そのコミュニティの果たす役割が、七ヶ浜町の住宅再建意向と仮設住宅居住の関係、石巻市の災害公営住宅希望者の住宅再建意向の変化、七ヶ浜町の地域コミュニティの回復から見えてきた。

まず、仮設期の状況と住宅再建意向では、借り上げ仮設などに入居することで、住み慣れたコミュニティを離れると元の居住地に戻らない可能性が高くなることがわかった。特に人数が多い世帯では、建設仮設の規模に制限がある中、家族全員で入居することが難しく一部が別に住居を構える必要が出てくる。そんな場合でも同じ仮設住宅で仮設期を過ごすなど、継続的に同じ場所、時間を共有できることは世帯の分離にも影響を与えていることがうかがえた。地域コミュニティの最小単位が世帯であると考えるならば、世帯の維持も地域への回復に影響していると考えられる。昭和三陸津波後の被災地を訪ねた山口弥一郎はそれぞれが家を再興するために、生き残った子どもだけで対応するのではなく、遠い親戚などの縁故を頼ったり、地域の世話で家族を亡くした被災者同士が新たに家族をつくったりしながら、地域で生きていく様子を記録している(山口、一九四三)。個人の権利が尊重される現在社会においては、そのような強制的な世帯再構築を行うことは不可能であるが、地域の中で個人や世帯が住み続けやすい環境を災害後の期間につくることは地域コミュニティの復興の視点からも重要な点であろう。

災害公営住宅希望者による住宅再建意向の変化からも、従前コミュニティと仮設期の関わりが重要なことがわかった。

5　小括——コミュニティとは何だったのか

明治以降、国や行政が主体となって行う「近代復興」においては、計画が重視される。その際には説明可能性が大きな意味をもち、そのためのエビデンスが必要となる。しかし、ある断面でのデータに重きを置くと、被災者の選択の中にある交換可能性が等閑視される。実際、東日本大震災の住宅復興においては、その計画を作成するために被災者の意向が尊重された。それ自体は重要なことであるが、被災者の意向が移り変わるものである以上、災害直後の意向は必ずしも平常な状態で選択できていない可能性があり、再建後に移り住んだ場所が知人のほとんどいない地域であったり、高齢者が多い住宅になったりするなど新たなコミュニティの構成に課題がある様子が見られた。個の選択を尊重するということは、個人にその責を帰すことでもある。これまで、地縁を元に生活していた被災者、特に高齢者など地域のつながりが重要であった者たちに、果たしてそれを転嫁するべきなのか、新しいコミュニティの構築も含めた復興のあり方を考えるべきではなかったのか、ということは考慮する必要がある。それは第4章での取り組みと含めて今後検証するべき課題であろう。

最後に、七ヶ浜町の地区組織の震災前後の変化から、よりどころとなるべき地域コミュニティ自体が震災により受けた被害とその回復について見てきた。地域コミュニティはそれが置かれている環境要素や人的関係などによって、形やレジリエンスが異なる。特に、地域コミュニティを支える地区組織は、地区役員会だけでなく、評議会、隣組、世帯と連関することで、その回復に影響していることが示された。

そもそも、組織は人間が個々人で対処しようとすると困難なことや不可能なことを集団で乗り越えるための「装置」である。人間が自然の中で生きる糧を得、子どもを育て、次世代につなぐために形成されてきたものが地域社会であり、それを支える組織だったのだろう。従って、地域をとらえる際には、コミュニティを、何かを囲う「枠」としてだけ見るのではなく、それを実際に駆動させる組織のあり方も含めて考える必要がある。東北の被災地では、震災以前まで講といった地域のつながりが維持されてきたところは少なくない（饗庭ほか、二〇一九など）。七ヶ浜町でも講を基盤とする代ヶ崎浜では地域コミュニティの早期の回復が見られた。今回は組織を結ぶ紐帯として漁業について触れたが、代ヶ崎浜では地区の中心にある多聞山が地域のアイデンティティのひとつであり、震災の影響のなかったこの山を中心に震災からそれほど時間の経たないうちに日常的な地域の活動も再開していたそうである。そのような永く培われてきた地域への誇りも危機に際したときに地域のつながりを維持する重要な要因だろう。しかし、歴史的経緯によってつくられた地区組織を支えてきたメンバーも高齢化が進んでいる。地区組織を、役員会から世帯まで連関する有機的な存在であるととらえる一方、それが継続されるための組織の新陳代謝の仕組みも重要であり、それがなければ、今後の災害時に地域コミュニティをあてにした復興を考えることはますます難しくなるといえる。

注1　本節は佃悠・横田小百合・小野田泰明（二〇一九）「大規模災害後の住宅再建意向決定の要因と仮設居住による影響――宮城県七ヶ浜町を事例として」『日本建築学会計画系論文集』八四（七五六）、三一一～三二一を元に新たに書き下ろしたものである。

注2　岩手県「応急仮設住宅の入居状況」（二〇二一年五月一六日閲覧）、https://www.pref.iwate.jp/shinsaifukkou/saiken/sumai/1002513.html、宮城県「応急仮設住宅の入居状況（東日本大震災）」（二〇二一年五月一六日閲覧）、https://www.pref.miyagi.jp/site/ej-earthquake/nyukyo-jokyo.html、福島県「応急仮設住宅・借上げ住宅・公営住宅の入居状況推移」（二〇二一年五月一六日閲覧）、https://www.pref.fukushima.lg.jp/uploaded/

注3　life/553030_1500408_misc.pdf を元に作成。
「七ヶ浜町震災復興計画前期基本計画（２０１１‐２０１５）」更新版、二〇一四年三月、より。町では津波浸水域をレッドゾーン、イエローゾーン、ブルーゾーンに分け土地利用ルールを設定している。レッドゾーンには災害危険区域を指定し、居住用の建物の建築が禁止されている。イエローゾーンは被災市街地復興土地区画整理事業の対象エリア、ブルーゾーンは現地再建想定エリアとなっている。これに非津波浸水域の「指定なし」を加えた四区域の対象者は、いずれも災害公営住宅の入居は可能だが、高台移転はレッドゾーン、イエローゾーンのみが対象となる。災害危険区域であるレッドゾーン的位置づけのエリアと現地再建可能なブルーゾーン的位置づけおよび指定なしのエリアが設定される自治体が多数だが、七ヶ浜町では低平地の活用と住民の選択可能性を広げるために、現地再建も高台住宅地も選択可能なイエローゾーンを設定していた。

注4　七ヶ浜町では、二〇一二年二月の居住意向調査の結果を踏まえ、その後の住宅再建意向を、「現地再建」「別の場所に再建」「高台住宅団地希望」「災害公営住宅希望」という選択肢で調査しているため、これに準じて分析を行った。復興事業としては、「高台移転」は防災集団移転促進事業、「災害公営」は災害公営住宅事業にあたる。

注5　被災規模が大きく、アンケート対象世帯が二〇〇〇世帯を超える自治体の調査では、二〇一四年度以降の未再建者では災害公営住宅入居希望者は一〇～二〇％であり、七ヶ浜町の二〇一五年一二月時点（被災時世帯ベース）の災害公営住宅希望一七％と傾向が一致する。一方で、自力での再建となる「別の場所」が時を経るに従い増えたのは、人口規模が小さい七ヶ浜町では被災世帯数も一〇〇〇世帯程度で、支援対象世帯を特定して対面による意向把握や支援制度説明を行っており、相談時の情報の提示で、自力再建の可能性を見極められたこと、その世帯のうち、現地再建できない世帯で高台移転を待たずに土地取得をして再建する世帯が増えていったことが考えられる。

注6　住宅再建意向に影響する要因を探るため、「最終住宅再建意向（被災時世帯ベース）」を目的変数、「被災時住宅形態」「土地利用ルールと罹災区分」「仮設期の状況」「家族型」「年代」「地区」を説明変数として、数量化II類による分析を行った。分析対象世帯は、二〇一五年末時点で世帯消滅した六世帯およびデータに不足のある世帯を除いた九五五世帯とした。今後の分析では、この九五五世帯を対象とする。相関比は、第一軸が〇・五六〇七、第二軸が〇・一八三一、第三軸が〇・一五一九となった。

注7　カイ二乗検定とは、発生頻度の偏りについて調べる方法である。複数の指標で検定を行ったところ、世帯人数（五人以下／六人以上）と世帯変化とのクロス集計表で、P値〇・〇一六二、五％有意、Cramer's〇・四二四九の結果が得られ、ある程度の関連が見られた。

注8　本節は佃悠・山野辺賢治・小野田泰明（二〇一七）「災害公営住宅入居登録者の登録までの住宅再建意向変化とその要因」『日本建築学会計画系論文集』八二（七三二）、一～九を元に新たに書き下ろしたものである。

注9　整備戸数確定段階以降の意向変化の関係をとらえるため、「意向調査データ」（意向調査A、Bを統合）と「事前登録データ」（二〇一四年九月現在）を紐づけし、重複分を除いた合計七三九七世帯の「統合データ」を作成した。図5・21のように石巻市を九地区に分類した上で、複数の漁業集落が点在し従前居住者のみの入居が大半となる半島部を除いた、沿岸部・市街地部・内陸部を対象としている。分析にあたっては、「統合データ」を用い、統計分析を行った。

注10　主成分分析により、世帯の性質（第一主成分）、居住地の変化（第二主成分）、現在の居住地区と住宅形態（第三主成分）の三つが効いている（累積寄与率五五・二〇％）ことがわかった。変数は、世帯主年齢、世帯人数、一四歳以下人数、六五歳以上人数、東沿岸1・2（被災地区）、西沿岸1・2（被災地区）、東沿岸1・2（現在地区）、西沿岸1・2（現在地区）、市街地（現在地区）、新市街地・南内陸・北内陸（現在地区）、持ち家（震災時）、仮設住宅（現在）を用いた。

注11　判別分析増減法により分析した結果、相関比が〇・三三一一であることからある程度の識別力があると判断した。使用した変数は、登録地区、世帯主年齢、世帯人数、一四歳以下人数、六五歳以上人数、世帯構成、ペットの有無、障害者・要介護者、震災遺族者、震災前居住地区、居住地の移動、従前の世帯状況と住宅形態、現在の居住地区と住宅形態、間取り変更である。判別関数に含まれる一％有意な変数として、世帯主年

齢、ペットの有無、震災前居住地区、居住地の移動が検出された。

注12 市街地、新市街地、東沿岸1・2、西沿岸1・2については、二〇〇五年以前から同一自治体に属していた。市街地は市役所、駅、商店街等が集積する市の中心市街地、新市街地は近年大規模商業施設や新しい住宅地が形成されている地区である。東沿岸および西沿岸は1・2に分類したが、東沿岸1は川湊の左岸として発達した地区であるのに対し、東沿岸2は半島の入り口に位置し、半島・漁村的地区である。西沿岸1は埋め立て地から発達した地域と江戸からの市街が混在した地区であるのに対して、西沿岸2は農地と住宅地が混在する地区であり、特徴が大きく異なる。西沿岸1は津波により市内でも最大規模の住宅被害を受けた地区であるのに対して、西沿岸2も被害は大きかったが、その比ではなかった。

注13 主成分分析を行い、累積寄与率が近似値六〇%を超える第三主成分までを抽出した。変数は、震災前…東沿岸、震災前…西沿岸、震災前…市街地、意向調査時…東沿岸、意向調査時…西沿岸、意向調査時…市街地、意向調査時…内陸、持ち家、災害危険区域指定、全壊、仮設、世帯主年齢、世帯人数、単身率、一四歳以下人数、六五歳以上人数、震災遺族、生活保護受給者とした。第一主成分は、「震災前居住地区（マイナス（－）「東沿岸」↕プラス（＋）「西沿岸」）」、第二主成分は、「世帯構成（マイナス（－）若年大家族↕プラス（＋）高齢単身）」、第三主成分は、「現在の住まい方（マイナス（－）沿岸・市街地居住↕プラス（＋）内陸仮設住宅）」と解釈した。

注14 本節は佃悠・長谷川京子・小野田泰明（二〇一二）「大規模災害後の地域コミュニティの回復に関する研究——宮城県七ヶ浜町の東日本大震災被災地区の地区イベント再開状況から」『日本建築学会計画系論文集』八六（七八一）、八五九〜八六八を元に新たに書き下ろしたものである。

注15 一九六九年の国民生活審議会報告「コミュニティ——生活の場における人間性の回復」において、「コミュニティ」という言葉が日本で初めて公的に用いられた。ここでは、拘束性をもつ既存の地域共同体に対して、拘束からの自由と参加の自由の上で、人々の間の新しいつながりをもたらす集団であるコミュニティの必要性が述べられた。

注16 おもに東北地方に分布する村落内の集団。冠婚葬祭や村仕事の労働力、村の共有財産の管理などを行う。

注17 特定の職にある人を別の特定の職に就かせること。

2011

2012

第6章
浜の復興と住宅の供給

2013

2014

2015

2016

2017

2018

1 漁村の復興と災害公営住宅

1─漁村の復興における課題

東日本大震災の特徴のひとつは、漁業を生業としてきた集落、「浜」が大規模に被災したところにある。「浜」は、凝集して居住する集落的な機能だけでなく、共同で漁業活動を展開する生産の単位でもあるといった複合的性質を有している。と同時に、自然地形がつくり出した湾を活用した歴史を有することから、陸上では互いに独立して存在することも多く、それぞれが活用する水産資源やそれに関連した文化や歴史などの来歴も異なる場合が多い。さらには、各住戸の配置や港との関係といった物理的な表れはもちろんのこと、構成員が所属する単位や組織にもそれが表れるなどそのネットワークは重層的である。

第5章で紹介した宮城県七ヶ浜町における各集落（「浜」）の復興とその自治組織の関係からも、居住単位であると同時に生産単位でもある浜の特徴を読み取ることができる。漁村的性格の強い集落（代ヶ崎浜など）の方が災害によって失われた人的資源をいち早く補完する仕組みが整っており、それが集落のレジリエンスの基底にもなっていたように「浜」はコミュニティの起点であると同時に、復元能力を担保する原単位でもある。

特に三陸海岸の漁業集落は、過去、何度も津波で手ひどい被害を受けながらもそれぞれに復興を遂げてきた歴史をもつ（山口、一九四三）。各集落は、地勢や資源のアクセスに対応して、長い時間を掛けてその構造を適応させ、独自の環境を形成してきた場所でもある（河村ほか、二〇一三）。

その一方、こうしたフォークロアとは別に「浜」が業の基本としている漁業自体も大きな転換期に直面していた。東日本大震災が発生したのは、まさにそうした変化に対応した改革が求められていた時期であった（小松、二〇一〇）。

これらの状況は、二つの態度を顕在化させる。ひとつは、それら漁村が有する地理的、歴史的、文化人類学的な特徴に留意しながら、それぞれの集落に寄り添った復興を目指す個別調整的なアプローチであり、もうひとつが、認識されながらも様々な理由から積み残されてきた課題を一気に打開する機会として捉えようとする構造転換型のアプローチである。今回の復興で特に後者の立場を鮮明に打ち出したのが、漁港集約の方針をいち早く表明した宮城県であった。[注1] 復興を漁業における構造改革の好機と見たのである。

沿岸の豊かな漁場とともにある漁業集落は、海中に存在する漁場や漁業権との関わりを抜きに考えることができない。特に、湾を活用した養殖業や海底の豊かな地形と潮の流れが育む定置網漁などが盛んな三陸沿岸では、海と陸の連携は極めて緊密である。

さらに漁業者という業態自体、他の産業従事者とはかなり異なる状況を有している。それぞれが個人事業主であり、漁場を共有する沿岸漁業の従事者は漁協などを通して協力関係にありながら互いに競い合うライバルでもある。加えてそれなりのスケールや重量を有している船舶や複雑な漁業機材を使いこなす技術者でもある。このように、収穫や出荷で協力し合うだけでなく、水利の調整などで密接に連携する傾向の強い農業従事者とは性質の異なる存在である。

「浜」はこれらの要素が複雑に絡み合って成り立っている事象であり、その構造を改変するのは容易ではない（濱田、二〇一二）。それゆえ、大災害直後の資源が払底しているタイミングで発表された宮城県の方針は様々な議論も巻き起こした。[注2]

一方、岩手県が採ったのは漁業を管轄する水産庁とも密接に連携する、より個別性に配慮したアプローチであった（桒田、二〇一二）。第3章で述べたように復興交付金のうち、住環境再生に関わるものは国土交通省が多いが、漁村に特化したものとして「被災地の漁村集落において、安全安心な居住環境を確保するための地盤嵩上げ、生活基盤や防災安全施設の整備等を実施（復興庁）」する漁業集落防災機能強化事業（以下、漁集）が存在する（図3・8）。岩手、宮城両県で、この漁集を採用している一四の基礎自治体を見ると、一二自治体、全体の八五・七%が岩手県内に位置しており、大きな偏りが見られる（表6・1）。漁集は使い出のある制度ではあるものの、復興事業は様々な事業の集合体であり、水産庁の役割には限界もあることから、岩手県であってもその展開には課題が存在していた（富田、二〇一四）。

表 6.1　住環境復興における漁集事業の割合（2011～2018年）[注3]

自治体名	うち岩手県内基礎自治体	住環境復興における漁集率（2011～18総計） 整備住単位比	総住環境事業費比
洋野町	●	77.78	92.42
久慈市	●	57.69	77.69
岩泉町	●	53.64	75.86
田野畑村	●	49.19	66.34
松島町		13.33	36
山田町	●	7.86	10.37
野田村	●	5.42	13.13
釜石市	●	3.2	5.47
宮古市	●	2.18	4.37
大船渡市	●	2.1	1.76
塩竈市	●	2.04	5.26
大槌町	●	0.53	2.63
女川町		0.37	0.99
陸前高田市	●	0	0.27

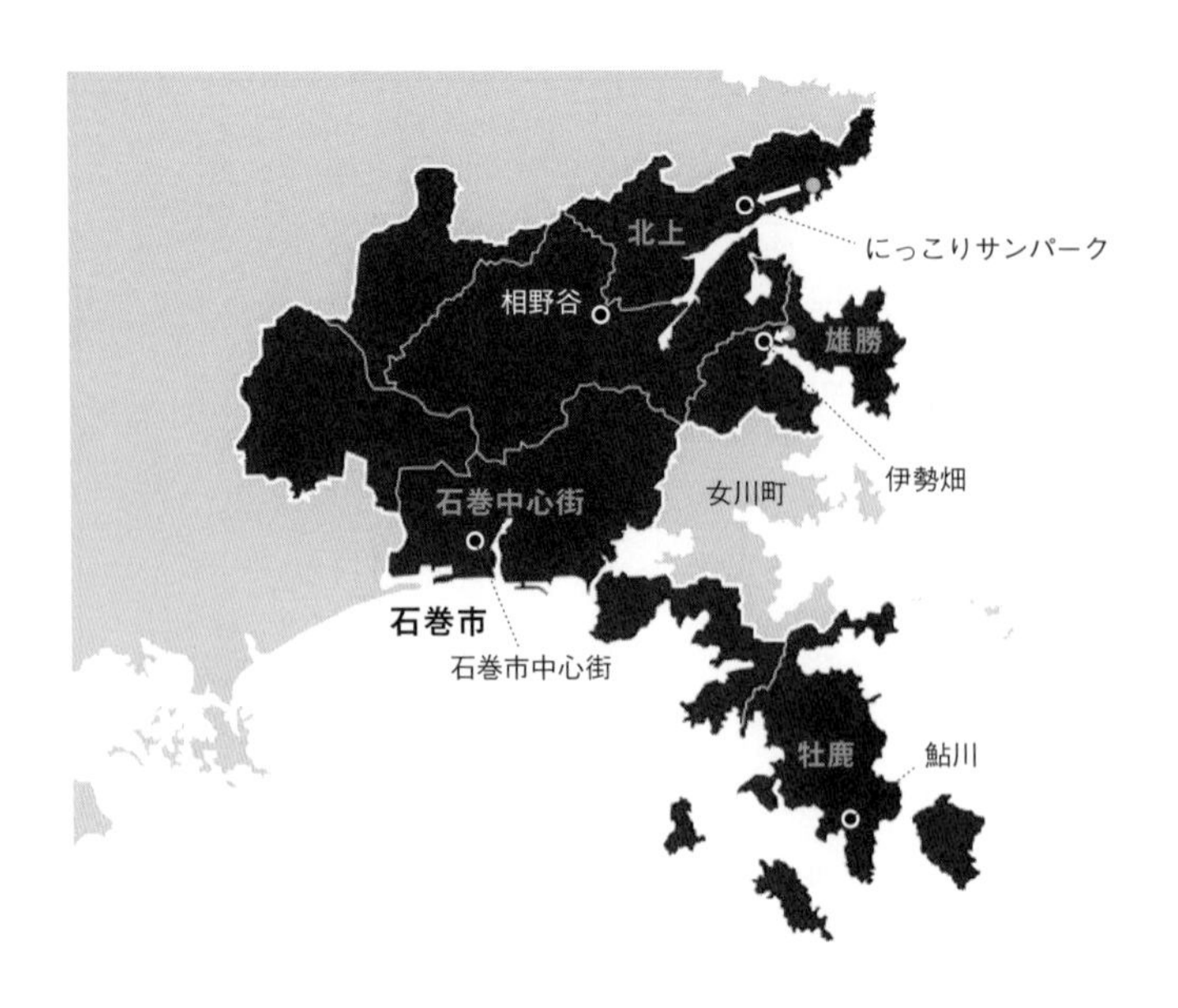

図 6.1　石巻市の旧町地域と総合支所（灰色は被災移転前）

2 ─ 建築関係者による調査支援

（1）　石巻市における状況

このように漁村の復興には様々な困難が横たわっている。そのため復興に構造改革を重ね合わせようとした宮城県では、県と漁協、漁業者などの間での調整に時間を要することとなった。

被災地最大の被害を受けた基礎自治体である石巻市（図6・1）では、状況はさらに複雑であった。二〇〇五年四月に一市六町で合併したこの市は、合併によって総合支所となった旧基礎自治体との情報共有の仕組みを構築中であったことに加え、沿岸に立地する総合支所が大きく被災するとともに、本庁が立地する中心街が津波の影響で三日間冠水し続けたことで、周辺の漁村集落の被害の精査とその情報収集がなかなか進まなかった。

合併によって旧役場が改組された総合支所が、現地の被災者の対応で手一杯であったこと、復興計画の策定に必要な専門的人材が不足していたこと、発災直後から様々な組織が支援に殺到して混乱も生じていたことなど問題は深刻であった。[注4] 特に、牡鹿半島（旧牡鹿町＋本庁荻浜地区）については、旧石巻市である本庁地区との関連が深いものの、体系的な支援体制の強化が求められており、それに必要となる丁寧な情報の収集

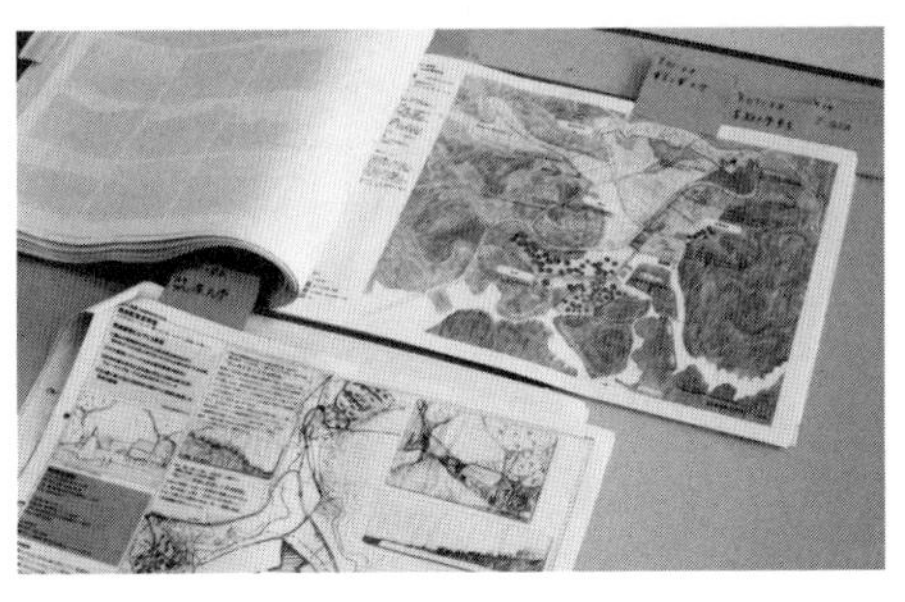

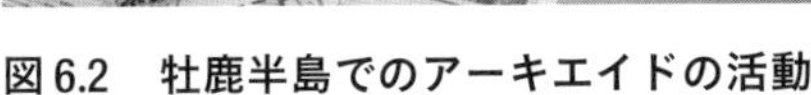
図 6.2　牡鹿半島でのアーキエイドの活動

が喫緊の課題であることが認識されていた。

（2）　建築専門家による初期の復興支援

こうした状況を踏まえて、現地の踏査や被災者との膝詰めでの意見交換に基づいた、復興に関する基礎レポート作成の必要性が、市復興担当とそれを包括協定に基づいて支える学識経験者の間で確認される。

当時、大学で教える建築家を中心に復興支援ネットワーク「アーキエイド」が組成されていたこともあって、これを対応先として、被災地域の人々とコミュニケーションを展開しつつ、各浜の被災状況と復興の方策を読み解く活動が立ち上がる。最初の調査は、二〇一一年七月二〇～二四日の五日間に集中して行われた（アーキエイド、二〇一六）。このプロジェクトには、全国から一五の大学の教員とその学生一一一名が参加し、丁寧な解説書を作成することができた（図6・2）。でき上がったレポートはA3版二〇〇頁あまりの詳細なもので、牡鹿総合支所、石巻市役所復興担当部局、そして国交省都市局チームと共有しながら復興の参考として活用された。

（3）　復興提案と事業展開

すでに述べたように、基礎自治体が中心的な役割を果たす東日本大震災からの復興事業においては、計画は復興交付金事業、もしくは復旧事業としての枠組が与えられて実行される。従って支援組織によるアイデアは、それを行政の事業担当者が理解し、公共事業としての枠組に載せて事業化しなければ、具現化することはない。それは石巻市の場合も同様である。

巨大な復興事業を執行しなければならない石巻市は第7章で紹介する被災自治体の業務類型によると、「政策・建設二部局並置型」に分類される。建設系の業務を統括する巨大部署である復興事業部が、生活や生業の再生を担当する総務系の復興政策部と連動しながら復興計画を推進する包括的な復興体制を有している。

復興事業部は、抱えている大量の事業の執行に責任をもつ

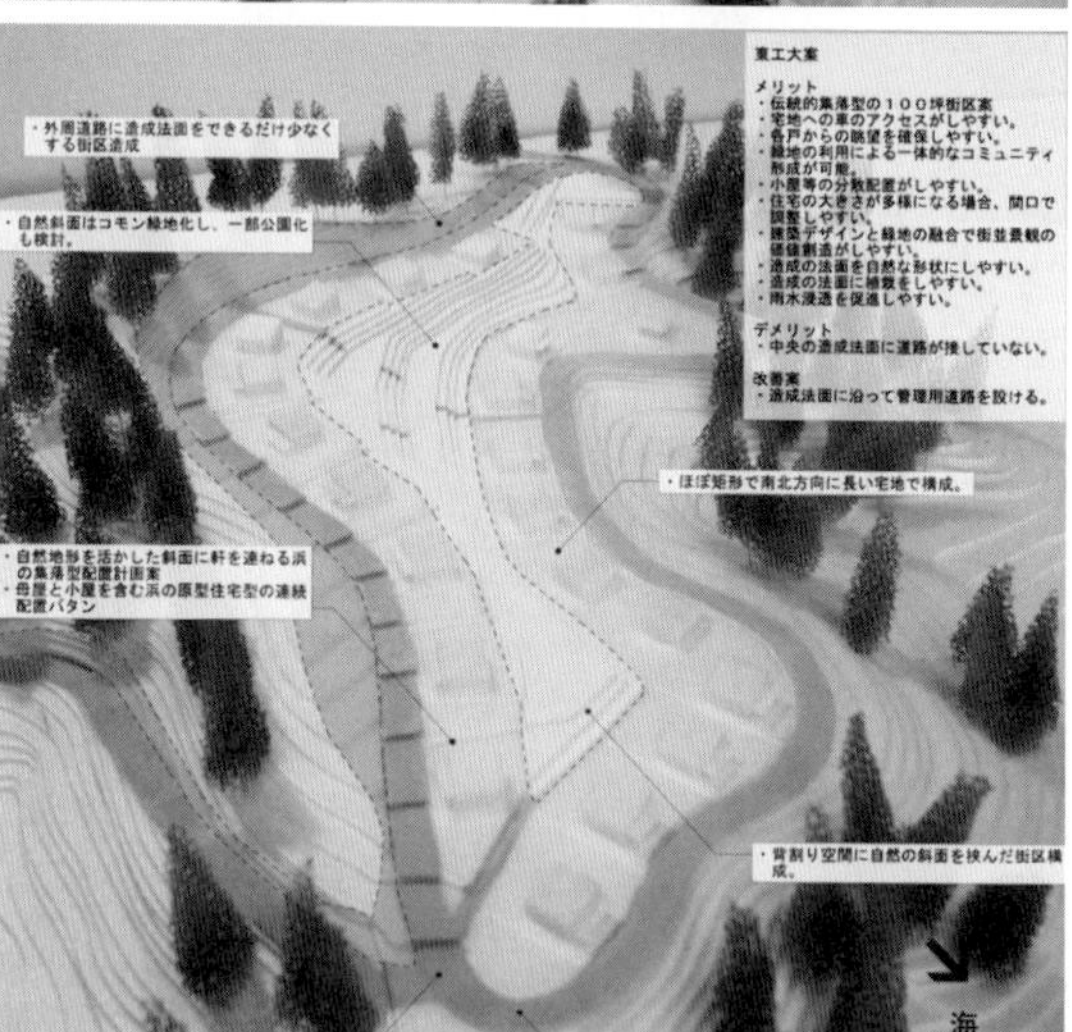

図 6.3　土木コンサルと建築家による高台移転案の比較
（上／土木コンサル案、下／東京工業大学塚本研究室案）

ことから、受け取った計画の実現性や維持管理性などを厳密に精査する傾向を有している。図6・3は、ある浜の防災集団移転について、直轄調査の後を引き継いで自治体から復興計画を委託されている土木コンサルタントがつくり上げた案(上)とアーキエイドに参画した建築家のひとり塚本由晴(東京工業大学)が研究室の学生とともに住民からの聞き取りを元に提案した案(下)を並べたものである。

建築家による案は、道路構造令や法勾配など、造成の基本的なルールを守りながらもランドスケープを重視して地山なりに宅盤をすりつけており、すべての区画から海が見えるように配慮されている。斜面の記憶を継承する緑地を中央に設けるなどその場所がもっていたポテンシャルを居住環境化した魅力ある構成だ。しかし、中央の斜面緑地が民地に直接面するなど、従来の公物管理とは異なる設定の採用が前提となっている。一方の土木コンサルタントの案は、公有地(道路)で宅地地盤を囲むなど法面の管理には配慮がなされているが、全体としては郊外型住宅開発で散見される大きな法面と緩傾斜の宅盤から成る構成で、半島の豊かな自然が反映されているわけではない。

残念なことであるが、発災直後の厳しい状況下では、計画案の現実性やでき上がった環境の管理が優位となり、ほとんどの復興事業は上の土木コンサルタントが提示するような方向で進められる。この集落は、不便な場所にあったことから、発災後、大きな人口流出に見舞われ、最終的には土木コンサルタントの案を基本に、平準的な形で再設計されていく(小野田、二〇一四)。

両者の比較からわかることは、空間的可能性としては建築家案は、たとえ優れていていても、公共物を管理するための独自の方法の開発が前提となっていたことから、計画の受容には中央の緑地管理を住民ができる仕組みの提示を必要としていた。しかしながら、膨大な復興事業をこなさなければならない被災基礎自治体、浜の業を抱えながら発災による人口減少に耐えていかなければならないコミュニティの両者には、新しい仕組みの創出と維持に積極的に踏み出す余地は残されていなかった。

(4) 浜のライフスタイル

アーキエイドに参画した建築家たちが従来とは異なる方向から復興案を組み立てようとするのは、決して自らの創作欲を満たそうとするからではない。そこで行われるライフスタイルや微気候などの環境与件を読み解いて、空間の設定に反映させることが、真にサステイナブルな集落再生に寄与すると考えているためでもある。そうした彼らの考え方を示すのが、浜における日々の営みに対する眼差しである。図6・4

は、アーキエイドに参画した貝島桃代（筑波大学）が研究室の学生とともに整理した資料の一例である。貝島はその後、漁業に参入したいと考える人々に向けた漁師学校を主宰し、漁業従事者の確保を働きかけるなど、浜の持続可能性の実現に貢献している。こうした広範な活動には、集落の後背地として重要な役割を果たしてきた林や元の入会地などを踏破し、もともとの地勢的構造を理解し、森から浜までを総合的に捉えるこの活動に参画した建築家たちの設計に対する考え方が関係している（アーキエイド、二〇一六）。

（5）　コアハウス

アーキエイドに参画した建築家の、根本に立ち返りながら提案を紡ぎ出す態度は必然的に住宅供給システムもその射程に含むこととなる。第2章でも触れたが、インドネシアは政府を補完する意味で様々なステークホルダーの活用が進んでいる。その中でもユニークなのが、被災者、コミュニティ、NGOなどの潜在能力を活用して、住環境を段階的に改善していくアイデア、「コアハウス」である。イカプトラ教授（ガジャ・マダ大学）らが進めているコアハウス事業では（図6・5）、初期の支援を最低限のユニットの現物支給として、既存の住宅生産力の負荷を減らし、生活再建が進むにつれて徐々に増築していくことで、建設工事の集中を避ける工夫がなされて

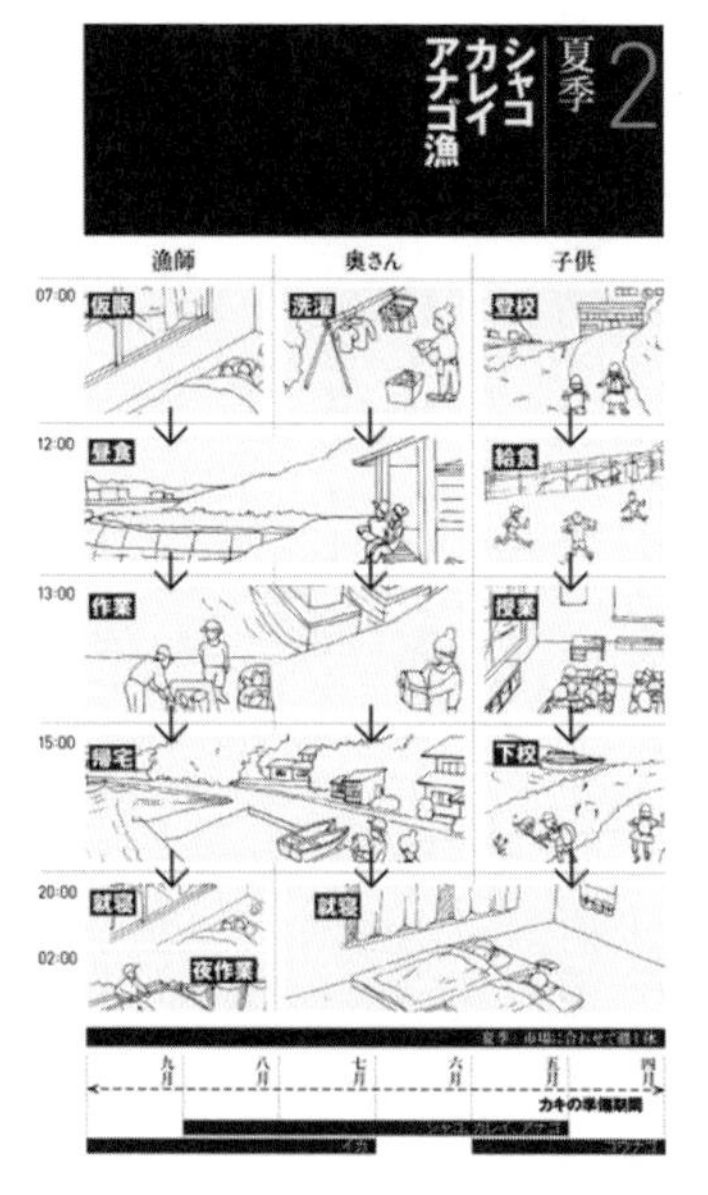

図6.4　浜のライフスタイルの調査と漁師学校（アーキエイド／筑波大学貝島桃代研究室作成）

いる。脆弱な地域生産力を補完するために、集落に建築専門家を指導員として派遣し、集落の人々によるＤＩＹとするなど、ここには地域がもつポテンシャルを可能な限り活用する思想が反映されている。

東日本大震災からの復興でこの方法論を援用したのが、前述の塚本と貝島が実現した「コアハウスモデルハウス」である。構造は安藤邦廣による板倉構法で、必要に応じて比較的容易に増築することができ、シンプルで展開性のあるものとなっている(図6・6)。

一方で、これまで日本で発展してきた、発災後の住宅再建は、私有財産制における住宅再建は自助努力の範疇で行うのが原則であり、公的補償や支援の直接対象とすることは困難と解釈されてきた。東日本大震災における住宅復興支援において、住宅ローンを活用した利子補給などの間接支援が中心となっていたのもそのためである(青田、二〇一四)。この住宅ローンの制度は、望ましい住環境を持ち家として取得するために整えられた経緯があることから、最低居住水準などを参照とした規模条件が定められていた。このように私有財産となる住宅の現物支給にはハードルが高く、かつ整えられている住宅ローンも暫時的増築を念頭に置いた制度ではない。このように完成形を基本としている住宅ローンと徐々に資金を調達して増築していくコアハウスは、立脚する考え方がそもそも異なるため、採用は難しかった。

しかしながら、第5章でも見たように居住意向は、復興過程の中でつねに変化するものである。事業の初期に全体を正確に見通すこと自体、不安定な仮定でもあるし、強引に決定を誘導するとオーバースペックや被災者の諦めにつながる懸念も生じてしまう。何よりも、そうして多くが完全な住宅を早期に建設しようとすると、必要な建設量が地域の建設力を大きく上回り、次節で示すような建設費の高騰が引き起こされてしまう。

このような状況から、石巻市牡鹿半島で始められた試行は、難しい局面を迎えていた。

3 — 浜の公営住宅の実現

(1) 総合的な展開を目指して

重要でありながらも展開のきっかけをつかみあぐねていた浜の公営住宅であるが、岩手県釜石市にフィールドを移して実現される。

東日本大震災からの復興では、漁集や防集を組み合わせて被災した既存集落の機能を補完する枠組みを設定しつつ、自力再建住宅や災害公営住宅が建設される。しかし、第3章で述べたように、Ｌ１防潮堤を再生し、Ｌ２津波でも二メート

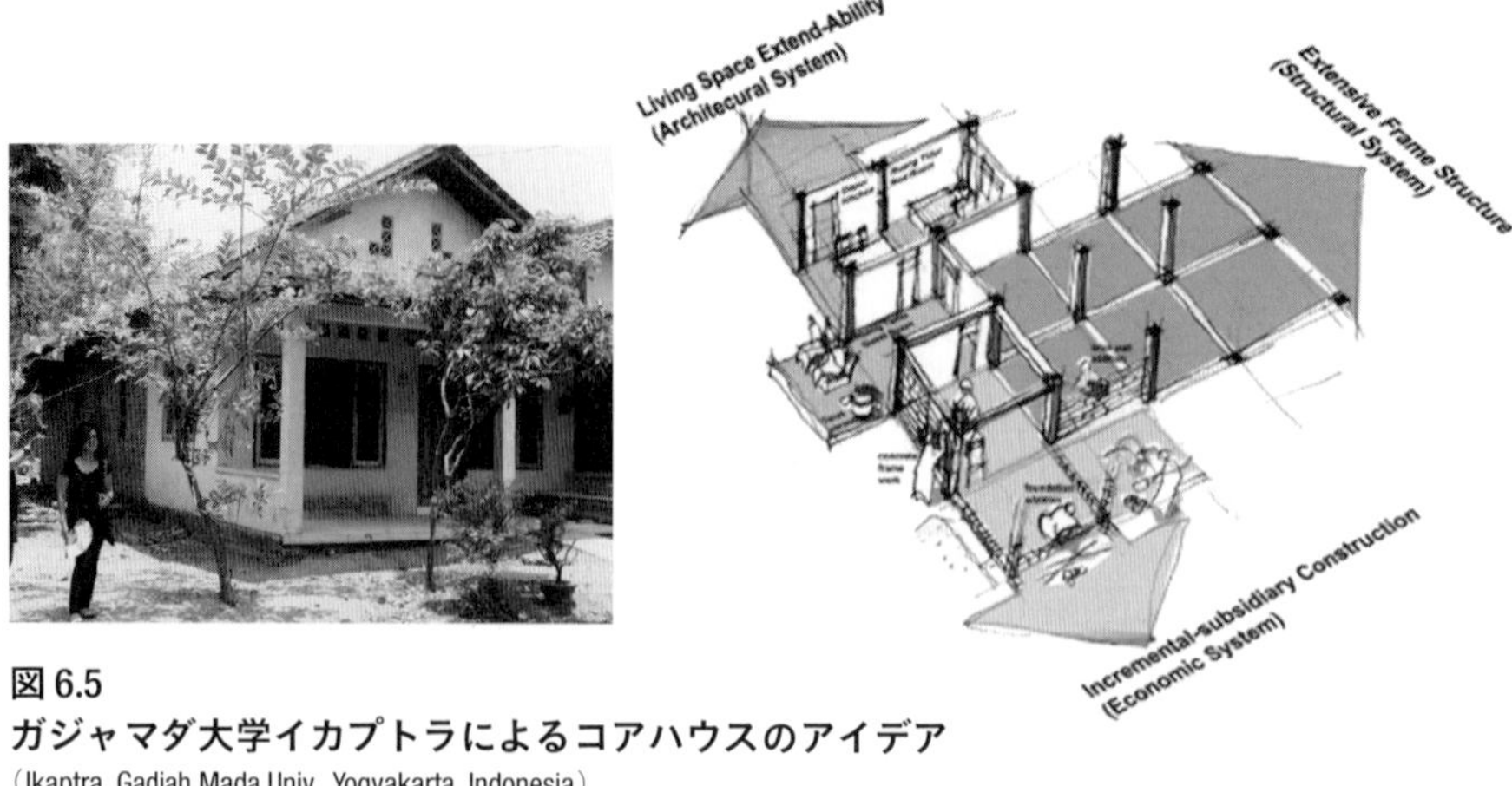

図 6.5
ガジャマダ大学イカプトラによるコアハウスのアイデア
(Ikaptra, Gadjah Mada Univ., Yogyakarta, Indonesia)

図 6.6　牡鹿半島桃浦に実現したコアハウスモデルハウスとその増築のイメージ
(アーキエイド半島支援勉強会コアハウスワーキンググループ:
(東京工業大学塚本由晴研究室、筑波大学貝島桃代研究室))

ル以上浸水しないエリアに住宅を再生させるスキームを、狭隘な谷戸に住宅が密集することの多い伝統的な漁村集落で展開することは難しい。[注5]

そこで、災害公営住宅事業を活用して、漁村の機能とその風景を再生する方向性が浮かび上がる。2－2ルールで身動きがとりにくい浜からではなく、既存集落に災害公営住宅を埋め込みながら浜の集落の防災力を上げようとするアプローチである。浜の災害公営住宅の整備にあたっては、直接的なコストの抑制のみならず、人口減少下における現実性を考えた払い下げ以外の出口戦略も求められていた。そういう意味では、将来的には災害公営住宅を民宿的活用や漁業のために滞在する人々の滞在場所にも転用し得る、空間的な冗長性を確保する意義は大きかった。

こうした問題意識を有していた釜石市では、学校や主要建物の復興での活用を予定していた「かまいし未来のまちプロジェクト」のテスト版として、半島部における災害公営住宅の設計とコーディネートを一括してプロポーザル選定することとした。[注6] 対象となったのは、釜石半島部に計画されている一四集落、計二二五戸（北部一四七戸、南部七八戸）の災害公営住宅であり（図6・7）、これらの基本計画から実施設計を住民とのワークショップを通じて丁寧に行うことが意図されていた。

特徴的だったのは、土木的要因主導で決定されがちであった防災集団移転地の形状について、災害公営住宅の基本設計案の作成に合わせて収集した住民意向を元に、関係者と調整の上、支援することが業務に加えられていた点である。

こうした複雑な要求を達成するために全体の業務は、住民の意見を直接聞く関係住民とのワークショップや先行して進んでいる防集の宅盤整備事業との調整を通じて、災害公営住宅の基本計画を作成する第一段階と、合意形成や土木工事が整ったところから発注されていく住居のまとまりごとに行われる実施設計の第二段階に分けられていた。事業者選定のためのプロポーザルの最終審査は二〇一三年一〇月二六日に行われ、前述のアーキエイドに参加した建築家の主要メンバーと地元岩手県の設計事務所が構成した連合体が選定された。[注7] 以下、実施設計まで完了することができた代表的な浜の状況を概観する。

(2) 各浜の設計

浜の公営住宅で上閉伊・アーキエイド特定共同企業体が実施設計までを行ったのは、計四地区、二一戸で、前期（大石、箱崎白浜）と後期（唐丹片岸、尾崎白浜）に分けられる。以下、代表的な二例を紹介する。

① 箱崎白浜災害公営住宅（図6・8）

箱崎半島の中心集落、箱崎の奥に位置する北向きの小さな

図 6.7　釜石市における漁村部の公営住宅

集落内にある旧小学校地が敷地である。四メートルほどの段差で下の地盤（北側敷地、旧グラウンド）と上の地盤（南側敷地、旧校舎）に分けられる形状を生かしつつ、各住戸はそれぞれの敷地境界の線形に合わせて配置されている。先行する大石地区（図6・7）に続く前半期の実施設計住宅で、ローコストに配慮しながら内部は、瓦を載せた屋根にハイサイドライトを設けて居間に光を導いている。玄関と勝手口でボリュームを切り欠き、このたまりが棟間で向かい合わせとなるなど、住戸間のコミュニケーションの喚起も図られている。

② 尾崎白浜災害公営住宅（図6・9）

尾崎半島の北向きの漁港集落。敷地は北と南に擁壁を抱える旧小学校校舎跡地。敷地線に合わせながらも二棟の角度だけが少し振られている。これはすべての住戸から浜の暮らしにとって大切な海への眺めを得るとともに、微妙な角度を与えることで各戸に設けた玄関ポーチを介して、相互の見守りができるための配慮でもある。限られた土地に角度を振って、寄り添うように建つ既存集落の風景と連続するよう意識されている。

（3） 建設コストの圧縮と発注方式の変更

前期の大石と箱崎白浜では、昼間は居間の照明を点けなくともよいようにハイサイドライトを設けたほか、塩害に強い

図6.8　箱崎白浜災害公営住宅
（設計：上閉伊・アーキエイド特定共同企業体、担当：東京工業大学塚本由晴研究室）

図 6.9　尾崎白浜災害公営住宅
（設計：上閉伊・アーキエイド特定共同企業体、担当：Y-GSA 小嶋一浩スタジオ、平井政俊）

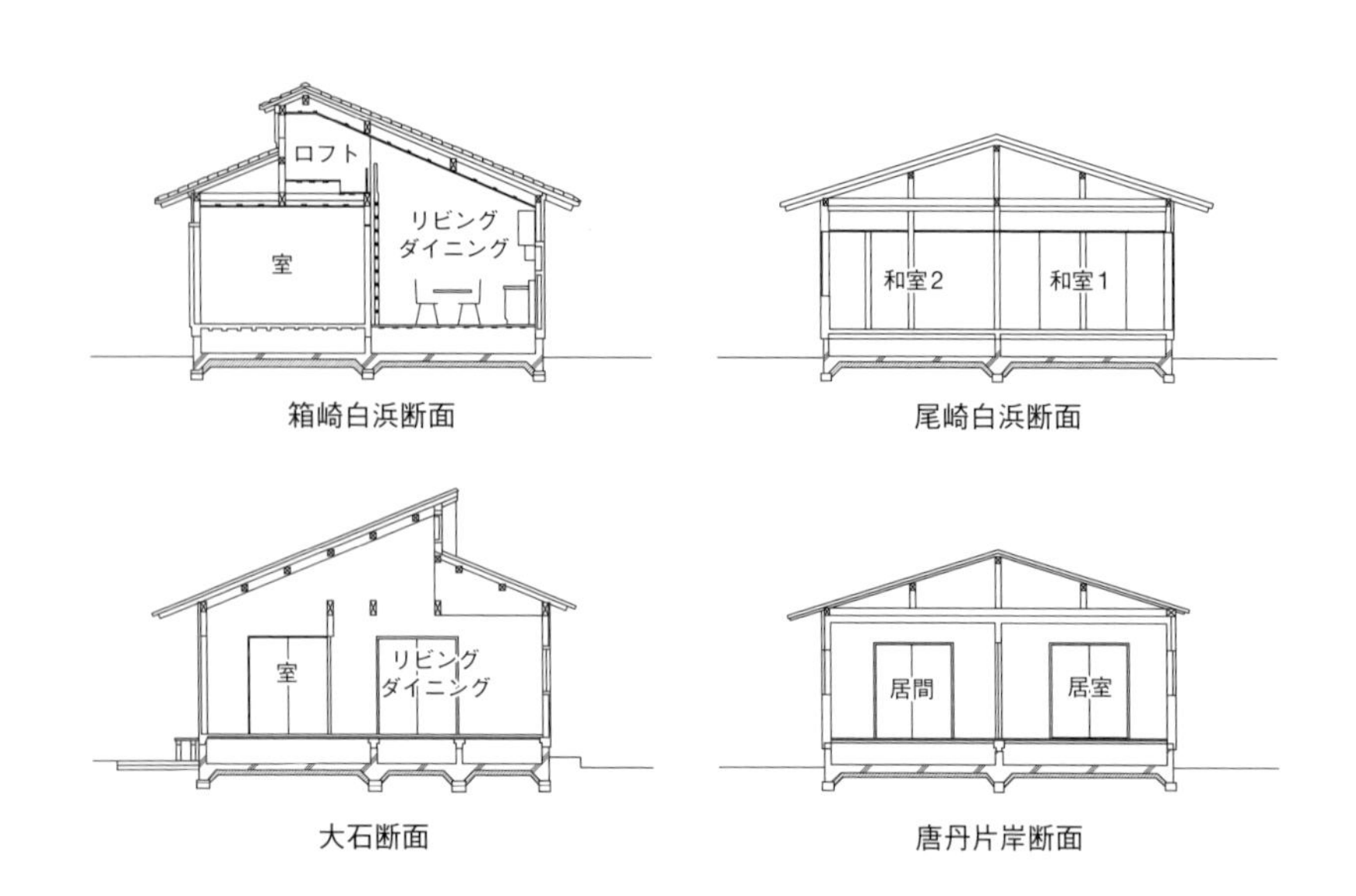

図 6.10　釜石浜の公営住宅の断面の変遷（設計：上閉伊・アーキエイド特定共同企業体）

瓦屋根として長期の改修コストを抑えていた。しかし、後期の唐丹片岸、尾崎白浜ではイニシャルコストの削減が至上命題になったために前期の仕様を見直して、ハイサイドライトを廃したほか、屋根材も瓦から対候性鋼板に変更を行っている（図6・10）。

これらによりかなりのコストダウンを実現することができたが、それでも建設工事の発注が困難な状況は変わらず、当初計画されていた二二五戸の約一割の建設工事を発注した段階で基本設計チームへの実施設計の発注は取りやめることとなった。残りの九割は基本設計のデータを元に、実施設計と施工を一体で発注するデザインビルドに移行する。

従来型の設計施工分離とデザインビルドの相違については、外形的には評価が難しいが、結果には大きな違いが見られる。その詳細については次節以降概説するが、デザインビルドに移行することで、企画から実施設計までを設計者に発注できた案件とは異なった表れを示すものが実現することになった。

4　建設価格の上昇と華美論争

（1）　様々な発注方法

図6・11は主要な発注方法についてまとめたものである。従来型の設計施工分離発注では、先行して選んだ設計者が発注者と擦り合わせをして基本設計、実施設計をとりまとめ、その実施設計図書を元に価格による施工者選定（入札）が行われる。この方法を採れば事前に整えた設計図書に従って施工が行われるため発注側の意図が実現しやすい。

しかしながら復興事業が集中する被災地では希少財となる職人や建設資材の取り合いになって価格が上昇し、市場における建設価格の高騰に結びついてしまう。実施設計を元にした官の見積価格はそうした急激な変化に追随しにくく、全体の予算も先に決められているため発注価格はそう大きく変えることができない。結果、入札は不調となって、施工者を選ぶことができなくなる。発注者にとっては、発注価格を上げるか、仕様を切り下げるしか施工者を見つける手立てがない厳しい状況である。

図6・12はこうした被災地における建設費の上昇の一端を示したものである。戸当たり単価は終盤のコスト削減努力やその期間に発注された住戸の内容が影響して上げ止まっているが、坪単価を見るとかなりの上昇幅である。構造別に見ると仮設住宅の建設で高止まりしていた軽量鉄骨が若干値を戻しているものの、それ以外の構法は値を大きく上げている。鉄筋コンクリート造が図中にないのは、型枠大工や配筋工などの技能を必要とする職種の調達が困難で発注が少なく十分なデータが揃わなかったためである。

デザインビルドは、このような厳しい状況下で採用が検討された手法である。この発注方式では、おおまかな計画の段階で設計・施工を一体で担う事業体と契約するため、予算内で収まるように設計図書を調整するのは設計・施工事業者の業務となる。一見、楽に見えるが、詳細が決まっていない段階で契約しなければならないことや、設計者と施工者が同じ事業者なので、受注側が内部留保するために設計の性能を切り下げても発注側はそれを見抜くことが難しいなど、難点も多い。

一方ＥＣＩ（Early Contractor Involvement）は、実施設計段階に施工予定者がアドバイザーとして入って施工に関する情報を設計者に開示するものであるが、これも実施設計時において施工者から設計切り下げに関する提案が出されることが多く、発注者が苦労しがちである。

設計施工分離形式以外では、仕様が決まる前に施工者（ＥＣＩの場合は施工予定者）が参画するために、事業の質が担保し難い状況が召喚される。発注者によってチェックは行われるものの最終的な仕様を決定する際に大きな力を発揮するのが施工者であるため、発注者の意図を最大化する方向に判断がなされることは稀で、結果として似て非なるものができてしまうことも起きがちである。デザインビルドでは、前節で見たような浜の文化をリスペクトした建ち方や将来的な機能変更

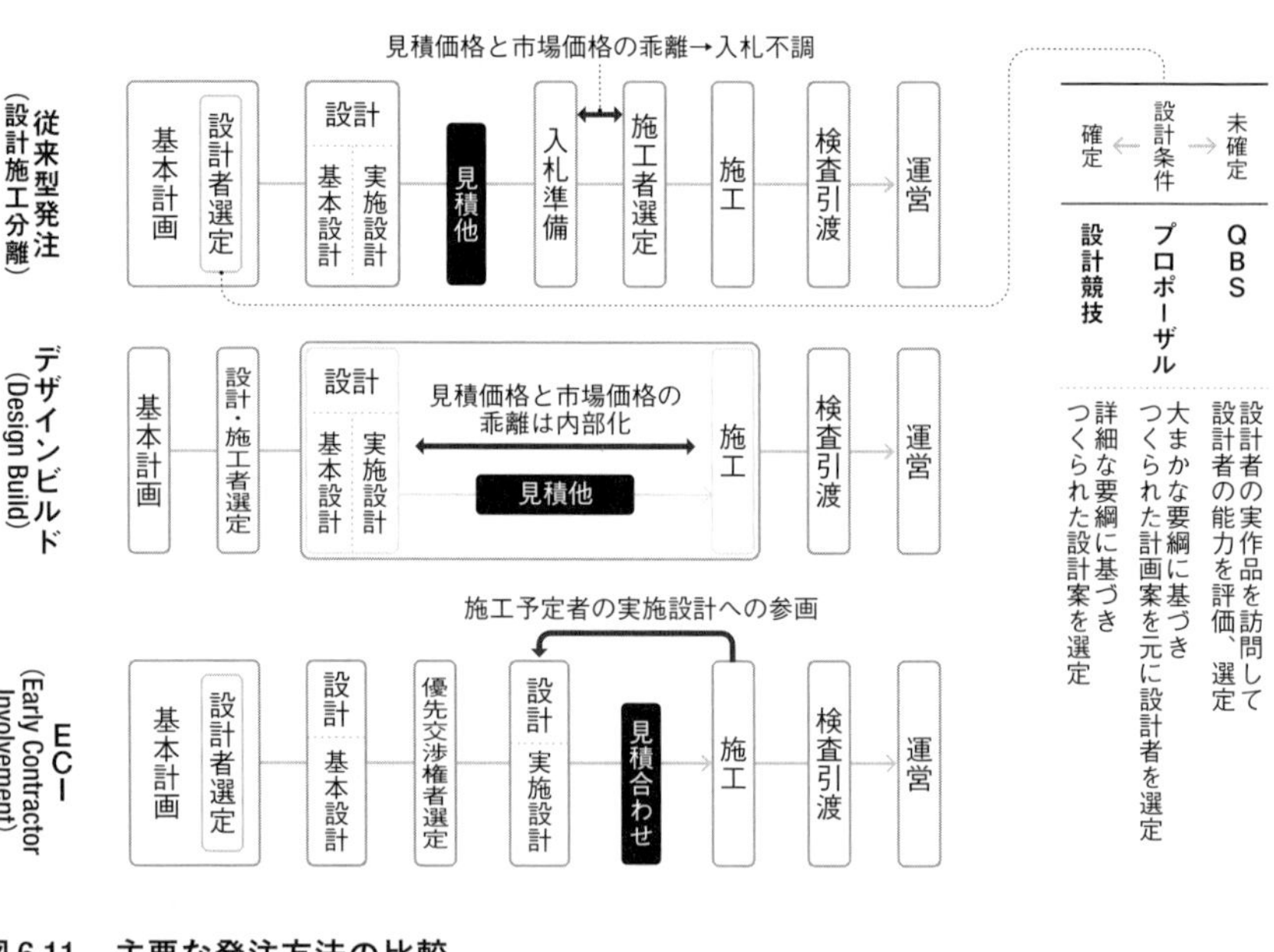

図 6.11　主要な発注方法の比較

に対応し得る冗長性の確保が困難とされているのはそのためである。

建設価格の上昇を受けて釜石市では、この後に発注する復興学校四校と市民ホールの施工者発注は問題が発生しないよう丁寧な管理を行ったＥＣＩで、街中の比較的大きな災害公営住宅については、優秀な設計事務所と共同した事業者を中心とするデザインビルドで行うこととなった。浜の公営住宅におけるデザインビルドへの転換は、これらの先駆けとなった出来事であった。

（2）　県議会での議論

浜の公営住宅については、価格上昇の初期局面であり、先に見たようにイニシャルコストの切り下げも効果を出しつつあったが、市としてはデザインビルドの全面採用という果断な処置を見せる必要にも迫られていた。これは市場の先行きが不透明であったために、早目に施工者を捕まえておく必要があったこと、発注が本格化する中で専門職員の負担が増え、従来型の発注が滞ってきたことなどがおもな原因となっているが、それ以外に、「華美論争」と呼ばれる問題も存在した。

「華美論争」とは、発注が困難であることが具体的に見えてきた二〇一四年度に入ってから、当該市の災害公営住宅の打ち合わせにおいて、戸建ての災害公営住宅で瓦を載せるなどの

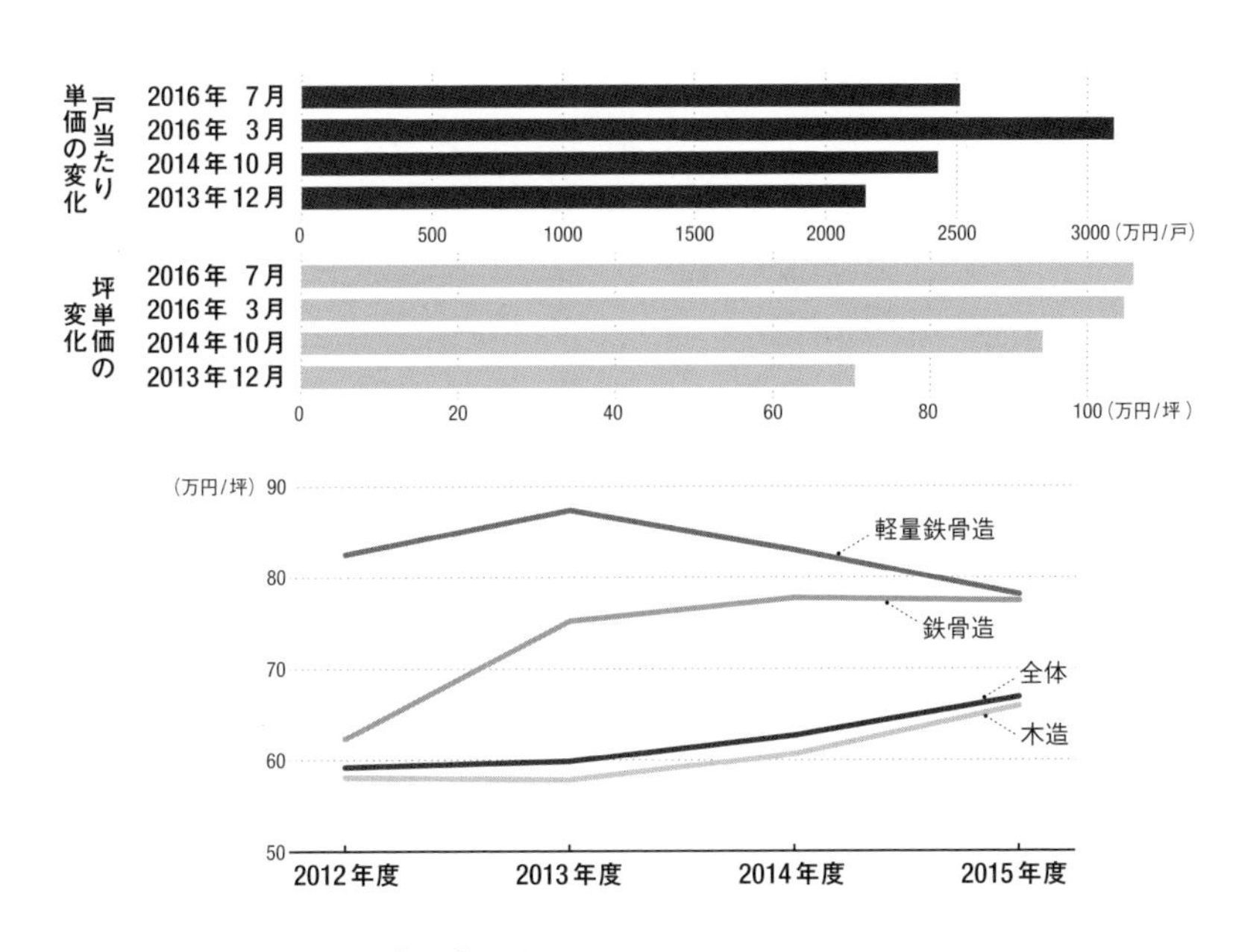

図 6.12　釜石市における建設費の上昇（事業者への聞き取りから作成）

仕様は華美に見える可能性があるので注意すべきだというような、関係者から受けた一連の懸念を指す総称である。建設コストが他に比べて高いことは問題で、華美にしてはならないという議論が岩手県議会であったという話から、基礎自治体の復興計画の現場では「華美論争」という名前がつけられていた。

実際の県議会の資料にあたって、具体的にどのような議論がなされたのかを見た。復興事業の発注が本格化した二〇一三〜二〇一四年における岩手県議会の本会議や予算特別委員会の議事録を精査すると、二〇一四（平成二六）年三月一九日の予算特別委員会で、この問題に関連して突っ込んだ意見交換がなされている。[注7]

議事録によると、質問に立った議員から「いちばん低いのが坪単価五七万八〇〇〇円、いちばん高いのが一一二万二〇〇〇円」と具体的な数字を挙げながら、坪単価が一〇〇万円を超える木造戸建住宅が出ていることが問題視されている。この質問で引用されている最も高い戸建ての木造災害公営住宅が、釜石市の浜の災害公営住宅であった。議員は続けて、当時坪単価五〇万円前後と言われていた自力再建の地域型復興住宅の推奨モデルと、これら災害公営住宅の差をどのように説明するのかを指摘する。その原因についても独自の分析を行い、払い下げにこだわって戸建てにしているところが問題で、戸建てであっても部材の標準化や仕入れの共通化でコストは下げられるはずとし、県担当においては幅広な対策を視野に入れながら、各自治体をしっかり指導してほしいと主張している。

一方で、岩手県の場合、津波の被害にあった沿岸部は人口が少ないために、復興に必要な資材や人的資源は北上川流域に広がる内陸の交通幹線沿いの平野から調達しなければならないこと、距離的に職人が現場に通うことが難しい山田、大槌、釜石などでは職人の宿泊施設が経費に乗ってくること、資材配送の拠点からも遠く調達コストが読みにくいこと、現場が自治体の中心市街地から遠い半島部になると状況はさらに難しくなることなど、ロジスティックに関する要因によってコストが高くなる傾向にある。

議員は、自力再建との差を真摯に受け止めて是正すべきと主張しているが、瓦が華美であると言っているわけではない。県の担当者が答弁の中で、瓦がコストアップの要因のひとつの可能性があるとの私見を示しているだけである。

最終的には、県土整備部長が「現在、復旧、復興工事が非常にふえてきている中で需要と供給のバランスが逆転しているようで、そういう中で一定の単価上昇はやむを得ない。一方で、先ほどの地域型復興住宅推進協議会等の取り組みも含め、『設計の標準化、材料の共通化』等の取り組みを進めてきたい」と引き取って終了している。

委員会以外のところではもっと厳しい意見交換がなされたのかもしれないが、公式な記録を見る限り、展開されているのは至ってまっとうな議論である。しかしながらこうした出来事がきっかけとなり県からより厳しい指導が入るようになって、より具体的な対策を提示する必要性に迫られ、先の浜の公営住宅は全面的なデザインビルドの採用に舵を切らざるを得なかった。

もちろんデザインビルドになったからといって、当初の目的が達成されなくなるわけではない。デザインビルドを介して浜の災害公営住宅は当初想定していた戸数を実現することができているなどメリットも存在する。実際に能力のある市の担当者が管理し、基本計画の主旨も守られている。しかしながら、所定の実施設計図面があって当該設計者によって監理されたものとは大きな差が存在する仕上がりとなる傾向も否めない。これを「非常時なのだからこうした差は致し方ない」と受け止めるのか、「デザインビルドにせよ大きな資金が投入されることに変わりはないのだからできるだけ未来に資する品質にこだわるべき」と考えるかについては議論が分かれるところであろう。第1章で述べたようにBBB（Build Back Better）に関する国際的な意識の高まりなどを勘案すると、後者のような長い時間を勘案した方向性は無視できないようにも思う。

（3） 効率化と個別化によるコストダウンの限界

① 標準化の狭間で

復興期には事業が集中することで建設コストが上昇し、様々な問題が発生することはすでに見たとおりである。当然のことではあるが、その対策は簡単ではない。以下にいくつかの課題を示す。

現地での一品生産となることが多い建築では、ある程度の部品化や共通化は可能としても、大量に生産・消費される商品を市場から購入するモデルとは少し違った対応とならざるを得ない（松村ほか、二〇一〇）。特に復興期のように同一地域で多くの建設事業が動き、職人や物資の取り合いになるときには問題はより複雑になる。また、仙台などの大都市と違って、生産や物流の拠点から遠い岩手県の被災地においてはロジスティックスに関わる負荷も無視できない。

また建設の現場では、構法や材料を吟味してイニシャルコストを下げる、職人不足を勘案してできるだけ簡単な構法とする、非常時であることを考慮しランニングコストへの配慮は適正な範囲にとどめるなど、実際には様々な努力がすでになされていることが多い。

建設価格にはこのように、現地性（競合する現場との資源の取り合いなど)、即時性(価格はその時の需給関係によって逐次変化するなど)といった特殊な要因が複合的に関わっており、行政が計画経済的に標準化や共通化を執行することの効果は限定的であることは理解しておかなければならない。

② 復興のコンセプトとの整合性

複雑な与件をもつ漁村集落の復興においては、効率化を求めて集約化しようとするアプローチとその場所がもつ固有性を強化しようというアプローチがせめぎ合いがちになることはすでに述べた。前者の論理に所属する「設計の標準化、材料の共通化」だけを押し通そうとすると交流人口が見向きもしないどこにでもある場所になってしまって、場所の固有性から価値を導き出す道が閉ざされ、かえって非経済となることもあり得る。

こうした問題を止揚するために考えられたのが前述の、コアハウスのアイデアである。比較的簡便な技術で構築できるユニットの現物支給は、その増築や組み合わせを地域にゆだねることで風景との調和や交流人口の維持などを可能とする方法である。しかしこの方法も、完成形をできるだけ早く手にするために、高度経済成長期に整えられたファイナンスの手法である住宅ローンとは相性が悪く、東日本大震災からの復興の現場に投入することは困難であった。

③ 禁欲的復興の誘惑

このような手詰まりの状況の中で、基礎自治体が、何らかの説明を国や県などにしなければならないとき、召喚されがちなのが禁欲的態度である。それ自身が当該の問題に対してどの程度効果があるかは関係なく、非常事態に真摯に対応していますという態度を見せることで、理解を得ようとする方向性は、逼迫した現場ではそれなりに説得力をもつ。そのため、禁欲的態度の表明には、大きな誘惑が存在する。実際、復興の現場においても自主再建者の心情への配慮からコストと性能のバランスはとれていても、見かけがよくなる方向への判断は極力避けようという努力がされていた。前述の「華美論争」への対応はそういった傾向の顕著な例といえる。

本節では、施工のための資源の希少化が引き起こしたボトルネックによって、過剰にも思える自粛が発生し、その結果、未来への開かれを担保する冗長性が切り下げられてしまう状況を見た。次節ではそうした問題を解消するアイデアのひとつ、地域の生産者による協議会方式を例としながら、生産側における問題について考察したい。

2 地域資源を活用した住宅供給

1 地域における住宅供給の課題

(1) 地域生産資源としての工務店の状況

東日本大震災の大きなインパクトは、復興の作業を必然的に巨大なものとした。さらに第2章で見たように復興事業のほとんどを官発注で賄う日本の復興のスタイルがこれに拍車をかけている。その一方で、前節で見たように事業の集中は、人手不足や建築コストの急騰をもたらし、事業の遂行を優先させるために、計画の質的な切り下げが召喚される。禁欲的な態度の表明とともに冗長性が切り下げられることで、未来に対する可能性も限定されたものになっていく過程は前節で見たとおりである。

しかしながら、供給側もこうした問題を座視していたわけではない。地域に残されている生産力を活用して適切な価格でしっかりした住宅を供給する模索が行われている。そのひとつが、地元の建設関係事業者の能力をつなぎながら復興を実装する試みである。

復興への地元事業者の関与は、地域経済への寄与、地域における建築文化の継承、地域景観の保全、建設後のメンテナンスの担保など、様々な利点を有している。その反面、必要とされる膨大な復興事業に比して生産能力が限られていること、公共工事に参画した経験が少ない零細な事業者が多いために取引コストがかさむことなどから、復興への貢献はある程度限定的にならざるを得ないとも見られていた。

戸建て住宅における住宅生産者の分類としては、年間一〇〇〇戸以上の供給を行う「ハウスメーカー」、それ未満でありながら年間三〇戸以上を供給する「地域ビルダー」、さらにそれ未満の「工務店」という分類が存在する(社団法人全国中小建築工事業団体連合会、一九九七)。事業者の数で見ると施工実績三〇戸未満の事業者が九〇・七%を占めるなど小さな事業者が非常に多い(住宅保証機構、二〇〇六)。しかし、実際のシェアで見ると、住宅金融公庫の融資を受けた一戸建て住宅(平成一一(一九九九)年度新築融資申込物件)のうち、ハウスメーカーは二三・二%、年間五〇戸〜九九九戸の地域ビルダーは二九・三%、年間二〇戸〜四九戸の事業者が一二・四%、一九戸以下の工務店が三五・一%と零細な工務店のシェアは、ある程度の役割を占めるものの相対的には低い(住宅金融支援機構、一九九九)。また、この割合は年々減少しており、五〇戸未満の業者は一九九四年の五六・三%から一九九九年の四七・四%へと変化している。市場全体が人口減で縮小していることもあり、協同化によるコストや品質の管理といった業態の改革は、発災前から業界の課題であった（日本住宅総合センター、二〇〇二）。

地域の住宅生産力については、年間施工実績三〇戸未満の地域の事業者に焦点を当てた詳細な研究が行われている（角倉、二〇〇七）。これによると、事業者は、零細でありながらも、社員大工、常用大工、協力大工と外部の人的資源を活用することで、受注の変動リスクを調整している。これらの職人は工務店の主導で大工組織等から選定されるが、同業他社や関連工事業者の職人による紹介を通じて地域の職人がおもに採用・確保される方法を取っており、特定の職人との間での長期的取引関係を重要視し、新規採用・確保の頻度は低い。また、品質や安定的な供給のために材料の標準化が志向される一方で、経営的には負荷と見なされるプレカット工場やストックヤードを維持し続けるリスクは回避され、自社の備蓄を減らし、材料はその都度購買される傾向にある。分業化も進んでいない、などが明らかにされている（角倉ほか、二〇一二）。こうした外部資源活用の度合、施工や設計に関する知識・ノウハウの蓄積、木造注文住宅の設計・施工のマネジメント、といった経営戦略には、代表者の意図が強く反映されている（角倉ほか、二〇〇九）。

このように地域において重要な役割を果たしていながらも零細な事業者が多く、近年の産業構造の変化の中で変革を求められてきた地域工務店の状況は、第6章の冒頭で示した漁村の置かれている状況にも通じている。

（2）　地域復興住宅推進協議会

こうした中、東日本大震災からの復興に、地元の建築専門家の力を役立てようと、地場に根差した良質で廉価な「地域型復興住宅」を供給するため、地域復興住宅推進協議会が組織されている。工務店を中心に製材業者や資材流通業者などの住宅生産関連の事業者を巻き込んでつくられたこの組織は、非常時における社会要請に応えることを主眼としながら、職人の組織化、品質管理や施主との信頼関係構築など、これまでの構造的な課題の調整をも射程に含むものであった。

官民での協議の後、二〇一一年九月、岩手県、宮城県、福島県の被災三県で、地域の工務店、資材流通業者、製材業者などの木造住宅生産関係事業者が組成する住宅生産者ネットワークである地域型復興住宅連絡会議が設立される。同年一二月には、この連絡会議に、国交省住宅局、国土技術政策総合研究所、さらには住宅支援機構などが加わって、「設計者と生産システムガイドライン」が取りまとめられる。

冒頭の「地域型復興住宅」には、企画時において①長期利用、②将来成長、③環境対応、④廉価、⑤地域連合、⑥需要対応という六つのコンセプトが掲げられていた。これらはいずれも重要かつ必要な概念であるが、多くの資源が逼迫する発災直後の状況、生産のための人的資源がもともと豊富ではない三陸海岸の地域条件、といった制約の中では、これらの実現は容易ではなかった。そこでガイドラインには、実現のために別途六つのポイントが掲げられた。①設計、②価格低減、③資材調達、④工程管理、⑤維持管理、⑥工務店支援である。おもなものを抜き出したものが図6・13である。発災直後の混乱状況を考えると致し方ない部分もあるが、価格と性能と工期はそれぞれトレードオフの関係にあり、被災地で実装を担う零細な事業者が実際にもち得る資源と能力を考えると、これをすべて期待することは実際には困難なはずだが、そうした実装の工夫についての言及は限定されたものであった。

この連絡会議は、二〇一二年二月に、各県ごとの地域型復興住宅推進協議会に改組され（以下、推進協議会）、続いて、先のガイドラインに沿った地域型復興住宅の担い手を組織化する募集・登録が行われる。①原木供給、②製材、③建材流通、④プレカット、⑤設計、⑥施工、⑦その他の七つの業種で参加者が募られ、岩手県一三五、宮城県七八、福島県九一の計三〇四グループが登録された（三県地域型復興住宅推進協議会、二

① 設計
- 基本性能（長期優良住宅の性能を基本）・耐震等級２以上、劣化対策等級３、維持管理対策等級３、省エネ等級４
- 木材、資材等の規格化と施工手順の合理化・木材の規格化、プレカット、壁等のパネル化、流通部品・部材の使用
- プランニング・SIシステム、910モジュール、フリープラン、ユニバーサルデザイン
- 省エネルギー、創エネルギーへの配慮・次世代省エネ（省エネ等級4）、CO_2縮減に資する材料、パッシブ手法
- 標準仕様と積算体系の明確化と共有化
- 地域特性に配慮したプラン及びデザイン

② 価格低減
- 資材や工法の標準化、川上川下の業種連携、発注ロットの拡大、共同購入
- 工程に即した資材搬入、工期の短縮
- 積算ルールの明朗化・統一

③ 資材調達
- 業界連携による需要に左右されない調達システムの構築
- 設計と部材加工の連動、CAD・CAM連動

④ 工程管理
- 関係者による進捗情報の共有化、事業者の適正な工程管理の支援

⑤ 維持管理
- 地元工務店等によるきめ細やかな増改築・維持管理の体制構築
- 建築主への工事履歴情報の提供、維持管理計画書の作成

⑥ 工務店支援
- 設計関係団体による情報提供、モデル設計、各種手続き、資金計画等の支援

図6.13
地域型復興住宅の設計と生産システム
（地域型復興住宅三県（岩手・宮城・福島）官民連携連絡会議、2011）

表 6.2
地域型復興住宅推進協議会登録者グループの占める割合（三県地域型復興住宅推進協議会、2016）

	木造住宅着工戸数［住宅着工統計］（a）※2	うち、グループに所属する工務店による木造住宅確認申請戸数［推計］（b）	各県の木造住宅着工戸数に占める割合（c＝b／a）
岩手県（2011～2015年度累計）	30,393戸	11,320戸	約37%
宮城県※1（2013～2015年度累計）	47094戸	8,742戸	約19%
福島県（2011～2015度累計）	7,698戸	12,017戸	約25%

※1：宮城県は2013～2015年度の3カ年度の累計を対象としている
※2：2015年度は、2015年4～12月の着工戸数に2016年1～3月の着工戸数（推計値）を足し合わせて算出

〇一六)。262頁の六つのコンセプトがどの程度具現化されたかについては、この後の評価を待たなければいけないが、最大の岩手県で三七％、一万一三二〇戸にのぼる木造住宅がこのグループによって建てられており(表6・2)、被災者の生活再建に貢献するという当初の目的は、量的なレベルでは達成されたように思われる。

2―生産者協議会方式

(1) 生産者協議会と災害公営住宅

この推進協議会は、基本的には自力再建住宅の建設を担う主体から構成される緩やかなネットワークで、実際の受注を受けるのはそれぞれの登録メンバーである。しかしながら、すでに述べたように、特定の職人との間での長期的取引関係を重要視し、新規採用の頻度の低い零細な事業体を過半とする地域事業者が、自分たちの生産能力を大きく上回る需要に対応するための積極的な投資に踏み切るには課題が山積していた(角倉ほか、二〇一三)。

そこで、こうした課題を解決するために、自らが契約の主体となって、職人の雇用、資金調達、資材の調達などを行う、より包括的な主体を形成する機運が高まってくる。さらには、災害公営住宅の建設は公共発注であるため、官庁積算や書類作成などの関連業務が複雑で、かつ仕様も厳格である。加えて大量の住宅供給を短期間で実現するといった災害復興のクライテリアを満たすため、契約主体には組織力や施工力が求められていた。そこで考案されたのが、金融機関や森林組合が出資して地元の建設業からなる法人格をつくり、そこに災害公営住宅を発注する「生産者協議会方式」である。

石巻市では、デザインビルドによる買取方式で半島部の災

害公営を発注していたが、そのひとつ、渡波東地区で発注された長屋タイプの災害公営住宅の施工者には、地元の生産者協議会が買取プロポーザルで選定されている。この案では、地元の木材が活用されるだけでなく、区画整理によって実現した新たな街区の骨格を成すように、隣地の中学校側のコモン広場に向けて通り抜け通路が設定されるなど設計上の配慮もなされている。住居者間、周辺住民間でコミュニケーションが起こるよう計画された良質な住棟である（図6・14）。

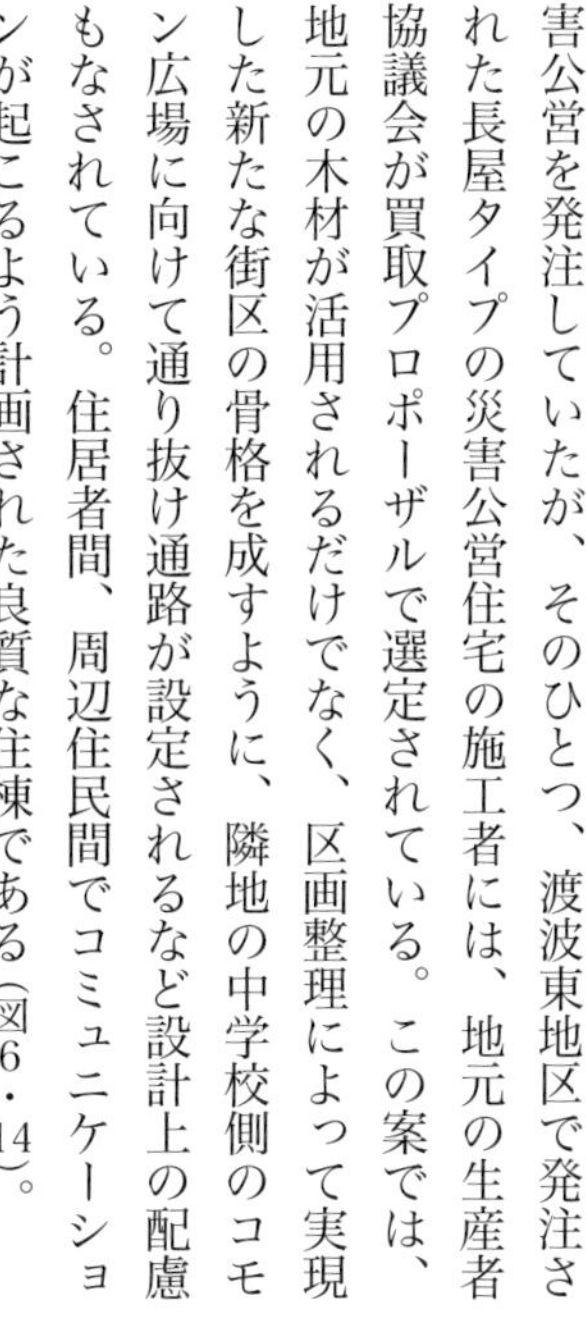

図6.14　石巻市営新渡波東復興住宅
（設計・施工：石巻地元協議会工務店組合＋ササキ設計、担当：佐々木文彦）

表6.3　木造災害公営住宅整備方式

建設（直接）	地方公共団体が、自ら設計（設計事務所に委託）し、建設会社に請負工事を発注
建設（委託）	設計と施工を一体で、民間事業者等に委託発注
買取	民間事業者等が建設した住宅を、完成後に地方公共団体が買い取る
借上	事業者等が建設した住宅を、地方公共団体が、一定期間借り上げる

（2）　生産者協議会の概要

①　生産者協議会と発注方式

それでは、実際の生産者協議会はどのように組成されているのであろうか。表6・3に示したのは、災害公営住宅整備の選択肢である。「建設（直接）」は基礎自治体が自ら設計・建設工事発注を行うため、意向は反映されやすいが、第7章で見るように発注を行う基礎自治体の職員に負荷が発生する。「建設（委託）」「買取」「借上」は、民間事業者が設計・施工し、地方公共団体が完成品を公営住宅として買い取りもしくは借り上げる手法で、基礎自治体にとっては、設計・建設発注事務や工事調整の労力を低減しつつ、住宅供給が可能な方法である。しかし、建設に民間資金を用いるため、資金力のある事業者に限られ、地域の住宅生産者の活用には限界がある。そこで、宮城県の復興局面で採用されたのが、地元生産者グループが直接受注可能な生産者協議会をつくり、「買取方式」の木造災害公営住宅事業に事業者として参画する手法であった。

② 被災三県の住宅市場

震災前の二〇一〇年度、被災三県の新築着工は岩手県五二二七戸、宮城県一万二七一四戸、福島県九三四二戸で、県土の小さい宮城県で最も多い戸数が建設されている。一方、被災した住宅の数では、宮城県が際立っている。警察庁緊急災害警備本部の報告（二〇一六年六月一〇日）を見ると、震災による県別の全壊住宅戸数は岩手県一万九五九七戸、宮城県八万二九九九戸、福島県一万五一七二戸となっており、マーケットの規模を示す新築着工件数の比以上に大きな差が見られている。

一方、被災三県の地域型復興住宅推進協議会による地域住宅生産者グループに対する受注対応力の調査（二〇一五年一〇月）によると、岩手県で四三・九%、宮城県で七八・六%、福

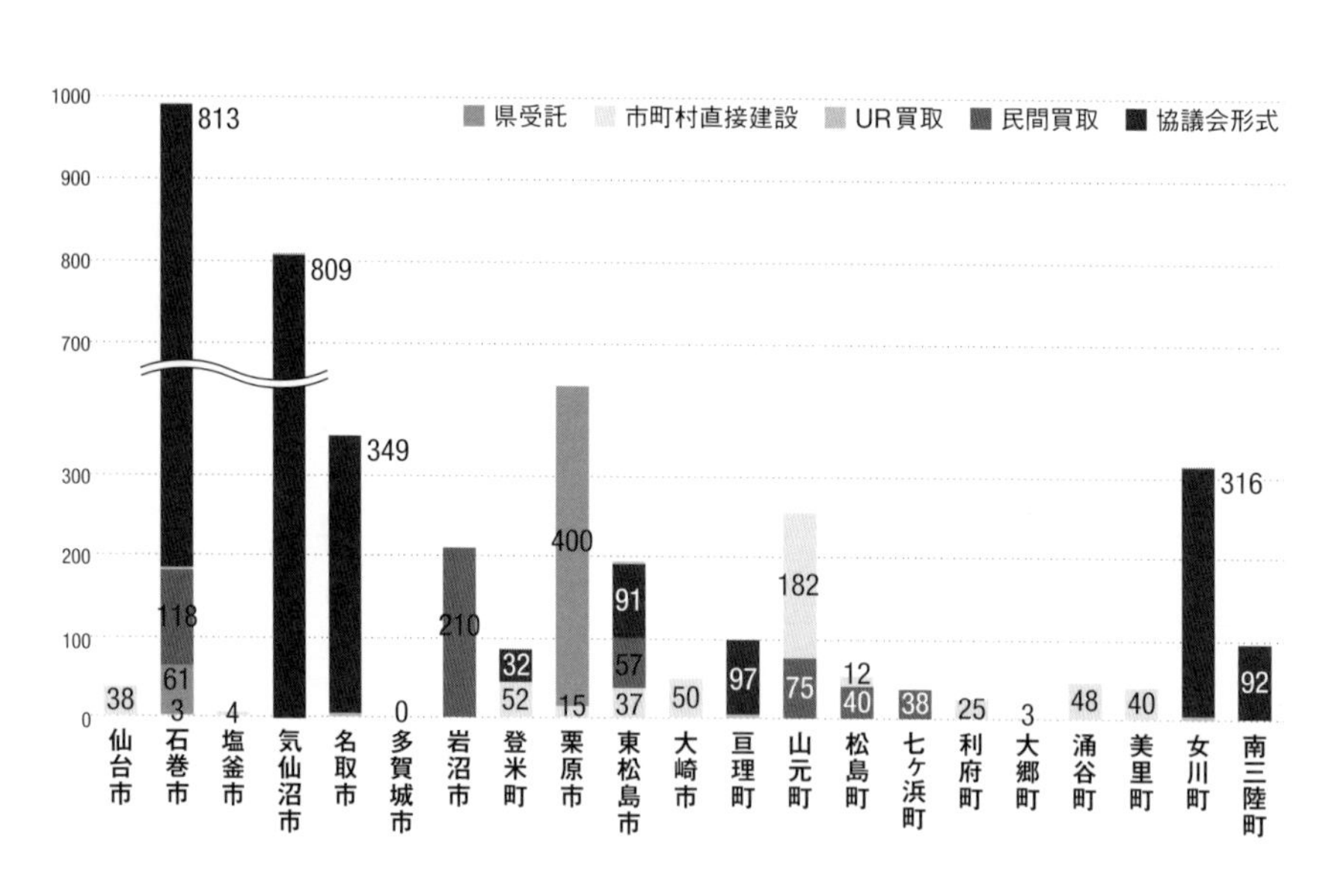

図 6.15　宮城県の災害公営住宅発注における生産者協議会方式

島県で三四・四％の対象が受注に余裕があると回答している。特に宮城県では、被災により需要が増えているにもかかわらず、生産力には余裕がある。一方、これらの工務店の多くは規模が小さく、そのままでは公共発注による災害公営住宅の受注は困難でもある。生産者グループを組成することでそうした課題を解消しようとするインセンティブは、そのようなところに存在した。

③　宮城県の状況

宮城県では二一市町で災害公営住宅が木造で建設されているが、うち八市町が地元生産者グループによる「買取方式」、いわゆる「生産者協議会方式」が用いられている。（図６・15）。これら宮城県内で「生産者協議会方式」を採用した八市町の協議会の概要を整理したのが、表６・４である。以下、生産者協議会名は市町名で省略する。

（3）　八市町における生産者協議会方式

表６・５に各生産者協議会の成立年月日から設立構成員までを、表６・６に協議会内の業務分担を示す。以下それぞれについて見ていく。

①　協議会の発足

宮城県において地元生産者による生産者協議会が最初に発足したのは南三陸町である。この町では仮設住宅の供給時か

表 6.4　8 市町生産者協議会概要

建設協議会名	設立年	契約額（百万円）	木造災害公営住宅計画戸数（戸）	うち協議会の想定戸数（戸）	引き渡し済み戸数（戸）	地区数
南三陸町木造災害公営住宅建設推進協議会	H24 4.11	1,873	92	92	48	8
登米市木造災害公営住宅建設推進協議会	H25 2.5	470	84	32	32	2
（一社）女川町復興公営住宅建設推進協議会	H25 2.23	不明	316	316	不明	22
（一社）名取市復興公営住宅建設推進協議会	H25.8.8	不明	349	349	不明	3
（一社）亘理町木造災害公営住宅建設推進協議会	H25 9.11	1,868	97	97	97	7
（一社）気仙沼地域住宅生産者ネットワーク	H25 9.18	3,440	809	809	190	16
石巻地元工務店協議会組合	H25 10.25	2,560	934	813	136	45
東松島市工務店共同組合	H25 11.22	1,645	595	91	91	5

注　表中の数値は 2016 年 3 月末時点の決済である

表 6.5　生産者協議会構成員

市・町	設立年月日	発足経緯	組織体	金融機関	構成員	会員費	
						正会員	一般・賛助会員
南三陸町	2012 年 4 月 11 日	県森連を中心に仮設住宅の供給から災害公営事業へ	任意団体	県森連（森林中央金庫）	南三陸町建設業協会（29 社）、南三陸町建設職組合（80 社）、南三陸森林組合、登米町森林組合、宮城県森林組合連合会	—	—
登米町	2013 年 2 月 5 日	町から登米森林組合（県森連）へ	任意団体	県森連（森林中央金庫）	宮城県建設業協会登米支部（18 社）、登米市建設職組合（135 社）、登米町森林組合、東和町森林組合、津山町森林組合、宮城県森林組合連合会	—	—
女川町	2013 年 2 月 23 日	町から地域型復興住宅生産グループへ	一般社団	三井住友 USJ 銀行	正会員 8 社（元請け施工会社）、一般・賛助会員 64 社	施工会社 10 万円、設計会社 5 万円	—
名取市	2013 年 8 月 8 日	商工会メンバーを中心に市へ陳状	一般社団	地元信用金庫	正会員 32 社（協力会社約 350 社）	元請け施工会社 30 万円（預かり金として）	年会費 1 万 2 千円
亘理町	2013 年 9 月 11 日	町からがれき地元処理団体へ	一般社団	地元信用金庫	亘理町災害防止協議会（13 社）、亘理町建設職組合（151 社）、亘理町水道工事指定業者連絡協議会（11 社）、北海道伊達商工会議所（6 社）、宮城県森林組合連合会（2 社）	元請け施工会社 70 万円	—
気仙沼市	2013 年 9 月 18 日	市から地域型復興住宅生産グループへ	一般社団	地元信用金庫	正会員 89 社、賛助会員 7 社、監事 1 社	10 万円※元請け施工会社 15 万円	月々 1 万円
石巻市	2013 年 10 月 25 日	市から各工務店へ	協同組合	地元信用金庫	正会員：建築工事業者 56 社、設計事務所 13 社、（協力会社約 400 社）	施工会社 10 万円、設計会社 5 万円	月々 1 万円
東松島市	2013 年 11 月 22 日	市から商工会へ	協同組合	地元金融機関 3 社	正会員：建築工事業者 20 社、設計事務所 4 社	施工会社 10 万円、設計会社 5 万円	月々 1 万円

表 6.6　生産者協議会内の業務分担

市・町	設計		各管理の所在					木材供給		
	実施設計会社（社）	所在地	元請施工会社（社）	安全管理	工程管理	品質管理	総合管理	原木	製材	プレカット
南三陸町	1	仙台市	不明	不明	不明	不明	不明	宮城県森林組合連合会、南三陸・登米森林組合	S 社（仙台）、H 社（仙台）、M 社（地元）、登米森林組合（登米）	S 社（仙台）、H 社（仙台）、M 社（南三陸）、登米森林組合（登米）
登米町	1	地元	8	各施工会社総合管理委託	各施工会社総合管理委託	各施工会社設計事務所	総合管理委託	宮城県森林組合連合会、登米森林組	登米森林組合、東和町森林組合、津山町森林組合	S 社（仙台）、H 社（登米）、登米森林組合
気仙沼市	6	地元	63	各施工会社	各施工会社	各施工会社設計事務所	協議会メンバーより組織	気仙沼森林組合、吉本森林組合	K 社（地元）、K 社（地元）、K 社（地元）、K 社（地元）M 社（地元）	W 社（岩手）、S 社（岩手）、K 社（岩手）、K 社（岩手）
女川町	1	石巻市	8	各施工会社総合管理委託	各施工会社総合管理委託	各施工会社総合管理委託	総合管理委託	不明	Y 社（石巻市）	Y 社（石巻市）
名取市	1	地元	10	各施工会社総合管理委託	各施工会社総合管理委託	各施工会社総合管理委託	総合管理委託	N 社（全国）	S 社（地元）、N 社（全国）	S 社（地元）、N 社（全国）
亘理町	1	東京都	15	3 社による 1JV	3 社による 1JV	3 社による 1JV	3 社による 1JV	宮城県森林組合連合会	S 社（仙台）、H 社（仙台）、登米森林組合	S 社（仙台）、H 社（仙台）、登米森林組合
石巻市	13	地元	56	各施工会社	各施工会社	各施工会社設計事務所	協議会メンバーより組織	不明	Y 社（地元）	Y 社（地元）
東松島市	4	地元	20	各施工会社	各施工会社	各施工会社設計事務所	各施工会社	不明	Y 社（石巻）、S 社（仙台）	Y 社（石巻）、S 社（仙台）

ら宮城県森林組合連合会（以下、県森連）が中心となり、宮城県内で唯一の地元公募による木造仮設住宅一四〇戸の供給に対応している。もともと林業が盛んであったこの地域では、建築関係者や林業関係者の地域復興への強い思いがあった。そうした思いを受け、仮設住宅の供給のために、地元生産者グループが発足したことが直接の契機となって、災害公営住宅事業に地元木材・地元建築関係者を活用する協議会がつくられている。県内ではこれが刺激となって、いくつかのグループが形成されるなどして、「生産者協議会方式」による発注が広まっていった。

② **構成員**

生産者協議会の構成員は、南三陸町・登米町・亘理町では地元建設職組合などの組合単位で構成され、組合が事業ごとに施工、木材供給などの会社を選定し、配置できる体制になっている。その他の市町では、元請け施工会社を中心に協議会の正会員となり、木材供給などメンバー内で不足している構成員に関しては、一般・賛助会員とするなどして外部から募る方式をとっている。

③ **会費**

会費は正会員のみに課すものと、一般・賛助会員にも課すものに分けられる。後者の場合でも、事業の中心となる元請け施工会社が生産者協議会の事務局運営費用の多くを負担していた。

④ **設計業務**

宅地割りや道路のレイアウトは基本的には生産者協議会では行わず、市町から渡された宅地に合わせて設計にあたっている。また、大まかな間取りなど市町が定める基本要項があり、協議会の設計事務所では敷地にあわせて、市町に確認しながら実施図面を制作している所が多い。供給戸数の多い気仙沼市・石巻市の生産者協議会は地元の複数社で設計業務を担い、地元に大きな設計事務所が存在しないそれ以外の市町の生産者協議会では、実施図面の制作を県内外の設計事務所に委託している。

⑤ **行程ごとの管理業務**

気仙沼市・石巻市では生産者協議会に多くの施工会社が加わっており、ノウハウのある施工会社がそれぞれの管理業務に対応している。一方、生産者協議会内にノウハウのある施工会社が少なく、現場管理ができる人材が少ない場合には、それぞれの生産者協議会のネットワークを使って外部から管理者を調達し、各現場に置く形式を取っている。特に、コスト・工期・性能、そして環境の質といった、全体のバランスを取る総合管理[注9]は、外部から調達するケースが多いようである。

⑥ 木材供給業務

木材供給は、県森連が原木木材を担保する森林組合を中心とする場合と、乾燥・プレカットを行う大規模製材所を中心とする場合がある。南三陸町・登米町・亘理町では、県森連が木材供給に対応しているため、原木供給から県産材を使用しており、亘理町では、木造災害公営住宅の木材使用量の九〇%以上を県産材でまかなっている。気仙沼市では、賛助会員の気仙沼市森林組合と本吉町森林組合が窓口となり、気仙沼産材の原木供給に対応し、木材使用量の平均六〇%以上が気仙沼産材である。女川町・東松島市では、地元に大規模な製材所がないため、近隣の乾燥からプレカットまでできる製材所に委託し、木材供給に対応している。名取市では、全国大手原木会社が原木からプレカットまでを一括して請け負っている。

(4) 住宅生産体制の類型化

地元生産者グループにおける住宅生産体制の類型化にあたって、施工、木材供給、設計、金融支援、技術支援の五つの指標で区分した(表6・7)。協議会における生産体制の性格を決めるのは、発足時に主導的な役割を果たした組織または地元会社である。これらは、生産者協議会発足後も運営に強く関わり、全体のスケジュール管理・書類作成・事務局の運営

表 6.7 生産者協議会構成員と供給体制

分類*	市・町	施工	木材供給		設計	金融支援	技術支援
			原木	製材・プレカット			
(1)	南三陸町	地元施工会社	地元 県内	地元製材所 県内製材所	仙台設計事務所	県森林組合 (森林中央金庫)	県森林組合
	登米町	地元施工会社	地元 県内	地元製材所 県内製材所	地元設計事務所	県森林組合 (森林中央金庫)	県森林組合
(2)	気仙沼市	地元施工会社	岩手 地元	岩手製材所 地元製材所	地元設計事務所	地元信用金庫	グループ内
	名取市	地元施工会社	全国 大手	全国大手 地元製材所	地元設計事務所	地元信用金庫	グループ内
	石巻市	地元施工会社	ー	地元製材所	地元設計事務所	地元信用金庫	グループ内
	東松島市	地元施工会社	ー	石巻製材所	地元設計事務所	地元信用金庫	グループ内
(3)	女川町	地元施工会社	ー	石巻製材所	石巻設計事務所	都市銀行	グループ内 UR 都市機構
	亘理町	5JV (1JV= 地元 2 社 + 伊達市 1 社)	県内	県内製材所	都心設計事務所	地元信用金庫	グループ内 伊達市会社含む

＊図 6.14 の分類に対応

など業務の実行者への技術支援を担っている。「買取方式」では、事業者の工事着手時期と行政の買上時期にタイムラグが生じるために同様に金融支援が求められている。[注10]

金融支援のほとんどは地元金融機関が担っているが、南三陸町・登米町では技術支援と同様に県森連が事業費を融資しており、外部支援の多い女川町では都市銀行が参画している。

これら組成に関わる基本的な情報を整理して、①林業者活用型（図6・16）、②地元施工者活用型（図6・17）、③外部支援活用型（図6・18）の三つの組織類型を得た。

① 林業者活用型

南三陸町・登米町では県森連が中心となり金融支援、書類作成等の技術的支援までを木材供給者が対応している。県森連主体の生産体制では森林組合が原木から製材・プレカットまでの木材供給を管理するため、県産材を活かし安定した供給が可能となっている。

② 地元施工者活用型

気仙沼市・名取市・石巻市・東松島市では、協議会の住宅生産体制は地元工務店によって支えられている。公共事業のノウハウがあり規模の大きな生産にも対応できる大規模な工務店（地域ビルダー）が生産者協議会に所属して、事業全体の統括や技術支援をすることで協議会の運営が担保されている。生産者協議会内に多数の元請け業者が所属するためその間の

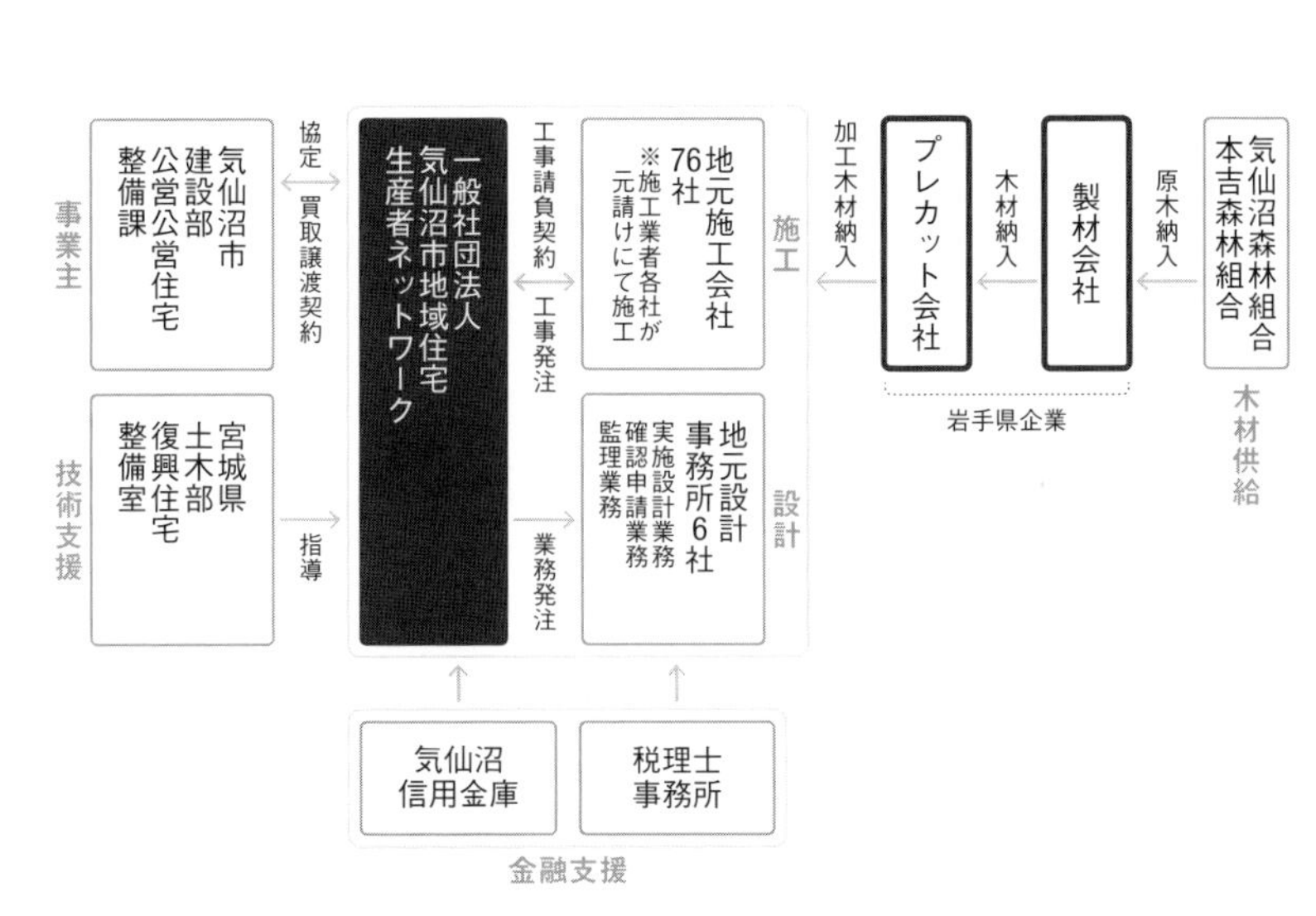

図 6.16　①林業者活用型の生産体制

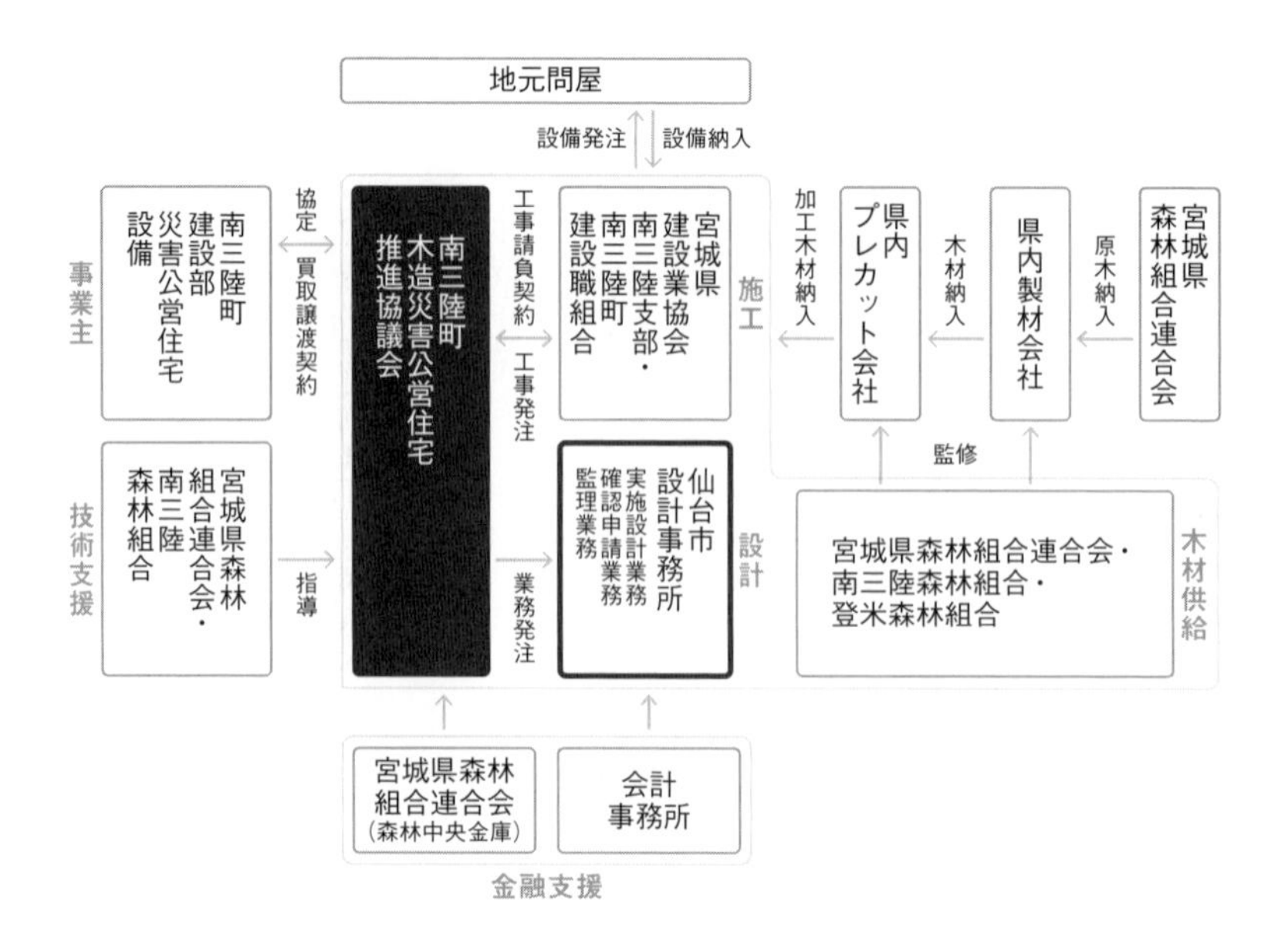

図 6.17　②地元施工者活用型の生産体制

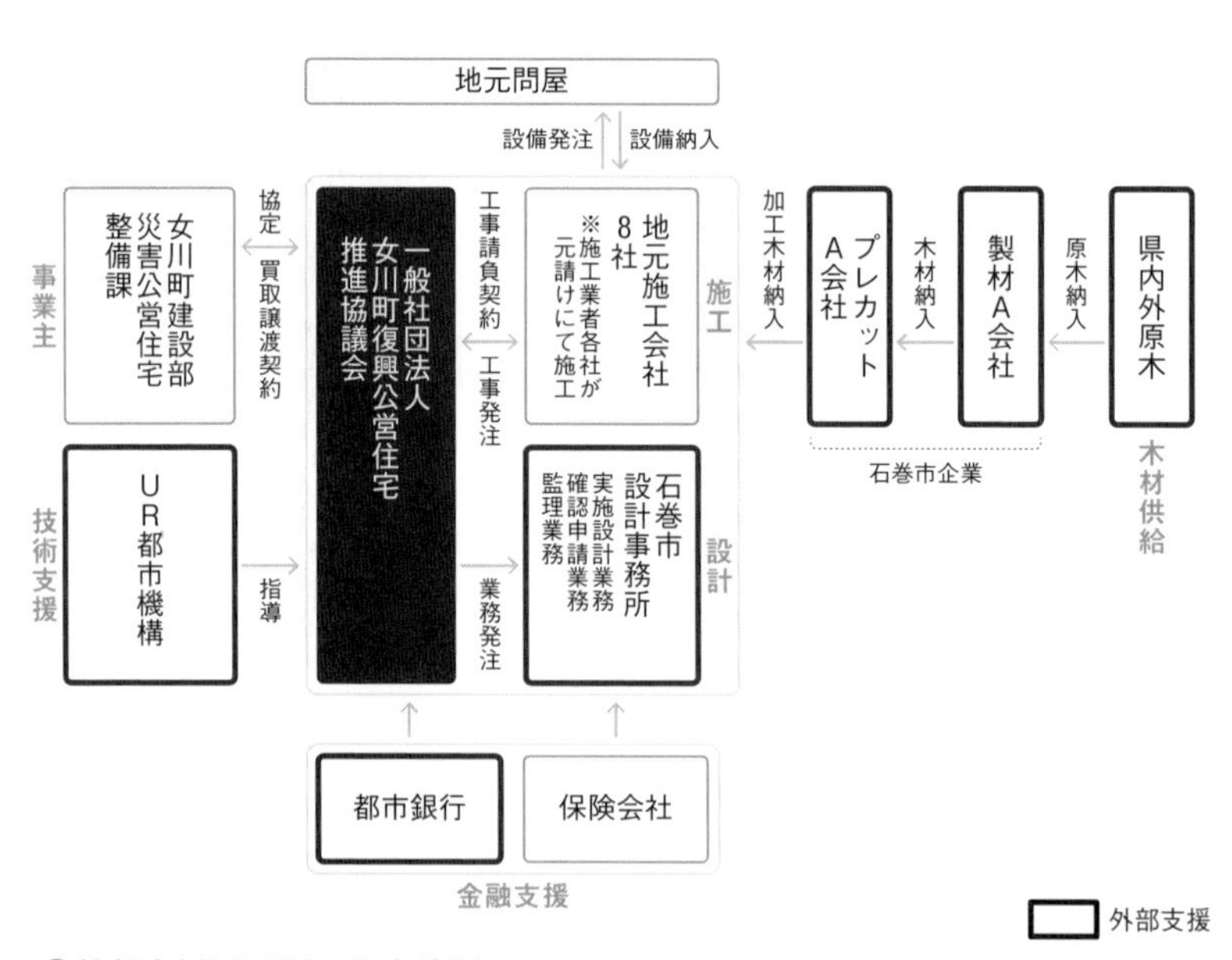

図 6.18　③外部支援活用型の生産体制

調整が重要となる。

③　外部支援活用型

女川町のように大量供給に必要な構成員が地元に存在しない地域では、近隣市町から必要な構成員を集めることで、地元中小企業を活かした住宅生産体制を構築している。また技術支援ではURが参加し、書類等の作成など公共事業のノウハウがない地元生産者を支援していた。亘理町の協議会は、明治に組織的に入植した縁で姉妹自治体となっていた北海道伊達市に拠点を置く企業が協議会に参画することで大量の住宅供給に対応することができている。

（5）　協議会の規模からみる運営体制

前述のとおり、「買取方式」では、民間企業が出資して建設した建物を自治体が買い取るため、建設段階で資金調達がショートするリスクが存在し、途中で資材調達などが困難になる可能性を有している。各協議会の資材調達方法と担当住宅戸数の調整からその対策について見る。

①　資材の調達

各協議会による資材調達の流れを見ると（図6・19）、協議会の事務が窓口となる方法と元請け施工会社が直接対応する方法に分けられる。前者は供給戸数が少ないものに多く、協議会が窓口となって地元の大手一社に大量発注することで単価を抑えている。亘理町は地元施工会社二社に伊達市に拠点をもつ施工会社を加えた会社でJVを五組編成することで、供給数が九七戸と多いにもかかわらず、協議会内で資金を調達できている。その他市町の協議会は、統一した品番を指定した上で、各元請け施工会社が従前に取引のある地元問屋より仕入れる方式がとられている。

②　担当住宅戸数の調整

表6・8に各生産者協議会の供給戸数と施工会社の内訳を、図6・20に建築一式における元請工事高を指標としたメンバー内の元請け会社の規模の分布を示す。生産者協議会内における元請け施工会社の担当住宅数の調整には均等割り、パワーバランス調整の二通りのタイプが見られた。均等割りとなっている地域では、地元の森林組合が踏み込んで底支えする南三陸町、地元がコーディネートの労を取って外部の支援者を組み込んだ女川町、受注側のJVに町外の企業が参画して支援を行った亘理町など、関係する主体が一般的なやり方より積極的に踏み込むことで、枠組を成立させていた。他方、パワーバランス調整タイプでは、生産者協議会内の元請け施工会社の規模に大きなばらつきがあるため、特定建設業許可を所有する規模の大きな元請け施工会社が、エリアごとに住宅を供給する形となっている。また、特定建設業許可書をもっていない企業に関しては、建築一式において下請け施工会

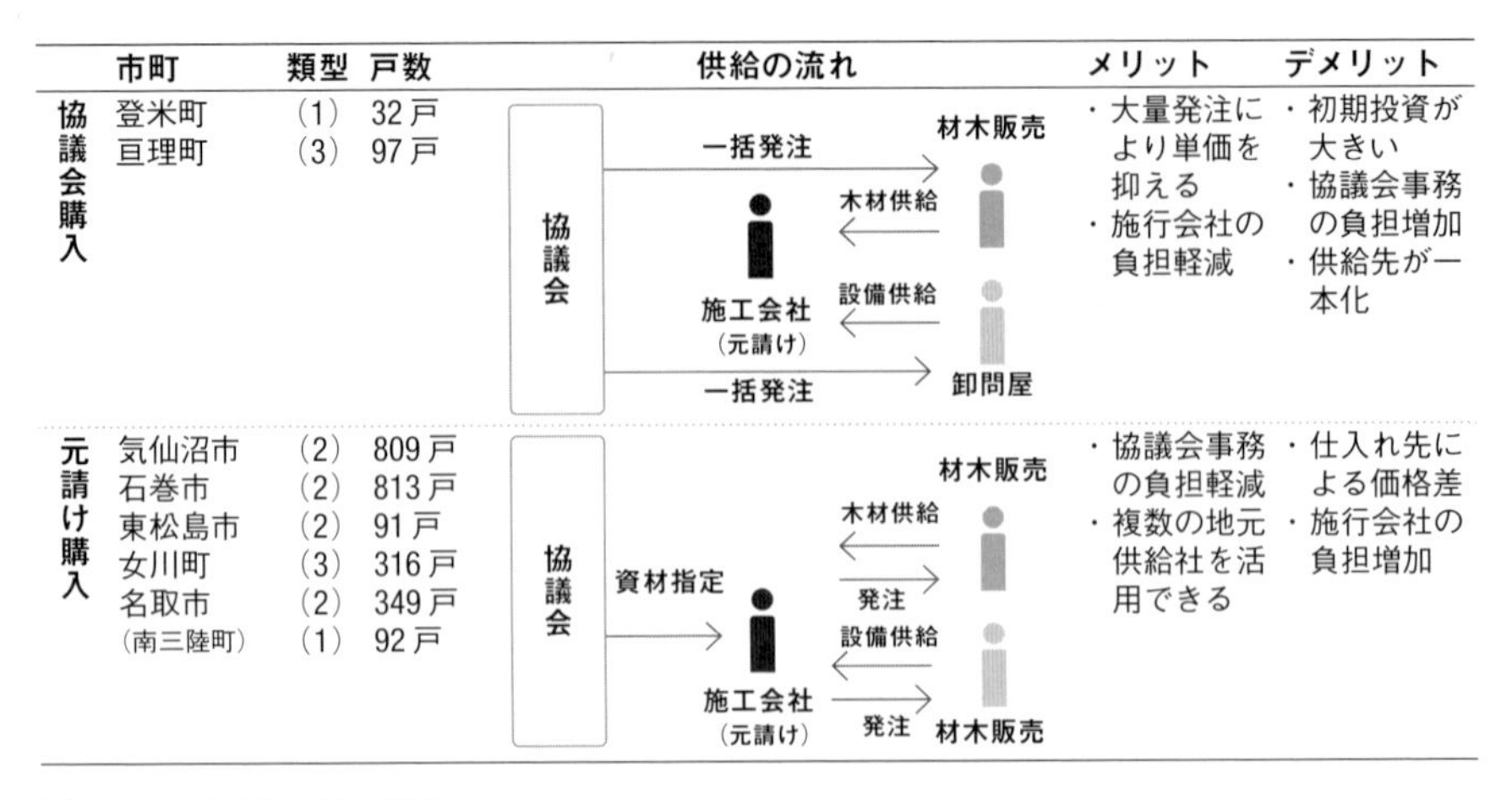

図 6.19　資材調達の流れ

表 6.8　生産者協議会内の元請け建設許可証一覧

分配形式	各協議会	類型	再建戸数（戸）	市町別建築工事業許可 許可有（社）	内特定（社）	内一般（社）	協議会元請け建設業許可 許可有（社）	内特定（社）	内一般（社）
均等割り	女川町	(3)	316	16	1	15	8	0	8
	亘理町	(3)	97	32	10	32	15	13	2
	登米町	(1)	32	121	15	106	8	0	8
パワーバランス調整	気仙沼市	(2)	809	103	16	87	63	3	20
	石巻市	(2)	813	252	26	226	56	7	47
	東松島市	(2)	91	55	6	49	20	3	16
	名取市	(2)	349	58	5	53	10	-	-
	南三陸町	(1)	92	33	7	26	-	-	-

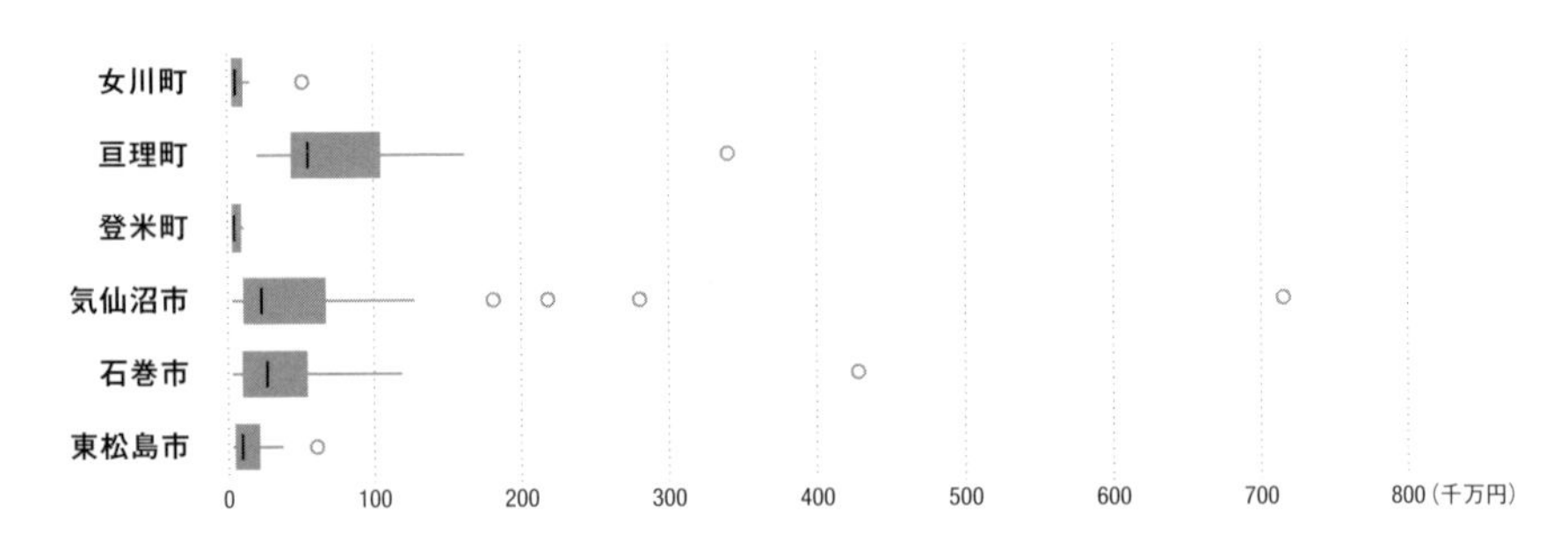

図 6.20　元請工事高（建築一式）にみる生産者協議会内の施工会社の規模（2015 年度）

社に請け負わせることのできる工事費の制限（四五〇〇万円以下）もあることから、供給が間に合わない場合には特定建設業許可を所有する企業が代行するなど、完了リスクについても肩代わりしている。

（6）　生産者協議会の意義

「買取方式」の災害公営住宅整備事業においては、資金力、技術力、書類作成のノウハウなどが、地元の工務店が参画する際の障害となっていたが、宮城県内で採用された「生産者協議会方式」は、それらを補う役割を果たしていた。協議会の組成は地域内に存在する生産力活用の方法から、①林業者活用型、②地元施工者活用型、③外部支援活用型の三タイプに分けられ、それぞれ必要な機能を確保しつつ資材調達などを行っていた。

課題としてはメンバーへの業務配分が挙げられる。パワーバランス調整型は、特定建設業許可書をもつ限られた企業が中心的役割を果たすやり方であり、形を変えた下請け関係と見ることもできる。その一方で、③外部支援活用型の女川町、亘理町、①林業者活用型の登米市の三例では、関係者の調整努力によって業務の均等割りが実現していた。

3　小括——復興と地域の生産力

東日本大震災によって大きな被害を受けた漁村の再生は、東日本大震災における復興の重要なテーマのひとつであった。しかしながら、第3章で見たように2－2ルールをリアス式海岸の漁村に適応すると、海岸線からの住まいの撤退は必然となる。もちろん釜石市花露辺集落のように海岸線からの後退を住民合意で実現した場所も存在するが、非常時において土地利用の問題をしっかりと議論できたところは極めて限られている。

今回の復興においては様々なチームが漁村集落に入り、その改善案を提示しているが、本章で紹介したアーキエイドはそれらの中の最も広範かつ大規模なもののひとつであった。結果的には、事業化のフェーズにおいて難しい状況に直面することになってしまったが、ふたつの点で成果が上がっている。

成果のひとつ目は、発災直後におけるAgile（素早い）な調査とそれを通した処方箋の提示の意義である。電気もまだ完全に開通していなかった中で、ボランタリーに関わった学生や教員の成し遂げた仕事からは、建築に関わる人間が復興において、なし得る様々な可能性を読み取ることができる。

もうひとつの成果は、浜の景観に配慮して丁寧につくられた災害公営住宅である。アーキエイドに関わった建築家たちが、集落の構造を読み解き、その中に溶け込んだかのように存在する小さな住宅群は、滞在型観光や新規の漁業者の拠点にもなり得る出口戦略をもって計画されており、ランニングコストの低減などにも配慮されている。これらはこれから事前復興を考えなければならない他の漁村群にとっても有用な事例となるに違いない。

しかし課題も山積している。ここでは代表的な三つの懸念について述べておきたい。

課題のひとつ目は、業の効率化と個別化の両方を調停する大きなビジョンを空間サイドから提示出来なかった点である。発災直後は、こうした大きな問題をじっくりと解くには、あまりにも時間がなさ過ぎた。こういうと言い訳になってしまうが、漁業という産業の未来と集落という文化人学的な事象をどのように調停し、価値づけていくかは、今回の復興で発見されたいくつかの課題を温めつつ、関係者とともに引き受けていくことなりそうだ。

産業としての漁業と住まいとしての集落の調停は、具体的には土木事業と暮らし、漁港と集落といった近代化の中で仕分けられてきた事業をもう一度、現実的かつ持続可能な形で統合する方法を見出すことでもある。今回の復興で行われた多くの価値ある取り組みの中でも、集落のライフスタイルを読み解きながら、今でも浜とつながりをもっている筑波大学貝島研究室のような事案が生み出されている。[注11] 現代社会に生きる我々が、地球環境レベルで持続可能性を担保するためには、どのように暮らすべきかという問いは避けて通れないテーマでもある。これに取り組むために、復興をきっかけに被災地に居を移した人材も何人か存在する。そうした勇気ある才能の今後に期待したい。

二つ目の課題は、建築生産を取り込んだ計画論であろう。集中的に復興するスタイルでは、どんなに仕様の標準化や発注の共同化を図ろうとも、コストダウンできる幅には限りがある。やはり、供給量を全体でコントロールするとともにピークをなだらかにして建設事業のいたずらな集中を避けることが有効と思われる。それには被災者との真摯な情報共有を早い時期に行うことはもちろんのこと(図3・25)、本章で紹介したコアハウスのような最低限住居の現物支給という考え方も復興の選択肢の中にはもっておきたい。

「地域型復興住宅」が、①長期利用、②将来成長、③環境対応、④廉価、⑤地域適合、⑥需要対応という六つのコンセプトを有していることは前節で述べたが、この「②将来成長」こそ、コアハウスの考え方であった。しかしながら、住宅金融支援機構の融資なしに自力建設が難しいという現状の一方で、将来的な増築をあてにするために供給時には最低居住水準以下の広さしかない住宅は金融機関の融資対象にはなり得ない。結果、地域型復興住宅協議会が推奨する住宅はどれもそれなりの規模をもつものになっており、将来的成長のきっかけも見出しにくいものになっている。

三つ目の課題はこれらをつなぐネットワークの問題である。本章で取り上げた漁業集落と地域の工務店には、共通する側面が見て取れる。環境に適応して発展してきた個性的組成をもつ小さなネットワークでありながら、グローバリゼーションへの対応から共同化や統合といったスケールメリットの追求を期待されているという点である。

例えば、第2節で抽出することができた均等割りを実現した三つの生産者協議会である、女川町、亘理町、登米市の事例は、官民連携組織、地域外事業者、原材料供給者が、それぞれの復興の過程の中で、一歩踏み込んでリスクテーカーになったことで大きく局面が動いたケースである。自立と共同の両立には、復興プロセスの管理とともに、ネットワークとそれを価値づけるハブの役割を果たすリスクテーカーの存在が極めて重要であることを、この事例から読み取ることができる。

注1　宮城県（二〇一二）『宮城県水産業復興プラン』

注2　宮城県では復興初期に村井知事が県内一四二漁港を六〇に集約する方針を出すなど、集約の方針を表明した（知事記者会見、二〇一一年四月二五日ほか）。しかしながら漁協などの同意は得られず、後に全ての漁港が復旧事業で再生されるなど、反映は限定的であった。

注3　漁集事業費のデータは、第3章3節、ならびに第5章における岩手県、宮城県の被災自治体の復興交付金データを元に集計した。これ以外の自治体には住環境再生に関わる漁集事業はなかった。

注4　こうした状況を勘案し、東北大学と石巻市は復興に関し、人的資源のサポートを行う包括協定を二〇一一年六月二三日に締結した。発災後、復興に関して被災自治体と大学が結んだ協定の最も早い時期のもののひとつである。この協定は、石巻市が外部の有識者を迎えて初めて開催した懇談会（二〇一一年五月一五日）で決定されている。筆者らを含む双方の担当者は、この一か月ほど前から復興の対応に関して頻繁にコミュニケーションを取っていた。

注5　初期に復興計画の合意を得た釜石市唐丹の花露辺集落などは、集落のキーパーソンの見識と合意調達力により、L1防潮堤を建設せずに、集落が内陸側に後退することで同意を取った稀有な例であった。しかしながらその後の災害公営住宅の設計などについてそうした先進性の継承は難しかったようである。

注6　釜石市の復興ディレクターを務める筆者（小野田）は、アーキエイドの設立メンバーであったが、学識者として自治体の発注に関わることも多いために、二〇一一年の末で、アーキエイドを辞任している。以降、コンプライアンスの厳格な運用に配慮している。

注7　二〇一四（平成二六）年二月定例会、予算特別委員会会議録（第九号）二〇一四（平成二六）年三月一九日を参照とした。質問した久保孝喜議員は二〇〇七年から二〇一五年まで岩手県議会の議員を務めている。

注8　本節は、竹内賢吾・小野田泰明・佃悠（二〇一六）「東日本大震災の木造災害公営住宅事業における生産者協議会の類型化」『日本建築学会技術報告集』二三巻五三号、二一五〜二一八頁をもとに新たに書き下したものである。

注9　協議会受注の事業遂行には、メンバー間の意見調整、二者間の契約支援、発注者である行政との調整など、各現場個別の管理業務を連携し、協議会として責任を果たす業務が存在する。ここではそれを総合管理とする。

注10　完成後の支払いまでの間の資金を元請け施工会社に実際に融資するものから、金融機関が発注者である行政に対し、資金繰りが現実に厳しくなった時における関与を関心表明の形で示すものまで、事業の状況によって関与の仕方は多様である。ここではそれらをまとめて金融支援とする。

注11　このアプローチはランドルフ・ヘスターや土肥真人らが提唱するエコロジカル・デモクラシー的でもある（Hester, 2010）。

Behind
the Scenes

Process
of Architecture Reconstruction
and Community Revitalization
after the 2011 Tohoku
Earthquake and Tsunami

2011

2012

2013

2014

2015

2016

2017

2018

第7章
復興の主体としての自治体

1 東日本大震災からの復興における負荷と組織

1 復興と組織

(1) 復興のクリティカルパス

復興[注1]は多くの事象が複雑に絡み合っている出来事で、そのありようが災害ごとに異なるために共通の処方箋を描くことは難しい。しかしながら、そこには問題をより深刻にするいくつかのクリティカルパスが存在する。その代表的なものが、被災者の合意形成であり、安全に対する考え方であり、防災のテクノロジーである。クリティカルパスの解消が防災を前進させることから、災害に関わる科学者の多くが、その具体的な解消に引き寄せられている。

一方、クリティカルパスでありながら見逃しがちなのが、復興を支える人的資源とその活用である。今回の東日本大震災では、巨額の復興予算を短期間に執行することが求められたために、最前線にいる被災基礎自治体には様々な負荷が掛かることとなった。そのため、復興財源が確保されていないながらも執行する人的資源が十分でないことで、不十分な復興となった部分も多い。[注2]事業として完了したけれどもお互いに整合が取れていない復興事業や、第6章で見たように合意形成に必要となる資源を節約するために外部経済を勘案しない禁欲的復旧を志向する事業などがそれに該当する。それぞれの組織が縦割りであったり、復興に従事する職員の負荷が過大で後回しにされてしまうことも、残念ながら被災地では数多く散見される。そこで本章では、隠れたクリティカルパスである人的資源についてその布置(組織)や実際のパフォーマンスに関わるスタッフへの負荷などを見ながら、それらと実際の復興との関係について検討を行っていく。

(2) 行政組織と復興

行政組織では、定期的な人事異動を通じて特定の人格と職務が必要以上に結びつかないように配慮されている。そうした中において「組織」はパフォーマンスの定常性を担保する役割を果たす。これら組織の役割については、これまでも多くの論者によって論考が成されてきた。

形式的な規則と文書が支配する階層性をもつ官僚制が、専門分化を志向する自律性の高い仕組みとして近代国家の根幹を担っていることを明らかにしたM・ウェーバー(Weber, 1947)を代表格に、この仕組みが自らの組織維持のために活動し、本来の目的をときには阻害する逆機能を有することが明らかにされている(Merton, 1957)。この官僚制の逆機能については、その他にも多くの研究があり、過同調(Merton, 1968)、下位目標の内面化と組織内コンフリクト(Selznic, 1949)などがよく知られている。第2章、第3章で見たように、基礎自治体が広い権限をもち、大きな裁量を与えられている東日本大震災からの復興においては、これらの研究が示唆するところは大きい。

社会システム論の立場から現代社会を分析した社会学者T・パーソンズは、アソシエーションと呼称する幅広い定義で行為と組織の関係を整理するなど、組織の概念深化に貢献している。具体的なレベルでは、組織の構造とその戦略との関連(Chandler, 1962)[注3]や組織の機能構成とその成果との関係(Picot, 1997)など、組織構造がアウトカムと深い関係にあることが明らかにされている。原子力発電所や航空母艦などリスクに直面する高信頼性組織の仕組みから組織とリスクの関係を見た一連の研究も有用であろう(福島、二〇一〇)。

もちろん、防災の領域でも組織論は重要な課題であった。第1章ですでに見たように、E・クワランテッリは、災害後の被災者の関係に見られる自己組織化(Dynes and Quarantelli, 1968)を探求し、B・ワイズナーは災害直後における組織的な対応関係を(Wisner et. al, 2004)、R・シルベスは復興執行者の能力(Capacity)概念を明らかにしている(Sylves, 2020)。D・アレクサンダーらは、実際の復興の事例研究の成果に基づいて、復興の体制は大きく新体制を導入するものと旧体制を活用するものに分けられ、それぞれにジレンマを抱えていることを具体的に示している(Davis and Alexander, 2015)。これら先行研究は、復興にどのような組織で対応するかといった判断が、復興の内容と関係することを示唆する重要な知見である。

2 ― 復興事業負荷の類型とその傾向

(1) 被災・復興型

第3章で述べたように東日本大震災における被災者の生活再建については、土砂崩れの危険性のある場所からの移転を促すがけ地近接等危険住宅移転事業(がけ近)の活用や新たに建設した住宅のために組んだローンに対する利子補填など様々な対策が執行されている。一方、被災基礎自治体が定めた復興計画の遂行に直接的に関わっているのは復興交付金であり、その中でも住環境の再生に深く関わるのは、防集事業、漁集事業、区画整理事業、津波拠点事業、災害公住事業の五つといえる。[注4]そこでこれらを対象として、被災基礎自治体について分析する。[注5]

復興計画の主要事業を実施するために組織全体にどの程度の負荷が掛かっているかを見るため、発災直前(二〇一〇年度)

の予算規模と発災後二〇一一年度から二〇一八年度までの住環境復興事業費の年平均の比を「財政インパクト」と定義した。これを縦軸に発災から二〇一八年度までの自治体平均職員数を横軸に散布図を作成し、第3章で得た被災・復興類型（10７頁、図3・16）をあててみたのが図7・1である。

広範な復興事業に取り組む⑤広域面整備事業型（女川町、陸前高田市、大槌町）は職員が少なく財政インパクトも大きい。一方、環境復興事業費の総量でいうと大きな⑦大都市型の仙台市、⑥大規模復興事業型の石巻市といった自治体は、職員も多く、財政インパクトが低いことから組織全体としての負荷は、前者の類型に比べてかなり緩和されている。④複合復興事業型はその中間に広く分布し、自治体ごとの状況が多様であることが読み取れる。②災害公住事業型は財政インパクトが最も低く、③中規模復興事業型がそれに続く。①小規模復興事業型は、財政インパクト、職員数ともに少ないが、④複合復興事業型同様、その分布はばらついている。

（2）　住環境復興担当組織

住環境整備に関わる復興業務は、土木・都市計画・建築などに関わる専門性の高い業務であり、全職員数との比較では負荷の実態がわかりにくい。そこで、住環境再生復興事業に携わる職員を「住環境復興事業担当職員（以下、事業担当職員）」と定義して、課、室レベルで把握した。[注6] 具体的にはａ復興計画策定・調整（復興庁協議を含む）、ｂ防集・漁集、ｃ区画整理・都市計画、ｄ用地取得・調整、ｅ災害公営住宅の五つの業務所掌ならびにその全体調整を担う部署であり、これらを合わせて、「住環境復興担当組織」とした。

復興事業がピークとなった二〇一四年の事業担当職員総数をその年の住環境整備復興交付金額順に並び替えたのが表7・1である。復興交付金が増えると事業担当職員は増え、URとの協定を結ぶ自治体も目立つ。URから厚い支援を受ける自治体でも、陸前高田市は事業担当職員数が相対的に少ない

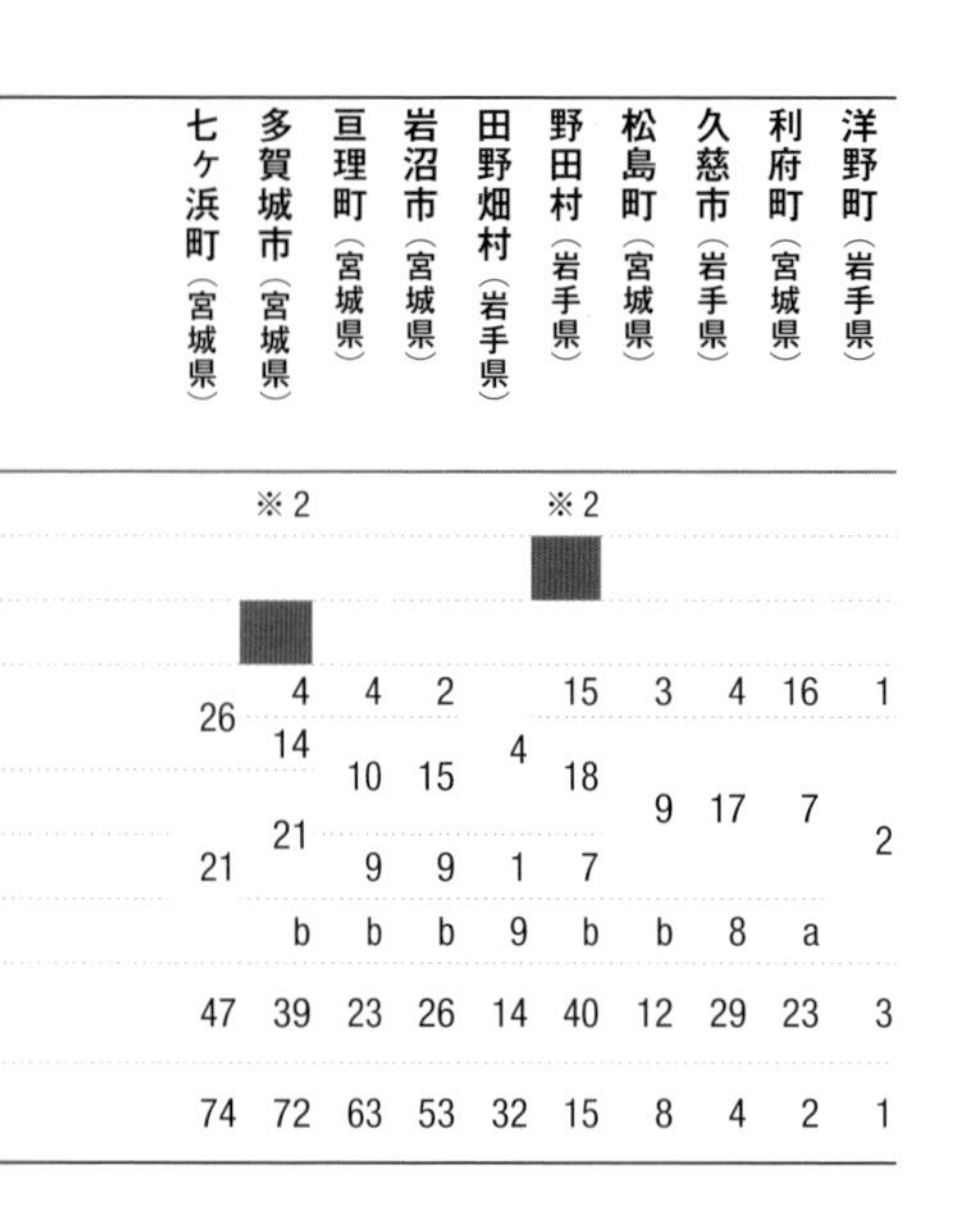

洋野町（岩手県）				1	2				3	1
利府町（宮城県）				16	7			a	23	2
久慈市（岩手県）				4	17			8	29	4
松島町（宮城県）				3	9			b	12	8
野田村（岩手県）	※2	■		15	18		7	b	40	15
田野畑村（岩手県）				4			1	9	14	32
岩沼市（宮城県）				2	15		9	b	26	53
亘理町（宮城県）				4	10		9	b	23	63
多賀城市（宮城県）	※2		■	4	14	21		b	39	72
七ヶ浜町（宮城県）				26		21			47	74

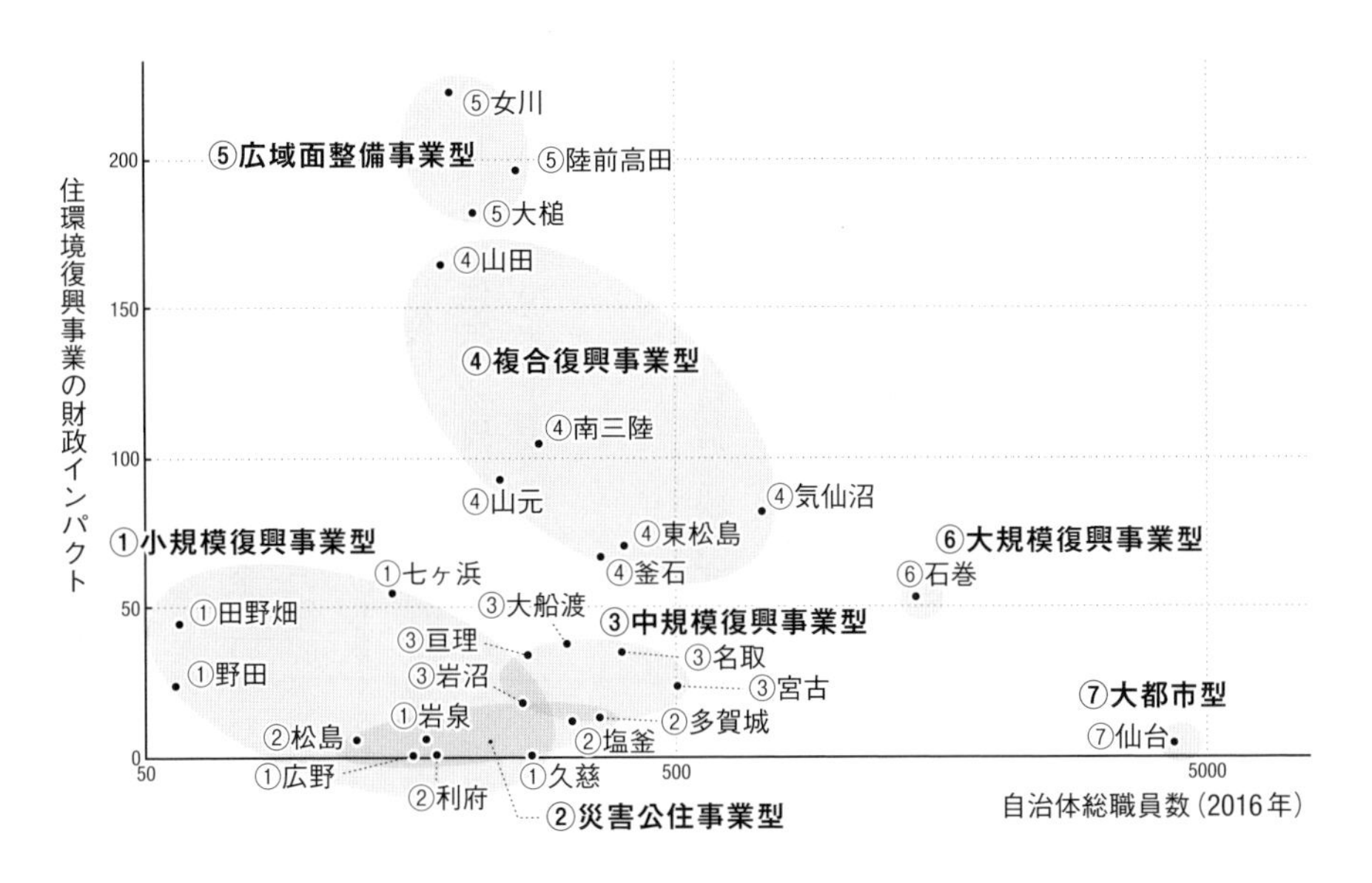

図 7.1　東日本大震災における財政インパクトと自治体職員数

表 7.1　東日本大震災における住環境復興担当職員数

<table>
<tr><th colspan="2"></th><th>石巻市（宮城県）</th><th>仙台市（宮城県）</th><th>気仙沼市（宮城県）</th><th>陸前高田市（岩手県）</th><th>山田町（岩手県）</th><th>大槌町（岩手県）</th><th>釜石市（岩手県）</th><th>東松島市（宮城県）</th><th>女川町（宮城県）</th><th>南三陸町（宮城県）</th><th>宮古市（岩手県）</th><th>大船渡市（岩手県）</th><th>名取市（宮城県）</th><th>山元町（宮城県）</th><th>塩釜市（宮城県）</th></tr>
<tr><td rowspan="3">協定 UR</td><td>協定型（※1 包括、※2 特化）</td><td>※1</td><td></td><td>※1</td><td>※1</td><td>※1</td><td>※1</td><td>※1</td><td>※1</td><td>※1</td><td>※1</td><td>※1</td><td>※1</td><td>※2</td><td></td><td>※2</td></tr>
<tr><td>URと都市計画支援協定あり</td><td>■</td><td></td><td>■</td><td>■</td><td>■</td><td>■</td><td>■</td><td>■</td><td>■</td><td>■</td><td>■</td><td>■</td><td></td><td></td><td></td></tr>
<tr><td>URと災害公営支援協定あり</td><td>■</td><td></td><td>■</td><td>■</td><td>■</td><td>■</td><td>▒</td><td>■</td><td>■</td><td>■</td><td></td><td>■</td><td>■</td><td></td><td>■</td></tr>
<tr><td rowspan="5">職員数（人） 業務所掌別</td><td>a　復興計画策定・調整</td><td>16</td><td>12</td><td>27</td><td>9</td><td>8</td><td rowspan="2">18</td><td rowspan="3">32</td><td>17</td><td rowspan="2">51</td><td rowspan="2">30</td><td>8</td><td>14</td><td rowspan="2">23</td><td rowspan="2">21</td><td rowspan="5">37</td></tr>
<tr><td>b　防集・漁集</td><td>23</td><td>63</td><td>22</td><td>25</td><td rowspan="2">46</td><td>0</td><td rowspan="2">47</td><td>33</td></tr>
<tr><td>c　区画整理・都市計画</td><td>80</td><td>49</td><td>32</td><td>12</td><td>32</td><td>21</td><td rowspan="2">25</td><td>16</td><td>26</td><td rowspan="2">17</td><td>16</td></tr>
<tr><td>d　用地取得・調整</td><td>46</td><td>17</td><td>20</td><td>22</td><td>12</td><td>19</td><td>25</td><td>10</td><td>23</td><td>14</td><td>18</td><td>15</td></tr>
<tr><td>e　災害公営住宅</td><td>16</td><td>15</td><td>14</td><td>b</td><td>b</td><td>c</td><td>11</td><td>7</td><td>c</td><td>b</td><td>5</td><td>17</td><td>21</td><td>10</td></tr>
<tr><td colspan="2">住環境復興事業担当職員数
（2014年）（人）</td><td>181</td><td>156</td><td>115</td><td>68</td><td>66</td><td>69</td><td>68</td><td>55</td><td>76</td><td>69</td><td>74</td><td>108</td><td>61</td><td>62</td><td>37</td></tr>
<tr><td colspan="2">住環境復興事業費
（2013～2014年平均）（億円）</td><td>591</td><td>498</td><td>430</td><td>378</td><td>260</td><td>234</td><td>230</td><td>221</td><td>196</td><td>189</td><td>169</td><td>164</td><td>123</td><td>119</td><td>86</td></tr>
</table>

注　枠中のアルファベットはその業務を所掌する人員がアルファベットで示される部署に含まれることを示す

一方で、大船渡市は多いなど個別の傾向も見られる。[注7]

災害公営住宅の住戸と防集や区画整理の住区画の合算を復興住単位とし、事業担当職員一人がどの程度の復興住単位整備を担ったかを縦軸に、自治体全体の復興住単位の総計を横軸に関係を見た（図7・2）。多くの復興事業を抱える自治体は事業担当職員当たりの復興住単位も多くなっている。その一方で、③中規模復興事業型、①小規模復興事業型では、担当当たり、自治体全体整備数はともに小さい。また、被害の大きい小自治体が多い④複合復興事業型は、自治体間の差が大きい。

（3）　復興事業の負荷を説明する指標

こうした負荷を包括的に捉えるため、関連指標による類型化を行った。用いたのは、基礎自治体の財政的な負荷を示す二指標、①財政インパクト、②発災前の財政力指数（二〇一〇年度）。職員負荷に関係する三指標、③職員一〇〇人当たり復興事業担当職員数（二〇一一～二〇一七年度平均）、④復興事業担当の派遣職員率（二〇一一～二〇一七年度平均）、⑤復興事業担当職員当たり復興交付金額（二〇一一～二〇一七年度総計）。被災に対する住環境整備交付金の位置づけを見る三指標、⑥復興交付金総交付額に占める住環境整備交付金の割合（二〇一一～二〇一八年度平均）、⑦全・半壊棟数に占める復興住単位率（二〇

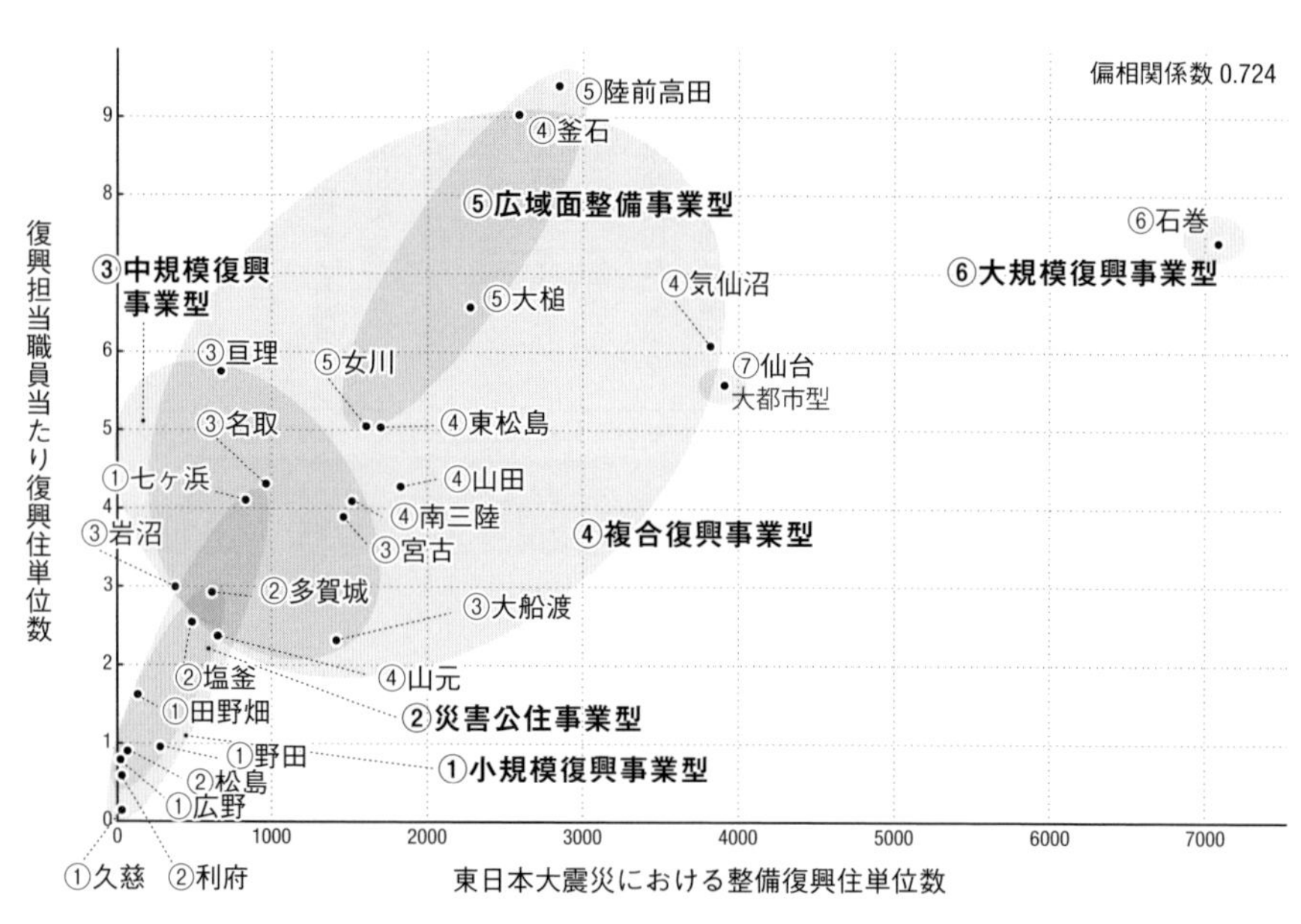

図7.2　東日本大震災における整備復興住単位数と担当職員あたり復興住単位

一一〜二〇一八年度総計)、⑧復興整備宅地数のうち災害公住の割合(二〇一一〜二〇一八年度)の計八指標である。[注8] 第三主成分までで累積寄与率は七八・七%となった。

(4) 復興事業負荷による基礎自治体の類型化

これらをクラスター分析で整理すると六つの類型が得られた(表7・2)。財政力指数が低く財政インパクトも大きいリアス式海岸の自治体を中心とする群(Ⅰ〜Ⅳ)と財政力のある大都市とその近郊(Ⅴ〜Ⅵ)に大きく区分される(図7・3)。

前者はⅠ低負荷型、Ⅱ特別対応型、[注9]Ⅲ中負荷型、Ⅳ極大負荷型。後者はⅤ都市・近郊大型事業型、Ⅵ都市・近郊小事業型から構成される。最も大きな負荷を受けているⅣ型は、どれも高い財政インパクトを示しているが、派遣職員率が低い山田町、派遣率が六割以上の大槌町と南三陸町、事業担当職員当たり復興事業が最大の陸前高田市、財政インパクトや派遣率は高いが発災前財政力指数の高い女川町と、自治体ごとに状況は細分されている。

Ⅳ型では、一人の事業担当職員が多くの住環境整備交付金を扱わざるを得ないために、概ね五億円/年人以上の値となっている。これ以外の類型で、担当職員一人当たり住環境整備交付金が多く、同レベルの負荷が掛かっていると推察されるのは、Ⅲ型の釜石市、気仙沼市、Ⅴ型の石巻市、東松島市、名取市、亘理町、岩沼市[注10]であった。

(5) 復興事業負荷型ごとの住環境整備

次に復興交付金全体の中で住環境整備にどの程度使われているのかを縦軸に、被害を受けた全半壊戸数のうち、どの程度を復興計画で賄っているかを横軸として散布図を作成した(図7・4)。

住宅市場が充実している地域に多いⅤ、Ⅵ型は図の左側に配され、住環境復興交付金額が少ないⅠ型やⅥ型の一部は漁港復興などの割合が相対的に高くなるため下方に配される。一方、住環境整備の割合が高く交付金も大きいⅣ型は図上でも右上に固まっている。これらから、住宅市場に頼れず、住環境再生を自らが担わなければならない自治体においては、復興予算が巨大化し、結果として高負荷となっている状況が読み取れる。

3― 住環境復興担当組織類型

実際に住環境復興に対応した組織を抽出し、担当部署を見ながら類型化を行った(図7・5、図7・6)。

最も軽微なものをA既存組織保持・特務室設置型と名づけた。発災前の組織に復興事業を調整する室や係を設けるシン

表 7.2　クラスター分析による被災自治体負荷類型と各指標

	主成分分析指標								参考指標	
小類型	① 財政インパクト※（2018／2010年）	② 発災前財政力指数（2010年）	③ 職員100人当たり復興事業担当職員数（2011～2017年）	④ 復興事業担当の派遣職員率（%）（2011～2017年）（%）	⑤ 復興事業担当職員当たり復興交付金額計（千円）（2011～2017年）	⑥ 復興交付金に占める住環境整備交付金割合（%）（2011～2017年）	⑦ 全・半壊戸数に占める復興住単位率（%）（2018年）	⑧ 自治体整備戸数宅地数のうち災害公住割合（%）（2011～2018年）	復興事業担当職員数総計（2011～2017年）	発災前建設事業担当職員数（2010年）
	3.36	0.22	1.95	0.00	127,709	22.83	69.23	22.22	23	10
	5.25	0.39	10.46	17.59	37,268	15.01	9.35	42.31	199	16
	84.78	0.17	82.49	47.95	69,761	28.50	57.83	36.10	292	0
III-1 中担当負荷・高復興事業比	84.85	0.13	20.37	23.38	340,280	53.09	45.93	50.81	77	3
	104.13	0.62	20.99	36.76	205,684	52.77	63.29	25.30	204	5
III-2 低担当負荷・中復興事業比	52.87	0.34	11.09	32.54	291,319	44.67	36.70	52.11	378	26
	88.41	0.41	30.84	34.89	179,898	42.88	36.26	56.09	619	19
III-3 高担当負荷	140.62	0.46	12.05	49.48	609,982	47.75	70.84	50.81	287	17
	174.33	0.42	14.94	39.11	559,462	47.02	34.58	54.60	629	28
III-4 高財政インパクト・低復興事業比	248.36	0.38	24.19	59.35	375,427	37.37	19.87	74.70	278	5
IV-1 高財政インパクト・高担当中派遣	248.02	0.27	40.38	36.92	341,213	66.32	57.81	34.95	428	4
IV-2 高財政インパクト・大派遣比	323.87	0.31	22.37	70.89	428,305	56.25	54.64	38.47	347	3
	235.68	0.30	26.92	60.22	380,847	44.42	45.80	48.52	372	3
IV-3 高財政インパクト・大担当負荷	322.71	0.27	21.34	51.16	815,330	60.77	70.42	31.41	303	8
IV-4 高財政インパクト・高財政力指数	425.09	1.28	32.13	58.13	537,584	52.32	49.31	53.22	320	4
V-1 高担当負荷・中復興事業比	118.01	0.50	11.70	38.66	552,446	45.36	21.40	62.92	957	44
	176.72	0.43	15.42	24.48	580,781	39.95	15.39	64.57	339	11
	67.78	0.75	8.56	29.91	500,722	51.94	24.58	67.81	224	30
	118.43	0.56	7.01	31.36	727,375	28.80	19.13	70.46	118	8
V-2 低担当職員比・低派遣比	8.40	0.86	2.29	11.11	337,891	56.18	2.80	81.24	702	477
	80.61	0.79	7.87	14.17	713,484	22.51	16.23	55.26	127	21
VI-1 低担当職員比・低住復興事業比	66.95	0.50	8.00	19.40	389,055	9.04	2.99	86.67	67	2
	42.78	0.52	8.54	41.45	341,094	28.59	12.38	79.75	193	19
	39.84	0.73	8.83	44.08	261,828	33.63	11.23	86.50	211	18
VI-2 低財政インパクト・低住復興比	11.29	0.83	3.54	46.51	179,450	9.19	2.61	100.00	43	3

※基礎自治体住環境復興事業費（2011-2018 年平均）／基礎自治体総予算（2010 年）

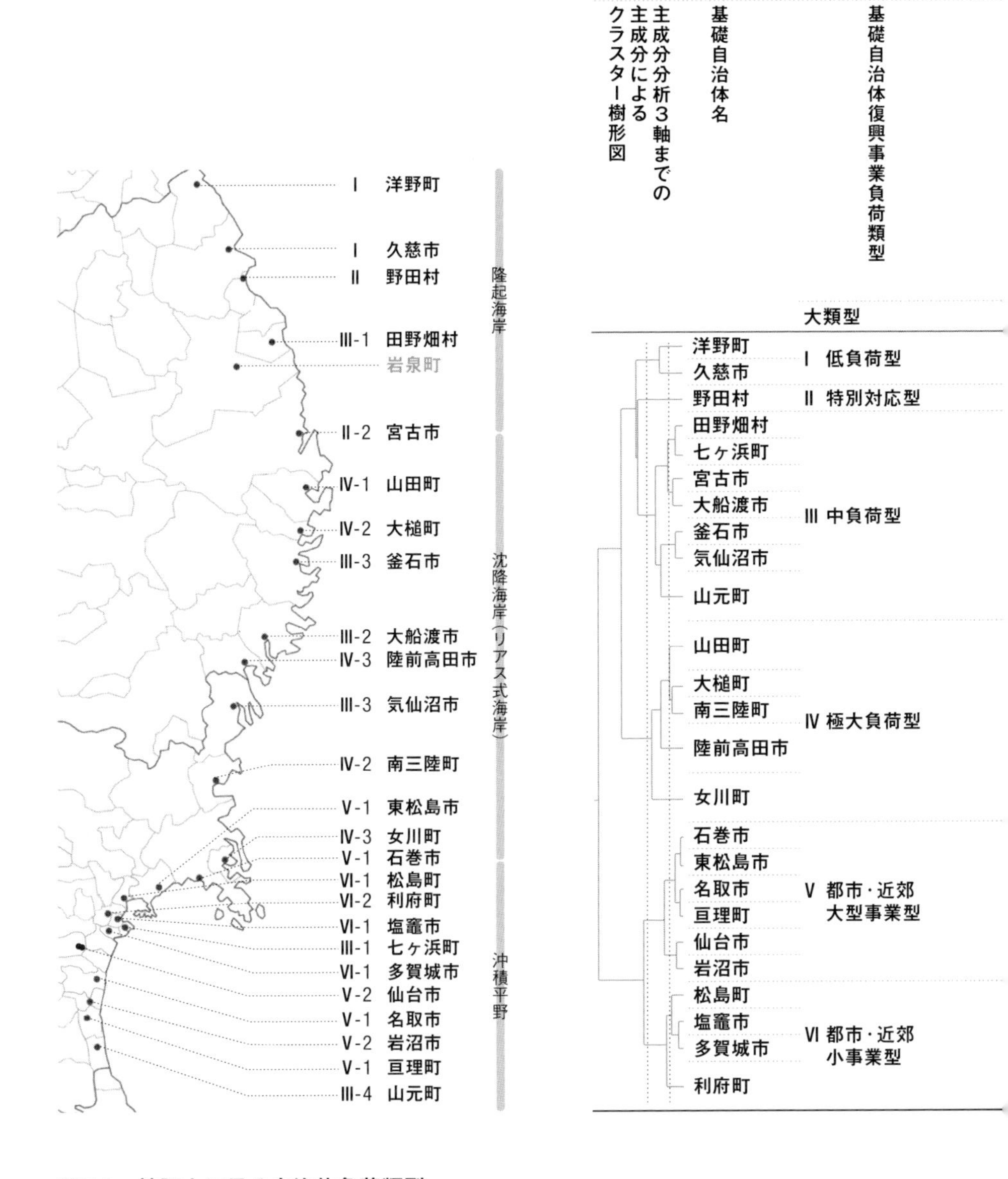

図 7.3　地図上に見る自治体負荷類型

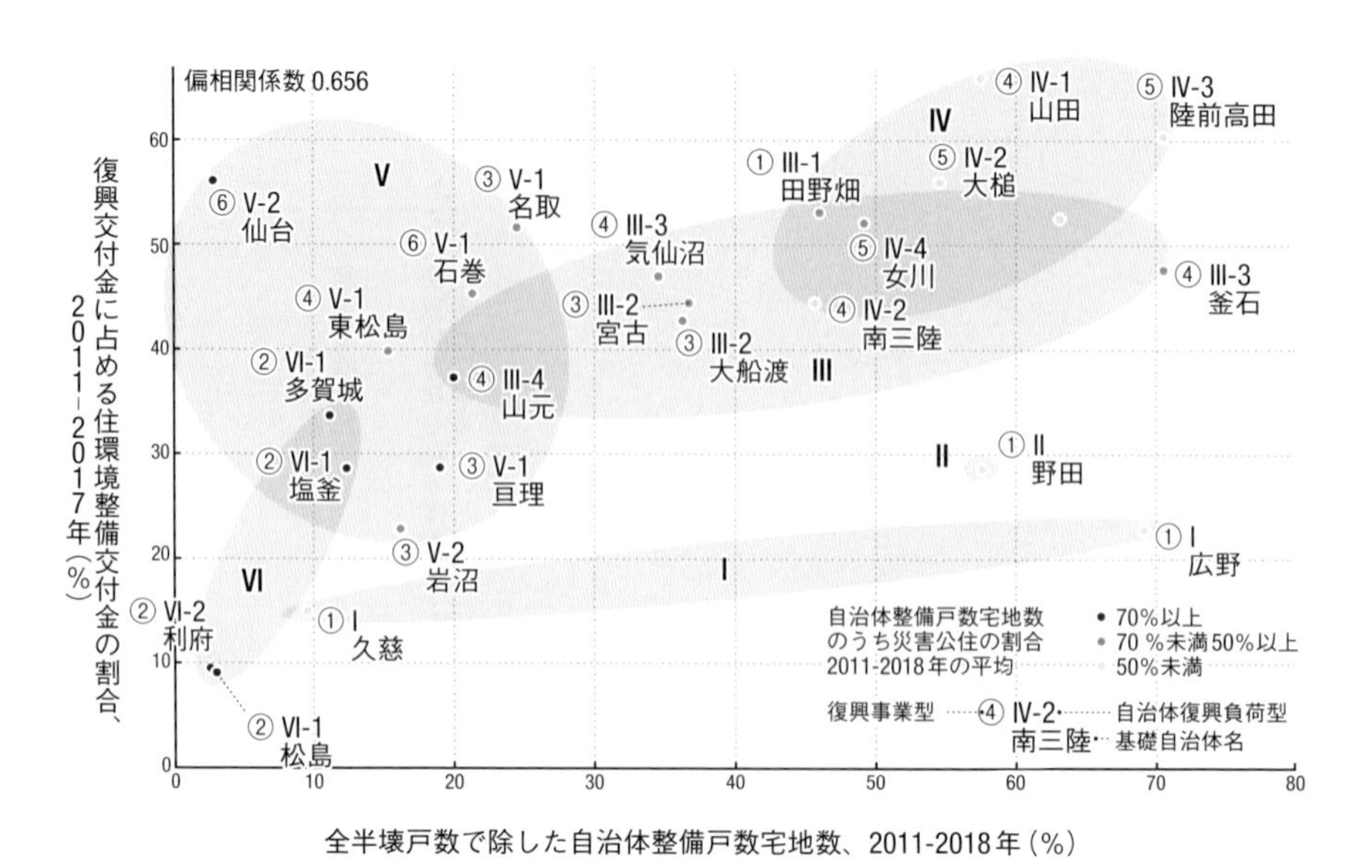

図7.4　全復興交付金の住環境復興交付金比と全半壊戸数で除した整備戸数・宅地割合

プルな対応がなされる型である。松島町では、政策系と建設系の課の下に新設の班がぶら下げられている。

次いで、復興事業の計画策定や復興庁協議を担当する部門を新設し、既存建設部署と連携させたものをB既存組織保持・管理課調整型とした。相対的に大きな負荷が掛かりながらも既存組織の活用を指向する型で、宮古市では、二〇一四年に建築住宅課がひとつ新設されているが、その他の新設部署はすべて既存課の下にぶら下がる室となっている。この枠組みづくりに中心的役割を果たした市の幹部は、宮古市では港湾事業などを発災前から展開し、建設専門職員も一定数いることから事業実施能力を有していると判断したこと、復興後にソフトランディングするためには、新しい組織を立ち上げるのは得策ではないと判断したことなどが理由だと述べている。同型の気仙沼市は、宮古市より大規模な復興事業が行われ、建設部主導という違いはあるが、同様に既存の組織を活用している。これらの自治体では発災前から建設専門職員がある程度存在することが共通している（表7・2）。

業務ごとに課を新設して並列的に業務を行うのがC複数担当課挿入型である。山元町では、全体調整を行う震災復興企画課と面整備担当の震災復興整備課に、JRとの軌道交渉を担う用地・鉄道対策室（震災復興整備課）、災害公営住宅整備を担う事業計画調整室（震災復興企画課）の新設四組織で、効率的

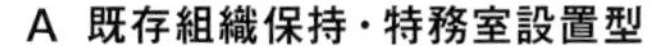

A　既存組織保持・特務室設置型

A1　洋野町　　担当室（課）のぶら下げ
A2　松島町　　既存課名称変更対応
　　久慈市

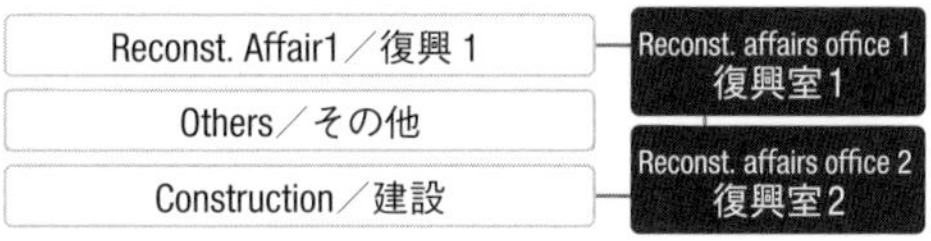

Reconst. Affair1／復興 1
Others／その他
Construction／建設
Reconst. affairs office 1
復興室 1
Reconst. affairs office 2
復興室 2

B　既存組織保持・管理課調整型

B1　利府町　　調整課（室）新設
　　田野畑村
　　多賀城市
B2　宮古市　　調整課新設なし
　　気仙沼市
B3　山田町　　調整課新設後復興中期に課新設（C型的）

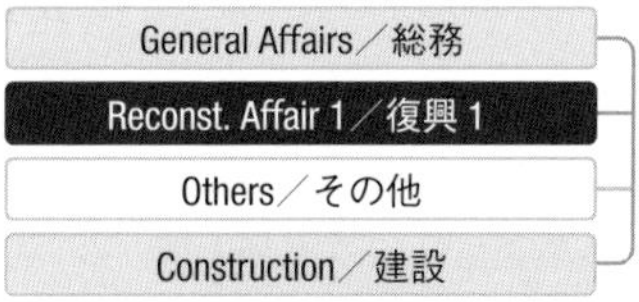

General Affairs／総務
Reconst. Affair 1／復興 1
Others／その他
Construction／建設

C　複数担当課挿入型

C1　亘理町　　企画管財系で複数課設置
C2　山元町　　建設系で複数課設置
　　南三陸町

General Affairs／総務
Reconst. Affair 1／復興 1
Others／その他
Construction／建設
Reconst. Affair 1／復興 2

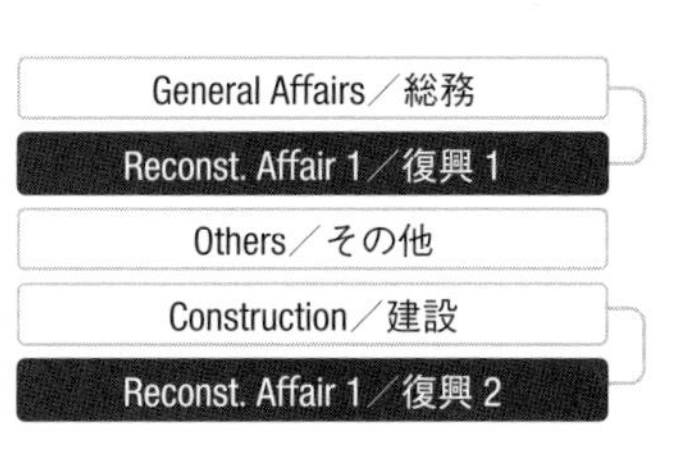

D　包括的統合局新設型

D1　七ヶ浜町　一般
　　名取市
　　女川町
　　大槌町
D2　野田村　　包括部以外に特務課設置
　　釜石市
　　仙台市
D3　塩釜市　　包括的部局以外に建設系と連携（E型的）

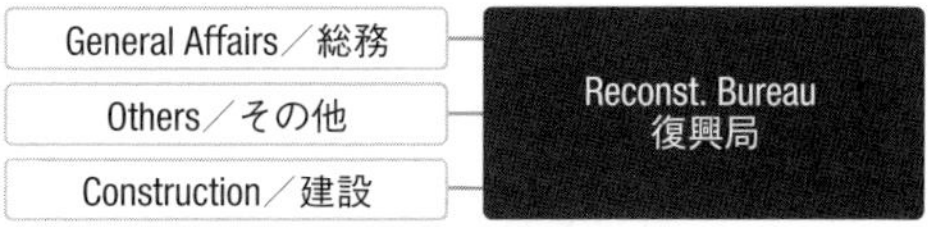

General Affairs／総務
Others／その他
Construction／建設
Reconst. Bureau
復興局

E　政策・建設二部局並置型

E1　大船渡市　既存建設系と連携
　　陸前高田市
　　東松島町
E2　岩沼市　　本格的二部局設置
　　石巻市

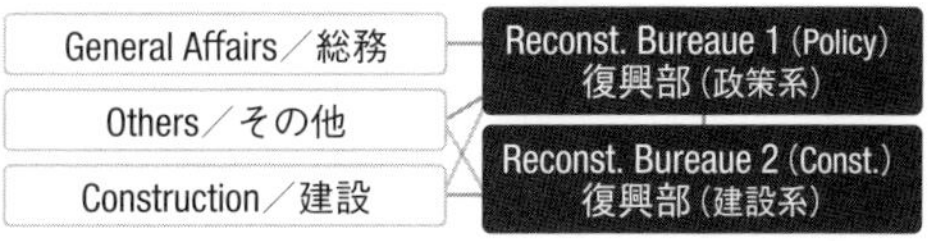

General Affairs／総務
Others／その他
Construction／建設
Reconst. Bureaue 1 (Policy)
復興部（政策系）
Reconst. Bureaue 2 (Const.)
復興部（建設系）

図 7.5　住環境復興担当組織類型

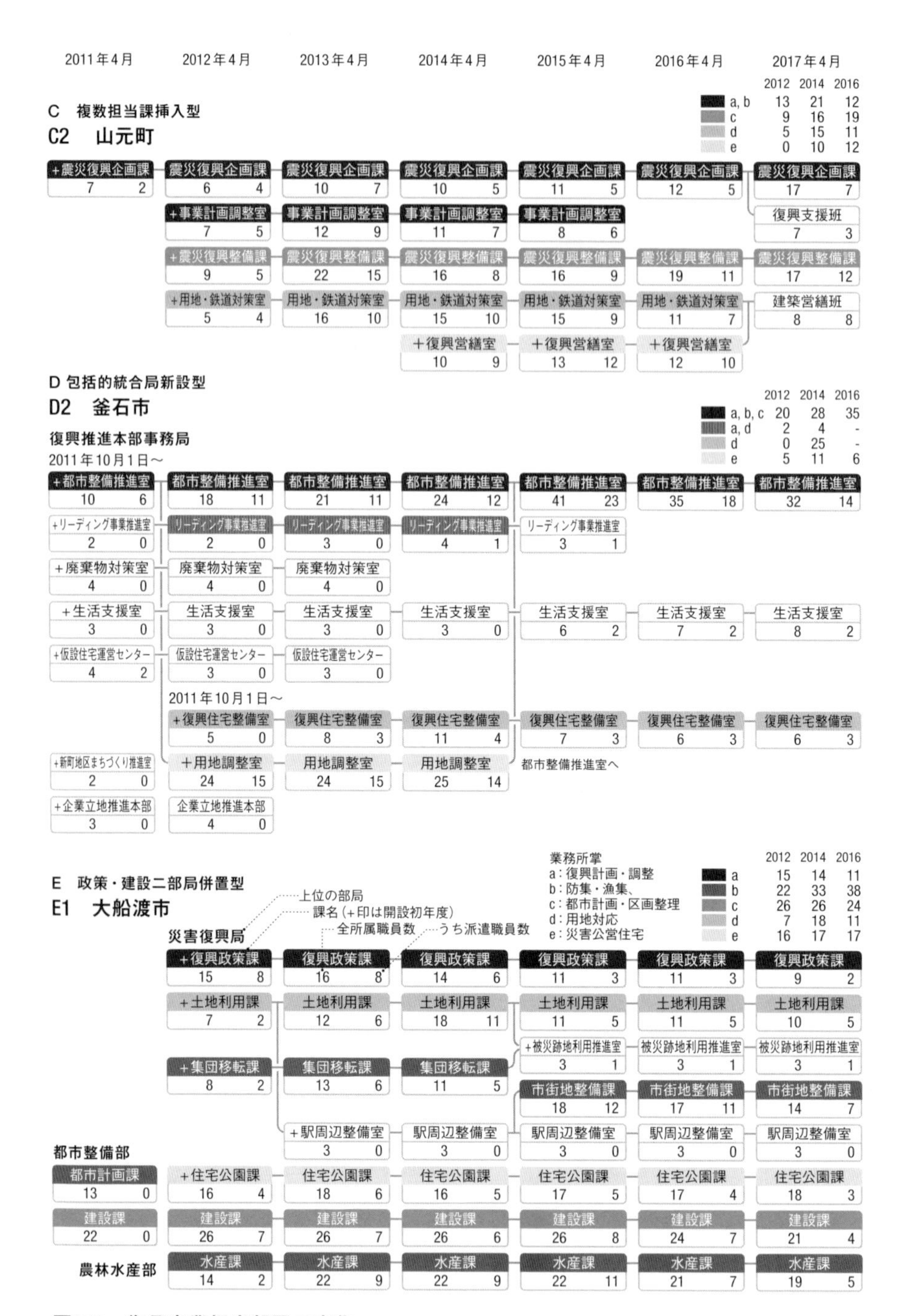

図7.6 復興事業担当部署の変化

な事業実装が目指されている。

大掛かりな対応を行うものは、計画策定と各課調整を行う政策系部署と事業を行う建設系部署をまとめて横断的な事業本部とするD包括的統合局新設型、政策と建設の二系統は残しながらも横断的な部を並置するE政策・建設二部局並置型の二類型である。

図7・6に取り上げた釜石市に見られるように、D型では政策系、建設系にまたがった各課を包含する大きな組織がつくられている。一方、政策系と建設系それぞれで包括的組織が分けられるE型は、総務系と建設系を独立させて事業を任せることで組織内部の取引コストを減らし、事業の執行速度を上げる意図が働いているもので、B型のように既存の組織文化に配慮しながらD型が目指す統合を得ようとする両者の折衷型ともいえる。大船渡市以外に、陸前高田市や石巻市など事業規模が大きい自治体が中心だが、第6章で見たような建設費の高騰を回避するため、早期事業完了を意図的に目指した岩沼市も含まれている。

4— 復興事業と負荷・組織型

(1) 復興事業と負荷類型の関係

被災・復興事業型を表頭に復興事業負荷型を表側として枠を作成し、同じマス内をグループと定義した。図7・5で得た復興組織型を枠内に書き込んで組織との関係を加味したものが図7・7である。

①小規模復興事業型で負荷が軽いⅠ型はグループ1としたがこれらでは組織型は軽微な対応のA型となっている。野田村は事業や負荷対応でも特徴的で、独自の位置づけとする。[注8]

①小規模復興事業型でⅢ中負担型のグループ2は、田野畑村と七ヶ浜町で、ともに質に配慮した復興を志向した自治体だが、丘陵地が多く、防集と災害公営の一体化などを志向する七ヶ浜町は統合に向くD型、隆起海岸で漁村と農村が分かれ、被災規模も小さい田野畑村は既存活用のB型である。

②災害公住事業型は、都市部や郊外の負荷が低い負荷型Ⅵで、グループ3とした。組織対応もA、B型が多いが、主となる住環境復興事業が、特定第三漁港の復興事業と連坦する塩釜市では、相互の事業間統合に有利なD型が採用されている。

③中規模復興事業型は、仙台平野で復興事業がそれなりに重い負荷型Ⅴとリアス式海岸で中負荷のⅢ型に分けられる。グループ4とした前者は大都市近郊の自治体で構成されるが、それぞれの状況に対応して異なる組織型が採用されている。

復興整備課を中心に防集と災害公住事業を一体化した移転（玉浦西）を早期に成し遂げた岩沼市は、これに加え、千年希

復興組織類型

- A　既存組織保持・特務室設置型
  A1：一般、A2：特殊
- B　既存組織保持・管理調整型
  B1：軽、B2：一般、B3：特殊
- C　複数担当課挿入型
  C1：企画系、C2：建設系
- D　包括的統合局新設型
  D1：軽、D2：TF付加、D3：特殊
- E　政策・建設二部局並置型
  E1：計画主体、E2：並行

被災・復興型		復興事業負荷類型															
		I 低負荷型	II 特別対応型	III 中負荷型				IV 極大負荷型				V 都市・近郊大型事業型			VI 都市・近郊小事業型		
				III-1 中担当負荷・高復興事業比	III-2 低担当負荷・中復興事業比	III-3 高担当負荷	III-4 高財政インパクト・低復興事業比	IV-1 高財政インパクト・高担当中派遣	IV-2 高財政インパクト・大派遣比	IV-3 高財政インパクト・大担当負荷	IV-4 高財政インパクト・高財政力指数	V-1 高担当負荷・中復興事業比A	V-1 高担当負荷・中復興事業比B	V-2 低担当職員比・低派遣比	VI-1 低担当職員比・低住復興事業比B	VI-1 低担当職員比・低住復興事業比A	VI-2 低財政インパクト・低住復興比
①小規模復興事業型	洋野町（岩手県）	A1															
	久慈市（岩手県）	A2															
	野田村（岩手県）		D2														
	田野畑村（岩手県）			B1													
	七ヶ浜町（宮城県）			D1													
②災害公住事業型	利府町（宮城県）																B1
	松島町（宮城県）															A1	
	多賀城市（宮城県）														B1		
	塩竈市（宮城県）														D3		
③中規模復興事業型	岩沼市（宮城県）													E2			
	宮古市（岩手県）				B2												
	名取市（宮城県）												D1				
	大船渡市（岩手県）				E1												
	亘理町（宮城県）												C1				
④複合復興事業型	山元町（宮城県）						C2										
	南三陸町（宮城県）								C2								
	東松島市（宮城県）																
	釜石市（岩手県）					D2											
	山田町（岩手県）							B3									
	気仙沼市					B2											
⑤広域面整備事業型	大槌町（岩手県）								D1								
	女川町（宮城県）										D1						
	陸前高田市									E1							
⑥大規模復興事業型	石巻市（宮城県）											E2					
⑦大都市型	仙台市（宮城県）													D2			

グループ1　グループ2　グループ3　グループ4　グループ5　グループ6　グループ7　グループ8

比較的軽い被災　比較的重い被災　比較的軽い被災
相対的に財政力のある自治体

図7.7　被災・復興型、復興負荷型、復興組織型

望の丘事業など横断的判断が必要となる土木系事業に取り組まなければならなかったことがE型採用に影響している。[注10]亘理町は被災漁村（荒浜）を現地復興したが、その規模は相対的に小さく、いちご農家など産業の復興を最優先とするとした町の復興計画との対応もあって、個別課題に対応しやすいC型が採用されている。名取市は、ある程度の規模を持ち古い歴史を有する地域（閖上）が被災したことを受け、その復興を統合的に解くためD型が採用されている。

グループ5の宮古市は前述のように既存組織を活用したB型である。大船渡市は通常の復興と低平地の業務エリアの復興を並行させる意味で、岩沼市同様E型を採用している。

④複合復興事業型では、負荷が中程度のⅢ型と負荷が最も大きいⅣ型に分かれ、前者をグループ6、後者をグループ7とする。

釜石市では土木と建築の調整で、希少な沿岸可住地を極力活用しようとする市の志向を反映し、D型が本格的に採用されている。甚大な被害を受けながらも気仙沼市は発災前からの建設専門職員の存在（表7・2）もあって宮古市同様に既存組織を活用するB型を採用している。

隣接する亘理町に比べて大規模な面整備事業を執行するなど複雑な復興に取り組んでいる山元町でC型が採用されているのは、次節で述べるように、ほとんどノウハウのないところでの事業のため、支援職員らからなる対応課を独立的に運用した表れといえる。このあたりは同じく大きな復興事業を抱えながらC型を採用する南三陸町も同様と推察できる。山田町は気仙沼市、宮古市と同様に既存組織を活用するB型であるが、発災前の専門職員は少なく、実質的にはC型に近い枠組みとなっている。

大きな被害を受けて町をつくり変える大型面整備事業型は、最も負荷の高いⅣ型から構成され、グループ8を形成する。組織型も大槌町、女川町は事業統合を志向とするD型、巨大な嵩上げ事業を抱える陸前高田市は復興局、都市整備局の二頭立てで事業推進を重視するE型を採用するなどそれぞれの方向性に応じた対応を示している。東松島市、石巻市、仙台市は、野田村同様独自性が高いと判断されるため、グループには括らない。

（2）派遣職員の影響

担当職員に高い負荷の掛かる復興事業の実装では外部からの人材調達も重要な与件となる。そこで復興事業に対する自治体の財政インパクトを縦軸に取り、それを補うために外部から補填した派遣職員が復興事業担当職員に占める割合を横軸として散布図を作成し、先の被災・復興類型、復興事業負荷類型、復興組織類型を記述した（図7・8）。

当然のことながら、財政インパクトが大きな自治体は多くの派遣職員を受け入れている。復興事業も大きく負荷も大きいグループ8が特異な位置にあり、大きな面整備を選択した大槌町、女川町、陸前高田市が難しい復興に取り組んだことがデータでも示されている。これらでは、組織型もD型かE型で、多くの派遣職員を受け入れて全庁挙げて復興に取り組んだことが読み取れる。それに続くグループ7は同様に高い財政インパクトでありながら、南三陸町が多くの派遣職員を受け入れる一方、山田町は限定的と対照的である。後者は、発災前の建設担当職員は少なく(表7・2)、宮古市や気仙沼市とは基礎条件が異なると推察されるが、既存組織の活用を目指すB型が採用されている。[注11]

続くグループ6では山元町が特異な位置にあるが、釜石市、気仙沼市は散布図上は中位である。山元町は、高い派遣職員率と財政インパクトながら事業に応じて関連課を設けるC型が採用されている。⑥大規模復興事業型の石巻市は、最大の復興事業に取り組んだ自治体だが、派遣職員は約四〇%、財政インパクトは一一〇で、図では中位にある。

同じく復興事業が大きい⑦大都市型の仙台市は、相対的負荷、派遣職員率ともに低く、被害と負荷の少ないグループ1と同領域である。グループ3は災害公営住宅整備中心で負荷も少ないが、松島町を除くと担当部署内の派遣職員率は高く、

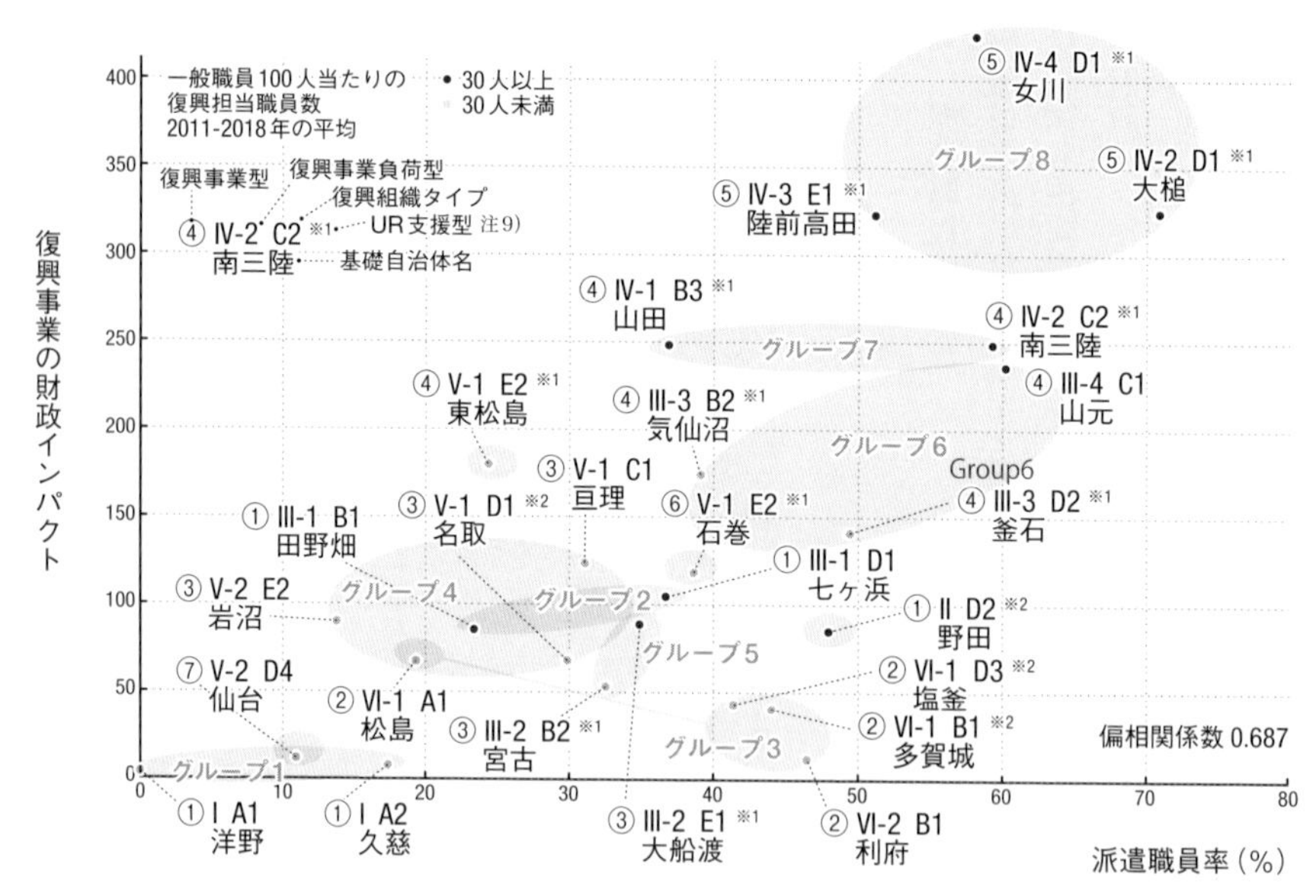

図 7.8　財政インパクトと派遣職員率

特定部署に外部人材を集中させることで、相対的に全庁の負荷を減らす戦略をとっている。

（3） ケーススタディへ向けて

多くの人的資源を外部から調達するとともに統合的組織の採用による総動員体制で、大規模な復興に取り組んだ、女川町、陸前高田市、大槌町に次ぐ位置を占める、山元町、南三陸町の二つの基礎自治体は財政インパクトが大きく、派遣職員率も高くなっている。一方これらの基礎自治体の組織体制は、既存の枠組に担当課を増設するだけのC型で、総動員体制が取られているわけでもない。特に山元町はURから組織的支援を受けてもおらず復興事業の実装に困難が想定されるが、外形的なデータ分析だけでは限界もある。

そこで次節では、その山元町と比較対象として選定した同規模の人口と住単位数の整備を行った基礎自治体である宮城県七ヶ浜町（図7・9）の両者において、計画案の構築と合意形成の過程を詳細に分析し、復興事業実装の実態を見る。

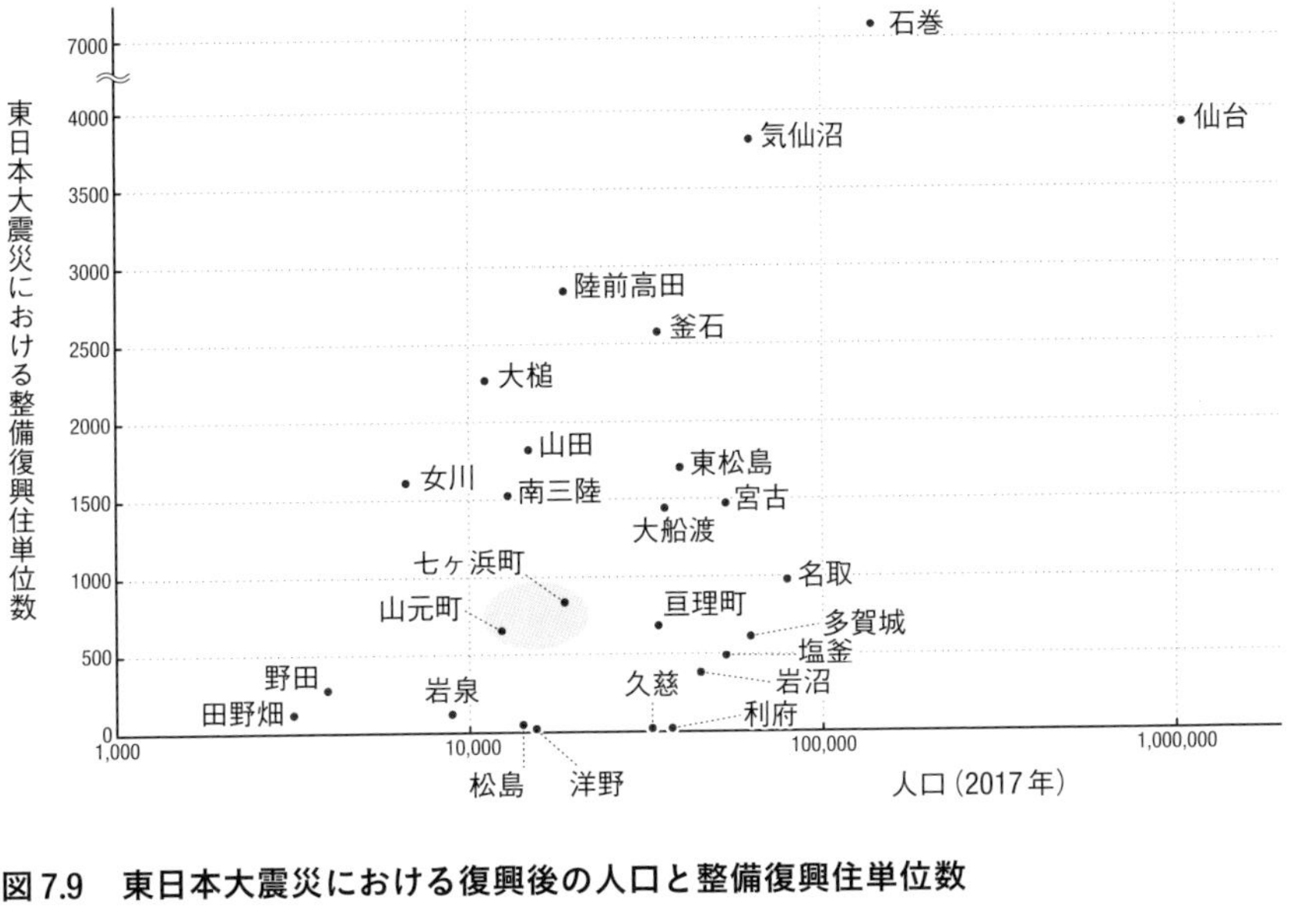

図7.9　東日本大震災における復興後の人口と整備復興住単位数

2　復興計画の実装と組織

1　復興計画策定前後の展開

(1)　住環境整備事業の概要

宮城県山元町と宮城県七ヶ浜町は、前述の復興事業負荷[注12]でも同じⅢ中負荷型に属している。その一方で、平野部に位置する前者は比較的大規模な面整備に踏み出した復興事業類型④複合復興事業型であり、後者は丘がちの地形を生かして事業規模を抑制した①小規模復興事業型に分類されるなど、復興事業の展開では対照的となっている。

基礎的な人口ならびに、住環境整備事業の概要を示したのが表7・3である。ともに発災前は二万人弱であった人口が震災の影響で減少しており、二〇一五年までの減少率は山元町で二六・三%、七ヶ浜町で八・七%となっている。山元町は新規に大規模な宅地整備を行う戦略を採用し、JR駅の移転を含む大型事業を展開している。津波拠点事業と防集事業による面整備において三地区で二二三区画、災害公住は面整備と連動させつつ計四八七戸、総計七一〇の復興住単位を整備。七ヶ浜町は、第3章で見たとおり集落ごとに宅地をつくり出す方法で、防集事業で五地区二〇七戸、区画整理事業で四地区一七一戸の整備を行っている。災害公住では地区公民館を改組した地区防災センターと連動させるとともに、一部では集落に連携した防集と一体で事業を展開するなど、町の既存構造に配慮しつつ計二一二戸を建設、総計五九〇の復興住単位を整備している。

表7.3　住環境整備事業の概要（山元町、七ヶ浜町）

	山元町	七ヶ浜町
国調人口、減少率	16,704人（2010） 12,315人（2015） -26.27%（2015/2010）	20,419人（2010） 18,652人（2015） -8.65%（2015/2010）
整備方針	新駅及び国道沿いへの新市街地の集約	周辺の高台への移転と嵩上げによる現地再建
面整備事業の概要	津波拠点＋防集事業（2012.11着手） 3地区223区画	防集事業（2012.8着手） 5地区207区画 区画整理事業（2013.6着手） 4地区171区画
災害公住事業の概要	災害公住単独（2012.3着手） 3地区179戸（木造・戸建） 面整備を伴う（2013.7着手） 3地区308戸（木造・戸建）	災害公住単独（2012.10着手） 2地区150戸（共同・非木造） 面整備を伴う（2012.10着手） 2地区38戸（戸建・木造） 1地区24戸（共同・非木造）
住単位	710 223区画 487戸	590 378区画 212戸

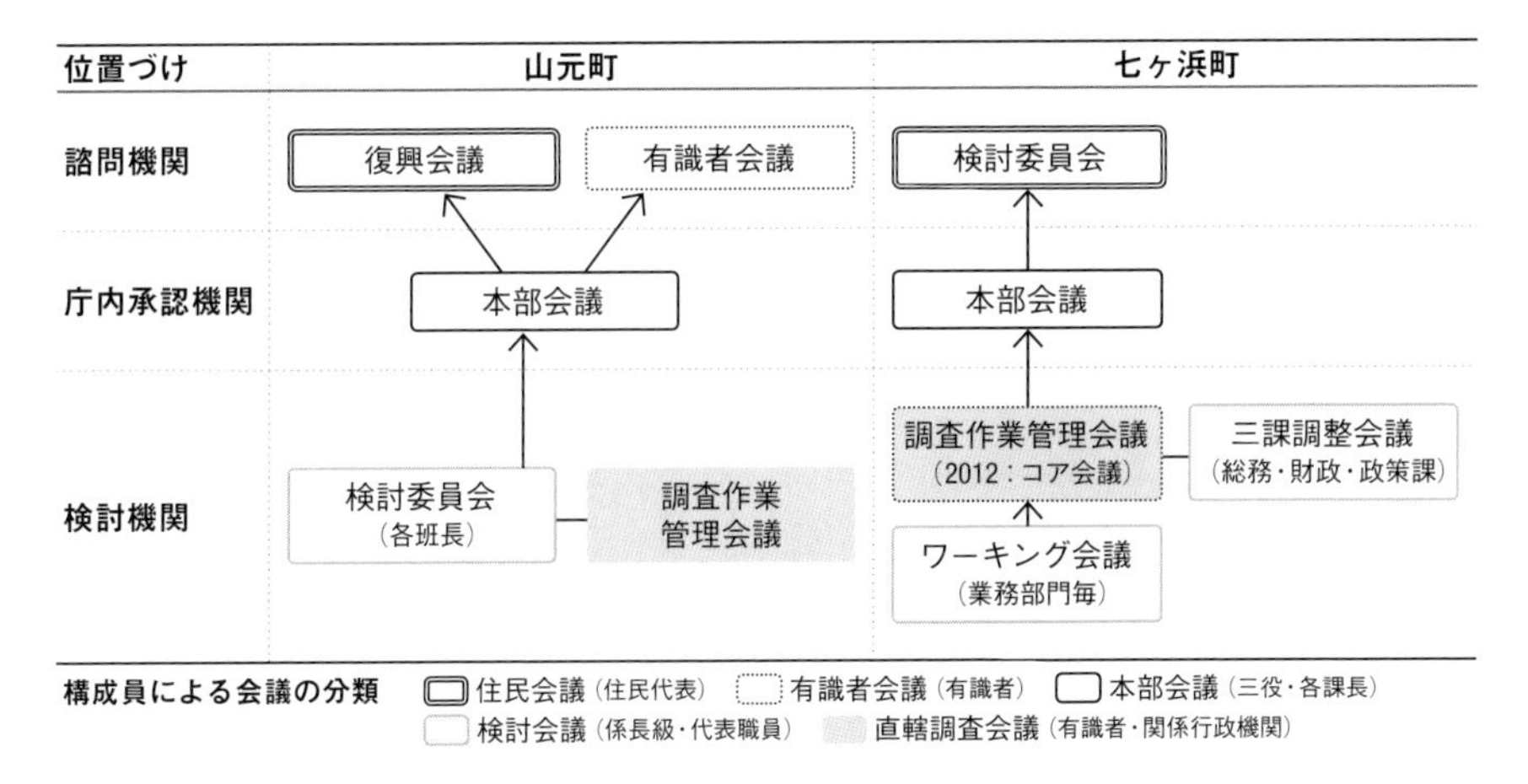

図7.10　復興計画に関する会議の位置づけ

（2）　庁内復興関係会議体の整理

このように両町は近い人口規模をもちながら対照的な復興戦略を採用している。[注13] そのような両町で、どのような会議体を通して決定が行われたかを見る。

復興計画策定体制として公表されている会議や国交省直轄調査の報告書に議事録のある会議を抽出・整理したものが、図7・10である。[注14] 庁内の承認機関を担い、三役と各課長から成る「本部会議（通常の庁議に該当）」、その上位で諮問機関となる「住民会議」、国交省都市局の直轄調査を管理する「直轄調査会議」が両自治体で共通して存在する。こうした決定機関で諮る議題を事前に検討する各種会議のうち、有識者を招いた「有識者会議」の位置づけが大きく異なっている。山元町では、諮問機関的な運用のみだが、七ヶ浜町では「直轄調査会議」との合同会議として中核的役割を与えられている。

宮城県の沿岸被災自治体を対象に庁外メンバーが関わる会議の状況を第3章の被災・復興事業類型ごとに見たのが図7・11である。発災の年である二〇一一年の復興計画策定時にはすべての自治体で諮問機関が位置づけられているが、石巻市、名取市、七ヶ浜町の三自治体では庁外の人材が参加する検討機関を並設している。事業化に移行する二〇一二年度以降は、南三陸町、女川町、岩沼市が同様の会議を運用している。[注15]

事業が相対的に複雑ではない「災害公住事業型」では諮問機

関としての役割にとどまり、設置期間も短い。住民への丁寧な聞き取りが求められる防集が多い「小規模復興事業型」「中規模復興事業型」では住民が検討に参加するものが多い。事業が複雑になる「複合復興事業型」では具体的事業検討に住民が参加することによる様々な取引コストを嫌ってか、ほとんどが諮問機関のみで、唯一、南三陸町が二〇一三年度に住民と学識が参加する検討会議を開催している。しかし、さらに複雑となる「広域面整備事業型」「大規模事業型」では具体的検討に住民や学識が参画する会議が設定されている。仙台市は事業規模は大きいが、事業組成としては「災害公住型」に近いこともあり、諮問機関を短期間開催するアプローチとなっている。復興後の環境の質が比較的高く評価されている女川町、岩沼市、七ヶ浜町は、検討における学識の参画を確保している少ないケースの側に属している。

山元町は「複合復興事業型」の典型例で諮問機関が中心となり、七ヶ浜町は住民の希望を丁寧に聞く防集事業が多い「小規模復興事業型」で、住民の意見を取り込むだけでなく、検討会議に学識を入れて復興環境の質を上げようとしている。

2―計画事業化のプロセス

包括的な復興計画の中核をなす主要事業の決定期であった

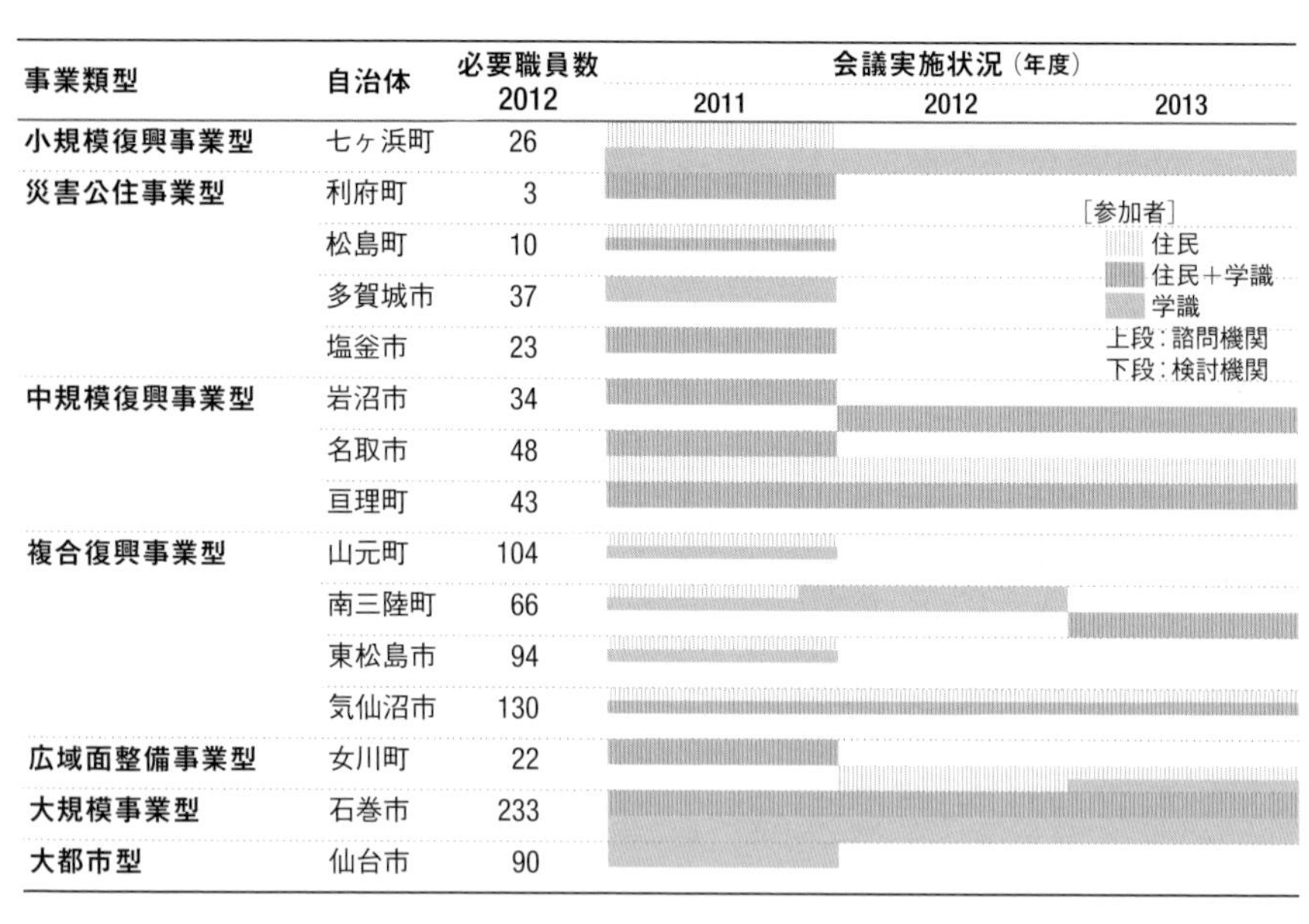

図7.11　庁外者が参画する会議の状況

二〇一一年四月から二〇一二年八月の間に行われたすべての会議から全議題を抽出し、各会議をどのように運用していたかを見るために、「本部会議」「直轄調査会議」「検討会議（検討委員会）」を主要会議と定義し、各会議の議事次第・配布資料から議論の経過を追った。計画策定と事業に分け、検討経緯が分かるように同一の議題を線で結び時系列で整理した。[注16]

(1) 山元町におけるプロセス（図7・12上）

計画策定に関する議題（A・A2・B）では、議題が検討会議から本部会議に上げられても、再度検討会議へ戻るというやり取りを複数回繰り返しており、稲妻型の線形となっている。一方、事業に関する議題では、二〇一一年に土地利用（a）・交通関係の議論を終え、二〇一二年に入って、住環境整備事業（b・c）の検討を本格的に始めている。

交通関係のほとんどは直轄調査会議である調査作業管理会議で扱われている。復興計画が策定されるのは、土地利用の議論が終了した二〇一一年一二月である。事業着手準備期に行った第三回意向調査を元に、災害公住事業に早期着手しており、面整備を伴わない災害公住（c）と市街地整備（b）の議論は明確に分けて行われている。

土地買取価格（D）については、二〇一二年三月末の宮城県の土地買取価格発表を受けて、六月の本部会議で議論され、七月の説明会・意向調査、八月の広報での公表となっている。二〇一二年度は、年限が切れた直轄調査会議のみならず、諮問機関である有識者会議は実施されず、会議は本部会議と検討会議の内部会議のみである。

(2) 七ヶ浜町におけるプロセス（図7・11下）

基本方針（A）策定に向けて短期間に複数回の検討会議が行われるなど、出だしは集中的に進められている。また復興計画（B・B2）は、議題が検討会議から本部会議に上げられた後、住民会議や広報での公表を行うなど、手戻りがない右上がりの線形となっている。立案から公表までの期間が短いのはそのためである。基本方針策定後、住宅整備（b）について議論し、基本方針・住宅整備方針を合わせて公表した後、土地利用の議論（a）を始めているほか、中間点で双方向型のワークショップを実施し、復興計画骨子（B2）を定めている。第一回意向調査を受けて、住宅整備（b2）を再び議論し、二〇一一年一〇月の復興計画議論時には土地利用と住宅整備を統合的に検討することができている。

土地買取価格（D）は、復興計画公表後の事業着手準備期である二〇一二年一月、県の提示に先駆けて議論を始め、同月の説明会での住民への提示後、第二回意向調査を行い、土地利用ゾーニングと整備予定戸数を検討・公示している。その

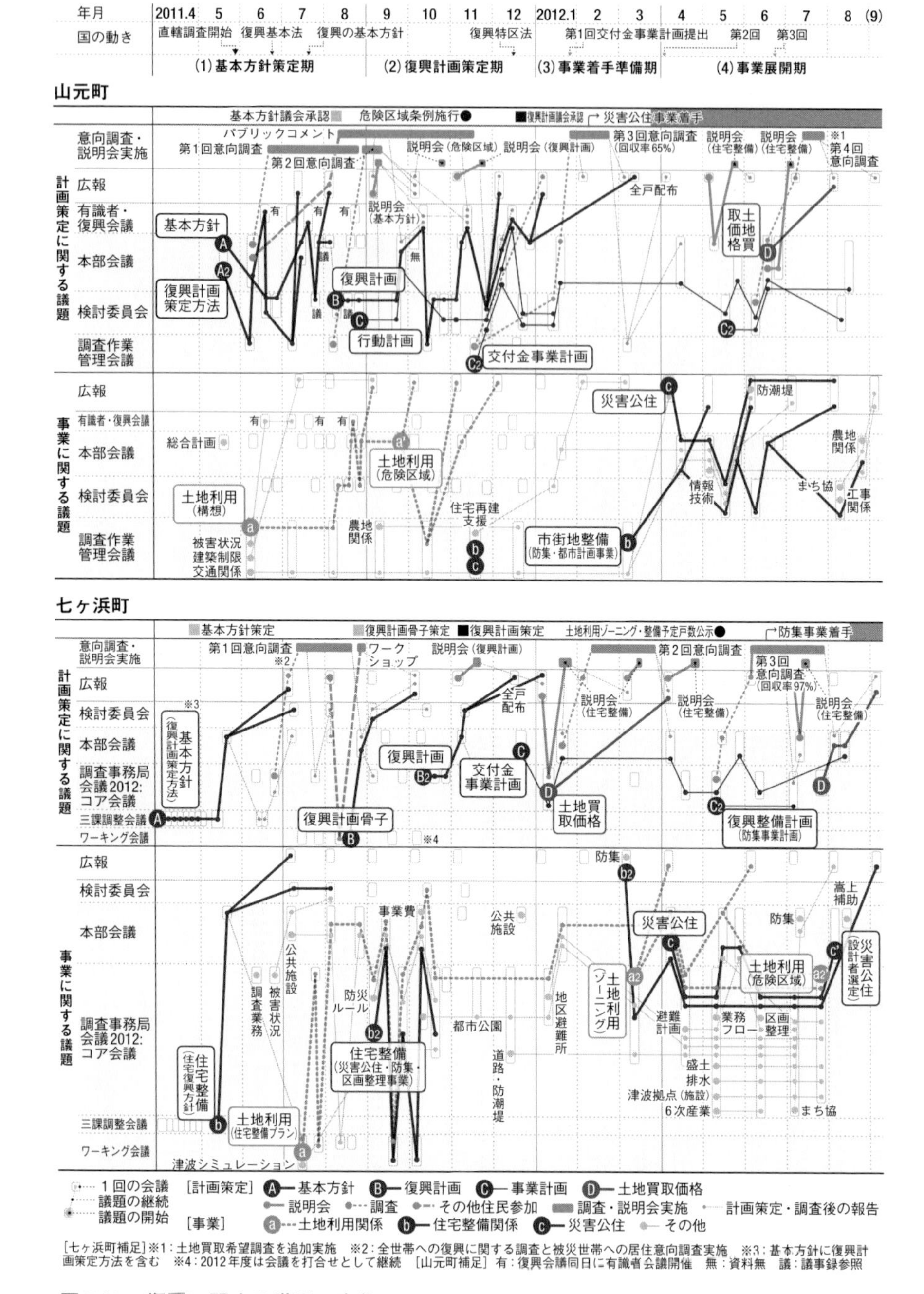

［七ヶ浜町補足］※1：土地買取希望調査を追加実施　※2：全世帯への復興に関する調査と被災世帯への居住意向調査実施　※3：基本方針に復興計画策定方法を含む　※4：2012年度は会議を打合せとして継続　［山元町補足］有：復興会議同日に有識者会議開催　無：資料無　議：議事録参照

図 7.12　復興に関する議題の変化

上で、第三回意向調査を実施し、防集事業に向けた計画戸数の精度を上げている。第一回意向調査前に基本方針の公表、第二回意向調査前に住宅整備説明会を行うなど、情報開示と調査が組になっている。有識者会議は、直轄調査終了後の二〇一二年度も引き続き検討の場として位置づけられている。

(3) 山元町と七ヶ浜町を分けるもの

山元町が初期に土地利用の議論を集中して行い、計画策定検討に時間を掛けたのは、大きな都市計画事業があるため、地域の土地利用方針を最初に決める必要があったことが背景にある。またこのテーマは、複雑なことに加えて、想定される地域周辺の地権者に関する個人情報が含まれることから単独で議論されている。並行して面整備地に近接した土地を買収し、早期に災害公住事業を進めてはいるが、全体の住宅整備方針に関する議論は後になっている。

七ヶ浜町が、計画策定関係の議論を短期間ですませ、土地利用と住宅整備の一体的な検討に時間を割いているのは、既存集落の近傍に防集で宅地整備を行う方向、いわゆる「差し込み型防集」[注17]を目指したため、住宅再建戸数を確定することを優先させたことが背景にある。第3章で見たように、土地買取価格を示した上で実施率の高い面談調査を実施し、計画戸数の確度を上げるとともにその数を絞り込んで、その後の災害公住の丁寧な設計につなげている。

3― 組織と会議

(1) 会議参加者

検討と庁内の承認にあたる主要会議(図7・12)について、二〇一一年四月~翌年八月までの会議数、議題数等の内訳を見た(表7・4)。

山元町では、本部会議と検討会議の一回当たりの議題の数は二〇一一、二〇一二年度ともほぼ同じであるが、検討会議は本部会議の前に必ず行われ、準備会的位置づけの会議体である。二〇一二年では、検討会議数は本部会議の半分に減少しているが、本部会議へと上がる議題の割合は四八%から六四%に増加し、準備会的位置づけはより強くなっている。

七ヶ浜町では、すでに述べたように直轄調査会議を有識者会議として扱い(コア会議)、二〇一一、二〇一二年度ともに土地利用と住宅再建を中心的に議論している。二〇一二年度になって一回の会議で扱う議題数が増えているほか、本部会議への報告の割合が三九%から一七%に減少するなど、事業検討を独自に行う機会として独立性が強化されている。

山元町では国土交通省都市局の直轄調査の一環として行われていた調査作業管理会議が計画の統合と調整を担っていた

表7.4　主要な会議の特徴と参加者の変化（山元町、七ヶ浜町）

			山元町					七ヶ浜町			
			2011年度			2012年度		2011年度		2012年度	
会議名			本部会議	検討委員会	調査作業管理会議	本部会議	検討委員会	本部会議	調査事務局会議	本部会議	コア会議
会議・議題の特徴	会議数		13	13	8	6	3	9	12	6	5
	会議1回で扱う議題数		2	2.2	3.3	4.3	4.7	3.1	3	3.8	12.6
	議題が本部会議へ上がる割合		-	48%	23%	-	64%	-	39%	-	17%
	会議で扱う議題数		26	29	26	26	14	28	36	23	63
会議参加者・課の数※	庁内職員（うち派遣の数）	三役	3	0	1	4	0	3	0	3	0
		課長級	17（2）	1	2（2）	21（4）	1	19	0	19	1
		係長級	1（1）	18（1）	1（1）	1（1）	25（4）	1	7	2	2
		上記以外	4（1）	9（1）	3（2）	5（3）	8（3）	1	1	6（3）	6（3）
	関係行政機関職員	国	0	0	2	0	0	0	2	0	2
		県	0	0	2	0	0	0	2	0	3
	有識者		0	0	2	0	0	0	1	0	3
	企業・コンサルタント職員		0	0	7	0	0	0	7	0	9
	関係課		16	15	1	20	19	19	6	19	1
年度末時の庁内職員数（うち派遣の数）			203（36）			226（58）		160（0）		164（15）	
庁内の課の数			17			22		26		25	

（会議で扱う議題数の内訳）その他／住宅整備関係／土地利用関係（事業関係）／計画策定関係

※2011年度は両町の復興計画策定に向けた全会議が始まる7月時、2012年度は年度明けに全会議が始まる5月時の値

が、直轄調査終了後は課をつなぐ会議は形式化している。一方の七ヶ浜町では、学識経験者や専門家も入る調査事務局会議が直轄調査終了後にはコア会議として強化され、統合・調整の中核として活発に行われている。これは図7・12で見た議題を分けて集中的に解く山元町と土地利用と住宅整備を統合する七ヶ浜町の傾向と符合する。

（2）組織体制

復興に関わる専門的な人材を確保するために宮城県では、各被災自治体の必要職員数を県がとりまとめている。二〇一二年六月時の必要数を見ると（図7・11）、URの組織的支援を受けている女川町は少なく、巨大事業を展開している石巻市は大きく、災害公営住宅に集中すればよい「災害公住事業型」は少ない、などの傾向が見られる。山元町と七ヶ浜町の比較で見ると、山元町が属する「複合復興事業型」（気仙沼市一三〇、山元町一〇四、東松島市九四）は多い傾向にあり、「小規模復興事業型」やそれと似た傾向を示す「中規模復興事業型」（名取市四八、亘理町四三、岩沼市三四）は相対的に少なくなっている。山元町と七ヶ浜町の二〇一一年度と二〇一二年度の復興主管課の組織体制を見ると（図7・13）、二〇一一年度は両町とも主管課は一課だが、山元町は九人、七ヶ浜町は四人と職員数では差が見られる。職種では、山元町は課長、係長にも派遣職員が含まれるのに対し、[注18] 七ヶ浜町は派遣職員は事業リーダー以下となっている。区画整理事業など都市計画事業は専門性が高く、区画整理事業の経験をもたない山元町としては派遣に頼らざるを得なかった。[注19] 一方、七ヶ浜町では本格的な区画整理の着手は、二〇一四年度で、山元町に比べて規模も限定されている。防集は区画整理に比べ専門性はそれほどでもないことが一課で済んでいる遠因ともなっている。[注20]

（3）組織の変化

実際に事業が着手される二〇一二年度は、山元町では増大した業務に対応するため二七人に増員し、機能ごとに三課を新設している。派遣職員が半数以上で、災害公住などの担当課を除いて管理職も派遣職員が占めている。七ヶ浜町では、一五人に増員されるものの一課のみで、課内で担当事業を分業している。四層の職層で、管理職は全員地元職員、スタッフは地区ごとに担当が固定されている。機能ごとに課が構成され、係長の下に職員がフラットに配される山元町と対照的である。事業費を見ると山元町は一〇六・四億円、七ヶ浜町は六六・四億円で二倍近い開きがある。この点からも事業ごとに担当課を分ける必要性があったと考えられる。

一方で、七ヶ浜町では防集と災害公住が一体的に検討される地区が複数あり、同一課内での調整を重視した結果と考え

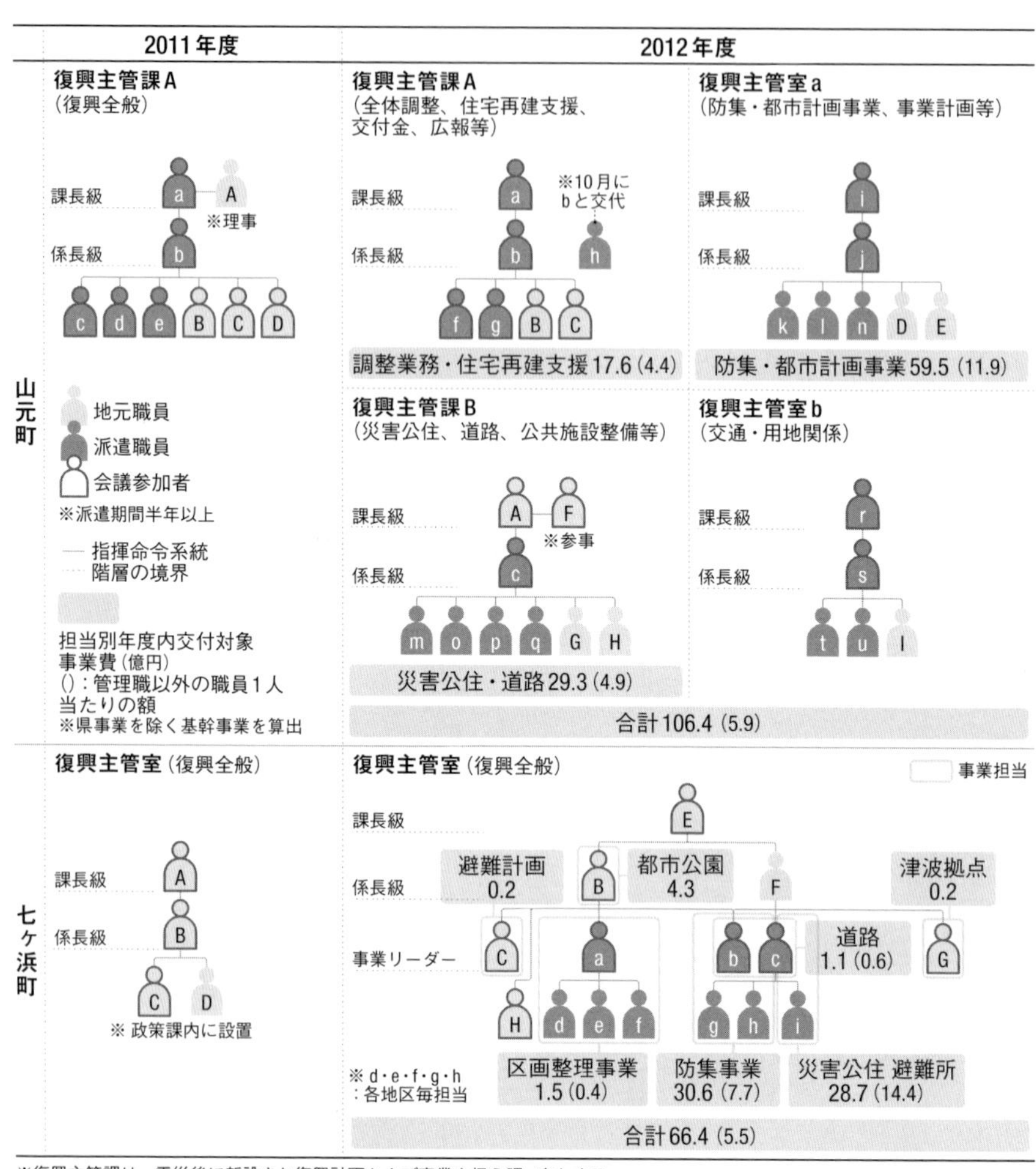

図7.13　復興主管課の組織体制と担当業務（2012年度）

られる。組織の分析より、前節で見た山元町で検討会議が減少した要因は、復興主幹課が分業によって増設されたことにあると推察できる。各課内の調整で復興案が作成され、課長を主体とする本部会議で共有を図るため、検討会議に求められる役割が縮小したのであろう。一方、七ヶ浜町では、一課のみのため情報共有は事前に課内で行われ、有識者会議が、外部の視点から進捗をチェックするとともに、価値づけが難しい各業務を重みづけしながら統合する役割を担っている。有識者会議では、課内の業務担当から事業化前の業務の報告があり、テーマを横断して対応策が多面的に検討されている。

4 ― 復興事業の実装と工程の管理

復興計画を事業化するにあたって必要とされる計画実装の作業は、工程管理…計画の策定から事業着手までの作業階梯の構築、情報共有と決定…庁内での復興関連会議体の設定、事業検討…具体的な内容検討のためのチェック体制、業務組織…復興関係課の組織編成、といった内容に整理できる。以下、それぞれについて述べる。

①情報共有と決定1…防集事業の規模決定のためには戸数把握が不可欠だが、被災者が防集に参加するかどうかは、被災した元の土地の買取価格と深く関連する。事例に挙げた七ヶ浜町では、宮城県の方針発表に先んじて提示を行うことで住民の判断を助け、二〇一二年度の事業着手前に意向を正確に把握できていた(118頁、図3・27)。ここで得られた確度の高い数値は、土地利用と住宅との一体的検討の前提となっている(図7・12)。七ヶ浜町は、災害公住事業と防集事業との丁寧な組み合わせや差し込み型防集の展開など復興環境の質的配慮で知られるが、背景に土地買取価格の提示や会議体の構成など、計画実装上の工夫が関連している。

②業務組織…都市計画事業を大規模に採用する「複合復興事業型」などは、大きな被害を受けた自治体に見られるが(107頁、図3・16)、必要とされる職員も多くなる(図7・11)。この型の事例である山元町を見ると、用地取得・面整備・建築といった必要となる各業務の整理のために、課は分けられている(図7・13)。一方、都市計画事業がほとんどない「小規模復興事業型」「中規模復興事業型」は防集中心で必要職員数が抑えられる傾向にあるが、この事例である七ヶ浜町では、このメリットを活かして主管課を一課にとどめることで、事業間の情報共有や調整などに対応していた。

③事業検討1…同一課内で各事業の検討共有を図っている七ヶ浜町では、学識者や国の担当が参画する有識者会議

を、課をまたいだ事業や内容を客観的に検討する実務者会議として活用しており、岩沼市、名取市でも類似のケースが見られた。こうした工夫が合理的な議事運用に貢献していることが、議事の発議・検討・共有・公開というスムースな展開からも読み取れる（図7・12）。

④事業検討2…事業機能ごとに課を分けた山元町では、この際に問題となる課を跨いだ事業調整を本部会議に委ねている。しかし本部会議は、平時に庁内の情報共有を担う庁議と構成員が同じで、具体的な事業検討にはなじみにくい。そこで補完的に検討委員会が設定されるが、庁議メンバーの部下による内部会議のため、次第に本部会議に従属するようになる（表7・4）。この町では事業検討過程で、議題が行きつ戻りつする稲妻型の線形（図7・12）が見られているが[注21]、これは議題自体が難しいため、議論が差し戻されている表れと見て取れる。

⑤情報共有と決定2…こうした基礎自治体外部の人間が関わる会議体をどのように使うかは、自治体の事業類型とも関係している。事業が複雑ではない「災害公住事業型」とそれに性格が近い「大都市型」は、外部が関わる会議を諮問機関にとどめるケースが多いが、防集の展開に伴って住民との密接なコミュニケーションが必要となる「中規模復興事業型」や「複合復興事業型」では、検討機関としての役割を強化している場合が多い。「広域面整備事業型」は、同様に密接なコミュニケーションが必要なはずだが、区画整理では別に区画整理審査会が組成されるためか、そうした会議が別には設けられない傾向がある。しかしながら、各事業の質を上げ一体の空間として統合していくには、デザイン上の様々な調整や摺り合わせは不可欠である。例えば、統合の重要性を理解した女川町では、首長のリーダーシップを活用しながら住民や外部の人材が関わる会議を別途設定してこれに取り組んでいる。第3章で見たこの町の統合的なデザインはこうしたプロセスの成果でもある。

事例として取り上げた山元町では事業ごとに分業することで事業を効率よく進めることを優先し、七ヶ浜町では事業間・関係者間の連携を担保することで計画の質の向上を図ることを優先する、といった対照が見られた。

3　小括——計画実装には何が必要か

1　自治体の負荷類型

復興を執行する側の能力に注目するアプローチこそ、第1章で示した能力モデル（Capability Model）に基づくアプローチである。

①復興事業負荷類型の析出…東日本大震災による岩手県と宮城県の津波被災自治体を多変量解析の方法を用い負荷型を算出することを通じて、これまで定性的に語られてきた難しい状況にある自治体として、Ⅳ極大負荷型（女川町、陸前高田市、南三陸町、大槌町、山田町）を析出した。また、それらに次いでダメージが大きいと考えられる中負荷型（山元町、気仙沼市、釜石市、大船渡市、宮古市、七ヶ浜町、田野畑村）を同定した。

②復興事業負荷の規定要因…復興の本部となる庁舎周辺が大きなダメージを受け、物流のルートからも距離のあるグループとそれ以外で大きく差が表れた。具体的には、三陸沿岸の小市町村から構成されるグループ（Ⅰ低負荷型、Ⅱ特別対応型、Ⅲ中負荷型、Ⅳ極大負荷型）と仙台平野に立地する自治体の多いグループ（Ⅴ都市・近郊大型事業型、Ⅵ都市・近郊小事業型）で大きく性格が異なっていた。これは基礎自治体から見て必要なリソースへのアクセスが制限される前者とリソースを活用しやすい後者との差といえる。

③復興戦略の整理…復興交付金総額に対する住環境整備交付金割合、大規模被災住戸に占める交付金事業による住単位の割合から、両者がともに高く、自治体自らが住環境再生を直接的に担うⅣ型と、両者がともに低く面整備の回避と住宅市場の活用で直接的な建設を相対的に減らすⅥ型との対比に見られるように、各自治体の戦略の違いが表れている。

④復興組織類型の析出…住環境復興を担う組織を精査し、A既存組織保持・特務室設置型、B既存組織保持・管理課調整型、C複数担当課挿入型、D包括的統合局新設型、E政策・建設二部局並置型の五類型を得た。新規部局で統合を図るD型と組織がもつポテンシャルの温存を狙うB型の対比が明瞭で、両者を折衷したE型も存在していた。

⑤最も過酷な群の同定…特徴ごとにグループとして括ると、大槌町、女川町、陸前高田からなるグループ8は事業、事業負荷ともに大きい上に、派遣職員の比も高く、過酷な復興作業であったことが裏づけられた。復興組織型も

統合を図ろうとするD型やその折衷型のE型であり、全庁を挙げた復興であったことがうかがえる。

⑥人的資源が活用できる場合…大きな復興事業でありながら、宮古市、気仙沼市は、既存組織を活用する組織型（B型）をあえて採用している。発災前から多くの建設専門職員を抱えていたことも影響したと推察される。

⑦人的資源が活用しにくい場合…山田町は被害が大きく負荷も大きい被災・復興型、復興事業負荷型で人的資源も少ないが、既存組織を活用するB型で、派遣職員率も高くない特徴的なありようを示している。また、高い財政インパクトで多くの派遣職員を受け入れている山元町、南三陸町は人材の調達に合わせて各事業を並行して実施しやすいC型を採用している。

⑧復興業務内容と組織型の対応…ケーススタディでは、面整備事業に乗り出した自治体は課を分けて効率的な執行を優先し、防集を中心とする自治体では、課を分けずに事業の統合を図る事例が確認できた。

⑨統合組織での協議の流れ…同一課内で各事業の検討共有を図っている事例では、発議・検討・共有・公開といった協議の流れがスムースで学識者や国の担当が参画する有識者会議も活用されていた。

⑩分課組織での協議の流れ…課を分けた事例では事業調整は本部会議に委ねられるが、本来情報共有組織をこれに充てることには課題も多い。

⑪事業型と外部組織の活用…事業が複雑ではない「災害公住事業型」などでは、外部会議は諮問機関にとどまるが、住民との密接なコミュニケーションが必要となる「小規模・中規模復興事業型」は検討機関を強化している。「複合復興事業型」も密接なコミュニケーションが必要なはずだが、事業進捗を優先する観点からかそのような組織が設けられることは少ない。

2 — 組織としての対応

既存組織活用（B型）、包括的新部局構築（D、E型）、専従課を並立（C型）など様々な組織対応が取られているが、これらは発災後に希少となる人的資源に対するアクセスを考慮した結果であると考えられる。特にB型は、山田町を除いて発災前からの技術者がある程度存在する。

壊滅的被害を受けた自治体（グループ8）では、住環境の復興を主体的に抱え込まざるを得ず、復興事業が相対的に大きくなる。そのときに、自前の人的資源が少ないと、多くの派遣職員を迎え入れつつ内部の取引コストを小さくするD型の選択となることが多い。一方、設置に大きな組み替えが必要となることを避け、既存建設部局の人的資源を活用するE型も選択肢となる。被害が大きな自治体では、これ以外にも立ち上げ負荷が少なく各事業を並行させやすいC型を採用する事例も存在する[注22]が、この方向はその後の事業間調整に難がある ことが指摘されており、注意が必要といえる。[注23]

東日本大震災では、国交省直轄調査などを契機に事業委託支援が実施され、人材の派遣も行われた。しかしながら、復興事業や事業規模の設定などの枠組は各基礎自治体の判断であり、調達可能な人的資源を見据えてそれぞれに工夫している状況が見て取れた。

3 — 意思決定のプロセス

組織をどのように構成するか、情報共有や検討のための会議体をどう構成するか、そしてプロセスをどう進めるかは、密接に関わっている。特に、複数の事業が並行して進行する復興においては、情報を統合し、それらを相互に調整することが重要になる。

山元町は事業ごとに分業することで事業を効率よく進めることを優先し、七ヶ浜町は事業間・関係者間の連携を継続することで計画の質の向上を図ることを優先する対照を示していた。これらは大きく傷ついた低平地に新しいまちを構築するために大量の事業をこなさなければならない前者と、残存する高台の機能を活かしながら適宜復興部分を埋め込んでいこうとする後者の復興戦略の差ともいえる。

庁外の人間が参画する会議を諮問機関としてだけではなく実質的な検討機関として活用することで、防集や災害公住といった事業間の統合を図り、練度ある案を早期に立ち上げた上で合意形成を得ようとした七ヶ浜町の事例は、計画実装上も示唆に富んでいる。

復興した環境の質の評価については、これからさらに時間を掛けて精査する必要があるが、人口減少社会に突入し、社会の持続可能性の確保に厳しい配慮が必要な日本の現状を考えると、長期的に発現するであろうリスクを復興に反映しようとするこの町のありようは、それなりに真っ当で、ある種の合理性も備えているようにも思われる。

注1　本項は小野田泰明・関根光樹・佃悠（二〇二一）「大災害からの住環境復興事業と計画実装自治体の負荷そして組織体制——東日本大震災における宮城県と岩手県被災自治体の復興事業を対象として」『日本建築学会計画系論文集』八六（七八一）、八四九～八五八を元に新たに書き下ろしたものである。

注2　復興の専門性、それを扱う者の守秘義務、行政の無謬性への信仰、さらには住民に寄り添い行政を批判するメディアのスタンスなどが複雑に関わっている。

注3　チャンドラーらは、事業部制を取る企業と通常の組織編制の企業を比較し、前者が企業買収等を介して展開する傾向が強いことを示した。ウィリアムソンはそれを進め、事業部制採用は組織内での取引コストを最小化とするためであることを明らかにした。後述する包括的統合局（図7・5D）は、事業部的性格を有するユニットである。

注4　復興交付金事業全体、防集、区画整理、漁集、災害公住の各事業については、第3章で述べたとおりである。津波拠点整備事業についてはその内容を吟味し、住環境の整備に活用されているもののみを含めた。

注5　普代村は死者〇名、行方不明者一名、全半壊戸数〇戸と他自治体に比べて圧倒的に被害が少ないことから対象から除いた。岩泉町は、調査時期に台風被害のために対応が難しかったことから基礎分類には含めたが、負荷分析からは除いた。

注6　住環境復興交付金四事業を担当する課、係、室などを記述してもらった。自治体によるばらつきをなくすため、ヒアリングや電話でのやり取りで解釈を統一し、これらに所属していた職員総計を復興事業担当職員とした。事業は発災から二〇一八年度まで、職員数は二〇一七年度までとし、職員当たり事業費は二〇一七年度で再計算した。二〇一八年度は陸前高田などを除くほとんどで復興事業が終了しつつある時期である。

注7　派遣職員にはURからの出向も含んでいる。URは被災自治体に、覚書（まちづくり）、協力協定（市街地整備）、基本協定（災害公営整備）を結んで支援を行うほか、現地事務所などを設置するなど多様な支援を行っている。覚書、協力協定、現地事務所設置のすべてを受けている自治体をUR機構支援類型※1（宮古市、山田町、大槌町、釜石市、大船渡市、陸前高田市、気仙沼市、南三陸町、女川町、石巻市、東松島市）、それ以外の自治体をUR機構支援類型※2（野田村、塩釜市、多賀城市、名取市）と分類した。現地事務所のない宮城県中部から南、岩手県北部については通いの支援であった。こうした復興業務実装には、民間の土木・都市計画コンサルタント、建設会社など多様な主体が関わっている。特にコンサルタントは、国交省都市局の直轄事業での業務、復興交付金促進事業による復興業務支援など、UR同様、多面的な働きをしており、これについてはさらなる掘り下げが必要な領域と考えている。

注8　全体で二〇指標からスタートし、寄与率や変数間の偏相関、主成分の分布を調整してこの八指標のセットを採用することとした。

注9　野田村は、七年間で延べ二九二人が従事している。これは、二〇一二年から復興村づくり推進課を立ち上げて総合的に復興事業を推進する一方、既存の総務課、地域整備課を巻き込んだ全庁体制を取っているためである。他自治体と同じように整理できないか検討したが、やはり独自性が強いようなので、独立の型とした。

注10　岩沼市は、復興事業規模は相対的に小さいが、復興担当職員数は少なく、派遣職員比も低い少数精鋭の運用のため、一人当たりの交付金は高くなっている。

注11　URから厚い支援を受けた自治体はいくつかあるが、山田町がその中でも特徴的な位置にある理由については、引き続き精査が必要と思われる。隣接する宮古市の経済的影響が強く、ヒアリングでも宮古市からも復興に関する情報の多くを入手していたという意見が得られている。これらの影響についても検討が必要であろう。

注12　本項は小野田泰明・加藤優一・佃悠（二〇一五）「災害復興事業における計画実装と自治体の組織体制――東日本大震災における宮城県の復興事業を対象として」『日本建築学会大会学術講演梗概集（建築計画）』八〇（七一七）、二五二三～二五三一を元に新たに書き下ろしたものである。

注13　両町とも浸水面積割合は同程度であるが、山元町は平野部であるため沿岸部の広域的な被害を受け、七ヶ浜町は丘陵地であり集落によっては被害を免れている。

注14　図7・9の直轄調査会議は「東日本大震災の被災状況に対応した市街地復興パターン概略検討業務報告書」に議事録があるものとした。山元町の本部会議・検討委員会の資料はヒアリング調査で情報を補完した。

注15　石巻市は国交省の直轄調査会議と包括協定を結んだ研究教育機関との合同会議を検討の中核に位置づけている。名取市は鳴り物入りで市民参加の仕組みを導入したが、その後民意調達がうまくいかず、二〇一四年に仕組みを組み替えた。女川町は二〇一一年一一月に町長に就任した首長のリーダーシップに第3章で示した地元の商業者、優れたコンサルタントと学識の参画によって実働的かつ民主的な復興まちづくりデザイン会

議が実現されている。岩沼市も第3章で示したように計画策定に住民の参加と学識の助言を積極的に取り入れている。

注16　図7・12の議題は、①議事次第に掲載されているもの、②次第内容に含まれない配布資料があり会議で扱われているものとし、議事録の場合は小見出しから抽出した。なお、全資料から議題内容を把握・分類した上で整理した。また、頻繁に報告されるスケジュール等の事務連絡は除いている。表記として、議題を扱う期間が三か月空く場合や広報担当の情報開示などのルーティンについては線でつながない。

注17　既存集落の形態を活かしながらそれに付け加える形で、防災集団移転地を設定する方法を差し込み型防集と呼び、大船渡などでの事例が報告されている。

注18　派遣職員の側にも様々な課題があり、こうした課題を整理した研究も存在する（佐藤ほか、二〇一三a、二〇一三b）。

注19　山元町では区画整理事業の実施を念頭に体制を組んだが、二〇一二年六月に市街地整備事業を区画整理事業から津波拠点事業へ変更している。

注20　七ヶ浜町でも区画整理事業が本格化する二〇一四年度には、課を分けてそうした業務に専念できるよう整理が行われている。しかしながら、復興の初期において、ぎりぎりまで一課を保ち、情報共有を徹底しようとした効果は大きい。

注21　このことを傍証するように七ヶ浜町では一体的に扱われている災害公住と土地利用の議題が、山元町では別となっている（図7・12）。実際、二〇一三年四月に筆者らが山元町の復興建築調整会議に召集された際には、住民ニーズを反映させて各事業の擦り合わせを行うことが最初の議題となるなど、統合上の課題がいくつか積み残されていた。

注22　組織論では不確実性の高い環境下において分権的組織が適合的であるといわれている（Lawrence and Lorsch, 1967）。これらの自治体での採用は、少ない人的資源で圧倒的に多くの事業をこなさなければならない不確実性に対する防衛的対応と見ることもできる。

注21　既存組織活用志向の強い自治体のうち、宮古市や気仙沼市などでは、人的資源の精査の上で判断しており、合理的な判断であったとも評価できる。一方、この方向性はBuild Back Betterの実現には課題があるとも指摘されている（Davis and Alexander, 2015）。今回の結果でも女川町、釜石市、岩沼市、七ヶ浜町など復興後の空間が評価されているものは（小野田・佃、二〇一六）、統合と調整を重視したD型やE型であるが、この関係についてはさらなる分析が必要と考えている。

Behind
the Scenes

Process
of Architecture Reconstruction
and Community Revitalization
after the 2011 Tohoku
Earthquake and Tsunami

2011

2012

2013

2014

2015

2016

2017

2018

第8章
東日本大震災からの復興とは何であったか

1　東日本大震災からの復興を考えるキーワード

ここまで述べてきたとおり東日本大震災からの復興は、様々な要素が絡み合う重層的な事象であり、かつ終わりを明確に定めることも難しい進行形の事柄でもある。そこでここでは、基本的な問い「どこに住むのか（Where）」「誰と住むのか（with Whom）」「何をよりどころに復興するのか（on What）」「誰が復興を担うのか（by Whom）」「いかに暮らし得るのか（How）」といった論点に立ち戻りながら、全体を振り返ってみたい。

どこに住むのか

今回の復興においては、土地利用が大きく変化することになったために、どこに住むかがまず問われることになった。安全の概念（1）、防災施設（2）、土地利用（3）、産業構造（4）、専門領域（5）それぞれの側面で課題が存在した。

1―想定外を想定内に

復興においては、目標とする安全性を具体的に同定することが求められる。蓋然性の低い事象に厳しい要求を突きつける行為は、英雄的であり誘惑も大きいが、現実には様々な課題を受け止めることになる。しかし大災害直後、それを精査する余裕は十分ではなかった。

二〇一一年三月一一日、東日本地域、特に津波の発生した太平洋沿岸部に住む人たちは、何の予兆もなく厳しい状況に陥った。

この復興で、まず議論されたのが、こうした低頻度大規模自然災害に、我々は、どのように対応し得るのかということであった。リスクを完全になくすことに執着しても実りはないことは、リスクに関する科学によっても明らかである。そのため当初は、物理的な対応は周期の短いＬ１津波に限定して、四〇〇年から一〇〇〇年周期と言われる今次津波（Ｌ２津波）には、「避難」を中心とする抑制的な対応を取る考え方が優勢であった。

しかしながら、多くの人命や財産が失われたことに対する喪失感、さらには原発事故の経緯から人々が感じた「想定外は極力想定内化すべき」という時代的な空気感の中ではこの穏当な判断は受け入れがたく、効用をもっとわかりやすく示す対応を迫られる。津波シミュレーション技術を活用して二メートル以上の浸水が想定されるエリアでは積極的復興は行わない方向性（2－2ルール）が、こうして共有されていく。[注1]この方向性は本書で示したようにある条件の中では合理性を有していたが、いくつかの場所では課題が生じるものであった。

一方でこの枠組は、現実には柔軟に設定されており、エリアごとの調整が可能であった。すでに述べたように地域で粘り強く合意を形成した事例や優れた専門家と協同できた基礎自治体は、妥当な帰結に誘導することができている。しかし残念なことに、時間や人材といった資源が逼迫する復興の現場では、それらを余分に使ってこうした方向性を見出せる「能力」を備えた実装者は限られており、全体としては「安全」を重く受け止め、物理的には重装備の復興が展開された。

蓋然性の低い事象に厳しい要求を突きつけるのは、勇ましいゆえに誘惑も大きいが、その振る舞いが最終的にいかなる結果を召喚するのかを類推しつつ補完する、知的で粘り強い態度を、余裕のない復興の現場で保ち続けるのは難しいことであった。

2―有効な防災施設の実装困難性

厳しい要求に対し具体的にどのように応えればいいのか。多重防御はこの難しい復興を成就する有効な方法のひとつであった。しかし実現には「知恵」という希少財の追加供出が求められる厳しい道でもあった。

第3章で紹介したように、津波に対する地勢的な防御力の弱い平野などを復興する方法として、多重防御の考え方[注2]が構想会議などを通じて早い段階で示されたことには意義があった。しかし多重防護の設定は、山の近い平地では水はけの悪い土地をつくり出すリスクがあり、広い平野においては長大なエリアにわたってインフラの付け替えが必要なために高コストになりがちでもある。ゆえにその実現には、津波以外の災害のリスクを適切に見積もる技術力や予算獲得のための交渉力など、多くの能力を必要とした。

そのため、これを目指す基礎自治体は、学識経験者やコンサルタントといった外部の知的資源と協働しながら、津波や降雨災害のシミュレーションや費用便益分析等を実施し、提案の科学的論拠を示す必要があった。

大規模な多重防御の採用が、宮城県仙台市や岩沼市、岩手県釜石市、そして宮城県石巻市の一部といった一部の基礎自治体に限られているのは、地形的な制約以外にそうした理由があった。

2－2ルールの提示は科学的精査を通して復興計画を策定する道筋を開いたが、それが生み出した復興計画を地域に合わせた形で調整するには、科学的な説明を再度用意して復興庁や関係部局を説得しなければならない。しかも今度は自前で戦略を立てて知的資源の調達に挑むことになる。[注3]

「知恵を出したところは助けるけど、知恵を出さないところは助けない」[注4]という初代復興大臣の言葉は、知恵は様々な関係性を介してようやく使える形をなす希少財であり、多様な人間は出入りしているものの、信用のおける人材を見極めることの難しい被災地では、[注5]その構築は極めて困難である現実が等閑視されやすいことを示す出来事であった。

3 ― 住まいと業の分断と災害危険区域

私有財産制度が広く保障されている我が国の体系の中、災害危険区域が大きな役割を発揮して土地利用の改変が促進された。その一方、この制度は発災前に一体となって暮らしを支えてきた「住まい」と「業」の関係を大きく変容させるとともに、使い方の難しい多くの土地を残すことになった。

「住まいの復興から」というスローガンのもと、防災集団移転促進事業や災害公営住宅といった新しい居住の場への誘導が進められた今回の復興において、土地利用の改変の原動力となったのが、建築基準法第三九条に基づいた災害危険区域の設定とそこからの移転を促進する買い上げであった。この運用は私有財産制度で強く守られていた被災地の土地利用を、短い時間の中で調整することを可能にした。

そしてこれら災害危険区域は海岸沿いに建設されるL1防潮堤の内側にあって、L2津波で、ある程度の浸水が想定される地域での居住を禁止する。従って、設定された領域では、住まいと業を分離する誘導がなされる。

両者の分離は、地元の事業者に、自らの住まいなどで商売を営んでいた従来型の業態から、職住分離の新たな業態への変更を要求する。これは、駐車場確保の問題などから経営に苦労していた旧市街の店舗に転換の機会を提供する一方で、事業者には住居と店舗の分離による二重の投資を、買い物客には居住と買回りの近接により提供されていた利便性の書き換えを問うものであった。さらには、買い上げの範囲が宅地にしか認められていなかったため、粗放的な土地利用であった土地に対しては、基礎自治体がこの制度を使って買い上げた土地が虫食い状に点在することとなり、その後の活用が難しいという問題をその後に残すこととなった。

こうしたドラスティックな分断を軟着地させるひとつの手段として、建築規制と合わせた段階的災害危険区域の設定が挙げられる。伊勢湾台風からの復興の際に名古屋市の沿岸部で用いられたこの手法は、専門家の間でもある程度知られていたが、[注6]今回の復興での導入は、部分的なものにとどまっている。計画が複雑となるため事前の精査に負荷が掛かること、建築条件をつけると被災者にとって追加の出費が必要となりかねないため自力再建が阻害されるという懸念が含まれていたこと、[注7]などがその理由である。これは、復興という影響が長期に渡る事柄においても、災害対応時の被災者支援が優先される傾向の一端を示している。

4 ― 地域のアイデンティティと商品化住宅

土地の次は建築となるが、ここでも多くの問題が存在した。今回の復興では、関係者の注力で、土地利用や街区については様々なアイデアが生み出されたが、その敷地の上に建てられるのは多くの場合、一般的な商品化住宅であった。

東日本大震災からの復興において、土地利用の改変が大々的に導入されたことはすでに述べたとおりである。いくつかの限られた事例であるが、嵩上げする市街地において、発災前の町の街路構造を取り入れたり、既存の樹木やランドスケープに配慮した実践が行われている。

しかしながら、そうして実現した宅盤の上に建設され、街並みを形成する住宅は、大手の住宅メーカーによる一般的な住宅であることがほとんどであった。現代的で補償も充実していることが多いこれらの住宅は、生活面では様々な利便をもたらしている。一方でこれは、地域における住宅の役割を、過去から継承されてきた景観を保つ基礎単位であり、地域コミュニティを維持する起点というものから、プライバシーを守る堅固な容器で世帯のアイデンティティを表出する手段へと変化させた。さらにこの転換は、地元の大工が担ってきた住宅のメンテナンスを地域外に外注する契機にもなり得るものであった。

こうした住宅建設者の変更は、小さな生産力しかもたない地元の建設業者では、集中する復興事業量に対応できないこと、大手住宅メーカーが、丁寧な営業に加えて再建支援の申請書類代行も行っていたことで多くの顧客を獲得したことといった、ビジネス的な理由によってもたらされたものであった。これが今後どのような変化をもたらすのかについては、多面的な評価が必要であろう。

例えば、東日本大震災の被災地には、江戸から明治にかけて各地で優れた建築を残している工人集団を生んだ気仙地区も含まれているが、そうした遺伝子がこの惨禍にどう対応したのかについては明らかになっていない部分も多い。

もちろん、第4章で見たように住宅メーカーが建築家と協同して優れた住宅ストックをつくり上げた事例や第6章で紹介したように地元の生産者による意義ある試みなど、両者を架橋する試みも始まっている。これらが、復興の質をどのように底支えしたのかについては、引き続き注意深く見ていく必要があろう。

5―土木計画・都市計画・建築計画

こうした状況に専門家はどのように対応したのだろうか。例えば、2－2ルールは復興における土地利用を立体的に考える契機となり、土木計画・都市計画・建築計画の調整の必要性を顕在化させたが、実際には、それぞれ体系が異なるこれらを統合的に調整するには翻訳者や時間が必要となる。[注8]非常時下、そうした希少財の調達は困難であった。

津波シミュレーションを用いた復興のやり方は、津波リスクを意識化し、それを踏まえた土地利用を立体的に考える契機にもなっている。復興計画を立案する基礎自治体は、安全な土地利用を被災者に示すため、津波浸水リスクの低い斜面地の活用を志向するなど、土木計画・都市計画・建築計画を統合する必要性が召喚された。

しかしながらそれらの間で丁寧な調整が実行されたケースは、本書でも紹介したように一部にとどまっている。これは、土木計画・都市計画・建築計画は、隣接する領域でありながら、それぞれの体系は異なるために相互の乗り入れには課題があったこと、全体調整には相互の文法を理解できる人間が必要であるがその数は限られていたこと、調整には通常より時間が必要となること、「4―地域のアイデンティティと商品化住宅」で述べたように民業が多い建築と公共工事を主体とする土木の間で具体的なやり方が異なること、事業が複雑化することから合意形成が読みにくくなる可能性をはらむこと、などの理由が挙げられる。もちろん、行政所掌でもこれらは明確に区分され、取引コストが掛かる方法であったことも理由のひとつである。

しかし何といってもこの障害になったのは、統合によって手に入る環境は豊かなものになり得るか、といった動機づけに関わる問題であった。そのため、土木計画・都市計画・建築計画の統合は、釜石市や陸前高田市における学校の復興、さらには、宮城県女川町中心部、宮城県気仙沼市内湾地区、岩手県釜石市、宮城県石巻市鮎川地区の商業拠点など、発注者の信頼を受け、ノウハウを有する外部支援者が粘り強く取り組んだ地域に限られている。発注側が自らリスクを取って、優れた環境をつくり出すために、専門家にしかるべき位置を与えた事例のみが、それを成立させることができている。注9

誰と住むのか

被災者の多くは仮設住宅での生活を経て、家族の再生をはかる。この時に仮設期の暮らしぶりや本来もっていた指向が顕在化し、家族再編の方向性が決まることも多い。基本となる家族（6）はもちろんのこと、その意志（7）、社会包摂（8）の領域に分けて概説する。

6 一 家族の再生力

被災後、家族間の凝集力を活用できた家族は再び同居し、そうでない家族は災害を契機に新しい方向を選択している。災害は発災前から家族が有していたポテンシャルが試される厳しい場でもあった。

復興の基本は被害にあった被災者がもう一度生活を再建することにある。第5章で紹介したデータでも全体的には多くの世帯が維持されている。一方で世帯分離は、直系以外の兄弟などからなる世帯や三世代以上が同居する世帯に多く見られていた。これは、親から受け継いだ居住資産によってかろうじてつなぎとめられていた家族は再同居が難しく、みなし仮設などで基礎自治体の外にある住まいを選択した世帯も戻りがたい傾向にあるなど、様々な影響が読み取れた。

今回の復興では、大々的に導入されたみなし仮設住宅の普及など、いくつかの成果も得られている。しかし、これら事実の積み重ねとその後の研究で、仮設期の生活が、復興後の生活に大きな影響を与えていることが明らかとなり、仮設期の居住の質の重要性が再確認されつつある。注10

メンバーがもつ様々な社会資本を活用してそれを凝集力に転換することのできた家族は計画を立てて災害を乗り越え、そうではない家族は災害を契機に新しい生活に移行していたという、当然であると同時に冷徹な事実がそこにはある。

このように震災からの復興は、それぞれの家族が発災前からもっていたポテンシャルが試された機会でもあった。そして、自力再建を選択した家族は、それ以外の家族に比べて早くに決定を行っていた。このことは家族の再生における環境の質と時間の関与を示している。

7─揺れ動く居住意向

住民の意向は復興の基本だが、実際の意向は揺れ動く。意向調査を絶対視するのではなく、被災者への丁寧な情報提供を前提に、変化の余地をもった計画が求められている。

第5章で見たとおり、発災直後には内陸に新設された居住地をいったん選んだ世帯が、次の調査では元の居住地に選択を変えるなど、居住意向は変化する性質を有している。一方、事業の実装には時間が掛かるため、事業側はできるだけ早い段階の意向調査の結果に基づいて事業内容を確定しようとする。その結果、復興において供給される居住環境とその時点の居住意向が必ずしも合致しない事象が発生している。

このことは「10─情報の共有とその阻害要因」でも示すように被災者への適切な情報提供をできるだけ早期に行うと同時に、ある程度の変化を前提として計画を進めることの重要性を物語っている。具体的には、居住者層から想定される必要戸数を仮説的に算出し、それを実際の意向と比較しながら計画戸数を設定するなど、居住者意向調査の結果を絶対的な前提としない方法などが必要とされるだろう。

8─「絆」の熱狂の後、取り残される人々

災害は、弱い人たちを直撃するが、その対応は啓発だけでは支え切れない。拡大家族やコミュニティに内包され、守られていた人たちを、はじき出す。復興においては、これらを持続可能な形で再包摂することが期待されている。

今回の復興においては発災直後から「絆」という言葉が盛んに用いられ、家族内外、コミュニティ内外での交流にスポットライトが当てられた。これ自体は大切なことであるが、それら目につきやすい交流行動の背後にいる、取り残された人々への配慮も忘れてはならない。早期に方向を定め、自力再建などに取り組む世帯と対照的に、最後まで決定できないで仮設住宅にとどまり、その後の生活の構築に困難を抱えている層がいることが確認された。拡大家族やコミュニティに内包され、守られていた層が災害を契機にはじき出されてしまったのである。これらの人々をもう一度社会が包摂するためには、絆の称揚だけでは十分でないことは明らかである。様々な知見を活用し、合理性の高い持続可能な仕組みをつくらなければならない。

第4章で紹介したように、こうした対応の一例として共助型と呼ばれる災害公営住宅がつくられている。阪神・淡路大

震災から続く共助型災害公営住宅は、居住と福祉の間にある施設型であるため、実際の運営においては様々な難しさが存在する。特に運営を担う組織の手配と、そのための財源サポートが用意されなければ、能力と意識のある居住者に負荷が集中し、コミュニティ自身が疲弊してしまうのである。

　まじめで、公共性に溢れ、地域全体を見続けていて欲しい人から先に消耗して脱落し、コミュニティがさらに危機に瀕してしまう、といった被災地で散見される悪循環の解消は喫緊の課題であろう。

何をよりどころとして復興すべきか

　復興計画は無からつくり出されるわけではない。そこには地域や人々に関わる社会的な資源の存在が密接に関係している。ここでは、環境全体を支える無意識の気づき（9）、具体的なメッセージとして有用な情報（10）、そしてその帰結としての人々の意志の集合（11）について取り上げる。

9―環境における気づき

我々の日常生活においては、アウェアネス（Awareness、気づき）と呼ばれるような環境がもたらす日常生活におけるちょっとしたきっかけによって生起する弱い関係性が、コミュニティにとっては重要な意味をもつことも多い。

　コミュニティから取り残される人々の多くは能動的にコミュニティに関わる人々とは少し異なる方向性を有していることも多い。阪神・淡路大震災における孤独死のデータによると、孤独死にみまわれる層はコミュニティへの積極的な参加が苦手であることが多く、積極的コミュニティ施策では限界があるとされている。むしろ孤立を防止するような弱い関係性[注11]を環境が提供することが有効である場合も存在する（田中ほか、二〇一一）。

　第4章で紹介したように、これらの先行研究に啓発されて、今回の復興では、岩手県釜石市、宮城県岩沼市、宮城県石巻市などにおいて、気づきを備えた居住環境であるリビングアクセスの住宅がいくつか実現している。

　もちろん、これらは条件が設定されたということに過ぎず、今後さらにコミュニティ運営の方法論が開拓されていくことで、人々が安心して住める環境が獲得され、最終的には、高齢社会に対応した新しい社会資本のありようを拓いていくことが期待されている。

10 ― 情報の共有とその阻害要因

復興研究の多くが情報提供の重要性を述べている。しかし情報があるだけでは価値をもたない。平等に情報を届けられることはもちろん、多少不確定でも炎上しない「信頼」を有することで、時機を逸しない情報共有が可能となる。

正しい情報を提供することの重要性については、強調しすぎることはない。しかし、今回の東日本大震災では、被災を受けた土地の買取価格の基準を宮城県が決定したのが発災から一年以上経った後であったことなどが示しているように、被災者が望むタイミングで情報を出すことは難しい。復興に関わる優れた書物はそろって情報提供の重要性を述べているが、復興の現場はそれを妨げる障害に満ちていることを忘れてはならない。

そうした中でも早期に被災者全員への対面での個別説明会を実施し、復興計画とそこにおける生活再建のための方向を具体的に示しながら、多くの被災者に自力再建への誘導を行った自治体がいくつか存在する。適切なタイミングでの情報共有には、情報が必ずしも確定していない段階における判断が必要となるが、そのためにはすべての対象者に同じく情報を提供し得るシステムの安定性だけでなく、ある程度の確度があれば提供に踏み切れる、「信頼」[注12]に裏打ちされた不確定要因への耐性が重要となる。

被災地域で最も自治体域が小さな宮城県七ヶ浜町が、住民に対する全数対面の情報提供に早い時期に踏み込めていることが示すように(118頁、図3・27)、情報提供には意志決定単位の規模が効いていることは間違いない。これは、意思決定を行うスケールを小さくして迅速な判断を目指す復興の科学(24頁、図1・4)とも合致する。

11 ― 合意形成における中間単位(集落)の活用

合意形成は復興において最も重要な起点であるが、その構築は困難な道でもある。東日本大震災からの復興では、中間的単位である集落を活用することで成果を上げた基礎自治体が存在した。

被災者としっかり向き合うことは復興の基本であり、合意形成は復興の肝である。しかしながら、復興においては住民の復興を本来支援するはずの基礎自治体の方針が、被災者の意向と対峙し、場合によっては対立にまで発展する事例も存在した。初期にボタンを掛け違ってしまった事例では、合意形成により多くの時間が費やされることになってしまった。

今回の復興で、合意形成を比較的うまく進められたと評価されている宮城県岩沼市などでは、信頼できる中間単位として既存集落のコミュニティが活用されていた。合意形成に必要な取引コストを節約し、より適切な形で人々が自らの意見を復興計画に反映させることができたことは成果であった。[注13]

これは、住民参加の機会の確保といった権利の問題にとどまらない。第3章で示したように、参加者が緑地の実現には管理の問題があることを理解する機会となり、緑地の共同管理の提案が参加者からなされたことで、実現困難と思われていた豊かな緑地のアイデアが実装されるなど、復興後の管理や自治においても成果が得られている。

一方で、第5章の七ヶ浜町における祭りの復興の調査が示すように、各集落の自治組織は、それぞれに過去の集落から継承した構造を有しており、それがそれぞれの地域のレジリエンスとも深く関係している。こうした地域差にも配慮していくのは実際には至難の業といえる。

誰が復興を担うのか

復興を担う主体は重要な要素でありながら、見逃されやすい項目でもある。また復興後に牽引力となる主体を関与させることは短期的には非効率な側面も生み出すが、長期的には様々な可能性を担保する。復興というプロセスを特定の主体が独占する合理は、短期的なものである場合も多い。主体の問題は多岐にわたるが、ここでは復興業務の基礎単位(12)、人的資源管理(13)、制度設計(14)、リスクテーカー(15)について述べてみたい。

12 ― 復興マネジメントの起点としての基礎自治体

今回の復興を特徴づけるのが、被災者に最も近い基礎自治体が、復興マネジメントの起点に定められた点である。これでやり切れたことは多いが、同時にできなかったこともある。

東日本大震災では基礎自治体が復興事業の起点として定められ、復興の制度なども自治体を重点的に支援する枠組が整えられた。その一方、各基礎自治体は、甚大な被害を受けたものから軽微で済んだものまで多様な状況を示している。第7章で見たように、大きな被害を受けた自治体の中でも、既存の人的資源の精査を通じて、その活用によって復興事業を貫徹しようとした岩手県宮古市、宮城県気仙沼市のようなタイプから、他の自治体から支援された人的資源を積極的に活用するために新たな横断的組織を構築して乗り切ろうとした宮城県女川町や岩手県釜石市のようなタイプまで、それぞれの条件に合わせた多様な対応が見られた。前者は懸念となる従来型組織が有する縦割りが、後者は組織立ち上げに掛かるコストや通常時への帰還が問題となる。

これらの課題に対して、各自治体は、属人的な努力を積み重ねて乗り越えてきたように見える。[注14] 現場にこうした人材が存在したことは幸運ではあったが、今後も基礎自治体においてこれを期待し続けられるかについては、残念ながら予断を許さない。属人的以外の方法で縦割りや時間的調整をできるシステムを組織の中にいかに組み込めるかは重要な課題といえる。

復興のタイプにおいても、規模が小さいことを活用して的確な情報共有と合意形成を成立させた自治体から、能力ある専門家と協働してハードルの高い多重防御を成し遂げた自治体まで、もてる人的資源を活用しながら目標として定めた復興計画の実装に取り組む状況は様々であった。

一方で、厳しい２－２ルールの適用で物理的に居住域が限定されてしまうなど難しい復興となっている地域も散見された。こうした復興の方法とその後の環境に対する質的評価については、継続して研究を続けていく必要があろう。

13―人的資源の適切な管理

復興計画を実装する際にクリティカルパスとなることが多い人的資源であるが、自治体間の直接支援による専門職員派遣、国土交通省による政策や技術の情報提供、専門事業者のネットワークなど今回の復興では手厚い支援が行われた。

復興事業はそのインパクトから多くの人を引き寄せるが、実際には厄介な事業の複合体で丁寧にやり切ることが難しい苦行の束でもある。そうしたクリティカルパスを解消するために基礎自治体によって様々な戦略が取られたのも今回の復興のひとつの特徴であった。特に、自治体同士の対口支援でもある派遣職員の仕組みを通じて、復興時に人的資源を相互に活用することが可能となったのは成果であったし、発災直後に行われた国土交通省都市局による体系的な情報提供も効果があった。このように、復興の実装にあたって課題となる人的資源の供給については、広範に対策が講じられた。

一方、第2章で見たように他国では、行政以外の多様なステークホルダーが復興に参画し、様々な可能性を拓いている事例も多い。今回の復興における民間のステークホルダーの活用については、様々な課題も残されていることを勘案すると、実情のさらなる精査と改善に向けての枠組の提示が望まれる。

14 ― 創意工夫を支える制度設計

有用な人材が存在しても、そのよりどころとなる制度設計が硬直的では意味がない。東日本大震災からの復興では、現場の能力を信頼した柔軟な制度が追加され、それを使いこなしたしたたかな主体によって、活力ある環境の再生がなされている。

東日本大震災からの復興では、様々な復興制度が運用されたが、基礎自治体において復興の拠点となる市街地を用地買収方式で緊急に整備するための交付金事業として新たに設けられた津波復興拠点整備事業（96頁、図3・11）は、地域の自主性に基づいた復興を許し得る冗長性を組み込んだ仕組みであった。第3章で見たように釜石市東部地区ではこの制度の運用によって、面整備事業を入れずに、既存市街地に公共施設を核とする拠点を素早く実現するとともに、見守り型災害公営住宅を組み合わせて、高齢社会に対応したコンパクトシティを実現している。

こうした実例は、現場の能力に信頼を寄せた柔軟な制度が、質の高い環境の整備に貢献した好例であろう。もちろん自由度が高いということは、実際の運用においては課題も多いことでもある。今後の展開にあたっては、他の地域も含んだ包括的な評価とそのフィードバックは必須であろう。[注15]

15 ― リスクテーカーと復興の質

丸抱えの復興は被災者に依存（パターナリズム）を引き起こし、復興後の活力においてはマイナス要因ともなる。復興事業では復興後の地域経済を実際に牽引する事業者（＝リスクテーカー）の意見を計画に取り込み、協働や育成の機会として活用することが求められている。

第2章で見たように今回の復興は、行政が独占的に行う色合いが強かった。これは、決められた事業を効率よく実装するには適しているが、産業の六次化など、復興後に様々な活動を展開していくことを考えるとそれだけでは十分ではない。

発災によって大きく変化する商環境の中では、勇気をもって新しい商機を切り開いていくこうした人材が存在せずに地域が持続可能になることは決してないからである。もちろん、事業者にはグループ補助金などのしっかりした支援が用意されていたが、事業の再生を主眼とする支援であり、環境の復興との連動という面では課題が存在した。

また、自治体から復興に必要な資源が一方的に供給されるアプローチは、外からのサービスに依存する心持ち、いわゆるパターナリズムを醸成する。そのため、自分たちの裁量で状況を切り拓く人々を復興プロセスの中に組み込むことは必然であり、こうしたもの言う人たちを復興プロセスにどの程度巻き込めたのかが、復興後の社会の質を左右する。宮城県女川町、宮城県気仙沼市内湾地区など、商業者が積極的に復興に関わった地域において、魅力的な都市核が再生されているのはそういったことが関係している。

その一方、行政が中心となって環境の復興を担い、粛々と復興事業を進めることが前景化する際には、地域でリスクを自らが取ってビジネスをやり続けてきた商業主たちが、やりにくいタフ・ネゴシエーターと見なされることも多い。しかし、そうした人々こそが、復興後の地域社会における重要なステークホルダーであり、厳しい議論を経てできた環境は、結果的には強いものとなるはずである。

いかに暮らし得るのか

復興にあたってはその後の生活像、地域像を冷静に見通すことが欠かせない。それは夢のような話でも同情すべき対象でもない。大災害で変性した資源から、価値を取り出し、活用する現実的かつ創造的な過程である。人々の属性(16)、性向(17)、人口(18)といった基本要素から概観する。

16 一 性別や年齢による変更の乗り越え

復興後はすべての人がその可能性を発揮する環境でなければならない。そこではジェンダー・バイアス、エイジズムなど様々な区別の乗り越えは必須である。

最も早く完了した大型の集団移転である宮城県岩沼市玉浦地区まちづくり事業では、その検討のために立ち上げられた委員会メンバーとして、六つの被災集落にはそれぞれ三名の定員を割り振ることとしたが、市やアドバイザー、地域などの意見聴取を経て、そのうち一名以上を女性、一名を若手としてもらうことで、検討を活性化させることとした。実際の議論においても自由で多面的な意見が出され、復興計画も発展させることができている。

ここでは、ジェンダー・バイアスに配慮した参加者の調整を行うことができたが、その一方、男性に出席者が偏るなど、そうしたアプローチが定着しにくい地域も多く存在した。「11一合意形成における中間単位（集落）の活用」でも述べたように、各地域には独自の出自があるため、地域資源を活用しようとするとその背景も受け入れざるを得ず、一律的な対応は難しい。

それでも確かなのは、大災害は地域社会を支えてきた条件自体を変え、地域の基本となる人口を減らす可能性が高いことである。性差や年齢差を超え、人々がそのポテンシャルを新しい形で社会に接続させていくことは、そうした難しい状況にある地域が生き延びるために必須の与件となる。そしてこれが、復興計画の策定と実装において創造性が求められる所以でもある。

17一 禁欲的復興の誘惑

復興を説明することの困難さから、ややもすると感情的同調を得やすい禁欲的な態度が頭をもたげてくる。こうした短期の合理性だけを前景化させると、外部経済へのきっかけをもたない、長期的には非経済な復興となりかねない。

第6章の「華美論争」の項で、復興が禁欲的方向を目指しがちな性質を有していることやその問題について論じたが、こうした見方は決して新しいものではない。関東大震災からの復興においても後藤新平らが掲げるビジョンが政争の対象となり、後に大幅に縮小されることになったが（山岡、二〇〇七）、これについて、禁欲を強調する判断が人間の生存権を脅かすだけでなく、経済的合理性も十分ではないと主張する経済学者も存在した（福田、一九二四）。

冗長性を過剰に削り取ることは、復興をシンプルなものとして予算的かつ技術的にその実現可能性を上昇させるとともに、復興事業の恩恵を受ける人への羨望を和らげ、事業に対する合意形成をしやすくする。しかしそれは、全国のどこにでもある風景を現出させ、交流人口の可能性を減らすことにもつながる危険性を有している。もちろん、復興災害と呼ばれるような本来的な復興とは関係のない過大な事業は戒めるべきであるが（塩崎、二〇一四）、人々が、人口減少下、災害で大きく傷ついた地域に住み続けるためには、そこにある資源を活用しながら持続可能なライフスタイルを開発する必要性が高いということでもある。

そしてそれらは、必然的に地域ごとに異なる情景として現れる。経済合理性に配慮することは当たり前だが、禁欲的な枠に必要以上に抑え込もうとする志向は、説明可能性を上昇させる以外に効用が少ない、意外と非効率な道でもある。

18ー 人口減少は悪いことか

東日本大震災からの復興において、いくつかの地域で目指すべきであったのは、過大な開発ではなく、人口減を前提とし、地域独自の資源を丁寧にいつくしみながら離散的に住み続ける新しい生活のための器であったかもしれない。

東日本大震災によって津波被害を受けた沿岸自治体の人口の動向を見ると仙台市や名取市といった仙台平野にある一部の自治体を除いて、かなりの人口減少に直面している。これらは、これからも改善の努力を続けていかなければならない難しい課題である。

しかしその一方で、各地域が本来保持することができる人口にはそもそも限りがある。むしろ発災は、適切な人口を検討する機縁となったという冷静な見方も必要なのではないだろうか。沿岸半島部の漁村などでは、そこにある地域資源と不可分な業を展開していた漁師のような世帯の数はある程度限られていたわけでもあるから。

従って復興において目指すべき生活のビジョンには、地域の基礎人口が減少してもそうした人々が、医療や教育などの基本的なサービスを享受しつつ豊かに生きるためには、どのような生活があり得るかを探り当てるという側面も存在していたはずである。地域独自の資源を丁寧にいくつしみながら、それぞれが離散的に生活する住まい方が可能となるようなインフラの開発を包含した復興もあるべきではなかったのだろうか。

2 小括——今後に向けて(Lessons)

1 蟹は甲羅に似せて穴を掘る

「蟹は甲羅に似せて穴を掘る」という諺があるように、復興は、地理的な条件に加えて、そこに投入・配分される金融資源やその場所に蓄えられてきた社会資源、プロセスに関わる人的資源などをどこまで協調的に動員できたかを示す出来事でもある。

そしてそれは、投入された資源が少ない地域が寂しい復興しかできず、大きな復興予算を獲得した地域が豊かな復興を実現するということではない。発災前からの資源をうまく活用できた地域では、復興を通じて適切な状況の具現化が進み、そうでない地域は発災前からの課題が加速する。その一方で、復興が適切に成し遂げられているところは、事態をことさらに説明するインセンティブをもたず、難しさを抱える地域では話題創出に前のめりになる傾向も存在する。そのため、実状は外からは見えにくい。

また、政府が決めた期限はあるものの、復興は明確な終わりを定義しづらい性質も有している。結果、評価も暫定的なものにならざるを得ず、復興地域のマネジメントを引き継いだ人々には、復興時の判断が正しかったことを各時点で示し続ける使命が与えられるという、何とも難しい仕事である。

2 短い時間と長い時間

そのようにインスタントな評価を寄せつけない復興であるが、本書で見たように復興の実装に焦点を当てることで見えてきたことも多い。そのひとつが時間の取り扱いである。

東日本大震災からの復興における作業の中で参照された2－2ルールは、四〇〇年から一〇〇〇年周期のL2津波に対して物理的に対応するひとつの方法であり、「超長時間」の中で発現するリスクの扱いとしては、ある種の合理を備えていた。一方で、時間や人材といった資源が希少化する中で展開される復興計画の現場は、将来のことや未来のことよりも、膨大な事業を期限内に終了できるか、決められた予算の中に収められるか、コンセンサスを得る見込みを立てられるかといった即物的事象を優先せざるを得ない「短い時間」が支配する世界である。この状況は、R・オルシャンスキーが各国の復興の分析の中で析出したキーワード「時間の圧縮」(Time Compression)そのものでもある(Johnson and Olshansky, 2017)。

言い換えれば、復興は、長い時間を前提としながらも短期の帰結が前景化する特異な場所ともいえる。これら性質の異なる二つの時間の解釈と調整を現場の基礎自治体に委ねたことが、東日本大震災からの復興の特徴のひとつであった。

中央政府は、このミッションの難しさを理解していたからこそ、復興に関するほぼすべての経費を国が負担する復興交付金の枠組を整えるとともに、基礎自治体間の対口支援によって、執行のための人的資源を供給する体制を組み立てた。さらには、長い時間の間に起こり得るリスクを簡便な形で示す津波シミュレーションを導入し、2－2ルールというフィルターで、それを計画に落とし込む手立てをつくり出すなど、必要となる条件を丁寧に設えたとも見て取れる。[注16]

一方、仕組みとしては秀逸なこの設定も、復興に関わる主体が「長い時間」と「短い時間」を調整する能力を有しているという前提に立たざるを得なかった点で、限界もあった。

3 ― 単純化の誘引からの離隔

二つの時間を調停することが期待された復興の現場ではあったが、現実的には短い時間が支配的となるため、復興区画数や戸数の早期確保といったわかりやすい目標の実現がどうしても前景化する。[注17] 前節で見た禁欲的な復興による長期的な可能性の抑圧もそうした表れのひとつと言える。

そうした中で、単純化を回避し、良質な復興を実現できた基礎自治体も存在する。本書で何度か紹介した岩沼市や七ヶ浜町では、集落のコミュニティや専門家を活用することにより、取り引きコストを抑制しつつ、長い時間を取り込んだ複雑な復興を実現させている。さらには、人口も小さく、都市から遠いために注目されることは少なかった基礎自治体でも特筆できる復興が実現している。岩手県野田村では、防災緑地を広範に活用しながら津波への対応を強化しており、同田野畑村では優れた建築家の参画による丁寧な設計の災害公営住宅を地元の生産力を活用しながら建設している。これらの村の担当者はともに、「注目されていなかったので、『早くたくさん、災害公営住宅をつくれ』とか『もっと安全な高台を探せ』といった雑音が入らずに、専門家の協力を得ながら、村でやるべきことにじっくり取り組めた」と踏み込んだ判断ができた理由について述べている。[注18]

4 ― 長い時間を担保するのは何か

ヒステリックにならずに、長い時間を取り込むことができた基礎自治体には共通して、短い時間の暴走を留め置いて、長い時間の発動を担保するキーパーソンが存在する。

具体的には、宮城県女川町や同気仙沼市において基礎自治体が先導した復興事業に積極的に関わった商業主であり、[注19]宮城県七ヶ浜町や同岩沼市において部下の踏み込んだ判断を支援した首長であり、[注20]岩手県釜石市で新しい方向性に住民を勇気づけた地域の名士でもある。[注21]彼ら彼女らは施しを一方的に受ける人々ではなく、基礎自治体とともにその実装に責任をもつ者として、もてる意識と想像力を復興に振り向けるステークホルダーとして復興に関与する存在である。

こうした人々が防波堤となることで、時間の圧縮は一時的に緩和される。その結果、科学的かつ戦略的な枠組を活用して複雑さを縮減する道が開け、実行可能な選択肢の中に、踏み込んだ未来が示されるようになる。

ここでいう長い時間はただ時間を掛けることではなく、複雑さの縮減は安易な単純化を選ぶことでもない。複雑さを理解し、専門的な事象に敬意を払って、それぞれにおいて必要となる時間や資源を適切に配分する行為のことでもある。

これらが示しているのは、特定の主体が復興資源を独占するのではなく、様々な資源を有するマルチステークホルダーが、復興に多層的に関わる状態でもある。[注22]

5 ― マルチステークホルダーの参画

多くのステークホルダーの参画は、理念的には正しいものの現実の運用においては、復興プロセスのコントロールが難しくなる方向性でもある。こうしたリスクを念頭に置いた方法論が、第1章でも紹介したBuild Back Better（BBB）における四つのタスクである（UNDRR、二〇一七）。①共有のための包括的な枠組みの設定、②災害前復興計画（PDRP）を通じたすべての利害関係者間のネットワーク、③脆弱性の評価や回復のためのデータの取り扱いなど共通言語の提示、④日常的に促進・支援され続けるための政策・法律・プログラムの制定と強化（34頁）、から構成されるこのタスクは、多くが参加しながら、実りある結果を得るための知恵でもある。

これは防災や復興に関わるステークホルダーを明示し、それぞれがもつべき能力を開発する方向性でもある。女川町や岩沼市の事例が優れていたのは、適切なステークホルダーが広く参加したということだけではない。重要な関係者が自らリスクを取り、当事者として復興に関わっていることであり、関係者のネットワークが明示・共有された上でタスクが振り分けられている点であった。こうした状況は、第1章で述べた能力モデルが示唆するところと一致する。

この対極にあるのが、復興サービスの受給者として振る舞い続ける消費者モデルである。人任せの潔い宣言は耳あたりがよく、感情も乗せやすいが、フリーライダーの存在がリスクとなるため、優れたマルチステークホルダーの関与を躊躇させ、参加者の能力開発の可能性も低下させる。そして、これが支配する現場ではちょっとしたエラーも許さない非寛容な状況が生み出され、コンセプトと実装が乖離する。こうした状況下では、実装のリスクを取ってくれる主体を探すことは困難となる。

6― 時間と空間の圧縮

長期にわたって津波被害に遭って来た地域にとって、今回の復興は、懸案であった低平地からの撤退を一挙に展開する悲願の成就でもあった。その半面、本来ならば地域の業態や人材創出の種となったはずの冗長性を切り捨て、その先に様々な課題が生起する状況がつくり出されてしまった。

「長い時間」の中で発生するリスクを扱うために立ち上げられた「短い時間」の仕事である復興が、本来的に「長い時間」がもつべきである冗長性を減少させる現象は、資本主義の性質を述べた「時間による空間の絶滅」という言葉を想起させる(Marx, 1983)。時間の優位性を競い合う資本の活動が、結果として時間の圧縮を加速させ、それが空間の優位性を低下させることを説明したK・マルクスのこの提示は、空間と時間に関する歴史地理学を提唱したD・ハーヴェイによる紹介で、広く知られている(Harvey, 1989)。

ハーヴェイは、この考えをさらに進めて、資本経済が余剰に生産する財の固定先として空間を指向することに注目し、「時間－空間の圧縮」(Time-Space Compression)と定義した。「資本が空間に固定化され、地理的景観は蓄積に適応するために、繰り返し破壊され、のちに新たに建設されねばならない」(Harvey, 1997, ベリナ、二〇一三)という彼の説明は、ほとんど人が住まず、人工物も希薄な場所であっても大型の防災施設が延々と続く復興の風景を思い起こさせる。

7― 信頼による複雑さの縮減

時間の圧縮が起こる中においても、比較的シンプルな計画に基づいた巨大な嵩上げや巨大な防潮堤による勇壮な復興ではなく、段階的災害危険区域と建築制限の組み合わせなど、丁寧に構築された仕組みによって実現されているスマートな復興も存在する。そしてこれらを具現化するには、復興が拠って立つ複雑さを、何らかの手段でわかりやすく縮減し、発災後で冷静さを保ちがたい状態にある人々に理解してもらうことが重要となる。ここで必要となる複雑さの縮減をもたらすものが、N・ルーマンが「信頼」と呼んだ概念であった。[注23]

この「信頼」は、マルチステークホルダーに復興プロセスへの参画を許しても混乱しないために必要な与件でもある。[注24] 東日本大震災からの復興の中に、我々が見ようとしているのは、単純化や短い時間の専横から離れ、複雑さを丁寧に受け止めた、包摂的で寛容性に富んだ社会の萌芽かもしれない。

注1　本書では、今回の復興で大きな目安として扱われていた通称2－2ルールを若干記号的に用いているが、実際の津波シミュレーションの活用と復興計画の策定はより複雑である。具体的内容については、大槌赤浜における過程を示した報告（窪田ほか、二〇一八）などを参照されたい。

注2　多重防御は復興会議の中で平野を復興する際に有用な方法であると位置づけられている。しかしながら、その実現には多くの知的資源の動員や各事業を統合するための管理など高度な実装技術が必要な方法であった。

注3　復興交付金は基幹事業、効果促進事業に分かれており、全体の三五％を上限として設定されている後者を活用して、事業の実施に必要な経費を調達することが可能となっていた。

注4　初代復興大臣松本龍が二〇一一年七月三日に岩手県知事達増拓也に対して述べた言葉。松本は一連の発言の責任を取って七月五日に復興相を辞任。

注5　発災直後は多くのボランティアや学識者が訪れ、表面的には活況を呈した。しかしながら、そのような条件を活かして、実際に協働できる体制をつくり込めた自治体は少ない。実際の調整には、自治体自身がそうした経験を有しているか、また行政以外の有能なステークホルダーが組織づくりを支援することが必要となる。

注6　二〇一一年六月、後に東北大学災害科学国際研究所の復興実践学分野となる実務教員（平野勝也、姥浦道生、小野田泰明）に、津波研究の第一人者首藤伸夫名誉教授が面談した際、最初に示された事例。氏は防災・復興において、都市計画、土木、建築が、真摯に協力することの重要性をすでに見抜かれていた。

注7　浸水に対する建築側の対策は、基礎の嵩上げやピロティが中心であるが、これは建設費に影響する。一般的見解であるが、土木的対応を越えて迫るリスクを建築で段階的に調整することは難しい。

注8　この数少ない事例のひとつが、東北大学に二〇一二年四月に設けられた災害科学国際研究所における災害研復興実践学分野の活動である。開所当初のメンバーは小野田泰明、浜辺隆博（建築）、平野勝也、松田達男（土木）、姥浦道生、小林徹平（都市計画）であり、大学と包括協定を結んだ石巻市において、建築・土木・都市計画を一体的に解く作業に取り組んだ。具体的には、半島部の拠点施設や駅前・かわまちなど街中の再生に貢献している。

注9　本書では学校の事例の詳細にまで触れる機会はなかったが、釜石市立唐丹小中学校（設計…乾久美子建築設計事務所＋東京コンサルタント）、釜石立東中学校・鵜住居小学校（設計…小嶋一浩＋赤松佳珠子／ＣＡｔ）、陸前高田市立高田東中学校（設計…サルハウス）など、学校建築には土木と建築を一体化した優れたものが存在する。また、ここで上げた事例は、土木・建築・都市計画を出来るだけ連動させようとしたもので、通常の枠組みで著名建築家を招聘することで、記号的な価値を上げようとする戦略とは異なるものであることも述べておきたい。いずれにせよ現段階で何が優れているかを述べるのは難しい。

注10　各家族がどの程度の社会資本を有しているかが問われている。社会資本はR・パットナムの論でよく知られる概念である。災害復興との関係については、D・アルドリッチによる論考が詳しい（アルドリッチ、二〇一二）。

注11　社会学者のM・グラノヴェッターは、弱い結びつきがその人の重要な判断の中に大きな役割を果たすことを明らかにした（Granovetter, 1973）。気づきに満ちた環境は弱い関係性のきっかけとなることが期待される。

注12　N・ルーマンが提示した信頼の概念は、人格的な信頼を越えて、システム信頼へと拡張され（ルーマン、一九九〇）、リスク論に発展している（ルーマン、二〇一四）。

注13　もちろんすべてが粛々と運んだわけではない。六集落のうち、最も歴史のあるとされている藤曽根では、多くが防災集団移転地を選ばずにそれぞれが自力再建の道を探るなど、多様な判断が行われている。

注14　既存組織を活用しながら巨大な復興事業を扱った宮古市や気仙沼市では、主となる部局の長が、横断的調整を積極的に担うことで統合を図っていた。岩沼市では、様々な部署を経験し、庁内の人的資源を熟知する担当課長が、個性的な首長の要請を丁寧に差配していた。七ヶ浜町では比較的若い複数の担当者がブレーキとアクセルの役割を果たしながら徹底した情報収集をもとに大胆な施策を導入した。釜石市では避難所の開設で混乱する中、担当の発意で復興室を立ち上げ、復興の技術的検討を始め、貴重な時間を担保し、専門家のネットワークを構築した。これらの事象は、ある条件下で現場が一次的に決定権を移譲されることでリスクを回避する高信頼度組織研究を想起させる（福島、二〇一〇）。一方、復興は複雑なシステムであり、移譲がいつもよい結果を生むわけでもない。また状況を読み柔軟に判断するこれらの仕事を、常に基礎自治体職員に期待し続けることは、コンプライアンスが厳しくなる中、ますます難しくなってもいる。

注15　本書では深く触れなかったが、中越地震からの復興において新潟県が主導した復興基金を中心とするシステムなど、今後さらに研究や開発を行う必要がある枠組は多い。

注16　自治体によっては、2-2ルールよりも厳しい規定を当てはめているものも多い（103頁、図3・14のタイプB、Fなど）。

注17　メディアと災害・復興は、大きな領域で、本書の範囲を超えているので詳細に述べることは出来ないが、ひとつだけエピソードを紹介しておきたい。災害公営住宅が供給後、空き家を発生させず有用な社会資本になるよう、供給数を吟味して過剰な建設を抑制するとともに、孤独死の抑制のためにコミュニティを志向した丁寧な計画も必要であると説いて実践にあたっていた筆者らに対して、それは災害公営住宅の完成を心待ちにしている仮設住宅の被災者にとって裏切りであり、早く建設する方向に最大限注力すべきと主張した記者が、空き家問題が発生した後で、これを断罪する意見をお願いしますと言ってきたときには、流石に開いた口が塞がらなかった。しかしながら、消費者の嗜好を見ながら適切な量のニュースを生産する圧力が掛かっているメディアにとっては、短い時間の中での最適なイシューを探り当て、それを消費していく圧力が掛かっているので致しかたない部分もあろう。けれども、普通の製品と違って、政府の意思決定やコミュニティの合意形成に力をもっているため、長期的なフィードバックをどのように埋め込むか重要な論点となる。

注18　聞き取り調査は、文献（小野田ほか、二〇一二）による。

注19　女川の事例については第3章参照。

注20　こうした事象は優れた復興を成し遂げた他の自治体でも起こっていたはずである。筆者（小野田）が体験したのは、周辺の基礎自治体が、情報の不十分さから踏み出しかねている施策に対して、そのリスクを理解し、対策を丁寧に準備した上で、「私が責任を取るからやりきりましょう」と職員を勇気づける首長の姿であった。この場合、首長が介入することによって長い時間について検討する機会が職員に与えられている。

注21　L1防潮堤を建設せずに自然の傾斜を活用して集落を後退させた釜石市花露辺集落では、当時の町内会長や漁協の中心メンバーの調整が大きな役割を果たしている。同市鵜住居地区のまちづくりでは、津波の記憶から学校を内陸に移転する意見に多くの人が傾く中で、専門家の意見に耳を傾け、まちづくりと一体化した学校づくりの可能性を潰してはならないと諭した長老の一言が、硬直した意見交換現場の雰囲気を変え、学校と地域が一体で復興を目指す現在の姿（137頁、図3・44）につながっている。

注22　第2章で見たように復興を支援するNGOはそれぞれのドナーの意向を強く受け、復興の大きな方向性とは必ずしも合致しない志向をもつ。これを受け入れつつ、大きな成果を実現するためには、明快なビジョンの提示と相互の調整を担うマネジメントが必要となる。

注23　信頼による複雑さの縮減は、難解なルーマンの論考の中でもその中核をなす概念であり、安易な引用は禁物であるが、「信頼は決して過去からの帰結ではない。そうではなく、信頼は、過去からの入手しうる情報を過剰利用して将来を規定するというリスクを冒すのである。信頼の、この心的行為によって、将来的世界の複雑性が縮減されるのである」（ルーマン、一九九〇、三三頁）という解説は、復興の現場で起こっていることと親和性が高いようにも思われる。

注24　U・ベックは後期の著作の中で、自然と社会の二元論を越えることを主

張し、その手掛かりとしてB・ラトゥール、D・ハラウェイの仕事を上げている。特に前者による「虚構の近代」（一九九五）を、「科学技術の社会学においてみられたような（中略）もっとも挑戦的な著作である」と評価し、アクターネットワーク理論の可能性に言及している（ベック、二〇一四）。

あとがき

本書は、東日本大震災において、復興が具体的な形としてどのように現れたのか、さらには、その背後にあり実現した形に大きく影響する復興事業マネジメントがどのような実態だったのかを、建築と地域の視点から記したものである。

筆者らは、二〇一一年の発災以降、建築の専門家として、多くの被災自治体の復興事業に関わってきた。自治体内部近くで事業に関わる中で、それぞれの自治体が自らのまちを再生させるために、複雑な諸条件や各種の事業を読み解きながら、内外のマンパワーを活用し、長い復興の道のりに苦闘する姿を目にしてきた。復興まちづくりには、目の前にいる被災者への支援とともに事業が終わったあとに続くまちの将来を意味あるものにする責任が伴っている。特に筆者らの専門「建築計画」は、建物をつくる最初期にその条件を整理することが仕事である。なかなか見えにくいこの段階での精査を怠ると、面積が過大もしくは過小すぎたり、空間と運営が乖離した建築となってしまったり、イニシャルやランニングのコストが過大となったり、適切な建築を実現することが難しくなる。そうならないために、過去の事例やその時点の社会の情勢などの膨大な情報を精査しながら、中長期の将来を見据えて事業に取り組むのだが、東日本大震災での復興の現場では、私たちも実際痛みを伴いながら、多くの事象を経験してきた。流布しやすい感傷的な情報ではなく、未来に資するまちをどのように実現してきたのか、そこにある困難は何かを振り返り、そのような私たちが経験してきたことの背後を科学的に解き明かそうと思ったのが本書を書くきっかけであった。

東日本大震災直後、原発事故による災害によって、近代以降の技術革新を土台として築かれてきた現在の社会に疑問が投げかけられた。震災の記憶が鮮明な頃には、被災地に心を寄せ、また、自身の生活を振り返り省エネに配慮するなど個々人だけでなく社会的にも動きがみられた。しかし、震災から一〇年が経ち、私たちの社会は変わったのだろうか。震災の記憶がどんどん薄れていき、まちの灯も元通りになった。各地の原発は停止しているが、代替エネルギーとして期待された太陽光発電により、地域の環境破壊が引き起こされていることなど、新たな問題が表面化してきている。さらに、世界的に拡大した新型コロナウイルスの脅威への対応やそれに伴って噴出してきた様々な社会システム上の不具合は、震災以前どころか、さらに古い硬直的な体制を日本社会が未だ引きずっていることを実感させた。私たちはこの社会をいつまでも自分たちのものとしていることはできない。将来の世代のために何を受け渡せるのか、それが少しでも価値あるものになっているのか、それこそが東日本大震災の復興で抱いた思いだったはずであるのに。

国が定めた復興・創生期間は、震災から一〇年で終了する。しかし、形になった新たなまちでどう生きていくのか、被災者ひとりひとりの生活は、事業の終了という区切りとは関係なく続いていく。さらに、福島の複合災害からの生活再建は、原発所在町村の避難指示がようやく解除されたことを考えると、スタートラインに立ったばかりともいえる。これらを含めた本当の復興の成否は、今の社会への成否とともに、私たちがいなくなった後の世代によって下されるものだろう。

本書で示したことの多くは、これまでに発表した論文や書籍が元になっている。それら一つひとつのデータの収集では、行政、民間支援者、もちろん被災者の方々に多くのご協力をいただいた。これらのご協力は、自分たちの経験を役立ててもらいたいという東北のみなさんの真摯な思いとともにある。また、データの分析・考察は、東北大学小野田・佃研究室にこれまで在籍した学生たちの卒業論文・修士論文などの成果と、多くの研究者の方々とのディスカッションがその根幹となっている。ご協力いただいた方々への感謝は尽きない。

私たちが東北の被災地の復興を考える際に手がかりとしたように、次の世代へこの経験をいかに伝えるかは、成否の判断を下せないまでも重要な役目であると考えている。多くの協力者のみなさまの思いを違えず、本書がその役割の一端を担えていれば幸いである。

二〇二一年六月　　青葉繁る仙台にて

謝辞

本書は、多くの人のサポートによってできている。

東日本大震災の発災時、小野田、佃は、建築計画の研究を専門としていたが、防災の専門家ではなかった。三月一一日当日、小野田は海外出張中、佃は東京大学の博士課程、鈴木は東北大学の学部の三年生であった。

この地震によって東北大学工学部建設棟の建物も使用不能となり、工学研究科緊急対策WGが急遽編成された。WG長の金井浩、復興班の佐藤芳治、本江正茂、野村俊一、鎌田恵子、応急危険度判定班の前田匡樹らとともに小野田は復興実装の最前線に投げ込まれた。東京で被災した佃は二か月後、被災地を回ってその被害に言葉を失った。塩釜で被災した鈴木は泥かきや避難所の運営支援で過ごしていた。本書は、このように個別の経験をした三者が復興や研究の当事者となったことが基底になっている。

二〇一二年は佃が東北大学に着任し、鈴木が大学院に進学した年だが、東北大学では災害科学国際研究所（以降、災害研と略）が設立される。災害研の基となる活動は、発災直後から積極的に展開されていたが、平野勝也（土木）、姥浦道生（都市計画）、小野田泰明（建築）の協働もそのひとつであった。災害研発足時には、復興実践学分野が開設され、上記のメンバーに、小林徹平、松田達生、栗原広佑、今村雄紀、浜辺隆博らが加わり、協力者の土岐文乃、菅原麻衣子、岩澤拓海、宮原真美子、加藤優一らと様々な復興現場に関わった。災害研では、首藤伸夫、今村文彦、越村俊一ら一線級の津波研究者との交流のみならず、D・アレキサンダーやR・オルシャンスキーらの国際的権威と知り合う機会を得た。もちろん、江川新一、Elizabeth Maly、井内加奈子、佐藤翔輔、奥村 誠、岩田司、村尾 修、佐藤 健、丸谷浩明、小野裕一、泉貴子、増田聡、島田明夫、Anawat Suppasri、今井健太郎、鈴木通江ら災害研の秀でたメンバーとの交流も価値あるものであった。

本書の一部は、石井 敏、厳 爽、前田昌弘、井本佐保里、岩佐明彦などとの共同研究が基になっている。室崎益輝、林春男、目黒公郎、斎藤徳美、牧 紀男、加藤孝明、近藤民代、北後明彦、稲垣文彦など防災研究・実践者、吉原直樹、玄田有史、西野淑美、祐成保志、吉野英岐、石倉義博、大堀 研らの社会学者、岸井隆幸、中井検裕、鈴木浩、平山洋介、安藤元夫、羽藤英二、大月敏雄、窪田亜矢、中井裕、真野洋介、森 傑、布野修司、西出和彦、北原啓司、川崎興太、米野史健、饗庭 伸、青井哲人、南 正昭、三宅 諭らの都市・住宅研究者の仕事に教えられている。特に、塩崎賢明をはじめとして、田中正人、三浦 研、岡田知子、澤田雅浩、寺川政司、福留邦洋らには、本震災の復興担当職員向け研究会の実現に尽力頂いた。過去や他者の知見から謙虚に学ぶことは防災の基本であることを改めて実感した。

海外との研究では、元FEMAのGeorge D. Haddow、国際コンサルタントのHenk WJ Ovink、911memorialのCliff Chanin、Tulane大学のWesley Cheek、Bradford Powers、Ryan Albright、MSのM.A. Sheehan、Syiah Kuala大学のMuzailin Affan、Nizamuddin、Ardiansya、Jufri、Gajamada大学のIkaputra、國立台灣大の黃舒楣らの支援を受けた。

現場でも多くの専門家の支援を受けた。伊東豊雄、内藤 廣、妹島和世、阿部仁史、小嶋一浩、キドサキナギサ、平田晃久、塚本由晴、貝島桃代、千葉 学、乾久美子、赤松佳珠子、渡辺真理、下吹越武人、宮本佳明、ヨコミゾマコト、佐藤光彦、福屋粧子、槻橋 修、中田千彦、手島浩之、渡邉 宏、松本純一郎、鈴木弘二、錦織真也、西沢立衛、曽我部昌史、山下保博、芳賀沼 整、前見文武、佐伯裕武、近藤哲雄、門脇耕三、山中新太郎、堀井義博、櫻井一弥、太田秀俊、安田直民、高橋一平、藤野高志、安田慎治、萬代基介、平井政俊、前田茂樹、小泉雅生、北川啓介らの建築家、宮城俊作、石川幹子、長濱伸貴、涌井史郎、佐々木 葉、長谷川浩己、高 沖哉、霜田亮祐、秋田典子らランドスケープの専門家、支援組織アーキエイドの犬塚恵介、水野清香、田中由美、金森絵美らである。みなさまの献身には感謝しかない。

今回の復興では国土交通省の役割は大きい。菊地雅彦には本書の一部についてご指導頂いた。鈴木武彦、大水敏弘、楢橋康英、佐々木晶二、角田陽介、伊藤明子、宿本尚吾、青柳太、脇坂隆一、佐々木貴弘らからも多くを得た。伊藤浩二、小山潤二、藤原広志、栗村一彰、高橋正樹などの仕事はURの奥深さを示すに十分なものであった。

基礎自治体での復興実践が本書の中心である。宮城県七ヶ浜町、同岩沼市、岩手県釜石市、宮城県石巻市では、首長の理解を得て長く関わってきた。本書の記述についても、基礎自治体のみなさんにご確認頂いている。柏崎龍太郎、岩間正行・妙子親子、高山智行などの市井にありながら強い意志をもつ人々にも心を動かされた。紙幅の関係上一人ひとりのお名前は示せないが、こうした方々こそ力だという思いに揺るぎはない。日本建築学会からも様々な支援を得た。佐藤 滋、和田 章、吉野 博、中島正愛、古谷誠章、竹脇 出の歴代会長の理解にも敬意を表したい。

本書は、住総研からの出版助成が元になっている。これがなければこの本は生まれなかった。関係各位には深く感謝したい。出版作業の陣頭指揮を取って頂いた鹿島出版会の久保田昭子、説得力あるデザインをまとめて頂いた石田秀樹らが示す実装力があって本書はここにある。

各章の内容は、以下の助成研究が基になっている。

- 独立行政法人日本学術振興会科学研究費二〇一三（平成二五）年度 基盤研究（B）「災害復興における計画策定とその実装に関する国際比較研究」（代表者…小野田泰明、課題番号25303023）
- 独立行政法人日本学術振興会科学研究費二〇一五（平成二七）年度 若手研究（B）「『リビングアクセス型住宅成立の境界条件確立に関する研究」（代表者…佃 悠、課題番号15K18173）
- 独立行政法人日本学術振興会科学研究費二〇一六（平成二八）年度 特別研究員奨励費「災害後の住宅再建プロセスの国際比較」（代表者…鈴木さち、課題番号16J02703）
- 独立行政法人日本学術振興会科学研究費二〇一七（平成二九）年度 基盤研究（B）「東日本大震災を踏まえた応急仮設住宅『熊本型デフォルト』の検証」（代表者…岩佐明彦、研究分担者…佃 悠、課題番号17H03366）
- 公益財団法人LIXIL住生活財団 二〇一五年度 若手研究助成「ニューオーリンズ市におけるハリケーン・カトリーナ災害後の住宅再建における住宅再建支援組み合わせの実態」（代表者…鈴木さち、助成番号15-83）
- 一般財団法人住総研 出版助成 二〇一九年度「復興を実装する」（受領者…小野田泰明、助成番号003）
- 一般財団法人住総研 研究・実践助成 二〇一七年度「高齢者の自立的生活を支える共助型集合住宅に関する研究――相馬井戸端長屋を事例として」（代表者…佃悠、助成番号1712）
- 一般財団法人住総研 研究・実践助成 二〇一八年度「リビングアクセス型住戸の緩衝空間と住まい方の関係」（代表者…小野田泰明、助成番号1815）
- 一般財団法人住総研 研究・実践助成 二〇一九年度「高齢者の自立的生活継続を可能にする共助型集合住宅に関する研究――東日本大震災被災地の共助型災害公営住宅を事例として」（代表者…佃悠、助成番号1914）
- 一般財団法人住総研 研究・実践助成 二〇一九年度「コモンをもつ設置型集合住宅における共同性の回復に関する研究――東日本大震災の災害公営住宅を主な対象として」（代表者…前田昌弘、研究分担者…佃悠、助成番号1920）

本書は、小野田、佃、鈴木の三人の共著となっている。大きなフレームは小野田が下書きし、はじめに、第1章、第3章、第6章、第7章、第8章（小野田）、第4章、第5章、おわりに（佃）、第2章（鈴木）とそれぞれが主担当となり、相互に原稿の読み合わせをしながら、論の構成、学術的な確からしさ、一冊の本としての統合性やわかりやすさなどをチェックしながらまとめたものである。丁寧には取り扱ったつもりだが、対象が広範なために、作業や考察が足りない表現も多いかもしれない。そのような点については、遠慮なくご指摘頂ければ幸いである。

謝辞内に記載した所属等は、復興で協働した時点のものとし、故人も区別していない。表記の性質上、すべての人名で敬称や所属を割愛している。

参考文献

写真・図について、特記なき場合は筆者撮影（作成）による。

第1章

Alexander, D. (1993) *Natural disasters*, 1st edition, CRC Press.
Alexander, D. (2000) *Confronting catastrophe: new perspectives on natural disasters*, Oxford University Press.
Alexander, D. (2002) *Principles of emergency planning and management*, Oxford University Press.
Barenstein, J. E. D. and Leemann, E. (Eds.) (2012) *Post-disaster reconstruction and change: Communities' perspectives*, CRC Press.
Beck, U. (1992) *Risk Society: Towards a New Modernity*, SAGE Publication. ウルリッヒ・ベック（著）、東廉・伊藤美登里（訳）（一九九八）『危険社会――新しい近代への道』法政大学出版局
Beck, U., Giddens, A. and Lash, S. (1994) *Reflexive Modernization: Politics, Tradition and Aesthetics in the Modern Social Order*, Polity Press. ウルリッヒ・ベック・スコット・ラッシュ（著）、松尾精文・小幡正敏・叶堂隆三（訳）（一九九七）『再帰的近代化――近現代における政治、伝統、美的原理』而立書房
Canton, L. G. (2019) *Emergency management: Concepts and strategies for effective programs*, John Wiley & Sons.
Carr, L. J. (1932) Disaster and the Sequence-pattern Concept of Social Change, *American Journal of Sociology*, 38 (2), pp. 207–218.
Comerio, M. C. (2014) Disaster Recovery and Community Renewal: Housing Approaches, *A Journal of Policy Development and Research*, 16 (2), pp. 51–68.
Davis, I. (1978) Disasters and settlements-towards an understanding of the key issues, *Disasters*, 2 (2/3), pp.105–117.
Davis, I. and Alexander, D. (2015) *Recovery from Disaster*, Routledge.
Dynes, R. and Quarantelli, E. L. (1968) Group behavior under stress: A required convergence of organizational and collective behavior perspectives, *Sociology and Social Research*, 52, pp.416–429.
Dynes, R. (2005) *Community social capital as the primary basis for resilience*, Updated Version of Preliminary Paper #327, Disaster Research Center.
Giddens, A. (1990) *The Consequences of Modernity*, Stanford University Press.
Haas, J. E., Kates, R. W. and Bowden, M. J. (1977) *Reconstruction Following Disaster*, MIT Press environmental studies series
Johnson, L. A. and Olshansky, R. B. (2017) *After great disasters: An in-depth analysis of how six countries managed community recovery*, Lincoln Institute of Land Policy.
Lizarralde, G., Johnson, C. and Colin, D. (Eds.) (2009) *Rebuilding after disasters: From emergency to sustainability*, Routledge.
Lucien G. and Canton, L. G. (2007/2020) *Emergency Management Concept and Strategies for Effective Programs*, 2nd Edition, Wiley.
Luhmann N. (1979) *Trust and Power*, Wiley.
Mileti, D. S. (1999) *Disasters by Design – A reassessment of Natural Hazard in the United State*, Joseph Henry Press.
Munich Re Group (2003) *topics – Annual Review: Natural Catastrophes 2002*, Munich Re Group.
Office of Policy Development and Research (PD&R) (2015) History of Disaster Policy. (Retrieved 1 May 2021) https://www.huduser.gov/portal/periodicals/em/winter15/highlight1_sidebar.html
Olshansky, R. B. and Johnson, L. A. (2010) *Clear as Mud*, Routledge.
Prince, S. H. (1920) *Catastrophe and Social Change*, 1st Edition, Columbia University.
Quarantelli, E. L. (1966) *Organizations under stress*, in Symposium Emergency Operations, R. Brictson, R. (Eds), Santa Monica, CA.: System Development Corporation, pp.3–19.
Quarantelli, E. L. (1971) *Emergent Behaviors and Groups in the Crisis Time Periods of Disaster*, Preliminary Paper #206, Disaster Research Center, University of Delaware.
Quarantelli, E. L. (1998) *Major Criteria for Judging Disaster Planning and Managing Their Applicability in Developing Countries*, Preliminary Paper #268, Disaster Research Center, University of Delaware.
Rubin, C. B. (Eds.) (2020) *Emergency Management: The American Experience*, 1900–2005, 3rd Edition, Routledge.
Sapat, A. and Esnard, A. M. (Eds.) (2017) *Coming Home after Disaster – Multiple Dimensions of Housing Recovery*, Routledge.
Schilderman, T. and Parker, E. (Eds.) (2014) *Still Standing? Looking back at reconstruction and disaster risk reduction in housing*, Practical Action Publishing.
Schwab, A. (2017) *Hazard Mitigation and preparedness*, CRC Press.
Sen, A. K. (1985) Commodities and Capabilities. North-Holland. 鈴村興太郎（訳）（一九八八）『福祉の経済学』岩波書店
Smith, G. (2011) *Planning for Post-Disaster Recovery A Review of the United States Disaster Assistance Framework*, Public Entity Risk Institute.
Sylves, R. (2019) *Disaster Policy and Politics*, 3rd edition, CQ Press.
Tierney, K. (2014) *The Social Roots of Risk*, Lightning Source.
Tierney, K. (2019) *Disasters: A Sociological Approach*, John Wiley & Sons.
White, G. F. and Hass, E. (1975), Assessment of Research on Natural Hazards, MIT Press.
Wisner, B., Blaikie, P., Blaikie, P. M., Cannon, T. and Davis, I. (2004) *At Risk – Natural hazards, people's vulnerability and disasters, (Second Edition)*, Psychology Press.
UNISDR (2017) *Build Back Better in recovery, rehabilitation and reconstruction*, Consultative version.
饗庭伸・青井哲人・池田浩敬・石榑督和・岡村健太郎・木村周平・辻本侑生（著）、山岸剛（写真）（二〇一九）『津浪のあいだ生きられた村』鹿島出版会
青井哲人・陳正哲（二〇〇九）「震災の変質と住まいの変質――日本統治下台湾の震災と復興」『すまいろん』八九、住総研
石田頼房（一九八七）『日本近代都市計画の百年』自治体研究社、二一八～二一九
伊藤弘之・小林肇・林照悟・榎村康史・飯野光則・山岸陽介・大谷周、白井正孝ほか（二〇一〇）「ハリケーン・カトリーナ災害を契機とした米国の危機管理体制の改編に関する調査」『国土技術政策総合研究所資料』五九八
内田青蔵・大月敏雄・藤谷陽悦（編）（二〇〇四）『同潤会基礎資料 第三期』柏書房
岡村健太郎（二〇一七）『「三陸津波」と集落再編――ポスト近代復興に向けて』鹿島出版会
河田惠昭（二〇一八）『津波災害 増補版――減災社会を築く』岩波書店
京都大学防災研究所（編）（二〇〇三）『防災学講座 第四巻 防災計画論』山海堂
京都大学防災研究所（監修）、寶馨・戸田圭一・橋本学（編）（二〇一一）『自然災害と防災の事典』丸善出版
窪田亜矢・黒瀬武史・上條慎司・萩原拓也・田中暁子・益邑明伸・新妻直人（二〇一八）『津波被災集落の復興検証――プランナーが振り返る大槌町赤浜の復興』萌文社
国土交通省河川局防災課（二〇一〇）『災害復旧事業（補助）の概要』（二〇二一年五月一日閲覧）
https://www.mlit.go.jp/river/hourei_tsutatsu/bousai/saigai/hukkyuu/
越澤明（二〇〇一）『東京都市計画物語』筑摩書房
越澤明（二〇〇五ａ）『復興計画』中央公論新社

越澤明（二〇〇五ｂ）「戦災復興計画の意義とその遺産」『都市問題』九六（八）、五〇～五五
越澤明（二〇一一ａ）『大災害と復旧・復興計画』岩波書店
越澤明（二〇一一ｂ）『後藤新平 大震災と帝都復興』筑摩書房
越山健治（二〇一三）「被災者の住宅再建支援方策の歴史的展開」『建築雑誌』一六四二、二六～二九
後藤新平研究会（編）（二〇一一）『震災復興 後藤新平の一二〇日（後藤新平の全仕事）』藤原書店
小林正泰（二〇一二）『関東大震災と「復興小学校」――学校建築にみる新教育思想』勁草書房
坂井秀正（一九五二）「公共土木施設災害復旧事業費国庫負担法について」『日本土木学会誌』日本土木学会一四七～一五一
坂和章平（二〇一五）『早わかり！大災害対策・復興をめぐる法と政策――復興法・国土強靭化法・首都直下法・南海トラフ法の読み解き方』民事法研究会
佐々木昌二（二〇一七）『最新防災・復興法制――東日本大震災を踏まえた災害予防・応急・復旧・復興制度の解説』第一法規
佐藤滋・伊藤裕久・真野洋介・高見沢邦郎・大月敏雄（一九九八）『同潤会のアパートメントとその時代』鹿島出版会
塩崎賢明（二〇一四）『復興〈災害〉――阪神・淡路大震災と東日本大震災』岩波書店
清水良平（一九六八）「わが国における耕地面積の変動」『農業研究』二二（四）、日本農業研究所、一七一～二二〇
下山憲治（二〇〇九）「災害・リスク対策法制の歴史的展開と今日的課題」『法律時報』八一（九）、日本評論社、八～一三
高橋裕（二〇〇七）『現代日本土木史 第二版』彰国社
津久井進（二〇一二）『大災害と法』岩波書店
津村建四朗（二〇一二）「天災は忘れないだけでは防げない――寺田寅彦著「天災と国防」」『地震ジャーナル』五三、地震予知総合研究振興会、三二～三四
東京大学復興デザイン研究体（二〇一七）『復興デザインスタジオ――災害復興の提案と実践』東京大学出版会
内閣府防災担当（二〇一二）「災害対策基本法、激甚災害法等の災害復旧制度の歴史と制度概要」中央防災会議「地方都市等における地震防災のあり方に関する専門調査会」（第八回）
中島直人（二〇一三）「「近代復興」とは何か（序「近代復興」とは何か〈特集〉「近代復興」再考――これからの復興のために）」『建築雑誌』一六四二（一二）日本建築学会
西井麻里奈（二〇二一）『広島 復興の戦後史 廃墟からの「声」と都市』人文書院
牧紀男（一九九七）『自然災害後の『応急居住空間』の変遷とその整備手法に関する研究』（博士論文）京都大学
牧紀男（二〇一三）『復興の防災計画――巨大災害に向けて』鹿島出版会
福田徳三（一九二四）『復興経済の原理及若干問題』同文館
藤田昌久・浜口伸明・亀山嘉大（二〇一八）『復興の空間経済学――人口減少時代の地域再生』日本経済新聞出版社
山岡淳一郎（二〇〇七）『後藤新平 日本の羅針盤となった男』草思社

第2章

ADB (2008) *People's Republic of China; Providing Emergency Response to Sichuan Earthquake (Financed by the Asian Development Bank)*, Technical Assistance Consultant's Report, ADB.
ADB (2011) *Completion Report, Indonesia, Earthquake and Tsunami Emergency Support Project*, ADB.
Alexander, D. (1993) *Natural disasters*, 1st edition, CRC Press.
BRR (2008) *Enriching the Construction of the Recovery, Annual Report 2007*, BRR.
BRR (2009a) *BRR Book Series, Book 2 Finance*, BRR.
BRR (2009b) *BRR Book Series, Book 7 Housing*, BRR.
BRR (2009c), *BRR Book Series, Book C MAP*, BRR.
City of New Orleans (2010) *Office of Homeland Security Emergency Preparedness, Orleans Parish 2010 Hazard Mitigation Plan Update*, City of New Orleans.
City of New Orleans (2014) City Announces that Highly Successful "Soft Second" Mortgage Homebuyer Assistance Initiative is Nearly Complete, City of New Orleans. (Retrieved 5 March 2018) https://www.nola.gov/mayor/press-releases/2014/20140620-soft-second/
Comerio, M. C. (2014) Disaster recovery and community renewal: Housing approaches, *Cityscape*, 16(2), 51–68.
CRS (2013) *Federal Disaster Assistance after Hurricanes Katrina, Rita, Wilma, Gustav, and Ike*, CRS Press.
Davis, I. and Alexander, D. (2015) *Recovery from disaster*. Routledge.
Friedman (1962) *Capitalism and Freedom*, University of Chicago Press.
GAO (2006) *National Flood Insurance Program, New Processes Aided Hurricane Katrina Claims Handling, but FEMA's Oversight Should Be Improved*, GAO.
GAO (2008) *Gulf Opportunity Zone, States Are Allocating Federal Tax Incentives to Finance Low-Income Housing and a Wide Range of Private Facilities*, GAO.
GAO (2010) *Disaster Assistance, Federal Assistance for Permanent Housing Primarily Benefited Homeowners, Opportunities Exist to Better Target Rental Housing Needs*, GAO.
Gotham, K. F. (2013) Dilemmas of disaster zones: Tax incentives and business reinvestment in the Gulf Coast after hurricanes Katrina and Rita, *City & Community*, 12 (4), pp. 291–308.
Government of Louisiana (2017), Rebuild.louisiana.gov, 2017. (Retrieved 1 March 2017) http://rebuild.la.gov.
HUD (2006) *Current Housing Unit Damage Estimates: Hurricanes Katrina, Rita, and Wilma February 12, 2006*, HUD.
Ikaputra (2012) Synergy For House Reconstruction of Post-Earthquake – A Case Study of Java Post-Earthquake 2006, *J. Appl. Environ. Biol. Sci.*, 2 (1), pp. 28–34.
IRP (2010) *Wenchuan Earthquake 2008: Recovery and Reconstruction in Sichuan Province*, IRP.
Jiaoru, X. (2017) *Implementation of counterpart assistance in post-disaster reconstruction of recent earthquakes in China* (Dissertation), Tohoku University.
JICA (2005a) *Tsunami Damage Assessment Map (Demography as of Apirl 12, 2005). The Study on The Urgent Rehabilitation and Reconstruction Support Program for Aceh Province and Affected Areas in North Sumatra (Urgent Rehabilitation and Reconstruction Plan for Banda Aceh City) in The Republic of Indonesia*, JICA.
JICA (2005b) *The Study on The Urgent Rehabilitation and Reconstruction Support Program for Aceh Province and Affected Areas in North Sumatra (Urgent Rehabilitation and Reconstruction Plan for Banda Aceh City) in The Republic of Indonesia: FINAL REPORT (1)*, JICA.
Johnson, L. A. and Olshansky, R. B. (2017) *After great disasters: An in-depth analysis of how six countries managed community recovery*, Lincoln Institute of Land Policy.
Kondo, T. and Maly, E. (2012) Housing recovery by type of resident involvement-providing housing vs. mobilizing residents, *Proceedings of International conference for International Society of Habitat Engineering and Design*.
Lu, Y. and Xu, J. (2015) NGO collaboration in community post-disaster reconstruction: field research following the 2008 Wenchuan earthquake in China, *Disasters*, 39 (2), pp.258–278.
Masyrafah, H. and McKeon, J. (2008) *Post-tsunami aid effectiveness in Aceh: Proliferation and coordination in reconstruction*, Wolfensohn Center for Development.
MDF (2010) *Six Years after the Tsunami, From Recovery Towards Sustainable Economic Growth*, MDF.
Munich RE (2017) Natcatservice, Munich RE. (Retrieved 1 March 2017) http://natcatservice.munichre.com.
New Orleans Community Data Center (2005a), Orleans Parish Sept 11th flood extent with neighborhoods & major roads, New Orleans Community Data Center. (Retrieved 5 September 2016) http://www.datacenterresearch.org/maps/

reference-maps/
New Orleans Community Data Center (2005b), Elevation by neighborhood map, New Orleans Community Data Center, (Retrieved 5 September 2016) http://www.datacenterresearch.org/maps/reference-maps/
New Orleans Community Data Center (2015) Neighborhood Recovery Rates, Growth in New Orleans neighborhoods continues in 2015 Data Tables, New Orleans Community Data Center. (Retrieved 5 September 2016) http://www.datacenterresearch.org/reports_analysis/neighborhood recovery-rates-growth-continues-through-2015-in-new-orleans-neighborhoods
NORA (2015a) *Housing NOLA Preliminary Report*, NORA.
NORA (2015b) *Neighborhood Stabilization Program Phase Two Final Report December 2015*, NORA.
Simo, G. and Bies, A. L. (2007) The role of nonprofits in disaster response: An expanded model of cross-sector collaboration, *Public administration review*, 67, pp.125–142.
State of Louisiana (2018) Rebuild Louisiana.com, State of Louisiana, (Retrieved 5 March 2018) http://rebuild.la.gov/home.aspx
The Consultative Group on Indonesia (2005) *Indonesia, Preliminary Damage and Loss Assessment, The December 26, 2004 Natural Disaster*, The Consultative Group on Indonesia.
The Reinvestment Fund (2013) *New Orleans Market Value Analysis – Final Report*, The Reinvestment Fund. (Retrieved 5 September 2016) https://data.nola.gov/Economy-and-Workforce/New-Orleans-Market-Value-Analysis-Final-Report-3-2/kex2-vq3e/
The State Council of the PRC (2008) The Announcement for Master Plan of Post-Disaster Reconstruction of Wenchuan Earthquake. (Retrieved 22 January 2015) http://www.gov.cn/zwgk/2008-09/23/content_1103686.htm
UN-Habitat (2009) *Post Tsunami Aceh-Nias Settlement and Housing Recovery Review*, UN-Habitat.
U.S. Census Bureau (2018) Quick Facts, US. Census Bureau. (Retrieved 5 March 2018) https://www.census.gov/quickfacts/fact/table/US/PST045217
U.S. Executive Office of the President and United States. Assistant to the President for Homeland Security and Counter-terrorism. (2006) *The federal response to Hurricane Katrina: Lessons learned*, The White House.
U.S. Treasury CDFI (2015) CDFI Fund Releases New Markets Tax Credits Public Data for 2003–2013, U.S. Treasury CDFI. (Retrieved 30 May 2016) https://www.mycdfi.cdfifund.gov/news_events/CDFI-2015-21-CDFI_Fund_Releases_New_Markets_Tax_Credits_Public_Data_for_2003-2013.asp
World Bank (2016) Wenchuan Earthquake Recovery, World Bank. (Retrieved 20 December 2020). https://projects.worldbank.org/en/projects-operations/project-detail/P114107?lang=en
World Bank (2018) World Development Indicators, World Bank. (Retrieved 5 March 2018). http://data.worldbank.org/data-catalog/world-development-indicators
奥村誠・ブンポン健人・大窪和明（二〇一三）「東日本大震災時の救援物資ニーズの発生順序の分析」『運輸政策研究』一六（一）、運輸総合研究所
奥山恵美子（二〇一八）「復旧・復興のプロセスから見た今後の課題——現場の視点から」『日本学術会議公開シンポジウム東日本大震災後の一〇年を見据えて』日本学術会議
会計検査院（二〇一八）『会計検査院会計検査院法第三〇条の三の規定に基づく報告書——東日本大震災からの復興等に対する事業の実施状況等に関する会計検査の結果について』会計検査院
桑原雅夫・和田健太郎（二〇一二）「東日本大震災における緊急支援物資ロジスティクスの定量的評価——一次集積所における搬入／搬出記録の分析」『土木計画学研究・講演集』四五、土木学会、四二～五三
近藤民代（二〇一五）「東日本大震災におけるがけ地近接等危険住宅移転事業の活用実態と期待される役割に関する基礎的研究 岩手県および宮城県の被災自治体および被災者に対する調査を通して」『日本建築学会計画系論文集』八〇（七一五）、二〇四三～二〇四九
近藤民代（二〇二〇）『米国の巨大水害と住宅復興 ハリケーン・カトリーナ後の政策と実践』日本経済評論社
佐々木昌二（二〇一七）『最新防災・復興法制——東日本大震災を踏まえた災害予防・応急・復旧・復興制度の解説』第一法規
塩崎賢明（二〇一四）『復興〈災害〉——阪神・淡路大震災と東日本大震災』岩波書店
消防庁（二〇一七）平成二三年（二〇一一年）東北地方太平洋沖地震（東日本大震災）について（第一五六報）、消防庁（二〇一七年三月一日閲覧）http://www.fdma.go.jp/bn/higaihou/pdf/jishin/156.pdf
鈴木さち・小野田泰明・佃悠（二〇一七）「災害後の資金運用メカニズムと住宅地整備 インド洋津波後のアチェ州の事例から」『日本建築学会大会学術講演会梗概集』都市計画、七六一～七六二
鈴木さち（二〇一八）『住宅再建プロセスにおけるマルチステークホルダーの関与実態と事業展開——大規模災害からの復興事例の国際比較を通じて』（博士論文）東北大学
鈴木さち・小野田泰明・佃悠（二〇一九）「大規模災害後の住宅再建支援事業の資金配分とマルチステークホルダーの関与——東日本大震災、ハリケーン・カトリーナ、インド洋津波を事例として」『日本建築学会計画系論文集』八四（七五八）、九二五～九三三
郗皎如・小野田泰明・佃悠（二〇一六）「災害復興における対口支援の展開に関する研究——ウェン川地震・玉樹地震・芦山地震の復興事業を対象として」『日本建築学会計画系論文集』八一（七二四）、一二九一～一三〇一
中国発展門戸网（二〇一一）汶川地震三周年：灾后重建一万多億資金从何来?、中国発展門戸网（二〇一三年九月二三日閲覧）http://cn.chinagate.cn/economics/2011-05/09/content_22525743.htm
内閣府（二〇一一）『東日本大震災における被害額の推計について』内閣府（二〇一七年三月一日閲覧）http://www.bousai.go.jp/2011daishinsai/pdf/110624-1kisya.pdf
ナオミ・クライン（二〇一一）『ショック・ドクトリン——惨事便乗型資本主義の正体を暴く』（上・下）岩波書店
復興庁（二〇一六）『平成二八年度行政事業レビューシート』
松永康司・加藤賢・渡辺伸之介・森田正朗（二〇一三）「支援物資のロジスティクスに関する調査研究」『国土交通政策研究』一一一、国土交通省国土交通政策研究所

第3章

女川復幸の教科書編集委員会（二〇一九）『Ｋａｐｐｏ特別編集『女川復幸の教科書』復興八年の記録と女川の過去・現在・未来』プレスアート
小野田泰明（二〇一三）「発災から二年目に考える」『建築ノートＮｏ．９ 建築家が挑む未来のまちづくり』誠文堂新光社
小野田泰明（二〇一四）「未来につながる復興のために必要なこと」『ランドスケープデザイン』九八、五六～六三、マルモ出版
小野田泰明・加藤優一・佃悠（二〇一五）「災害復興事業における計画実装と自治体の組織体制——東日本大震災における宮城県の復興事業を対象として」『日本建築学会計画系論文集』八〇（七一七）、二五二三～二五三三
小野田泰明・関根光樹・佃悠（二〇二一）「大災害からの住環境復興事業と計画実装自治体の負荷そして組織体制——東日本大震災における宮城県と岩手県被災自治体の復興事業を対象として」『日本建築学会計画系論文集』八六（七八一）、八四九～八五八
釜石市・東北大学小野田・佃研究室（二〇一九）『釜石復興の軌跡 The Trajectory of Kamaisi's Reconstruction』釜石市
国土交通省（二〇一一）『東日本大震災後による被災現況調査結果について（第一次報告）』国土交通省
国土交通省（二〇一二）『南海トラフの巨大地震建物被害・人的被害の被害想定項目及び手法の概要』国土交通省
国土交通省都市局（二〇一二）『津波被災市街地復興手法検討調

査（とりまとめ）』国土交通省

河田恵昭・阿部勝征・泉田裕彦・磯部雅彦・今村文彦・岡村眞・島崎邦彦・清水泰ほか（二〇一一）『東北地方太平洋沖地震を教訓とした地震・津波対策に関する専門調査会中間とりまとめ——今後の津波防災対策の基本的考え方について』東北地方太平洋沖地震を教訓とした地震・津波対策に関する専門調査会（中央防災会議）

佐々木昌二（二〇一七）『最新防災・復興法制 東日本大震災を踏まえた災害予防・応急・復旧・復興制度の解説』第一法規．

松本英里・姥浦道生（二〇一五）「東日本大震災後の災害危険区域の指定に関する研究」『都市計画論文集』五〇（三）、一二七三～一二八〇

宮城県土木部復興まちづくり推進室（二〇二一）『宮城県復興まちづくりのあゆみ』（二〇二一年五月一日閲覧）https://www.pref.miyagi.jp/uploaded/attachment/841623.pdf

復興庁（二〇一二）『復興交付金 基幹事業』（二〇二一年五月一日閲覧）https://www.reconstruction.go.jp/topics/120405gaiyou.pdf

第4章〜第5章

Tsukuda, H. and Onoda, Y. (2016) Study on the Actual Situation of the Front-Access Housing for Revitalizing the Communities in Disaster Affected areas, 11th International Symposium on Architectural Interchange in Asia (Proceedings), Academic Session, pp.358–363.

Tsukuda, H. and Onoda, Y. (2018) Strategy for the Planning of Public Housing during Recovering from Large Tsunami disaster -Case study on Kamaishi City, Iwate Prefecture after the Great East Japan Earthquake-, *12th International Symposium on Architectural Interchange in Asia (Proceedings)*, Academic Session, pp.898–903.

Wisner, B., Blaikie, P., Blaikie, P. M., Cannon, T. and Davis, I. (2004) *At Risk: Natural hazards, people's vulnerability and disasters (Second edition)*, Psychology Press.

Delanty, G. (2003) *Community*, 1st edition, Routledge. ジェラード・ディランティ（二〇〇六）『コミュニティ——グローバル化と社会理論の変容』NTT出版

饗庭伸・青井哲人・池田浩敬・石榑督和・岡村健太郎・木村周平・辻本侑生（著）、山岸剛（写真）（二〇一九）『津波のあいだ、生きられた村』鹿島出版会

高齢者住宅財団（二〇一五）『被災地の災害公営住宅における福祉・交流拠点の整備を通じた地域包括ケアへの支援に係る事業報告書』

岩崎信彦・鯵坂学・上田惟一・高木正朗・広原盛明・吉原直樹（編）（二〇一三）『増補版 町内会の研究』御茶の水書房

岩手県「応急仮設住宅の入居状況」（二〇二一年五月一六日閲覧）https://www.pref.iwate.jp/shinsaifukkou/saiken/sumai/1002513.html

浦野正樹・大矢根淳・吉川忠寛（編）（二〇〇七）『復興コミュニティ論入門』弘文堂

浦野正樹（二〇一二）「災害の脆弱性とリジリエンス・パラダイム——社会学の視点から」『建築雑誌』一六二九、一八～一九、日本建築学会

延藤安弘・宮西悠司・乾亨・森永良丙・森詳子・大森靖子（二〇〇〇）「高齢者の「安心・自立居住」を「まち」で支える「地域力」の実践的研究——コレクティブタウン・モデルの提案に向けて」『住総研研究年報』二六、三一一～三二二

大水敏弘（二〇一三）『実証・仮設住宅——東日本大震災の現場から』学芸出版社

岡村健太郎（二〇一七）『「三陸津波」と集落再編——ポスト近代復興に向けて』鹿島出版会

小野田泰明（二〇一三）『プレ・デザインの思想』TOTO出版

小野田泰明・加藤優一・佃悠（二〇一五）「災害復興事業における計画実装と自治体の組織体制——東日本大震災における宮城県の復興事業を対象として」『日本建築学会計画系論文集』八〇（七一七）、二五二三～二五三二

小野田泰明・佃悠（二〇一六）『集合住宅の新しい文法——東日本大震災復興における災害公営住宅』新建築社

会計検査院（二〇一三）『東日本大震災等の被災者の居住安定確保のための災害公営住宅の整備状況について』

金貞均（二〇一一）「ネットワーク居住——分散から連帯への居住のネットワーキング」『すまいろん』九七、住総研、八～一一

熊本県（二〇一六）「応急仮設住宅の進捗状況について（平成二八年一一月一四日時点）」（二〇一七年四月二二日閲覧）http://www.pref.kumamoto.jp/kiji_15918.html

神戸新聞「神戸新聞NEXT データでみる阪神・淡路大震災」（二〇二一年三月九日閲覧）https://www.kobe-np.co.jp/rentoku/sinsai/graph/

国土交通省（二〇一一）『平成二二年度国土交通白書』

国土交通省住宅局（二〇一三）『応急仮設住宅着工・完成状況』

小谷部育子（二〇〇五）「新しい住まい方における取り組み」『阪神・淡路大震災 復興一〇年総括検証・提言報告』、復興一〇年委員会、四一六～四五七

塩崎賢明・田中正人・目黒悦子・堀田祐三子（二〇〇七）「災害復興公営住宅入居世帯における居住空間特性の変化と社会的「孤立化」——阪神・淡路大震災の事例を通して」『日本建築学会計画系論文集』七二（六一一）、一〇九～一一六

塩崎賢明（二〇一四）『復興〈災害〉——阪神・淡路大震災と東日本大震災』岩波書店

七ヶ浜町（二〇一四）『七ヶ浜町震災復興計画前期基本計画［二〇一一—二〇一五］更新版・復興まちづくり土地利用ガイドライン』

七ヶ浜町誌編纂委員会（二〇〇八）『七ヶ浜町誌 増補版』

消防庁（二〇〇六）『阪神・淡路大震災について（確定報）』

消防庁（二〇〇九）『平成一六年（二〇〇四年）新潟県中越地震（確定報）』

消防庁（二〇二〇）『平成二三年（二〇一一年）東北地方太平洋沖地震（東日本大震災）について（第一六〇報）』

高嶋みちの・小地沢将之・石坂公一（二〇一〇）「地区特性と地域運営手法との関連性 - 仙台市の二地区を事例として」『日本建築学会計画系論文集』七五（六五五）、二一九七～二二〇二

高田光雄（二〇〇五）「住宅復興における取り組み」『阪神・淡路大震災 復興一〇年総括検証・提言報告』復興一〇年委員会、三二七～三七五

立谷秀清（二〇一七）『東日本大震災震災市長の手記——平成二三年三月一一日一四時四六分発生』近代消防社

田中正人・高橋知香子・上野易弘（二〇〇九）「災害復興公営住宅における「孤独死」の発生実態と居住環境の関係——阪神・淡路大震災の事例を通して」『日本建築学会計画系論文集』七四（六四二）、一八一三～一八二〇

田中正人・高橋知香子・上野易弘（二〇一〇）「応急仮設住宅における「孤独死」の発生実態とその背景——阪神・淡路大震災の事例を通して」『日本建築学会計画系論文集』七五（六五四）、一八一五～一八二三

田中正人・上野易弘（二〇一一）「被災市街地の住宅セイフティネットにおける「孤独死」の発生実態とその背景——阪神・淡路大震災の事例を通して」『地域安全学会論文集』一五、四三七～四四四

佃悠・山野辺賢治・小野田泰明（二〇一七）「災害公営住宅入居登録者の登録までの住宅再建意向変化とその要因」『日本建築学会計画系論文集』八二（七三二）、一～九

佃悠・石井敏（二〇一九）「高齢者の自立的生活を支える共助型集合住宅に関する研究——相馬井戸端長屋を事例として」『住総研 研究論文集・実践研究報告集』四五、九五～一〇六

佃悠・横田小百合・小野田泰明（二〇一九）「大規模災害後の住宅再建意向決定の要因と仮設居住による影響——宮城県七ヶ浜町を事例として」『日本建築学会計画系論文集』八四（七五六）、三二一～三三一

佃悠・長谷川京子・小野田泰明（二〇二一）「大規模災害後の地域コミュニティの回復に関する研究——宮城県七ヶ浜町の東日本大震災被災地区の地区イベント再開状況から」『日本建築学会計画系論文集』八六（七八一）、八五九～八六八

鳥越皓之（一九九四）『地域自治会の研究——部落会・町内会・自治会の展開過程』ミネルヴァ書房

内閣府（二〇〇六）『災害教訓の継承に関する専門調査会報告書』

内閣府（二〇一〇）『復旧・復興ハンドブック』

内閣府（二〇一一）『地域の経済二〇一一』
内閣府（二〇一四）『被災者の住まい確保策検討ワーキンググループ資料』
内閣府（二〇一五）『被災者の住まいの確保に関する取組事例集』
橋本文隆・内田青藏・大月敏雄（編）、兼平雄樹（写真）（二〇〇三）『消えゆく同潤会アパートメント』河出書房新社
檜谷美恵子（二〇〇五）「災害復興公営住宅における取り組み」『阪神・淡路大震災 復興一〇年総括検証・提言報告書』復興一〇年委員会、三七六〜四一五
福島県「応急仮設住宅・借上げ住宅・公営住宅の入居状況推移」（二〇二一年五月一六日閲覧）https://www.pref.fukushima.lg.jp/uploaded/life/553030_1500408_misc.pdf
復興庁（二〇二〇）『住まいの復興工程表（令和二年九月末現在）』
三浦研・阪上由香子・外山義・小林正美（二〇〇一）「行動観察および会話の分析から見たケア付き仮設住宅の統合過程――小規模グループリビングに関する研究（その二）」『日本建築学会計画系論文集』六六（五四五）、一二九〜一三五
南澤恵・佃悠・小野田泰明（二〇一八）「東日本大震災における住まいの移行とコミュニティの実態――石巻市と釜石市の災害公営住宅を事例として」『日本建築学会大会学術講演梗概集（建築計画）』七九〜八二
南澤恵・佃悠・小野田泰明（二〇一九）「災害公営住宅における交流と住まい方の実態に関する研究」『日本建築学会大会学術講演梗概集（建築計画）』一〇八九〜一〇九二
毎日新聞（二〇一七）「熊本地震『みなし仮設住宅』入居二四％が転出者 別の県内市町村に 県の調査で判明」（二〇一七年四月二一日閲覧）https://mainichi.jp/articles/20170202/ddl/k43/040/352000c
宮城県「応急仮設住宅の入居状況（東日本大震災）」（二〇二一年五月一六日閲覧）https://www.pref.miyagi.jp/site/ej-earthquake/nyukyo-jokyo.html
山口弥一郎（一九四三）『津浪と村』恒春閣書房
UR都市機構「同潤会代官山アパート――戦前の集合住宅」（二〇二一年三月九日閲覧）https://www.ur-net.go.jp/rd/history/lrmhph00000jcid-att/ur2006rd010-01.pdf
吉野英岐（編著）（二〇一二）『災害公営住宅の社会学』東信堂
吉原直樹（一九八〇）『地域社会と地域住民組織――戦後自治会への一視点』八千代出版
吉原直樹（編）（二〇一一）『防災コミュニティの基層――東北6都市の町内会分析』御茶の水書房

第6章

Hester, R. T. (2010) *Design for ecological democracy*, MIT press.
青田良介（二〇一四）「東日本大震災被災地（岩手県・宮城県）における住宅再建支援と復興基金の役割に関する考察」『災害復興研究』六、一一七〜一四五
アーキエイド（二〇一六）『アーキエイド 五年間の記録――東日本大震災と建築家のボランタリーな復興活動』フリックスタジオ
岩田司・三井所隆史（二〇一二）「地域の住宅建設を支える地元大工による応急仮設住宅の供給手法のあり方」『日本建築学会技術報告集』一八（四〇）、一〇九三〜一〇九六
小野田泰明（二〇一四）「未来につながる復興のために必要なこと」『ランドスケープデザイン』九八、五六〜六三、マルモ出版
角倉英明（二〇〇七）「小規模住宅生産者の存在形態に関する研究」（博士論文）東京大学
角倉英明・松村秀一（二〇〇九）「事業形態から見た小規模住宅生産者の特性、小規模住宅生産者による木造注文住宅の生産システムに関する研究 その一」『日本建築学会計画系論文集』七四（六三九）、一一二五〜一一三三
角倉英明・松村秀一（二〇一一）「資源の選定と調達から見た生産の仕組み、小規模住宅生産者による木造注文住宅の生産システムに関する研究 その二」『日本建築学会計画系論文集』七六（六五九）、一一二三〜一一三〇
角倉英明・渡邊史郎・浦西幸子・藤田香織・有川智・森正志（二〇一三）「地域型復興住宅の生産者グループにおける木造住宅の生産体制に関する統計的把握」『日本建築学会技術報告集』一九（四三）、一一五五〜一一六〇
角倉英明・渡邊史郎・浦西幸子・藤田香織・有川智・森正志（二〇一五）「岩手県におけるFSB工法の展開と技術改善に関する事例研究―震災後における地域の木造住宅生産に関する研究 その一」『日本建築学会計画系論文集』八〇（七一八）、一八二三〜一八三二
河村哲二・吉野馨子・岡本哲志（二〇一三）『「3・11」からの再生――三陸の港町・漁村の価値と可能性』御茶の水書房
桒田但馬（二〇一二）「岩手水産業の復旧における主体間関係と諸問題―漁業協同組合を中心に」『総合政策』一四（一）、岩手県立大学総合政策学会、一〜五三
小林久高・畠和宏・軽部正彦・安藤邦廣（二〇一二）「福島県における木造仮設住宅の生産体制と建築構法」『日本建築学会学術講演梗概集』建築計画、五三〜五六
小松正之（二〇一〇）『日本の食卓から魚が消える日』日本経済新聞出版社
近藤民代（二〇一四）「東日本大震災の被災自治体による独自の住宅再建支援メニュー 広域巨大災害にそなえて住宅再建支援の再構築を進める」『復興』九（五・三）、日本災害復興学会、五七〜六四
三県地域型復興住宅推進協議会（二〇一六）『復興に向けた木の暮らし創出支援事業成果と今後の展望』
社団法人全国中小建築工事業団体連合会（一九九七）『木造建築工事構造改善ビジョン』
住宅金融支援機構（一九九九）『公庫融資を利用した一戸建住宅の建築的事項』（二〇二一年五月一日閲覧）https://www.jhf.go.jp/about/research/tech_h11_kodate.html
住宅保証機構（二〇〇六）『平成一七年工務店経営実態調査報告書』
総務省統計局（二〇一三）東日本太平洋沿岸地域のデータ及び被災関係データ――「社会・人口統計体系（統計でみる都道府県・市区町村）」より（二〇二一年五月一日閲覧）https://www.stat.go.jp/info/shinsai/zuhyou/data0917.xls
竹内賢吾・小野田泰明・佃悠（二〇一七）「東日本大震災の木造災害公営住宅事業における生産者協議会の類型化」『日本建築学会技術報告集』二三（五三）、二一五〜二一八
地域型復興住宅三県（岩手・宮城・福島）官民連携連絡会議（二〇一一）『地域型復興住宅設計と生産システムガイドライン』
宮城県地域型復興住宅推進協議会、一〜七四
富田宏（二〇一四）「東日本漁村復興三年目の無力感の本質――沈黙と思考停止からの脱出」『農村計画学会誌』三三（四）、四六七〜四六九
日本住宅総合センター（二〇〇二）『工務店協同化等実態調査』
濱田武士（二〇一二）「漁村に関連する復興構想とその議論」『地域経済学研究』二三、日本地域経済学会
福留邦洋・五十嵐由利子・黒野弘靖（二〇一〇）「新潟県中越地震における住宅再建への地元建築業者の関わり方 その一 アンケート調査からみる対応状況と課題」『日本建築学会学術講演梗概集』防災・社会システム、一三五一〜一三五二
復興庁（二〇一五）『住まいの復興工程表（平成二七年九月末現在）』
松村秀一（編著）、秋山哲一・浦江真人・遠藤和義・角田誠・五條渉・田村伸夫・田村誠邦（著）（二〇一〇）『建築生産（第二版）』市ヶ谷出版社
宮城県（二〇一一）『宮城県水産業復興プラン』
山口弥一郎（一九四三）『津浪と村』恒春閣書房

第7章

Chandler, A. D. (1962) *Strategy and Structure: Chapters in the History of The American In-dustrial Enterprise*, MIT Press.
Davis, I. and Alexander, D. (2015) *Recovery from Disaster*, Routledge.
Dynes, R. R. and Quarantelli, E. L. (1968) Group Behavior under Stress – A Required Convergence of Organizational and Collective Behavior Perspectives, *Sociology and Social Research*, Vol. 52, No. 4, pp. 416–429.
Lawrence, P.R. and Lorsch, J. W. (1967) *Organization and Envi-*

ronment: Managing Differentiation and Integration, Harvard University Press.
Merton, R. K. (1957) *Social theory and social structure*, Rev. ed., Free Press. マートン・R・K（著）、森東吾・金沢実・森好夫・中島竜太郎（訳）（一九六一）『社会理論と社会構造』みすず書房
Olshansky, R. B. and Johnson, L. A. (2010) *Clear as Mud*, Routledge.
Picot, A. (1997) ORGANISATION, Schatter-Poeschel Verlag fur Wir tschaft, 1997
Selznick, P. (1949) TVA *and the grass roots: A study in the sociology of formal organization*, Univ of California Press.
Sylves, R. (2020) *Disaster Policy and Politic - Emergency Management and Homeland Security Third Ed.*, SAGE Publication.
Weber, M. (1947) *Wirtschaft und Gesellschaft, Grundriss der Sozialökonomik. III.* Abteilung, J.C.B. Mohr.（原著未見）濱島朗（訳）（一九六七）『権力と支配』有斐閣
Wisner, B., Blaikie, P., Blaikie, P. M., Cannon, T. and Davis, I. (2004) *At Risk - Natural hazards, people's vulnerability and disasters, (Second Edition)*, Psychology Press.
小野田泰明・加藤優一・佃悠（二〇一五）「災害復興事業における計画実装と自治体の組織体制――東日本大震災における宮城県の復興事業を対象として」『日本建築学会計画系論文集』八〇（七一七）、一五二三～一五三一
小野田泰明・佃悠（編著）（二〇一六）「集合住宅の新しい文法――東日本大震災復興における災害公営住宅」『新建築』九一（一三）、二〇一六年八月別冊、新建築社
小野田泰明・関根光樹・佃悠（二〇二一）「大災害からの住環境復興事業と計画実装自治体の負荷そして組織体制――東日本大震災における宮城県と岩手県被災自治体の復興事業を対象として」『日本建築学会計画系論文集』八六（七八一）、八四九～八五八
河田恵昭・阿部勝征・泉田裕彦・磯部雅彦・今村文彦・岡村眞・島崎邦彦・清水泰ほか（二〇一一）『東北地方太平洋沖地震を教訓とした地震・津波対策に関する専門調査会中間とりまとめ――今後の津波防災対策の基本的考え方について』東北地方太平洋沖地震を教訓とした地震・津波対策に関する専門調査会（中央防災会議）
国土交通省都市局（二〇一二a）『東日本大震災に係る鎮魂及び復興の象徴となる都市公園のあり方検討業務報告書』
国土交通省都市局（二〇一二b）『津波被災市街地復興手法検討調査（とりまとめ）』
近藤民代・越山健治・林春男・福留邦洋・河田恵昭（二〇〇六）「新潟県中越地震における県災害対策本部の マネジメントと状況認識の統一に関する研究――「目標による管理」の視点からの分析」『地域安全学会論文集』八、一八三～一九〇
近藤民代・越山健治・紅谷昇平・近藤伸也・水中進一（二〇〇七）「災害対策本部の組織横断型体制と指揮調整機能に関する研究」『地域安全学会論文集』一〇、一七七～一八二
近藤民代（二〇一五）「東日本大震災における自治体独自の住宅再建支援補助金メニュー創設の背景と特徴――広域巨大災害における住宅再建支援に関する考察」『日本建築学会計画系論文集』八〇（七〇七）、一三五～一四四
佐藤勉（訳）（一九七四）『社会体系論』現代社会学大系、青木書店．Parsons, T. and Shils, E. A. (1951) *The social system*, Psychology Press.
佐藤翔輔・今村文彦・林春男（二〇一三a）「東日本大震災における被災地外からの人的支援量の関連要因に関する分析」『地域安全学会論文集』一九、九三～一〇三
佐藤翔輔・今村文彦・林春男（二〇一三b）「東日本大震災における被災自治体の人的資源運用に関する分析――宮城県石巻市を対象にして」『地域安全学会論文集』二一、一六九～一七七
鈴木さち・小野田泰明・佃悠（二〇一九）「大規模災害後の住宅再建支援事業の資金配分とマルチステークホルダーの関与――東日本大震災、ハリケーン・カトリーナ、インド洋津波を事例として」『日本建築学会計画系論文集』八四（七五八）、九二五～九三三
関根光樹・佃悠・小野田泰明（二〇一八）「大規模震災における住宅復興事業実施過程と組織体制の関係――東日本大震災における宮城・岩手県の復興事業を対象として」『日本建築学会大会学術講演梗概集』都市計画、八四一～八四二
橋本信之（二〇〇五）『サイモン理論と日本の行政 行政組織と意志検定』関西学院大学出版会
林春男・草野公平・牧紀男（二〇〇二）「阪神・淡路大震災における兵庫県の組織運用の分析――災害対応のための人材確保」『地域安全学会論文集』四、二八九～二九八
福島真人（二〇一〇）『学習の生態学 リスク・実験・高信頼性』東大出版会
真渕勝（二〇〇九）『行政学』有意閣
山岸俊男（一九九八）『信頼の構造』東京大学出版会

第8章

Engels, F. and Marx, K. (1983) *MEW/Marx-Engels-Werke Band 42: Ökonomische Manuskripte 1857/1858*, Edited by Institut für Marxismus-Leninismus beim ZK der SED, Dietz Verlag Berlin GmbH.
Granovetter, M. S. (1973) The Strength of Weak Ties, *American journal of sociology*, 78(6), pp.1360–1380.
Harvey, D. (1989) *The condition of postmodernity*, Oxford. 吉原直樹（監訳）（一九九九）『ポストモダニティの条件』青木書店
Harvey, D. (1997) *Betreff Globalisierung*, in Becker, S., Sablowski, T. and Schumm, W. (Eds.) *Jenseits der Nationalökonomie - Weltwirtschaft und Nationalstaat zwischen Globalisierung und Regionalisierung*, Argument, pp.28–49.
Johnson, L. A. and Olshansky, R. B. (2017) *After great disasters: An in-depth analysis of how six countries managed community recovery*, Lincoln Institute of Land Policy.
UNISDR (2017) *Build Back Better in recovery, rehabilitation and reconstruction*, Consultative version.
ウルリッヒ・ベック（著）、山本啓（訳）（二〇一四）『世界リスク社会』法政大学出版局
小野田泰明・関根光樹・佃悠（二〇二一）「大災害からの住環境復興事業と計画実装自治体の負荷そして組織体制――東日本大震災における宮城県と岩手県被災自治体の復興事業を対象として」『日本建築学会計画系論文集』八六（七八一）、八四九～八五八
窪田亜矢・黒瀬武史・上條慎司・萩原拓也・田中暁子・益邑明伸・新妻直人（二〇一八）『津波被災集落の復興検証 プランナーが振り返る大槌町赤浜の復興』萌文社
塩崎賢明（二〇一四）『復興〈災害〉――阪神・淡路大震災と東日本大震災』岩波書店
田中正人・上野易弘（二〇一一）「被災市街地の住宅セイフティネットにおける「孤独死」の発生実態とその背景――阪神・淡路大震災の事例を通して」『地域安全学会論文集』一五、四三七～四四四
ダニエル・P・アルドリッチ（著）、石田祐・藤澤由和（訳）（二〇一二）「災害復興におけるソーシャル・キャピタルの役割とは何か」ミネルヴァ書房
津村建四朗（二〇一二）「天災は忘れないだけでは防げない――寺田寅彦著「天災と国防」」『地震ジャーナル』五三、地震予知総合研究振興会、三一～三四
ニクラス・ルーマン（著）、大庭健・正村俊之（訳）（一九九〇）『信頼――社会的な複雑性の縮減メカニズム』勁草書房
ニクラス・ルーマン（著）、小松丈晃（訳）（二〇一四）『リスクの社会学』新泉社
福田徳三（一九二四）『復興経済の原理及若干問題』同文館・ベルント・ベリナ（著）、遠城明雄（訳）（二〇一三）「空間の資本制的生産と経済危機 デヴィッド・ハーヴェイの「空間的回避」の概念について」『空間・社会・地理思想』一六、大阪市立大学
山岡潤一郎（二〇〇七）『後藤新平 日本の羅針盤となった男』草思社

小野田泰明（おのだ・やすあき）

一九六三年石川県金沢市生まれ。博士（工学）、一級建築士。東北大学大学院工学研究科都市建築学専攻教授、同災害科学国際研究所教授（兼担）。日本建築学会建築計画委員会委員長（二〇二〇年〜）、同副会長（二〇二一年〜）。

建築のソフトとハードをつなぐ「建築計画者」として、せんだいメディアテーク、流山おおたかの森小中学校などの立ち上げに参画。阿部仁史らと共同で、くまもとアートポリス・苓北町民ホール（日本建築学会賞・二〇〇三年）、東北大学百周年記念館・萩ホール（公共建築賞・二〇一六年）を設計。東日本大震災発災後は、岩手県釜石市復興ディレクター、宮城県石巻市復興推進会議会長、宮城県七ヶ浜町復興アドバイザーなどを努めながら復興事業に注力。日本建築学会建築計画委員長。著作に『プレ・デザインの思想——建築計画実践の一一箇条』TOTO出版、二〇一三年（日本建築学会著作賞）、『集合住宅の新しい文法——東日本大震災復興における災害公営住宅』（共著）新建築社、二〇一六年など。

佃悠（つくだ・はるか）

一九八一年福岡県北九州市生まれ。博士（工学）。一級建築士。東北大学大学院工学研究科都市・建築学専攻准教授。

東日本大震災の被災地で、災害公営住宅の計画やコミュニティ形成支援などに関わる。また、高齢者の居住環境の計画・支援、日英での集合住宅計画などの研究を行う。二〇一二年東京大学大学院工学系研究科建築学専攻博士課程修了、博士（工学）取得、二〇一二年東北大学大学院工学研究科都市・建築学専攻助教、二〇二〇年より現職。日本建築学会奨励賞、住総研研究・実践選奨などを受賞。共著に『集合住宅の新しい文法——東日本大震災における災害公営住宅』新建築社、二〇一六年など。

鈴木さち（すずき・さち）

一九八九年宮城県塩釜市生まれ。博士（工学）。日本信託基金コーディネーターとしてインドネシアのユネスコ ジャカルタ事務所に勤務（二〇一八年〜）。

東北大学工学部建築社会環境工学科在学時に東日本大震災を経験し、その後同校修士・博士課程を通じて災害復興に関する研究に取り組む。第三回国連防災世界会議 Children & Youth Forum 日本事務局共同代表（二〇一五年）。日本学術振興会特別研究員（二〇一六〜二〇一七年）。一般財団法人世界防災フォーラム理事（二〇一九年〜）。U-INSPIRE Alliance（アジア太平洋地域連合）および U-INSPIRE Japan 所属（二〇一九年〜）。

復興を実装する
東日本大震災からの建築・地域再生

二〇二一年七月一五日　第一刷発行

共著者　小野田泰明・佃悠・鈴木さち
発行者　坪内文生
発行所　鹿島出版会
〒一〇四―〇〇二八
東京都中央区八重洲二―五―一四
電話　〇三―六二〇二―五二〇〇
振替　〇〇一六〇―二―一八〇八八三

印刷　壮光舎印刷
製本　牧製本
装丁　石田秀樹（milligraph）

ISBN 978-4-306-04684-9 C3052

本書の内容に関するご意見・ご感想は左記までお寄せ下さい。
URL: http://www.kajima-publishing.co.jp/
e-mail: info@kajima-publishing.co.jp